Anna Valenti

Das Schicksal der Sternentochter

Über die Autorin:

Anna Valenti ist das Pseudonym einer erfolgreichen Autorin. Nach ihrem Studium der Politikwissenschaft und Germanistik arbeitete sie in Forschung und Lehre. Heute lebt sie als Autorin und Produzentin mit ihrem Mann in Berlin.

Anna Valenti veröffentlichte bei dotbooks bereits „Sternentochter", „Die Liebe der Sternentochter", „Das Schicksal der Sternentochter", „Das Glück der Sternentochter", „Das Erbe der Sternentochter" und „Der Mut der Sternentochter".

Anna Valenti

Das Schicksal der Sternentochter

Roman

dotbooks.

Neuausgabe 2018
Copyright © der Originalausgabe 2013 dotbooks GmbH, München
Alle Rechte vorbehalten. Das Werk darf – auch teilweise – nur mit
Genehmigung des Verlages wiedergegeben werden.
Redaktion: Anja Rüdiger
Umschlaggestaltung: Wildes Blut – Atelier für
Gestaltung Stephanie Weischer unter Verwendung
mehrerer Bildmotive von © shutterstock/Taras
Atamaniv/Sayan Puangkham/dimities_k/elenamiv/
aceshot1 Printed in the EU

ISBN 978-3-96148-528-4

Kapitel 1

Fünf Tage dauerte die Reise nun schon, fünf Tage und vier Nächte lang war das Schiff Richtung Westen gefahren, über ruhiges Meer. Laut und stetig arbeiteten die schweren Maschinen unten im Schiffsrumpf, wie ein schlagendes Herz, zuverlässig und gleichförmig. Das Herz der jungen Frau schlug mit dem des Schiffes im gleichen Takt. Jede Meile, jede Stunde, jeder Tag brachte sie näher an ihr Ziel und weg von den Erinnerungen, die sie hinter sich lassen wollte.

Jeden Tag stieg sie die steile Treppe zum Eingang des Zwischendecks hinauf, ging hinaus ins Freie und atmete die kühle, frische Meerluft tief ein. Der Himmel, den sie sah, war in diesen ersten Tagen blau, oder blau mit weißen Wolken, der Sonnenuntergang golden, dann von flammendem Rot-Orange, bis die runde Scheibe in fahler werdendem Gelb im Meer versank. Caroline Caspari konnte sich nicht sattsehen an dem Schauspiel, das sich so selbstverständlich und täglich immer wieder neu vor ihren Augen inszenierte.

Es war eng in dem Bereich, der für die Passagiere der dritten Klasse vorgesehen war, das Deck meist voller Menschen, und doch blieb sie und gab sich den Bildern hin, die die Natur ihnen bot oder die sie allein vor ihrem inneren Auge sah. Es waren Bilder von grünen Weiden und Hügeln, von Feldern voller Weizen und Roggen, von Wäldern und Seen, Bilder, die sie sich aus Onkel Luis' Briefen zusammensetzte. Kentucky, das grüne Land, war ihr Ziel, und immer wenn es in der ohnehin engen und stickigen Kabine noch enger und lauter wurde, wenn der schlechte Geruch der Menschen sie zu ersticken drohte, dann floh sie auf das Deck und suchte ihre Bilder, um sich daran zu klammern und sich an ihnen wieder aufzurichten.

Sie hatte versucht, Anna aus ihrer Lethargie zu reißen, sie zu bewegen, mit ihr zu kommen, aber es war ihr nur selten gelungen. Manchmal begleitete Franz sie, Annas Mann, mit dem Kind. Aber er machte sich Sorgen um seine Frau, die sich auch auf dem Schiff in ihre seltsame Traurigkeit hüllte, und ging nach kurzer Zeit wieder hinunter in das Zwischendeck, um nach ihr zu sehen. Caroline nahm ihm den kleinen Jungen ab und sprach mit dem Kind oder wiegte es in ihren Armen. Aber genauso oft war sie auch allein inmitten der fremden Menschen um sie herum.

Am fünften Tag ihrer Reise, als es zu stürmen und zu regnen begann, waren es nur wenige, die sich an die Reling klammerten und auf die hohen Wellen hinaussahen. Es war das erste Mal, dass heftiger Wind und in seinem Gefolge schweres Wetter aufkam. Das Schiff kämpfte sich tapfer weiter, schwankend und doch geradlinig vorwärts. Die Wellen wurden höher und höher, das Schwanken heftiger, der Wind zum Sturm, und als Caroline hinuntersah, war das Wasser tiefgrau. Die dunkle Wand der Wellen erreichte sie schließlich, war auf Augenhöhe mit ihr, und dann überragte, übertrumpfte sie das Schiff und ließ es wie eine Nussschale tanzen.

Sie wollte sich lösen von dem Anblick, fliehen vor dem Orkan, der sie hineinzog in dieses wilde schwarz-graue Toben, aber es war eine höllische Magie darin, die sie gefangen hielt, so lange bis sie die Umrisse eines Gesichts erkannte. Es war ein Kindergesicht, das sie ernst und aufmerksam ansah. Sie schrie auf, ihre Hand fuhr an den Mund, und sie fiel, sich nur noch mit der anderen haltend, schwer gegen die Reling. Sie spürte den heftigen Schlag, den rasenden Schmerz und gleichzeitig eine Hand, die sie stützte. Als sie die Augen öffnete, sah sie in das blasse, besorgte Gesicht eines jungen Mannes. Er half ihr auf, nahm ihren Arm und kämpfte sich mit ihr hinunter in die Dämmerung des Zwischendecks.

»Danke«, keuchte sie. »Vielen Dank!«

»Wenn ich noch was tun kann für Sie ...«

Ihr Atem ging mühsam, sie hatte Schwierigkeiten zu antworten. »Nein, wirklich nicht. Das war sehr nett von Ihnen, aber ich ... ich komme jetzt zurecht.« Sie nickte ihm zu und verschwand rasch in ihrem Schlafsaal.

Dort war es brechend voll. Alle hatten sich vor dem aufkommenden Sturm in Sicherheit gebracht, saßen auf den Bänken oder lagen auf den ohne jeden Zwischenraum aneinandergereihten schmalen Kojen. Caroline tastete sich zu ihrem Bett und schloss für einen Moment die Augen. Das Kindergesicht war weg. Langsam steckte sie ihr schwarzes Haar auf, das sich in dem Sturm aus dem lockeren Knoten gelöst hatte. Hinter sich hörte sie ein Stöhnen. Ihre Freundin Anna hielt sich den Magen, ihre Hände krampften, sie war grünlich-blass. Dann würgte sie und erbrach sich, noch bevor Caroline ihr aufhelfen und sie in den Waschraum bringen konnte.

»Seekrank!«, kommentierte das ihre Bettnachbarin, eine korpulente Frau mittleren Alters. »Det hab ick och jehabt, na, Sie wissen det ja, jestern schon. Nee, lassen Se man,

Fräulein«, wandte sie sich an Caroline, »ick hol den Eimer und Sie machen det hier weg.« Caroline schob die stöhnende Anna hinüber auf ihr eigenes Bett, zog das Laken ab und brachte es, schwankend und sich an den Wänden entlangtastend, hinüber in den Waschraum. Irgendetwas musste sie tun, irgendetwas, damit das Gesicht nicht wiederkam …

Im Waschraum stand Paula Wuttig, *So lang wie breit*, wie Franz sie nannte, und versuchte, ihr enormes Gewicht den Schwankungen des Schiffes anzupassen. Paula war eine von jenen resoluten Berlinerinnen, die Caroline in ihrer Zeit dort so oft begegnet waren. Frau Nostritz, die Köchin der Werdersdorfs, in deren Haushalt Caroline und Anna gearbeitet hatten, war so gewesen, Frau Kurath, ihre Kollegin aus dem Handarbeitsgeschäft, ihre Vermieterin Frau Lehmann, und auch Frau Jeschke, die gute alte Freundin aus den Casseler Tagen und geborene Berlinerin, hatte diese direkte und dabei gutmütige Art gehabt. Paula sah selbst sehr blass aus, schaffte es aber, Caroline den Eimer hinüberzureichen, worauf diese ihn unter das Rinnsal hielt, das in den Waschräumen des Zwischendecks aus den Wasserhähnen in metallene Becken floss.

»Danke, Frau Wuttig. Legen Sie sich doch wieder hin. Ich komme schon zurecht.« Die Worte waren im tosenden Lärm des Sturms kaum zu verstehen.

Paula nickte und wankte davon. Caroline hielt die schmutzige Stelle unter das Rinnsal und steckte den Teil des Lakens dann in den Eimer, der nun halb gefüllt war. Die Seife, dachte sie, ich habe die Seife vergessen … Wie soll ich das Laken waschen ohne Seife. Sie kämpfte sich mühsam,

Schritt für Schritt und wieder eng an den Wänden entlang, zurück in den Schlafsaal.

Frieda Mennolte, die junge Mutter, saß mit ihrem Säugling auf der Bank und stillte ihn. Ihr Mann saß neben ihr und hielt sie, die Füße auf den Boden gestemmt, fest in seinem Arm. Sein älteres Kind, ein etwa achtjähriges Mädchen, klammerte sich an den Vater und schaute ihn mit großen Angstaugen an. Caroline zog die Seife aus ihrem Reisegepäck.

»Bleiben Sie hier«, riet er ihr. »Der Seegang ist doch viel zu stark. Sie werden sich noch verletzen.«

Sie lächelte, wankte auf den Ausgang zu und rief zu dem älteren Kind hinüber: »Na, das geht auch vorbei. Und dann sind wir bald da!«

Ihre Stimme klang fremd, sie erschrak davor. Einen schrecklichen Moment lang hatte sie das Gefühl, nicht mehr zu wissen, wer sie war. Sie schaute zu Anna hinüber, die immer noch gekrümmt auf ihrem Bett lag, um sich in ihren Augen wiederzufinden. Aber die Freundin hatte die Lider zusammengepresst und hielt die Fäuste vor ihren Mund, so als wolle sie sich selbst daran hindern zu schreien.

Mennolte, der junge Vater, schaute das Fräulein an, das während der gesamten Reise so freundlich und duldsam gewesen war. Wenn andere gemeckert hatten – über den faden Haferbrei am Morgen, den Eintopf zum Mittag, das harte Brot am Abend, die Rinnsale im Waschraum, das laute Stampfen der Maschinen, die düstere Enge, den stetigen Gestank, die Seekrankheit, die Erschöpfung, die Ungewissheit –, hatte der Blick ihrer schönen blauen Augen sich nicht verändert; sie war ganz ruhig geblieben und hatte nichts dazu gesagt.

Das Schwanken wurde noch heftiger. Und jeder, der gedacht hatte, der Höhepunkt des Orkans wäre bereits erreicht gewesen, wurde eines Besseren belehrt. Der Sturm schien ihnen zeigen zu wollen, wie klein die Menschen waren, die sich so größenwahnsinnig aufgemacht hatten in die Neue Welt, als könnten sie dort über sich hinauswachsen.

Mennolte nahm seiner Frau das Baby aus dem Arm und trug es, heftig von einer Seite zur anderen wankend, zu ihrem Bett.

»Pass auf!«, schrie sie.

Sie schlief, wie alle Frauen und Kinder, in einem der Betten in der unteren Reihe, während er selbst mit den Männern und Jungen oben seinen Platz hatte. Jetzt aber legte er sich mit dem Säugling unten hin und barg das Kind in seinen Armen. Seine Frau versuchte aufzustehen, ihre Tochter stützte sie. Beide wurden hin und her gerissen, der Sturm spielte mit ihnen, Frieda schrie, das Mädchen blieb stumm. Sie hatte die Lippen zusammengepresst und hielt die Mutter, so gut sie konnte. Paula lag halb aufgerichtet auf ihrem Bett und sah kopfschüttelnd zu den beiden hinüber. Ihr voluminöser Körper wogte hin und her. Sie nahm fast zwei der schmalen Betten ein.

Anna lag zusammengekrümmt. Sie stöhnte leise, aber niemand hörte es durch das ohrenbetäubende Rauschen der haushohen Wellen, das Ächzen der hölzernen Balken und den Lärm der Maschinen. Caroline griff zu und zerrte die junge Frau Mennolte in Richtung der hölzernen Bettgestelle. Die kroch, sich mühsam auf allen vieren haltend, zum Kopfende des Bettes hin und ließ sich einfach fallen. Es war das Bett ihrer Tochter, die sich, nun wieder ängstlich und starr, neben die Mutter legte.

Die *Weser*, das Schiff, das sie bisher so schnell und sicher in Richtung Neue Welt transportiert hatte, schien auf- und sich dem Sturm preiszugeben. Caroline wurde von einer Wand des schmalen Ganges, der von den Kabinen zu den Waschräumen führte, an die andere geschleudert, als wäre sie ein Gummiball. Dann schlug sie hart auf dem Boden auf. Ihre Schulter schmerzte, es half alles nichts, sie musste liegen bleiben, bis das Schlimmste vorüber war, oder versuchen, zurück zur Kabine zu kriechen. Sie umschloss das Seifenstück fest mit der linken Hand und bewegte sich, mal auf Händen und Knien, mal auf dem Boden entlang robbend, zum Schlafsaal zurück. Die Tür stand offen.

Franz hatte sie von einem der oberen Betten aus gesehen und wollte aufstehen, um ihr zu helfen, aber sie rief: »Lass, bleib da, ich schaffe das!« Und er blieb oben und schaute ihr zu, wie sie sich auf das einzige noch freie Bett in der unteren Reihe schob.

»Na, Jott sei Dank!«, hörte er Paulas tiefe Stimme sagen.

Dann sprach niemand mehr, zum ersten Mal seit Beginn der Reise war über den Tag hin kein menschlicher Laut zu hören. Das Gewimmer seiner Frau, das Schnarchen seines Bettnachbarn, das ihn sonst so oft gestört hatte, beides ging im Getöse des Sturms unter. Er wandte sich zu seinem knapp zweijährigen Sohn um, der neben ihm lag und trotz oder gerade wegen des stetigen Hin-und-Her-Schaukelns selig schlief.

Sein Bettnachbar nickte ihm zu und schloss sofort wieder die Augen. Sie konnten nichts anderes tun, als das Ende des Unwetters abzuwarten.

Es dauerte lange, bis der Sturm endgültig abschwächte. Aber kaum hatten auch nur die schlimmsten Schwankungen des Schiffs nachgelassen, stand Caroline auf, ging zum Waschraum zurück und hielt die Hände mit der Kernseife in das kalte Wasser. Gut, dass jetzt Süßwasser an Bord war. In einem der Bücher, die sie sich vor der Abreise aus der Bibliothek geliehen hatte, um sich so gut wie möglich auf die Überfahrt vorzubereiten, hatte sie gelesen, dass den Reisenden auf den Segelschiffen nur das salzige Wasser des Meeres zur Verfügung gestanden hatte, in dem sich die Seife einfach auflöste und ihren Dienst versagte.

Ich muss mir das immer wieder sagen, zwang sie sich zu denken, wie kurz und bequem die Reise nach Amerika jetzt ist. Ich darf mich nicht hängen lassen. Doch hatte sie manchmal, wenn Anna in ihrer Traurigkeit und Verzweiflung gesagt hatte: »Ich muss von diesem Schiff runter!«, die Freundin nur zu gut verstanden.

Langsam kehrte das Leben in ihren Körper zurück, sie straffte sich und war eben dabei, die schmutzige Stelle des Lakens zwischen ihren seifigen Händen zu rubbeln, als sich alles um sie herum zu drehen begann. Sie hielt sich an dem metallenen Becken fest und würgte. Nur nicht ohnmächtig werden, sie musste sich zusammennehmen, die Handgelenke unter das stetig fließende Rinnsal kalten Wassers halten ...

Bilder huschten vorbei, Bilder aus der Krankheitszeit im Winter 1893 in Berlin. Sie lag ohnmächtig auf dem eiskalten

Fußboden ihrer kleinen Küche in der Mansardenwohnung, die Annas Tante Valerie ihr vermittelt hatte. Niemand war gekommen, um nach ihr zu sehen, und sie hatte fast vier Wochen nicht heizen können. Der lange Weg aus der Mansarde in den muffigen Kohlenkeller, die steile Treppe, das dunkle Treppenhaus in dem großen heruntergekommenen Miethaus ... Und dann war Frau Kurath gekommen, die Kollegin aus dem Geschäft und hatte Kohlen für sie geholt. Das Gefühl, das es einen Menschen gab, der sich um sie sorgte – sie hatte es geschafft damals, geschafft wieder hochzukommen.

»Det Se mir ja nich unterjehn!«, hatte Frau Kurath zum Abschied gesagt ...

Später wusste sie nicht, wie lange sie auf dem hölzernen Boden des Waschraums gelegen hatte. Sie wusch sich den Mund aus und warf mit beiden Händen kaltes Wasser in ihr Gesicht. Trotz des großen Dursts spuckte sie das Wasser wieder aus, trank es nicht. Einige der Zwischendeck-Passagiere hatten Durchfall bekommen, und niemand wusste, woher die Krankheit gekommen war. Besser, sie wartete, bis der abendliche Tee ihren Durst löschte.

Sie stand noch immer vor dem Becken, kein Mensch war hier, jetzt da der Sturm gerade erst nachließ. Es war klüger, gleich die Toilette zu benutzen, bevor sich nachher wieder alle davor drängen würden. Eine einzige Toilette, wenn auch mit Wasserspülung, für 200 Menschen ...

Aber sie hatte es so gewollt; sie war hier, weil sie es unbedingt gewollt hatte. Auch das durfte sie nicht vergessen. Sie war hier, weil sie zu Hause – was war das: zu Hause? – hatte sterben wollen, weil es nichts mehr gab, was sie auf dieser Welt gehalten hatte.

Sie senkte den Kopf über das Becken, in dem der Eimer stand, ihr war noch immer schwindlig, aber sie wusch das Laken aus und wrang es. Dann goss sie das Seifenwasser in den Ausguss, stellte den Eimer in die Ecke des Waschraumes zurück und ging langsam und vorsichtig auf die Kabine zu. Dort hängte sie das Laken auf das Stück Seil, das Paula an dem Holzgestell der Betten entlang gespannt hatte. Ihre Schulter schmerzte, als sie die Arme hob. Paulas Bett war, wie einige andere auch, leer. Sicher hatte sie ihr Blechgeschirr gepackt und war im Speiseraum, es war wohl schon Abendbrotzeit, und die Berlinerin ließ sich keine Mahlzeit entgehen.

Anna lag noch immer. Sie hatte sich ausgestreckt und sah mit starren Augen nach oben. Caroline kroch auf ihr Bett und legte sich neben die Freundin. »Wie geht es dir?«, fragte sie leise. Anna antwortete nicht. Sie tastete nach Carolines Hand und hielt sie fest.

»Hast du Hunger? Durst?«

»Durst.«

»Ich gehe und hole dir was«, versprach Caroline.

Zum Abendbrot waren weniger Passagiere erschienen als an den Tagen zuvor. Caroline hatte Franz mit dem Jungen entdeckt und setzte sich auf den freien Platz neben sie. Sie aß nichts an diesem Abend, zu sehr noch wirkte die fürchterliche Übelkeit nach, aber sie trank eine Tasse Tee und hatte dann die Kraft, Anna einen Becher voll zu bringen. Die nickte dankbar und trank schluckweise, fing dann doch wieder an zu würgen. Caroline nahm ihr den Becher aus der Hand und sagte: »Langsam.« Anna stöhnte und trank wieder einen Schluck.

»Verträgst du's?«, fragte sie die kranke Freundin. »Geht das mit dem Tee?«

Aber Anna hielt sich den Bauch, stöhnte und krümmte sich, ein Schwall Flüssigkeit entquoll ihrem Mund. Es geht nicht, dachte Caroline, sie muss zum Arzt. Aber an Aufstehen war gar nicht zu denken, Anna war viel zu schwach. In diesem Moment kam Franz zurück, seinen Sohn auf dem Arm. Er hatte die Seekrankheit recht gut überstanden, viel Tee getrunken und, ermuntert von Paula, sogar etwas gegessen.

»Die gute Paula«, sagte Franz dazu, »wie ein Stück Zuhause kommt sie mir vor, wie ein Stück Berlin, das ich mitgenommen habe.«

»Anna braucht einen Arzt«, sagte Caroline, »sie behält nichts bei sich, nicht einmal Tee.«

Franz sah in Annas totenblasses Gesicht. Sofort übergab er Caroline das Kind und ging nach oben, um den Schiffsarzt zu holen. Nach und nach kehrten diejenigen, die zum Abendbrot hatten gehen können, aus dem Speiseraum zurück, der Saal füllte sich. Der Seegang war fast wieder normal, die Krankheit ließ allmählich nach, zumindest bei den meisten Mitbewohnern.

Außer Anna und Franz mit ihrem Kind waren drei weitere Familien in ihrer unmittelbaren Nachbarschaft untergebracht, sechs Erwachsene und sieben Kinder. Dazu Paula als Alleinreisende. Die dicke resolute Frau mit ihren Hausmitteln, ihrer unerschütterlichen Ruhe und der mütterlichen Art sorgte für eine angenehme Atmosphäre. Und so war das Leben in dieser Sektion des großen Schlafsaales noch einigermaßen erträglich. Aus einigen der anderen langen Reihen von zweistöckigen Bettgestellen jedoch hörte man Streitereien und Anzüglichkeiten – als ob die Seekrankheit allein, der beschränkte Platz und die mangelnde Hygiene nicht schon ausgereicht hätten, um das Ende der Reise herbeizusehnen.

»Un det Essen!«, beschwerte sich Paula. »Keen frischet Fleisch un Jemüse, det schon jarnich, un dieser ewije Haferbrei! Wer soll det Zeuch verdaun? Na, aber warte, wenn ick bei meine Tochter bin, denn kocht Paula wieder selber, un det schmeckt, sach ick euch!«

Caroline lachte, wenn Paula so sprach und dabei die Umsitzenden ansah. Sie hielt sich gern dicht neben der stattlichen Frau, die sie aufheiterte, aber auch wegen der Blicke, die einige der jungen Männer ihr zuwarfen, wenn sie allein an Deck war. Aber gerade dorthin ging Paula nicht gern, sie war überhaupt gegen jede »überflüssje Bewejung«, wie sie es nannte, und der muffige Geruch im Zwischendeck schien ihr nichts auszumachen. Jedenfalls sah sie nur selten die Notwendigkeit, sich Frischluft zu verschaffen.

Caroline wickelte das Kind in eine wollene Decke und ging nach oben. Die Sturmwolken waren abgezogen, die Sterne funkelten, die Luft war klar. Es war dunkel und kühl, aber auch jetzt saßen noch viele Passagiere auf den Holzplanken und erholten sich von der Seekrankheit oder wollten einfach der muffigen Enge entgehen, vielleicht auch ihrem eigenen Gestank oder dem ihrer Mitbewohner.

Im schwachen Schein einer kleinen Lampe spielten ein paar junge Männer Karten. Sie erkannte einen von ihnen wieder, es war der, der sie vor dem aufkommenden Sturm gerettet und nach unten begleitet hatte. Er schaute sie ab und zu aus den Augenwinkeln an, sagte aber nichts. Sie wickelte die Decke enger um den Jungen und wiegte ihn in ihrem Arm, dabei ging sie auf und ab.

Annas Kind, dachte sie, ich trage Annas Kind auf meinen Armen, weil sie müde ist und leidend war von Beginn der Reise an, und jetzt ist sie krank, und wir wissen nicht, was wird. Alle sind wieder gesund geworden nach der Seekrankheit oder doch leidlich wieder im Stande, aber sie ... Kann sie sich nicht zusammennehmen wie alle anderen? Und sie hat einen Mann, der für alles gesorgt hat. Für eine einigermaßen komfortable Überfahrt und dafür, dass ich in ihrer Nähe bin.

Sie ertappte sich bei diesen düsteren Gedanken gegen die Freundin und erschrak darüber. Hatte sie es nicht Anna und Franz zu verdanken, dass sie hier auf dem Schiff war, auf einem der Post-Schnelldampfer gar? Nie hätte ich mir das leisten können, sagte sie sich, Franz hat mir mehr als die Hälfte des Reisegeldes geliehen, einfach vorgestreckt, damit ich mitfahren konnte. Auf mich allein gestellt, hätte ich wohl noch zwei Jahre sparen müssen ...

Aber es war auch nicht zu verleugnen, dass Anna große Angst vor dieser Reise und vor dem fernen fremden Land gehabt hatte und heilfroh gewesen war, sie, Caroline, dabei zu haben. In fast jedem ihrer Briefe war es zu lesen, und bereits jetzt war es so, dass Anna nicht ohne sie auskam. Sie sorgte für die Freundin und nahm Franz das Kind ab, zumindest hin und wieder.

So wanderten ihre Gedanken hin und her, als Franz von hinten an sie herantrat und sagte: »Der Doktor konnte nicht kommen. Zu viele Patienten mit Seekrankheit. Und da gehen die zweite und die erste Klasse eben vor.«

»Und? Was hast du getan?«
»Die Schwester hat mir Tropfen mitgegeben. Die soll sie drei Mal am Tag nehmen. Anna hat sie auch geschluckt. Sie schläft jetzt.«

Gut, dachte Caroline, sie schläft, und ich will auch schlafen ...

»Komm«, sagte sie, »der Junge muss ins Bett.«

Doch als sie nach Anna geschaut hatte und sich neben sie legte, fand sie neben der friedlich schlafenden Freundin keine Ruhe. Sie schloss die Augen und nickte ein, aber noch vor Mitternacht wachte sie aus unruhigem Schlaf wieder auf. Sie war durstig und froh, etwas von dem Abendtee in ihre Blechflasche abgefüllt zu haben. Das gelang nicht immer, meist wurden die großen Teekannen schon bei Tisch leer getrunken. Sie stand, so leise es ihr möglich war, auf, um niemanden zu wecken. Alle in ihrer Reihe schienen fest zu schlafen, jemand schnarchte laut und stetig, der Säugling lag friedlich neben seiner Mutter. Unter dem Bett stand ihre Flasche. Sie trank ein paar Schlucke und fühlte sich besser. Auf dem Schiff wurde auch gestohlen, wusste sie, zumindest behaupteten das einige der Passagiere von ihren Mitbewohnern.

Ich habe es gut getroffen, sagte sie sich, fünf Tage auf See, die Seekrankheit überstanden, es ist nicht zu schlimm mit den vielen Menschen, und das Schiff ist schnell und der Sturm vorüber. Vielleicht sind wir in ein paar Tagen schon dort, in Amerika ... Das ferne grüne Land, von dem Franz' Onkel Luis erzählte, das Land, das uns aufnehmen wird, wo ich wieder ein Zuhause haben werde ...

Sie nahm die schwach brennende Petroleumlampe vom Haken und stieg die Treppe hinauf. Draußen war niemand. Sie war allein. Endlich, dachte sie, endlich einmal ganz allein! Und dort liegt es, hinter dem Horizont, das Land, von dem Georg, mein Liebster, träumte!

Sie zog ihren Mantel enger um sich und knöpfte ihn zu. Auf dem Schiff war sie noch dünner geworden, dabei hatte sie sich gezwungen, regelmäßig zu essen, um bei Kräften zu bleiben. Aber sie brachte nur wenig hinunter in diesem ungemütlichen Speiseraum voll mit fremden Menschen, die schmatzten und rülpsten oder stumm und gierig aßen, was ihnen vorgesetzt wurde. Wenn Mutter das sehen würde, fiel ihr ein, oder Fräulein Kesselring … Im Haus der Eltern war auf Tischmanieren und eine angenehme Umgebung so viel Wert gelegt worden. Und gar erst die Kesselring mit ihrem vornehmen Benehmen. Ihr Lieblingswort war Contenance gewesen … Zu Hause hatte man sie angehalten, sich nicht an die Sprache der armen Leute anzupassen – Mutter hatte sogar die Großmutter gemieden, weil sie ihre Herkunft als Tochter eines Dorfschmieds vergessen wollte. Und für Griegers, die als ihre zukünftigen Schwiegereltern vorgesehen waren, wurde ihre Übung in Ausdrucksweise und Höflichkeit als ein wichtiger Punkt für ihre Akzeptanz angesehen. Nicht zuletzt deshalb hatte die Oberförsterin ihre Bedenken gegen die Straßenmeistertochter zurückgestellt.

Und nun war sie hier, auf diesem Auswandererschiff, auf dem Zwischendeck, zusammengepfercht mit 600 Menschen, deren mit Sicherheit geringstes Problem Benehmen und sprachliche Ausdrucksweise war. All das kam ihr völlig absurd vor. Und doch war sie hier, sie träumte nicht.

Und sie hatte sich zusammengenommen fünf Tage lang. Das merkte sie erst jetzt. Sie hatte sich nicht gehen lassen, wie andere hier es getan hatten. Schreiende Frauen, raufende Jungen, laut diskutierende Männerrunden, klagende Stimmen, dröhnendes Lachen, Stöhnen, Schnarchen, Röcheln, Weinen – was hatte sie nicht gehört in diesen Tagen auf See? Nur sie selbst blieb in dieser seltsamen inneren Starre, erlaubte sich nichts, und erst heute, während sie Annas Kind auf ihren Armen trug, hatte sie diese bösen Gedanken gehabt ...

Weil es ihr Kind ist und nicht meines, weil sie ihr Kind mitnehmen darf und mein Kind mich für tot hält ...

Ja, das war es, was sie sich die ganze Zeit über nicht hatte eingestehen wollen. Sie hatte das grüne Land vor ihrem inneren Auge gesehen und die Kette, die Georg ihr geschenkt hatte, geküsst, um Kraft zu sammeln und nicht aufzugeben. Und da, in diesem fernen Land, wartete vielleicht sogar ein Leben auf sie. Und musste sie nicht diese Chance wahrnehmen? Hatte sie es ihrer Freundin Emma nicht genau so erzählt bei ihrem Abschied in Mahlsheim? War sie nicht entschlossen gewesen, in den Wald zu gehen und den Geruch der Bäume mit in den ewigen Schlaf zu nehmen?

Und ich glaube daran, ja, ich glaube an Georgs Traum! Ich nehme ihn mit in meinem Herzen ... Aber mein Kind, unser Kind ist dort, wo das Schiff nicht hinfährt. Ich habe ihr Gesicht gesehen in den tosenden Wellen, Sophies schönes ernstes Gesicht. Ich weiß nicht, was aus ihr wird, aus meinem kleinen Mädchen, und ich kann nichts tun, wenn es ihr schlecht geht ... Und sie ist das lebendige Zeichen unserer Liebe, von Georgs Liebe zu mir ...

Sie ließ sich an der Holzwand neben dem Eingang zum Zwischendeck nieder, setzte sich einfach auf den Boden. So saß sie lange, dann schaute sie nach oben, als könnte sie dort eine Antwort finden. Die funkelnden Sterne verschwammen vor ihren Augen. Sie senkte den Kopf und schlug die Hände vors Gesicht. »Wie soll ich mir das je verzeihen?«, sagte sie leise. »Wie soll ich mir verzeihen, dass ich mein eigenes Kind verlasse? Du bist tot, Georg. Du kannst Sophie nicht beistehen, aber ich, ich hätte es tun müssen! Ich hätte niemals weggehen dürfen!«

»Caroline?«, hörte sie eine Stimme über sich fragen. Erschreckt fuhr sie auf und sah in Franz Gosslers Gesicht. Er stellte die Lampe beiseite und setzte sich neben sie. Sie konnte nicht sprechen und sah ihn auch nicht an. So saßen sie eine Weile stumm nebeneinander. Es war nichts zu hören als das sanfte Rauschen der Wellen. Dann stand sie auf und sagte: »Ich muss schlafen.« Es klang nicht sehr überzeugend. Franz nahm die Lampe und erhob sich. Er fasste ihren Arm.

»Du warst so tapfer, Caroline, so stark ... Es wird wieder besser werden, du wirst sehen. Wenn wir erst angekommen sind ... Lange kann es nicht mehr dauern.«

Sie nickte. »Wie geht es Anna?«, fragte sie. Sie hatte sich preisgegeben, ohne es zu wollen.

»Sie schläft fest«, war die Antwort. »Gott sei Dank ist es so. Sie hat uns viel Kummer gemacht bis jetzt. Wenn wir doch endlich da wären ...«

Und als Caroline nichts darauf erwiderte, setzte er hinzu: »Du darfst dir keine Vorwürfe machen, Caroline. Du hattest alles verloren zu Hause, und du hast das Richtige getan.«

»Ach, Franz«, sagte sie einfach. Es klang wie: »Was weißt du schon davon?«

Franz schwieg. Er hatte nicht schlafen können aus Sorge um seine Frau, und jetzt stand er hier und wusste nicht, was er sagen sollte.

»Die Anna wird wieder hochkommen«, hörte er Carolines Worte. Offenbar hatte sie nicht das Bedürfnis, mehr über sich zu offenbaren.

»Anna ist so abwesend die ganze Zeit, so traurig«, sagte er. »Ich weiß nicht, was ich noch tun soll.«

»Das kommt, Franz. Sie hat dich sehr, sehr lieb. Sie würde dir überallhin folgen.« Folgen, dachte sie. Wäre ich Georg doch nur gefolgt, von Anfang an … Dann würde er vielleicht noch leben und …

»Ich weiß«, hörte sie ihn sagen. Einen Moment lang kam er sich undankbar vor, hier neben Caroline, die Mann und Kind verloren hatte und nun ganz allein war. Und er beklagte sich über Anna, die mit ihm auf dieses Schiff gegangen war, um auch in der Neuen Welt bei ihm zu sein …

»Aber wenn du sagst: ›Folgen‹, dann hast du recht. Sie folgt mir, aber sie selbst wollte nie von zu Hause weggehen. Schon in Mecklenburg war sie nicht wirklich glücklich, einzig vielleicht, wenn Valerie zu Besuch kam. In Zehlendorf war sie zufriedener als dort oben im Norden und das, obwohl sie die Werdersdorf hasste.«

»Ach, Franz«, erwiderte Caroline leise und traurig, »das mag ja alles sein. Aber das Wichtigste ist, dass ihr euch lieb habt, dass ihr zusammen seid. Anna würde vielleicht wirklich gern umkehren, aber du bist wichtiger für sie als alles andere. Und das ist es doch, was zählt!«

»Was wirklich zählt«, setzte sie nachdrücklich hinzu und dachte an ihr Zögern und Zaudern und an die Illusionen, die sie sich über ihre Eltern gemacht hatte. »Georg und ich, wir könnten noch zusammen sein, könnten längst drüben sein in Amerika. Wir hätten gehen sollen, noch bevor er in dieses teuflische Manöver musste, das ihn das Leben kostete mit 22 Jahren ...« Sie konnte nicht weitersprechen und tastete, wie immer in solchen Momenten, nach dem silbernen Posthorn auf ihrer Brust. Sie atmete schwer und hielt sich am Geländer fest.

Franz fasste ihren Arm, so als wolle er sie stützen. Er sagte nichts. Die Antwort, die er für sie gehabt hätte, taugte nicht. Nicht für jetzt. Sie gestand es sich nicht ein, dass die Reise unbezahlbar, das Ziel vollkommen ungewiss, sie selbst nicht großjährig gewesen war in diesem Sommer 1889, als sie Georg gerade einmal vier oder fünf Monate kannte. Dass sie sich erst jetzt, im ausgehenden Sommer 1894, das Geld für die teure Überfahrt selbst erarbeitet hatte, den Restbetrag abarbeiten konnte, dass Kentucky, Bundesstaat der USA, ihr festes Ziel war, das Farmhaus von seinem Onkel Luis, der auch für sie bürgte – und dass es ein neues Glück für sie geben konnte, dort in dem freien Land, das so gut zu ihr passte. Besser als zu Anna, dachte er, und erschrak darüber.

Er spürte Carolines Hand auf seiner Schulter. Offenbar war er wirklich zusammengezuckt. »Du hast über mich nachgedacht«, hörte er sie sagen, »und du hast gedacht, wie töricht ich bin.«

»Nein«, erwiderte er, »mein Gott, nein.«

»Was dann?«

»Ich frage mich, ob Anna dort jemals glücklich wird.«

»Sie wird, Franz, weil sie dich liebt, dich und euer Kind.«

Er senkte den Kopf und schaute in das Dunkel des Meeres hinab. Da nahm sie seinen Arm und drückte ihn. »Franz, weißt du noch, als ich in Zehlendorf ankam? Du warst der Erste, den ich dort gesehen habe. Du hast mich in Empfang genommen. Deine Freundlichkeit hat mir so gut getan. Du kannst dir nicht vorstellen, wie gut. Ich wusste doch nicht, was mich erwartet im Haus des Geheimrats Werdersdorf. Und es war nicht das Beste. Aber Anna und du, ihr wart mein Halt und meine Zuflucht, die besten Freunde, die man sich nur wünschen kann ... Ich will alles dafür tun, dass Anna sich dort einlebt. Und du musst es auch tun. Ihr habt mir über die schwere Zeit geholfen, Anna hat mir über Valerie die Arbeit in Berlin besorgt, und von Onkel Luis' Briefen wüsste ich ohne euch gar nichts ...« Sie stockte. Das, was davor gewesen war, sollte sie ihm davon erzählen? Nein, er hatte Kummer und Sorgen genug. Und das, was gewesen war, war vorbei, musste vorbei sein. Sie hatte sich entschieden.

Ja, dachte sie, ich habe mich entschieden zu leben. Was auch immer das in Zukunft für mich bedeuten wird.

Ihr Griff wurde fester. Er wandte ihr sein Gesicht zu, ein gutes, freundliches Gesicht. Doch es war voller Kummer, trotz allem, was sie gesagt hatte.

»Komm«, sagte sie und lächelte ihn an, »wir gehen nach unten und schlafen noch ein bisschen, bevor es hell wird. Anna braucht uns und der kleine Franz auch.«

Kapitel 2

In den Folgetagen nahm Anna regelmäßig die verordneten Tropfen, so dass es ihr allmählich besser ging. Aber erst am dritten Tag konnte sie mehr als nur schluckweise Tee trinken. Am Morgen des vierten Tages brachte Caroline ihr etwas Haferbrei vom Frühstück mit und freute sich, dass die Freundin die wenigen Löffel bei sich behielt. Das war ein Anfang. Es war der neunte Tag der Reise, das Ende war in Sicht. Anna musste von ihrem Krankenlager hochkommen, sie musste sich bewegen, und vor allem musste sie raus aus dem stickigen Zwischendeck.

Caroline und Franz versorgten abwechselnd das Kind und unternahmen mit der Kranken kleine Spaziergänge zwischen Bett und Waschraum. Paula spielte ab und zu mit dem kleinen Franz, ließ ihn auf ihren dicken Schenkeln reiten und schaukelte ihn hin und her. Dann lachte der Kleine und juchzte, und Anna betrachtete das alles von ihrem Krankenlager aus und bedankte sich bei der gutmütigen Frau.

Am Abend dieses neunten Tages machte ein Gerücht die Runde. New York sei nah, schon am nächsten Tag werde man in die Hudson Bay einlaufen, das Einwanderungslager erreichen.

»Morgen?«, fragte Herr Schönfelder, einer der drei Familienväter. »Das ist nicht möglich. Nach Amerika, das dauert 14 Tage, ich hab's gelesen.«

Der große, hagere Mann aus dem Westfälischen prahlte gern mit seiner Bildung. Immerhin war er Klavierbauer und als solcher in Ausbildung und Stand den meisten anderen Mitreisenden überlegen. Wie so oft in solchen Fällen war seine Frau still und demütig. Zwei der Töchter hingegen, die beiden älteren, gaben sich kokett und naseweis; die jüngste glich der Mutter und hielt sich scheu und ruhig in ihrer Nähe.

»Warum net, Herr Schönfelder?«, antwortete ihm sein Bettnachbar in breitestem hessischem Dialekt. »Das hier is e Post-Schnelldampfer, gell. Des kann scho hinkomme, des mit die zehn Dag.«

Der das sprach, war Herr Reuter, ein Schuhmacher aus dem Südhessischen, der nach New York wollte, um seinem Bruder beim Aufbau einer Schuhmacher-Werkstatt zu helfen. Seine Frau und zwei halb erwachsene Söhne fuhren mit.

»Aber zehn Tage, Herr Reuter, das wäre ja ...«

»Ja, sinn Se doch froh!«, gab Frau Reuter ihrem Mann recht. »Des is doch hier net zum Aushalde mehr.«

»Na, wat denn«, ließ sich die dicke Paula nun vernehmen, »det will ick doch mein', det wir hier noch janz jut wegjekomm' sind.«

»Ja, sischer«, antwortete die Schuhmachersfrau, »un isch will au net meggern. Aber sinn Se denn net au froh, wen mer ankomme dät?«

Caroline schlug bei diesem Dialekt, wenn er auch dem Casseler und überhaupt dem Nordhessischen nur ein wenig ähnlich war, das Herz schneller. Er erinnerte sie an ihre Kindheits- und Jugendtage. All das war vergangen, und die guten Erinnerungen endeten an ihrem 18. Geburtstag oder doch kurz danach, als ihre Eltern August Grieger als ihren künftigen Ehemann und vor allem als eine gute Partie für sie ausgesucht hatten. Und dann war Georg in ihr Leben getreten ...

Sie schüttelte die Gedanken ab. Nicht wieder von vorn alles durchgehen und doch zu keinem Ergebnis kommen. Und dennoch – ein paar Worte in einem hessischen Dialekt genügten, um alles wieder aus ihrem tiefsten Innern hervorzubringen.

Franz, der sie beobachtet hatte, sagte schnell: »Wenn das stimmt, müssen wir Anna auf die Beine bringen.«

Caroline nickte. »Komm«, ermunterte sie die Freundin, »steh auf, Anna. Wir gehen nach oben.«

Anna starrte sie ängstlich an, ihr brach der Schweiß aus. Sie setzte sich in ihrem Bett auf und kroch auf allen vieren, bis sie das Fußende erreichte und aufstehen konnte. Franz fasste sie unter, Caroline zog ihr den Mantel an, und langsam, Schritt für Schritt, ging Anna die Treppe hinauf. Es dämmerte schon, aber die Luft war klar und würde die Kranke erfrischen.

»Na, jeht doch!« rief Paula ihnen nach. Sie hielt Annas Jungen auf dem Schoß und machte mit ihm Fingerspiele. Frau Reuter sah ihnen zu und lachte.

»Wenn ick bei meine Tochter bin«, erklärte Paula, »det hier is det Üben. Da kommt wat Kleinet an, un ick sorg dafür, un die Lina jeht in die Spinnerei.«

»Ah, isch versteh!«, erwiderte Frau Reuter. »Da wird sisch ihre Dochder sischer freue.«

Paula nickte. »Ick wart och druff. Un wenn wer morjen schon ankomm', will ick och nischt dajejen ham.«

Die Reuter nickte bedeutungsvoll und wollte eben antworten, als eine der drei Schönfelderschen Töchter, die wohl an die 14 oder 15 Jahre zählen mochte, hereingestürmt kam und rief: »Es stimmt! Morgen sind wir in New York! Wie ich mich auf Tante Bertha freue!«

Oben gingen Caroline und Franz mit Anna in ihrer Mitte auf und ab. Es ging ein paar Minuten auch ganz gut, dann jedoch lehnte sich die kleine, blasse Frau an ihren Mann und flüsterte: »Ich muss mich wieder hinlegen.«

Caroline gab ihr ein paar Löffel Haferbrei zu essen, die sie vom Frühstück aufgehoben hatte. Das Mittagessen, meist Eintöpfe, Pökelfleisch oder Stockfisch, mochte sie der Kranken nicht zumuten, und das harte Brot, das es am Abend gab, hatte Anna abgelehnt. Besorgt sah sie die Freundin an, die so matt in ihrem Bett lag, als wolle sie sich nicht mehr daraus erheben. Wie sehr hatte sie sich verändert seit den gemeinsamen Tagen in Zehlendorf! Wie oft war Anna es gewesen, die sie nach den vielen schlimmen Nachrichten von zu Hause getröstet hatte – nach Vaters, nach Großmutters Tod. Und wie viel Arbeit hatte sie ihr abgenommen, in der Waschküche und in der Plättkammer. Anna mit dem braunen Haar und den goldbraunen Augen, die aufgeleuchtet hatten, wenn sie von ihrem Franz sprach und die in vollem Glanz erstrahlten, wenn sie mit ihm zusammen war.

Ich muss sie aufmuntern, dachte sie, morgen muss sie wieder an die frische Luft, und wenn wir in den Hafen einlaufen und von Bord müssen, dann darf sie nicht schlappmachen.

Franz dachte genauso, aber er wusste nicht recht, wie er es zuwege bringen sollte, seiner Frau zugleich die körperliche Schwäche und die traurige Stimmung zu nehmen. Ab und zu war es Caroline und ihm gelungen, Anna aufzumuntern, immer dann nämlich, wenn sie von dem grünen Land erzählten, das der Heimat so ähnlich sei und wo sie sich alle wohl fühlen würden. »Wo unser Junge frei aufwachsen kann«, hatte Franz gesagt. Und manchmal schien es ihnen, als halte diese Stimmung bei Anna eine Weile an. Aber immer waren es nur einige Stunden oder gar Minuten, dann verfiel sie wieder in die alte Lethargie und starrte an die Wand oder irgendwohin ins Leere.

Als der Morgen kam, war Caroline früh auf. Es ging ihr so, wie es bei der Abreise gewesen war: Sie musste raus aus der Kabine, hoch, hinauf, an die frische Luft. Dann ging es zum Frühstück und ans Packen, sie war rasch fertig und sagte zu Anna: »Komm, du musst nach oben. Du musst sehen, wo wir ankommen.«

An Deck war es schon sehr voll. Alle wollten New York sehen, die große Stadt, die Hudson Bay, und nichts verpassen, jetzt nicht mehr. Auf den Gesichtern stand geschrieben, was die Menschen fühlten. Würden sie die Einwanderungskontrolle überstehen? Würden sie hinein dürfen in das Land ihrer Träume oder das Land ihrer Flucht oder das Land, auf das sie ihre letzte Hoffnung setzten? Würden sie als gesund auf die Fähre in die Stadt geschickt werden oder als krank deklariert auf der Insel bleiben müssen, die seit zwei Jahren als Durchgangsstation für die Einwanderer diente.

»*Insel der Tränen* nennt man sie«, hatte Herr Schönfelder einmal gesagt. Lange vor der Ankunft war das gewesen, aber Caroline hatte die Angst in den Gesichtern ihrer Mitreisenden gesehen. »Meine Schwester ist letztes Jahr rüber. Sie hat's mir erzählt. Sie können dich abweisen oder an Land schicken, in zwei Minuten oder doch nicht viel mehr.«

Ich bin gesund, hatte Caroline gedacht, als er das sagte, ich bin jung, was soll mir passieren. Aber auch sie hatte die Angst gepackt, so kurz vor dem Ziel, vor ihrer letzten Chance auf ein bisschen Leben, abgewiesen zu werden und zurückkehren zu müssen in eine Heimat, die keine mehr war.

Die *Weser* fuhr in die Bay ein, in ruhiges Wasser. Vor ihnen lag New York, so weit das Auge reichte. Unendlich viele, lange Reihen von Häusern, erst klein am Horizont, dann stetig größer, je näher das Schiff dem Hafen kam. Und schließlich atemberaubend hohe, imposante, prächtige, moderne Häuser; selbstbewusst reckten sie sich dem Himmel entgegen, als wollten sie den Eindruck noch verstärken: in der Neuen Welt zu sein, im Land der unbegrenzten Möglichkeiten, wo Chancen und Scheitern so dicht beieinander lagen.

Caroline stand inmitten der anderen Zwischendeck-Passagiere. Es wurde gedrängelt, gejubelt, umarmt, gebetet, gesungen und geweint, aber viele schauten nur stumm und staunend auf das, was sich ihren Augen bot. Sie bahnte sich, gefolgt von Franz, einen Weg durch die Menschenmenge, bis sie direkt an der Reling stand.

Amerika!, las sie auf den Gesichtern. Was wird es mir bringen? Wie wird es mir ergehen? Werden sich meine Träume auf ein besseres Leben erfüllen? Oder werde ich scheitern?

Ihr Herz klopfte bis zum Hals. Sie war auf dem Schiff, das in die Bucht von New York einlief, heute, an diesem späten Augusttag des Jahres 1894! Sie hatte tatsächlich getan, was sie sich vorgenommen, wofür sie Monat um Monat gespart und auf alles verzichtet hatte. Sie stand einfach da, unfähig zu denken. Da war nur das Gefühl freudiger, ein wenig ängstlicher Erregung, ein leichtes Zittern durchfuhr sie, ein Schauer ...

Und dieser Schauer verstärkte sich, als ihr Blick auf die Säule fiel, die aus dem Wasser zu ragen schien, bronzefarben, ein Fixpunkt für das Auge, mitten in der Bay. Ihr Herz schlug schneller, ihr Atem ging rasch. Irgendetwas an diesem Anblick fesselte sie, ließ sie nicht los, und als Anna an ihrer Seite sagte: »Caroline, ich kann nicht mehr. Ich muss mich ausruhen«, da hörte sie es nicht.

Franz sah sie von der Seite an, dann wieder Anna. Der Anblick der beiden Frauen hätte unterschiedlicher nicht sein können. Anna lehnte sich, schwach und mit geschlossenen Augen, an seine Schulter. Es war ihr offensichtlich egal, wohin dieses Schiff fuhr und ob sie die Einfahrt in ihr neues Leben mitbekam oder nicht.

Caroline sah noch immer geradeaus, mit strahlenden Augen, staunendem Gesichtsausdruck. Aus der Säule wurde ein großes, lang gestrecktes Rechteck, darauf eine riesige Gestalt. Sie konnte sich nicht losreißen von dem Anblick: Atemberaubend schön hielt die Freiheitsstatue den Ankommenden ihre Fackel entgegen.

Franz folgte ihrem Blick, und dann sah auch er sie in ihrer vollen Schönheit: die Göttin der Freiheit, die hoch erhoben auf einer kleinen Insel auf ihrem Sockel stand und die Einwanderer begrüßte.

Was hatte er gelesen? Was war es, das die Göttin in ihrer linken Hand hielt? Die Fackel der Freiheit in der Rechten und links ... die amerikanische Unabhängigkeitserklärung!

»Franz«, hörte er die schwache, tonlose Stimme seiner Frau, »bring mich hier weg.«

Er umfasste sie und bahnte sich den Weg durch die Menge nach unten. Dort saß Paula und spielte mit seinem Kind. Franz blieb bei Anna und bewachte ihren kurzen, schweren Halbschlaf, bis er sie wecken musste, denn das Schiff hatte angelegt und wartete darauf, 600 Menschen auszuspucken und an die Fähre nach Ellis Island zu übergeben. Nur die Passagiere der zweiten und der ersten Klasse würden nach einer kurzen Überprüfung auf dem Schiff direkt im Hafen von Bord gehen.

»Ich danke Ihnen, Frau Wuttig«, sagte Franz zum Abschied zu Paula. »Sie haben unser Kind gehütet, als wäre es ihr eigenes. Ich werde Ihnen das nicht vergessen.«

Paula wischte eine Träne aus dem Augenwinkel und sagte: »Wenn Se schon 'ne Adresse ham, jeben Se se mir. Ick schreibe.«

Caroline war an Deck geblieben, hingerissen von dem Anblick, der sich ihr bot. All die schweren Jahre, das kein Ende nehmen wollende Leid und dazwischen immer die Hoffnungen, die doch nur Illusionen gewesen waren, der lange verlorene Kampf um ihr Kind, die tiefe Wunde, die Georgs Tod gerissen hatte. Und jetzt diese Figur – groß, mächtig, verheißungsvoll erschien sie ihr. Der amerikanische Traum vom freien, selbst bestimmten Leben. Tränen liefen ihr ungehemmt über das Gesicht. Es war überwältigend, mehr als sie verkraften konnte für diesen Moment, und sie griff nach der Kette, küsste das Posthorn, wie sie es schon so oft getan hatte, und sagte, leise, zu sich selbst und zu dem geliebten

Mann, der in ihrem Herzen wohnte: »Georg, dein Traum, sieh doch, das ist das Zeichen! Das ist die Verheißung, dass es eine Zukunft gibt!« Und eine Welle der Dankbarkeit stieg in ihr auf und durchflutete ihren Körper.

Das Schiff hatte Bedloe's Island passiert und steuerte die Hudson Piers an. Caroline sah noch immer die Göttin vor ihrem inneren Auge und wurde erst aus diesem Zustand gerissen, als ein Rucken das Anlegen des Dampfers anzeigte. Uniformierte kamen an Bord, um die Passagiere der ersten und der zweiten Klasse abzufertigen und direkt hier vor Ort zu entlassen.

Als die Ersten das Schiff verließen, zuckte Caroline zusammen. Die Erinnerung an Tante Thea und den Baron kam hoch, als sie die elegant gekleideten Damen mit ihren männlichen Begleitern sah. Teure Mäntel, große Hüte mit Federn, kostbare Handtaschen, all das und noch viel mehr hatte sie bei Thea Odenbruck gesehen; Tante Thea, zu der ihre Eltern sie geschickt hatten, um ihren Ungehorsam zu strafen und sie von Georg zu entfernen. Ein Ankleidezimmer voller Regale und Kleiderstangen, die Schmuckschatullen im Schlafzimmer verschlossen – ein Leben voller Müßiggang und Bequemlichkeit. Herren in vollendeter Garderobe riefen nach Gepäckträgern, winzige Hunde wurden in Zofenhände übergeben, sie hörte Lachen und lebhaftes Reden, am Kai warteten die Wagen, um die Herrschaften nach der anstrengenden Reise in ihre Hotels oder gar in ihre eigenen Häuser zu bringen.

Auch die Reisenden der zweiten Klasse waren gut gekleidet. Mein Bruder Gustav und seine Frau Elisabeth, dachte

Caroline, hätten wohl diese Klasse bevorzugt, die zwar nicht luxuriös, aber durchaus komfortabel ist. Eine Kabine für zwei Personen, gutes Essen und ein eigener Waschraum. Hatten diese Menschen auch nur einen einzigen Gedanken an die verschwendet, die im Zwischendeck reisen mussten? Nicht einmal hundert in der ersten, an die zweihundert in der zweiten, aber über sechshundert Menschen in der dritten Klasse, alle strikt voneinander getrennt. Wie gern wäre sie einmal auf das Promenadendeck gegangen, ganz nach oben, direkt unter der Kommandobrücke, in den Speisesaal mit den Kronleuchtern. Oder nur eine Etage höher, dorthin, wo das Postbüro lag, wo die Seepost nach Amerika sortiert wurde, wo Beamte der Kaiserlichen Deutschen Reichspost nach Amerika mitfuhren und an Bord ihren Dienst versahen ... Warum erst jetzt, fünf Jahre zu spät oder doch drei? – Georg hätte das machen können, anstatt ins Manöver zu ziehen ...

Als sie sich bei diesen Gedanken ertappte, stieg etwas wie Hilflosigkeit in ihr auf, ein Gefühl des Ausgeliefertseins. Sie durfte sich nicht immer wieder diesen Stimmungen überlassen, die sie quälten, so oft sie es sich auch vornahm, sich davon zu lösen. Es schmerzte noch so sehr, viel zu sehr nach der langen Zeit, seit Georgs Tod vor nun fast fünf Jahren.

Sie zwang sich in die Wirklichkeit zurück und drehte sich um. Anna und Franz – wo waren sie? Sie musste Franz mit dem Gepäck und mit dem Kind helfen, Anna auf die Beine bringen, ihr eigenes Gepäck holen ...

Unten hatte das Abschiednehmen begonnen, obwohl nun alle Passagiere der dritten Klasse nach Ellis Island übersetzen würden. Aber wer wusste schon, wie lange er dort bleiben würde, und wo. Vielleicht würde man sich nicht wiedersehen. Herr Schönfelder hatte von seiner Schwester erfahren, dass Männer und Frauen getrennt abgefertigt und, wenn ein längerer Aufenthalt unvermeidlich war, auch getrennt untergebracht sein würden. Caroline umarmte Paula; sogar ihr rannen ein paar Tränen über die Wangen.

Schönfelders waren schon gegangen, was Caroline nur wegen der freundlichen, stillen Frau leid tat. Sie verabschiedete sich von Reuters und von der jungen Familie mit dem Baby. Auch sie ging in eine ungewisse Zukunft.

»Ich war Knecht auf einem Gut oben im Preußischen«, hatte der junge Vater erzählt, »aber dann mussten welche entlassen werden, und ich war dabei. Und in der Stadt, da war es schlimm ... so schlimm ...«

Ich weiß, wovon er spricht, hatte Caroline gedacht, als er von seinem Leben in der Mietskaserne erzählte. Aber sie sagte nichts, hörte nur still zu. Später war sie froh darüber, denn was Mennolte erzählte, war doch viel schlimmer als das, was sie selbst in Berlin erlebt hatte. Trockenwohner und ein Schlafbursche, der das Bett benutzte, wenn er selbst an seiner Arbeit in der Fabrik war. Zwölf Stunden Arbeit und ein Hungerlohn. Irgendwann war die Polizei gekommen und hatte die zu Tode erschrockene schwangere Frieda angetroffen. Der Bursche wurde verhaftet, wegen sozialdemokratischer Umtriebe hatte es geheißen, und Mennoltes mussten wieder umziehen, weil sie keinen mehr fanden, der das Bett mieten wollte, die eigene Miete aber zu hoch war ohne einen Schlafburschen. Frieda hatte eine Fehlgeburt. Später dann hatte er sich für eine Fabrik drüben in Amerika anwerben lassen, sein zweites Kind wurde geboren, und gleich, als es »aus dem Gröbsten heraus war«, wie er sagte, gingen sie auf die *Weser*. Drüben musste er die Reise abarbeiten.

Und immer noch hat er Hoffnung, dachte Caroline, die Hoffnung auf ein besseres Leben. Sie schämte sich fast. Es gab immer noch jemanden, dem es schlechter ergangen war …

Im Laufe der Zeit hatte sich Franz mit Justus Mennolte angefreundet, sie waren sogar zum Du übergegangen und unterhielten sich über alles, was mit der Landwirtschaft zusammenhing. Justus verstand etwas davon und konnte Franz so manchen Rat geben.

»Ich würde so gern wieder auf den Feldern arbeiten«, hörte sie Mennolte sagen. »Aber ich muss sehen, dass ich die Schulden zurückzahle, und dann sparen wir für die Bahnfahrt.«

Frieda, seine Frau, legte ihm die Hand auf die Schulter.

»Wir gehen nach Klein-Deutschland, das ist ein Stadtteil, wo nur Deutsche wohnen. Da werden wir wohl Hilfe bekommen. Aber ich muss raus aus der Stadt«, versicherte er, »so schnell es geht.«

»Ich wünsche Ihnen, dass es nicht lange dauert«, verabschiedete sich Caroline.

»Viel Glück«, antwortete Mennolte, »kommen Sie gut an.«

»Ja«, versprach sie, »passen Sie auf sich auf.«

Das kleine Mädchen lächelte scheu. Caroline nahm sie in den Arm. Frieda hielt den Säugling, mit der freien Hand griff sie nach Caroline und drückte ihre Schulter. Die nahm die Hand und wollte etwas sagen, ein paar aufmunternde

Worte zum Abschied. Aber sie sah nur auf das Kind, das im Arm der Mutter schlief. Sie blieb stumm und schluckte, dann zog sie die Hand der jungen Frau an ihre Wange und nickte ihr zu.

Franz hatte Anna umfasst und reichte Caroline das Kind. »Es ist besser so, in dem Gedränge«, sagte er dazu.

Ein letzter Händedruck, dann gingen sie nach oben und mischten sich unter die unübersehbare Menge der dicht an dicht gedrängten Menschen.

Kapitel 3

Sie mussten lange warten, bis sie an der Reihe waren und auf die Barge nach Ellis Island gehen konnten. Franz mit dem Handgepäck, Anna neben sich, dahinter Caroline mit dem Kind auf dem Arm und ihrer Reisetasche in der Hand. Sie hatte ihren Mantel angezogen, um ihn nicht über dem Arm tragen zu müssen. Aber es war warm an diesem Tag, sie schwitzte, und sie sah, dass es den meisten anderen Einwanderern genauso ging. Die Frauen in Kopftüchern und Schößchenjacken, die Männer in grober Arbeitskleidung, die Mützen auf dem Kopf. So sahen die Menschen aus, die von Bord gingen, nur wenige trugen Anzüge, Hüte oder Mäntel.

Paula keuchte hinter ihr. Als die Fähre anlegte, quollen die Menschenmassen auf die Insel, dirigiert von Mitarbeitern der Einwanderungsbehörde. Gepäckkarren wurden herangerollt, Registrierzettel verteilt. Die Barge kehrte um und holte den nächsten Schub.

Wie viele Leute sind das hier wohl?, fragte sich Caroline. Die von unserem Schiff mal drei, mal vier? Das hatte sie nicht erwartet. Das waren mehr Menschen auf engem Raum, als sie jemals zuvor gesehen hatte. In Annas Gesicht stand der Schrecken. Schon auf dem Schiff war es unerträglich für sie gewesen, aber das hier übertraf ihre schlimmsten Erwartungen. Sie standen mehr, als dass sie gingen, und ab und zu wogten sie in dieser ungeheuren Masse tausender Menschen ein Stück weiter auf die neuen Gebäude der Einwanderungsinsel zu. Das Hauptgebäude mit den vier Türmen an den Seiten und ihren hoch in den Himmel ragenden Dächern war riesig. Ein Schauer lief Caroline über den Rücken; mit einer Mischung aus Scheu und Respekt ging sie, Schritt für Schritt, inmitten der Menge, eine von vielen, auf die eindrucksvollen Gebäude zu.

Um sich herum hörte sie alle Sprachen dieser Erde, so jedenfalls erschien es ihr. Menschen aus aller Herren Länder, arm und abgerissen die meisten. Viele nur mit einem Bündel über der Schulter, ohne jedes weitere Gepäck. Leid und Entbehrung spiegelten sich in blassen Gesichtern. Diesen Menschen mit den harten osteuropäischen Sprachen ging es sicher noch viel schlechter als ihr selbst.

Sie schob sich vorwärts und versuchte, stetig nach vorn zu schauen. Nur einmal blickte sie sich um, aus einem Grund, der ihr selbst nicht klar war. Als sie es merkte, war es zu spät. Die greisen Augen einer alten Frau waren auf sie gerichtet. Das kleine, faltige Gesicht schaute aus einem wollenen Kopftuch hervor, die schwarze Männerjacke war viel zu groß, ihr Bündel hatte sie zusammengeschnürt und um die Schultern gewickelt. Ihre Blicke trafen sich, dann sah die Alte weg. Ergeben und demütig bewegte sie sich mit der Masse nach vorn.

Caroline hielt das Kind umklammert, denn sie musste sich an irgendetwas festhalten. Es war nicht möglich, war wie ein Traum, und doch hatte sie sie gesehen: Großmutters Augen – hier auf Ellis Island, einen Ozean entfernt von dort, wo die alte Sophie begraben lag. Augen voller Güte, in denen sich ein langes, anstrengendes Leben spiegelte. Und diese Frau hatte auswandern müssen auf ihre alten Tage, die

Frau mit Großmutters Gesicht ... Sie wollte einen Finger zwischen die Zähne nehmen und zubeißen, um nicht zu schreien – aber es ging nicht mit Franz auf dem Arm, in der anderen Hand die Reisetasche. Sie erstickte den Schrei und presste die Lippen aufeinander. Die alte Frau wurde zur Seite gedrängt, immer weiter entfernte sie sich, bis sie in der Masse der Namenlosen verschwand. Caroline atmete tief ein und aus.

Ich gehe einfach weiter, ich bin hier, weil ich hier sein wollte, und ich gehe weiter.

Anna wurde stetig schwächer. Sie klammerte sich an Franz, der mit dem schweren Gepäck ohnehin genug zu tragen hatte. Tränen liefen ihr über die Wangen. Als sie den Eingang des Gebäudes erreichten, schwankte die zarte Frau.

»Ich muss mich setzen«, sagte sie. Es klang sehr matt.

Aber daran war jetzt nicht zu denken. Im Gegenteil, alle mussten eine Treppe hinauf, in eine Halle, wo sie wieder warten würden, auf die medizinische Untersuchung und auf die Überprüfung der Einreisepapiere.

Als sie endlich die Treppe erreichten, blieb Anna stehen, so als wolle sie sagen: bis hierher und nicht weiter.

»Komm«, drängte Franz, »weiter, Anna. Wir halten alles auf. Komm!«

Und sie schleppte sich hoch, Stufe für Stufe, und blieb stehen und atmete und schluckte. »Franz«, sagte sie, so hilflos und verloren, dass er sie am liebsten in die Arme genommen und nach oben getragen hätte. Das schwere Gepäck hinderte ihn daran, und im Ohr klangen ihm Schönfelders Worte: »Die medizinische Untersuchung ist das Schlimmste. Da entscheidet sich in zwei Minuten, ob du rein darfst oder nicht.«

Er zog sie einfach mit sich, so gut er es vermochte, und Caroline schob die Freundin von hinten an. Sie drückte ihr den gebeugten Ellenbogen, auf dem sie das Kind hielt, in den Rücken. Ihr Arm schmerzte, die Reisetasche in der anderen Hand zog sie nach unten, aber sie ging weiter, so wie alle anderen. Hinter ihr keuchte die dicke Paula die Stufen hinauf, bis sie stehen blieb, nach Luft rang und nicht mehr weiter konnte. Andere drängten an ihr vorbei, sie blieb zurück und konnte nicht einmal nach Caroline rufen. Als sie endlich wieder Atem hatte, waren ihre Mitreisenden längst oben angelangt.

Dann standen sie in dichter Reihe vor einem Uniformierten, der ihre Augen untersuchte. Er klappte Ober- und Unterlid auf und sah in jedes Auge hinein. Was soll das?, fragte sich Caroline. Sie sah sich nach Paula um, aber sie konnte sie in der unübersehbaren Masse der Menschen nicht ausfindig machen.

Von hinten drückte man sie weiter in die Halle. Dort drängten sich die Menschen. In langen Reihen mussten sie anstehen zur medizinischen Untersuchung. Inzwischen war es Mittag geworden.

»Anna«, sagte Caroline eindringlich dicht am Ohr der Freundin, denn es war sehr laut um sie herum, »gleich werden wir untersucht, und dann musst du stark sein, hörst du! Die können dich zurückschicken oder noch länger hier behalten, und das willst du doch nicht, dass das passiert.«

Anna sah sie an, als zweifle sie durchaus an ihrer eigenen Absicht, die medizinische Untersuchung zu überstehen und einzureisen.

»Anna! Denk doch an Franz und an den Jungen!« Caroline zog die kleine Flasche mit Annas Arznei aus ihrer Manteltasche und ließ die doppelte Dosis auf Annas Löffel tropfen. »Hier, nimm das, dann wird dir nicht wieder schlecht. Und wenn dich jemand fragt, aber nur dann, sag einfach, dass du noch ein bisschen seekrank bist.« Anna schluckte die Tropfen und nickte gehorsam.

»Franz, was heißt ›seekrank‹ auf Amerikanisch?«, fragte Caroline.

»Seasick.«

»Gut, Anna, du hast es gehört. Also sag ›seasick‹, wenn dich jemand fragt.«

Anna sah sich ängstlich nach Franz um. Komisch, dachte Caroline, keiner von unseren Mitreisenden ist mehr zu sehen. Keine Paula, keine Frau Schönfelder ...

In diesem Moment wurde sie in einen Raum geschoben und nach ihrem Namen gefragt. Der Arzt, ein älterer Herr, sah sie prüfend von oben bis unten an, untersuchte Mund und Rachen, Brustkorb, Haut und Augen, dann lächelte er anerkennend, reichte ihr den gestempelten Kontrollzettel und sagte: »Good luck, Miss Caspari.«

Sie sah ihn sprachlos an. Die Untersuchung hatte nur wenige Minuten gedauert. Die Anspannung fiel von ihr ab wie nach einer schweren Prüfung. Sie war so erleichtert, dass sie hätte tanzen können vor Glück! Denn dieses kurze aufmunternde »Good luck!« konnte nur heißen, dass sie nun angekommen war, aufgenommen und akzeptiert! Das spürte sie wohl, auch wenn sie die Bedeutung der Worte nicht verstand. Sie atmete tief ein, tief aus, ihre blauen Augen leuchteten auf. Dann lächelte sie dem Arzt zu und ging hinaus.

Caroline stand mit Franz am verabredeten Treffpunkt und wartete auf Anna. Eine halbe Stunde verging. Je länger sie warteten, desto unruhiger wurden sie.

Ich will mir nicht vorstellen, was passiert, wenn Anna zurückgeschickt wird! Ich werde mit Gosslers nach New York übersetzen und in die Bahn nach Kentucky steigen ... Caroline sah Franz an. Wie müde er aussah ...

Das Kind begann unruhig zu werden. Viel zu lange waren sie schon hier, warteten und hofften und bangten. Caroline hatte Mühe, ihre eigene Nervosität zu unterdrücken.

»Ich erzähle dir ein Märchen«, versuchte sie das Kind zu beruhigen. Sie erzählte mit leiser, monotoner Stimme, und dann, endlich, als *Hänsel und Gretel* und *Schneewittchen* abgehandelt waren und der kleine Franz, aufmerksam lauschend, wieder ruhiger geworden war, öffnete sich eine der Türen und Anna kam heraus. Caroline schlug das Herz bis zum Hals. Augenblicklich stellte sie das Kind auf die Füße und eilte auf die Freundin zu. Anna streckte die Arme aus und drückte sie an sich.

»Ach, Caroline«, schluchzte sie, »das ist alles zu viel! Ich kann nicht mehr!«

»Bist du ... Darfst du einreisen? Anna, sprich doch! Was ist los?«

»Mama!«, rief das Kind und zerrte an Annas Rock. Die löste sich von Caroline und nahm ihr Kind in den Arm. Sie weinte jetzt heftiger und drückte den Jungen an sich, als wollte sie ihn nie mehr loslassen. Caroline stand neben den beiden und hatte plötzlich wieder Mitleid mit Anna. Sie sah so hilflos aus, so schutzbedürftig.

»Ja, ja«, klang es von unten herauf. »Ich darf mit euch kommen ...«

Den Rest des Satzes hörte Caroline nicht mehr. Alles um sie herum begann sich zu drehen, so schien es ihr, und sie drehte sich in Gedanken mit im Kreis wie in einem Freudentanz. Es war wie ein Taumel, eine Trance, in der sie ihre Umgebung vergaß. Sie schloss die Augen, auch das unwillkürlich – so lange, wie lange hatte sie auf diesen Moment gewartet! Ein Schauer der Freude durchfuhr, vom Herzen ausgehend, ihren ganzen Körper. Es war eine Mischung aus unendlicher Dankbarkeit, Erleichterung und Neugier auf das, was kommen würde.

»Caroline? Was ist denn?«, hörte sie ein männliche Stimme hinter sich fragen. Erschrocken drehte sie sich um und sah in Franz' fragendes Gesicht.

»Sie ist ... durchgekommen!«, stotterte sie.

»Aber das weiß ich doch! Jetzt noch die Kontrolle der Papiere. Das dürfte kein Problem mehr sein.«

»Entschuldige, bitte entschuldige, Franz. Ich ... war so ... Ich war wohl doch besorgter, als ich es mir eingestehen wollte.«

Franz legte ihr die Hand auf den Arm. »Wir hatten alle Angst. Und da ist es auch kein Wunder, dass wir jetzt alle ein bisschen durcheinander sind.«

Anna sah Caroline unglücklich an. »Ich ... Es tut mir leid, dass ich mich so benommen habe. Aber, weißt du, als Paula mir erzählte, dass sie noch länger hier bleiben muss und nicht weiß, ob sie zurückgeschickt wird, da hat sie mir so leid getan. Sie hat sich doch so viel um Fränzchen gekümmert und war immer so nett und so lustig. Und jetzt das.«

Paula!, dachte Caroline. Deshalb hat Anna geweint.

»Sie ist schon gleich zuerst aussortiert worden, weil sie so dick ist und die Treppe nicht hoch kam. Und dann hat der Arzt irgendwas gesagt, sie meinte, es habe mit ›Herz‹ zu tun gehabt. Sie kann doch kein Englisch. Sie saß da und wartete, und dann kam ich dran und wurde so lange untersucht und kam am Ende doch durch ...«

»Am Ende kommt auch sie durch, du wirst sehen, Anna. Paula, die kommt doch immer durch.« Aber Caroline glaubte selbst nicht an das, was sie da sagte, und konnte nur hoffen, dass Anna es nicht merkte.

Franz steuerte auf die Wartehalle zu. Ein junger Mann erhob sich von einem der hölzernen Stühle und bot seinen Platz an. Caroline ließ Anna den Vortritt und setzte den kleinen Franz auf ihren Schoß. Das Kind lehnte sich an seine Mutter und nahm den Daumen in den Mund. Seine Augen fielen ihm zu. Als einige Plätze frei wurden, konnten auch Caroline und Franz sich endlich ein wenig ausruhen.

Uniformierte, die wie Polizisten aussahen, kamen auf sie zu, und Caroline hatte einen Augenblick lang Angst. Aber die Männer waren freundlich und kümmerten sich um die Immigranten, besonders um Frauen und Kinder. Die meisten Gesichter, die noch viel angstvoller als Caroline auf die Repräsentanten der Staatsmacht gestarrt hatten, zeigten jetzt freudiges Erstaunen und Erleichterung. Sie wurden in einen riesigen Speisesaal dirigiert. Darin waren lange Tische mit ebenso langen Bänken davor in endlosen Reihen aufgestellt. Zahllose Tassen, Teller und Löffel aus Blech waren eingedeckt. Es gab auch Kaffee, und Caroline spürte, wie die Kraft in ihren Körper zurückkehrte, als sie getrunken und gegessen hatte. Sie fütterte das Kind mit Bröckchen von in Kaffee getränktem Brot. Selbst Anna schien durch die Mahlzeit leidlich zu Kräften gekommen zu sein.

Es dauerte lange, bis sie in eine der Warteschlangen dirigiert wurden, die zu den Registrierungsschaltern führten. Auch hier saßen Uniformierte, diesmal hinter hohen Theken, und hielten die Passagierlisten bereit. Als die Reihe endlich an Caroline kam, waren viele Stunden vergangen seit ihrer Ankunft auf der Insel. Bei Franz, der unmittelbar vor ihr abgefertigt wurde, ging es schnell. Er konnte nicht viel, aber doch einige Brocken Englisch. Aus einem Wörterbuch hatte er sich vor der Abreise die passenden Vokabeln herausgesucht und erklärte dem Uniformierten, dass er zunächst bei seinem Onkel Luis auf der Farm wohnen werde. Dann übergab er seine Reisepapiere und Onkel Luis' Bürgschaft.

»Fräns Gossler«, sagte der Beamte, »with Änna Gossler and child.«

Franz zog Anna zu sich an den Schalter heran. Caroline übergab ihr das Kind. Annas Gesichtsausdruck war angespannt. Sie stand da und starrte den Einwanderungsbeamten an.

»Änna Gossler with child?«

Anna brachte kein Wort heraus. Caroline nahm ihr die Einreisepapiere aus der Hand und hielt sie dem Mann hin.

»Ja.« Annas Stimme klang krächzend. Sie räusperte sich.

Der Mann nickte und gab den Gosslers ihre Reiseunterlagen zurück.

Caroline trat an den Tresen heran, sagte: »Caroline Caspari« und legte ihre Papiere auf den Tisch. Der Beamte suchte in der Passagierliste, glich die Daten ab und sagte: »Is it Cärolein Cäspäri? Female. 23. German?«

Sie schaute auf den Namen, auf den er seinen Finger gelegt hatte. Sie konnte ihn lesen, auch verkehrt herum, und sagte: »Ja.«

»You came with the Gossler family? To Luis Maier, *Maier Farm*, Parwinch, Kentucky.«

»Ja.«

Damit war sie entlassen. Gott sei Dank, dachte Caroline, auch diese letzte Hürde haben wir genommen! Und so ging es den meisten. Aber sie sah auch, dass einige wenige von Uniformierten beiseite geführt wurden, zu einem eingehenderen Verhör und dann vielleicht zur Rückkehr. Ihre Gesichter waren vollkommen leer oder von solch großer Verzweiflung gezeichnet, als hätte man sie für den Gang in die Hölle aussortiert.

»Kommt«, drängte Franz, »wir waren wahrlich lange genug hier. Und für Paula können wir nichts tun.«

Er nahm das Gepäck auf, Caroline half ihm, und auch Anna griff sich eine Tasche und nahm ihr Kind an die Hand. Franz kaufte die Fahrkarten und tauschte Geld ein. Gemeinsam passierten sie die letzte Tür auf Ellis Island, *Push to New York* stand daran.

Auf der Fähre sprach keiner von ihnen. Caroline sah die riesigen Gebäude der Insel kleiner werden. Dort saß Paula und wartete noch immer ... Franz zog sie am Ärmel, ihre Blicke trafen sich. Sie nickte und drehte sich um. Er hatte recht. Sie musste nach vorn schauen.

Als die Fähre in Manhattan anlegte, stand sie der Stadt

und dem Hafen zugewandt und ging dicht hinter ihren Freunden von Bord.

Ein Wagen brachte sie zum Bahnhof. Caroline fühlte sich unwillkürlich schuldig, als Franz die Fahrt bezahlte. Sie hatte ihm in Bremerhaven ihre gesparten 80 Reichsmark gegeben, aber die deckten nicht einmal die Überfahrt ab, geschweige denn die Bahnfahrt und alles, was es noch an kleineren Beträgen zu bezahlen galt: die Fähre, den Wagen, das Essen für unterwegs ...

»Das ist wahrlich eine Großstadt«, riss Franz sie aus ihren Gedanken. »Das steht Berlin gewiss in nichts nach. Und trotzdem ist es auch wieder ganz anders.«

Vor ihnen ragte das Bahnhofsgebäude auf, ein wuchtiger, markanter, großflächiger Bau mit einem hohen turmartigen Dachgewölbe in der Mitte und zwei niedrigeren an den Seiten. Alles wirkte prächtig und monumental, eher wie ein Schloss oder wie eine Residenz. Aber es war der Zentralbahnhof. Vor dem Gebäude zogen sich die Gleise der Pferdebahn hin, eine Vielzahl von Droschken hielt dort, und Menschenschwärme drängten in das Gebäude hinein.

Anna entgegnete nichts, obwohl ihr Mann sie angesehen hatte. Ängstlich hielt sie sich an seiner Seite, ihre Hand umklammerte die des Kindes.

»Gut, dass wir das kennen«, antwortete Caroline an Annas Stelle. »Für die Leute, die vom Land direkt hierherkommen, muss es beängstigend sein.« Dabei sah sie voller Sorge auf ihre Freundin, der die Welt der Großstadt doch so vertraut war; und nun hatte sie ganz offensichtlich Angst ... Vielleicht ist es nur die Müdigkeit, beruhigte sie sich selbst – hoffentlich.

»Der Zug fährt in einer Stunde«, fuhr Franz fort. »Wir deponieren das Gepäck und essen etwas. Dann wird es wohl Zeit sein. Und passt auf: Hier wird es sicher Taschendiebe geben!«

»Sieh dir das an!«, rief Caroline, als sie den Gleisbereich des Bahnhofs betraten. »Alles überdacht!« Über ihnen erhob sich ein riesiges gewölbtes Dach, ein Halbrund aus Eisen und Glas. Schon die Bahnhofshalle war imponierend gewesen, prächtig mit ihren Verzierungen und edlen Materialien. Und als der Zug einfuhr, dampfend und schnaufend, gab es noch eine Überraschung: Der Einstieg in den Zug war ebenerdig, eine große Erleichterung für Reisende mit viel Gepäck, und das waren die meisten hier.

Im Gedränge der Menschen schoben sie sich vorwärts und in den Zug hinein. Als sie sich endlich setzen konnten, schlief der kleine Franz augenblicklich in den Armen seiner Mutter ein. Caroline hielt sich eine Weile aufrecht auf der harten Holzbank und versuchte, ihre Gedanken zu ordnen. Am Morgen war sie noch auf der *Weser* gewesen, dann die Einfahrt in die Bay, der überwältigende Anblick der Statue, der Hafen von New York, die Fähre und auf der Insel die Frau mit Großmutters Augen … Anschließend die langen bangen Stunden in dem großen Gebäude der Einwanderungsbehörde, das so viel Freude und so viel Leid brachte, alles zugleich und alles an nur einem Tag. Und an jedem Tag reisten Menschen an, kamen neue Hoffnungen auf die Insel, die in Freude oder in Leid umschlagen konnten …

Der Schaffner kontrollierte die Fahrkarten. Anna hatte sich an ihren Mantel gelehnt, der an dem Haken neben dem Fenster hing. Sie war todmüde von der Überanstrengung.

Ja, schlafen, schlafen war gut ... Caroline schloss die Augen, und sie hatte Glück: Der Schlaf kam schnell und erlöste sie von ihren Gedanken und Erinnerungen.

Als sie aufwachte, schmerzte ihr Rücken. Sie lag halb, an Anna angelehnt, auf der Holzbank. Annas Schulter drückte in ihre Halsbeuge. Gegenüber lehnte Franz an dem hölzernen Pfosten hinter seiner Sitzbank, auf seinem Schoß den schlafenden Sohn. Es dämmerte, sie musste die Nacht über geschlafen haben. Wie lange sie wohl noch unterwegs waren? Wir müssen umsteigen, hatte sie sich gemerkt, in einer Stadt, die Charlottesville heißt.

»Franz!«, rief sie leise ihr Gegenüber an. »Wann müssen wir raus?«

Gossler fuhr aus seinem Dämmerschlaf auf. Er versuchte, draußen so etwas wie Landschaft oder gar einen Bahnhof zu erkennen, aber es war noch nicht hell genug, um mehr auszumachen als Umrisse.

Er sah sich um und fing den Blick eines Mitreisenden auf, dessen Augen schon eine ganze Weile auf Caroline gerichtet gewesen waren. »Verzeihung, Sir«, sagte er in einer Mischung aus Englisch und Deutsch, »können Sie uns sagen, wo wir sind?«

»Schon weit hinter Manassas«, antwortete der Mann.

»Charlottesville?«, fragte Gossler.

»Bald« kam die knappe Antwort. Der Fremde lächelte Caroline an.

»Danke«, sagte sie freundlich.

Einige Zeit später hielt der Zug. »Orange!«, rief eine Stimme auf dem Bahnhof.

»Ah, jetzt ist es nicht mehr weit«, stellte Gossler nach einem Blick auf seine in der Jackentasche verstauten Notizen fest.

Caroline nickte ihm zu. Dann sagte sie dankbar: »Du hast alles so gut vorbereitet.«

Ja, es tat wohl, einen Mann bei sich zu haben, und gar einen wie Franz Gossler, der so umsichtig wie praktisch war. Franz' größte Aufmerksamkeit galt auch jetzt wieder seiner Frau, die er mit einer Mischung aus Zärtlichkeit und Besorgnis ansah. Caroline streichelte sanft über Annas Wange und sagte: »Anna, wir müssen gleich umsteigen.«

Anna kam langsam zu sich, streckte sich, sah in das Gesicht ihres Mannes und lächelte ihn an. Sofort veränderte sich sein Gesichtsausdruck, die Zärtlichkeit blieb, aber anstelle der Besorgnis sah Caroline jetzt pure Freude darin.

So hatte Georg sie angesehen, wenn er sich Sorgen um sie machte, wenn er sie tröstete, wenn sie wieder lachen konnte ...

Franz beugte sich vor und nahm die Hand seiner Frau. Er nickte ihr zu und seufzte, glücklich darüber, dass seine Anna wieder lächeln konnte.

Als der Zug Orange passiert hatte, erhoben sie sich; Franz nahm das Handgepäck, Anna das schlafende Kind, Caroline ihre Reisetasche. Kurze Zeit später lief der Zug in Charlottesville ein.

Kapitel 4

Später hätte sie nicht sagen können, wie die Stationen hießen, an denen der Zug hielt, wie lange er gehalten hatte, wann er weitergefahren war. Sie erinnerte sich an das hübsche kleine Bahnhofsgebäude in Charlottesville, das dem Fuchshagener Bahnhof ähnlich war. Es war schon hell, als sie dort ausstiegen, einkehrten, ein wenig auf und ab gingen, bis der Anschlusszug nach Kentucky einfuhr. Ihre Müdigkeit paarte sich mit der Sorge um Anna, die wieder schwächer geworden war, und mit der daraus entstandenen Notwendigkeit, sich um das Kind zu kümmern. Sie spielte mit ihm, wiegte es auf ihrem Schoß in den Schlaf, fütterte und windelte den Jungen, manchmal beinahe im Halbschlaf. Wenn sie selbst schlief, folgten Traumbilder in rascher Folge aufeinander. Sie sah Paula vor sich, zurückgeblieben auf der Insel vor New York; Menschenmassen, die in Gebäude drängten; später grünes Land, durch das sie fuhren; und noch später die mächtige Kulisse der Appalachen, die in der Ferne auftauchte wie eine mächtige Barriere. Und einmal wachte sie aus diesen Träumen auf und hatte Angst, diese Barriere nicht überwinden zu können. Erschrocken sah sie sich um, aber die anderen Reisenden beachteten sie nicht. Jeder hier war mit sich selbst beschäftigt.

Einen weiteren Tag und eine Nacht waren sie unterwegs, bis sie Ashland erreichten, den letzten Umsteigebahnhof.

Alles, was sie gesehen hatte, wirkte nach, ob im Wachen, im Halbwachen oder im Träumen, auch noch als sie sich der Endstation ihrer Reise, Lex Grove Station, näherten: die Weite des Landes, die ungeheuren Entfernungen, das Panorama der Landschaft, die Schönheit der Natur. Und andererseits der spürbare Fortschritt, der sich in dem dichten Netz der Zugverbindungen, in der hohen Zahl der Züge und in ihrer immensen Geschwindigkeit ebenso äußerte wie in den unzähligen Tunnel, die in den letzten Jahrzehnten durch die hohe Gebirgskette der Appalachen geschlagen und gesprengt worden waren. Dieses Land ruhte offenbar nie, alles war auf Fortkommen und unablässiges Erneuern eingestellt. Die technische Entwicklung war weit vorangeschritten, viel weiter als in Deutschland. Sicher war dieses Land bald die Nummer eins in der Welt, so jedenfalls schien es ihr.

»Wenn es nicht schon so ist«, hatte Franz entgegnet, als sie ihm ihren Eindruck schilderte, »möglich ist es jedenfalls.«

Dieses Amerika war neu, in keinem ihrer Bücher hatte sie davon gelesen. Zwar war von der Industrialisierung die Rede gewesen – wie auch anders, in Deutschland war sie, unter der Bezeichnung Fortschritt, ja auch in aller Munde –, dass diese sich jedoch in solch eindrucksvoller Weise präsentierte, hatte sie nicht erwartet. Aber es gab noch mehr Überraschungen. Schon als sie in Ashland, Kentucky, zum letzten Mal umgestiegen waren, hatte es Caroline nicht mehr auf der Sitzbank gehalten. Sie stand am Fenster und sah hinaus in dieses Land, das ihre neue Heimat werden sollte. Sie passierten dicht bewaldete, rund geformte Hügel, Flussläufe, Seen, von Wald umrahmt und von Sand gesäumt – und dann, endlich, wurde der Blick frei, und sie sah nur noch das sanft gewellte Land der Blue Grass Region. Und dieses Land war grün, so grün, dass ihre Augen schmerzten. Genauso grün, wie Onkel Luis es in seinen Briefen geschildert hatte. Sie sah die saftigen Weiden, die mit schneeweißen oder schwarzen Holzzäunen oder steinernen Mauern eingezäunt waren. Pferde weideten dort, Pferde, die so schön waren, wie sie sie nie zuvor gesehen hatte. Und es gab Felder, auf denen jetzt, Ende August, geerntet wurde, Weizenfelder, Roggenfelder und solche mit seltsam hohen buschigen Pflanzen, die sie nicht kannte.

Ihr Herz schlug höher: Sie fuhr in das Land ein, das sie herbeigesehnt hatte, das ein neuer Anfang für sie werden sollte ... Es war atemberaubend schön, das zu fühlen.

»Caroline!«, hörte sie Franz' Stimme wie aus weiter Ferne.

Er rüttelte an ihrer Schulter. Sie drehte sich langsam um und schaute ihn aus weit offenen blauen Augen an.

Ehrfürchtig, dachte er, ehrfürchtig sieht sie aus. Sie hat Respekt vor dem Land, und sie liebt es – schon jetzt.

»Wir sind gleich da«, sagte er leise, »hilfst du uns mit dem Gepäck?«

»Ja, natürlich. Entschuldige, Franz.«

»Nein, lass, du musst dich nicht entschuldigen. Ich glaube, ich weiß, was du fühlst.«

»Franz, das ist unsere neue Heimat!«

»Ja«, sagte er, »ja! Endlich.«

»Wird dein Onkel Luis uns abholen, was meinst du?«

»Das wird er sicher. Er hat geschrieben, dass wir bis Lex Grove Station fahren sollen, einem klitzekleinen Bahnhof, und dort werden wir abgeholt. Aber wenn nicht, ist auch nicht schlimm; den Weg zur Farm hat er aufgezeichnet, sieh hier.«

Er zog Luis' letzten Brief aus der Jackentasche, faltete ihn auf und zeigte auf eine kleine Bleifederzeichnung. Caroline setzte sich neben ihn, um besser sehen zu können. »Das ist Lex Grove, die Bahnstation. Und dieser Weg führt zur Farm, erst nach Norden, und dann noch einmal hier abbiegen, nach Westen.«

Caroline schaute interessiert auf die unbeholfene Zeichnung. »Die Stadt da … Lexington soll das wohl heißen. Und hier ist noch eine kleinere …«

»Parwinch«, erklärte Franz.

»Genau. Jetzt kann ich es auch lesen. Die Farm liegt offenbar dazwischen.« Caroline drückte vor Aufregung seinen Arm. »Franz, ich freu mich so! Dein Onkel war so gut zu mir. Ich kann es gar nicht erwarten, ihm zu danken. Und wie dankbar ich dir, euch beiden, bin, das weißt du ja.«

Franz erwiderte ihr Lächeln und nickte. »Jetzt fängt ein neues Leben an.«

Er sah zu Anna hinüber, die ihnen gegenüber, den Kopf an das Fenster gelehnt, mit geschlossenen Augen auf ihrer Sitzbank saß. Sie sieht nichts, dachte er verzweifelt, sie will nichts sehen.

»Sie ist müde, Franz«, hörte er Caroline leise sagen. »Die weite Reise, und sie war wirklich krank auf dem Schiff.«

Er nickte. Caroline hatte recht, er musste Geduld haben. Wenn sie erst auf Luis' Farm angekommen waren, würde es rasch besser werden.

»Anna, mein Liebes«, versuchte er sie zu wecken, »wir müssen gleich aussteigen. Nimmst du Franz auf den Arm? Caroline und ich kümmern uns um das Gepäck.«

Seine Frau öffnete langsam die Augen und setzte sich aufrecht hin. Sie wirkte, als habe sie Schwierigkeiten, sich zurechtzufinden, und als sei sie ganz weit weg gewesen.

Valerie, fiel ihm ein, oder die Luisenstadt oder die Linden, der Schlachtensee, vielleicht sogar Frau Nostritz. Eines war jedenfalls sicher: In Kentucky war sie nicht, nicht einmal bei ihm oder bei ihrem Kind.

Ihr Sohn saß zu ihren Füßen und beobachtete eine Katze, die im Mittelgang zwischen den Bänken lag und mit ihrer Zunge ihr rötlich-braunes Fell putzte. Ein kleines Mädchen, fünf oder sechs Jahre alt und offenbar die Besitzerin, nahm sie hoch und bettete das Tier auf ihren Schoß. Franz lachte und tapste mit kleinen festen Schritten zu ihr hin. Er streckte die Hand aus und versuchte, die Katze zu streicheln.

»Nein!«, rief Anna ihm zu. »Franz, du weißt doch gar nicht, ob sie kratzt oder beißt!«

Ihr Mann, dem die Sache peinlich war, ging zu seinem Sohn und führte seine Hand behutsam nach vorn. Die Katze rekelte sich auf dem Schoß des Mädchens. Sacht berührte die Kinderhand das weiche Fell. Das Mädchen lachte. »She likes it«, sagte sie zu dem kleinen Jungen.

»Thank you«, entgegnete sein Vater. »Und nun komm, Fränzchen, wir müssen aussteigen.«

Der Kleine winkte dem Tier, als Franz ihn auf den Arm nahm und seiner Mutter übergab. Annas hektische Blicke, die misstrauisch auf das Mädchen mit der Katze gerichtet waren, machten ihn plötzlich ärgerlich.

»Wenn es dich schon nicht interessiert, wie schön die Landschaft hier in unserer neuen Heimat ist, musst du uns wenigstens nicht blamieren!«

Das war heftiger gesagt, als er es gewollt hatte. Aber er

hatte nicht nur die gesamte Reise organisiert – und offenbar so gut, dass bis jetzt alles ohne Zwischenfälle und ganz glatt gelaufen war –, sondern sie ebenfalls durchgemacht. Auch er war müde und überanstrengt, auch er hatte Hunger und musste aus seinen verschwitzten Kleidern heraus. Und er hatte, abwechselnd mit Caroline und Paula, für Fränzchen gesorgt.

Ein Dutzend Augenpaare richteten sich auf Anna. In ihren Augen standen Tränen. Die meisten Fahrgäste hatten zwar nicht verstanden, was Franz da so heftig herausgepoltert hatte, aber sie nahmen durchaus den Tenor wahr. Die blasse junge Frau presste die Lippen aufeinander und hielt das Kind umklammert, als wolle sie sich an dem kleinen Jungen festhalten.

Franz machte sich am Gepäck zu schaffen. Die Truhe und der Schließkorb waren im Gepäckwagen abgestellt worden und würden an der Station ausgeladen werden. Er nahm den schweren Koffer und ging in Richtung Waggontür davon. Caroline sagte nichts. Es würde besser werden mit Anna; jetzt waren sie alle erschöpft und sehnten sich nur noch danach anzukommen. Sie zog die Reisetasche unter ihrem Sitz hervor, nickte der Freundin freundlich zu und öffnete für Franz die Waggontür. Anna unterdrückte ihr Schluchzen und folgte ihr. Bis der Zug hielt, wurde nicht mehr gesprochen, nur Fränzchen zeigte auf diesen oder jenen Gegenstand, der sein Interesse erregte, und sagte: »Da!« Dann patschte er mit seiner kleinen Hand an die Tür.

»Lass das!«, wies ihn seine Mutter zurecht. Erschrocken zog das Kind die Hand zurück und sah sie ungläubig an. Franz wollte sich umdrehen und etwas sagen, aber in diesem

Moment hielt der Zug. Es ruckte, die Lok stieß den Dampf aus, ein lang gezogenes Pfeifen ertönte. Sie waren angekommen.

Nur drei Passagiere stiegen mit ihnen an der kleinen Bahnstation aus. Es war kurz nach zehn Uhr, die Sonne schien hell von einem strahlend blauen Himmel. Die Luft war warm, Vögel zwitscherten so laut, dass man es sogar durch den dampfenden Atem der Lokomotive hindurch hören konnte.

Zwei Frauen, Mutter und Tochter, gingen ohne weitere Formalitäten auf den aus grauen Feldsteinen gebauten Bahnhof zu und durch diesen hindurch auf den Vorplatz. Ein älterer Herr wartete mit den Gosslers zusammen auf das Ausladen der Gepäckstücke aus dem angehängten Güterwagen. Der Reisende, würdig und distinguiert, sprach den neben ihm stehenden Franz an. Aber der verstand ihn nicht, schüttelte den Kopf und sagte mit unverkennbar deutschem Akzent: »Sorry, not understand.« Dabei lächelte er freundlich und etwas hilflos. »Ich ... wir sind gerade angekommen aus Deutschland. Germany.«

Der Fremde zuckte zusammen und sah demonstrativ in Richtung des Bahnarbeiters, der eben die schwere Truhe und den Schließkorb der Gosslers ausgeladen hatte. Als er seine eigenen Koffer in Empfang nahm, zückte er seine Geldbörse und gab dem Mann ein Trinkgeld. Dann sah er sich suchend um. In ebendiesem Moment eilte ein junger Bursche mit dunkler Hautfarbe vom Bahnhofsgebäude aus auf sie zu. Ein Pfiff ertönte, der Zug fuhr an, Dampf stieg aus dem Schornstein der Lokomotive. Der Bahnarbeiter grüßte in Richtung des älteren Herrn und schloss die schwere hölzerne Tür des Gepäckwaggons. Offenbar war er mit seinem Trinkgeld zufrieden. Franz würdigte er keines Blickes.

Währenddessen hatte der junge Mann seinen wartenden Herrn erreicht. Er verbeugte sich höflich. Caroline verstand nur das Wort »Sir«, denn das hatte sie unterwegs des öfteren einmal gehört und sich die Bedeutung erschlossen. Der Herr, grauhaarig und tadellos gekleidet, wandte sich zum Gehen, und sein Diener folgte ihm, die zwei schweren Gepäckstücke an beiden Händen tragend.

Als er eben die offen stehende Bahnhofstür passieren wollte, wurde er beinahe von einer jungen Frau umgerannt, die mit schnellen Schritten auf den Bahnsteig eilte und ihm erst im letzten Moment auswich. Ihr hellbrauner Hut war in die Stirn gezogen, sie lachte und rief: »Sorry!« Ihr weiter Rock wehte heftig hin und her, als sie so plötzlich stehen blieb.

»Oh, Virginia!«, begrüßte sie der ältere Herr. Offenbar war er ehrlich erfreut, sie zu treffen. Er blieb stehen und nickte ihr zu, um ein paar Worte mit ihr zu wechseln. Sie lachte und warf den Kopf zurück; eine Reihe gepflegter, blendend weißer Zähne wurde sichtbar. Sie antwortete ihm in der gleichen guten Laune, in der sie schon bei ihrer stürmischen Ankunft gewesen war. Dann wies sie mit der freien Hand in Richtung der beiden Gosslers, die mit ihrem Gepäck hantierten. Franz bemühte sich, die schwere Truhe zu ziehen, Anna hatte das Kind abgesetzt und versuchte sich an dem prall gefüllten Schließkorb. Schließlich gab sie es auf.

Der ältere Herr verabschiedete sich mit einer kurzen Verbeugung. Sein hinter ihm stehender schwarzer Diener zog seine Mütze vor der jungen Dame, nahm die schweren Koffer wieder auf und folgte seinem Herrn.

Caroline war sich wohl bewusst, dass sie Anna mit dem Gepäck hätte helfen müssen. Aber ganz gegen ihren Willen hatte sie den Blick keinen Moment von der fremden Frau abwenden können. Sie war hochgewachsen, gertenschlank, dunkelhaarig und außerordentlich sorgfältig gekleidet. Der Spitzenbesatz ihrer hellen Bluse schaute aus dem Kragen ihrer beigefarbenen Jacke mit den modisch gebauschten Ärmeln heraus; alles wirkte wie maßgeschneidert und saß tadellos. Der farblich passende Rock war trichterförmig geschnitten, der kleine Reithut ergänzte das Kostüm perfekt.

Eine vollendete Erscheinung, dachte Caroline, und dabei einfach und natürlich. Es passt alles, und es passt zu ihr.

Virginia kam jetzt auf sie zu; sie lachte noch immer und hob ihren Arm wie zu einer Begrüßung. Sollte sie tatsächlich ihretwegen gekommen sein? Nein, das konnte nicht sein. Caroline sah sich um. Sollte sie schon vorausgehen auf den Vorplatz? Irgendwo musste Onkel Luis ja warten oder doch gleich eintreffen.

»Hallo!«, hörte sie eine weibliche Stimme rufen. »Seid Ihr Familie Gossler?«

Caroline war sprachlos. Die junge Frau hatte sie tatsächlich angesprochen – und zwar auf Deutsch! Akzentfrei, ohne jedes Zögern. Caroline starrte die Fremde an, ungläubig und staunend, und hatte dabei ein ganz unerklärliches Gefühl der Vertrautheit und des Vertrauens. Alles hatte sie erwartet, aber das nicht. Sie stand auf einem Bahnsteig, der zu einer winzig kleinen Bahnstation in Nord-Kentucky, USA, gehörte, das allein war schon mehr, als ihr Geist in der kurzen Zeit seit der Abreise aus Ellis Island verarbeiten konnte – und dann wurde sie dort von einer hübschen, gut gelaunten jungen Frau in ihrer eigenen Sprache angesprochen ...

»Ja«, hörte sie Franz sagen. »Anna und Franz und unser Sohn Franz.« Er zeigte auf das Kind, das auf die Truhe geklettert war und die Fremde forschend ansah. »Und das hier ist Caroline.«

Offenbar sah man ihr ihre Verwirrung deutlich an, denn Virginia legte den Kopf ein wenig schief, zeigte wieder ihr strahlendes Lächeln und sagte: »Das hast du wohl nicht erwartet?«

Bevor Caroline antworten konnte – sie hätte wohl auch die passenden Worte nicht gefunden –, erwiderte Franz: »Du bist sicher Virginia, Onkel Luis' Tochter? Guten Morgen also und sei uns herzlich willkommen! Ich freue mich sehr, dass du uns abholst!«

Er streckte Virginia seine Hand hin, sie schüttelte sie und begrüßte seine Frau in der gleichen Weise.

»Ich freue mich, Anna«, sagte sie dazu. Dann nahm sie das Kind auf den Arm, gab ihm einen Kuss und setzte den Jungen wieder ab. Anna stand ein wenig beklommen daneben. Sie nickte Virginia zu, sagte aber nichts.

Das alles gab Caroline Zeit, sich zu fangen. »Guten Tag, Virginia!«, sagte sie. »Ich freue mich sehr, dass Sie uns abholen.«

Virginia lachte noch immer oder schon wieder. »Jetzt kommt erst mal mit. Wir fahren nach Hause.«

Sie wandte sich zum Gehen und rief auf Amerikanisch: »Ah, Gab, gut, dass du kommst. Es gibt eine Menge schweres Gepäck hier.«

Der so Angesprochene, ein grauhaariger Farbiger, war eben aus dem Bahnhof herausgetreten. Er nickte und sagte: »Das dachte ich mir. Aber ich musste erst warten, bis Mrs Atkinson mit ihrer Tochter abgefahren war. Parker stand mit dem Buggy direkt vor dem Gebäude und blockierte alles. Ich konnte unser Pferd nicht anbinden.«

»Oh«, meinte Virginia lachend, »und Mr Kirby war ja auch noch da.«

»John hatte seinen Buggy etwas abseits gestellt. Das war kein Problem. John ist jung und kann das Gepäck weit tragen. Aber ich alter Mann ...«

»Oh, Gab, komm, du bist noch gut dabei für dein Alter und noch ein paar Jahre jünger als Vater!«

»Ja, Miss, danke, Miss«, antwortete Gab. »Aber es macht sich doch bemerkbar ...«

Inzwischen war der Mann bis an die vier Reisenden und Virginia herangekommen. »Das ist Gabriel«, erklärte sie auf Deutsch. »Er hilft auf der Farm.«

Nach dieser knappen Erklärung nickte Gab den Umstehenden zu und ging auf die schwere hölzerne Truhe zu.

»Aber nein«, wehrte Franz ab, »das können Sie nicht allein! Ich helfe Ihnen.« Mit diesen Worten hob er seinen Sohn von der Truhe herunter und fasste einen der seitlichen Tragegriffe, Gabriel nahm den anderen.

»Kommt«, schlug Virginia vor, »wir gehen zum Wagen.« Sie zog Caroline einfach mit sich. Die schnappte ihre Tasche, Anna nahm Franz auf den Arm und folgte ihnen.

Auf dem Vorplatz stand ein hoher Wagen mit großen Rädern, der vier Personen Platz bot. »Unser Buggy,«, sagte

Virginia, »und das ist Golden Rose.« Sie wies auf den Vollblüter, der ihnen den Kopf zugewandt hatte und sie aufmerksam anschaute.

»Er ist wunderschön!«, rief Caroline spontan. Und es stimmte, alles an Golden Rose, vom edlen, feinen Kopf bis zur Schwanzspitze, verriet den reinrassigen Vollblüter.

»Sie«, korrigierte Virginia. »Golden ist eine Stute.«

Caroline nickte. »Ja, sie ist ... So ein schönes Pferd habe ich noch nie gesehen, so edel, so ...« Ihr fehlten die Worte. »Ich verstehe nichts von Pferden. Sie müssen verzeihen, Virginia. Aber wie schön und gepflegt sie ist, das sehe ich wohl. Und dieses herrliche goldbraune Fell!«

Virginia sah sie prüfend an, ihre braunen Augen mit dem grünlichen Schimmer hatte sie ein klein wenig zusammengekniffen. Sie legte den Kopf schräg und schien etwas sagen zu wollen, überlegte es sich aber offenbar anders. Anna hatte das Ganze stumm beobachtet. Ihr Sohn streckte die Ärmchen in Richtung des Pferdes aus.

»Nein, Franz«, mahnte sie. »Du kennst das Tier nicht. Wer weiß, wie es reagiert.«

Virginias Gesichtsausdruck veränderte sich nicht. Sie schluckte nur einmal und sagte zu dem enttäuschten Kind: »Aufsteigen, mein kleiner Herr! Es geht los!«

Dann zog sie sich mühelos auf den Kutschbock hinauf. Gab und Franz hatten inzwischen den Korb und das Handgepäck auf der Gepäckablage des leichten Wagens verstaut. Der Alte machte das Pferd los und reichte Virginia die Zügel, dann setzte er sich neben sie auf den Bock.

Caroline saß mit Anna auf der gepolsterten Bank, Franz mit seinem Sohn in rückwärtiger Fahrtrichtung ihnen gegenüber. »Wie bequem das ist!«, rief Caroline. »Was für ein schöner Wagen!«

Anna sah sie von der Seite an. Caroline ging ihr auf die Nerven mit ihrer Begeisterung für alles und jedes hier.

Virginia drehte sich um und lächelte Caroline an: »Fertig?«

»Ja!«

»Na, dann, festhalten, Gab!« Sie fuhr an und lenkte den Wagen geschickt auf die von dicht stehenden Bäumen gesäumte, mit Schottersteinen belegte Allee, die von der Station aus nach Norden führte. Golden Rose warf den Kopf und fiel in einen raschen Trab.

Sie kutschiert selbst!, dachte Caroline. Und wie leicht und sicher sie das macht!

Sie lehnte sich zurück in die weichen Lederpolster und genoss diese letzte Fahrt zum Ziel ihrer Reise. Es war alles unglaublich – je näher sie ihrem Ziel gekommen war, desto unglaublicher war es geworden. Und am unglaublichsten erschien ihr diese Frau, die sicher kaum älter war als sie selbst. Sie sah auf Virginias schmalen Rücken und auf ihr prachtvolles Haar, das sie, zu einem Zopf geflochten, kunstvoll um ihren Hinterkopf gelegt hatte. Nie hatte Caroline so volles, langes Haar gesehen.

Ein lautes Wiehern zog sie von diesen Betrachtungen ab. Zwei der herrlichen Vollblüter, wie sie sie schon während der Zugfahrt so bewundert hatte, hatten sich von ihrer grasenden Herde gelöst und wetteiferten miteinander in Schnelligkeit und Kapriolen. Übermütig sprangen sie mit allen vieren in die Luft, um dann mit atemberaubender Wildheit und Unbändigkeit einfach drauflos zu galoppieren und erst vor den blendend weiß gestrichenen Zäunen aus breiten, starken Holzlatten plötzlich kehrt zu machen oder hart an ihnen entlang rund um die weitläufige Weide zu galoppieren. Es war ein wunderschönes Bild, von dem Caroline sich nicht lösen mochte. Sie drehte den Kopf, bis sie das Schauspiel nicht mehr genießen konnte, und sah in Annas angestrengtes, furchtsames Gesicht.

»Sieh nur, Anna, wie schön hier alles ist! Das unendlich weite Hügelland – und die Weiden sind so grün, so etwas habe ich überhaupt noch nie gesehen.«

Anna sah sie mit einem müden Blick an.

»Du musst erst mal schlafen, Anna. Dann wird es dir besser gehen. Wir sind alle müde. Und dann die Zeitverschiebung ...«

Caroline stockte und zuckte zurück. Annas Augen hatten sich zusammengezogen. Sie sah die kaum unterdrückte Wut darin, aber auch die Hilflosigkeit und die Angst. Sie schwieg.

Anna war zu erschöpft, um ihrer Frustration Luft zu machen. Sie lehnte sich in das Polster zurück und sah Franz und ihr Kind an. Die unterdrückte Wut wich keinen Moment aus ihren Augen. Dann schloss sie sie und öffnete sie erst wieder, als das Rucken des Wagens ihre Ankunft auf der Farm verriet.

Caroline redete sich ein, dass es wirklich nur die Erschöpfung war, die Anna so reagieren ließ. Schließlich war sie schwer krank gewesen. Sie selbst spürte die Strapazen der Reise ja auch im ganzen Körper; es waren nur die neuen faszinierenden Eindrücke, die sie die Schmerzen vergessen ließen. Sie würde Anna in Ruhe lassen, bis es ihr besser ging.

Kapitel 5

Die Fahrt zur Farm dauerte eine gute Stunde. Unterwegs kamen sie an einfachen aus Feldsteinen oder Holz gebauten Farmhäusern mit ringsum angelegten Weiden und Feldern vorbei. Aber es gab auch einige prächtig verzierte schmiedeeiserne Tore zu sehen, die jeweils von zwei steinernen Säulen flankiert wurden und mit einem Wappen oder mit einem auf den Säulen platzierten Wappentier geschmückt waren. Namen in der fremden Sprache waren mit metallisch glänzenden Lettern in die Säulen eingraviert. Caroline hatte im Vorbeifahren nicht genug Zeit, um sich ihre Bedeutung zu erschließen, glaubte aber einige Male die Worte *Farm* oder *Horse Farm* zu erkennen. Hier wohnen sicher reiche Leute, sagte sie sich. Jedenfalls sahen die Tore und die breiten Einfahrtsalleen mit den hohen Bäumen zu beiden Seiten danach aus, und manchmal schimmerten in der Ferne weiße oder rote Flächen aus dem Grün oder zwischen den Bäumen hervor, vielleicht von einem großen Herrenhaus. All das ähnelte dem Gutshof von Jakob Leger, dem Ehemann ihrer besten Freundin Emma, war aber noch weitläufiger, imposanter und gepflegter.

Sie waren auf einen schmaleren Weg abgebogen, der, ebenfalls von alten Bäumen gesäumt, an einem kleinen Fluss entlang und zuletzt wieder durch das weite Land mit den flachen Hügeln führte. Überall sah Caroline die schmucken weißen Holzzäune in der Sonne leuchten, manchmal auch tiefschwarz gestrichene, die sich mit aus groben Feldsteinen aufgeschichteten Mauern abwechselten. Pferde und Rinder weideten.

Eichen!, dachte sie. Es gibt hier Eichen und Kastanien, Birken und Ahorn – wie zu Hause. Onkel Luis hatte in allem recht! Einen Moment lang überlegte sie, Anna darauf aufmerksam zu machen, aber ein Blick auf die Freundin ließ sie stumm bleiben. Anna würde all das wahrnehmen, wenn sie wieder ganz gesund und ausgeschlafen war.

Schließlich bog der Wagen in eine von zwei Säulen flankierte Einfahrt ein. Ein schmiedeeisernes Tor gab es hier nicht, jedoch zwei weiß gestrichenen Querbalken, die auf direkt hinter den steinernen Pfosten platzierten Holzpfeilern ruhten. Zwischen den Querbalken waren, aus hölzernen Buchstaben gezimmert, die Worte *Maier Farm* zu lesen.

Wir sind da! jubelte Caroline innerlich, wir haben es geschafft! Sie strahlte Franz an, der ihren Blick auffing, als habe er ihn erwartet. Er nickte und lächelte.

Virginia lenkte den Vollblüter von der breiten Einfahrt aus in eine schmalere Zufahrt. Golden Rose ging jetzt im Schritt. Links von ihnen, am Ende der breiten Einfahrt, lag ein großes, aus roten Steinen gebautes Haus mit vier vorgebauten schneeweißen Säulen und einer fünfstufigen, die ganze Breite der Hausseite einnehmenden Treppe davor, die zu einer großzügigen Veranda hinaufführte. Caroline hatte sich nicht geirrt, an solch imposanten Herrenhäusern waren sie im Laufe ihrer Fahrt vorbeigekommen.

Virginia fuhr den Buggy den Nebenweg entlang auf ein hübsches in Rot und Weiß gehaltenes Holzhaus zu. Dort hielt sie und rief: »Wir sind da! Willkommen auf der *Maier Farm*!«

Gabriel half Franz mit dem Gepäck. Caroline nahm ihm das Kind ab, während Anna, aus ihrem kurzen Schlaf auffahrend, Mühe hatte, sich zu orientieren. »Komm, Liebes«, ermunterte sie ihr Mann, »steig aus. Wir sind da!«

Anna schaute sich um. Sieht sie das alles?, dachte Caroline. Dieses wunderbare Grün rings um sie herum, die herrlichen Bäume, die sich im Wind biegen, die prachtvollen Büsche, die Pferde dort hinten auf der Weide?

Das Herrenhaus, dessen oberes Stockwerk und Dach man über der Kuppe des sanft geschwungenen Hügels noch sehen konnte, zog ihren Blick immer wieder an. Wem es wohl gehören mochte? Luis offenbar nicht, denn Virginia führte sie direkt auf das schmucke weiße Holzhaus zu, dessen Tür sich nun öffnete. Offensichtlich hatte man sie gehört. Ein alter Mann in blauer Baumwollhose, blau-kariertem Hemd und heller Weste trat auf die mit Holzbalken belegte Veranda hinaus und kam mit ausgebreiteten Armen auf sie zu.

Caroline war mit dem Kind auf dem Arm vorausgegangen, während Franz seiner Frau noch beim Aussteigen half. Anna lehnte sich einen Moment lang an ihn, die Augen voller Unsicherheit und Angst. Er zog sie in seine Arme und küsste sie. »Es wird alles gut werden«, hörte Caroline ihn sagen.

In diesem Moment hatte Luis sie erreicht und nahm sie, ohne die beiden eng beieinander stehenden Personen hinter dem Buggy wahrzunehmen, samt dem kleinen Jungen spontan in den Arm. »Willkommen in Kentucky, meine liebe Anna!« sagte er warm. Sein amerikanischer Akzent war unüberhörbar. »Du und dein Kind, seid willkommen!« Er ließ sie los, lachte sie an und schaute sich dann nach seinem Neffen um.

Caroline war von der herzlichen Begrüßung so angetan und überrascht zugleich, dass sie nicht sofort antworten konnte. Luis Maier war zweifellos genauso, wie es seine Briefe bereits hatten vermuten lassen. Da war keine Spur von Verstellung, nur Wärme hatte sie gespürt, Offenheit und eine große Herzensgüte. Virginia lächelte.

»Ich bin Caroline«, sagte sie. Es klang ein wenig wehmütig und unsicher. Würde Luis so herzlich bleiben, wenn er erfuhr, dass sie nicht die Frau seines Neffen war, sondern nur die aus Mitleid oder erwarteter Hilfe mitgenommene Freundin?

»Oh«, sagte Luis überrascht, »ich dachte ... das Kind gehört zu dir.« Inzwischen waren auch Anna und Franz, noch immer Arm in Arm, herangekommen.

»Onkel Luis!«, begrüßte Franz den alten Herrn. »Ich bin so froh, dich zu sehen! Und hab Dank! Dank für alles, was du für uns getan hast!« Luis' gütiges Gesicht mit den wachen grün-braunen Augen hellte sich noch mehr auf. Er schaute Franz an, der ihm in Größe und Statur ebenso glich wie um die Augen- und Nasenpartie herum. Beide hatte das schmale Gesicht der Maiers, beide einen offenen Blick.

»Franz!«, erwiderte er, »all die Jahre – und Joseph tot und ...« Er konnte nicht weitersprechen. Wie viele Erinnerungen mochten jetzt, nach der langen Zeit, geballt auf ihn einstürzen? Er stand kurz mit gesenktem Kopf, und als er ihn hob, sah man, dass Tränen seine Wangen hinabliefen. Hilfesuchend schaute er seine Tochter an, die ihm die Hand auf die Schulter gelegt hatte.

Caroline hatte den kleinen Franz abgesetzt, der sich neugierig umsah und schließlich auf eine Katze zulief, die sich träge auf der Holzveranda ausgestreckt hatte. Keiner sagte etwas.

Im selben Moment öffnete sich die Haustür ein zweites Mal, und eine grauhaarige Frau trat heraus. Sie war nur wenig kleiner als Luis, rundlich und ebenso gut gekleidet wie Virginia. Auf dem Kopf trug sie eine hübsche Haube aus weißem Kattun. Offenbar erfasste sie die Szene nicht nur mit einem Blick, sondern ging auch sofort auf ihren Mann zu und drückte sanft seinen Unterarm. Er nahm ihre Hand.

»Das ist meine Mutter«, erklärte Virginia, froh die Stille durchbrechen zu können. »Katherine Maier.«

Kathy nickte den Umstehenden freundlich zu. »Willkommen«, sagte sie auf Amerikanisch. »Schön, dass Ihr angekommen seid. Wie war die Reise?«

Caroline hatte nur »Welcome« verstanden. Sie lächelte der sympathischen Frau ein wenig verlegen zu. Zum ersten Mal schämte sie sich, die Sprache des Landes, das ihre neue Heimat werden sollte, nicht zu verstehen und nicht zu sprechen.

Franz, der etwas mehr mitbekommen hatte, antwortete: »Gut! Besser, als wir dachten. Ich freue mich, dich kennenzulernen, Tante Katherine!« Er ging auf seine Tante zu und umarmte sie.

Kathy sah Virginia hilfesuchend an. »Mutter spricht nur Englisch«, erläuterte sie. »Deutsch versteht sie kaum.«

»Bitte, sage ihr, dass wir sehr froh sind, bei euch zu sein«, bat Franz seine Cousine. »Und dass wir uns herzlich für die Aufnahme und die Unterstützung bedanken.«

Virginia übersetzte, ihre Mutter nickte freundlich in die Runde und drückte Franz beide Hände. Dann reichte sie Anna und schließlich Caroline die Hand.

Frau und Tochter hatten Luis die Gelegenheit gegeben, sich von dem so unerwartet starken Andrang der Erinnerungen und längst vergessener Gefühle zu lösen. Jetzt schaute er Anna lächelnd an und breitete seine Arme aus. Franz schob seine Frau zu seinem Onkel hinüber und sah, wie Luis sie an sich drückte.

»Sorry, Anna«, sagte er dazu. »Ich hab das falsch verstanden.«

Anna wirkte verlegen, als Luis sie losließ. Was meinte er?

»Er hat Caroline für dich gehalten«, sagte Virginia ruhig. »Wahrscheinlich weil sie das Kind auf dem Arm hatte.«

Caroline merkte, wie es um Annas Lippen zuckte, leicht nur, als wolle sie es verbergen. Ihre Augen wurden schmaler, bevor sie sich zusammennahm und wieder lächelte.

Luis hatte sich Caroline ein zweites Mal zugewandt. »Noch einmal willkommen, Caroline«, sagte er einfach.

Sie nickte, ein wenig hastig und heftig. In ihrer Brust krampfte sich etwas zusammen. Wie Luis auf sie zugekommen war, als er sie für Anna hielt – seine Herzlichkeit, die offenen Arme. Vater!, dachte sie. So war es, wenn Vater mich in die Arme nahm, damals, als er noch lebte, als ich noch seine Tochter war. Bevor er, auch er, mich verstieß ...

»Jetzt kommt aber herein!« Virginia war vorausgegangen. »Gab, das Gepäck muss nach oben in das Gästezimmer, das ehemalige Zimmer der Jungen«, ergänzte sie auf Amerikanisch. »Und die Reisetasche von Caroline in mein Zimmer, bitte.«

Gabriel hatte zunächst stumm die Begrüßungsszene verfolgt, dann das Gepäck auf die Veranda gestellt, sich am Buggy zu schaffen gemacht und, als gar nichts mehr zu tun war, Golden Rose den Kopf gestreichelt. Zwar hatte er die auf Deutsch gesprochenen Worte nicht verstanden, wohl aber gespürt, dass sich hier etwas Ungewöhnliches abspielte. Wann hatte er seinen Herrn und Freund zuletzt so erlebt? Im Krieg, fiel ihm ein, als wir gemeinsam um die gefallenen Kameraden geweint haben. Aber dies hier war noch anders. Luis' Gefühle hatten ihn überwältigt, unerwartet und schmerzlich, aber gleichzeitig freute er sich ganz offensichtlich über die Ankunft des Neffen und seiner Familie ...

Gab nahm das Gepäck und folgte Virginia ins Haus.

»Komm, Franz«, mahnte Anna das Kind, »lass das jetzt mit der Katze. Wir wollen hineingehen.«

Ihr Sohn streichelte das Tier, das sich die Behandlung mit geschlossenen Augen und offensichtlichem Wohlbehagen gefallen ließ. »Katze!«, sagte er zu Kathy. Die ruhige Frau mit dem runden Gesicht und den freundlichen hellgrauen Augen hatte es ihm offenbar angetan. Jetzt ging er ohne weiteres auf sie zu und nahm ihre Hand.

»Ja, komm mit mir!«, sagte sie lachend. »Gleich gibt es etwas Gutes zu essen.«

Und das Kind, so als habe es sie verstanden, ging mit ihr ins Haus.

Caroline war Virginia nach oben gefolgt. Von der Veranda aus war man direkt in das gemütlich eingerichtete Wohnzimmer eingetreten, einen Flur gab es nicht. Vom hinteren Teil des großen Raumes aus gelangte man über eine Holztreppe in den ersten Stock, wo von einem galerieartig angelegten Korridor drei Türen abgingen. Eine davon öffnete Virginia jetzt. »Das Zimmer meiner beiden Brüder«, erklärte sie. »Hier können Anna, Franz und das Kind schlafen.« Sie öffnete die zweite Tür. »Und hier ist mein Zimmer. Ich hoffe, es macht dir nichts aus, wenn du es für heute Nacht mit mir teilen musst.«

»Aber ... nein, natürlich nicht.« Carolines Augen wurden immer größer. Eine Unglaublichkeit folgte auf die andere. Jetzt teilte diese Frau auch noch ihr eigenes Zimmer mit ihr, einer Wildfremden, und fragte sie, ob es ihr angenehm sei! Verwirrt nahm sie ihre Tasche auf und stellte sie auf das zweite, offenbar von Gabriel aufgestellte Bett.

»Virginia, ich ...«

»Ja, komm, du brauchst jetzt Wasser und Seife. Hier!« Sie wies auf eine hübsche weiße Kommode mit Waschschüssel und Krug. Dann zog sie die obere Schublade auf und nahm ein weißes Handtuch heraus.

Caroline, die ihr eigentlich für ihre Großzügigkeit hatte danken wollen, wusch sich Gesicht und Hände. Das Handtuch war weich und sauber, die Seife duftete frisch. Aus dem Nebenzimmer hörte man Luis' Stimme, Franz antwortete ihm. Die Worte waren nicht zu verstehen. Virginia schloss die Tür.

»Oh, danke, Virginia, danke, dass Sie mich aufnehmen, dass Sie Ihr Zimmer mit mir teilen ...« Caroline drückte das Tuch vor ihr Gesicht. Es war lange her, dass jemand sie so nett und zuvorkommend behandelt hatte. Virginia wusste nichts von ihr und nahm sie trotzdem so herzlich auf.

»Caroline.« Sie merkte, dass Virginia sie ansah, wischte die Tränen ab und nahm das Tuch vom Gesicht. »Caroline, du musst dich nicht für alles so sehr bedanken. Das ist ... nicht nötig. Und noch etwas: Du kannst ruhig Du zu mir sagen.«

Deshalb hatte Virginia sie am Bahnhof so merkwürdig angesehen. Sie war irritiert gewesen von ihrer förmlichen Anrede.

»Oh«, sagte sie, »das tut mir leid. Ich wollte dich nicht kränken. Es ist nur ... in Deutschland, da ist alles so ... Ich meine, es wäre unhöflich gewesen, dich einfach zu duzen.«

»Ich weiß. Das heißt, Vater hat es mir erzählt. Aber wir sind hier in Amerika, Caroline.«

»Virginia, ich ... wollte dir so gern sagen, wie nett ich dich finde und wie wunderbar es ist, dass du so freundlich zu mir bist. Es tut so unendlich gut, nach all dem ... nach der anstrengenden Reise, meine ich.«

Sie hatte eigentlich »nach all dem Leid« sagen wollen, es sich dann aber doch versagt. Sie merkte wohl, dass sie in einer äußerst sensiblen Verfassung war, müde, überwältigt von den neuen Eindrücken. Sie durfte sich nicht aus einer Stimmung heraus gehen lassen.

»Schon gut.« Virginia schien irritiert. »Ist ja schon gut.«

Caroline, die nicht genau wusste, was sie daraus machen sollte, öffnete ihre Reisetasche und begann darin zu kramen. Die einzige Bluse, die noch einigermaßen sauber war, war die weiße, die sie zu ihrem 18. Geburtstag bekommen und auf dem Schiff geschont hatte, nun aber seit ihrer Abreise von Ellis Island trug. Dazu das blaue Kostüm, zu dem Valerie sie einst überredet hatte, damit sie vor ihrer Mutter einen besseren Eindruck mache. Das werde es erleichtern, ihre Tochter zu sich zu holen ...

»Hast du nichts mehr zum Anziehen?«, fragte Virginia.

Mein Gott, dieser Frau blieb offenbar nichts verborgen! Die Frage riss Caroline aus ihren Erinnerungen. Sie schämte sich.

»Dein Koffer kommt sicher nach. Oder ist es der, den Gab in das andere Zimmer gebracht hat?«

»Ich habe nur diese eine Tasche.« Sie sah Virginia an. Was mochte sie nun denken? Dass die fremde Frau wie eine Bettlerin auf der Farm ihres Vaters angekommen war ...

Virginia stand vor den geöffneten Schubladen ihrer Kommode. »Hier, nimm diese! Sie wird dir gut stehen.« Mit diesen Worten reichte sie Caroline eine helle Bluse, so als wäre es das Selbstverständlichste von der Welt.

»Aber das ... Danke, ich ...«

»Caroline, bitte, es ist gut. Du bist willkommen. Ich habe schon einmal gesagt, du musst dich nicht immer bedanken.«

Da konnte sie nicht anders, als ehrlich und geradeheraus zu sagen: »Virginia, es tut mir leid, wenn ich dich damit irritiere oder dir vielleicht gar auf die Nerven gehe. Aber weißt du, ich habe in den letzten Jahren nicht viel Gutes erfahren. Und dass du jetzt so freundlich zu mir bist, das tut mir so unendlich wohl, denn ich habe es lange entbehren müssen.«

Virginia sah sie nachdenklich an. Eine merkwürdige junge Frau, die ihnen Franz da mitgebracht hatte. In seinen Briefen, die sie ihrem Vater vorgelesen und teilweise auch übersetzt hatte, war nur die Rede davon gewesen, dass Annas Freundin und ehemalige Arbeitskollegin ebenfalls auswandern wolle, so dass man die weite Reise gemeinsam unternehmen könne. Auch Carolines Briefe hatte Luis ihr gezeigt. Sie hatte keinen wirklichen Auswanderungsgrund darin ausmachen können. Franz und seine Familie ernährte ihre Farm nicht mehr, das war etwas Handfestes, darunter konnte sie sich etwas vorstellen, zumal viele europäische Einwanderer aus ähnlichen Gründen gekommen waren.

Hier gab es Land genug, und man konnte davon leben oder sogar, wie ihr Vater, einen gewissen Wohlstand erreichen. All das ging ihr in diesem Moment durch den Kopf.

»Komm bald herunter«, lud sie Caroline ein. »Es gibt Lunch. Mittagessen.«

Sie trat auf den Flur hinaus und schloss die Tür hinter sich. Die des Nebenzimmers stand noch immer offen. »Das ist die letzte Windel, die ich für mein Kind habe!«, hörte sie eine Frauenstimme sagen. »Was soll ich jetzt machen? Ich bin müde. Ich kann jetzt nicht waschen.«

»Mein Gott, Anna«, hörte sie Franz' Antwort. »Es wird sich schon ergeben. Wir sind hier so nett aufgenommen worden. So etwas habe ich noch nie vorher erlebt. Ich werde Luis fragen, wenn wir gegessen haben. Und jetzt komm, ich habe Hunger!«

Virginia ging schnell vorbei, um nicht gesehen zu werden. Sie hatte nicht freiwillig mitgehört. Komisch, diese Deutschen, dachte sie, als sie die Treppe hinunterging. Immer ist alles ein Problem. Und auf der anderen Seite dieses Schwärmerische ...

Unten hatten sich ihre Eltern bereits zu Tisch gesetzt. Amy, Gabriels Frau, trug das Fleisch auf, dazu Erbsen, Bohnen und Kartoffeln. Der Duft der köstlichen Gerichte zog durch das Haus, Franz und Anna erschienen, kurz darauf Caroline.

»Wie gut das riecht!«, sagte Franz. Jetzt erst merkte er, wie groß sein Hunger war. Anna nippte von jedem ein wenig, sie war wieder sehr blass, unter ihren Augen lagen dunkle Ringe. Caroline fühlte sich, nachdem sie eine Weile überlegt hatte, ob sie zu viel von sich preisgegeben hatte, wieder deutlich besser. Sie trug Virginias modische Bluse, die wie angegossen saß.

Dem kleinen und dem großen Franz schmeckte es so offensichtlich ausgezeichnet, dass Kathy lachte und etwas Herzliches auf Amerikanisch sagte. Sie schien überhaupt Gefallen an dem Kind zu finden, und der kleine Junge dankte es ihr, indem er sie vertrauensvoll und freundlich ansah und nach dem Essen zu ihr hinüberging und sich an ihren Rock lehnte. Kathy nahm ihn hoch und küsste ihn. »Good boy!«, sagte sie leise und zärtlich.

»Mutter wünscht sich wohl noch ein Enkelkind!«, ulkte Virginia. »Als ob sie nicht schon genug davon hätte. Zwei von Joe und drei von Nick.«

Kathy lächelte und gab dem Kind einen Löffel von den köstlich duftenden, mit brauner Butter übergossenen Apfelklößen zu essen, die als Dessert serviert wurden.

Luis sah seiner Frau zu. »He's tired«, mahnte er. »Look at him.«

Sie nickte, stand auf und nahm Franz auf den Arm. »Come on«, sagte sie zu Anna. »Lay down and take your child with you.«

Anna sah schrecklich aus. Ihre Blässe hatte ins Grünliche gewechselt, sie wirkte, als würde sie jeden Moment von ihrem Stuhl kippen. Sie musste wirklich dringend ins Bett. Ihr Mann stützte sie, Kathy trug das Kind nach oben.

»Und du?«, fragte Luis.

Caroline nickte. »Das Essen war wunderbar. Ich habe noch nie so gutes Fleisch gegessen. Und die süßen Klöße – nach der Schiffskost!« Sie meinte es ehrlich. »Aber Sie ... du hast recht. Ich habe zwei Tage und zwei Nächte nicht geschlafen, nicht richtig jedenfalls.«

Sie spürte, dass Virginia sie ansah. »Darf ich nach oben gehen und mich hinlegen?«

»Ja, tu das. Ruh dich aus. Heute Nacht bleibt ihr alle hier, und morgen zeigt euch Joe die Farm.«

»Danke ... Onkel Luis.« Sie war froh, die Anrede, die sie auf sein Bitten hin seit ihrem zweiten Brief an ihn benutzt hatte, endlich auch persönlich ausgesprochen zu haben.

Virginia sah ihr nach. Dann wandte sie sich an ihren Vater und fragte ihn auf Amerikanisch: »Wie findest du sie?«

»Oh, ich bin nicht sicher. In ihren Briefen wirkte sie so vertraut auf mich. Sie konnte es gar nicht erwarten zu kommen. Aber sie schrieb nie, warum sie kommen wollte. Immer nur, dass sie das Land liebe, das grüne Land, das sie sich so vorstelle wie das grüne Hügelland ihrer Heimat.«

»Sie ist ein bisschen schwärmerisch«, fand Virginia. »Sie ist so enthusiastisch wegen allem hier. Und sie bedankt sich andauernd. Auf der anderen Seite ist sie sehr ... förmlich, irgendwie steif.«

Luis schwieg und sah vor sich hin.

»Ich weiß nicht, was ich davon halten soll, Vater. Sie sagte mir heute, sie habe nicht viel Gutes erlebt in den letzten Jahren. Was auch immer sie damit gemeint hat.«

»Ich weiß es nicht«, gestand er. »Aber sie wird mit Franz auf seine Farm gehen, seiner Frau zur Hand gehen. Du hast ja gesehen, wie schwach Anna ist. Sie wird Hilfe brauchen.«

»Ja, warten wir's ab. Ihr Enthusiasmus wird sicher morgen schon gedämpft, wenn sie Joe kennenlernt.« Sie lachte, und auch Luis' faltiges Gesicht verzog sich zu einem Lächeln. Er nickte, ging auf seinen großen gepolsterten Sessel zu, stopfte sich seine Pfeife, ließ sich nieder und begann stillvergnügt zu rauchen. Der Raum erfüllte sich mit dem intensiven würzigen Duft des *Kentucky Burberry*.

Kathy kam zurück und berichtete, das Kind sei auf der Stelle eingeschlafen, ein niedlicher kleiner Junge, den sie sehr möge. Die Mutter sei schwach, sie bezweifle, ob sie die Arbeit auf ihrer Farm bewältigen könne. Franz tue ihr leid. Ein Mann brauche eine starke Gefährtin.

»Ach, Mutter, sie hat doch Hilfe von ihrer Freundin«, erinnerte sie Virginia. »Und später kann Franz sicher jemanden einstellen.«

»Ja«, sagte Katherine nachdenklich, »ihre Freundin hat sie mitgebracht, und sie wird sie brauchen. Ich bezweifle aber, dass dieses Mädchen ihr in allem eine große Hilfe sein wird. Sie sieht nicht nach grober Arbeit aus.«

»Wie auch immer, Kathy«, ließ sich Luis aus seinem Sessel vernehmen, »wir haben sie hier für einen oder zwei Tage. Und wenn sie etwas brauchen, später meine ich, dann müssen sie sich eben melden.«

»Du hast recht«, erwiderte seine Frau. »Amy soll das Bad vorbereiten, Virginia, für heute Abend. Sie waren doch alle recht schmutzig.« Sie nahm ihr Strickzeug auf und setzte sich, ihrem Mann gegenüber, auf den zweiten am Feldsteinkamin platzierten Sessel.

»Oder gehen wir hinaus auf die Veranda?«, fragte sie ihren Mann.

»Später«, war die Antwort. »Und wenn alle wieder wach sind, möchte ich meine Rinder zeigen.«

»Ja, deine Rinder!«, entgegnete seine Frau lachend. Die Devons waren Luis' ganzer Stolz.

Virginia nickte ihren Eltern zu und ging in die Küche, wo Amy mit dem Abwasch beschäftigt war. Sie nahm eines der Handtücher vom Haken und begann, das Geschirr abzutrocknen.

»Nun«, fragte Amy, »alles zur Zufriedenheit verlaufen?«

»Sie sind alle nett«, erwiderte Virginia, »und sie brauchen ein Bad! Würdest du alles vorbereiten für heute Abend?«

Amy nickte. »Natürlich, wird gemacht, Miss Ginny.«

»Und wir brauchen Linda für die Wäsche. Gab kann sie morgen abholen. Haben wir eigentlich noch Windeln von mir?«

Amy sah sie erstaunt an.

»Der kleine Junge«, erklärte Virginia, »er hat keine sauberen mehr.«

»Ein paar werden es wohl noch sein. Ich sehe gleich nach.«

Nachdem Virginia alle anstehenden Angelegenheiten geregelt hatte, zog sie sich auf die Veranda zurück und setzte sich auf die große Schaukel. Dass die Deutschen lamentierten, anstatt zu handeln! Es war doch alles nicht so schwer … Aber vielleicht war diese Haltung, die zumindest Anna so deutlich an den Tag legte, tatsächlich nur ihrer Schwäche nach der Reise geschuldet. Sie war gespannt, wie das alles weitergehen würde.

Kapitel 6

Als Caroline erwachte, war es noch hell, aber die Sonne stand tief und sandte nur noch schwache Strahlen in das hübsche Mädchenzimmer. Sie lag auf dem bequemen Bett und dachte über die Eindrücke nach, die sie seit ihrer Ankunft in Lex Grove Station nicht mehr losließen. Selbst im Traum hatte sie das hochgewachsene Mädchen mit der dichten Haarkrone und den grün-braunen Augen gesehen.

Woher Virginia wohl so gut Deutsch konnte? Ihr Vater sprach, obwohl in Deutschland geboren, mit starkem Akzent, ihm fehlten Vokabeln; was er sagte, war grammatikalisch einfach gehalten und manchmal auch falsch. Sie konnte sich keinen Reim darauf machen. Und sicher hatte sie auf Virginia einen schlechten Eindruck gemacht. Sie war ihr durch das ständige Bedanken auf die Nerven gegangen, und dann hatte sie Dinge gesagt, die sie eigentlich gar nicht preisgeben wollte, zumindest in Andeutungen. Wie dumm das alles gewesen war – aber jetzt war sie wach, ausgeschlafen, zumindest für's Erste, und würde aufpassen. Sie durfte nicht sagen, was ihr in Deutschland geschehen war. Niemand würde sie hier mehr akzeptieren, sagte sie sich. Warum sollte es anders sein als zu Hause? Zumindest musste sie das erst herausfinden und nicht gleich herausposaunen, welch sentimentale Stimmung sie auch immer umtrieb.

Später sah sie sich im Zimmer um. Alles war einfach gehalten, sehr sauber und gepflegt, Gardinen und Fenster, die Holzdielen, die weiß gestrichenen Möbel. Jemand hatte die

Waschschüssel geleert und den Krug wieder gefüllt. Auch das Handtuch, das sie benutzt hatte, war ersetzt worden. Ein Stapel sauberer Tücher lag zusammengefaltet auf der Waschkommode.

Sie versuchte, das Fenster zu öffnen, und brauchte eine Weile, um zu verstehen, dass man es von unten nach oben schieben musste. Dann sah sie hinaus und sog die Sommerluft ein. Virginias Zimmer lag zur Rückseite des Hauses hin. Vor ihr ausgebreitet lagen sattgrüne Weiden, auf denen Rinder grasten, prächtige goldbraune Tiere mit dichtem Fell.

Es zog sie hinaus. Am Morgen war sie noch an der Bahnstation gewesen, und jetzt, am frühen Abend, stand sie auf der Veranda des Farmhauses, auf Onkel Luis' Farm, und blickte auf die grünen Weiden um sie herum. In den Bäumen, die das Haus umstanden, sangen die Vögel, die Katze rekelte sich auf Virginias Schoß. Kathy und Luis saßen auf Schaukelstühlen und genossen den ausgehenden Tag. Franz hatte sich kurz vor Caroline eingefunden und von dem bereitstehenden Tee eingeschenkt. Es war ein Bild der Ruhe und des Friedens.

Wann hatte sie so etwas das letzte Mal gesehen, wann dieses Gefühl von Frieden und Harmonie gespürt? Es war wie ein Traum. Sie fühlte sich zu Hause, gleich am ersten Tag.

»Yes!«, sagte Luis unternehmungslustig. »Dann sind jetzt alle hier. Also gehen wir!« Mit diesen Worten stand er auf und nahm Franz beim Arm. Virginia erhob sich ebenfalls, die Katze sprang von ihrem Schoß. »Farmbesichtigung!«, erklärte sie Caroline.

Kathy schien belustigt zu sein: Ihr Mann war so recht in seinem Element, wenn er seine Farm, sein Lebenswerk, jemandem zeigen konnte. Sie winkte ihnen nach. Amy erschien und räumte das Geschirr ab.

Was dann kam, erinnerte Caroline einen Moment lang spontan an Gut Windbachrodt, das Anwesen von Tante Theas Freund und Geliebten, dem Baron von Waitzhagen: Scheunen, Stallungen, ein Farmteich, Rinder und Pferde. Der Baron hätte seine wahre Freude an diesen Tieren gehabt, dachte sie, aber wahrscheinlicher noch wäre er neidisch gewesen. Solch edle Geschöpfe hatte selbst seine berühmte Züchtung nicht hervorgebracht. So jedenfalls erschien es ihr. Bislang hatte sie nie eine Beziehung zu Pferden gehabt. Auf dem Gut hatte sie sich zum Reiten überwinden müssen, und nur dem guten Zureden des Stallburschen war es geschuldet gewesen, dass sie einigermaßen ruhig geblieben war.

Außerdem hatte ich Angst, mich zu blamieren, gestand sie sich ein, mich zu blamieren vor dem Baron und vor Felix Ofterdingen, dem Bankierssohn, bevor all das Schreckliche geschah ...

»Ja«, hörte sie Luis sagen, »das sind unsere Thoroughbreds. Sehr ... edle Tiere, reine Rasse. Sie ziehen die Buggys. Virginia reitet sie, mein Sohn Joseph und meine beiden ... Enkel.« Sein Deutsch klang etwas unbeholfen, er sprach langsam, in kurzen Sätzen, suchte auch mitunter nach Worten, die er über die langen Jahre hinweg aus seinem Gedächtnis verloren hatte.

»Sie sind wunderbar«, stimmte Virginia ihrem Vater zu. »Aber wartet nur, wenn ihr erst Vics Pferde seht! Diese hier sind Gebrauchspferde, wir haben nicht mehr als zehn davon. Aber Vic hat eine richtige Zucht, Rennpferde und Steeplechaser.« Sie hatte sich in eine wahre Begeisterung hineingeredet und dabei vergessen, dass keiner der Anwesenden, außer Luis, wusste, wer Vic war.

Ich habe Virginia immer noch nicht gefragt, warum sie so ein flüssiges Deutsch spricht, fiel Caroline ein. Ihre Bewunderung für diese Frau stieg stetig.

»Wer ist Vic?«, fragte Franz.

»Oh, entschuldigt, das könnt ihr ja gar nicht wissen! Victoria Hillyard ist meine Freundin, noch aus unseren gemeinsamen Schultagen. Ihr Vater hat ein großes Gestüt, ein paar Meilen von hier. Sie reitet ausgezeichnet und versteht eine Menge von Pferden. Sie wird dich sicher beraten können, wenn du welche kaufen willst.«

Franz war angesichts dieses Vorschlags verlegen geworden. Er lächelte kurz und wandte sich zum Gehen. Als ob er sich teure Reitpferde leisten könnte! Er musste froh sein, wenn er zwei starke Ackerpferde bezahlen konnte.

Luis hatte von all dem nichts mitbekommen. In Gedanken schon bei seinen Devon-Rindern, führte er sie zwischen den weißen Holzzäunen auf einem Wiesenweg entlang zur Rinderweide. Caroline sah, dass sie von Virginias Fenster aus nur einen kleinen Teil der Herde wahrgenommen hatte. Jetzt, nachdem sie einen sanft ansteigenden Hügel hinauf- und wieder hinabgelaufen waren, lag eine riesige Fläche vor ihnen. Darauf grasten friedlich die goldbraunen Rinder. Caroline schätzte die Zahl auf sicher 100 Stück. So viele hatte nicht einmal Emmas Mann, der reiche Jakob Leger. Als sie Luis das sagte, lachte er ehrlich erstaunt und sagte: »Aber das ist nur ein kleiner Teil! Wir haben mehr als 300.«

»Sie sind Vaters ganzer Stolz«, erklärte seine Tochter. »Devons sind zäh, das ganze Jahr draußen, sie bewegen sich viel und fressen nur dieses Gras oder das Heu, das wir daraus gewinnen.«

»Hi, Jim!«, rief Luis einem jungen Mann zu, der ihnen auf dem Wiesenweg entgegengeritten kam. »Alles in Ordnung mit den anderen draußen – und mit den Kühen?«

Jim zügelte sein Pferd, das mit seiner starken Hinterhand, dem kräftigeren Körperbau und den kürzeren Beinen offensichtlich kein Thoroughbred war. Lässig tippte er mit der Hand an seinen breit gerandeten Cowboyhut. »Ja, Sir«, bestätigte er, »alles gut. Es kann sein, dass Candy heute noch kalbt. Aber ich passe auf.«

»Danke, Jimmy, du wirst das schon machen. Ruf mich, wenn es Komplikationen gibt.«

Jim nickte Luis lächelnd zu, tippte wieder an seinen Hut und ritt weiter. Caroline sah ihm nach. Da der Dialog auf Amerikanisch geführt worden war, hatte sie kein Wort verstanden, außer »Sir«. »Einer von unseren Cowboys«, erklärte Virginia. »Sie reiten unsere Quarterhorses zum Treiben der Rinder und zum Brennen der Kälber. Diese Pferde sind absolut phänomenal auf die Herden eingestellt. Sie treiben sie beinahe von selbst, wie Hütehunde.«

Der junge Mann hatte Caroline vollends aus ihrer Vorstellung von Windbachrodt oder dem Legerschen Gut gerissen. Mehr als 300 Rinder, hinzu kamen die Felder, die, wie Luis mitgeteilt hatte, vor allem mit Weizen, Roggen und Mais bepflanzt wurden. Und dieser Angestellte hier hatte in keiner Weise die devote, unterwürfige Art gehabt, wie sie die Arbeiter des Barons oder die Legerschen Knechte ihrem

Herrn gegenüber zeigten. Sein Ton war höflich, aber locker und sehr freundlich gewesen, und Luis hatte ihm in der gleichen Weise geantwortet. Hätte Caroline nicht das »Sir« herausgehört, hätte sie vom Tonfall her nicht sagen können, wer Herr und wer Knecht war.

All diese Eindrücke wirkten noch nach, als sie sich zum Ende ihrer Besichtigung dem Herrenhaus näherten. Luis ging jedoch nicht darauf zu, sondern schlug den Weg nach links in Richtung eines lang gezogenen Gebäudes ein.

»Der Pferdestall«, teilte Virginia ihnen mit. »Die Thoroughbreds stehen draußen auf der Weide, aber die Clydesdales sind für dich sicher auch interessant, Franz.«

»Soroughbreds«, wiederholte Caroline langsam, wie ein Kind, das die Worte eines Erwachsenen nachspricht. Es klang anders als bei Virginia, härter, steifer.

»Th, Caroline. Siehst du: so.« Virginia schob ihre Zunge unter die obere Reihe ihrer gepflegten Zähne. Caroline tat es ihr nach. Sie sprach das Th. Virginia nickte befriedigt. »Wenn du unsere Sprache richtig lernen willst, solltest du das Th und das amerikanische R sprechen.«

Franz zuckte zusammen. Er wusste, dass seine Englischkenntnisse gering und keineswegs ausreichend waren, aber über seine Aussprache hatte er sich nie Gedanken gemacht. Und Anna war nicht dazu zu bewegen gewesen, auch nur ein einziges Wort zu lernen. Ob sie wohl inzwischen aufgewacht war? Er konnte nur hoffen, dass es ihr nach dem erholsamen Schlaf besser ging, wenn er überhaupt erholsam war. Mehr und mehr schien es ihm, als sei der Zustand seiner Frau nicht allein der strapaziösen Reise geschuldet.

Als er noch darüber nachdachte, spürte er einen Schlag

auf seine Schulter. »Na, was meinst du!«, hörte er Luis' Stimme neben sich. »Ist das Clydesdale gut für dich?«

Jetzt erst sah er, dass der Onkel sie zu einer großen, peinlich sauberen Box in dem weitläufigen Stallgebäude geführt hatte. Der untere Teil der breiten Tür war geschlossen, der obere geöffnet. Als er aufblickte, sah er auf die kräftige Brust eines großen braunen Pferdes. Er trat vor Überraschung einen Schritt zurück. Jetzt konnte er den Kopf mit der weißen Blesse und der dichten, glänzenden Mähne sehen. Zwei sanfte Augen sahen ihn von oben herab ruhig an.

»Führe Champ heraus«, wandte sich Luis an Gabriel, der dabei war, den Wallach nach getaner Arbeit auf dem Feld trocken zu reiben und zu striegeln.

Draußen, im Licht der langsam sinkenden Sonne, zeigte sich das Tier in seiner vollen Schönheit. Hochgewachsen, mit kräftigen Beinen, an deren weißen Fesseln volle, bis über die Hufe hinabfallende Haarbüschel den Eindruck von Rasse und guter Pflege noch betonten, schien sein kompakter, starker Körper ein einziges Kraftpaket zu sein. Trotzdem wirkte es elegant und hatte nichts mit den schweren Ackerpferden gemeinsam, die Franz von seiner Heimat und die auch Caroline von ihrem Großvater her kannte.

»Mann!«, stieß Franz aufrichtig überrascht hervor. »So etwas habe ich noch nie gesehen.«

Luis sah stolz auf Champ, dann wieder zu Franz und schließlich zu Caroline hinüber, die in ehrlicher Bewunderung dastand und den prachtvollen Wallach betrachtete.

»Joe züchtet sie«, erklärte Virginia. »Er hat sie für die Feldarbeit entdeckt, wo sie sich hervorragend bewährt haben. Jetzt vergrößert er den Bestand und ist in die Clydesdale

Breeders Association eingetreten. Die Organisation der Züchter«, fügte sie nach einem Blick auf Franz und Caroline hinzu. Franz nickte beinahe andächtig. »Die könnte ich sicher gut auf meiner Farm gebrauchen«, sagte er nachdenklich. »Aber ich nehme an, sie sind sehr teuer.«

»Das besprichst du ja morgen mit Joe«, erwiderte Virginia. »Er hat sich um alles gekümmert, was deine Farm betrifft.«

Caroline dagegen war durch Virginias Worte von ihrer Bewunderung für den Wallach abgelenkt worden. Hatte sie sich schon bei der Begrüßung wegen ihrer Unkenntnis die amerikanische Sprache betreffend geschämt, so kam dieses Gefühl jetzt wieder. Dauernd musste Virginia übersetzen, und nur weil sie so hervorragend Deutsch sprach, war eine Verständigung überhaupt möglich. Mit Luis allein wäre es erheblich komplizierter geworden. Aber es war eben schon schwer genug gewesen, überhaupt hierherzukommen. Nur durch ihre spartanische Lebensweise in Berlin, mit dem Glück, in Franz und Anna Wegbegleiter und Finanziers zu haben, und wegen der Großzügigkeit von Onkel Luis, sie mit aufzunehmen und auch für sie mit zu bürgen, hatte sie es geschafft.

»Das wird schon. Du willst ja lernen.« Virginia hatte offenbar ihre Gedanken erraten.

»Ja!«, sagte sie. »Ja, ich will lernen. Unbedingt und alles und schnell!«

Virginia lächelte nur dazu und schüttelte amüsiert den Kopf.

Alle zwölf Clydesdales waren wahre Prachtexemplare. Franz erwog ernsthaft, Joe nach dem Preis zu fragen oder zumindest nach einer Leihgebühr, wenn es hier so etwas gab.

»Ja«, resümierte Luis, »das war es also für heute. Wenn ich euch jetzt noch zeige die Felder, die Schweine, die Schafe und die Hühner, dann das dauert bis morgen.«

In bester Laune führte er seine Gäste nach Hause. Nun hatte Caroline Gelegenheit, das schmucke einstöckige Holzhaus genauer zu betrachten. Blendend weiß gestrichen, vermittelte es, wie alles hier, den Eindruck von Sauberkeit und Frische. Die Rahmen der hohen schmalen Fenster waren rot, die untere Reihe an der Vorderseite reichte bis zum Boden und ließ viel Licht in die Räume. Auch die Haustür und die Säulen, die das Dach der Veranda stützten, leuchteten in Rot und Weiß. Das Dach war hellgrau und schimmerte silbern. Es war ein fantastischer Anblick, auch und gerade jetzt im Licht der untergehenden Sonne.

Franz ging hinauf zu seiner noch immer schlafenden Frau. Neben ihr lag der Junge, tief und gleichmäßig atmend. Er betrachtete eine Weile dieses stille Bild, es sah so friedlich, so harmonisch aus. Es entspannte ihn, Anna so zu sehen, und beinahe hatte er Angst davor, sie könne aufwachen und diesen Eindruck zerstören. Als sein Sohn die Augen aufschlug, nahm er ihn hoch und ging leise aus dem Zimmer.

Caroline war Virginia in die Badestube gefolgt, die im unteren Stockwerk neben der Küche lag. Shampoo, Handtücher und Seife lagen bereit, aus der Wanne dampfte das Wasser.

»Oh, mein Gott!«, entfuhr es Caroline. »Ein Bad, ja, das ist jetzt genau das Richtige! Wunderbar!« Sie sah Virginia freudig und dankbar an.

Dies war das erste Bad seit langer Zeit. Wenn sie sich richtig erinnerte, hatte sie zum letzten Mal in der Waschküche des Berliner Mietshauses gebadet, in dem sie bei Lehmanns zur Untermiete gewohnt hatte. Im Keller gelegen, war die Atmosphäre dieser Waschküche düster und Angst einflößend gewesen. Es hatte lange gedauert, bis der Kessel aufgeheizt war – dabei hatte sie doch Kohlen sparen müssen. Und wenn das Wasser dann endlich heiß genug gewesen war, hatte sie sich beeilt mit dem Baden, um schnell wieder in den dritten Stock in Lehmanns Wohnung und in ihr Zimmer zu kommen.

Dies hier war ein richtiges Bad, keine zum Baden umfunktionierte Waschküche, mit Fenster, einem großen eisernen Kessel für das Wasser, weichen Handtüchern und weiß gestrichenen Holzwänden. Es war sicher nicht so elegant und luxuriös wie Theas Bad, aber hell, freundlich und sauber.

»Genieße es!«, hatte Virginia noch gesagt. Und nun lag sie in der Wanne und entspannte sich. Sie schloss die Augen. Es war, als hätte es kein Gestern gegeben und als gäbe es kein Morgen, nur diesen wunderbaren Augenblick der Gegenwart. Sie lag da und dachte an nichts. Es war vollkommen.

Später wusch sie sich die Haare und den Körper, und auch das war herrlich. Schon lange hatte sie sich nicht mehr so sauber gefühlt.

»Brauchen Sie noch etwas, Miss? Ist alles in Ordnung?«

Caroline schrak zusammen, nicht so sehr wegen der Ansprache selbst, aber es war etwas Unerwartetes darin, denn sekundenschnell war ihr klar, dass es nicht Virginia sein konnte, die sie mit »Sie« und als »Miss« angeredet hatte.

In der halb offenen Tür stand Amy, die schwarze Haushälterin, die sie schon beim Servieren kennengelernt hatte. Sie sah sich um. Es war sonst niemand da. Aber es konnte unmöglich Amy gewesen sein, die diese Worte in fehlerfreiem Deutsch gesprochen hatte. Mit Katherine hatte sie Englisch geredet, genau wie Gabriel, ihr Mann.

Caroline blickte Amy gerade mitten in das ebenholzfarbene Gesicht, als diese sagte: »Das hat Ihnen sicher gutgetan«, und ihr blieb buchstäblich der Mund offen stehen. Das konnte nicht sein! Aber sie träumte ja nicht – sie nahm ein Bad in Onkel Luis' Farmhaus, und dort drüben stand eine schwarze Frau, eine Negerin, und sprach sie in ihrer eigenen Sprache an, genauso gut wie Virginia, selbstverständlich und fehlerfrei.

»Ich ... verzeihen Sie, ich versteh das nicht«, stotterte Caroline.

»Kommen Sie, ich helfe Ihnen.« Amy breitete eines der großen Handtücher aus und wickelte Caroline ein. Dann rubbelte sie sie trocken, als wäre sie ein Kind.

»Sie haben sich erschrocken. Das tut mir leid.«

»Ja, Sie ... Sie sprechen so gut Deutsch.« Caroline hatte nie zuvor eine Negerin auch nur von weitem gesehen, und nun stand sie dicht neben ihr, und diese Frau sprach ihre Sprache. Es war verwirrend und rätselhaft, zu viel für einen einzigen Tag. Schon Virginia, ihre Erscheinung, ihr Verhalten und ihr fabelhaftes Deutsch waren eine Überraschung gewesen. Und nun das ...

In diesem Moment klopfte es, Virginia steckte den Kopf durch die Tür und fragte:» Bist du fertig? Dann baden wir jetzt das Kind, und seine Eltern stecken wir gleich mit in die Wanne!«

»Ja, natürlich.« Entschuldige, dass es so lange gedauert hat, hatte sie hinzusetzen wollen, aber die Erfahrungen mit

Luis' Tochter hielten sie davon ab, und so sagte sie nur noch: »Das Bad war herrlich.«

Amy half Caroline in die bereitgelegten Sachen, alle von Virginia, und ließ das Wasser ab.

»Sie hat sich erschrocken«, sagte Amy.

»Ja, das glaube ich. Aber du wirst es ihr gleich erklären, nicht wahr?«

Amy nickte und nahm Caroline mit nach oben in Virginias Zimmer. Dort kämmte sie ihr das Haar aus, setzte sich dann auf Virginias Bett und erzählte ihre Geschichte. Die wiederum war so unglaublich und ungewöhnlich, jedenfalls für Carolines Ohren, dass sie am Ende sagte: »Amy, so eine Geschichte habe ich noch nie gehört! Aber es ist ja alles irgendwie logisch. Nur, wenn ich das meiner Freundin Emma nach Deutschland schreibe, dann glaubt sie, ich habe alles erfunden.«

Erst nach dem Abendbrot – es gab wieder Fleisch, dazu Gemüse und ein leicht gelbliches, würziges Brot –, als sie sich auf Virginias Zimmer zurückzog, fand sie die Zeit, über Amys Geschichte nachzudenken. Als dreijähriges Kind war diese mit ihrer Mutter zu einer Familie von Deutsch-Amerikanern gekommen. Ihre Mutter, eine Sklavin, war von ebendieser Familie, die sich, nicht unvermögend von Deutschland kommend, in Kentucky niedergelassen hatte, freigekauft worden. Es wurde ausschließlich Deutsch gesprochen, so dass das Kind der ehemaligen Sklavin mit dieser Sprache aufwuchs, schon weil es mit den Kindern der Herrschaft täglich spielte. All das sei »vor dem Bürgerkrieg« gewesen, hatte Amy berichtet. Caroline, die sich nicht schon wieder durch Unkenntnis blamieren wollte, hatte nicht gewagt zu fragen, welchen Krieg sie denn meine. Sie sei in der Familie geblieben, erzählte Amy weiter, bis Gabriel mit Mister Luis aufgetaucht sei, um in dem Herrenhaus Quartier mit ihren Unionssoldaten zu machen. Sofort nach dem Krieg habe Gab dann um sie angehalten und sie mit nach Fayette County auf diese Farm genommen. Seitdem lebe sie hier. Als 1870 noch ein Nesthäkchen – sie kannte sogar diesen Begriff – angekommen sei, habe sie Virginia geliebt, als wäre sie ihr eigenes Kind, abwechselnd Deutsch und Englisch mit ihr gesprochen, und so sei es gekommen, dass Miss Virginia besser Deutsch spreche als ihr Vater, der viel verlernt habe.

Was sie mit *Deutsch-Amerikaner* gemeint habe, fragte Caroline noch. Schließlich sei Luis das doch auch, aber er spreche ausschließlich Amerikanisch und dass seine Tochter so gut Deutsch gelernt habe, sei ja wohl ihr Verdienst gewesen.

Ja, bestätigte Amy, das sei so weit richtig. *Deutsch-Amerikaner* würden die Familien genannt, die ihre deutschen Wurzeln pflegten, ihre Sprache nicht ablegten, nur untereinander heirateten, Vereine gründeten, in denen deutsche Traditionen bewahrt würden und so weiter. Es gebe auch von ihnen finanzierte Schulen, wo Deutsch eines der Hauptlehrfächer sei. Zudem unterstützten sie deutsche Einwanderer oder holten sie durch Zeitungsanzeigen in Deutschland ins Land.

An diesem Abend dachte Caroline noch lange über Amy und ihre Geschichte nach. Jedenfalls wusste sie jetzt, woher ihr Zögling das Deutsch hatte ... Mit diesem Gedanken schlief sie ein und merkte nicht, wie Virginia, die Kerze vor sich haltend, ihr Gesicht und den dunklen Kranz ihrer

Haare betrachtete, die sich wie eine schwarze Kaskade über das Kissen ausgebreitet hatten. Virginia setzte sich auf die Bettkante und sah sie an. Dann löschte sie die Kerze und trat ans Fenster. Am samtblauen Himmel leuchteten die Sterne, und der Mond schickte seinen Lichtstrahl in ihr Zimmer. Es war alles still, nur der Wind wehte sanft und bewegte leise die Kronen der Bäume.

Kapitel 7

Am nächsten Morgen erschienen alle, sogar Anna, pünktlich zu dem auf acht Uhr angesetzten Frühstück. Für neun Uhr war das Treffen mit Joseph Maier geplant, Luis' ältestem Sohn. Wie Caroline es bereits geahnt hatte, war es tatsächlich Joe, der das Herrenhaus unweit des Farmhauses bewohnte. Allerdings war es den Ankömmlingen weiterhin unklar, warum die Familien des Vaters und des Sohnes getrennt wohnten. Es hatte sich keine Gelegenheit ergeben, mit Franz darüber zu sprechen, und als sie ihn am Morgen beim Hinuntergehen fragte, zuckte er nur mit den Schultern.

Anna sah besser aus. Das abendliche Bad, die Fürsorge und die herzliche Aufnahme, die sie im Haus des Onkels erfahren, und nicht zuletzt die Tatsache, dass Virginia nicht nur für Windelersatz, sondern auch für eine Waschfrau gesorgt hatte, das alles stimmte sie milder. Zudem hatten die nachmittägliche und die ausgiebige nächtliche Ruhe ihrem geschwächten Körper gutgetan, so dass sie, zum ersten Mal seit ihrer Ankunft, wieder lächelte und sich auch die Nervosität ein wenig legte. Das üppige Frühstück, von dem sie ein wenig mehr genoss als von den Mahlzeiten zuvor, tat ein Übriges, um ihr ihre gute Laune und den offenen Blick, den Caroline so sehr an ihr schätzte, zurückzugeben.

Niemand war darüber glücklicher als ihr Mann, dem man seine Erleichterung deutlich anmerkte. Das Kind sah mit weniger Ängstlichkeit und Besorgnis auf seine Mutter als während der Reise und auch am Vortag noch, hielt sich aber weiter dicht bei Kathy, die sich auch während der Unterredung mit Joe um ihn kümmern wollte.

Als Luis bei Speck, Eiern, Brot und heißen Brötchen erwähnte, dass er mit Franz, Anna und Virginia als Übersetzerin zu Joe hinübergehen werde, fragte Virginia: »Und Caroline?«

»Sie hat mit dem Kauf nichts zu tun«, war die Antwort.

»Aber sie wird doch dort leben. Sie muss zumindest zur Besichtigung mitkommen.«

Luis nickte. »Sicher«, sagte er.

So erfuhr Caroline, dass an diesem Tag der Kauf abgeschlossen, die Farm besichtigt und später das Nötigste für die Übersiedlung angeschafft werden sollte. Nach einer weiteren Nacht bei Luis sollten sie dann endgültig auf die Gossler-Farm umziehen. »Die Gossler-Farm« hatte Luis gesagt, so als wäre schon alles geregelt. Carolines Herz schlug schneller. Am nächsten Tag würde sie den ersten Schritt in ein eigenes Leben hier machen! Sie sah zu Anna hinüber, die ihren Blick lächelnd erwiderte. Gott sei Dank, dachte Caroline, sie ist wieder die alte, die liebe Anna, die ich kannte. »Gosslers Farm!«, sagte sie. Anna nickte ihr zu, aus ihren goldbraunen Augen war die Hektik der vergangenen Tage verschwunden. »Ich freu mich so, Anna.«

Anna nickte wieder und lächelte glücklich. »Danke«, sagte sie zu Luis und Kathy hinüber, »ich danke euch für alles. Ich war so müde gestern, so schrecklich müde. Und ihr habt mich so sehr verwöhnt. Es geht mir viel besser.«

»Ist okay.« Luis übersetzte für seine Frau.

»Oh, you're welcome!«, sagte Kathy.

»Es ist Zeit«, mahnte Luis. »Wir wollen Joseph nicht warten lassen.«

Als sie die paar Schritte zum Herrenhaus hinübergingen, nahmen sie Anna in ihre Mitte. Franz hielt ihren Arm, Luis den anderen. Caroline sah es, und trotz ihrer Erleichterung über Annas Genesung spürte sie doch einen Stich im Herzen. Anna war Franz' Frau und Luis sein Onkel – nur sie war eine wirkliche Fremde und mit keinem hier verwandt.

»Wir holen dich ab.« Virginia war neben sie auf die Veranda getreten. »Es wird nicht lange dauern, denke ich.« Leichtfüßig und mit schnellen Schritten hatte sie die anderen rasch eingeholt. Sie reihte sich neben ihrem Vater ein, dann verschwand die kleine Gruppe hinter dem flachen Hügelkamm.

Caroline trat aus der überdachten Veranda heraus. In diesem Augenblick fuhr Gabriel mit dem Buggy heran, den sie schon vom Vortag kannte. Aber er hatte nicht Golden Rose, sondern ein dunkelbraunes Pferd eingespannt, wobei auch dieses Exemplar seiner Rasse der Stute in Schönheit und Anmut in nichts nachstand. Der gleiche edle, feine Kopf, der hochbeinige, schlanke, geschmeidige Körper voller Elastizität und Kraft, das gleiche glänzende Fell. Der Wagen hielt, und Caroline ging, ohne recht zu wissen, warum, direkt auf das schöne Tier zu. Langsam streckte sie die Hand aus und berührte sanft die samtweichen Nüstern. Die Stute schnaubte leise und suchte ihre Hände nach Zucker ab. Es war zu spät, als sie merkte, warum sie ohne Zögern und wie magisch angezogen an das Pferd herangetreten war.

Ich hätte es wissen müssen, wissen, dass es die Farbe war,

die Farbe des Fells. So, genau so, sahen Georgs Warmblüter aus ...

Sie fasste den Kopf des Tieres und umarmte die Stute, Tränen rannen über ihre Wangen.

Unsere Begegnungen im Hirschwald ... Wie oft hat er mich zu sich auf den Kutschbock genommen, wie oft habe ich die Pferde gestreichelt und ihnen Zucker mitgebracht. Und als er nicht mehr kam, als der fremde Postillion heranfuhr, da habe ich mich in die Zügel geworfen, um die Kutsche aufzuhalten und dachte, ich sei verrückt geworden ...

»Miss?« Sie zuckte zusammen, löste sich von dem Tier und sah, dass Gabriel neben ihr stand. »Are you okay?«

Sie wischte sich die Tränen ab und nickte. Wahrscheinlich hatte er sie gefragt, ob es ihr gut gehe. »Ja«, sagte sie, »danke.«

Als sie sich umwandte, sah sie Amy auf der Veranda stehen. Ihr Blick verriet, wie es um sie stand. »Amy, ich ... Es geht mir gut. Machen Sie sich keine Sorgen.«

Amy nickte langsam, sagte aber nichts. »Gab, du spannst besser noch nicht aus«, wandte sie sich in seiner Sprache an ihren Mann. »Möglich, dass der Buggy noch gebraucht wird, für die Fahrt zur Farm von Mr Gossler. Hi, Linda«, begrüßte sie dann die Waschfrau, die jetzt erst aus dem Wagen stieg. »Schön, dass du kommen konntest, so zwischendurch. Wir haben Gäste, die eine Menge schmutzige Wäsche mitgebracht haben.«

Linda, die natürlich die gesamte Szene mitbekommen hatte, sah fragend zu Amy hinüber.

»Sie versteht dich nicht.«

»Okay«, sagte Linda. »Ist sie eine von den Deutschen, von denen du erzählt hast?«

»Ja, eine davon. Die anderen sind zu Joe rüber wegen der *Shaddock Farm*.«

»Die hier ist komisch.« Lindas Gesicht, das etwas heller war als Amys, verzog sich zu einem mitleidigen Lächeln. »Oder hat sie Heimweh?«

»Das wird es wohl sein«, bestätigte Amy. »Und jetzt komm, ich habe die Wäsche schon eingeweicht.«

Was mögen sie von mir denken, fragte sich Caroline. Sicher haben sie über mich geredet. Es ist wie verhext. Ich will ja, aber dann kommen Erinnerungen, Gedanken ...

»This is Keira«, hörte sie Gabriel sagen. Er stand noch immer neben ihr. Sie sah in freundlich an. Er war nett, wollte ihr helfen, das merkte sie wohl.

»Keira«, wiederholte sie. »Sie ist wunderschön.«

Gabriel führte die Stute beiseite und wand den Zügel um den herabhängenden Ast einer Eiche, so dass das Tier im Schatten stand. Dann holte er einen Eimer mit Wasser, stellte ihn vor Keira hin und begann, mit einem weichen Tuch sanft über ihr Fell zu streichen. Keira trank, dann wandte sie den Kopf. Ihre sanften dunklen Augen blickten aufmerksam zu Caroline hinüber.

Die Ruhe dieses Bildes übertrug sich auf sie. Sie trat erneut an das Tier heran und streichelte behutsam über Stirn und Hals. Keira zuckte nicht. Sie ließ sich die Behandlung gefallen, hielt ihre Nüstern an Carolines Haar und schnaufte leise.

»Oh, she likes it«, sagte Gabriel. Zum ersten Mal seit ihrer Ankunft schaute er Caroline wirklich an. Eine merkwürdige junge Frau war das, die da mit Mister Luis' Neffen über den Ozean gekommen war. Eine, die weinte, wenn sie ein Pferd streichelte, und jetzt liebkoste sie es wieder, und die Stute, sonst Fremden gegenüber reserviert, verstand sich mit ihr in dieser stummen Zwiesprache.

Amy hatte ihm erzählt, dass das Mädchen sich am Vortag zwar über ihre Ansprache in deutscher Sprache erschrocken habe, dann aber ganz natürlich gewesen sei, ihr, einer Schwarzen gegenüber, ohne jede Scheu oder gar Distanz oder Arroganz. Dabei sei sie mit Sicherheit in ihrem kurzen Leben noch keinem farbigen Menschen begegnet. Jetzt lächelte sie ihn wieder an. Solch blaue Augen hatte er noch nie gesehen, dazu das tiefschwarze Haar. Er mochte sie, sehr sogar, und lächelte spontan zurück.

Als Caroline zur Veranda zurückging, lehnte Kathy in ihrem Schaukelstuhl; der kleine Franz saß zu ihren Füßen auf dem Holzboden und spielte mit der Katze. Sie winkte den beiden zu und ging weiter, ein Stück den flachen Hügel hinauf, der das Areal des Herrenhauses von dem des Farmhauses trennte. Sicher würde die Unterredung bald zu Ende sein, und dann würden sie die Farm besichtigen, Franz' und Annas eigene Farm!

Von der Kuppe des Hügels aus sah sie die kleine Gruppe auf sich zukommen. Luis und sein Sohn gingen voran. Die Ähnlichkeit der beiden war unverkennbar, wenn Joe auch ein wenig größer war als sein Vater und die hellen Augen seiner Mutter geerbt hatte. Aber beide hatten das schmale Maiersche Gesicht mit den kantigen Formen, die gerade spitze Nase und die schmalen Augen mit den an ihrem Ende herabgezogenen Brauen.

Joseph wirkte in seiner Schlankheit und mit der eleganten

Kleidung so, wie Caroline sich einen Gentleman vorstellte. Luis, der auch heute wieder seine Levi's Hosen aus blauem Baumwolldenim trug, dazu seinen breitkrempigen Cowboyhut, wirkte leger wie ein Farmer, Joe dagegen war ein Herr. Er trug helle Hosen, ein farblich darauf abgestimmtes, etwas dunkleres Sakko, ein weißes Hemd mit Krawatte und einen hellen flachen Hut. Sein dunkelblondes Haar war kurz geschnitten. Er ging hoch aufgerichtet, gemessenen Schrittes. Caroline schien es so, als wäre er gern schneller gegangen, passe aber seine Gangart der seines Vaters an.

Das alles waren Sekundeneindrücke. Die Gruppe war herangekommen. Virginia schob sich nach vorn zu Bruder und Vater und stellte Caroline und Joe einander vor. Ein kurzes Nicken kam von Joseph Maiers Seite, Caroline machte unwillkürlich einen Knicks. Maier lächelte kaum merklich, sein Mund war schmaler als der seines Vaters und wenig, ein ganz klein wenig, nach unten gezogen. Das fiel Caroline auf, ohne dass sie es sich bewusst gemacht hätte. Es war nicht mehr als eine verschwommene Erinnerung, sie hätte in diesem Moment nicht einmal sagen können, woran.

Sie sah Joe vor sich gehen, gerade aufgerichtet, mit federnden Schritten, locker, sehr sicher, seiner selbst sicher. Der Unterschied zu Franz hätte größer nicht sein können, er wirkte bedrückt und ging, den Blick nach unten gerichtet, stumm neben ihr.

Am Buggy angekommen, blickte sie in Luis' freundliches Gesicht mit dem verschmitzten Lächeln. Er freut sich an allem hier, war ihr spontaner Gedanke, er hat es aufgebaut.

»Ich fahre, Gab«, hörte sie Virginia sagen. Sie schwang

sich auf den Kutschbock und beorderte Caroline mit einer Handbewegung neben sich. Die anderen vier stiegen in den Wagen. Gab band Keira los und tippte mit der Hand an seine Mütze. Dieses Mal bog Virginia von der Einfahrt aus nach rechts ab, Keira fiel in einen schnellen Trab und zog den leichten Wagen mühelos über die baumbestandene, sandige kleine Allee. Wieder führte die Fahrt durch grünes Land, das Rinder und Pferde beweideten. Sanfte Hügel wechselten mit weiten Ebenen und kleinen Waldgebieten, die weißen Holzzäune leuchteten in der Sonne, alles wie am Tag zuvor. Caroline legte ihre Hand locker auf den Griff des Kutschbockes und genoss die Fahrt. Von hier oben sah sie all das Schöne um sie herum noch viel intensiver. Wie ein stilles Paradies breitete sich das Land vor ihr aus. Sie fühlte eine Welle der Wärme durch ihren Körper strömen. Hier musste es doch ein Leben für sie geben ...

Und dann, als die Erinnerung kommen wollte, mit Macht, und sie einzuholen drohte, da krampfte sie ihre Hand fest um den Griff.

Der Kutschbock, Georgs Kutsche ... Sie hatte sich in seine Arme geschmiegt, sein Herz schlagen hören, und er hatte sie geküsst und in diesen Armen gehalten ... Das Gefühl unendlicher Geborgenheit, das Gefühl, angekommen zu sein ...

»Sieh mal!«, rief eine Stimme. Es war eine weibliche Stimme, Virginias hübsche, helle und doch gar nicht schrille Stimme. Sie hatte den Arm gehoben und wies auf einen in der Nähe sichtbaren, beinahe ebenen Hügelkamm. Darauf stand ein aus Feldsteinen gebautes Haus. »Das ist das Farmhaus!«

Virginia musste sie schon eine ganze Zeit beobachtet haben, zumindest hin und wieder. Caroline las es in ihrem Gesicht, so wie sie es am Morgen in Amys Gesicht gesehen hatte. Virginia war so frei, so beneidenswert sicher in allem und doch nur ein Jahr älter als sie selbst ...

»Wir sind gleich da«, versprach sie. Es klang wie ein Trost.

Im gleichen Augenblick fuhren sie in einen schmaleren Weg ein.

Lediglich ein verblichenes weißes Holzschild verriet, dass man sich nun auf dem Boden der *Shaddock Farm* befand. Auf der Weide zur Rechten grasten Rinder, zur Linken waren Felder angelegt, einige davon bereits abgeerntet. Vor der kleinen Anhöhe des Hügels lagen zwei Gebäude, wahrscheinlich Scheune und Stall. Dann ging es ein kurzes Stück gerade den Hügel hinauf zum Farmhaus. Von ihrem erhöhten Sitz aus sah Caroline den Farmteich in einer kleinen Senke neben den Hügelkamm liegen.

Virginia hielt vor dem Haus. Joseph sprang sofort, kaum dass der Wagen hielt, ab und schloss es auf.

»Mr und Mrs Shaddocks Zuhause«, erklärte er auf Amerikanisch. »Ich hoffe, es gefällt. Dann machen wir den Vertrag.« Es klang sehr förmlich.

Virginia übersetzte, Joe führte sie durch das Haus. Alles dort war so einfach wie möglich gehalten, ein Wohnraum mit Esstisch und angrenzender Küche im Untergeschoss, im Anbau eine Waschküche, die zugleich als Badestube diente; im Obergeschoss zwei Zimmer mit einem Ehebett und einem Einzelbett sowie je einem Schrank; eine kleine Kammer enthielt nichts als eine riesige Truhe und eine Art Feldbett. An beiden Schmalseiten des Hauses war ein bis zum Dach hochgezogener Kamin angebaut. Das Ganze wirkte, als sei es vor nicht allzu langer Zeit von seinen Bewohnern verlassen worden.

Den gleichen Eindruck machte auch die aus Holzlatten gebaute Scheune. Egge und Pflug standen dort neben einigen anderen Farmgeräten, an allen war noch die Erde zu sehen, durch die sie gezogen worden waren. Unter dem Dach der Scheune lagerte, über eine steile Leiter zu erreichen, das Stroh.

Der Stall war für etwa 30 Rinder und Kühe ausgelegt. Er war sauber und ausgemistet. Alle Tiere waren jetzt draußen, nur ein paar Schweine lagen in ihrem Teil des Gebäudes in ihren Boxen und schliefen auf dem ausgestreuten Stroh. Zwei Pferdeboxen im vorderen Teil waren leer. Hühner pickten im Gras hinter dem Gebäude, und ein um seine Hennen besorgter Hahn krähte laut und warnend, als sich die Ankömmlinge der Drahteinfriedung näherten. Aber es gab keinen Grund zur Sorge, die Gruppe ging rasch weiter, den Hügel wieder hinauf, an Haus und Garten vorbei, auf den Farmteich zu, wo Enten ihre Runden drehten. Die kamen sofort herangesegelt, immer in der Hoffnung auf Futter, das man ihnen vom Rand des Teiches aus zustreute. Aber diesmal war es nichts damit. Joe führte sie aus der Senke den Hügel wieder hinauf; von hier aus hatte man einen hervorragenden Rundblick. Er drehte sich mit waagerecht ausgestrecktem Arm einmal im Kreis herum und sagte: »Das, was ihr hier seht, gehört alles zur *Shaddock Farm*. Sie reicht bis zu dem kleinen Wald dort hinten. Der Bach dahinter ist die Grenze.«

Als Virginia seine Worte übersetzt hatte, schauten alle auf

die Weiden, die Felder und das kleine Waldstück mit dem angrenzenden Bach.

»Na?«, fuhr Joseph Maier fort, »wie sieht es aus, Franz. Sollen wir verhandeln?«

Franz, der nicht viel mehr als seinen Namen verstanden hatte, nickte. Er war die ganze Zeit über aus seiner bedrückten Stimmung nicht herausgekommen. So jedenfalls wirkte er auf Caroline. Aber es war auch nicht zu übersehen, wie sehr ihm dieses Farmland gefiel. Anna wagte sie nicht anzusehen. Seit sie mit den Männern und Virginia aus dem Herrenhaus zurückgekehrt war, hatte sie Trübsinn ausgestrahlt, beinahe die Lethargie, die Caroline schon von dem Schiff her von ihr kannte. Und jetzt auch noch Franz? Sicher, das Farmhaus war nicht das, was sie bei Luis und Kathy gesehen hatten, und schon gar nicht konnte es mit dem Herrenhaus konkurrieren. Aber es ließ sich doch etwas daraus machen. Sie verstand die beiden Gosslers nicht.

Und sie kam auch nicht dazu, sie zu fragen, denn Joseph schloss sie von den nun folgenden Verhandlungen aus. »Es ist eine Sache zwischen Franz und mir«, hatte er diese Entscheidung kommentiert und keinen Zweifel daran gelassen, dass er neben seinem Cousin nur seine Schwester und auch sie nur als Übersetzerin akzeptieren würde. Sein Vater könne entscheiden, ob er dabei sein wolle, ebenso wie Anna.

Die folgte ihrem Mann wie ein Lamm, das zur Schlachtbank geführt wird. Virginias Gesichtsausdruck hatte sich verhärtet, zum ersten Mal, seit Caroline sie kannte. Sie sagte etwas auf Amerikanisch zu ihrem Bruder und sah ihn dabei kalt an. Er erwiderte ihren Blick, gelassen, so schien es Caroline, antwortete aber nicht.

Luis blieb mit Caroline allein zurück. »Onkel Luis, du musst meinetwegen nicht bleiben. Ich kann ganz gut allein hier warten.« Sie ließ den Blick schweifen. »Denn weißt du«, fuhr sie gedankenverloren fort, »dies ist das schönste Land, das ich je gesehen habe.«

Diese Worte, ohne besondere Betonung und ohne jede Überlegung gesprochen, kamen direkt aus ihrem Herzen. Und weil es das war, was Luis heraushörte, zog er sie spontan in seine Arme und drückte sie an sich. Genauso hatte er selbst gefühlt, als er dieses Land vor 42 Jahren zum ersten Mal gesehen und beschlossen hatte zu bleiben. Für Caroline kam diese Umarmung noch überraschender als die erste, als Luis sie bei ihrer Ankunft für Anna gehalten hatte. Als er sie wieder losließ und ein wenig von sich schob, sah er in das junge tränennasse Gesicht. Ihre blauen Augen strahlten ihn durch den Tränenschleier hindurch an. Sie schüttelte den Kopf, unfähig zu sagen, was sie fühlte, und schmiegte sich an seine Schulter.

»Komm«, sagte er, jetzt doch ein wenig verlegen, »wir gehen und schauen herum.«

Carolines Verhalten war wie das einer Tochter gegenüber ihrem Vater, der sie beschützte und sie liebte. Was hatte dieses Mädchen erlebt, bevor sie zu ihnen nach Kentucky gekommen war? So nah sie ihm in ihren Gefühlen für das Land auch stand, so rätselhaft war ihm ihre Überschwänglichkeit, ihre Empfindlichkeit. Wenn ein junges Mädchen sich entschloss auszuwandern, allein – was hatte sie aus ihrem eigenen Land vertrieben? Was konnte so schrecklich gewesen sein, das zu bewirken? Einen Moment lang kam ihm ein schrecklicher Gedanke. Wenn sie nun in Deutschland ... kriminell geworden war. Aber er schob die Idee so rasch beiseite, wie sie ihm gekommen war. Noch nie hatte er sich in einem Menschen so getäuscht, es wäre das erste Mal gewesen. Nein, das konnte er ausschließen, aber ein Kummer konnte es gewesen sein, ein sehr großer Kummer. Nur … in so einem zarten Alter? Sie war 23 Jahre alt, wusste er, denn Franz hatte ihm geschrieben, seine Frau sei nur ein halbes Jahr jünger als ihre Freundin.

Luis war viel zu sehr Amerikaner, als dass er sich in diesen trübsinnigen Überlegungen weiter ergangen hätte. Er führte Caroline herum, und bei jedem neuen Anblick, egal, ob es Tiere waren oder Pflanzen oder ob sie einfach nur eine veränderte Perspektive von den verschiedenen Hügeln aus hatten, freute sie sich daran. Der hinter dem Farmhaus gelegene Garten bot sich jetzt, im Spätsommer, in besonderer Pracht dar. Blumen, Obst und Gemüse wuchsen üppig und dicht und in so vielen Sorten, dass sie gar nicht alle hätte benennen können.

»Sieh mal«, sagte Luis schließlich, »dort hinten.« Er zeigte auf die bewaldeten Buckel, die sich in einer Kette am Horizont entlangstreckten. »Das sind die Knobs, ganz viele … isolierte Hügel. Das gibt es so nur hier in Kentucky. Sie … begrenzen das Blue Grass. Es ist wie ein … Horseshoe.« Er überlegte kurz und ergänzte dann: »Hufeisen.«

»Ja!«, rief sie fröhlich. »Die habe ich schon vom Zug aus gesehen. Es sind sicher Hunderte. Und die schließen das Land hier ein wie ein Hufeisen?«

Er nickte und war seinerseits froh, dass sie so rasch wieder lachen konnte; es war ansteckend, so dass es ihm am Ende vorkam, als sähe auch er die Schönheit um sich herum wieder so wie beim ersten Mal.

Obwohl sie nur wenige Worte gewechselt hatten, fühlte sich Caroline zum ersten Mal seit langer, seit sehr langer Zeit ... Ja, wie?, fragte sie sich, als sie ihren Rundgang beendet hatten. Sie fand das Wort nicht gleich, aber dann empfand sie es. Es gab nur eine Antwort: geborgen.

In dieser Stimmung trafen sie auf die beiden Gosslers und Joseph Maier. Joes Gesicht drückte Befriedigung aus. Offenbar hatte er erreicht, was er wollte. In Franz' und Annas Gesichtern, die sich über den abgeschlossenen Kauf hätten freuen müssen, las Caroline eher Sorge denn Freude.

»Ja«, sagte Joseph jetzt, »dann lade ich euch alle für heute Abend zum Abendessen ein, und wir feiern gemeinsam den Vertragsabschluss.«

Virginias Übersetzung klang sachlich, aber Caroline kannte sie schon genau genug, um die unterdrückte Emotion darin herauszuspüren. Wirklich zufrieden schien sie mit dem Ergebnis nicht zu sein.

Franz nickte und bedankte sich höflich. Während der Heimfahrt wurde nicht gesprochen, bis Virginia ihren Bruder vor dem Herrenhaus absetzte.

»Bis heute Abend«, verabschiedete sich Joseph kurz.

Caroline, die noch immer von dem Gefühl beseelt war, das Luis' väterliche Umarmung in ihr ausgelöst hatte, wollte sich nicht aus ihrer guten Stimmung herausbringen lassen. Letztlich konnte es ihr egal sein, warum Joe über den Kauf so glücklich, Franz dagegen besorgt gewesen war. Ihr gehörte ohnehin nichts. Sie musste so bald wie möglich ihre Schulden abarbeiten, dann war sie frei – was immer sie auch aus dieser Freiheit machen würde.

Beim Mittagessen erfuhr sie die Geschichte von Virginia, die, halb auf Amerikanisch für ihre Mutter, halb auf Deutsch für Caroline, berichtete, dass ihr Bruder die Farm an Gosslers verpachtet habe. Das war nun in der Tat eine Überraschung, auch für Caroline. In Luis' Briefen war immer von Landkauf die Rede gewesen, und Anna hatte ihr vorgerechnet, dass sie nach dem Verkauf des Mecklenburger Hofes nicht nur Land in Kentucky kaufen, sondern auch noch Geld übrig haben würden.

»Ich wollte mir hier eine Existenz aufbauen«, sagte Franz nach dem Essen. »Ich hätte die Farm so gern gekauft.«

Anna schluckte. Es sah aus, als halte sie nur mit Mühe ihre Tränen zurück. Kathy stand auf, um den Jungen nach oben zu bringen. Er war todmüde von den vielen neuen Eindrücken und schlief beinahe in ihren Armen ein.

»Onkel Luis, hast du davon gewusst, ich meine, dass Joseph die Farm schon von den Shaddocks gekauft hat? Ich dachte, er wollte uns den Kauf vermitteln?«

Luis sah ihn an, dann senkte er den Blick.

»Dad?«, fragte Virginia.

»Nicht wirklich. Ich wusste, dass er die *Shaddock Farm* gekauft hat. Doch er sagte, er wird sie dir anbieten.«

»Joe bleibt doch immer Joe«, sagte Virginia dazu.

Luis nickte. »In Joes Haus ging es schnell. Ich habe mich schon gewundert. Er wollte die Farm ansehen zuerst. Jetzt weiß ich, warum.«

Virginia seufzte. »Mach dir nichts daraus«, tröstete sie Franz. »Wenn du pachtest, hast du viel Geld übrig und kannst alles kaufen, was du noch brauchst. Pferde, Farmgeräte.«

»Das hat dein Bruder auch gesagt«, erwiderte Franz. Seine

Stimme klang müde. »Virginia, ich wollte hier mein eigenes Land bewirtschaften, Land, das uns gehört, Anna und mir, und wir wollten es unseren Kindern vererben.«

»Aber das kannst du ja auch. Eines Tages wird Joe dir die Farm verkaufen.«

»Ja, vielleicht. Und eines ist auch klar: Die Preise werden dann gestiegen sein.«

Anna umklammerte seinen Arm. In ihren Augen stand die blanke Angst. »Anna, jetzt sieh doch nicht immer so schwarz!« Virginias Stimme klang gereizt. »Es wäre besser, du würdest deinen Mann unterstützen, anstatt so ein Theater zu machen.« Offenbar konnte sie Annas pessimistische Haltung nicht mehr ertragen.

Anna stand auf und flüchtete die Treppe hinauf. Dort stieß sie fast mit Kathy zusammen. »He's asleep!«, mahnte die. »Be quiet.«

Caroline hatte die Szene stumm verfolgt. »Die Shaddocks«, fragte sie dann, »sind die noch hier? Ich meine, warum haben sie ihre Farm verkauft?«

»Die Shaddocks waren ein altes Ehepaar«, erklärte Virginia, »sie haben keine Kinder, keine Erben. Es war in den letzten Jahren schon schwer für sie, die Farm zu bewirtschaften. Sie hatten nur ein paar Erntehelfer, das war alles. Als Mr Shaddock dann starb, im letzten Frühjahr, da hat seine Frau einen Käufer gesucht.«

»Und Joe war zur Stelle«, ergänzte Franz bitter.

»Jetzt lebt Mrs Shaddock in Lexington«, fuhr Virginia unbeirrt fort. »Ja, Franz, er hat die Farm gekauft. Und er hätte das Geld vielleicht nicht ausgegeben, wenn ihr in Deutschland geblieben wärt. Du wolltest Land kaufen, von einer Farm war nie die Rede. Du hättest dir alles selbst aufbauen müssen, einen Brunnen bauen, ein Haus. Sieh es doch einmal, bitte nur einmal, positiv! Du hast eine hübsche kleine Farm gepachtet, aus der du etwas machen kannst.«

Luis sah seine Frau, dann seine Tochter an. Schließlich sagte er, in amerikanischer Sprache: »Joseph ist ein guter Mann, auf seine eigene Weise. Er hat den Besitz hier vermehrt, mehr noch als ich selbst. Er und wir alle haben davon profitiert. Er hat Mut und geht Risiken ein.«

Seine Frau nickte dazu. »Ich weiß nicht, warum Anna weint«, sagte sie, »aber es scheint mir, sie weint andauernd. Sie wird noch viel lernen müssen, wenn sie hier bestehen will.« Mit diesen Worten fasste sie den Arm ihres Mannes, und die beiden gingen hinaus auf die vordere Veranda, um den Rest des Nachmittags dort zu verbringen.

Auch Virginia schien genug von dem Thema zu haben. »Kommt, wir müssen eine Einkaufsliste machen für den Grocery Store, und ich zeige euch alles in Parwinch. In unserer kleinen Stadt gibt es nicht viel, aber wir haben das Nötigste hier: eine Apotheke, ein Post Office, die Bank, Mrs Sinclairs Textilgeschäft, einige Handwerksbetriebe, einen Tierarzt, unser Doktor wohnt etwas weiter draußen ... Und für alles andere haben wir ja Lexington.«

»Was ist ein Grocery ...?«, fragte Caroline neugierig. Sie hatte tatsächlich das amerikanische R gesprochen.

»Grocery Store. Ein Laden, wo es alles gibt, zumindest hier bei uns. Vom Lebensmittel bis zur Gewehrkugel.«

»Ich hole Anna«, sagte Franz.

»Wenn sie schläft, dann lass sie.« Virginia schien keinen Wert auf Annas Begleitung zu legen.

»Sie muss beim Einkauf dabei sein. Sonst macht sie mir nur wieder Vorwürfe, wenn morgen auf der Farm nicht alles da ist.«

Virginia holte Block und Bleifeder und war eben dabei, sich an den Kamin zu setzen, als ihr Blick auf Caroline fiel, die starr in dem Sessel ihr gegenüber hockte.

»Was ist los, was hast du?«, fragte sie erschrocken.

»Gewehrkugel«, wiederholte Caroline langsam. Sie war totenbleich.

»Hier hat jeder eine Waffe oder gar mehrere. Noch von früher her, als es Indianerüberfälle gab, Räuber ... Hier verlässt sich jeder auf sich selbst.«

Caroline nickte. Virginia konnte nicht wissen, dass Waffen und Munition für sie eine gänzlich andere Bedeutung hatten: Krieg, Kämpfe – Manöver, Georgs Tod ... Sie schluckte und legte die rechte Hand auf ihr Herz.

Virginia war aufgestanden, besorgt umschloss ihre Hand die Carolines, die noch immer blass und wie leblos in ihrem Sessel saß. »Alles in Ordnung?«

»Ja. Es geht schon wieder.«

»Mach dir doch keine Sorgen deswegen! Ich habe noch nie jemanden schießen sehen, außer bei der Jagd.«

Caroline sah zu Virginia auf und versuchte ein Lächeln. Sie fühlte, wie deren weiche Hand beruhigend über ihren Arm strich, ihr dann ein Glas Wasser reichte. Sie trank in großen Schlucken. Langsam ging es ihr besser.

»Ist wirklich alles in Ordnung?«

Sie nickte und versuchte, sich auf die Fotografien zu konzentrieren, die auf dem Kaminsims standen, darunter auch mehrere von Virginia. Eine davon zeigte sie in einer Reihe mit anderen jungen Mädchen in blendend weißen Blusen und dunklen Röcken, vielleicht eine Schulklasse. Ein Bild von Joseph war daneben aufgestellt, er stand hinter einem Stuhl, auf dem eine elegant gekleidete dunkelhaarige Dame saß, sicher seine Frau. Zwei halbwüchsige Jungen standen nebeneinander auf der anderen Seite des Stuhls. Das dritte Bild zeigte einen dicklichen, gutmütig wirkenden jungen Mann mit Kathys Augen und ihrem breiten Gesicht, und ein viertes ebendiesen Mann, dieses Mal mit einer molligen Frau an seinem Arm und drei Kindern, einem Jungen und zwei Mädchen, vor ihnen. Das war sicher Virginias zweiter Bruder mit seiner Familie.

»Hör mal!« Virginia las vor, was sie bereits auf ihrer Einkaufsliste notiert hatte.

»Gut«, erwiderte Caroline, die langsam wieder in die Realität dieses Nachmittags zurückkehrte. »Du denkst wirklich an alles.«

Ich muss Franz noch einmal um Kredit bitten, fiel ihr ein, sonst kann ich gar nichts kaufen. Ich kann nicht immer in Virginias Kleidung herumlaufen, so gut sie mir auch gefällt. Und für heute Abend in diesem vornehmen Haus habe ich überhaupt nichts.

Sie schaute auf ihr Gegenüber. Virginia hob den Kopf, lächelte ihr zu und schrieb weiter. Gemeinsam ergänzten sie die Liste, und als Franz mit seiner Frau am Arm eintrat, waren es nur noch wenige Dinge, die für den Einkauf notiert werden mussten.

Kapitel 8

Caroline war beinahe heiter aus Parwinch, der kleinen Stadt in der Nähe der Farm, zurückgekehrt. Virginia hatte wieder kutschiert, und sie hatte den Platz neben ihr auf dem Kutschbock der Gesellschaft der Gosslers vorgezogen. In Glenn's Store fand man tatsächlich alles, was man zum Leben brauchte. Es gab nicht nur Lebensmittel, sondern auch Haushaltswaren, Seile, Eimer, Besen – es war wie Virginia gesagt hatte: Sogar Gewehre und Munition lagerten in dem Raum mit den hohen Regalen. Caroline war nun vorbereitet und versuchte, alles so zu nehmen, wie die Freundin es ihr erklärt hatte. Und es gelang ihr auch.

Auf ihrem Gang durch die kleine Stadt führte Virginia sie an der Apotheke, dem Gemeindehaus, einer kleinen Kirche, an der Bank und am Postamt vorbei, wo Anna sofort eintrat, um Briefmarken zu kaufen, und sie schließlich mit Virginias Hilfe auch bekam. Caroline war auf dem aus Holzbohlen gezimmerten Bürgersteig stehen geblieben. Dieses Post Office hatte keinerlei Ähnlichkeit mit einem Postamt der Kaiserlichen Deutschen Reichspost, es gab weder ein Wappen, noch ein Posthorn – und doch wagte sie es nicht, dort einzutreten, wo wieder die Erinnerung zurückkehren und sie überwältigen würde. Sie vermied es, Virginia anzusehen, und sprach Franz an, um irgendetwas zu tun.

»Franz, ich brauche auch ein paar Sachen hier aus der Stadt. Würdest du mir noch einmal Geld leihen? Ich habe nichts, gar nichts, aber das weißt du ja.«

Virginia verschwand mit Anna im Postamt. Franz nickte.
»Bist du noch traurig wegen der Farm?«
»Nein, traurig nicht, aber enttäuscht. Ich wollte mein eigenes Land haben, und jetzt hat Joe mich darum betrogen.«

Caroline zuckte zusammen. Was sollte sie dazu sagen? Franz hatte recht und doch wieder nicht. Hätte Joe ihm die Farm nicht verpachtet, hätten sie am nächsten Tag anfangen müssen, ein Haus zu bauen und einen Brunnen. Vielleicht hätte Franz sogar Wald roden und die Stämme bearbeiten müssen, um ein Haus daraus zu bauen. Sicher hätte er viele Hilfskräfte und Handwerker bezahlen müssen. Andererseits hätte Joe ihm die Farm auch verkaufen können, zu guten, verwandtschaftlichen Konditionen, auf Kredit ...

»Ich hätte einen Kredit aufnehmen können bei der Bank, wenn mein Geld nicht gereicht hätte«, hörte sie Franz neben sich sagen, so als hätte er ihren Gedankengang verfolgt. »Onkel Luis hätte sicher wieder für mich gebürgt. Aber Joseph wollte das nicht akzeptieren. Ich weiß nicht, warum. Dabei hat er selbst sicher auch nicht alles bar bezahlt, so schnell wie er die *Maier Farm* erweitert hat. Und er weiß ganz genau«, setzte er bitter hinzu, »dass ich jetzt nicht anders kann, als seinen Bedingungen zuzustimmen. Wie sollte ich so rasch, von einem Tag auf den anderen, Land oder eine Farm finden, die zum Verkauf stehen.«

Das klang nach wirklicher Enttäuschung. Caroline schwieg dazu. Sie kannte Joseph Maier nicht gut genug, was hätte sie über seine Beweggründe sagen können?

Als Anna aus dem Postamt kam, lächelte sie zum ersten Mal seit dem Frühstück wieder. Es war ein schmerzliches, sehnsüchtiges Lächeln. Sie hielt die Briefmarken hoch. »Ich schreibe an Tante Valerie. Gleich morgen.«

Virginia war offenbar nicht nur überall in dem Städtchen bekannt, sondern auch beliebt. Viele Leute grüßten sie und sprachen sie an. Kein Wunder, dachte Caroline, ich mag sie auch so sehr in ihrer Selbstständigkeit und Natürlichkeit. Allerdings hütete sie sich jetzt, das zum Ausdruck zu bringen. Virginias Reaktion am Tag ihrer Ankunft hatte sie einiges gelehrt. Und dafür gab es nur eine Erklärung: Hier in Amerika war es selbstverständlich, als Frau so zu sein. Bestärkt wurde sie darin durch ihren Eindruck von Kathy, die älter als ihre eigene Mutter war und doch gleichberechtigter im Umgang mit ihrem Mann wirkte, als es bei Friederike je der Fall gewesen war. Bei uns ist es eher Raffinesse, Eva-Recht, oder wie man es auch immer nennen will, aber dies hier ist, als würden Partner miteinander umgehen. Auch die Unterwürfigkeit der Tochter dem Vater gegenüber fehlte. Respekt, dachte sie, ja, Respekt ist es, was beide sich gegenseitig entgegenbringen.

Von dieser Art waren ihre Gedanken während der einstündigen Rückfahrt zur Farm. Dabei sah sie die junge Frau neben sich ab und zu von der Seite an. Das schöne klare Profil, ihr stolzer Blick und die Heiterkeit und Gelassenheit, die sie ausstrahlte, waren es wohl, die Caroline schon seit ihrer Ankunft in Lex Grove Station so sehr fasziniert hatten. In diesem Moment wünschte sie sich, so zu werden wie Virginia Maier.

Von dem geliehenen Geld hatte sie zwei Stoffe gekauft, Garn und Nadeln.

»Das ist billiger als die Fertigware«, hatte Virginia ihr geraten, »Amy kann uns beim Nähen helfen, dann ist es schnell fertig.«

Noch immer trug Caroline eine Bluse und einen Rock von Virginia, und sie konnte nur hoffen, dass das blaue Kostüm mit den schwarzen Bändern inzwischen getrocknet war. Dann konnte sie es plätten und zusammen mit der weißen Spitzenbluse anziehen. Doch als der Abend herankam, sagte Virginia: »Hast du ein Kleid? Da drüben geht es nämlich vornehm zu.«

»Nein«, gestand Caroline. »Ich habe nur die Sachen, die Linda für mich gewaschen hat.«

Sie merkte, dass Virginia versuchte, sich ihre Gefühle und auch ihre Neugier nicht anmerken zu lassen. Ein armes Mädchen, das in Amerika ankam, nur mit einer einzigen Reisetasche, darin nichts als zwei Röcke, davon einer mit einem Flicken, zwei Blusen, drei Mal Unterwäsche, das blaue Kostüm, ihren einzigen Hut auf dem Kopf und den abgetragenen Mantel über dem Arm. Amy hatte unsicher geklungen, als sie ihr von den wenigen Wäschestücken erzählte, die Linda für Caroline hatten waschen müssen. »So schlecht gekleidet war nicht einmal meine Mutter«, sagte sie dazu, »und dabei war die ein schwarzes Dienstmädchen …«

»Komm, wir suchen etwas für dich aus.« Virginias Stimme duldete keinen Widerspruch.

»Aber ich habe mein Kostüm. Ich muss es nur noch plätten …«

»Das macht Linda morgen«, war die knappe Antwort. »Dann kannst du es mitnehmen.«

Caroline hatte keine Chance, sie musste die Kleider anprobieren, die Virginia ihr hinhielt. Da beide sich in Figur und Statur glichen, war es kein Problem, etwas Passendes zu finden; und als Caroline sich in dem hohen holzgeranderen Spiegel betrachtete, trat Virginia, die den Neuankömmling nur um wenige Zentimeter überragte, hinter sie.

»Zwei Virginias«, stellte sie lachend fest.

Und Amy, die in dem Moment eintrat, kommentierte: »Schön, Miss Ginny, das hast du gut ausgesucht.«

Caroline, bewegt von Virginias spontanem Kommentar, dachte an den Wunsch zurück, der sich auf der Rückfahrt aus der Stadt in ihre Gedanken eingeschlichen hatte. Sie drehte sich um und drückte Virginia die Hand.

Luis' Tochter lächelte. Sie hat ihre Lektion begriffen, dachte sie. Sie kann es schaffen, anders als diese Anna. Sie kann es tatsächlich schaffen, was immer sie auch hierher getrieben hat. Aber sie wird noch viele, sehr viele Erfahrungen machen müssen ... Sie weiß nichts, aber irgendwie hat sie etwas Amerikanisches. Ich bin gespannt, wer sie wirklich ist und wie es weitergeht hier mit ihr.

An diesem letzten Abend des August gingen sie im Licht der untergehenden Sonne zum Herrenhaus hinüber. Die vier hohen weißen Säulen leuchteten im Abendlicht, das rote Mauerwerk wirkte dunkler als am Tag, die weiß gestrichenen Fensterrahmen hoben sich grell davon ab, die grünen Fensterläden mit den übereinander angeordneten Rippen waren geöffnet. Ein schwarzer Diener in korrekter Kleidung verbeugte sich, als er die Tür öffnete, und führte sie durch die weite Halle mit der breiten geschwungenen Treppe in den Salon. Dort standen die Türen zur weitläufigen hinteren Terrasse hin offen. Es war ein großer Raum, mit sicher sehr teuren Möbeln ausgestattet, ein stuckverzierter Kamin fehlte nicht, und auf dem Steinboden lag ein riesiger Teppich mit Blumenmuster. Thea!, fiel Caroline spontan ein. In diesem Augenblick trat der Hausherr, jetzt in eleganter Abendkleidung und in ebenso tadelloser Haltung wie schon am Morgen, an sie heran und begrüßte sie.

»Er spricht ausschließlich Englisch«, hatte Virginia ihr anvertraut. Und vielleicht weil sie das Gefühl hatte, dies doch noch etwas mehr erklären zu müssen, setzte sie hinzu: »Sicher versteht er etwas Deutsch, er hat es ja zu Hause öfter gehört. Aber er hat immer abgelehnt, es zu sprechen. Er ...«, sie suchte nach Worten – etwas, was Caroline noch nie bei ihr erlebt hatte – » ... ist eben Amerikaner.«

Du doch auch, dachte Caroline, und dein Vater ... Warum lehnte Joseph es so strikt ab, die Sprache seines Vaters zu sprechen?

Nachdem er Mutter und Schwester mit einem Kuss auf die Wange und seinen Vater mit Händedruck willkommen geheißen hatte, gab er auch Anna und Franz die Hand. Dann wandte er sich an Caroline: »Miss Caspari, welcome. I hope you'll enjoy our little dinner.«

»Danke für die Einladung«, antwortete sie ihm auf Deutsch und nahm sich buchstäblich im letzten Augenblick zurück, bevor sie wieder einen Knicks vor ihm machte. Er sah so aristokratisch aus, vom Scheitel bis zur Sohle, in seiner vollendet akkuraten Garderobe aus teuren Stoffen und mit seinem Gesichtsausdruck, der den Herrn verriet. Viel mehr als bei Luis, dachte sie, obwohl auch er an diesem Abend wie ein Herr gekleidet war.

Joseph verzog ein wenig den Mund, bevor er erwiderte: »You don't speak English?« Es klang überheblich.

»Nein«, hörte sie Virginia an ihrer Stelle antworten, »und wie auch. Sie kommt eben erst aus Deutschland hier an. Aber sie will es so schnell wie möglich lernen, und das wird sie.«

Caroline, die spürte, dass ihr geholfen wurde, nickte Joseph Maier so würdevoll, wie es ihr irgend möglich war, zu. Zum ersten Mal erinnerte sie sich wieder an die Kesselringschen Benimmregeln, die sie als junges Mädchen gelernt und auf dem Schiff und auf der gesamten Reise so gar nicht hatte gebrauchen können. Hier schienen sie ihr angebracht. Hätte sie gewusst, dass Joe sie für eine Dienstbotin der Gosslers gehalten und sie nur eingeladen hatte, weil Virginia darauf bestanden hatte, sie sei Annas Freundin und Wegbegleiterin, vielleicht hätte sie noch ein wenig zugelegt.

Joseph nickte und verstand es, in den Blick, mit dem er sie ansah, Gleichgültigkeit und Geringschätzung zu legen. Sie nickte wieder, dieses Mal herablassend, und reichte ihm stumm ihren Arm. Wenn er ein Gentleman war, würde er ihn nehmen.

Sie hatte sich nicht getäuscht. Er sah ziemlich verdutzt aus, als sie ihre Hand ebenso sanft wie bestimmt ausstreckte, aber er reichte ihr seinen Arm und nickte ihr zu. Gefolgt von seiner Familie, führte er seine Dame ins Speisezimmer.

Nicht schlecht, dachte Virginia, sie hat also so etwas wie Erziehung genossen oder eine Art Benimmunterricht erhalten. Amy hatte ihr oft erzählt, wie Mr Perlmann, der Dienstherr ihrer Mutter, seinen Töchtern solche Instruktionen von einem ältlichen deutschen »Fräulein« hatte erteilen lassen. Amy mit ihrem Nachahmungstalent hatte die steife, würdevolle Art der Dame so gut getroffen, dass sie immer gemeinsam darüber lachen und scherzen konnten. Jetzt sah sie das Ganze, wenn auch weniger steif, ausgerechnet im Haus ihres Bruders. Als sie dem Paar folgte, konnte sie sich ein Lächeln nicht verkneifen.

Im Speisezimmer trafen sie auf Josephs Frau und seine beiden Söhne. Die gegenseitige Vorstellung wurde von Virginia begleitet, die es sich vorgenommen hatte, einen etwas angenehmeren Ton in diesen Abend zu bringen. Amanda Sue Sheridan Maier, Josephs Frau, war höflich und eine zuvorkommende Gastgeberin, aber keineswegs so freundlich und locker wie Kathy und ihre Tochter. Auch ihre Sprache klang anders, irgendwie lang gezogen und ein wenig näselnd. Das merkten sogar die des Englischen gänzlich unkundigen Teilnehmer dieser Runde.

Das Essen allerdings war vorzüglich und ebenso gediegen wie das Porzellan, das Silberbesteck, die Tischwäsche und die Dekoration. Wieder sah Caroline unwillkürlich Theas Haus vor sich, deren Salon und das Esszimmer. Die in Rottönen breit gestreifte Tapete tauchte den Raum jetzt, im Licht vieler Kerzen, in einen rotgoldenen Glanz. Caroline erschien es, als habe Amanda Sue ihre Toilette passend zu diesem Ambiente gewählt, denn sie erstrahlte ganz in dunklem Rot und Gold. Alles passte vorzüglich zu ihrem schwarzen Haar, auch ihre Augen waren tiefdunkel, ihre Haut dagegen war sehr blass, sehr weiß. Der in Gold gefasste Granatschmuck hob sich vorteilhaft von ihrem makellosen hellen Dekolleté ab. So wie der Raum und überhaupt das Haus, soweit sie es bisher gesehen hatte, Caroline an Theas Casseler Domizil erinnerten, so sehr passte auch die vollendete Erscheinung der Gastgeberin zu diesem Bild, nur dass diese, auch auf den zweiten Blick, im Gegensatz zu Thea absolut nichts Hurenhaftes an sich hatte.

Die beiden Söhne, Joseph Luis und Jefferson, waren 17 und 14 Jahre alt, zwei kleine Herren mit guten Umgangsformen, die sich durchaus ihres Status' bewusst zu sein schienen. Schon in das Herrenhaus hineingeboren, wirkte der zweite noch aristokratischer als der ältere. Beide waren jedoch so höflich und zuvorkommend wie ihre Mutter und ließen ihre Gäste ihre Ressentiments, so sie denn welche hatten, nicht merken. Caroline war sich nicht sicher, ob es so war, denn beide sprachen kein Deutsch. Ob sie es verstanden, war nicht auszumachen. Wenn sie aus den jungen Gesichtern in unbeobachteten Momenten eine gewisse Arroganz herauszulesen glaubte, konnte das genauso gut ihrer eigenen Vorprägung durch das Verhalten ihres Vaters Joseph geschuldet sein.

Nach dem Essen brachte dieser einen Toast auf Franz und Anna Gossler und die Farm aus, dann verabschiedeten sich die beiden jungen Herren. Die Erwachsenen teilten sich im Kaminzimmer beinahe zwangsläufig in drei Gruppen auf. Amanda Sue und ihre Schwiegermutter, Joseph, sein Vater und die beiden Gosslers, und Virginia mit Caroline. Während sich das Gespräch der beiden Damen um ihre Kinder beziehungsweise Enkel drehte, gingen Franz und Joe, mit Luis als Übersetzer, die anstehenden Arbeiten auf der Farm durch. Vor allem wurden zwei starke Pferde gebraucht, ein Umstand, der dazu führte, dass die drei Herren sich zu den Boxen der Clydesdales aufmachten, um an Ort und Stelle über einen eventuellen Kauf oder Verleih verhandeln zu können. Virginia forderte Anna freundlich auf, sich zu ihr und Caroline an den Kamin zu setzen, aber sie war schon aufgestanden und hängte sich an den Arm ihres Mannes. Franz raunte ihr offensichtlich etwas zu, aber sie klammerte sich nur noch fester und blieb dicht an seiner Seite.

»Komm, wir gehen ein bisschen«, schlug Virginia vor.

Caroline war es nur zu recht. Die weit geöffneten Terrassentüren luden geradezu zu einem Abendspaziergang ein, und so gingen die beiden, gut gelaunt und untergehakt, ein Stück den Weg entlang, der zu den hinter dem Herrenhaus gelegenen Weiden und den Unterkünften der Farmarbeiter führte. Hierher hatte sie Luis an ihrem ersten Tag nicht geführt, so dass für Caroline alles, was sie sah, neu war.

»Wohnen Amy und Gabriel auch hier?«, fragte sie und zeigte auf das aus roten Backsteinen in einfachem Stil gebaute große Haus, das sicher Platz für zehn oder mehr Personen bot.

»Nein, die nicht. Alle anderen ja. Amy und Gab wohnen in Vaters altem Farmhaus.«

»Er hatte früher ein anderes Haus?«

»Ja, eins aus Steinen. Es ist ganz einfach gebaut und sehr klein. Meine Brüder sind noch dort geboren. Als ich auf die Welt kam, hatten wir schon das größere Haus aus Holz.«

»Das Haus deines Bruders – es ist sehr schön und sehr groß, ein Herrenhaus.«

»Zehn Zimmer.«

»Meine Freundin Emma hat so eins, ein ähnliches zumindest. Ihr Mann besitzt ein großes Gut.«

»Dort, wo du herkommst?«

»Ja, in Mahlsheim.«

»Liegt das bei Berlin?«

Caroline lachte. »Nein, wieso?«

»Na, weil du doch aus Berlin kommst. Deine Briefe kamen jedenfalls daher. Und das ist ja eine große Stadt, so wie New York, glaube ich.«

»Ja, fast zwei Millionen Einwohner. Aber ich komme aus einem Dorf in Hessen. Das ist ... so wie Kentucky.«

»Ein Bundesstaat.«

»Ja, so ähnlich. Die Regierung ist in Berlin und der Kaiser auch, und Hessen ist ein Teil von Deutschland.«

Jetzt lachte Virginia. »Der Kaiser – wie sich das anhört!«

»Ja, so was habt ihr hier nicht. Reiche Leute schon, glaube ich, so wie dein Bruder. Aber hier wird alles gewählt, hat Franz gesagt. Es wird immer ein anderer zum Präsidenten gewählt. Und jeder kann sich dafür bewerben.«

»Ach, Carol, du bist so wunderbar naiv!«

Caroline sah sie erstaunt an. Was war falsch an dem, was sie gesagt hatte? Virginia drückte ihren Arm. »Carol – das passt zu dir. Ich werde dich so nennen.«

»Gut. Aber dann sage ich Ginny zu dir, so wie Amy!«

»Einverstanden. Und jetzt komm, es wird kühl, wir gehen zurück.«

So hatte Caroline noch vor ihrem Abschied von der *Maier Farm* eine Freundin gefunden. Und das belebte sie so sehr, dass die Heiterkeit, die seit ihrer Rückkehr aus Parwinch ihr ständiger Begleiter gewesen war, anhielt. Im Übrigen war sie bitter nötig, denn die Gosslers waren nach dem Abschluss des Pachtvertrags und dem abendlichen Besuch im Stall der Clydesdales am Morgen der Abreise nicht in bester Stimmung. Es erwies sich, dass Joseph seine Tiere ungern an Franz verkaufen, sondern sie lieber verleihen wollte.

»Sie waren sowieso zu teuer«, versuchte Anna ihren Mann zu trösten, woraufhin dieser heftig erwiderte: »So ein Unsinn! Wir haben noch sehr viel Geld, Anna, denn, wie du sicher noch weißt, hat man uns die Farm nicht verkauft, sondern nur verpachtet. Ich kann also Ackergeräte kaufen, Pferde, Hausrat, was immer du brauchst.«

Anna kniff die Lippen zusammen. Caroline schien es, als halte sie schon wieder die Tränen zurück. Sie hakte die Freundin unter, half ihr auf den Wagen und reichte ihr ihren Sohn an, der sich nur ungern aus Kathys Armen löste.

»See you soon, my dear!«, verabschiedete sich Luis' Frau von dem Kind, das ihr in der kurzen Zeit ans Herz gewachsen war. Das sah man sehr deutlich. Virginia lachte dazu und legte ihrer Mutter den Arm um die Schulter, als wolle sie sagen: Na, da ist ja noch nicht aller Tage Abend mit weiteren Enkelkindern!

Caroline umarmte Luis zum Abschied, dann seine Tochter und schließlich auch Kathy.

»Wir müssen uns bald sehen«, meinte Virginia, »ich komme vorbei und sehe nach euch.«

Caroline fiel dieser Abschied sichtlich schwer, aber sie dachte daran, dass sie ihre Schulden bei Franz so bald als möglich abarbeiten wollte, und je eher sie damit begann, desto besser.

Sie waren übereingekommen, dass Caroline den halben ortsüblichen Lohn ausgezahlt bekommen sollte, die andere Hälfte wollte Franz als Rate für den Kredit einbehalten. Sie hatte sich ausgerechnet, dass sie auf diese Weise in spätestens zwei Jahren alle Schulden los und frei sein würde zu gehen, wohin sie wollte.

Franz und Gabriel luden das schwere Gepäck, die Einkäufe vom Vortag und allerhand von Kathy gestiftete Lebensmittel »für die erste Zeit« auf den von Joe geliehenen Conestoga. Amy kam heran und winkte Anna und dem Kind zum Abschied. Caroline ging spontan auf sie zu und nahm sie in die Arme: »Danke, Amy, für alles, was Sie für mich getan haben.«

Amy war sichtlich bewegt. Dieses Verhalten kannte sie bisher nur von Virginia, deren Kinderfrau sie gewesen war und die sie seit ihrer Geburt kannte. Die übrigen Weißen, so freundlich sie auch sein mochten, hätten niemals etwas Derartiges getan; hinzu kam die respektvolle Anrede. Sie drückte Carolines Arme. »Schon gut, Miss, ich hab's gern getan.«

Caroline spürte die Verlegenheit, die von den Menschen um sie herum, mit Ausnahme ihrer Freundin Virginia, Besitz ergriffen hatte. Luis lächelte und nickte, Kathy war ein bisschen rot geworden. Rasch stieg Caroline zu Franz auf den Kutschbock, die Clydesdales zogen an, und mit langsamen kraftvollen Schritten ging es in Richtung des neuen Lebens, das sie auf der *Shaddock Farm* erwartete.

»Das werde ich gleich ändern«, kündigte Franz an, »das Schild an der Einfahrt. Als Erstes.«

Die Fahrt dauerte länger mit dem schweren Wagen als mit dem leichten Buggy und der schnellen Thoroughbred-Stute. Aber Caroline genoss sie umso mehr. Das Einzige, was ihr

Kummer dabei bereitete, war, dass jeder Schritt der prachtvollen starken Pferde sie ein Stück weiter weg von Luis' Haus und von Virginia brachte. Sie vermisste die Freundin jetzt schon, ihre heitere Gelassenheit, ihre anpackende Art, ihr sympathisches Gesicht. Sie schien auf alles eine Antwort zu wissen, und wenn sie sie nicht wusste, so war es auch nicht schlimm, denn sie sah alles von der positiven Seite.

Ihre alte Freundin Anna war hier in Kentucky noch immer nicht wieder so, wie sie früher gewesen war. Je eher sie sich das eingestand, desto besser würde sie damit umgehen können. Ihr Versprechen, das sie Franz auf dem Schiff gegeben hatte, nicht nachzulassen in ihrem Versuch, seine Frau aufzuheitern und ihr das Leben hier zu erleichtern, hatte sie nicht vergessen und nahm es sehr ernst. Franz hatte es gewiss nicht verdient, dass sie ihn jetzt im Stich ließ. Im Gegenteil, sie musste genauso anpackend und positiv sein wie Virginia. Sicher würde Anna dann wieder so, wie sie in Zehlendorf gewesen war.

So tröstete sie sich über das Abschiednehmen hinweg. Und auch heute wieder vermittelte ihr das Land, über das sie ihren Blick jetzt noch intensiver schweifen ließ, das Gefühl, zu Hause zu sein, so wie sie es schon am Tag zuvor empfunden hatte. Dabei fiel ihr die Szene mit Luis wieder ein, die spontane Umarmung auf der *Shaddock Farm*. Ihr wurde warm ums Herz. Nein, dies war kein Abschied, es war der Anfang.

Kapitel 9

Shaddock Farm, den 23. September 1894
Meine liebe Emma,
heute komme ich endlich dazu, Dir, meiner lieben Freundin, zu schreiben, wie es uns nach unserer Ankunft auf der Shaddock Farm ergangen ist. In meinem letzten Brief habe ich Dir ja schon von unserer Reise und Ankunft auf der Maier Farm erzählt, von Onkel Luis, seiner Frau Kathy und ihrer Tochter Virginia. Und von Amy. Jetzt möchte ich Dir berichten, wie es uns ergangen ist, nachdem wir hier auf die Farm übersiedelt sind, die Franz nun bewirtschaftet. Sie gehört Joseph, Onkel Luis' Sohn. Er wollte die Farm nicht verkaufen. Franz hat sie nun gepachtet und bezahlt zusätzlich Miete für das Haus. Es ist solide und ansehnlich, aus Stein gebaut, der Stall und eine Scheune sind aus Holz. Anna und ich haben sauber gemacht und brauchten nur wenige Möbel zu kaufen. Franz war traurig, er wollte so gern Land erwerben und sein eigener Herr sein. Aber so haben wir alles vorgefunden, auch einen Brunnen, der uns klarstes Wasser liefert. Wir mussten nichts selber bauen. Ich für meinen Teil bin erleichtert darüber.

Franz hat zwei Arbeitspferde kaufen können, beiläufig wunderschöne Tiere, so wie es sie bei uns nicht gibt, und einen großen Wagen, den sie hier Conestoga nennen. Ein paar Maschinen hat er in der letzten Woche noch dazu gekauft. Und er hat immer noch Geld übrig. Er möchte Joseph die Farm später unbedingt abkaufen und spart nun dafür.

Franz hat niemanden, der ihm helfen kann. Anna ist zu schwach und bewältigt kaum ihre Arbeit im Haus. Sie jammert immer noch viel, und als sie einen Brief an ihre Tante Valerie geschrieben hatte, war sie tagelang zu nichts zu gebrauchen. Ich mache fast den ganzen Haushalt allein, und ich bin mit Franz auf die Felder und in den Stall gegangen (wir haben Rinder, Kühe, Schweine, Hühner und die zwei Pferde). Die Feldarbeit ist aber leichter als bei uns, wo die Bauern noch mit der Sense mähen. Hier gibt es für alles Maschinen. Und eine Maschine, die mäht und drischt, stell dir das vor, Emma. Ich wollte Franz helfen, dass er die restliche Ernte noch einbringt, und ich muss ja auch meine Schulden bei ihm abarbeiten.

Das ging schon ein paar Tage so, als in dieser Woche Virginia zu Besuch kam. Sie reitet, genau wie Du, liebste Emma. Du würdest deine helle Freude an den schönen Pferden haben. Es sind Vollblüter, man nennt sie Thoroughbreds (Virginia hat mir den Namen aufnotiert, damit ich ihn Dir auch richtig schreibe). Sie kam also auf ihrer Stute Golden Rose und fand mich nicht in Haus und Garten. Als sie dann von Anna erfuhr, dass ich mit Franz Feldarbeit mache, war sie außer sich. Denn hier ist es so, dass Frauen überhaupt keine Feldarbeit machen. Es ist ganz anders als bei uns. Selbst der ärmste Bauer sucht sich Arbeiter, oder er nimmt Erntehelfer, die nur für die Zeit der Ernte bei ihm wohnen und arbeiten.

Virginia war böse mit Franz, der doch gar nichts dazu konnte. Wie sollte er wissen, dass man in Amerika die Frauen nicht auf dem Feld arbeiten lässt? Ich wusste es auch nicht. Aber ich war auch froh, denn die Arbeit in Haus und Garten, im Stall und auf den Feldern, das war doch sehr viel. Nun geht es besser, ich kann mir mit allem mehr Zeit lassen.

Virginia hat versprochen, sich um einen Arbeiter für Franz zu kümmern, (wir haben hier noch eine Kammer im Haus, wo er schlafen könnte,) und ich bin sicher, es gelingt ihr auch, jemanden zu finden. Du kannst Dir nicht vorstellen, wie sehr sich die Frauen hier in Amerika von den unsrigen unterscheiden. Es ist alles viel freier. Wie ich Dir schon schrieb, ist Virginia noch unverheiratet. Ihr Vater drängt sie in keiner Weise, sich einen Mann zu nehmen, und schon gar nicht bestimmt er, welchen sie nehmen soll. Virginia regelt alles für sich selber, und auch ihre Mutter ist ganz so.

Jetzt wird es dunkel, und ich zünde die Kerze an. Manches Mal, wenn ich abends in meinem Bett liege, kommt es mir in den Sinn, was ich zurückgelassen habe, und vor allem anderen, wie sehr Du mir geholfen hast mit meiner Sophie. Ach, Emma, schreibe mir nur recht bald alles Neue über meine Sophie und über Dich!

Ich muss aufpassen, dass ich nicht wieder weine. Dabei geht es mir hier doch gut.

Ich schreibe weiter, bis die Kerze heruntergebrannt ist. Bei Euch ist es wohl schon Nacht oder bald wieder Morgen. Eines möchte ich Dir nämlich unbedingt noch sagen, eigentlich das Wichtigste. Wenn es etwas gibt, das mich hier hält, dann ist es dieses wunderbare Land. Es wächst alles ganz üppig, Gemüse und Obst im Überfluss. Die Bienen, die Vögel, die Bäume, die Blumen – alles erinnert an unser Casseler Land, das ja auch grün und hügelig ist, und doch ist es einen Ozean entfernt. Aber Du musst es Dir noch weitläufiger und viel grüner vorstellen, so grün, dass es den Augen wehtut und Du sie zukneifen musst. Es hat sanfte Hügel, viele Wälder und kleine Bäche. Alles blüht und singt und duftet. Wenn ich draußen in der Natur bin, fühle ich mich zu Hause und denke, dass es doch einen Sinn gehabt hat, hierher zu gehen. Es leben auch nicht so viele Menschen hier, und wirkliche Armut habe ich noch nicht gesehen. Virginia sagt aber, dass es sie gibt, zumindest in den Städten.

Es ist das schönste Land, das ich je gesehen habe. Ich wünsche mir, meine liebste Emma, dass auch Du es einmal mit Deinen eigenen Augen sehen könntest. Du würdest mich verstehen.

Küsse meine Sophie, und sei umarmt von Deiner Dich herzlich liebenden Freundin
Caroline

Virginia fand tatsächlich einen Arbeiter für Franz. Jake MacKay war bei ihrem Bruder Joseph zu einem guten Lohn für die Saison untergekommen, doch Virginia konnte ihren Bruder davon überzeugen, dass er genügend fest angestellte Arbeitskräfte für die Feldarbeit, das Vieh und die Pferde habe. Joseph hatte schließlich, nachdem Kathy ihre Tochter nachhaltig unterstützte, eingewilligt. Wenn er auch durchaus kein schlechtes Gewissen wegen des verhinderten Farmverkaufs hatte, so wollte er sich doch nicht wegen solch einer Nichtigkeit mit Mutter und Schwester streiten. Bald würde die Erntesaison zu Ende sein, sie waren gut in der Zeit, es sprach also nichts gegen einen Wechsel des fleißigen und kräftigen jungen Mannes zur *Shaddock Farm*. Außerdem hatte er das bereits abgeerntete und eingebrachte Getreide zu einem guten Preis an Gossler verkauft.

Franz, so erfreut er auch über die Hilfe war, zuckte zusammen, als er hörte, wie teuer er die Arbeitskraft bezahlen musste. Am Ende, so sorgte er sich, würde sein restliches Geld für Miete, Pacht und Arbeitskräfte verbraucht werden, ohne dass er jemals zu seinem Eigentum gekommen wäre.

Ja, sagte Luis bei einem seiner Besuche mit Virginia dazu, das sei nun einmal so in diesem Land, in dem ein Mann, wenn er hart arbeite und umsichtig wirtschafte, in ein paar Jahren genug sparen könne, um sich selbst ein Stück Land zu kaufen und eine Farm darauf zu bauen. Das stehe ihm, Franz, auch frei. Sicher gebe es noch Farmland, das zu kaufen sei. Er selbst habe nach seiner Ankunft 1850 im Kanalbau gearbeitet und am Tag so viel verdient wie ein Arbeiter in Deutschland in einer Woche. Nach zwei Jahren dann habe er mit seinem aus Deutschland mitgebrachten Geld und dem Ersparten seine eigene Farm gegründet, geheiratet, das Land bewirtschaftet, es stetig vermehrt, und mit Hilfe seines Sohnes Joseph sei ein hervorragend geführter Betrieb mit 15 Arbeitskräften daraus geworden. Stolz klang aus diesen Worten.

Franz fühlte die versteckte Kritik wohl heraus, gab nach und rechnete sich aus, dass er trotz der Anschaffungen, des für Jakes Arbeitskraft gezahlten Geldes und des Pachtzinses wohl einen Gewinn herauswirtschaften werde.

»Na, siehst du«, sagte Luis dazu, »und eines Tages ist Joe sicher bereit, über einen Kauf zu verhandeln, zumal dann wenn du bar zahlst.«

In Wahrheit war er sich seiner Sache nicht so sicher. In der vorausgegangenen Woche hatte es eine Unterredung zwischen ihm und Joseph gegeben, in der er seinen Sohn nach den Gründen für seine unnachgiebige Haltung gefragt hatte. Dass Joe die Farm selbst von Mrs Shaddock erworben hatte, machte Sinn, denn sie grenzte genau an ihr eigenes Land, und er, Luis, war zudem davon ausgegangen, dass Joseph das Eigentum für Franz sozusagen gesichert hatte, bevor ein anderer Mrs Shaddock ein besseres Angebot machte. Dass sein Sohn außerdem nach der Devise »Make Money!« lebte, war ihm nicht unbekannt. Er selbst hatte immer davon profitiert, die *Maier Farm* stand besser da denn je. Aber das Ausschlagen jeglicher Kaufangebote war auch für ihn überraschend gekommen. Selbst Franz' Vorschlag, die Farm mit einem Bankdarlehen zu finanzieren, und seine Bereitschaft, viel mehr dafür zu bezahlen, als sie Joe gekostet hatte, wurde abgelehnt.

»Bei diesen Einwanderern weiß man doch nie«, war die Begründung gewesen. »Erst kommen sie hierher, und dann scheitern sie. Zugegeben, nicht immer, aber bei so vielen haben wir es schon erlebt. Warten wir's doch mal ab. Ich habe keine Lust, deinem Neffen meine eigene Farm eines Tages wieder abzukaufen. Und dabei noch draufzuzahlen.«

Dabei blieb er. Luis seufzte und erinnerte sich an die Mahnung seiner Frau, sich in den Auseinandersetzungen mit Joseph nicht aufzuregen. Vielleicht um sein Gewissen zu beruhigen, fuhr er Jake selbst mit dem Buggy zur *Shaddock Farm*. An der Einfahrt war das neue Schild aufgestellt, *Gossler Farm* stand darauf. Nun, wenn es Joe nicht passte, musste er sich selbst mit Franz auseinandersetzen, ihm war es egal.

Es war schon Abend, als sie die Farm erreichten. In der Kammer hatte Caroline das Bett frisch bezogen. Ein Schrank war aufgestellt worden, ein Waschtisch am Fenster, die alte Truhe war auf den Dachboden gewandert. Während sie die Kammer herrichtete, war Caroline eingefallen, wie sie selbst zum ersten Mal eine Dienstbotenkammer in Theas Wohnung betreten hatte und gab sich große Mühe, für den neuen Helfer alles so sauber und wohnlich wie nur möglich zu machen.

Lampen und Kerzen auf dem Nacht- und dem Waschtisch fehlten nicht. Warme Decken waren über das Bett gebreitet, Handtücher besorgt worden. Sie selbst war mit Virginia einkaufen gegangen. Bei dieser Gelegenheit hatte sie der Freundin anvertraut, was ihr am meisten Sorge bereitete.

»Ich bin ausschließlich mit Menschen zusammen, die Deutsch sprechen. Franz arbeitet den ganzen Tag und kommt mit niemandem zusammen. Anna weigert sich, auch nur ein Wort Englisch zu lernen. Aber ich, Ginny, ich will es lernen, unbedingt und möglichst rasch.«

Nachdem Virginia eine Weile überlegt hatte, fuhr sie auf dem Rückweg aus der kleinen Stadt an ihrem Elternhaus vorbei. Dort konnte Caroline nicht nur den ersten von Amy genähten Rock in Empfang nehmen, sondern auch einen Stapel Bücher.

»Das sind meine«, erklärte Virginia. »Ich habe sie in der Primary School benutzt, um Lesen und Schreiben zu lernen.«

»Das ist es!«, rief Caroline und fiel erst ihr, dann Amy um den Hals. »So werde ich es lernen. Ginny, du bist wunderbar! ... Ja, ja«, setzte sie nach einem Blick in Virginias Gesicht hinzu, »ich weiß: überschwänglich.«

Der Rock, den sie gemeinsam zugeschnitten hatten, saß perfekt. Ich werde es Amy vergelten, dachte Caroline. Sie hatte sich aus Mrs Sinclairs Geschäft Stoffe und Garn zum Sticken mitgebracht, außerdem Wolle. Damit konnte sie an den langen Abenden im Herbst und im Winter etwas Nützliches tun. Schließlich hatte sie in Berlin auf diese Weise ihren Lebensunterhalt verdient.

Die Bücher nahm sie sich sofort nach ihrer Rückkehr vor. Unter den Bildern standen die Bezeichnungen für das Abgebildete, sie musste es nur auswendig lernen. Und tatsächlich prägte sie sich Wörter und Bilder, die zusammenpassten, ein, nur: Wie sollte sie sie aussprechen? Beinahe bei jeder Vokabel hätte sie Virginia fragen müssen. Franz konnte nur bei den allerwenigsten Begriffen helfen; die englische Sprache zu lernen, war für ihn im Moment auch nicht das Wichtigste. Ständig rechnete er sich die Erlöse für Getreide, Sojabohnen, Milch, Eier und Vieh aus; zudem musste er sich um die restliche Ernte kümmern. Und vieles war seit dem Verlassen der Farm liegen geblieben oder musste repariert werden. Insofern war er froh, in Jake eine Hilfe zu haben.

Der junge Mann war hoch aufgeschossen, und sein sommersprossiges, gebräuntes Gesicht mit den hellbraunen Augen war umrahmt von rotbraunem Haar.

»Er ist vor einigen Jahren aus Schottland gekommen«, hatte Luis erklärt. »Mit nichts als seinem Willen, hier Fuß zu fassen. Er ernährt sich von seiner Hände Arbeit. Ganz so, wie ich es getan habe. Ich denke, sobald bei uns eine feste Stellung frei wird, werde ich sie ihm geben.« Luis' Deutsch war besser geworden, seitdem er es öfter wieder sprach.

Caroline sah sich gerade ihr Werk in der Kammer an, als Jake eintrat. »Oh«, sagte sie, »ich hoffe, es gefällt Ihnen. Wenn Sie noch etwas brauchen, sagen Sie es mir bitte sofort.«

Der junge Mann stand in der Tür und schaute sie an. Er war nicht verlegen, er stand nur da, ganz lässig, sein Bündel über der Schulter. Er trug Cowboyhosen, ein Baumwollhemd und Stiefel. »Und Ihre Wäsche können Sie mir auch geben«, ergänzte sie.

Er schaute sie noch immer an, und sie fühlte sich ein wenig unbehaglich.

»I don't understand«, sagte er schließlich. Es klang sehr freundlich.

Sie standen einander gegenüber. Ich verstehe ihn nicht, dachte sie, und er versteht mich nicht. Es ist einfach nur noch ärgerlich. Ich muss diese Sprache lernen, ich muss – oder ich kann gleich wieder abfahren. Was Anna sich denkt, ich begreife sie nicht.

»You don't speak English?«, fragte er.

Das Wort »English« hatte sie verstanden. Sie schüttelte den Kopf. »No English, no. Aber ich will es lernen, ich will!«

In diesem Moment kam ihr eine Idee. »Kommen Sie!«, rief sie. Aufgeregt und ohne recht zu wissen, was sie da tat, zog sie ihn mit sich in ihr Zimmer, das sie mit dem kleinen Franz teilte. Sie nahm eines der Bücher, schlug es auf und zeigte auf eine Abbildung: »Wie spricht man das?«

Es war eine Kuh, und er sagte: »Cow« und lachte. Jetzt verstand er. »Oh, you'll learn. Yes, I can help you, if you like.«

»Cow«, wiederholte sie. »Jake, das ist wunderbar. So wird es gehen!« Sie sah zu ihm auf. »Ich darf Sie ... dich doch Jake nennen?« Von Virginia wusste sie, dass es hier so üblich war, und sie wollte sich nicht wieder blamieren. Außerdem war ihr Jake MacKay mit seinem freundlichen Gesicht und der lockeren amerikanischen Art sympathisch, sehr sympathisch sogar.

»Jake?«

»Yes. Sure. And you are?« Er stand noch immer da und sah amüsiert auf das Kinderbuch in ihrer Hand, dann schweifte sein Blick über ihr Gesicht und das schwarze glänzende Haar, das sie mit einem lockeren Knoten im Nacken gebunden hatte.

»Caroline.« Und dann sprach sie es noch einmal aus, Englisch dieses Mal: »Caroline.«

»Caroline«, wiederholte er. »Nice.« Dabei sah er sie von oben bis unten an. Sie trat einen Schritt zurück, eine leichte Röte überzog ihre Wangen. War sie zu forsch gewesen? Aber sie musste unbedingt Englisch lernen, wenn sie in diesem Land weiterkommen wollte, und Jake kam ihr wie ein Geschenk des Himmels vor. Ausgerechnet er, der es perfekt sprach, war in dem Moment auf diese Farm gekommen, als sie ihn brauchte. Seine Sprache, korrigierte sie sich rasch, nicht ihn …

Er streckte ihr seine Hand hin und drückte ihre, bis sie sie ihm entzog. Dann ging er lächelnd in seine Kammer und packte sein Bündel aus.

Kapitel 10

Von nun an saßen sie beinahe jeden Abend zusammen und vertieften sich in Virginias bunte Kinder- und Schulbücher. Anna schüttelte den Kopf darüber. »Du lernst diese schreckliche Sprache, als würdest du getrieben«, warf sie Caroline vor. »Was liegt dir nur daran? Wir sind hier doch ganz allein.«

»Aber, Anna, das bleibt doch nicht so. Wir wollen doch Freunde haben und mit ihnen reden, uns gegenseitig besuchen und ...«

»Nein«, schnitt Anna ihr das Wort ab, »ich nicht. Ich hoffe, Franz wird diese Farm niemals kaufen können. Dann haben wir genug Geld, um zurückzufahren. Zumindest wenn er die Pferde und alles verkauft, was er hier angeschafft hat.«

»Rede nicht so, Anna! Zurückfahren – du warst schon auf der Hinfahrt mehr tot als lebendig. Und lass Franz das nicht hören. Er hat dich so lieb. Er würde alles darum geben, mit dir hier etwas aufzubauen und zu leben.«

Aber Anna schüttelte nur traurig den Kopf. »Er ist immer weg und arbeitet. Es ist schlimmer als zu Hause. Und ich bin ihm egal ...«

»Wie kannst du so etwas sagen, Anna! Ich kennen keinen Mann, der seine Frau so sehr liebt!« Und ich beneide dich darum, dachte sie, nicht um Franz, aber um die Liebe, die jeder seiner Blicke, jede seiner Gesten ausstrahlt. Und Anna schien es nicht einmal zu merken.

Als der Brief von Valerie eintraf, wurde es noch schlimmer. Anna weinte noch mehr, als sie es ohnehin schon getan hatte. Oft verkroch sie sich nach oben in ihr Schlafzimmer. Es schien sie eine übermenschliche Kraft zu kosten, herunterzukommen, ihre täglichen Pflichten zu erfüllen oder auch nur einmal zu lächeln, wenn ihr Mann müde und abgearbeitet vom Feld oder aus dem Stall kam.

Ihr kleiner Sohn hielt sich viel bei Caroline auf, die ihn mit in die Waschküche nahm, in den Garten, in die Küche. Er war ein liebes stilles Kind, das sich gut mit sich selbst beschäftigen konnte oder mit dem jungen Kätzchen, das Virginia ihm bei einem ihrer Besuche mitgebracht hatte. Welches Glück Anna hatte, mit diesem Mann und diesem Kind – Caroline schmerzte es, wenn sie dabei zusehen musste, wie die Freundin all das gar nicht wahrzunehmen schien. Was auch immer Valerie geschrieben haben mochte, hilfreich für ihre Nichte war es nicht gewesen.

Wenn Jake von der Arbeit kam und sich gewaschen hatte, genoss er das von Caroline zubereitete Abendbrot und die Fürsorge, die sie den beiden hart arbeitenden Männern zukommen ließ. Immer lagen frische Handtücher bereit, der Wasserkrug war gefüllt, die Hemden gewaschen. Jake war ihr dankbar und sagte es auch. Von Beginn an hatte er Englisch mit ihr gesprochen, so dass sie, je mehr Zeit ins Land ging, das eine oder andere bereits verstand und zunehmend sogar antworten konnte. Von den Abbildungen waren sie nun bis zu den kleinen Lesetexten vorgedrungen, die er ihr abends, wenn sie auf der Veranda zusammen auf der hölzernen Bank saßen, vorlas, und sie wiederholte alles und ließ sich bereitwillig korrigieren. Wenn er auf dem Feld, im Stall oder auf den Weiden war, sprach sie alles vor sich hin und hatte immer eines der Bücher bei sich, um nach- oder weiterzulesen. Während sie plättete, die Wäsche aufhängte, kochte, die Betten machte und vor allem wenn sie über ihren geliebten Handarbeiten saß, sprach sie seine Sätze nach und prägte sie sich ein. Kam Virginia zu Besuch, bat sie sie darum, Englisch zu sprechen. »Dass du Deutsch kannst, weiß ich doch«, sagte sie dazu. »Aber mich hat es jetzt gepackt, Ginny, bitte hilf mir.«

Beim Einkauf im Grocery Store versuchte sie sich an der neuen Sprache, mit einfachsten Sätzen und immer bemüht, die Worte richtig auszusprechen. Sah man sie dann erstaunt oder irritiert oder belustigt an, lächelte sie und zuckte mit den Schultern. Viele der Antworten, die man ihr gab, verstand sie überhaupt nicht.

»Das liegt nicht nur daran, dass unsere Sprache dir noch so neu ist«, erklärte ihr Virginia. »Viele Leute hier sprechen einen Dialekt.«

Dialekt – kein Wunder, dass sie die klare Aussprache ihrer Freundin nicht mit den unverständlichen Sätzen in Einklang bringen konnte, die sie mitunter in der Stadt oder von Onkel Luis' Farmarbeitern hörte.

»Die Aussprache ist undeutlich für dich, nehme ich an.«

Caroline nickte zustimmend.

»Es wird vieles abgekürzt und verschluckt in unserem Dialekt, einiges auch anders ausgesprochen.«

»Ich kenne ja Dialekte aus Deutschland. Ich glaube, wenn ich Ausländer wäre, ich würde unser Hessisch auch nicht verstehen, oder Bayerisch.«

»Richte dich einfach weiter nach den Büchern und in der Aussprache nach mir und nach Jake. Die Leute hier verstehen dich schon. Und in einigen Monaten wirst du sie auch besser verstehen.«

»Bestimmt«, bestätigte Caroline.

»Sie ist wirklich bewundernswert«, erzählte Virginia ihren Eltern. »Wenn man bedenkt, dass sie nichts konnte, als sie hier ankam ... Irgendetwas treibt sie. Sie will so unbedingt.«

»Oder sie läuft vor etwas weg«, antwortete Kathy nachdenklich.

Carolines Dankbarkeit für Jake war so groß, dass sie ihm das Leben so angenehm wie möglich zu machen versuchte. Sie hatte angefangen, ihm aus der dunkelbraunen Wolle einen dicken Pullover zu stricken. Zum Winter würde er fertig sein und ausgezeichnet zu seinen hellbraunen Augen und dem Haar in der Farbe der irischen Setter passen. Jake schickte regelmäßig Geld an seine Eltern nach Schottland, und auch dafür mochte sie ihn. Wie lange hatte sie Geld an ihre Mutter geschickt und vorher an Großmutter, damit sie Sophie versorgen konnte ... Wenn sie daran dachte, traten Tränen in ihre Augen, und sie merkte es erst, als der gutmütige junge Mann ihr seine Hand auf den Arm legte und sie traurig und fragend ansah. Dann erschrak sie, und ihr wurde bewusst, dass niemand hier, außer Anna und Franz, um sie wusste und dass sie ihr Geheimnis und ihre Trauer mit niemandem teilen konnte.

Anna kam aus Kummer und Lethargie kaum noch heraus, und Franz, wenn er sich überhaupt einmal Gedanken um Caroline machte, schien davon auszugehen, dass sie sich hier mehr und mehr einlebte, ihre Zukunft plante und die Vergangenheit einfach abgeschrieben hatte. Diskret und zuverlässig wie er war, stand es ihm außerdem fern, irgendjemandem von Carolines Schicksal zu erzählen. Was ihn wirklich umtrieb, war die zunehmende Schwermut seiner Frau.

Es war Anfang November geworden, und es war immer noch mild, viel milder als die Luft um diese Zeit in Mecklenburg gewesen war. Franz hatte es mit Jakes Hilfe geschafft, alles zur Zufriedenheit zu erledigen. Der Junge war nicht nur fleißig, er war auch clever und wusste oft besser Bescheid über die Farmarbeit als er selbst. Seine Stimmung hellte sich auf, weil er merkte, dass er auf dem aufsteigenden Ast war. Wenn er noch einmal mit Joseph verhandelte – vielleicht schaffte er es, ihm die Farm abzukaufen. Und wenn auch nicht, dachte er, ich kann woanders Land erwerben.

Ausgerechnet diesen Moment wählte Anna, um ihm Valeries Briefe zu zeigen. »Sie vermisst mich so!«, klagte sie. »Sie hat mich aufgezogen, und ich lasse sie allein!«

In solchen Augenblicken packte ihn die Verzweiflung, weil er nicht wusste, was er noch tun oder sagen sollte. Er sah auch, wie Caroline sich um Annas Wohl bemühte, aber selbst das schien keine nachhaltige Wirkung zu haben. Gut, dass sie sich auch um Fränzchen kümmerte; das Kind war, so hatte er den Eindruck, mehr mit seiner Tante Caroline als mit der Mutter zusammen. Nachts, wenn er seine Frau in die Arme nahm, weinte sie und konnte nur schwer wieder einschlafen. Ein paar Mal hatte er mit ihr geschlafen, aber sie ließ es in einer solch passiven und verkrampften Weise über sich ergehen, dass er es erst gar nicht mehr versuchte. Das besserte seine Stimmung nicht, und nur die Arbeit und die Planung für die Zukunft nahmen ihm etwas von seiner zunehmenden Aggression.

Seine Verzweiflung nahm zu, wenn er sich an ihre Nächte in Deutschland erinnerte, in seiner kleinen Kammer in der Zehlendorfer Heilanstalt, wo er als Gärtner gearbeitet hatte. Und selbst später in Mecklenburg, als es ihnen stetig schlechter gegangen war und der Hof sie nicht ernährt hatte, hatte sie sich ihm nicht nur willig, sondern auch leidenschaftlich hingegeben und nach seiner Nähe verlangt.

Ein paar Mal hatte er daran gedacht, mit Caroline darüber zu sprechen, die so ganz anders auf die neuen Eindrücke reagierte. Alles wollte sie lernen und packte es an. Wenn sie Anna doch mitreißen könnte!, wünschte er sich. Als er sie dann schließlich danach fragte, schüttelte sie traurig den Kopf: »Franz, ich wollte, ich könnte es! Ich versuche es immer wieder, aber bisher lehnt Anna alles ab, das Englische, Spaziergänge ... Sie will nicht einmal die Farm sehen, die Tiere, kaum dass sie in den Garten geht. Virginia hat sie schon so oft eingeladen, mit in die Stadt zu fahren. Aber ich musste bisher alle Einkäufe allein erledigen.«

»Die Briefe von Valerie«, erwiderte er bitter, »manchmal möchte ich sie zerreißen und wegwerfen.«

»Was steht denn drin?«

Er seufzte. Es klang so traurig, so hoffnungslos, dass Caroline ihr Strickzeug zur Seite und dem Freund unwillkürlich ihre Hand auf den Arm legte. Sie waren allein in dem großen Zimmer mit dem Kamin, das Feuer war heruntergebrannt, Jake und Anna waren bereits zu Bett gegangen.

»Dass sie sich wünscht, dass wir zurückkommen«, sagte er hilflos. »Dass sie alt wird, und Anna fühle sich doch sowieso nicht wohl in diesem Amerika ... Ach, Caroline, weißt du, manchmal ... Ich muss sehen, dass wir hier klarkommen. Ich brauche Anna. Die Anna, die sie einmal war. Und jetzt bin ich nicht nur ganz allein, sie arbeitet auch noch gegen mich ... Ja, ich weiß« ‚wehrte er Carolines Einwand ab, zu dem sie schon angesetzt hatte, »sie tut es nicht willentlich. Aber sie macht mir so alles noch schwerer. Und davon, dass sie eigentlich gar nicht mehr meine Frau ist, will ich gar nicht reden.«

Caroline, die spürte, dass das Gespräch auf gefährliches Terrain geriet, stand auf. Die Dinge, die Franz da anzusprechen versuchte, mussten er und seine Frau mit sich allein ausmachen. Dabei konnte sie nicht helfen. Aber sie hörte wohl heraus, dass dieser Mann in seinem Innersten erschüttert und unglücklich war.

»Franz, ich werde auch weiterhin alles versuchen. Bestimmt«, setzte sie betont hinzu. »Und jetzt komm, es war ein langer Tag. Nimm deine Frau in den Arm und gib ihr leise einen Kuss. Sie wird es merken, auch im Schlaf.«

»Ja«, sagte Amy, »du hast recht. Wir wissen, was sie ist – überschwänglich«, Virginia lachte, »schwärmerisch, liebenswürdig, großzügig, gut erzogen und überaus dankbar. Aber wir wissen nicht, wer sie ist.«

»Ich werde sie fragen.« Virginia legte die Zeitung zusammen und stand auf. »Wir kennen uns jetzt fast drei Monate. Ich denke, das geht.«

Amy nickte. »Schlecht ist Caroline nicht. Wenn Mr Joseph das auch argwöhnt und sagt, wir wissen nichts über sie. Aber ich müsste mich schon sehr täuschen ...«

»Nein«, bestätigte ihr Mann, der eben eingetreten war, »das ist sie nicht. Sie hat eine offene, freundliche Art und eine merkwürdig vertraute Beziehung zu unseren Pferden. Immer, wenn sie hier ist, spricht sie mit ihnen, und ich staune über das Vertrauen, das sie hat – und über das unserer Vollblüter. Insbesondere bei unserer Keira kann man ja nie sicher sein. Wisst ihr noch, wie sie den neuen Pferdeburschen anging, als er sich ihr näherte? Nichts dergleichen bei Caroline. Sie hat an Keiras Schulter geweint, und die Stute ließ es zu ...« Er schüttelte den Kopf.

Sie waren im alten Farmhaus, das Luis einst selbst gebaut und nun schon so lange seinem Freund und Angestellten und dessen Frau überlassen hatte. Ein Feuer brannte in dem aus groben Feldsteinen gemauerten Kamin. Zwei mit Schaffellen belegte Sessel standen davor. Auch die Wände waren aus diesen Steinen gemauert. Alles strömte eine rustikale Gemütlichkeit aus. Virginia war gern hier bei ihren Freunden und nahm sich mindestens einmal in der Woche Zeit, um herüberzukommen und mit Amy den neuesten Klatsch auszutauschen. Meist aber besprachen sie im Haushalt anstehende Arbeiten, deren Planung Kathy gern ihrer Tochter überließ, oder sie beredeten, so wie jetzt, vertrauliche Dinge miteinander. Seit sie denken konnte, hatte Virginia ihrer ehemaligen Kinderfrau alles anvertrauen können, und Amy war stolz darauf und gab ihr dieses uneingeschränkte Vertrauen zurück.

»Setz dich, Gab«, sagte Virginia freundlich zu dem alten Mann. »Ich wollte gerade gehen.«

»Wie ist es mit Golden Rose, Miss Ginny? Möchtest du sie noch reiten? Dann mache ich sie fertig.«

»Nein«, erwiderte Virginia, schon im Gehen. »Sie braucht Bewegung und Training. Aber ich sattle sie selbst. Ruh dich aus, mach Schluss für heute.«

Der Alte nickte ihr freundlich zu.

»Der Truthahn«, fragte Amy, »soll ich ...«

»Ach so«, Virginia kam noch einmal zurück, »Joseph möchte Thanksgiving mit uns allen im Herrenhaus feiern. Er wird sich also auch um das Essen kümmern. Mutter war erst dagegen, du weißt ja: Die Eltern feiern mit ihren Kindern. Aber mir ist es recht, so haben wir beide, du und ich, keine Arbeit damit und können uns auf das Scheunenfest konzentrieren.«

»Ist mir ebenfalls recht«, bestätigte Amy. »Lass uns morgen darüber sprechen. Im letzten Jahr waren schon an die sechzig Leute da. Kann sein, dass es dieses Mal noch mehr werden. Na ja«, sie lachte, »vier mehr bestimmt – Franz und Anna, das Kind und Caroline.«

Luis' Scheunenfest war seit vielen Jahren eine der jährlichen Attraktionen in Parwinch und Umgebung. Es fand immer am Samstag nach Thanksgiving statt und wurde in einer der großen Maierschen Scheunen gefeiert, die zu diesem Zweck mit einem Tanzboden aus Holz, einer kleinen Bühne für die Musiker und Bänken für die Gäste ausgestattet wurde. Es gab gutes Essen und Trinken, Musik und Tanz und stand ganz in der ländlichen Tradition.

»Für die feine Gesellschaft ist das Herrenhaus zuständig«, hatte Luis einmal kommentiert, als Joe ihm vorschlug, das Fest allmählich ausklingen zu lassen. Er, Joseph, lade doch illustre Gäste ein, bis hin zu den Politikern der Stadt und des

County. Magnaten wie Patrick Franklin Hillyard, William Kirby und Samuel Samison, die Anwesen fünfmal, zehnmal so groß wie sein eigenes besaßen, gehörten inzwischen zu seinen Besuchern. Josephs Frau Amanda Sue stammte aus einer reichen Pflanzerfamilie in Virginia und war mit der Bewirtung dieser Elite ganz in ihrem Element. Luis merkte wohl, dass das Scheunenfest in seiner Einfachheit und Country-Tradition nach Josephs Ansicht nicht mehr in die neue Struktur, die er der Farm zu geben versuchte, hineinpasste. Aber es war ihm egal; mochte Joseph schalten und walten, wie er wollte – nach seinem Tod. Jetzt lebte er noch und war nicht gewillt, das Fest, das ihm großen Spaß machte, aufzugeben.

So war er denn, um des lieben Friedens willen, auch nicht dagegen, zu Thanksgiving hinüber ins Herrenhaus zu gehen. Joseph hatte seine Eltern, seine Schwester und seinen Bruder Nick samt Ehefrau und drei Kindern zu sich eingeladen. Ein gewaltiger Truthahn sollte geschlachtet werden, um Thanksgiving, das wichtigste Familienfest nach dem Weihnachtsfest, gemeinsam zu begehen.

Franz mit Familie oder gar Caroline einzuladen hatte er strikt abgelehnt.

»Sie gehören nicht zur Familie«, war seine Begründung gewesen. »Franz und Anna vielleicht zu deiner Sippe, Vater. Aber zur Familie gehören sie nicht. Und diese Caroline ist nicht einmal entfernt verwandt. Außerdem: Was weißt du eigentlich über diese Frau? Du hast selbst gesagt, dass sie nichts erzählt hat über sich und nichts über ihre Gründe, hierherzukommen. So etwas ist immer verdächtig.«

Virginia hatte noch einmal versucht, ihren Bruder umzustimmen, aber es war ihr nicht gelungen. So blieb ihr nichts, als auf die *Gossler Farm* hinauszureiten und Franz und den Seinen einen Truthahn zum Fest zu spendieren.

Dort freute man sich über die Gabe, und Caroline war aufgeregt, weil es der erste Truthahn ihres Lebens war. Aber dank Virginias mitgeliefertem Rezept gelang alles vorzüglich, zumal Jake die freundliche Einladung der Maierschen Farmarbeiter ausgeschlagen hatte, um stattdessen mit der Gossler-Familie zu feiern.

»Es ist immer am vierten Donnerstag im November. Präsident Lincoln hat Thanksgiving schon während des Bürgerkriegs als Nationalfeiertag für alle Staaten der Union eingeführt. Damals als Dank für gleich drei Siege für die Unionsarmee«, hatte er Caroline auf Englisch erklärt. »Jetzt danken wir Gott für eine gute Ernte – und für alles andere auch!«, hatte er lachend hinzugefügt und sie dabei anerkennend angesehen.

So kam es, dass auf der *Gossler Farm* Thanksgiving ganz nach der Tradition begangen wurde. Caroline war fröhlich, weil sie sich über das gelungene Essen freute, über Jakes bereitwillige Hilfe und über sein strahlendes Gesicht, als sie ihm den fertigen Pullover überreichte.

»Thank you, Jake«, sagte sie dazu. »Thank you for your help, for your kindness and patience!« Der Dank für seine Hilfe, seine Freundlichkeit und seine Geduld kam von Herzen. Ich hoffe, es war einigermaßen richtig, dachte sie.

»Hey!«, rief Jake lachend. »That was wonderful. First steps, little Lady! Congratulations!«, lobte er sie.

Die »little Lady« strahlte ihn an. Es tat so gut, wenigstens ein bisschen sprechen zu können! Verstehen konnte sie inzwischen schon viel mehr, dank Jake, und Franz, der sich ebenfalls mit ihm verständigen musste, ging es ebenso. Nur Anna saß unglücklich daneben, krampfte die kleinen Hände um ihr Glas und starrte in den Kamin, als gäbe es dort etwas Besonderes zu sehen.

»Ist sie krank?«, hatte Jake einmal gefragt. Da war er schon eine Weile auf der Farm gewesen und hatte gemerkt, dass die Frau seines Farmers eigentlich nie aus ihrer Traurigkeit herauskam. Dabei war sie freundlich und zurückhaltend, soweit er das beurteilen konnte bei einem Menschen, der niemals mit ihm sprach.

»Sie möchte zurück nach Deutschland«, hatte Caroline geantwortet. »Sie braucht noch etwas Zeit.«

Jake hatte das hingenommen; auch er kannte Auswanderer unter den Farmarbeitern, die Heimweh hatten. Er beschränkte sich darauf, Carolines Fehler zu korrigieren, bis sie die beiden Sätze richtig formulierte und aussprach. Danach berührte er das Thema nicht mehr. Manchen gelang es eben und manchen nicht. Er selbst war einer von denen, die keine Heimat brauchten. Seine fröhliche Natur hielt ihn nicht nur vom Heimweh ab, sondern auch von Grübeleien und Zukunftsängsten. Er kam und ging, wie er wollte, und hatte fast immer gute Laune. Bei der Arbeit war er gewissenhaft, zuverlässig und fleißig, etwas, das Franz überlegen ließ, den Jungen fest anzustellen. Ich werde es durchrechnen, dachte er, und wenn es irgendwie geht, soll er bleiben, denn er bringt mir am Ende mehr, als er mich kostet.

Die gute Beziehung, in der Jake mit Caroline stand, tat ein Übriges, um diesen Plan zu festigen. Die beiden sorgten, zusammen mit Fränzchen, dafür, dass der Trübsinn sich nicht gar so drückend über sein Leben hier ausbreiten konnte. Und mitunter, wenn auch selten, lächelte selbst seine Frau, wenn Jake am Kamin schottische Lieder sang. Waren es aber zu traurige, dann rollten ihr, obwohl sie kein Wort verstand, die Tränen die Wangen hinunter. Jake, der das merkte, ließ es schließlich ganz und zog es vor, mit Caroline an den Abenden über die Farm zu gehen. Von weitem hörte Franz dann die melodische Stimme und wünschte sich, Jake würde bleiben und mit Caroline zusammen eine Familie gründen. Das waren so seine Gedanken, die ihn von dem Kummer mit seiner Frau abzogen und die Hoffnung auf eine bessere Zukunft nährten. Ja, insgeheim hoffte er tatsächlich, dass eine solche Wendung der Ereignisse sie aus ihrer Traurigkeit reißen könnte. Neues Leben auf der Farm – ob von Anna oder Caroline geboren –, war es nicht das, was fehlte?

Kapitel 11

Am Tag nach Thanksgiving kam Virginia, ließ sich von dem gelungenen Braten erzählen und erneuerte die Einladung zum Scheunenfest. Caroline strahlte, nahm ihre Hände und drehte sich ausgelassen und in spontaner Freude mit ihr im Kreis herum. Wie lange hatte sie schon kein Fest mehr gefeiert, unbeschwert gelacht, mit Freunden gegessen, getrunken – getanzt gar? Seit Georgs Tod nicht mehr ...

Oben in ihrem Zimmer, als ihr das nach der ersten Freude bewusst wurde, lag ihr Herz schwer wie eine Bleikugel in ihrer Brust. Georgs Bild stand vor ihr, so lebendig und deutlich wie seit ihrer Abreise nicht mehr. Die Postillion-Polka auf dem Frühlingsfest – er hatte sie, die keiner von den einfachen Burschen aufzufordern wagte, einfach von ihrem Tisch weggeholt, und selbst Vater hatte nichts dagegen tun können. Die Postillion-Polka, gespielt zu Ehren von Georgs verstorbenem Vorgänger – konnte man das dem jungen Postillion abschlagen, auch wenn er in den Augen der Eltern nicht standesgemäß war? So hatte alles seinen Lauf genommen, und sie hatte sich nicht einmal im Ansatz dagegen gewehrt.

Sofort, als ich ihn sah, zum ersten Mal, da war ich schon ganz bei ihm und verloren für alles, was die Eltern für mich geplant hatten. Warum habe ich mir das nicht gleich eingestanden? Wenn wir doch nur gegangen wären, damals schon, sofort, bevor er in dieses unselige Manöver musste, das ihn das Leben kostete – ich wäre nicht allein hier in diesem

Land, von dem er träumte, wohin er mich mitnehmen wollte. Und ich so zögerlich, so brav, so verdammt brav ...

»Carol? Darf ich hereinkommen?« Die Tür öffnete sich einen Spalt, Virginia steckte ihren Kopf herein. »Du warst so plötzlich weg. Ich möchte mich verabschieden. Carol! Was ist denn?« Erschrocken schloss sie die Tür und kam näher. Caroline lag auf ihrem Bett. Das leichenblasse Gesicht ihr zugewandt, starrte sie auf die Freundin, als sähe sie sie zum ersten Mal. So kannte Virginia sie noch nicht. Aber sie wäre nicht Virginia Maier gewesen, wenn sie nicht sofort einen kalten Lappen geholt, ihn auf Carolines Stirn gelegt und ihre Hand genommen hätte.

»Be calm!«, beruhigte sie sie leise. »Don't worry, dear. I'm here, it's okay!« Wie immer, wenn sie wirklich aufgeregt war, sprach sie ihre Muttersprache.

Caroline war viel zu matt, um sich zu schämen oder irgendetwas zu verbergen. Virginia gab ihr Wasser zu trinken, und langsam kehrte die Farbe in das fahle Gesicht zurück.

»Soll ich gehen? Möchtest du allein sein?«

»Nein, bitte nicht. Ich ... es ist gut, dass du da bist.«

Dann schwiegen beide. Virginia dachte an das, was Amy über das fremde Mädchen gesagt hatte: » ... wir wissen nicht, wer sie ist ...«

Es waren wohl zehn Minuten vergangen. Ich muss sie fragen dachte Virginia, sie hat sich von dem Schwächeanfall erholt, und ich frage sie jetzt.

»Carol, wir kennen uns jetzt fast drei Monate. Du bist mir lieb geworden – ich glaube, man sagt das so. Aber außer dass du 23 Jahre alt bist, aus einem Dorf in Hessen kommst, in Berlin gewohnt hast und mit Anna, die deine Freundin ist, hierhergekommen bist, weiß ich nichts über dich. Und das, was ich weiß, ist auch ein bisschen verwirrend.«

Es musste so kommen, dessen war sich Caroline bewusst. Irgendwie habe ich darauf gewartet, sagte sie sich, oder es doch erwartet, dass sie fragt. Empathisch, wie Virginia war, hatte sie, durch Zufall und den Instinkt, Caroline in ihr Zimmer zu folgen, den Zeitpunkt getroffen.

»Ich bin so froh, dass du da bist.« Ihre Stimme klang noch immer matter als sonst. »Weißt du, dass ich dich auch lieb habe, Ginny? Und dass ich dich bewundere?«

Virginia lächelte.

»Du bist so ganz anders als die Frauen, die ich kenne. So selbstständig. Du bestimmst, was du tust, und alles machst du richtig.«

»Na, na!« Das klang belustigt. »Ich wollte, es wäre so … Aber ich weiß, was du meinst. Das ist aber hier nichts Außergewöhnliches. Hier sind die Frauen eben so.«

Caroline nickte. »Das stimmt. Jedenfalls kommt es mir auch bei deiner Mutter so vor und bei Amy.«

»Weißt du, dass hier der Ehebruch bestraft wird, egal, ob bei Mann oder Frau? Und dass eine Frau nur zum Sheriff oder zum Friedensrichter gehen muss, damit ihr Mann bestraft wird, wenn er sie schlecht behandelt?«

»Nein. Aber es passt. Bei uns … Ich meine, da wo ich herkomme, ist alles ganz anders. Ich habe dir doch von Emma erzählt, von meiner besten Freundin, der ich Briefe schreibe. Die ist genauso alt wie du, aber sie hat mit 17 einen Mann geheiratet, obwohl sie es eigentlich gar nicht recht wollte. Und dann hat er sie … immer …«, sie presste die Lippen fest zusammen, öffnete sie wieder und sagte schnell: »Er hat sie vergewaltigt. Sie hat drei Kinder, eins ist behindert, und sie war vier Mal in Hoffnung. Ach, Ginny, und betrogen hat er sie und einer anderen ein Kind gemacht und ... Und nichts ist passiert. Er ist immer noch Herr des Leger-Hofes. Aber wenn Emma sich scheiden lässt, nimmt man ihr die Kinder weg. Ihr Mann hat sich nichts anderes genommen als das, was ihm zusteht!«

Virginia hatte interessiert zugehört. »Das ist sehr schlimm. Und sehr interessant. Du musst mir bald mehr darüber erzählen. Aber jetzt möchte ich wissen, warum du mit Anna und Franz aus Deutschland weggegangen bist.« Sie sah Caroline offen an. In ihrem Blick lag weder Argwohn, noch Misstrauen.

Caroline schluckte. Ginny war so lieb zu ihr, so nett; wenn jemand ihr Vertrauen verdiente, dann sie. Und doch, es war so schwer, über das, was geschehen war, zu sprechen. Sie hatte das Gefühl, ein Bleigewicht im Mund zu haben dort, wo ihre Zunge saß. Sie sah Virginia so hilflos und unglücklich an, dass die Freundin ihre Hand nahm und leise sagte: »Es ist sehr schwer für dich. Es war sehr schlimm ...«

Virginia merkte, wie ihre Hand umklammert wurde, einen Moment lang. Dann ließ Caroline sie los. »Ich habe nie darüber gesprochen, seit langer Zeit. Ich habe einen jungen Mann sehr geliebt, in Deutschland. Er ist ... tot.« Sie schloss die Augen. Virginia sah sie gespannt an. Was war das für eine Geschichte?

Caroline nahm durch den Tränenschleier nur unscharfe Konturen wahr. Die Welt um sie herum war weit weg. Sie sah Georg und sich selbst über die grünen Weiden gehen, nebeneinander, Hand in Hand. »Ich bin dorthin gegangen, wo er mit mir zusammen hingehen wollte. Es war sein Traum.«

Virginia blieb stumm. Es war ihr deutlich anzusehen, wie betroffen sie war. Dann fiel ihr etwas ein. »Deine Eltern«, sagte sie leise. »Haben sie ... das akzeptiert?«

»Mein Vater ist tot. Und meine Mutter ... ihr war es egal.«

Virginia schaute sie erschrocken an. Egal?, wollte sie fragen. Wie kann es einer Mutter egal sein, wenn ihre Tochter für immer fortgeht? Ich hätte meine Mutter mitgenommen. Aber wer weiß, wie Carolines Verhältnis zu ihrer Mutter war. Offenbar schrieben sie sich nicht einmal Briefe.

Virginia fragte nicht. Selbst so sehr bewegt und angerührt von diesem harten Schicksal, konnte sie sich vorstellen, wie aufgewühlt Caroline jetzt sein musste. Warum sollte ich sie noch mehr belasten?, sagte sie sich. Ich weiß das Wichtigste. Wenn sie mir mehr erzählen will, wird sie es sicher noch tun.

Sie drückte der Freundin die Hand zum Abschied. »Danke, Carol, dass du es mir gesagt hast.«

Caroline nickte, sie lächelte sogar.

»Kann ich noch etwas für dich tun?«

»Nein. Ich bin froh, dass ich es dir erzählt habe.« Sie meinte es ehrlich. Schon das Aussprechen dieses einen Satzes, dass Georg tot war, hatte die Last auf ihren Schultern erleichtert.

Aber ich habe ihr nicht alles gesagt, längst nicht alles ...

»Ich bin auch froh. Und wenn du einverstanden bist, werde ich es Amy und den Eltern sagen. Sie ... werden dann verstehen, warum du hierhergekommen bist.«

»Ja. Ja, tu das, Ginny. Sie waren sicher schon ...«, misstrauisch, hatte sie sagen wollen. »Sie haben sich gefragt, warum eine so junge Frau allein nach Amerika kommt.«

»Ja«, sagte Virginia einfach. »Und jetzt werden sie es verstehen, und alles ist gut.« Sie nickte. »Ich hoffe, du wirst hier wieder fröhlich. Oder vielmehr: Du warst es ja auch oft genug schon. Nur manchmal kommt es dir wieder in den Sinn – so wie eben, als wir unten getanzt haben.«

»Ja, das ... stimmt. Ich habe seitdem nicht mehr getanzt.«

»Ich verstehe.« Sie stand auf und ging zur Tür. Dort drehte sie sich noch einmal um: »Du wirst sehen, es ist ein schönes Fest. Und ich möchte dir jemanden vorstellen.«

»Wen?«

»Thomas Mellinor, den Mann, den ich heiraten werde.«

Jetzt war es an Caroline, überrascht und gespannt zu sein. »Du wirst heiraten? Du hast mir nie davon erzählt.«

»Tom wirbt schon eine Weile um mich. Er war auch nicht der Einzige.«

Das kann ich mir vorstellen, dachte Caroline. »Und deine Eltern waren für ihn«, sagte sie naiv.

»Meine Eltern? Was haben Mom und Dad damit zu tun?«

»Ich dachte ... Es ist einfacher, wenn sie einverstanden sind.«

»Das ist meine Entscheidung, Carol. Ich muss mich entscheiden.« Dann fiel ihr ein, was Caroline über Emma erzählt hatte. »Sieh mal, es ist doch so, dass eine Frau ihren Verstand entwickeln sollte, bevor sie sich für einen Mann entscheidet. Sie muss ja schließlich Tisch und Bett mit ihm teilen.«

Caroline nickte; nachdenklich sah sie die Freundin an. »Georg war nicht der, den meine Eltern für mich ausgesucht hatten. Ich habe ihrem Wunsch nicht entsprochen. Ich wurde ... verstoßen.«

Virginia zuckte zusammen. Das erklärte natürlich, warum es Carolines Mutter gleichgültig gewesen war, ob ihre Tochter nach Amerika auswanderte oder nicht. Aber auch wenn sie Caroline durchaus folgen konnte, war es doch für sie als Amerikanerin schwer zu verstehen.

»Tom ist sehr nett«, lenkte sie Caroline von dem Thema ab. Es war unübersehbar, wie schwer es der jungen Frau fiel, über ihre Vergangenheit zu sprechen. »Er wird dir gefallen.«

»Das wird er bestimmt. Ich freue mich für dich.«

»Und ich freue mich auf euch. Wir werden zusammen fröhlich sein. Und wir werden tanzen.«

Es waren schon mehr als vierzig Personen, die lachend und plaudernd vor der Scheune und auf dem Tanzboden standen, als der Gosslersche Wagen eintraf.

»Wo bleibt ihr denn?« Virginia lief ihnen entgegen. »Es gibt noch so viel zu tun!«

Jake sprang vom Kutschbock und lachte. »Die Clydesdales sind keine Rennpferde!«

Er führte das Gespann zu dem an der Seite des Gebäudes angebrachten Holm und wand die Zügel darum. Viele Buggys standen schon dort, alle mit einem oder mehreren Vollblütern bespannt, und ständig trafen neue ein. Gab ging herum, schaute nach den Tieren, rieb sie ab und stellte ihnen Wasser hin. Weiter hinten waren die gesattelten Pferde angebunden, sicher zehn oder mehr. Caroline sah sich um und staunte; Virginia hatte recht gehabt: Das Scheunenfest ihres Vaters schien eine Menge Leute anzulocken.

Jetzt beorderte Virginia Jake in die Scheune und bat ihn, Getränke und Essen herbeizuschaffen und bereitzustellen. Der gutmütige Junge winkte seinen alten Arbeitskameraden zu, die ihn sofort umringten und ihm auf die Schultern klopften, und half ihnen bereitwillig. Franz folgte ihm; er war froh, sich für einen Moment von seiner Frau entfernen zu können. Ihretwegen war es zu der ungewollten Verspätung gekommen. Erst hatte sie sich geweigert mitzukommen, dann hatten sie unterwegs halten müssen, weil ihr schlecht geworden war.

Kathy nahm Fränzchen hoch und küsste ihn, während das Kind seine Arme um sie schlang und lachte. Auch Luis hatte sie inzwischen entdeckt. Stolz kam er auf Anna und Caroline zu. »Na, was sagt Ihr? Ist das ein Fest?«

»Es ist wunderschön, Onkel Luis!« Caroline meinte es ehrlich. Um die Scheune herum waren Fackeln in den Boden gesteckt worden, die das Gebäude selbst und die Umgebung in ein feierliches Licht rückten. Das Tor stand weit offen, und man blickte auf einen großen sauberen Tanzboden aus Holz, der von den an den Wänden aufgehängten Lampen in ein gelbliches Licht getaucht wurde. Tische, mit schlichtem Geschirr und Besteck beladen, standen in langen Reihen an beiden Seiten, Bänke und Strohballen luden zum Sitzen ein; an der Rückseite war eine kleine Bühne etwas erhöht aufgebaut worden. Vier Musiker waren dabei, vor dem Beginn des Festes noch ein bisschen zu üben. Als sie Luis sahen, winkten sie ihn zu sich heran.

»Sie warten auf mich. Ich muss gehen.« Er hob seine Hand, und nun erst sah Caroline, dass er ein Instrument in einem länglichen Kasten bei sich hatte. Aber bevor sie fragen konnte, was es war, winkte Virginia plötzlich mit beiden Händen in Richtung der Einfahrt und rief laut: »Vic! How nice!«

Caroline hatte sich erschrocken, ebenso wie Anna, die selbst an diesem Abend müde und blass wirkte. Carolines gebräunte Haut dagegen hatte ihre alte Frische. In der neuen weißen Bluse und dem blauen Rock fühlte sie sich offensichtlich sehr wohl. Amy hatte ein Übriges getan und ihr eine breite Schärpe aus schwarzem Samt genäht, die sie nun um ihre schmale Taille geschlungen und hinten zu einer Schleife gebunden hatte.

Eine breite Kalesche, gezogen von zwei sehr gepflegten Thoroughbreds, fuhr die Einfahrt herauf. Sie war vornehmer und komfortabler als die anderen Wagen, der Kutscher auf dem lederbespannten Bock trug Rock und Zylinder. An den Seiten waren Lampen befestigt, so dass man den Insassen, einen älteren Herrn, in ihrem Schein gut erkennen konnte. Er nickte ihnen freundlich zu und ließ sich von seinem Kutscher aus dem Wagen helfen. Wie beim Baron, dachte Caroline, nur noch prächtiger – aber hier gibt es doch keinen Adel …

Luis verbeugte sich leicht und stellte Patrick Franklin Hillyard IV., Esquire, vor. Beide waren offensichtlich bester Laune. Der gut gekleidete Herr nickte in die Runde: »Patrick Hillyard. Angenehm!«

Luis zog ihn am Arm mit sich. »Komm, ich muss noch ein bisschen üben. Entschuldigt«, rief er in die Runde, »aber ich muss unseren freigiebigsten Sponsor herumführen, damit er sieht, wofür sein Geld verwendet wurde!«

Hillyard lachte und klopfte Luis auf die Schulter. »Wir sehen uns später«, entschuldigte er sich seinerseits bei den

Umstehenden. »Vicky, du übernimmst doch?« Damit verabschiedete er sich und ließ sich bereitwillig von Luis in die Scheune führen.

Die junge Frau, die er angesprochen hatte, war neben der Kalesche geritten. Jetzt übergab sie ihren hochgewachsenen, muskulösen Vollblüter an Gab und ging mit langen Schritten auf Virginia zu, um sie in ihre Arme zu ziehen und ihr einen Kuss aufzudrücken.

»Meine liebe Ginny!«, sagte sie auf Amerikanisch. »Wie schön, dich zu sehen!«

Das also war Vic, Virginias Freundin, die Vollblüter züchtete und so viel von Pferden verstand. Sie überragte Virginia um einiges, hatte breite Schultern und einen kräftigen trainierten Körper. In ihrer Größe und Schlankheit erschien sie beinahe hager. Sie trug Reitkleidung von elegantem Schnitt und hervorragendem Sitz. Jetzt nahm sie den Hut ab und warf ihn nachlässig auf den Sitz der Kutsche. Ihr gepflegtes hellbraunes Haar war zu einem einfachen Knoten gebunden. Das längliche Gesicht mit den schmalen grau-grünen Augen zeigte die Selbstsicherheit und den Stolz, die die Zugehörigkeit zu einer alten wohlhabenden Familie verraten.

»Diese verdammten Damensättel! Aber was tut man nicht alles, wenn man ein paar nette junge Männer treffen und mit ihnen tanzen will!«

»Du bist doch immer dieselbe, Vicky! Aber du hättest dich nicht so strapazieren müssen. Den Mann, den du heiraten wirst, findest du hier nicht!«

Die Angesprochene warf den Kopf zurück und lachte. »Wenn du dich da nicht täuschst, Ginny. Vielleicht werdet ihr alle noch eine Überraschung erleben.«

Mit diesen Worten wandte sie sich zu den beiden Frauen um, die neben Virginia standen. »Willst du mich nicht vorstellen?«

»Das ist Anna Gossler«, holte Virginia das Versäumte nach, »die Frau meines Cousins Franz, der vor drei Monaten aus Deutschland eingewandert ist. Ich hatte dir davon erzählt. Und das ist ... «

»Ja, richtig!«, erinnerte sich Vic. »Sie haben die *Shaddock Farm* gekauft, nicht wahr?« Sie reichte Anna die Hand. »Ich freue mich.«

»Victoria Hillyard«, stellte Virginia vor. «Meine Freundin seit unseren Schul- und College-Tagen.«

Victoria schenkte Anna und dem eben zurückkommenden Franz ein hinreißendes Lächeln. »Willkommen, du musst Franz sein.«

Ein wenig verlegen angesichts der Eleganz und der überlegenen Haltung der offensichtlich sehr wohlhabenden jungen Dame reichte Franz ihr die Hand und bemühte sich, in einigermaßen verständlichen Sätzen zu sagen, wie sehr er sich über die Bekanntschaft freue, dass er hoffe, sie noch oft zu treffen und machte ihr ein Kompliment über ihr perfektes Äußeres.

Caroline hatte die ganze Zeit danebengestanden, ohne dass Victoria Hillyard sie beachtet hätte. Schon bei Virginias Versuch, sie vorzustellen, hatte sie den Eindruck gehabt, dass ihre Freundin sie absichtlich überging. Aber sie kennt mich ja gar nicht, korrigierte sie sich sofort wieder, warum sollte sie mich ignorieren? Sie fand keine Antwort, und sie war auch abgelenkt von Virginias Worten. »Schul- und College-Tage« hatte die gesagt. Was war ein College? Eine Art höhere Schule für Frauen? Sie fühlte sich plötzlich ganz klein – und war ein bisschen enttäuscht. Warum hatte Ginny ihr nichts davon erzählt? Und wie ungebildet musste sie der jungen Frau vorkommen, deren Überlegenheit sowieso ständig spürbar war!

Franz hatte seine mühsam zusammengestoppelte Huldigungsrede beendet, die Victoria mit einem etwas herablassenden Lächeln und der Bemerkung: »Du wirst unsere schöne Sprache sicher bald lernen« quittierte. Dann wandte sie sich an Virginia. »Komm, lass uns hineingehen.«

»Ich möchte dir noch jemanden vorstellen. Vic, das ist Caroline Caspari. Sie ist mit Anna und Franz aus Deutschland gekommen und hilft ihnen auf der Farm.«

Victoria Hillyard nickte huldvoll. »Hallo«, sagte sie einfach.

»Ich freue mich, dich kennenzulernen«, antwortete Caroline ihr in ihrer Sprache und das, dank Jake, fehlerfrei. »Ich hoffe, wir sehen uns oft.«

Ganz leicht nur presste Victoria ihre Lippen aufeinander, aber Caroline, die an sie herangetreten war, merkte es doch. Das unangenehme Gefühl, das sie von Beginn dieser Bekanntschaft an gehabt hatte, war wieder da.

»Komm, lass uns hineingehen.« Victoria nahm Virginias Arm. Caroline blieb nichts, als ihr zu folgen, begleitet von Anna und Franz, die der großen schlanken Gestalt mit bewundernden Blicken nachsahen.

»Sie ist sicher sehr reich«, hörte sie Anna sagen. »Reicher als die Werdersdorf. Sie sieht aus wie eine Baronin oder so was.«

Franz lächelte und drückte ihren Arm. »Und sie scheint dich zu mögen. Vielleicht werdet ihr auch Freundinnen. Und dann lernst du endlich die Sprache.«

»Ja«, hörte er seine Frau neben sich sagen. »So eine Freundin, das wär schon was!«

Franz schaute sie überrascht an. Endlich, dachte er, endlich ein Silberstreifen am Horizont. Es ist mir ganz egal, wer gegen Valerie ankommt, wenn sie mir nur meine Anna wiedergibt.

Sie kann mich nicht leiden, dachte Caroline. Ich weiß nicht, warum, aber es ist so. Dieses Gefühl ließ sie den ganzen Abend über nicht mehr los. Eigentlich war es ihr egal, wie Victoria Hillyard zu ihr stand, aber sie war eben Virginias Freundin, und deshalb hätte sie sich ein gutes Verhältnis zu ihr gewünscht. Anna jedenfalls schien ganz hingerissen von der vollendet gekleideten Dame zu sein, die sich ihr so nett zugewendet hatte, und verbarg ihre Bewunderung nicht.

Im Laufe der folgenden Stunde wurde Caroline von allen Victoria betreffenden Betrachtungen abgelenkt, denn Virginia und Jake stellten ihr unablässig Leute vor, die in der Umgebung wohnten, meist Farmer, die jedes Jahr zum Fest erschienen und nun auch ihre Nachbarn sein würden. Caroline war bemüht, sich die Namen zu merken und alle in ihrer Sprache zu begrüßen. Es war eine lockere angenehme Atmosphäre, in der diese Begrüßungen vonstattengingen. Die Menschen hier waren einfach, offen und herzlich, und auch dieser Umstand trug dazu bei, dass Caroline sich keine Gedanken mehr über Victorias kühle Behandlung machte.

Auch die übrigen Mitglieder der Maierschen Familie lernte sie an diesem Abend kennen. Nicholas Maier, Luis' jüngerer Sohn, der ohnehin noch von Thanksgiving her bei seinem Bruder Joseph weilte, war mit seiner Familie gekommen, und das offensichtlich gern. In Nick erkannte Caroline den jungen Mann auf dem Bild, das auf dem Kaminsims seiner Eltern stand. Zwar war er jetzt um einige Jahre älter, aber seine charakteristischen Gesichtszüge waren dieselben geblieben.

Wenn überhaupt, dann gab es nur eine entfernte Ähnlichkeit zwischen den beiden Maier-Brüdern. Während Joseph, was sein Äußeres betraf, eindeutig auf der Maierschen Seite stand, war Nick dicklich, blondhaarig und von gedrungener Statur. Sein breites Gesicht mit den hellen Augen erinnerte stark an das seiner Mutter, wie Caroline es auch auf dem Bild schon bemerkt hatte. Ein dichter Oberlippenbart hing bis über die äußeren Ränder seiner vollen Lippen herab, und diese Lippen waren häufig zu einem Lächeln verzogen, viel häufiger als bei seinem Bruder. Er begrüßte die Gosslers und Caroline wie alte Freunde, umarmte sie, wünschte ihnen alles Gute und bot seine Hilfe an, wann immer sie benötigt werde. Auch seine Frau Jane, mollig, gemütlich und warmherzig, begrüßte sie freundlich und aufgeschlossen. Sein 15-jähriger Sohn Matthew hatte sich zu Luis und den anderen Musikern auf die Bühne gesellt; die beiden Töchter, neun und elf Jahre alt, hielten sich neben ihrer Großmutter, die heute, mit ihren Enkeln um sich herum, ganz in ihrem Element war.

Franz junior hatte man bei Amy untergebracht, die sich den Abend über um ihn kümmern wollte.

»Aber ... kommt sie denn nicht zum Fest?«, hatte Caroline erstaunt gefragt. »Ihr habt doch zusammen alles vorbereitet.«

»Ach, Carol, natürlich nicht«, hatte Virginias Antwort gelautet. »Das geht nicht. Das ist hier einfach so.«

Virginia scheute sich nicht, ihre alte Kinderfrau zu besuchen, sie in die Arme zu schließen, ihr alles anzuvertrauen – aber gemeinsam mit ihr feiern konnte sie nicht. Das war für Caroline nach wie vor merkwürdig und verwirrend. Aber sie entschied, es dabei zu belassen und zu schweigen. Sicher hatte Virginia ihre Gründe. Und sie selbst war neu in diesem Land und verstand nichts von seinen Sitten und Gebräuchen.

Kapitel 12

An diesem Abend wurden die ersten gegenseitigen Einladungen ausgesprochen, eine Tatsache, die Franz Gosslers Hoffnungen in Bezug auf die Überwindung der Schwermut seiner Frau Anna Auftrieb gab. Wenn sie erst einmal Freunde hatten, Nachbarschaftsbesuche machen konnten ... Und jetzt kamen Herbst und Winter, so dass die Arbeit auf den Feldern mehr und mehr abnahm. Auch Nick hatte sie eingeladen, zur Distillery zu kommen und den ausgezeichneten Whiskey zu kosten, den er dort brennen ließ. Es passt zu ihm, hatte Caroline spontan gedacht, als Nick davon erzählte. Dass er Whiskey brennt und sich ganz der Vervollkommnung seiner Marke widmet. Sie konnte sich ihn gut vorstellen, wie er ruhig und besonnen probierte, testete, seinen Arbeitern mit sanfter Stimme Anweisungen gab und seine Gäste mit dem *Old Oaktree* bewirtete, von dem sein Vater Luis schwärmte, er sei der beste Whiskey, den er je getrunken habe, besser sogar als der seines Freundes Hillyard.

»Als Nächstes will ich Bier brauen«, hatte Nick ihnen angekündigt. »Ihr Deutschen versteht doch was davon!«

Caroline mochte Nick, und auch einige andere Gäste blieben ihr, obwohl sie sich längst nicht alle Namen gemerkt hatte, angenehm in Erinnerung.

In einer Pause stellte Virginia ihr zwei der Musiker vor. Der eine war ein hagerer älterer Mann in einfacher Kleidung, mit grauen Schläfen, einem schmalen bartlosen Gesicht und einer Habichtnase.

»Reverend Barnickle«, sagte Virginia herzlich zu ihm. »Ich möchte Ihnen eine liebe Freundin vorstellen. Caroline Caspari, die bei den Gosslers wohnt.«
Für die »liebe Freundin« umarmte Caroline Virginia in Gedanken. Sie strahlte ihr Gegenüber an. Der Reverend gab ihr die Hand. »Ich würde mich freuen, wenn wir uns in meiner Kirche sehen würden.«
Richtig, jetzt fiel es ihr wieder ein: Reverend bedeutete so viel wie Pastor, und bei diesem Gedanken zuckte sie ein wenig zurück, denn die Rolle, die Pastor Kessler in Mahlsheim bei der Entfremdung ihres Kindes von der eigenen Mutter gespielt hatte, war unwürdig gewesen. Eigentlich hatte sie von Pfarrern die Nase voll.
Aber dieser Mann hier wusste nichts von ihr, von ihrem Schicksal und nichts von Pastor Kessler. Sie konnte ihn nicht für etwas verachten, womit er nicht das Geringste zu tun hatte.
»Sie spielen wundervoll«, entgegnete sie artig. »Was ist das für ein Instrument?« Er nahm es hoch, zeigte es ihr und sagte: »Eine Mandoline. Freut mich, dass es dir gefallen hat.«
Er hat gute Augen, dachte sie, und Virginia mag ihn offenbar sehr gern. Nun, das genügt mir vorerst. »Ich komme gern in die Kirche«, sagte sie.
Der zweite Musiker mit einem ihr ebenfalls unbekannten Instrument war jung, wohl nicht älter als 30, mittelgroß, schlank, dunkelhaarig und ausgesprochen gut aussehend. Sein südländisches Äußeres erinnerte Caroline spontan an Felix Ofterdingen, den Casseler Bankierssohn, der um Mitternacht einfach in ihr Zimmer gekommen und mit Tante Theas Erlaubnis um einen Beischlaf ersucht hatte.

»Das ist ein Banjo«, erklärte er Caroline, die, um ihn nicht gar so betroffen anzustarren, auf das Instrument mit dem runden Corpus geschaut hatte. »Und ich bin Tom. Virginia hat mir viel von dir erzählt.«

»Ich freue mich, dich kennenzulernen, Tom.«

In diesem Augenblick trat Nick auf die Bühne, um seinem Sohn Matthew ein Kompliment für sein ausgezeichnetes Spiel zu machen.

»Ja«, bestätigte Luis, »was das betrifft, kommt er ganz auf seinen Großvater. Wir sind ein gutes Team!«

Matthew lachte verlegen und wurde ein wenig rot. Man merkte, wie wohl ihm das Kompliment des Vaters und die Anerkennung des Großvaters taten.

»Na, Tommy, wann gedenkst du meine kleine Schwester zu heiraten?«, fragte Nick scherzhaft.

»Ich sie?«, entgegnete Tom gut gelaunt. »Frag sie, wann sie mich endlich heiratet!« Dann lachten beide, und Virginia hakte sich bei den beiden Männern unter.

Es ist alles so einfach hier, so selbstverständlich, dachte Caroline. Es stand außer Zweifel, dass Tom recht hatte, wenn er sagte, er müsse warten, bis Virginia ihm einen Antrag mache.

»Und dann kann er sich nicht wehren!«, sagte sie. »Er muss, ob er will oder nicht. So muss es sein.«

Tom Mellinor sah Caroline aus seinen dunklen Augen freundlich an. Sein gelocktes Haar war schwarz, seine Haut goldbraun. Er war jovial und herzlich, hatte einen offenen Blick und ein sympathisches Gesicht. Nein, er war gewiss nicht wie Felix Ofterdingen; äußerlich mochte er ihm in Haar- und Hautton gleichen, aber er hatte schmalere Augen, höhere Wangenknochen und vor allem einen gänzlich anderen Gesichtsausdruck, der seinen offenen, natürlichen Charakter widerspiegelte. Sie reichte ihm freundlich die Hand. »Ich mag Ginny sehr. Ich würde mich freuen, wenn auch wir Freunde werden.«

Er nahm ihre Hand und drückte sie. »Ginias Freunde sind auch meine. Du sprichst übrigens schon gut Englisch, dafür dass du erst drei Monate hier bist.«

Sie schaute ihn freudestrahlend an. Dieses Lob tut gut, gestand sie sich ein. Es ist doch das Beste, freundliche Menschen um sich zu haben, die einem nichts Böses wollen. Und dabei sah sie zu Victoria Hillyard hinüber, die an diesem Abend noch nicht getanzt hatte. Offenbar wartete sie auf irgendetwas oder auf irgendjemanden, denn sie sah sich ständig suchend um.

»Komm, Tom, mach sie glücklich«, schlug Virginia vor. »Auf wen auch immer sie wartet, du bist es nicht. Aber dir wird sie einen Tanz nicht abschlagen.«

Damit lag sie ganz richtig. Vic winkte zu ihr hinüber und ließ sich bereitwillig von Tom auf den Tanzboden führen.

Dort war es jetzt sehr voll. Die Musik, schnell, fröhlich, melodisch, riss Caroline mit, etwas Ähnliches hatte sie noch nie gehört. Und sie war froh darüber, erleichtert und froh, denn auf diese Weise wurden alte Erinnerungen, wie die an Polka und Walzer, von vornherein vermieden. Das sei Blue Grass, hatte Luis ihr zu Beginn erklärt, so wie das Land werde auch seine Musik genannt. Ein dünner junger Mann mit vollem rötlichem Haar gab auf einer kleinen Geige den schnellen Rhythmus vor.

»Das ist eine Fiddle«, erklärte Luis. »Unsere Musik ist etwas ganz Eigenes und Schönes. Sie braucht nur fünf Instrumente: Gitarre, Bass, Banjo, Mandoline und eben die Fiddle.«

Die Fremdheit und Faszination der Musik hatte Caroline von Beginn an in ihren Bann gezogen; und so schaute sie nun doch ab und zu sehnsüchtig zur Tanzfläche hinüber. Als aber zwei junge Männer mit Cowboyhüten direkt auf sie zukamen, offensichtlich um sie aufzufordern, floh sie aus dem Gebäude nach draußen, verschwand um die Ecke und atmete tief durch. Die Jungen folgten ihr bis zum Ausgang, dann gaben sie die Suche auf und gingen wieder hinein.

Die Blue-Grass-Musik war auch hier, auf dem von Fackeln erleuchteten Einfahrtsweg, noch zu hören. Sie schaute hinauf in den samtblauen Himmel. Sterne leuchteten, und der Mond, hell und riesig groß, schaute auf sie herab. Allmählich kehrten Ruhe und Frieden in ihr Herz zurück.

Ich muss nicht tanzen, wenn ich es nicht kann. Nicht heute, beim ersten Fest, das ich hier erlebe ...

Ein Geräusch ließ sie die Einfahrt hinunterschauen. Es waren Hufgeräusche, die sie gehört hatte; offenbar traf noch ein verspäteter Besucher ein. Eine große weiße Gestalt tauchte aus dem Dunkel auf, ein Schimmel. Er schnaufte und tänzelte, dann ließ er den Kopf ein wenig hängen und ging ruhig und langsam, bis ihn sein Reiter zügelte. Gab trat von der anderen Seite des Gebäudes her an die beiden heran und hielt das Pferd. Der Reiter stieg ab. »Ja, nimm sie. Danke, Gab«, sagte eine tiefe Stimme.

Gab nickte ihm zu. »Ein wunderschönes Tier, Sir, die

schönste Thoroughbred-Stute, die ich je gesehen habe. Und ich habe schon viele gesehen.«

Beide Männer sprachen sehr leise. Caroline, die bei der Ankunft des Reiters einen Schritt zurückgetreten war, wagte sich jetzt wieder vor und beugte den Kopf um die Hausecke herum nach vorn. Gabriel hatte recht. Diese Stute war vollkommen in ihrer Schönheit. Alles an ihr, von dem grazilen und dabei muskulösen Körperbau über die lange, dichte Mähne und den herrlichen Schweif, der fast bis zum Boden reichte, strahlte Kraft, Mut und Energie aus. Ihr helles Fell glänzte seidig im Licht der Fackeln.

Neben ihr stand der fremde Mann; er trug Hosen aus Wildleder, eine helle Lederjacke mit Fransen an den Ärmeln und einen braunen Lederhut.

»Ich führe sie in den Stall, Sir«, hörte sie Gab jetzt sagen. »Besser, sie steht nicht hier bei den anderen.«

Der Reiter nickte, leise sprach er mit der Stute, dann erst übergab er die Zügel an Gab. Offenbar schien dieses Pferd etwas Besonderes zu sein oder zumindest eine besonders schonende Behandlung zu benötigen. Gab führte die Stute behutsam in Richtung des kleinen Stalles neben seinem Haus. Dort stand sein eigenes Pferd, ein Geschenk von Luis, die zweite Box war leer.

»Machen Sie sich keine Sorgen, Mr. O'Connell, Sir, meine alte Bess tut ihr nichts. Sie wird ungestört sein.«

O'Connell tippte mit der Hand an seinen breitrandigen Hut und ging auf den Eingang der Scheune zu. Er war etwas mehr als mittelgroß, sehr kräftig, breit und muskulös, wie Caroline bemerkte, als sie ihn im Licht des Eingangs besser sehen konnte. Vielleicht weil er ein Geräusch gehört haben mochte, sah O'Connell sich zur Seite hin um und blieb einen Moment stehen. Dann wandte er sich wieder nach vorn und verschwand in der Scheune.

Der kurze Augenblick hatte Caroline Gelegenheit gegeben, von ihrem im Dunkeln gelegenen Beobachtungsort aus in sein Gesicht zu schauen. Als er seinen Hut abnahm, quoll schulterlanges Haar in dichten braunen Wellen darunter hervor, der Vollbart bedeckte die gesamte untere Gesichtshälfte. Sie sah in schmale dunkle Augen mit dichten Augenbrauen, die wachsam wirkten, klug – und kühl. Sie fuhr zurück. Er konnte sie unmöglich bemerkt haben. Vielleicht war er immer so abweisend. Langsam zog sie sich noch weiter zurück. Die weiße Stute ... wie wunderschön sie war! Wie edel, wie anmutig, wie zauberhaft ...

Der Gedanke an das wundervolle Tier ließ sie nicht los, und der ihr selbst rätselhafte Wunsch, der Stute nahe zu sein, sie aus der Nähe zu sehen, keimte in ihr auf. Langsam und jedes unnötige Geräusch vermeidend, ging sie, wie magisch angezogen, um die Rückseite der Scheune herum auf Gabriels Stall zu. Aus den Fenstern seines Hauses schien helles Licht, sie sah das flackernde Kaminfeuer, Kinderlachen war zu hören. Amy spielte wohl mit Franz.

Im Stall war es dämmrig, eine Laterne, an der Wand gegenüber den beiden Boxen aufgehängt, spendete ein schwaches Licht. Sie ging an Bess, Gabriels alter Stute, vorbei. Die machte keinen Laut, ruhig und mit hängendem Kopf stand sie auf dem hingestreuten Stroh.

Eine unerklärliche Scheu, etwas zu sagen oder ein Geräusch zu verursachen, ließ Caroline im Gang stehen bleiben. Ihr gegenüber schaute die weiße Stute ruhig und wachsam auf sie herab. Gabriel hatte ihr Zaumzeug und Sattel abgenommen. Es war vollkommen still. Dieses Tier von vollendeter Schönheit wirkte auf sie wie die lebendig gewordene Verkörperung von Anmut und Klugheit. Bis auf die dunklen Augen und die schwarz glänzenden Hufe war sie schlohweiß.

Und dann, in einem spontanen Gefühl von Nähe und Vertrautheit, streckte sie ganz langsam ihre Hand nach dem Tier aus. Die Stute rührte sich nicht. Aufmerksam schaute sie auf die kleine Gestalt, die sich jetzt näher an sie heran schob, bis eine weiche Hand ihre Stirn berührte. Sanft strich die Hand über die Stelle zwischen ihren Augen, abwärts bis zu den Nüstern, die die Stute nun weitete und leise schnaufte.

Mehr geschah nicht. Caroline trat zurück, ebenso langsam, wie sie auf das edle Tier zugekommen war. Sie hob noch einmal ihre Hand, so als wolle sie sich verabschieden, dann drehte sie sich leise um.

Beinahe hätte sie aufgeschrien, als sie die breite dunkle Gestalt nur wenige Schritte von sich entfernt im Gang stehen sah. Im letzten Moment fuhr ihre Hand an den Mund, und sie erstickte den Schrei. O'Connell stand dort und sah sie scheinbar ruhig an. Dennoch schien es ihr, als unterdrücke er nur mühsam seine Wut. Er ging auf den Ausgang des Stalles zu, sie folgte ihm, er schloss die Tür. Dann packte er ihren Arm und zerrte sie von dem Gebäude weg.

»Wer sind Sie? Was machen Sie bei meinem Pferd?«

Er sprach keinen Dialekt, nur sein »R« klang etwas härter, als sie es von Virginia gewohnt war. Sie hatte ihn verstanden und antwortete ihm, so gut sie es vermochte, in seiner Sprache. »Ich heiße Caroline Caspari. Ich habe ihr Pferd gesehen ...«

»Und?«

»Ich weiß nicht. Ich musste sie anschauen, die Stute, meine ich. Ich musste sie berühren.«

Er schaute sie aus seinen dunklen Augen an; er schien jetzt etwas milder gestimmt. Sein Blick verriet Skepsis, Wachsamkeit und Misstrauen.

Er denkt, ich bin verrückt. Und das muss er ja wohl auch. Aber ich weiß nicht, was ich ihm noch sagen soll. Ich kann es nicht erklären.

»Lassen Sie das in Zukunft. Das Tier ist gefährlich. Sie lässt sonst niemanden an sich heran.«

»Aber sie ist wundervoll! Sie ist ganz sanft und ...«

»Sie hatten nur Glück«, erwiderte er kühl. »Sie war müde nach dem langen Ritt.« Mit diesen Worten ließ er sie einfach stehen und ging in Richtung der hell erleuchteten Scheune davon.

Als sie zu den anderen zurückkam, stand er auf der Bühne und sprach mit Luis, den er um einen Kopf überragte.

»Wo warst du denn?« Virginia nahm ihren Arm. »Komm, jetzt tanzt du aber auch mal!«

»Der Mann dort, wer ist das?«

Virginias Blick folgte Carolines. »Der da neben Dad? Wieso, kennst du den?«

»Nein.«

»Interessiert er dich? Na, ich warne dich. Chris ist abstinent. In Bezug auf Frauen, meine ich.« Sie sah Caroline von der Seite an. »Also gut. Er heißt Christopher O'Connell.

Seine Großeltern sind aus Irland eingewandert. Er hat eine kleine Farm hier in der Nähe, züchtet Pferde und trainiert sie. Vic lässt ihre auch dort vorbereiten, er hat so ein Händchen dafür, weißt du.«

»Seine Kleidung – er sieht so merkwürdig aus.«

»Wieso? Das ist Trapperkleidung. Fallensteller«, setzte sie auf Carolines fragenden Blick hin hinzu. »Indianerkleidung, nenn es, wie du willst.«

Caroline sah noch immer zur Bühne hin, wo Luis offenbar versuchte, seine Gitarre an den widerstrebenden Chris weiterzureichen. Er schüttelte den Kopf, und Caroline sah ihn zum ersten Mal lachen. Das konnte er also auch. Bis eben hätte sie es nicht für möglich gehalten.

In diesem Moment erschien Victoria, trat von hinten an O'Connell heran und tippte auf seine breite Schulter. Sollte es dieser Mann gewesen sein, nach dem sie sich den ganzen Abend über suchend umgesehen hatte? Caroline mochte es nicht glauben. Er war der unfreundlichste Kerl, dem sie seit ihrer Ankunft hier begegnet war. Aber dann passen sie ja zusammen, dachte sie bitter, sie war schließlich auch nicht gerade die Freundlichkeit in Person.

Victoria redete jetzt intensiv auf O'Connell ein, er lachte nicht mehr, lächelte nur ein wenig, nahm dann die von Luis gereichte Gitarre und hielt sie hoch, dem Publikum entgegen. Die Musiker klatschten und johlten, das Publikum verlangte nach einem Lied. »Gleich spielt er, wie du siehst, also: Jetzt wird getanzt.« Mit diesen Worten hatte Virginia Jake zu sich herangezogen, der Caroline sofort umfasste, auf den Tanzboden führte und sie im Rhythmus der mitreißenden melodischen Klänge herumwirbelte.

Später hätte sie nicht sagen können, wie viele dieser schnellen Tänze sie absolviert hatte. Die Rhythmen des Blue Grass zogen sie in ihren Bann, brachten sie dazu, immer schneller, immer freier zu werden. Und schließlich zu vergessen, wer sie war, wie andere sie sahen, und sich nur noch in dieser Musik zu spüren. Es war wie ein Rausch, wie ein immerwährender Fall, wie ein Schweben, selbstvergessen und doch ganz wach.

Als die Musik endgültig endete, das Publikum zum Abschluss begeistert klatschte und alle aufbrachen, fühlte sie Dankbarkeit und Demut. Schon lange war sie nicht mehr so vollkommen ruhig und zufrieden gewesen. Irgendetwas hatte sich verändert. Und es hing mit der Musik zusammen, mit dem Tanz – und mit dem geheimnisvollen weißen Pferd.

Kapitel 13

Einem langen Spätsommer war ein kurzer Herbst gefolgt. Als sich die Blätter färbten und die Bäume vor der Kulisse der grünen Weiden in bunten Farben strahlten, ging Caroline das Herz auf. Schon die Tage vor dem Scheunenfest waren wundervoll gewesen, und auch danach setzte sich die Farbenpracht fort. Es zog sie mehr denn je hinaus. Als der Brief von Emma eintraf, nahm sie ihn mit zu der dem Farmhaus nächst gelegenen Weide, lehnte sich an den hohen weißen Holzzaun und fühlte ein weiteres Mal die heilende Wirkung, die dieses Land auf sie ausübte. Jake, der dabei war, die breiten Latten zu streichen, winkte ihr zu.

Wenn ich ihn nicht gehabt hätte, dachte sie, wäre ich nicht so weit mit dem Englischen gekommen, wie ich es jetzt bin – nicht halb so weit. In ihrer Dankbarkeit hatte sie für den jungen Mann einen weiteren Pullover gestrickt, und ein dicker Schal für den nahenden Winter war in Arbeit. Er sprach oft und gern mit ihr, auch wenn sie nicht alles verstand, was er ihr erzählte, und erklärte geduldig Wendungen, Sätze und Worte, bis sie sagte: »Ah, ja, jetzt verstehe ich! Du meinst ...« Jake, der wohl merkte, welch fleißige und gelehrige Schülerin er hatte, konnte in dieser Zeit einfache Fragen und Antworten des täglichen Lebens mit ihr austauschen. Alles, was Essen und Trinken, die Arbeit auf der Farm, die Tiere, das Einkaufen betraf, war ohne Probleme zu kommunizieren, wenn er sich mit einfachen Sätzen begnügte. Das wiederum machte ihm nicht nur nichts aus, im

Gegenteil war es ihm sogar recht, denn er verabscheute jede Art von Ziererei.

Caroline wiederum merkte, dass es sich gut damit leben ließ, und eben jetzt, als sie Emmas Brief öffnete und die ersten Sätze las, fiel es ihr wieder auf. Schon auf dem Schiff war ihr die Diskrepanz zwischen der einfachen Sprache der Zwischendeck-Passagiere und dem Deutsch, das ihr die Eltern und Fräulein Kesselring abverlangt hatten, deutlich geworden. Nun gehörte sie selbst zu denen, die sich schlicht und ohne Schnörkel ausdrücken mussten. Auch bei Virginias Besuchen wurde ihr klar, dass das umständlich Hochgestochene nicht notwendig war, um sich verständlich zu machen. Virginia sagte, was sie sagen wollte, klar und deutlich, ohne Verklausulierungen und ohne zwischen den Zeilen etwas anderes ausdrücken zu wollen. Wie wäre das gewesen, fragte sie sich unwillkürlich, damals als August um meine Hand anhielt, wenn ich ihm einfach die Wahrheit gesagt hätte, das was ich wirklich fühlte ... Aber ich hätte nicht nur sprechen müssen, wie ich fühlte, sondern auch so handeln sollen. Das weiß ich jetzt, und nun ist es zu spät.

Sie winkte Jake zu und ging die Einfahrt hinunter bis zu dem Schild mit der Aufschrift *Gossler Farm*. Es war ein so wunderschöner Tag, und sie grübelte schon wieder über Vergangenes. Die Bäume beiderseits des Weges leuchteten in Rot und Gelb, in Braun und dunklem Grün und verwandelten die kleine Allee in ein Farbenmeer vor blauem Himmel. Es war gut, so zu gehen; gut, hier zu sein.

Zurück am Haus, setzte sie sich auf die Bank, die auf der vorderen Veranda stand, und las, was ihre Freundin geschrieben hatte. *Mein liebes Linchen*, stand dort, *was hast Du alles erlebt! Das ist für unsereinen hier ganz und gar neu und so viel auf einmal. Mir hätte das Angst gemacht. Und diese Neger überall, ist das nicht ein wenig unheimlich? Das sind wir doch gar nicht gewohnt. Und die fremden Sitten – dass Du damit zurechtkommst. Und erst die Sprache. Aber in einem muss ich Dir recht geben, nämlich was die Frauen betrifft. Da sind wir hier doch weit zurück. Ich wollte, ich könnte alles auch so bestimmen wie Deine neue Freundin Virginia. Denn sieh, Leger trinkt mehr denn je und ist oft weg und weiß gar nicht, was auf dem Gut zu regeln ist. Und doch bestimmt er alles, und wenn er es einmal nicht tut, weil er zu betrunken ist, dann sagt der freche Verwalter mir ins Gesicht, er könne meinen Anweisungen nicht folgen, weil der Herr es so wünsche. Der Herr werde ihm das Nötige sagen, wenn er es für richtig halte. Bis dahin macht er dann, was er will. Aber ich glaube, seine Frau, Du weißt ja, diese unselige Veronika, flüstert ihm das ein. Ich glaube, sie rächt sich an mir, wofür auch immer. Das ist eine ganz schlechte Person. Und dann läuft dieses Kind hier herum, ihr erstes, das von Jakob ist, und ich darf es doch keinem sagen! Ach, Line, das ist nun mein Leben*

Caroline ließ den Brief sinken. Klagen, nichts als Klagen von Emma. Ändern konnte sie offenbar nichts daran, oder sie hatte nicht den Mut dazu.

Zum Ende hin wurde der Ton unbeschwerter. Sie reite oft und gern, schrieb Emma, das nehme ihr die Anspannung und gebe ihr Kraft weiterzumachen. Mit Marie und Jakob gehe es auch so weit ganz gut, und Johann begreife und spreche jetzt sogar einzelne Worte, was es auch mit ihm leichter mache. Und sie habe Amalie, die sei ihr geblieben, ein braves, tüchtiges Mädchen, das zu ihr stehe.

Amalie, ja, fiel Caroline ein, sie hat mich damals zu ihrer Herrin ins Krankenzimmer gelassen, als sie mit Grippe darniederlag und ich mir ihre Hilfe erhofft hatte für mein Vorhaben ... für mein Vorhaben, Sophie zu mir zu holen.

Sie wartete, bis der Wind die Tränen, die ihr bei den letzten Gedanken gekommen waren, weggeweht hatte, und schloss für einen Moment die Augen. Dann las sie weiter.

Was mir aber das Herz wahrlich leichter macht, mein liebes Linchen, ist, dass ich einen guten Freund gefunden habe. Es ist ein junger Mann, ein Kandidat, der bei Vater in der Gemeinde seit dem 1. September als Hilfsprediger eingesetzt ist. Gleich bei meinem ersten Besuch im Pfarrhaus haben wir uns verstanden, und nun ist er mir Trost und Beistand geworden. Dabei ist er noch sehr jung, zwei Jahre jünger als ich, aber von einer Reife und Lebensklugheit, die außergewöhnlich ist. In der Gemeinde ist er wohlgelitten, wie Du Dir vorstellen kannst. Und Vater sagt, dass er eine echte Hilfe an dem jungen Mann habe. Am Samstag soll er seine erste Beisetzung gestalten, so viel Vertrauen setzt Vater in ihn.

Sieh an, dachte Caroline, ein junger Hilfsprediger und Kandidat der Theologie. Emma scheint völlig hingerissen von ihm. Dabei fiel ihr ein, was Virginia über die Frauen in anderen Ländern gesagt hatte. Dass sie verheiratet würden, ohne ihren Verstand entwickelt zu haben, und wenn sie ihn entwickelt hätten, falls sie das in einer solchen Ehe je könnten, sei es zu spät. So wäre es auch bei mir gekommen ... mit August – und jetzt hat Emma sich verliebt oder liebt gar diesen jungen Mann ...

Hauptsächlich arbeitet Ludwig aber mit den Kindern in der Gemeinde. Du solltest sehen, wie er mit Johann umgeht. Wie gutherzig und freundlich er ist und den Jungen in alles mit einbezieht und den anderen Kindern beibringt, dass ein Behinderter mit Respekt zu behandeln ist. Das Herz würde Dir dabei aufgehen. Ja, Line, Ludwig würde Dir gefallen. Und ich sage Dir, er gefällt mir auch, sehr sogar. Ich habe das noch keinem gesagt, und bei Dir ruht mein süßes Geheimnis ruhig und sicher.

Es war gut, das einmal niederzuschreiben. Warum sich etwas vormachen? Ich bin eine verheiratete Frau mit drei Kindern

Die folgenden Zeilen waren schwer leserlich, die Tinte verwischt. Emma hatte geweint beim Schreiben, das war ihr klar, und sie verstand sie gut. Die letzten Zeilen waren wieder lesbar.

Sophie mag ihn sehr, und er sie auch. Sie ist nicht nur eines der hübschesten Kinder im Dorf, sondern auch eines der bravsten. Deine Mutter erzieht sie streng, daran hat sich nichts geändert. Aber das Kind ist nicht unglücklich. Ein bisschen still ist sie und sehr lieb, vor allem auch im Umgang mit Johann.

Ludwig habe ich nichts von Dir erzählt. Er weiß nur, dass Sophie bei ihrer Großmutter aufwächst, und er fragt auch nicht weiter.

Ich hoffe, dass er noch lange, noch sehr lange bleibt. Und vielleicht nimmt er einmal Vaters Platz ein. Ach, Line, ich will ihn nicht wieder verlieren! Es wäre das Ende. Jetzt weiß ich, was Du mit Georg durchgemacht hast, mit all den Heimlichkeiten und der Angst vor Entdeckung. Und doch bin ich viel, viel glücklicher als zuvor.

Schreibe bald wieder und sei herzlich geküsst von Deiner Dich liebenden Freundin Emma Leger.

Emma hatte sich tatsächlich verliebt! Es war kaum zu glauben. Und ausgerechnet in einen Kandidaten, der in ihres Vaters Fußstapfen treten wollte ... *Jetzt weiß ich, was Du mit Georg durchgemacht hast*, hatte die Freundin geschrieben.

Caroline faltete den Brief zusammen, stand auf und ging in den Garten hinüber. Obst und Gemüse waren geerntet worden, sie hatte viel gearbeitet in den letzten Wochen, und nun lagerte alles, wohl konserviert für den Winter, in der Speisekammer. Die Hühner legten Eier, die Kühe gaben Milch, ein Schwein sollte noch geschlachtet werden, dazu das Rindfleisch von Onkel Luis – sie würden gut über den Winter kommen.

Anna hatte bei der Konservierung von Obst und Gemüse geholfen und war auch sonst heiterer als zuvor. Caroline war darüber ehrlich erfreut. Seit ihrer Ankunft war kein rechtes Gespräch mit der Freundin zustande gekommen. Sie hatte den Eindruck gehabt, dass Anna ihr auswich, manchmal sogar, dass sie feindselige Blicke trafen. Trotzdem hatte sie Anna in Ruhe gelassen. Sie litt so offensichtlich, dass Caroline es nicht übers Herz brachte, ihr ein Gespräch aufzunötigen, das sie nicht führen wollte oder konnte.

An einem dieser Nachmittage aber sagte Caroline es doch: »Ich bin so froh, dass es dir besser geht!«

»Ja, es geht mir besser«, war die Antwort. »Seit diesem Fest in Onkel Luis' Scheune.«

Caroline sah erfreut von ihrer Arbeit auf. Trotz ihrer verbesserten Stimmung sah Anna noch immer blass aus, beinahe durchsichtig, und sie wirkte zarter denn je.

»Victoria Hillyard«, sagte sie träumerisch. »Weißt du, irgendwie bewundere ich sie.«

»Und deshalb geht es dir besser?«

»Ja ... Ich weiß nicht. Sie war so ... freundlich.«

»Aber, Anna, wir haben doch nicht einen einzigen unfreundlichen Menschen hier getroffen, seit unserer Ankunft.« Außer Mr. O'Connell, korrigierte sie sich innerlich, aber den kennt Anna nicht.

»Ich möchte Victoria gern einmal besuchen. Aber das geht wohl nicht. Sie ist ja so etwas wie eine ... Na ja, sie ist sehr reich, sicher viel reicher als die Werdersdorf. Und da kann ich doch nicht einfach hingehen.«

»Dein Glück hier hängt doch nicht an dieser einen Person, Anna.«

Ich bin doch auch noch da, hatte sie hinzufügen wollen. Wir haben uns in Zehlendorf so gut verstanden. Wenn du nicht gewesen wärst – ich wäre verzweifelt dort.

Aber warum sollte sie das eigentlich nicht aussprechen? Vielleicht half es Anna, wenn sie sich an die guten Zeiten, die sie miteinander gehabt hatten, erinnerte.

»Anna, ich bin doch auch noch da. Und ... in letzter Zeit, ich meine, seit unserer Ankunft hier, sind wir nicht mehr so miteinander gewesen wie damals in Zehlendorf. Weißt du noch, wie du mir geholfen hast und wie glücklich du warst mit Franz?«

Anna ließ die Hände sinken. Sie saß einfach nur da.

»Ja. Ja, ich weiß. So ist es nie wieder gewesen.«

»Aber warum denn nicht? Franz ist derselbe geblieben, er liebt dich so und ...«

»Ja, er hat mich lieb. Das ist das Wichtigste. Aber ... er hat sich verändert, Caroline. Er ist nicht mehr derselbe. Und du auch nicht.«

»Ich? Wieso?«

Anna seufzte. »Merkst du das denn gar nicht? Du findest alles hier so wunderbar. Von Anfang an. Egal, ob es wirklich wunderbar ist oder nicht. Du willst unbedingt Amerikanerin werden. Warum?«

Angesichts dieser so unverhofft gestellten Frage blieb Caroline die Antwort schuldig. Sie stand auf und legte Holz nach. Das Feuer flackerte auf.

»Die Häuser hier sind wirklich klug gebaut«, stellte sie statt einer Antwort fest. »Zwei Kamine, an jeder Hausseite einer, die ihre Wärme in jedes Zimmer bringen. Selbst nachts ist es noch warm genug.«

Anna sah sie an. Ihr Blick schien auszudrücken: Ah, ja, du weichst mir aus.

»Gut, Anna, ich wollte dir das ersparen. Aber du weißt es ja sowieso. Du weißt doch, dass ich keine andere Wahl hatte, als hierher zu gehen. Du weißt doch, was mit Georg geschehen ist. Du weißt doch, dass ich in Deutschland keine Zukunft mehr hatte. Das weißt du doch alles. Und das wirfst du mir jetzt vor.«

»Das werfe ich dir nicht vor. Aber du bist so angestrengt darin, alles hier angenehm zu finden. Ich kenne dich manchmal nicht mehr, Caroline.«

So war das Gespräch verlaufen. Seitdem war das Thema nicht mehr berührt worden. Beide Frauen bemühten sich, nett zueinander zu sein, aber sie spürten doch, dass etwas anders geworden war.

Als es dämmrig wurde, ging Caroline hinein und fand Anna und das Kind am Kamin sitzend vor. Der Kleine schaute aufmerksam auf das aufgeschlagene Bilderbuch, tippte auf das eine oder andere Bild und rief: »Da!« Als er eine Katze entdeckte, sagte er begeistert: »Cat!«

»Katze heißt das!«, korrigierte Anna. »Katze, Franz!«

»Oh«, sagte Caroline, »ihr lernt fleißig!« Sie nahm ihr Strickzeug auf und setzte sich zu den beiden.

In diesem Moment trat Franz ein. »Gute Nachrichten!«, rief er fröhlich. »Komm her, Jake. Erzähl es ihnen selbst!«, setzte er auf Amerikanisch hinzu.

Jake trat ein, nahm seinen Hut ab und sagte in Richtung der beiden Frauen: »Ich werde den Winter über bleiben.«

Caroline sprang sofort auf, lief auf ihn zu, nahm seine beiden Hände und rief: »Jake, das ist wunderbar!«

»Er hat gesagt, dass er bleiben wird«, übersetzte Franz für seine Frau.

»Oh, ja, gut«, antwortete sie. »So wird es leichter werden.«

Franz nickte. »Wir müssen das Korn ausmahlen lassen und lagern, wir wollen noch ein Schwein schlachten. An Stall und Scheune muss vieles ausgebessert werden. Und wir brauchen mehr Holz für den Winter. Hier kann es kalt werden und manchmal auch Schneestürme geben.«

Er spürte, dass er schon zu viel gesagt hatte. Anna war sichtlich erschrocken.

»Ihr habt sicher Hunger«, hörte er Caroline sagen. Sie ging in die Küche und bereitete das Abendbrot zu. Franz sah sie dankbar an.

Angesichts seiner guten Laune schnitt Caroline ein Thema an, dass sie schon seit längerer Zeit umtrieb.

»Franz, ich habe mir überlegt, ob es nicht klug wäre, ein Pferd und einen Buggy anzuschaffen.«

Franz nahm sich eine zweite Portion von dem gebratenen Fleisch, das Caroline auf einer großen Platte so hübsch angerichtet hatte, und sah sie erstaunt an. »Warum sollten wir das tun? Was meinst du?«

»Unseren Hausrat hier, Franz, das zum Beispiel«, sie wies auf die Fleischplatte, »das haben wir mit Virginias Buggy transportiert, genauso wie sämtliche Einkäufe in Parwinch. Das ging schnell, und du brauchst die Clydesdales ja auf dem Feld. Ich möchte aber nicht immer Virginia bitten. Und wir könnten auch mal einen Doktor brauchen, und so ein Thoroughbred lässt sich gut reiten. Dann geht es noch schneller.« Sie sah ihn bittend an.

»Ein Thoroughbred? Weißt du, was so ein Pferd kostet?«

»Virginia wird uns bestimmt helfen. Sie kennt so viele Leute. Und es muss ja kein junges teures Pferd sein ... Ihre Freundin Victoria hat so viele Pferde, vielleicht macht sie dir einen guten Preis.«

»Ja!«, schaltete Anna sich jetzt ein. »Das tut sie bestimmt. Und Caroline hat recht mit dem Buggy. Außerdem hat hier jeder so einen Wagen. Wir waren die Einzigen, die mit den Arbeitspferden und dem Planwagen zum Fest gekommen sind.«

Caroline wusste genau, warum Anna sie unterstützte, aber ihr war im Moment jede Hilfe recht. In dem Moment sprach Franz an, worauf sie bisher bewusst noch nicht eingegangen war: »Und wer soll den Wagen fahren? Das eine oder andere Mal können Jake oder ich wohl abkommen ...«

Jake, der seinen Namen gehört hatte, schluckte den letzten Bissen hinunter, nahm einen Schluck Wasser und lobte das Essen: »Very good, Carol! What's the matter, what are you talking about?«

Caroline fand es zunehmend ärgerlich, dass für Anna entweder alles übersetzt werden musste oder dass Jake als Einziger ihrer Unterhaltung nicht folgen konnte.

»Ich habe vorgeschlagen, Pferd und Buggy anzuschaffen«, erklärte sie. »Und Franz hat gefragt, wer den Wagen fahren soll.«

»Du.« Jake war erstaunt. »Ist das ein Problem?«

Franz sah ihn, dann Caroline an. »Kannst du es ihr beibringen?«

»Sicher. Und sie sollte auch reiten lernen.«

Caroline griff seinen Arm und drückte ihn. Genau so hatte sie sich das vorgestellt! Aber wenn Jake es vorschlug, war es noch besser.

»Na, gut«, entschied Franz. »Dann frag Virginia, Caroline. Wir haben unser Getreide vorteilhaft verkauft, und der Mais hat einen guten Preis gebracht. Wenn das alles bezahlbar ist, machen wir's.«

Sie strahlte ihn an. »Okay, gleich morgen!«

Am Tag darauf war Virginia tatsächlich, wie sie es auf dem Fest verabredet hatten, auf ihrer Stute vorbeigekommen. Von Carolines Plan war sie begeistert, und auch Anna schien sich zum ersten Mal über etwas freuen zu können.

»Natürlich musst du reiten und fahren lernen! Ich hole dich morgen ab, dann kaufen wir die passende Kleidung für dich. Und ich spreche mit Victoria.« Anna sah sie mit großen Augen an. »Sie wird schon etwas für euch finden.«

Und so war es auch. Schon in der folgenden Woche fuhr

ein Buggy vor. Victoria kutschierte, Virginia saß neben ihrer Freundin – und hinten an den Wagen waren zwei Pferde gebunden. Eines davon war Golden Rose. Caroline, die die beiden vom Küchenfenster aus entdeckt hatte, stürmte hinaus. Das Lächeln auf Victorias Gesicht erstarb. Geschickt lenkte sie den Buggy vor das Haus und stieg ab. Alles Weitere schien sie ihrer Begleiterin überlassen zu wollen, die sich auch schon daranmachte, das zweite Pferd, eine silbergraue Stute, loszumachen und vorzuführen.

Erst als Anna und Franz aus dem Haus traten, lächelte Victoria wieder und ging auf die beiden zu.

Caroline war zu Virginia hinübergegangen, die das edle Tier vor dem Haus auf und ab führte.

»Wie wunderschön!«, rief Caroline. »So eine Farbe: So ein helles Silbergrau, das habe ich noch nie gesehen!«

Virginia lächelte. »Ihr Name ist Silver Star.«

»Oh, Ginny, ich freu mich so!«

Franz war herangekommen und bewunderte die Stute. Offensichtlich gefiel sie ihm auf Anhieb.

»Kommt«, schlug Victoria vor, »wir gehen ins Haus. Sie«, sie wies auf Caroline, »kann inzwischen bei den Pferden bleiben.« Damit fasste sie Franz' Arm und ging mit den Gosslers hinein. Virginia übergab Caroline die Stute und folgte ihnen, um erneut als Übersetzerin zu fungieren.

Caroline hatte sehr gut mitbekommen, dass Victoria sie aus diesem Gespräch ausschloss, aber im Moment war ihr das vollkommen egal. Sie hielt die Zügel der silbergrauen Stute und strich ihr sanft über Gesicht und Hals. Das Tier streckte den Kopf vor. Es stand vollkommen ruhig, sein Fell sah im Licht der Nachmittagssonne noch heller aus, metallisch, silbrig glänzend.

Wieder wurde Caroline von einem merkwürdigen Schauer erfasst. So war es ihr schon beim Anblick der Thoroughbreds auf Luis' Weide ergangen. Es war ein Gefühl der Nähe, ja, der Geborgenheit. Und erneut wunderte sie sich über sich selbst, die früher nie den Wunsch gehabt hatte, mit Pferden umzugehen, oder gar, sie zu reiten. Jetzt aber sehnte sie sich danach, am liebsten hätte sie sich auf den Rücken der Stute geschwungen und wäre losgeritten.

Dass Jake blieb, zumindest den Winter über, auch das schien ihr eine erneute günstige Fügung des Schicksals zu sein. Und sie würde keine Zeit verlieren! Schon morgen würde sie ihn bitten, mit dem Unterricht zu beginnen. Mit ihren Handarbeiten konnte sie ihn sogar bezahlen und hatte es ja auch schon getan. Nein, korrigierte sie sich, nicht bezahlen. Honorieren, vergelten möchte ich ihm seine Großzügigkeit, sein Entgegenkommen, seine selbstverständliche Freundlichkeit. Nie war er ihr zu nahe getreten oder hatte sie in Verlegenheit gebracht. Das allerdings galt auch für die anderen Männer, die sie hier bisher kennengelernt hatte. Und es passte zu Virginias Berichten von der Stellung der Frauen in Amerika.

Sie strich über den Hals der Stute, die immer noch ruhig dastand.

»Hey!«, hörte sie einen Ruf über die Weide schallen. »Das Pferd ist da!« Jake kam heran, stellte den Farbeimer ab und ging langsam, mit beruhigenden Worten auf die Stute zu. Er streichelte ihren Kopf, klopfte ihren Hals und sagte zu Caroline: »Gib mir die Zügel!« Er legte sie über und schwang sich mit einem Satz auf das ungesattelte Tier. Die Stute fiel in einen Trab und schließlich in einen Galopp, mühelos leicht sah das aus. Jake juchzte, schwang die Arme über den Kopf und ritt die Einfahrt hinunter davon. Ein paar Minuten später tauchten Pferd und Reiter wieder auf. Die silbergraue Stute jagte über den Wiesenweg, die Clydesdales hoben die Köpfe und sahen ihr nach. Jake sammelte sie und ließ sie über einen aufgestellten Wassertrog springen. »Yippee!«, klang es herüber. Nach einigen Runden um Haus und Farmgebäude lenkte er die Stute zum Ausgangspunkt.

»Ein gutes Pferd!«, sagte er anerkennend. »Nicht mehr die Jüngste, aber noch gut in Form. Wenn Franz nicht zu viel bezahlt, macht er ein Geschäft.«

»Du bist ein hervorragender Reiter.«

Jake lachte. »Ich bin froh, dass ich den Winter über hier sein werde.«

Franz hatte Pferd und Wagen gekauft. Er schien ehrlich erstaunt über Victorias Entgegenkommen. Offensichtlich gab es auch reiche Amerikaner, die nicht ausschließlich auf ihren eigenen Vorteil bedacht waren wir Joseph Maier.

Für die anstehenden Einkäufe erwies sich die Anschaffung als ebenso richtig wie für Inspektionen auf der Farm, die Jake auf Silver Star vornahm. Sogar Anna nahm nun hin und wieder an den Ausflügen nach Parwinch teil. Und als sie alle zusammen zum Weihnachtsgottesdienst in Reverend Barnickles Kirche fahren und ihren Buggy neben denen der anderen Besucher abstellen konnten, war Franz stolz und zufrieden. Ende August angekommen, hatte er es hier schon zu etwas gebracht. Mit dem Verkauf des Getreides war mehr eingenommen worden, als er erwartet hatte. Vielleicht konnte er Joseph schon im nächsten Jahr überzeugen, die Farm zu verkaufen.

Der Winter hatte endgültig Einzug gehalten, das Verdeck des Wagens blieb geschlossen, und Jake hatte Decken und Felle bereitgelegt. Noch lenkte er den Buggy, aber schon am Tag nach Weihnachten kutschierte Caroline zum ersten Mal auf der Strecke zu Luis' Farm und überbrachte der Familie Dank, selbst gebackene Plätzchen und Geschenke. Jake saß neben ihr. Sein Urteil über sie war richtig gewesen: Sie lernte schnell, sehr schnell.

Gleichzeitig brachte er ihr das Reiten bei. Silver Star war dafür das ideale Pferd. Sie blieb ruhig und sicher, selbst in Situationen, in denen andere Pferde gescheut hätten. Dass sie nicht mehr so schnell und so ausdauernd war wie ein junges Pferd, konnte für einen ungeübten Reiter nur ein Vorteil sein.

Jake hatte am Tag nach dem Kauf der Stute im Auftrag von Franz einen Sattel besorgt, nicht aber einen Damensattel. Caroline, in ihrer Not, wandte sich ein weiteres Mal an ihre Freundin Virginia. Ein gut erhaltener gebrauchter Sattel ihrer Mutter tat vorzüglich seinen Dienst, und Caroline bedankte sich bei Kathy mit einer gestickten Decke zum Weihnachtsfest.

»Wie schön!«, war die spontane Reaktion. »Sie passt genau! Du bist eine wahre Künstlerin, Carol. Du solltest damit Geld verdienen.«

Jake war ein freundlicher, aber sehr strenger Lehrer. Seine liebste Beschäftigung war immer das Rindertreiben auf dem Pferderücken gewesen, auch auf Luis' Farm. Jetzt konnte er seine Erfahrung und sein Können an eine wissbegierige und gelehrige Schülerin weitergeben. Das Reiten übte auf Caroline die gleiche Wirkung aus wie das Tanzen. Sie fühlte sich leicht und frei, alle schweren Gedanken fielen von ihr ab. Welch ein Unterschied war das zu dem Gefühl, das sie bei dem Ausritt auf Gut Windbachrodt gehabt hatte! Ängstlich und steif hatte sie sich an die Zügel geklammert, immer bemüht, niemanden ihre Unsicherheit merken zu lassen.

Jetzt war es ganz anders. Sie versuchte, jede einzelne von Jakes Anweisungen zu beherzigen und zu behalten, unverkrampft und aufrecht saß sie im Sattel. Ihr Vertrauen zu Silver Star, die sie, wann immer es ihr möglich war, selbst fütterte und pflegte, war riesengroß. Und Jake, der das spürte, ließ sie bald in schnelleren Gangarten üben. Das Einzige, was er, genau wie seine Schülerin, bedauerte, war, dass der Winter den Unterricht erschwerte. Es wurde früh dunkel, und als Weihnachten vorüber war, kamen die Schneefälle heftiger und häufiger, der Frost zog ein.

In diesen Tagen ritt Caroline schon allein aus. Wenn die Sonne für kurze Zeit am Himmel stand, sattelte sie Silver Star und ritt durch die blendend weiße Welt, die sie jetzt umgab. Anna schüttelte den Kopf darüber, dass sie früher aufstand, um anstehende Arbeiten zu erledigen und das Mittagessen vorzubereiten, nur um am Vormittag eine Stunde reiten zu können. Aber Caroline war es egal. Es zog sie hinaus in dieses Land, nachdem sie sich, so schien es ihr, ihr Leben lang gesehnt hatte. Zum ersten Mal fühlte sie sich am richtigen Ort und auf dem richtigen Weg. So hatte sie es auch in ihrem Weihnachtsbrief an Emma geschrieben.

Sie bemerkte, dass Jake sie jetzt oft bewundernd ansah und wie wohl ihr das tat. Es waren keine unverschämten Blicke, die er ihr zuwarf, sondern anerkennende. Genau deshalb wuchs ihr Vertrauen in ihn. Sie hatte ihn bisher nie nach seiner Vergangenheit oder nach seinen Zukunftsplänen gefragt, weil sie Gegenfragen vermeiden wollte. Und er selbst lebte so ausschließlich in der Gegenwart, dass er seinerseits nie diesbezügliche Fragen an sie gestellt hatte. Jake erschien ihr jung, jünger als sie selbst, unbeschwerter, sorgloser; und auch deshalb mochte sie ihn gern. Der Unterricht, das merkten beide, hatte sie einander nähergebracht. An den langen Winterabenden saßen sie manchmal zusammen in Jakes Kammer, nahe am steinernen Schornstein, schauten in das Licht der Kerzen, die er am Fenster aufgestellt hatte, und redeten. Meist drehten sich die Gespräche um Pferde, um das Farmleben oder um Carolines Reit- und Fahrfehler. An einem dieser stillen Abende jedoch erzählte Jake, dass er seinen Eltern zu Weihnachten Geld angewiesen habe. Es klang ein wenig traurig.

»Deine Eltern leben in Schottland«, erinnerte sich Caroline. »Wirst du ... sie einmal wiedersehen?«

»Ich weiß es nicht. Vielleicht nicht.«

An diesem Abend erzählte ihr Jake seine Geschichte. Im Alter von sechzehn Jahren war er vom elterlichen Hof, der einem Großgrundbesitzer gehörte, weggegangen. Er hatte den Abschied kurz gemacht und sich auf einem Schiff verdingt, das im Liverpooler Hafen lag. Dort hatte er sich die Überfahrt verdient, war aber, als er es verlassen wollte, vom Kapitän zurückgehalten worden. Seine Überfahrt sei noch nicht abgearbeitet. Da er sich weigerte, die Neue Welt wieder zu verlassen, bot man ihm Arbeit im Hafen an, und er half dort beim Ausladen der Schiffe der Reederei. Nach zwei

Jahren habe man ihm seine Papiere, die der Kapitän einbehalten hatte, ausgehändigt. Er sei herumgezogen, habe mal auf dieser, mal auf jener Farm gearbeitet, bis er bei Joseph und Luis Maier gelandet sei.

»Und wie alt bist du jetzt?«

»23.«

So alt wie ich selbst, dachte Caroline. Dann ist er schon sieben Jahre hier, und seit fünf Jahren zieht er herum. »Willst du denn irgendwann einmal irgendwo bleiben?«

»Vielleicht. Ich weiß es nicht. Ich bin ein Zugvogel, weißt du, bisher habe ich es nirgendwo lange ausgehalten.« Er sah sie nachdenklich an. »Und du?«

»Ich werde bleiben, Jake. Ich bin auch herumgezogen, wie du das nennst, in Deutschland. Jetzt habe ich das Gefühl ...«

»Angekommen zu sein.«

»... angekommen zu sein. Ach, Jake, ich muss noch so viel lernen. Die fremde Sprache ... «

»Du bist in Deutschland herumgezogen?«

»Nicht so wie du. Ich ... bin aus meiner Heimat in Hessen – das ist so etwas wie ein County – weggegangen und habe in einem Dorf gearbeitet, nahe bei Berlin. Berlin, unsere ...?«

»Hauptstadt«, half er ihr.

»Ja, unsere Hauptstadt. Dort habe ich gelebt, ein paar Jahre, allein. Ich habe gearbeitet, Nähen und Sticken.« Sie schwieg. Es war anstrengend, sich in der neuen Sprache auszudrücken.

Jake hatte aufmerksam zugehört. Offenbar hatte sie keine angenehmen Erinnerungen an diese Zeit. »Dann warst du ganz schön mutig. Ich weiß ja, wie das in Europa ist mit den Frauen. So ganz allein ...«

Sie fürchtete die Frage, die nun kommen musste. Was sollte sie antworten, wenn er sie nach einem Mann fragte?

»Warum bist du von dort weggegangen?«

Ihr wurde heiß. Diese Frage war genauso gefährlich wie die nach einem Mann. Aber hatte sie nicht Virginia davon erzählt? Und hatte die es nicht Kathy und Luis sagen wollen, um endlich das Geheimnis um die allein stehende junge Frau zu lüften? Seitdem war die Familie viel freier im Umgang mit ihr ... Ich werde es ihm erklären, sagte sie sich, das ist vernünftig, und es ist auch wahr. Wenn es auch längst nicht die ganze Wahrheit ist ...

Sie stand auf und ging zum Fenster. Er sah sie dort stehen, ihr schmaler Rücken war ihm zugewandt. Sie wollte ihn nicht ansehen, aus irgendeinem Grund. Draußen schneite es, das Land schimmerte hell im Mondlicht. Es war vollkommen ruhig, und diese Ruhe übertrug sich auf sie.

Nach einer Weile drehte sie sich um, sah ihn offen an und erzählte ihm alles genauso wie zuvor Virginia, mit dem Unterschied, dass sie jetzt Amerikanisch sprechen musste. Ab und zu musste er ihr mit einer Vokabel aushelfen; oft stimmte die Grammatik nicht. Aber Jake verbesserte sie nicht, so wie er es sonst auf ihre Bitte hin immer tat. Er saß auf seinem Stuhl, vorgebeugt, das Gesicht in die Hände gestützt. Sie wartete auf eine Reaktion. Wie würde er es aufnehmen?

Minuten vergingen. Dann stand er auf, trat zu ihr ans Fenster und nahm sie in die Arme, stumm und zärtlich. Es tat ihr wohl, so gehalten zu werden, sie wehrte sich nicht. Wie lange hatte sie schon nicht mehr die Umarmung eines Mannes gespürt? Luis hatte sie umarmt, als sie spontan zu ihm von ihrer Liebe zu diesem Land gesprochen hatte. Es war eine väterliche Umarmung gewesen, und auch sie hatte unendlich wohlgetan.

Eine lange Zeit war vergangen, so schien es ihr, als er seine Umarmung löste. Sein Blick war liebevoll, er lächelte, küsste sie auf den Ansatz ihres dunklen glänzenden Haars. Sie rührte sich nicht. So kostbar war dieser Augenblick.

»Gute Nacht«, flüsterte er.

Sie sah zu ihm auf, vertrauensvoll und dankbar. Dann wandte sie sich ab und verließ das Zimmer.

Kapitel 14

Franz hielt seit kurzem eine Wochenzeitung. »Wir müssen doch wissen, was hier passiert«, hatte er dazu gesagt.

»Eine Zeitung, die ich nicht lesen kann!«, hatte Anna gemeutert. Caroline jedoch versuchte, das Blatt, sobald Franz es aus der Hand gelegt hatte, unverdrossen und mit Interesse zu lesen. Es war sehr schwirig und kostete viel Zeit. Die Worte, die sie sich nicht erschließen konnte, schrieb sie auf und zeigte sie Jake. Es war eine hervorragende Übung, die zusätzlich zu den täglichen Gesprächen und Virginias Schulbüchern bewirkte, dass Jake sie für ihren Fleiß und ihre Aussprache lobte. Carolines Herz jubelte dabei. Wenn sie so weitermachte, konnte sie vielleicht im nächsten Frühjahr schon ganz selbstverständlich in der neuen Sprache sprechen, ohne ständig überlegen und nach Worten suchen zu müssen! Und was sie alles aus der Zeitung erfuhr – wie dumm und unwissend sie doch war. Das Öffentliche, das Politische, war hier offenbar Allgemeingut; jeder konnte sich daran beteiligen, und jeden ging es an. Das jedenfalls war ihr Eindruck.

Ich muss Virginia fragen, was es mit dem College auf sich hat, fiel ihr ein. Es würde ja passen, dass Frauen hier studieren dürfen.

»Wir erwarten einen Schneesturm«, kündigte Franz eines Abends beim Zeitunglesen an. »Hier steht, dass er uns morgen Abend erreicht.«

Anna sah ihn erschrocken an. »Oh, Gott, Franz! Das auch noch!«

Franz schüttelte den Kopf. »Du musst dir keine Sorgen machen. Wir haben genügend Vorräte. Die Tiere sind sicher im Stall untergebracht. Und wir werden Holz hier drinnen stapeln, so dass wir die paar Tage auskommen.«

Gleich am nächsten Morgen holten die Männer das unter dem seitlichen Vordach lagernde Holz herein und inspizierten Scheune, Stall und Hühnerhaus. »Sieh es doch mal so«, schlug Franz seiner Frau vor, »wir werden viel Zeit haben, zum Lesen, für notwendige Arbeiten im Haus, und wir können endlich einmal ausruhen.«

Caroline war unruhig, aber nicht wegen des bevorstehenden Blizzards, sondern weil sie sich ausrechnete, wohl viele Tage nicht reiten zu können. Nach dem Mittagessen hielt es sie nicht länger im Haus. Sie bat Anna, Abräumen und Abwasch zu übernehmen, sie wolle noch eine Stunde reiten. Sicher sei sie dann lange vor Einbruch der Dunkelheit zurück. Ohne eine Antwort abzuwarten, ging sie hinüber in den Stall und sattelte Silver Star. Über das Reitkostüm zog sie ihren Mantel und band einen Schal um Hut und Hals. So eingepackt, ließ es sich schlechter sitzen und die Stute dirigieren, aber sie würde nicht frieren. Sie ritt langsam, im Schritt, und fühlte sich, kaum dass sie aus dem Stall herauskam, frei und wohl in der kalten frischen Luft. Der Himmel war verhangen, weiß und schwer. Sie durfte nicht zu lange draußen bleiben. Die Männer waren in der Scheune, wusste sie, um letzte Balken sturmfest zu machen. Sie mied den Einfahrtsweg und ritt in Richtung des Waldes, um nicht gesehen und von ihnen aufgehalten zu werden. Tänzelnd stapfte die Stute durch den Schnee, schnaufte und schien diesen Ausritt ebenso zu genießen wie ihre Reiterin. Langsam ritt sie auf das Wäldchen zu, das die Farm nach Norden begrenzte. Nur einmal war sie hierhergekommen, im Spätsommer noch und zu Fuß. Die Bäume waren grün gewesen, der flache Bach am Waldrand hatte geplätschert und die schweren Steine, die sein Wasser umfloss, glatt geschliffen. Sie hatte sich an den Bach gesetzt und die Füße ins klare Wasser gehalten. Auf der anderen Seite lag eine Wiese, hatte sie sich gemerkt, dann kamen sanft gewellte Hügel. Jetzt war der Bach zugefroren. Sie suchte eine schmale Stelle und ließ ihr Pferd springen. Es war ganz einfach. Ein leichter Galopp über die Wiese, und dann langsam zurückreiten. Sie würde zu guter Zeit zu Hause sein.

Als sie merkte, dass Silver Star stolperte, war es schon zu spät. Die Stute geriet aus dem Gleichgewicht, Caroline hielt sich an Sattelknauf und Mähne fest, ein lautes Wiehern ertönte, dann fing sich das treue Tier wieder, und Caroline konnte in letzter Sekunde ihren ersten Sturz verhindern. Aber die Stute ging nicht weiter, sie blieb einfach stehen und ließ den Kopf hängen. Als Caroline sich hinunterbeugte, sah sie das große Erdloch, in das sie getreten sein musste. Ihr Herz schlug schneller, sie sprang ab. Silver Star stand auf drei Beinen, das rechte Vorderbein hatte sie angehoben, es begann zu schwellen. Caroline sah sich um. Sie war allein auf der Wiese, kein Mensch weit und breit. In diesem Augenblick fing es an zu schneien, gleichzeitig kam ein leichter Wind auf. Auf einer der vor ihr liegenden flachen Anhöhen stand ein Haus, etwas weiter entfernt zwei lang gestreckte Gebäude, offenbar Scheune und Stall. Dort musste ihr Nachbar wohnen. Wer das war, wusste sie allerdings nicht.

Es waren so viele Namen, so viele Orte, die sie sich seit dem Fest hatte merken müssen – aber wer auch immer dort lebte, sie musste versuchen, zu seiner Farm zu gelangen, und schließlich waren alle Menschen hier nett und sehr hilfsbereit. So musste es gehen! Sie nahm die Zügel und führte Silver Star über den ersten und den zweiten Hügel. Der Schneefall wurde stärker, die Sicht schlechter. Mühsam folgte ihr das Tier, es schnaufte und hatte trotz der Kälte Schweiß auf dem glatten Fell.

Als sie den Hügel mit dem Farmhaus erreichten, hatte sich der Schneefall erheblich gesteigert, der Wind frischte auf und sauste ihr um die Ohren, durchdrang Mantel und Kostüm. Sie fror. Aber sie musste stehen bleiben, Silver Star hatte offensichtlich so große Schmerzen, dass sie nicht weitergehen konnte. Caroline klopfte ihren Hals und flüsterte ihr beruhigende Worte ins Ohr. Sie ließ das Tier einige Minuten ausruhen; Angst packte sie, und ein Gefühl der Schuld brannte heiß in ihrem Körper. Sie musste das Farmhaus erreichen, sie musste! Wenn Silver Star hier stehen blieb, im Schneesturm, der sie offenbar viel früher erreichen würde als erwartet, dann ... Sie mochte nicht daran denken, was dann geschehen würde. Sie wusste nur, dass sie weitergehen musste, um jeden Preis. Und Silver Star folgte ihr, immer wieder verhaltend, nach zwei, drei, vier Schritten. Bis sie auf dem flachen Kamm des Hügels ankamen, Caroline die Stute umarmte und flüsterte, jetzt werde alles gut, es komme Hilfe, und gleich werde sie in den warmen trockenen Stall gebracht.

Sie klopfte an die Tür. Nichts rührte sich. Zu hören war nur das heulende, pfeifende Geräusch des immer stärker werdenden Windes. Es hatte keinen Sinn, weiter an die Tür zu hämmern. Sie führte das todmüde Tier in den Stall hinüber, schloss die Tür und sah sich im Dämmerlicht um. Es gab hier sicher mehr als dreißig Boxen, eine im vorderen Teil des Gebäudes war leer, aber mit sauberem Stroh ausgelegt. Sie nahm Silver Star Sattel und Zaumzeug ab und begann, die Stute mit Stroh trocken zu reiben. Dabei redete sie beruhigend auf sie – und auf sich selbst – ein. Dann begutachtete sie den geschwollenen Fuß.

Das Gefühl, beobachtet zu werden, nicht allein mit sich und den Pferden zu sein, ließ sie hochfahren. Ein Mann stand vor der Box. Im Dämmerlicht des Stalles wirkte er wie ein großer dunkler Schatten. Jetzt nahm er die Lampe hoch, die er in der rechten Hand gehalten hatte, und leuchtete sie und ihr Pferd an. Ein schwacher Lichtschein nur fiel auf ihn selbst. Das Hemd aus Wildleder, das dichte, wallende braune Haar, der Vollbart, die schmalen Augen mit dem abweisenden Blick waren unverkennbar.

»Mr O'Connell!«, entfuhr es Caroline.

»Sie«, sagte er. Er sprach nicht laut, aber seine tiefe Stimme trug durch das ganze Gebäude. »Was machen Sie in meinem Stall?«

Ausgerechnet der einzige Mensch, der sie überhaupt nicht mochte! Ausgerechnet bei O'Connell musste sie um Hilfe bitten! Aber es war ihre eigene Schuld, sie hatte diesen Ausritt gewollt, sie war für die Verletzung ihrer Stute verantwortlich. Jetzt musste sie dafür bezahlen.

»Mr O'Connell ... mein Pferd ist verletzt. Ich habe Ihr Farmhaus gesehen. Es war nicht weit. Sie hat es geschafft, bis hierher zu kommen.«

»Woher kennen Sie meinen Namen?«

Mein Gott, hatte dieser Kerl nichts anderes zu bedenken als das?

»Von Virginia Maier. Auf dem Fest ihres Vaters. Sie ist meine Freundin.«

Ohne weitere Erwiderungen beugte sich O'Connell über Silvers Fuß, nahm ihn hoch, beugte und streckte ihn. Die Stute wieherte leise. Es klang wie ein Seufzer.

»Warten Sie hier.«

»Oh, Silver«, sagte Caroline leise, »es ist alles meine Schuld! Er ist so unfreundlich, dieser Kerl, aber vielleicht kann er dir helfen. Virginia sagte so was. Dass er eine Hand für Pferde hat.« Sie merkte sehr genau, dass diese Worte auch und vor allem ein Trost für sie selbst sein sollten.

O'Connell hatte sie einfach zurückgelassen, ohne ihr zu erklären, was er vorhabe. Caroline nahm eine der Pferdedecken vom Haken und legte sie der Stute über. Silver Star schien sich beruhigt zu haben. Ihr Herz klopfte regelmäßig, sie schwitzte nicht.

Irgendwo hatte O'Connell sicher gefüllte Wassereimer stehen. Vielleicht in der Sattelkammer. Sie musste nur seine Lampe nehmen und nachsehen ... Aber wenn er zurückkäme und sie erwischte, wie sie suchend in seinem Stall umherging, würde er sicher unangenehm werden. Sie durfte sich nicht zu weit von ihrer Stute entfernen.

In den Nachbarboxen standen Thoroughbreds, eines schöner als das andere. Caroline verschlug es den Atem. Wenn sie ehrlich war, übertrafen O'Connells Tiere alles, was sie bisher gesehen hatte. Tadellos gepflegt, stolz und jedes einzelne sicher ein Vermögen wert, schauten sie auf die unbekannte Besucherin. Ohne es zu merken, war sie bis an das Ende des Stalles von Box zu Box gegangen. Sie hatte sich und die Zeit vergessen, vergessen auch, dass es Christopher O'Connells Stall war, in dem sie sich befand. Wunderschöne Tiere in allen Farben der edlen Rasse standen in diesem Stall: Falben, Füchse, Braune, Rappen, Graue, ein hellbeigefarbenes Pferd war dabei, ein Rotgrauer, ein Grauschimmel ... Die vorletzte Box war leer. Und dann, aus der letzten Box, ganz am Ende des Ganges, schauten sie zwei dunkle Augen an. Sie erschrak nur leicht, als sie es bemerkte, vielleicht weil ein Erkennen darin war. Der blendend weiße Körper des Pferdes hob sich scharf von dem dunkel gestrichenen Holz ab. Es war die weiße Stute, die O'Connell auf dem Scheunenfest geritten hatte! Sofort spürte sie wieder die ganz besondere Magie, die von diesem Tier ausging. Auch das Gefühl von Nähe und Vertrautheit war augenblicklich wieder da. Sie atmete tief ein und aus. Es lag nicht in ihrer Macht, ihre Hand, die sich nach dem Tier ausstreckte, zurück zu nehmen. Sie berührte die weichen Nüstern, strich über die Stirn, Auge in Auge mit der weißen Stute.

Als sie sich an den Grund ihres Aufenthaltes an diesem Ort erinnerte, an ihr verletztes Pferd, beeilte sie sich, zu Silver Stars Box zurückzukommen. Sie war im Stall dieses unfreundlichen Mannes, der sie zurechtweisen würde, wie er es schon auf dem Fest getan hatte! Beinahe stieß sie mit O'Connell zusammen, der in der rechten Hand eine breite Binde, in der linken einen Topf mit einer Art Tinktur trug. Er beachtete sie nicht, hockte sich vor der hellgrauen Stute nieder und legte ihren Huf sehr sanft, beinahe zärtlich, auf sein Bein. Dann strich er die Tinktur auf den geschwollenen Fuß.

»Halten Sie den Fuß hoch.«, befahl er.

Caroline kniete sich neben ihn auf das Stroh und versuchte, das Bein zu halten, während O'Connell die Binde anlegte. Er erhob sich und betrachtete sein Werk. »Sie können den Fuß absetzen, aber vorsichtig.« Er schien zufrieden zu sein mit dem, was er getan hatte.

»Mr O'Connell, es tut mir sehr leid, dass ich Ihnen so viel Mühe machen muss ...«

»Wo wohnen Sie?«, fragte er, als hätte er ihre Entschuldigung überhaupt nicht gehört.

»Auf der *Gossler Farm*, bei Ihren Nachbarn.«

O'Connell hatte seinen Hengst aus der Box geholt, warf ihm eine Satteldecke über und zog sie fest. Caroline, die das außergewöhnlich große Tier schon in der Box bewundert hatte, blieb jetzt buchstäblich der Mund offen stehen. Der Rappe trug den edlen Kopf sehr hoch, er war langbeinig und kräftig. Sein Muskelspiel war herrlich, das tiefschwarze Fell glänzte, als wäre es eingeölt worden; der dichte, volle Schweif reichte fast bis zum Boden. Das Pferd schnaubte leise, schüttelte die lange dunkle Mähne und schien seinen Herrn, der ihm jetzt Zügel anlegte, sehr genau zu kennen. O'Connell strich mit seiner großen Hand über den sanft geschwungenen Hals des Rappen. Es wirkte leicht und sanft, es wirkte, als gebe es eine stille Übereinkunft, ein stummes Einverständnis zwischen Mensch und Tier.

Mit einem Satz schwang sich O'Connell auf sein Pferd. Caroline klappte ihren Mund zu. Wollte er jetzt davonreiten und sie hier stehen lassen – was um Gottes willen hatte er vor?

Sie bekam die Antwort schneller, als ihr lieb war. O'Connell griff nach hinten, zerrte seine Biberfellmütze und die schwere mit Lammfell gefütterte Jacke vom Haken, zog beides über und beugte sich zu ihr hinunter. »Kommen Sie.«

»Aber ...«

Sein ausgestreckter Arm winkte sie zu sich, und kaum hatte sie einen Schritt nach vorn getan, zog er sie weiter an den Hengst heran, griff unter ihren Arm und zog sie zu sich herauf. Sie schrie leise auf, vollkommen überrascht von dieser Attacke. Er riss eine der Pferdedecken vom Haken. »Hier, legen Sie das um. Es wird kalt.«

»Aber Sie wollen doch nicht ...« – so mit mir nach Hause reiten, hatte sie sagen wollen. Aber sie stockte, natürlich wollte er das, es war offensichtlich, und sie musste sich fügen, wenn sie nicht um ein Nachtquartier bitten wollte. Das ging schon gar nicht. Zu Hause würden sie sich Sorgen machen, wo sie blieb, wenn sie es nicht längst taten.

Sie wickelte sich die Decke um, so gut es ihr in dieser eingezwängten Lage möglich war. O'Connell trieb seinen Hengst an; offenbar konnte er sie nicht schnell genug los werden. Im Vorbeireiten öffnete und schloss er die Stalltür. Caroline versuchte sich festzuhalten, so gut es ging. Bald würde es dämmrig werden, der Wind heulte um die Gebäude, das Schneegestöber war so dicht, dass man gerade noch bis zum Farmhaus sehen konnte. Jetzt hatte sie wirklich Angst. Sie war hier draußen in diesem schrecklichen Schneesturm, durch eigene Schuld, und ausgerechnet Christopher O'Connell war sie nun ausgeliefert, musste sich auf ihn verlassen und hoffen, dass er sie nach Hause bringen würde. Und es würde immer dunkler werden und kälter ...

Da spürte sie seinen Arm, der sie fest an sich drückte und hielt. Mit dem anderen lenkte er den Hengst, der keine Sekunde zögerte. O'Connell nahm nicht den Weg durch den Wald, sondern ritt in die entgegengesetzte Richtung, so jedenfalls kam es ihr vor. Aber sie hatte längst jede Orientierung verloren.

Und dann merkte sie, dass es ihr gleichgültig war. Sie spürte diesen festen starken Arm um sich, und die Angst war weg, so plötzlich, wie sie gekommen war. Sie waren ganz allein in diesem Sturm, der im Laufe der Nacht zum Orkan werden würde. Die Sehnsucht, sich an diesen großen starken Körper zu schmiegen, um sicher zu sein und für immer den Elementen zu trotzen, kam so plötzlich, wie ihre Angst verschwand. Sie legte ihren Kopf an seine Brust und fühlte das weiche fellgefütterte Leder seiner Jacke an ihrer Wange. Da schloss sie die Augen, und unendliches Vertrauen erfüllte sie, spontan, absolut und grenzenlos.

Später hätte sie nicht sagen können, wie lange sie geritten waren. Sie wusste nur, dass sie irgendwann vor dem Farmhaus ankamen und sie erstaunt war, wie er das gemacht, welchen Weg er genommen hatte. O'Connell zügelte den Hengst, sprang ab und hob Caroline zu sich hinunter. Sie sah zu ihm auf, unfähig, etwas zu sagen, immer noch gefangen in dem Gefühl unendlicher Geborgenheit, das sie mitten in einem Schneesturm, allein mit sich und diesem fremden Mann, so plötzlich überwältigt hatte.

Er schaute auf sie hinunter, kühl erwiderten seine Augen ihren Blick. Es waren nur Sekunden, dann wies er auf die Tür, schwang sich auf sein Pferd und ritt davon. Er ließ sie zurück, ohne ein Wort, und sie, vollkommen verwirrt von ihren Gefühlen, stand da und sah ihm nach. Es wurde jetzt rasch dunkler.

Er musste sich beeilen, zurück nach Hause zu kommen!, betäubte sie ihren Schmerz.

Er hatte sie mitten durch den Blizzard sicher nach Hause gebracht. Seine Stärke, sein Mut und die Zärtlichkeit, mit der er Silver Star behandelt hatte, all das zog sie zu ihm hin, und es drängte sie, sich diesem Gefühl wieder zu ergeben. Aber sein Blick, eisig und unnahbar, seine Grobheit und Ignoranz ... Zwei Mal war sie ihm unfreiwillig begegnet, und beide Male hatte er sie spüren lassen, dass er sie nicht mochte oder dass sie ihm zumindest vollkommen gleichgültig war ...

»Caroline! Habe ich doch richtig gehört!« Franz steckte den Kopf durch den Türspalt und sah sie erleichtert an. »Komm!« Er zog sie ins Haus und schloss die Tür rasch hinter sich.

»Wo bleibst du denn?« Anna eilte auf sie zu und umarmte sie. »Wir haben uns solche Sorgen gemacht!«, setzte sie vorwurfsvoll hinzu. »Du bist ja ganz nass, komm, du musst dich umziehen.« Damit zog sie Caroline die Treppe hinauf.

»Wo ist Silver Star?«, rief Jake ihr hinterher. »Hast du sie schon in den Stall gebracht?«

»Sie ist bei Mr O'Connell.« Sie sah in Jakes verdutztes Gesicht. »Ich erzähle euch gleich alles.«

Als sie geendet hatte, schüttelte Franz den Kopf. Man merkte ihm seine Sorge um die graue Stute deutlich an.

»Warum musstest du auch noch reiten!«, klagte Anna und legte ihrer Freundin eine Decke um. Langsam wurde Carolines eisiger Körper wieder warm, sie streckte ihre Füße zum Kaminfeuer hin und trank einen Schluck von Annas heißem Tee.

»Es tut mir so leid. Ich wollte, ich hätte es nicht getan. Silver steht durch meine Schuld verletzt bei Mr O'Connell ... Franz, ich komme für den Schaden auf. Du kannst die Kosten für ihre Behandlung und die Unterkunft von meinem Lohn abziehen.«

»Bis jetzt hatten wir ja noch keine Kosten«, gab Franz zu bedenken. »Das kommt darauf an, ob O'Connell uns jemals welche in Rechnung stellt.«

»Du bist so lieb zu mir, Franz. Und du auch, Anna.« Caroline drückte der Freundin dankbar die Hand.

Jake hatte sie aufmerksam beobachtet. »O'Connell hat dich in diesem Sturm nach Hause gebracht?«

Sie nickte.

»Und jetzt ist er mit zwei Pferden wieder zurückgeritten?«

»Nein, mit einem. Er hat ... Wir sind zu zweit mit seinem Hengst gekommen.«

»Das war sicherer, als sie allein reiten zu lassen. Sie hätten sich unterwegs verlieren können«, sagte Franz nachdenklich in seiner Muttersprache. »Aber mutig war das schon. Ich hätte dich wahrscheinlich beherbergt, bis der Sturm vorüber ist.«

Hätte er es doch getan!, schoss es Caroline durch den Kopf. Dann wurde sie brennend rot. Sie war verrückt geworden! Dieser Mann verabscheute sie, das hatte er ihr vom ersten Moment an gezeigt. Und sie hatte das Gleiche für ihn empfunden.

»Nein, das kam nicht infrage. Stellt euch doch vor, welche Sorgen hättet ihr euch gemacht.«

Franz nickte. »Du hast recht. Wollen wir hoffen, dass unsere Silver Star bald wieder auf die Beine kommt.« Er sah

Jake an. »Wenn der Sturm vorüber ist, fahren wir hinüber nach *Ken-tah-ten*«, erklärte er auf Amerikanisch.

»*Ken-tah-ten*?«, wiederholte Caroline fragend. »Ein merkwürdiger Name.«

»Ja. O'Connells Horse Farm heißt so.«

»Was bedeutet es?«

Franz zuckte mit den Schultern. »Luis hat mir nur erzählt, dass unser Nachbar im Norden eine Pferdefarm hat, die so heißt.«

»*Ken-tah-ten*«, sagte Jake nachdenklich. »So nannten die Indianer dieses Land hier, bevor man sie vertrieb.«

»Und was bedeutet das Wort?«

»Grünes Land. Weideland. Land der Zukunft.«

Kapitel 15

Nach vier Tagen erst war der Sturm vorbei. Zuletzt lag der Schnee vor ihrer Tür so hoch, dass er förmlich über sie hereinbrach, wenn sie am Morgen geöffnet wurde. Die Männer schippten um die Wette und kämpften sich zum Stall durch, um die Tiere zu füttern. Das Holz ging zur Neige. Sie hatten Glück, buchstäblich mit dem letzten Scheit, den sie in der Waschküche gelagert hatten, waren auch die Schneefälle zu Ende, der Wind wurde schwächer, und am Abend des fünften Tages wehte er nur noch sacht durch die kahlen Äste der Bäume. Die Luft war rein und erschien ihnen beinahe mild, die Sicht war klar. Nun galt es, die Schneemassen wegzuräumen.

Caroline war ungeduldig wegen der Stute. Aber an einen Besuch bei ihr auf O'Connells Horse Farm war nicht zu denken. Der Schnee lag noch immer in großen Verwehungen auf den Wegen, wenn man überhaupt sehen konnte, wo ein Weg war. Sie hatte sich gezwungen, liegen gebliebene Arbeiten zu erledigen, was in der Hauptsache bedeutete, Kleidung herzurichten, zu stopfen, aufgerissene Säume zu nähen, zu plätten. Sie strickte an einem Schal aus dicker Wolle, den sie Christopher O'Connell als Dank für seine Hilfe schenken wollte. Wenn sie daran dachte, war sie zutiefst verunsichert.

Wie würde er darauf reagieren? Sicher empfand er nicht das Geringste für sie. Aber sie hatte doch seinen Arm gespürt und dieses fantastische Gefühl absoluter Geborgenheit gehabt ...

Immer wenn ihr all das in den Sinn kam, brach sie den Gedanken ab. Franz würde die Stute abholen, sie würde O'Connell seine Auslagen bezahlen und alles wäre erledigt. Aber wenn sie abends in ihrem Bett lag und im Dunkeln nichts hörte als den regelmäßigen Atem des schlafenden Kindes, spürte sie wieder seinen Arm um sich, roch den Geruch seiner Lederjacke, fühlte das weiche Leder an ihrer Wange und die Sehnsucht, sich an diesen fremden Mann, der sie gar nicht mochte, zu schmiegen.

Im Traum sah sie die weiße Stute galoppieren, auf grünem Land. Sie kam auf sie zu, und sie, Caroline, stand ganz ruhig, ohne Angst und wartete auf sie. Die Stute erlaubte ihr, auf ihrem Rücken zu reiten und trug sie fort, mühelos, in einen Wald hinein, und als sie abstieg und sie streichelte, war aus ihrer Stirn ein langes, spitz zulaufendes Horn gewachsen.

Als sie aus diesem Traum erwachte, war sie wie benommen und hatte verschlafen. Anna hatte den kleinen Franz schon gewaschen und angezogen, als sie in die Küche kam.

»Ich denke, heute können wir es wagen«, kündigte Franz beim Frühstück an. »Du wirst zu Mr O'Connell reiten, Caroline, und Jake kann dich begleiten. Richte ihm unseren herzlichen Dank aus und frag ihn, was er für die Pflege der Stute haben möchte.«

»Aber das wolltest du doch machen. Ich meine, es ist dein Pferd und Mr O'Connell ist dein Nachbar.«

»Was soll das, Caroline? Willst du dich jetzt drücken? Du hast das alles angerichtet, jetzt löffelst du es auch aus.«

Caroline senkte den Kopf und schwieg.

»Und sag Mr O'Connell, dass wir ihn jederzeit zum Essen

erwarten, oder mach einen Tag mit ihm aus. Das sind wir ihm schuldig.«

Jake sah sie fragend an. Sie übersetzte, so gut sie es vermochte; er stand auf, zuckte mit den Schultern und sagte: »Okay.« Damit war die Sache abgemacht; sie musste gehen, ob sie wollte oder nicht.

Eine halbe Stunde später waren Betsy und Bernie, die beiden Clydesdales, gesattelt. Jake ritt voraus. Irgendjemand hatte den Schnee an die Seite geschoben, so dass wenigstens ein schmaler Weg zu sehen war. Nach einer guten Stunde sahen sie zwei hölzerne Pfosten zu beiden Seiten einer Einfahrt stehen. Darüber war ein breites waagerechtes Brett angebracht worden. Jake stellte sich in die Steigbügel und fegte den Schnee ab. *Ken-tah-ten* stand in großen schwarzen Buchstaben auf dem hellen Untergrund. Sie waren angekommen. Jake sah sich nach seiner Begleiterin um. Sein Gesicht verriet keine Regung, als sie gemeinsam den leicht ansteigenden Weg auf die Farmgebäude zu ritten. Jetzt erst bemerkte Caroline, dass auch der Stall, genau wie das Haus, aus Feldsteinen gemauert war. Fensterläden, Türen und das Scheunentor leuchteten rot im Morgenlicht und bildeten einen hübschen Kontrast zu den hellgrauen Feldsteinen und den weiß gestrichenen Balken der aus Holz gebauten Scheune.

»Wo ist Silver?«, fragte er, als sie am Haus angelangt waren.

»Dort drüben im Stall, in der zweiten Box. Aber wir gehen erst ins Haus.«

»Du gehst ins Haus«, war die knappe Antwort. »Ich gehe schon vor in den Stall und schaue mir die Stute an.« Er ritt einfach weiter. Es blieb Caroline nichts, als allein ins Haus zu gehen. Ihre Hand zitterte, als sie an die Tür klopfte. Beim zweiten Mal hörte sie seine tiefe Bassstimme: »Komm herein.«

Ihr Herz tat ein paar rasche Schläge. Sie umklammerte den mitgebrachten Schal.

»Herein!«, klang es wieder von drinnen. Sie nahm ihren Mut zusammen und drückte die Tür auf.

Behagliche Wärme war das Erste, was sie spürte, Wärme, die von einem großen offenen Kamin ausging. Davor, in zwei mit Bärenfellen ausgelegten Sesseln, saßen ein Mann und eine Frau. Christopher O'Connell trug wieder seine Trapperkleidung und schwarze Stiefel. Sein Haar wallte üppig und dicht um seinen Kopf. Jetzt, im hellen Licht des Vormittags, sah Caroline zum ersten Mal, dass sein braunes Haar einen rötlichen Schimmer und einzelne graue Strähnen hatte, genau wie der Vollbart. Er lehnte gelassen in seinem Sessel und hatte die Füße ausgestreckt. In seiner Hand hielt er eine große Tasse, aus der Dampf aufstieg. Auf einem kleinen Tisch neben ihm stand die Teekanne. Ein Paar bunt bestickte Ledermokassins lagen auf der steinernen Kaminmauer.

Die Frau ihm gegenüber saß mit dem Rücken zur Tür. Sie trug Reitkleidung.

Als O'Connell sah, wer gekommen war, nickte er Caroline kurz zu, dann wandte er desinteressiert den Blick ab und nahm einen Schluck aus seiner Tasse. Die Frau sah sich zur Tür hin um, stand auf und sagte überrascht: »Ach, nein! Du!«

Caroline starrte Victoria Hillyard an. Sofort fiel ihr die Szene auf dem Fest ein, als sie Victoria mit O'Connell auf der

Bühne gesehen hatte. Damals war sie es wohl gewesen, die ihn dazu gebracht hatte, Gitarre zu spielen. Also hatte sie richtig gelegen mit ihrer Annahme, dass Victoria und O'Connell ein Paar waren oder sich zumindest näher kannten.

»Victoria! Ich freue mich, dich zu sehen! Wie geht es dir?«

»Oh, danke, danke. Aber du willst ja wohl zu ihm.« Sie wies auf Chris.

»Kommen Sie mit«, sagte O'Connell gleichgültig, »wir wollten sowieso gerade in den Stall.«

»Guten Tag, Mr O'Connell. Ja, ich wollte nach der Stute sehen ...«

O'Connell hatte Victorias Arm genommen und schob sie in Richtung Tür. Mit zusammengepresstem Mund, ohne Caroline weiter zu beachten, ging sie an ihr vorbei.

Was habe ich nur falsch gemacht, dass sie mich überhaupt nicht mag?, fragte die sich. Und O'Connell hat mich wieder mehr oder weniger ignoriert. Wie konnte ich mich so von diesen dummen Gefühlen einnehmen lassen! Virginia hat gesagt, eine Frau solle ihre Verstand entwickeln ...

Mittlerweile waren sie im Stall angekommen. Jake hockte in Silver Stars Box auf dem Boden und strich sacht über ihren verletzten Fuß. »Guten Tag, Sir. Es ist unglaublich!«, sprach er O'Connell an, »Der Fuß sieht aus, als sei er geheilt.«

»Ja«, erwiderte O'Connell, »du kannst sie mitnehmen.« Es klang ganz höflich.

»Das ist phänomenal. Wie haben Sie das gemacht, Mr O'Connell?«

»Chris«, korrigierte O'Connell. »Es war nichts Besonderes, altes indianisches Rezept.«

»Mr O'Connell.« Carolines Stimme war leise, sie wirkte verunsichert, »ich möchte mich sehr herzlich bei Ihnen für Ihre Hilfe bedanken!«

Victoria hatte eine Zeit lang interessiert zugehört. Als Caroline das Wort ergriff, wandte sie sich demonstrativ ab und ging den Gang hinunter auf die letzte Box zu.

»Für die Pflege von Silver Star und dafür, dass Sie mich sicher nach Hause gebracht haben.«

Victoria blieb stehen. Das klang interessant. Chris hatte dieses Mädchen also nach Hause gebracht.

O'Connell antwortete nicht. Als Victoria sich umdrehte, sah sie, wie er mit Jake zusammen den Fuß der Stute untersuchte. Sie ging weiter, ihre Schritte wurden schneller, wütend schwang sie im Gehen ihre Reitpeitsche hin und her.

»Ich möchte gern für die Kosten aufkommen, Mr O'Connell ...«, setzte Caroline erneut an.

Weiter kam sie nicht. Ein lautes schrilles Wiehern unterbrach sie, Hufgetrampel und Victorias Schrei: »Verdammtes Biest!«

O'Connell fuhr hoch und lief zu ihr, fasste sie am Arm und zog sie von der Box weg, die sie geöffnet hatte. Drinnen stieg die weiße Stute, Augen rollend und schnaufend, mit geweiteten Nüstern. Ihr Atem ging rasch, sie wieherte drohend und schien aus dem Stall ausbrechen und Victoria einfach überrennen zu wollen.

O'Connell warf die Tür zu und verriegelte sie. Dann sprach er beruhigend auf die Stute ein. Caroline und Jake waren herangekommen. Stumm schaute Jake auf die Szene, fasziniert von dem außergewöhnlich schönen Tier.

»Alles in Ordnung, Victoria?«, fragte Caroline und trat einen Schritt an sie heran.

Victoria war sichtlich erschrocken. Sie stand vornübergebeugt und hielt sich an der Tür der Nachbarbox fest. Jetzt machte sie eine abwehrende Handbewegung.

»Ho, mein Pferd«, beruhigte O'Connell die Schimmelstute. »Alles in Ordnung. Keiner will dir was tun.« Er sah dem Tier direkt in die Augen. Man konnte förmlich spüren, wie sich die Stute in seiner Gegenwart nach und nach beruhigte. Als sie endlich still stand, sich ihre Atmung normalisiert hatte und auch ihr Blick keine Unruhe mehr ausstrahlte, wandte sich O'Connell von ihr ab. Er fasste Victorias Arm und führte sie in die Sattelkammer.

»Setz dich«, forderte er sie auf. Sie gehorchte, lehnte sich einen Augenblick lang an seinen Arm, hob dann den Kopf und sagte heftig: »Sie ist immer noch so aggressiv! Ich versteh das nicht! Sie ist jetzt schon so lange hier und nichts ist passiert.«

»Du irrst dich«, antwortete er ruhig. »Es ist einiges passiert. Aber du kannst nicht erwarten, dass sie gelassen auf dich reagiert. Noch nicht. Und du bist auch nicht so auf sie zugegangen, wie ich es dir geraten habe, nicht wahr?«

Caroline hörte gespannt zu. War die Stute wirklich so gefährlich? O'Connell hatte sie auf dem Fest vor ihr gewarnt, und sie hatte Victoria angegriffen. Aber sie selbst hatte doch auf sie zugehen und sie sogar berühren können ...

Victoria schwieg.

»Ich hatte dir auch gesagt, dass du die Box nicht öffnen sollst.«

»Ja«, erwiderte sie bitter, »ja, Chris. Das hast du gesagt.

Aber ich kann nicht ewig warten. Anfang März fangen die ersten Besichtigungen an. Das sind gerade einmal noch zwei Wochen. Und jeder unserer Besucher will das Tier sehen, das unsere Marke repräsentiert, jeder!«

»Ist das wirklich so wichtig, Victoria?«

Sie sah ihn nervös an. »Natürlich ist das wichtig! Wie kannst du so etwas fragen? Du weißt genau, dass wir die Stute brauchen. Es gibt keine bessere als sie. Schlohweiß, perfekt, makellos – sie ist *Hillyard's White Horse*, Chris! Und sie hat ein Vermögen gekostet!«

Er nickte. »Ich behalte sie noch zwei Wochen hier. Komm in drei Tagen wieder. Dann machen wir einen neuen Versuch. Aber wir gehen zusammen zur Box, und du tust, was ich dir sage.«

Sie seufzte und nickte. »Chris, wir zahlen dir eine Menge Geld dafür, sie zu zähmen.«

»Dann solltest du erst recht tun, was ich dir sage, damit es sich lohnt. Ihr habt White Magic gekauft, um sie als Markenzeichen für euren Whiskey zur Schau zu stellen. Du hast sie falsch behandelt, Vic. Und jetzt dauert es eben eine Weile.« O'Connell war die ganze Zeit über höflich geblieben, aber das, was er sagte, klang bestimmt.

Victoria stand von ihrem Hocker auf. »Ich reite jetzt nach Hause.«

Sie ging auf ihren im vorderen Teil des Ganges angebundenen Vollblüter zu. Es war derselbe, der den Buggy am Tag von Silver Stars Ankunft auf der *Gossler Farm* gezogen hatte. Victoria hatte den fuchsfarbenen Hengst ohne Sattel im Spreizsitz nach Hause geritten.

»Sie trägt Hosen unter ihrem Rock«, hatte Virginia später

erklärt. »Sie reitet wie ein Mann, wenn es nicht in der Öffentlichkeit ist.«

In diesem Augenblick ging Caroline ein Gedanke durch den Kopf. Konnte es sein, dass Anna deshalb so eindeutig auf Victoria reagierte, weil sie in ihrer ganzen Art und sogar äußerlich ihrer Tante Valerie ähnlich war ... ?

Jetzt erst schien sich Victoria Hillyard an Jake und Caroline zu erinnern, die den ganzen Dialog mitbekommen hatten. Ihr Gesicht war verschlossen. Sie nickte O'Connell zu und ritt, ohne sich von den beiden zu verabschieden, davon. Jake öffnete Silvers Box und begann, der Stute Zaumzeug anzulegen und sie zu satteln.

O'Connell ging hinaus und sah der Reiterin nach, wie sie in ihrem eleganten Reitkostüm davongaloppierte. Dann kehrte er um und ging zur Box der Schimmelstute, um nach ihr zu sehen. Caroline folgte ihm, hatte aber nicht den Mut, ihn anzusprechen. Sie blieb in einiger Entfernung hinter ihm stehen. Langsam näherte er sich der Box und berührte mit der Hand die Gitterstäbe, die im oberen Teil der Tür angebracht waren. White Magic beobachtete ihn, scheute aber nicht. Caroline sah, wie sie ihn aus ihren klugen Augen aufmerksam anschaute. Er sagte nichts, blieb einfach stehen und lehnte seinen Kopf an die Stäbe. Es dauerte lange, bis die Stute herankam. Er bewegte sich nicht. Dann schob sie ihren Kopf nach vorn und berührte ihn mit ihrem Maul. Er blieb ganz ruhig stehen, es war eine stumme Zwiesprache zwischen Mensch und Tier.

Caroline wagte kaum zu atmen, um diesen Augenblick nicht zu stören. Es war fantastisch, was sie da erleben durfte. Sie betrachtete die Szene mit dem weißen Pferd, das ihr im

Traum erschienen war, und mit dem Mann, der jetzt so vollkommen anders wirkte als im Umgang mit ihr.

Als er sich langsam von der Stute löste, den Kopf zurückzog und einen Schritt rückwärts machte, beeilte sie sich und ging mit leisen, leichten Schritten auf Silver Stars Box zu. Er holte sie zwei Schritte vorher ein. »Gruß an Mr Gossler«, sagte er in Jakes Richtung.

»Danke, richte ich aus. Auf Wiedersehen, Chris.«

Auf Wiedersehen, Chris – wie das klang. So würde ich mich auch gern verabschieden, dachte Caroline, es wäre alles so einfach.

O'Connell nickte Jake zu. Es war das erste Mal, dass er lächelte. Jake führte Silver hinaus. Sie ging langsam, hinkte aber nicht mehr.

»Mr O'Connell«, brachte Caroline mühsam hervor, »ich soll Ihnen Grüße ausrichten von Franz, von Mr Gossler. Er bittet Sie, mit uns zu essen. Er bedankt sich für Ihre Freundlichkeit, dass Sie sein Pferd ...«

»Okay, Miss. Vergessen Sie's. Ich will nichts dafür haben.« Seine Stimme hatte wieder den alten abweisenden Klang angenommen.

»Aber wenn ich die Einladung nicht ... « In der Aufregung fehlten ihr die Vokabeln. »Ich meine, wenn Sie nicht kommen, gibt er mir die Schuld.«

»Dass Weiber immer alles kompliziert machen müssen. Ich sagte: Vergessen Sie's.« Es klang ungeduldig.

Als sie nicht antwortete, sah er sie zum ersten Mal an. In ihren blauen Augen standen Tränen. Er seufzte. »Gut, sagen Sie Mr Gossler, ich komme vorbei. Wenn es einmal passt.«

Er wandte sich zum Gehen. Unfähig, etwas zu sagen, hielt sie ihm den braunen Schal hin, den sie für ihn gestrickt hatte. Er schaute ihn an, begriff aber offenbar nicht und ließ die Arme hängen. Da drückte sie die dicke Wolle vor seine Brust. Sie drückte fester, als sie es gewollt hatte, aber seine verächtliche Art, mit ihr umzugehen, sein rüdes Benehmen hatten sie so sehr verletzt, wie sie es nicht für möglich gehalten hatte. Jetzt wusste sie, warum sie am Morgen nicht hatte gehen und Franz die Sache hatte überlassen wollen.

Sie wandte sich abrupt um, lief auf ihr Pferd zu, stieg sehr schnell auf, trieb den Wallach an und folgte Jake, der, Silver Star am Zügel mit sich führend, vorausgeritten war.

O'Connell bückte sich und hob auf, was sie so energisch vor seine Brust gedrückt hatte. Jetzt erst sah er, was es war. Er faltete den Schal auseinander, legte ihn um und ging langsam auf sein Haus zu.

Kapitel 16

Caroline kämpfte noch immer mit den Tränen. Gleichzeitig ärgerte sie sich über sich selbst. Wie konnte sie sich nur so gehen lassen – wegen einer Gefühlsduselei! Wenn dieser Mann sie nicht mochte, war das in Ordnung, sie mochte ihn ja auch nicht, seit ihrer ersten Begegnung in Gabriels Stall. Warum konnte sie sich nicht entsprechend verhalten – einfach höflich, sachlich und kühl bleiben im Umgang mit ihm? Und einen solchen würde es so bald nicht wieder geben, schwor sie sich.

Oben in ihrem Zimmer, als sie die Reitkleidung gegen ihre Arbeitskleidung tauschte, vergoss sie die letzten Tränen. Sie fühlte sich entblößt, hatte sich vor diesem widerlichen Kerl blamiert. »Das wird nicht wieder vorkommen«, sagte sie laut zu sich selbst. »Nie mehr.« Dabei wischte sie sich energisch die Tränen ab.

Unten richtete sie Franz O'Connells Antwort aus.

»Das ist sehr nett von ihm, sehr großzügig, unsere Stute umsonst zu behandeln«, stellte Franz fest. »Ich hoffe, wir sehen ihn bald hier bei uns.«

Das hoffe ich nicht, dachte Caroline. Den ganzen Tag über arbeitete sie ohne Unterbrechung, und am Abend hatte sie das Gefühl, beim Rubbeln der Wäsche und beim Scheuern der Böden etwas Bedrückendes losgeworden zu sein. Die Spannung ließ nach, Müdigkeit stellte sich ein, und als sie, früher als sonst, in ihrem Bett lag, zog sie die silberne Kette mit dem Posthorn unter dem Ausschnitt ihres Nachthemdes hervor und hielt sie fest, bis sie darüber einschlief.

Der März war gekommen, Schnee und Eis begannen zu schmelzen, aber noch ließ der Frühling auf sich warten.

»Das ist unsere Regenzeit hier«, erklärte Jake.

Aber schon die milderen Temperaturen waren eine Wohltat, und Caroline nutzte nun wieder jede Möglichkeit, um auszureiten. Zuerst nur kurz und im langsamen Schritt, doch schon in der Mitte des Monats fiel Silver Star in ihren ersten Galopp nach der Verletzung. Caroline schlug das Herz höher. Das Pferd hatte sich vollkommen erholt und sie selbst mehr Glück als Verstand gehabt. Über Christopher O'Connells Anteil an dieser Genesung bestand kein Zweifel, sein Besuch allerdings ließ auf sich warten.

Caroline störte es nicht; im Gegenteil zwang sie sich dazu, die heftigen Gefühle, die sie während des Ritts im Schneesturm so plötzlich überfallen hatten, zu vergessen. Ihr Wunsch, die Angelegenheit ein für allemal als erledigt zu betrachten, schien in Erfüllung zu gehen.

Zu Carolines 24. Geburtstag hatte Anna einen Kuchen gebacken und sie mit einem Geschenk überrascht. Caroline fiel ihr und ihrem Mann um den Hals und bedankte sich bei den beiden, glücklich über die gute Wendung, die ihr gemeinsames Leben hier nun offensichtlich nahm. Ihr Geburtstagsgeschenk, ein neuer Hut, passte vorzüglich, und ihr Einwand, er sei doch viel zu elegant, wurde beiseitegeschoben.

»Wird Virginia nicht bald heiraten?«, zerstreute Franz ihre Bedenken. »Dann kannst du ihn bestimmt tragen.«

Jakes Geschenk war eine Überraschung: ein in englischer Sprache geschriebenes Buch. *Uncle Tom's Cabin* stand darauf.

»Ich habe es selbst geschenkt bekommen«, bekannte er. »Von meiner alten Mistress in Massachusetts.«

Sie sah in fragend an.

»Meine erste Station damals nach dem Hafen. Ich glaube, sie hätte mich am liebsten behalten. Sie war eine wohlhabende Witwe, ich habe ihr Haus und Garten in Ordnung gehalten, mich um Pferd und Wagen gekümmert, Besorgungen gemacht. Ich habe bei ihr im Haus gewohnt. Zum Schluss war sie beinahe so etwas wie eine Mutter – eher wohl Großmutter«, korrigierte er sich lachend. »Sie war nicht mehr die Jüngste. Es ist mir schwergefallen zu gehen. Sie hat mich richtig hochgepäppelt. Zum Abschied schenkte sie mir das Buch.«

»Jake«, Caroline berührte sanft seinen Arm. »Jake, das ist ein wunderschönes Geschenk. Ich werde gleich anfangen, es zu lesen. Aber ich werde das Wörterbuch brauchen. Oft brauchen«, setzte sie nachdenklich hinzu.

»Ich werde dir die Geschichte erzählen«, versprach er, »einmal hab ich's nämlich gelesen. Ich hatte es ihr versprochen ... Was du nicht verstehst, schreibst du auf und fragst mich. So haben wir es doch immer gemacht.«

Sie umarmte ihn. »Das ist so lieb von dir! Jake, wenn du nicht hier gewesen wärst ...«

Anna und Franz tauschten einen vielsagenden Blick.

Am Abend, als die Tiere gefüttert waren, saßen sie um den Kamin herum. Jake erzählte die Geschichte von Onkel Tom. Anna verstand nur wenig davon, Franz war offensichtlich betroffen. Caroline schwieg und sah ins Feuer.

Jake war verlegen geworden. Er hatte es gut gemeint mit seinem Geschenk. Angesichts ihrer Schweigsamkeit aber war er sich seiner Sache nicht mehr sicher.

»Es ist gut, Jake«, beruhigte sie ihn. »Es ist nur ... weil ich den alten Tom so mag. Ein wahrer Mensch. Ein Christ.«

»Hier in Kentucky war es wohl wirklich nicht so schlimm für die Schwarzen.« Jake erinnerte sich an Gespräche mit seinen alten Arbeitskollegen auf Luis' Farm. »So wie es ja auch im Buch steht. Aber die Leute hatten Angst, in den Süden verkauft zu werden, dorthin, wo die Baumwollfelder und die Reisfelder sind.«

»Eliza und George in dem Buch, sie schaffen es. Sie sind jung, und sie bauen sich ein neues Leben auf ...«

Jake nickte.

»George ... Das heißt Georg, auf Deutsch ...«

Als sie den Blick hob, merkte sie, dass er sie verständnislos ansah.

Franz hingegen hatte verstanden. »Aber die Geschichte ist doch nicht wahr, oder?«, fragte er schnell. »Diese Frau hat sich das ausgedacht.«

Jake schüttelte den Kopf. »Es soll diesen alten Mann gegeben haben. Jedenfalls behauptet sie das.«

»Wie auch immer«, resümierte Franz. »Diese Zeiten sind, Gott sei Dank, seit 30 Jahren vorbei.«

Caroline, die wieder in der Gegenwart war, sagte, Amy vor Augen: »Aber es ist immer noch alles getrennt. Schwarz und Weiß, meine ich.«

»Na ja«, entgegnete Franz, »Trennung, davon verstehen wir ja was. Wir kommen auch aus einem Land, in dem es Herren und Knechte gibt. Und in dem diese Ordnung einzementiert scheint.«

Jake hatte ihm aufmerksam zugehört. »Zu Hause in Schottland ist es nicht anders. Die Landlords besitzen alles.«

Er lachte ein bitteres Lachen. »Es gibt keine Chance, auch einmal einer zu werden. Du bist es von Geburt an, oder du bist es nie.« Er stand auf und drückte Carolines Hand. »Aber wir sind hier, kleine Miss! Und das, was zählt, ist das Heute, oder? Was kümmern uns Gestern und Morgen!«

Sie hätte ihm so vieles erwidern können. Aber sie beließ es dabei.

Oben in ihrem Zimmer las sie den Brief, der aus Deutschland angekommen war. Es waren Geburtstagsgrüße von Emma. Offenbar litt die Freundin noch immer unter der vertrackten Situation, in der sie sich seit der Ankunft des jungen Hilfspredigers befand. Sie schwärmte von ihm, und die Art, in der sie das tat, ließ Caroline ahnen, wie weit sie miteinander gekommen waren. Auf der anderen Seite der Rechnung stand das Leben, das sie um der Kinder willen mit Leger teilen musste. Wenn sie es auch auf das Mindestmaß beschränkte, so blieb die Sehnsucht, mit Ludwig auf und davon zu gehen, alles im Stich zu lassen und nur an sich und ihn zu denken. Momente des Glücks wechselten mit der Angst vor der Zukunft. In diesem Stil war der Brief gehalten.

Ich muss darüber nachdenken, sagte sich Caroline, und dann werde ich ihr antworten ... Ja, was? Dass sie nicht zögern, meinen Fehler nicht wiederholen soll, weil sie sich dadurch die Chance auf ein bisschen Leben nimmt? Dass sie es bereuen wird, ihr Leben an der Seite eines brutalen Trinkers vergeudet zu haben? Oder dass sie zu ihren Kindern stehen soll, weil sie das Wichtigste sind, wichtiger selbst als das eigene Glück?

Bei diesen Gedanken waren ihr die Tränen gekommen, und so sehr sie sich auch bemühte, sie zurückzuhalten, oder, um Fränzchens willen, zumindest nicht laut zu weinen, so unaufhaltsam flossen sie. Der Brief fiel zu Boden, sie drückte ihr Gesicht in ihr Kissen, um nicht zu schreien. Der Schmerz krampfte ihr Herz zusammen, ihr ganzer Körper zitterte, sie schrie lautlos, die Augen geschlossen. Das Bild des Kindes, wie es am Fenster stand und sie mit Georgs Augen ansah, das Händchen hob, um ihr zuzuwinken ... Dann vermischten sich die Bilder, die Szene auf dem Schiff kehrte zurück. Sie stand an der Reling, schwankend, mitten im Sturm, blickte ins Angesicht der tosenden Wellen und sah das Gesicht ihres Kindes darin ...

Sie schrie leise auf, hielt sich den Mund im selben Augenblick zu. Annas Sohn in seinem Bettchen rührte sich nicht. Sie ging zum Fenster, öffnete es weit und atmete heftig ein und aus. Dann schloss sie es leise und lehnte sich erschöpft an die Scheibe. So stand sie, bis sie das Bild, das sich ihr bot, in sich aufgenommen hatte: das mondbeschienene Hügelland, die Weite, die sanfte Bewegung der Baumkronen im Wind.

Am nächsten Morgen war sie früh wach. Sie hob den zu Boden gefallenen Brief auf und las die Stelle, an der Emma über Sophie berichtet hatte. Fünf Jahre wurde sie im April, ein stilles, liebes Mädchen, gestutzt von der strengen Großmutter, *aber nicht unglücklich*, hatte Emma geschrieben, *das darfst du nicht denken, Line. Es wird gut für sie gesorgt. Eigentlich ist sie so etwas wie Tante Friederikes Lebensinhalt geworden. Dein Bruder kommt nur ganz selten und immer allein. Ich besuche die beiden einmal in der Woche oder doch, so oft es geht. Marie und Sophie verstehen sich sehr gut.* In diesem Sinne ging der Brief weiter. Emma log nicht, das spürte sie.

> Es ist die Hoffnungslosigkeit, die ich nicht ertrage. Alles ist für mich verloren: Georg; unser Kind; mein Leben dort. Und immer wieder wird die Wunde aufgerissen – ausgerechnet durch Emmas Briefe. Ich habe Angst, wenn wieder ein Brief kommt! Das ist die Wahrheit, ob ich sie wahrhaben will oder nicht.

In den Folgetagen versuchte Caroline tapfer, das neue Buch zu lesen. Je mehr sie sich vornahm, je mehr sie arbeitete, desto weniger würden die Erinnerungen sie quälen, sagte sie sich. Aber es war doch ein viel schwierigeres Unterfangen, als die Aufgaben in Virginias Schulbüchern zu lösen. Sie kam nur langsam voran, jeden Abend ein kleines Stück.

Allmählich rief auch der Garten sie wieder hinaus. Es musste umgegraben, gehackt, geharkt und gepflanzt werden. Die Erde taute auf, aber sie war nass. Bei der Arbeit erzählte sie Anna von der Tom-Geschichte, und manchmal ging es auch, aber oft rief sie: »Nein, nicht schon wieder das Traurige!«, und Caroline ließ es und sang stattdessen bei der Arbeit. Es waren Lieder aus der alten Heimat, andere kannte sie nicht, und dann fiel auch Anna ein und sang mit ihrer hübschen glockenhellen Stimme mit. Fränzchen klatschte in die Hände und freute sich, während er in einer Ecke des Gartens hockte und mit seinen kleinen Händen aus der feuchten Erde Matschklumpen formte, Hügel baute oder seine Holzpferde mit ihrem Pflug Furchen ziehen ließ. Er sprach englische Wörter so gut wie die deutschen und orientierte sich mühelos zwischen beiden Sprachen.

Franz sah das mit Erleichterung. Wenn der Junge hier aufwuchs und eine Zukunft haben sollte, musste er das

Amerikanische wie seine Muttersprache beherrschen. Und Anna machte erst gar nicht mehr den Versuch, ihn, so wie in der Anfangszeit, davon abzuhalten. Überhaupt schien seine Frau nun doch endlich aufzuleben, so schien es ihm. Zumindest machte sie nicht mehr so ein leidendes Gesicht und klagte auch nicht stetig über alles und jedes. Aber sie machte noch immer keine Anstalten, die Sprache zu lernen oder, wie Caroline, selbstständiger zu werden. Oft überlegte er, wie er sie mit Victoria Hillyard zusammenbringen könnte. Sie erschien ihm wie ein rettender Engel; schon am Abend des Festes hatte Anna sich zu ihr hingezogen gefühlt, und so wie sie von der reichen, eleganten Dame sprach, hatte sich nichts daran geändert. Aber er kam zu keinem Ergebnis.

Caroline hingegen vermisste ihre Freundin Virginia, die sie seit den Tagen vor dem Schneesturm nicht mehr gesehen hatte, und auch Luis fehlte ihr. Sie nahm sich vor, so bald wie möglich einen Besuch auf der *Maier Farm* zu machen. Aber es kam nicht dazu. Zum Ende des Monats hin wurde Anna krank. Sie klagte über Halsschmerzen, es folgten Schnupfen, Husten und schließlich ein Fieber. Jake fuhr in die Stadt und besorgte Medizin und Tees, Caroline versorgte die Freundin, kümmerte sich um Fränzchen, um Haus und Garten.

Und dann, am letzten Sonntag des März, sie hatten gerade zu Mittag gegessen, sah sie Golden Rose mit ihrer Reiterin den Hügel heraufgaloppieren.

»Ginny! Wenn du wüsstest, wie ich mich freue!« Caroline fiel der Freundin um den Hals, und als sie feststellten, wie sehr sie sich nacheinander gesehnt hatten, drückten sie sich glücklich die Hände. Als Virginia Anna gesehen hatte, machte sie ein besorgtes Gesicht. »Ihr solltet den Doc nach ihr sehen lassen«, mahnte sie Franz. »Der Husten ist schlimm, und wenn ihr nicht aufpasst, zieht er auf die Lunge.«

Franz, der selbst schon daran gedacht hatte, fuhr buchstäblich sofort los und kam eine und eine halbe Stunde später mit Doc Abraham Meadows zurück.

»Gut, dass Sie mich geholt haben«, stellte der alte erfahrene Arzt fest. »Jetzt, in dieser Übergangszeit, werden viele Leute krank. Und ihre junge Frau ist sehr zart. Nicht lange, und es wäre eine Lungenentzündung geworden. Sie muss die Medizin nehmen, keine Anstrengungen, viel Ruhe und Wärme.«

»Es ist zum Verzweifeln«, klagte Franz, als Doc Meadows in seinem Buggy davongefahren war, »ich dachte, wir hätten es geschafft. Und jetzt das. Was soll ich bloß tun, damit meine Anna wieder froh wird und nicht mehr gar so anfällig ist?«

Er sah Virginia an, die mit Caroline am Kamin saß. Ihr Gesichtsausdruck verriet Mitgefühl und Sorge.

»Virginia«, seine Stimme klang unsicher, »ich möchte dich um etwas bitten.«

Ihr auffordernder Blick half ihm. »Anna ist auf dem Fest deines Vaters zum ersten Mal deiner Freundin Victoria begegnet. Sie hat sie von Anfang an sehr gemocht, ja, mehr noch, sie wünscht sich seitdem eine Begegnung mit ihr, um sie näher kennenzulernen. Aber es hat sich nicht ergeben, zumal ...«, er stockte, »nun, sie ist eine reiche, elegante Dame, und Anna hat sich nicht getraut, sie um einen Besuch zu bitten.«

Virginia lächelte. »Ich denke, das ist kein Problem, Franz.«
Er sah sie überrascht an.

»Vic mag reich sein, sie wurde schon reich geboren. Aber hier bei uns macht das nicht so einen Unterschied. Amerika ist ein demokratisches Land. Jeder hat das Recht auf Leben und Glück. Dieses ...«, sie suchte nach Worten. »Diese Rangordnung, wie ihr sie kennt, dieses Herr oder Knecht sein von Geburt, das kennen wir hier so nicht.«

Caroline nickte dazu. Sie hatte es auf der *Maier Farm* schon bei ihrer ersten Begegnung mit einem der Cowboys erlebt, als Luis mit ihm freundschaftlich und herzlich und von gleich zu gleich gesprochen hatte. Wenn Victoria sie nicht mochte oder ignorierte, musste das einen anderen Grund haben ...

»Das ist ... Heißt das, sie würde vielleicht kommen, um Anna zu besuchen?«, unterbrach Franz' freudige Stimme ihre Gedanken.

»Ich werde sie fragen«, versprach ihm Virginia. »Auf dem Heimweg reite ich bei ihr vorbei. Ich bin sicher, sie kommt, wenn ich ihr sage, wie es um Anna steht.«

Franz ging auf sie zu und drückte ihre Hand. »Ich danke dir, Cousine! Das wird Anna helfen, sich doch noch hier einzugewöhnen. Sehr helfen!«

Sichtlich erleichtert setzte er sich zu den beiden Frauen an den Kamin. Sein Sohn kletterte auf seinen Schoß und lehnte sich schläfrig an die Brust des Vaters. Er war immer noch klein und zart, kam aber, was die Robustheit betraf, mehr auf seinen Vater als auf seine Mutter. Die Katze, die Virginia ihm geschenkt hatte, schmiegte sich an Franz' Hosenbein.

»Wir sprachen gerade über meine Hochzeit«, nahm Virginia

das angefangene Gespräch wieder auf. »Thomas Mellinor und ich heiraten im Mai.«

»Das freut mich sehr, Virginia«, erwiderte Franz ehrlich. »Tom ist ein ehrenwerter Mann. Du wirst also auf die Tabak-Plantage ziehen!«, fügte er scherzhaft hinzu.

»Sieht so aus.« Sie lachte. »Ich verstehe nicht das Geringste vom Tabakanbau, aber was soll's ... Tom ist Tabakfarmer in der vierten Generation. Er wird schon wissen, was er tut.«

»Interessant«, mischte sich Caroline in das Gespräch ein, »Tabakfarmer in der vierten Generation. Also ist er wohlhabend und kommt aus einer alteingesessenen Familie.«

»Sein Urgroßvater hat die Farm aufgebaut. Damals noch mit Sklaven.«

Virginia hatte wohl bemerkt, dass Caroline bei diesen Worten zusammengezuckt war. »Schön finde ich das auch nicht«, fuhr sie fort. »Aber es war nun einmal so. Kentucky ist auch Tabakland, und der Tabakanbau ist sehr aufwendig und arbeitsintensiv. Hier gab es immer Sklaven, bis am Ende des Bürgerkriegs die Sklaverei abgeschafft wurde.«

Caroline nickte zustimmend: »Ich lese es gerade. Jake hat mir zum Geburtstag *Uncle Tom's Cabin* geschenkt.«

»Zum Geburtstag?«, erwiderte Ginny ehrlich überrascht.

»Ja«, bekannte Caroline, »jetzt bin ich 24 – und schon ein halbes Jahr hier.«

Virginia lächelte sie an. »Dann sind wir für eine Weile gleichaltrig. Ich werde im August 25.«

Caroline lächelte zurück. Wie sehr sie diese Frau mochte!

»Du musst mir unbedingt von Tom erzählen!«

»Ja, aber nicht heute. Ich muss los, wenn ich noch in *Blue Waveland* vorbei will.«

»*Blue Waveland*?«

»Hillyard's Estate, ihr Besitz, ihre Farm.«

Caroline nickte beeindruckt. Das hörte sich nach viel Land an – und nach sehr viel Geld. »Ich komme zu euch«, versprach sie. »Im April. Dann erzählst du mir von Tom, ja? Und ich helfe bei den Vorbereitungen, wenn du willst.«

Virginia freute sich ganz offensichtlich darauf. »Wir könnten zusammen ausreiten. Und vergesst nicht«, wandte sie sich an Franz, »erster Samstag im Mai. Wir treffen uns alle in der Kirche und feiern dann gemeinsam auf Toms Plantation.«

»Ich freu mich, Ginny! Und ich mag Tom sehr!«, rief Caroline.

»Na!«, drohte Virginia ihr scherzhaft. »Hoffentlich nicht zu sehr. Ich lass ihn mir nämlich nicht mehr wegnehmen ...!«

Caroline drückte sie zum Abschied an sich.

»*Uncle Tom's Cabin* ist ein wunderbares und ein sehr notwendiges Buch. Ich freue mich, dass du es liest. Und päppelt Anna hoch. Sie muss doch dabei sein! Du wirst sehen, Franz, Victoria wird bald kommen.«

Franz nahm ihren Arm und begleitete sie hinaus. Dann ging er in den Stall hinüber.

Caroline sah der hohen schlanken Gestalt auf dem goldbraunen Pferd nach. Virginia würde heiraten und zu Tom auf seine Plantage ziehen. Luis und Kathy würden allein zurückbleiben. Alles veränderte sich, unaufhaltsam und stetig.

Und in ihrem eigenen Leben? Sie hatten viel gearbeitet und waren gut vorangekommen mit dem Aufbau der Farm. Alle Gebäude waren ausgebessert worden, dem Haus merkte man die weibliche Hand an. Es war wohnlich, sauber und gemütlich. Franz war zufrieden mit dem Verkauf des Getreides, der Milch und der Kälber. Er besaß Pferd und Wagen und hatte einen Helfer eingestellt. Sie konnte sich in der neuen Sprache, zumindest in einfachen Sätzen, verständlich machen. Sie hatte Reiten und Fahren gelernt.

Und sie hatte »Freunde gemacht«, wie man es hier ausdrückte. Virginia, Onkel Luis, seine Frau, Amy – und Jake MacKay. Eine ansehnliche Bilanz für ein halbes Jahr.

Die Reiterin verschwand hinter dem Horizont. Und für mich, dachte sie, wie wird es für mich weitergehen – hinter dem Horizont?

Kapitel 17

Tatsächlich fuhr Victoria Hillyard schon drei Tage später in Begleitung eines jungen, einfach gekleideten Mädchens vor dem Gosslerschen Farmhaus vor. Franz und Jake waren auf die Weiden hinausgegangen, um die Winterschäden an den Zäunen und Mauern zu begutachten und zu beseitigen. Caroline empfing Victoria höflich und bot sich als Übersetzerin an, aber ihr Angebot wurde abgelehnt. Sie müsse sich um das Kind kümmern und habe sicher Arbeit im Haus. Martha – Victoria deutete auf ihre Begleiterin – sei vor zehn Jahren mit ihren Eltern aus Deutschland gekommen und werde dolmetschen. Caroline nickte dem jungen Mädchen freundlich zu. Mit ihrem blonden Haar, der hellen Haut und den im Kontrast dazu stehenden braunen Augen war sie eine bezaubernde Erscheinung. Bescheiden und ein wenig verlegen nickte sie Caroline zu. Es stellte sich heraus, dass Martha in Victorias oder vielmehr in den Diensten ihres Vaters stand. Caroline führte beide Frauen in Annas Schlafzimmer.

»Danke«, sagte Victoria. Sie war sichtlich um einen höflichen Ton bemüht. »Du kannst uns jetzt allein lassen. Es ist sonst zu viel für die Kranke. Wir werden diesen ersten Besuch auch nicht allzu lange ausdehnen.«

Also hatte sie vor wiederzukommen. Offenbar lag ihr doch etwas an Anna, oder sie tat es Virginia zuliebe. Und sie schickte unliebsame Zuhörer weg – oder täuschte das, hatte Victoria tatsächlich nur das Wohl der Kranken im Auge?

Immerhin war sie höflicher gewesen als bei den Begegnungen zuvor.

Anna ging es besser, seitdem sie regelmäßig ihre Medizin einnahm. Aber auch Carolines Tees, die Ruhe und die Bettwärme taten ihr gut, so dass sie, nun fieberfrei, öfter einmal aufrecht sitzen und zuhören konnte. Franz setzte sich genauso regelmäßig zu ihr wie Caroline, sogar Jake schaute ab und zu herein. Fränzchen dagegen musste sich mit einem täglichen Winken von der Tür aus begnügen. Zu groß war die Ansteckungsgefahr für das Kind, dem Caroline, genau wie sich und den Männern, Kräutertee und -tropfen zur Vorbeugung verordnete. Dem Jungen war es recht, denn er sah, dass die Mutter da war und ihm einen Kuss schickte. Längst hatte er sich daran gewöhnt, dass Caroline sich um ihn kümmerte und bei ihren täglichen Arbeiten neben sich spielen ließ. Oft nahm ihn auch sein Vater mit in den Stall und auf die Felder, oder er war bei Jake auf der Weide, während der junge Mann die Zäune reparierte und mit weißer Farbe strich.

Als Anna Victoria sah, hellte sich ihr Gesicht merklich auf; ihre Hand fuhr an den Mund. Ganz offensichtlich freute sie sich über den Besuch. Victoria rückte sich einen Stuhl heran, Martha stand hinter ihr. Caroline, durch Victorias Worte von dem Treffen ausgeschlossen, zog die Tür hinter sich zu. Einen Moment lang war sie versucht zu horchen, ließ es dann aber. Ich würde auch nicht wollen, dass man mich belauscht, sagte sie sich.

Und doch blieb ein ungutes Gefühl zurück. Sie traute Victoria nicht. Irgendetwas an diesem Besuch beunruhigte sie. Das gestand sie sich ein, als sie die Treppe hinunter in die Küche ging, um für den Besuch einen Tee zu bereiten. Vielleicht würde sich Victoria dazu herablassen, ihn mit ihr zu trinken. Zumindest war es eine Geste der Höflichkeit, etwas anzubieten.

Victoria trank keinen Tee mit Caroline und wies Martha, die dem Angebot nicht abgeneigt schien, an, in den Buggy zu steigen. Man komme zu spät nach Hause, außerdem werde sie wiederkommen. Anna habe der Besuch gutgetan. Und wenn sie so zur Genesung der netten jungen Frau beitragen könne, werde sie das tun. Martha machte ein beklommenes Gesicht, sagte aber nichts. Caroline fragte sich, was sie wohl gehört haben mochte. Das ungute Gefühl war wieder da. Vielleicht konnte sie Anna in den nächsten Tagen fragen …

Sie hörte, wie sich der eben heimkommende Franz überaus herzlich von Victoria Hillyard verabschiedete und überschwänglich für den Besuch bedankte. Dann fuhr der Wagen ab.

Nach einer guten Stunde Weges, allerdings im Galopp zurückgelegt, hielt Victoria vor dem Haus ihres Vaters. Samuel, der schwarze Diener, öffnete die schwere Eichentür, ein Stallbursche spannte das Pferd aus und führte es zum Stall. Victoria legte Hut und Mantel ab und übergab beides an Martha.

»Du darfst auf gar keinen Fall etwas über den Inhalt unseres Gesprächs verlauten lassen, Martha«, warnte sie das Mädchen. »Die junge Frau Gossler ist sehr krank. Sie möchte das sicher nicht.«

Martha nickte und senkte dann den Kopf.

»Hier. Du hast das sehr gut gemacht mit der Übersetzung.«

Martha schaute auf die Münzen, die Victoria ihr in die Hand gedrückt hatte. Es war ein halber Wochenlohn! Sie blickte erfreut auf.

»Und das gilt auch für künftige Besuche. Haben wir uns verstanden?«

Martha nickte erneut. »Ja, Miss Victoria.«

Als Victoria das Wohnzimmer betrat, saß ihr Vater, Patrick Franklin Hillyard IV., Esquire, vor dem wahrhaft riesenhaften Kamin, in dem ein schönes Feuer brannte. Über dem Sims hing ein großes Porträt seines Vaters, Patrick Franklin Hillyard III. Die Ähnlichkeit zwischen den beiden war unverkennbar. Das gleiche schmale längliche Gesicht, die hohen Wangenknochen, die grau-grünen Adleraugen, die lange knochige Nase. Und inzwischen war das Haar des alten Herrn auch ebenso grau wie das seines Vorgängers auf dem Bild.

Ihm gegenüber saß sein Sohn, Patrick Franklin Hillyard V., Victorias drei Jahre älterer Bruder. Der junge Hillyard hielt ein schweres Glas in der Hand und drehte es vor dem Widerschein des Kaminfeuers hin und her. Die goldbraune Flüssigkeit darin funkelte in phosphoreszierenden Goldtönen.

»Na, Ihr zwei!«, begrüßte Victoria sie. »Begutachtet ihr unseren Whiskey?«

»Ah, Vicky!«, freute sich der Alte. »Schön, dass du wieder da bist!«

Ihr Bruder probierte das Resultat Hillyardscher Brennkunst. »Wenn jemals ein Whiskey den Namen Bourbon verdient hat, dann dieser hier«, urteilte er zufrieden. »Den macht uns keiner nach.«

Der Alte stimmte ihm zu. »Du hast recht. Und das, seit dein Urgroßvater die Distillery aufgebaut hat. *Hillyard's White Horse* ist doch immer noch der beste.«

»Und das White Horse ist ja nun auch wieder hier«, gab sein Sohn zurück. »Aber ich muss sagen, die Stute gefällt mir nicht recht. Sie ist zu scheu, und wenn man sich ihr nähert, geht sie auf einen los. Neulich habe ich Mr Kirby herumgeführt. Es war außerordentlich peinlich.«

Victoria hatte sich zu ihnen gesetzt und einen Tee geordert.

»Was sagst du, Vicky?«, fragte ihr Vater. »Du hast den besten Pferdeverstand in der Familie.«

»O'Connell hat sie hierher gebracht. Er hat sie sogar hierhergeritten. Da schien sie mir ganz friedlich. Aber Pat hat recht. Ich denke, ich werde sie einmal in die Pflicht nehmen.«

»Sei vorsichtig, Vic«, warnte ihr Bruder. »Im Grunde braucht man sie auch nicht reiten zu können. Nur: Ein Pferd, das zwar das lebende Abbild unserer Marke ist, aber auf seine Besucher losgeht oder vor ihnen scheut, ist keine gute Werbung für Hillyard's Whiskey.«

»Ich werde Chris noch einmal kommen lassen. Er soll sie sich ansehen. Sie ist jetzt drei Wochen hier.«

Ihr Bruder lachte. »Du hast ein Faible für diesen Kerl, scheint mir. Na ja, urwüchsig, wie er ist. Mag sein, dass Frauen das mögen.« Er schaute amüsiert auf seine Schwester.

»Nicht jeder ist ein Hillyard«, antwortete sie und musterte dabei die elegante, teure Kleidung ihres Bruders, der, was das anging, seinem Vater in nichts nachstand.

»Nein«, sagte Patrick. »Gott sei Dank.«

»Da wir einmal bei dem Thema sind, Patrick«, warf der Alte ein. »Wenn ich mich nicht irre, wirst du in diesem Jahr 29 Jahre alt. Ich wünsche mir eine repräsentative Mrs Patrick Franklin Hillyard und einige wohlgeratene Enkel, die es verdienen, unseren Namen zu tragen.«

»Oh, ich denke, da wirst du nicht enttäuscht werden«, versprach sein Sohn. »Ich habe Mr Kirby herumgeführt, wie ich bereits sagte, und bei dieser Gelegenheit eine Einladung ausgesprochen. Seine beiden Töchter sind ausgesprochen attraktiv – und reich, was sie noch wesentlich attraktiver macht.«

Vic warf den Kopf zurück und lachte.

»Kirby«, wiederholte der Alte, »besser geht es wohl nicht. Das wäre perfekt, Patrick. Die beiden besten und ältesten Familien des County zu vereinigen.« Er sah seinen Sohn anerkennend an. »Aber du solltest auch bedenken, dass du Tisch und Bett teilen wirst. Es sollte sich also nicht, oder sagen wir: nicht nur, ums Geld drehen.«

»Ich finde es wunderbar, Dad, dass du so etwas sagst«, mischte sich jetzt seine Tochter in das Gespräch ein. »Wir haben wahrlich genug. Noch reicher zu werden, schlage aber auch ich gewiss nicht aus. Pat und Miss Kirby – welche von den beiden Damen es auch immer ist, die er im Auge hat – werden es vollbringen. Meinen Glückwunsch, Patty!« Sie stand auf und umarmte ihren Bruder. War sie selbst schon sehr hochgewachsen, so überragte ihr Bruder sie immer noch um mehr als einen halben Kopf.

»Das heißt also, dass Miss Kirby einverstanden ist?«, fragte ihr Vater und betrachtete seine beiden Kinder.

Patrick nickte. »Ja, das ist sie, Vater. Ich darf es jetzt wohl sagen. Aber, Vicky«, argwöhnte er dann, »worauf wolltest du eigentlich hinaus mit dieser Einleitung?« Er kannte seine Schwester genau und wusste, wie sie ihre Pointen platzierte.

»Sag mir erst, welche Miss Kirby du heiraten willst.«

»Jeannie, die ältere von beiden. Die Jüngere ist mir zu albern, zu unbedarft. Und was heißt schon älter. Die beiden trennen gerade einmal zwei Jahre. Jean ist 22, ein gutes Alter.«

»Mein Gott, Patrick, du sprichst von ihr wie von einem Pferd!«

Er drohte seiner Schwester mit dem Finger und lachte. »Du kennst doch den Spruch: Kentuckians behandeln ihre Pferde besser als ihre Frauen ... Und jetzt gib mir auch einen Tee. Und dann erzähl mir, worauf du hinauswolltest.«

Der Alte sah seine Tochter gespannt an. War der Eindruck, den er gehabt hatte, falsch gewesen? Aber als dieser Naturbursche, dieser irischstämmige Urtyp eines Kentuckians, auf der weißen Stute auf *Blue Waveland* angekommen war, hatte er einen Ausdruck im Gesicht seiner Tochter bemerkt, den er nicht recht einordnen konnte. Eine Mischung aus Bewunderung, Respekt und – Verlangen. Nie hatte er etwas Derartiges an ihr bemerkt. Sie wusste genau, wer sie war; und bis jetzt schien sie nie ernsthaft an einem Mann interessiert gewesen zu sein. Zuerst hatte ihn das nicht gestört, im Gegenteil hatte er sich gesagt, je länger er sie behalte, desto komfortabler sei es für ihn. In letzter Zeit aber fragte er sich, ob sie vorhabe, eine alte Jungfer zu werden. Und diese Karriere war durchaus nicht das, was er ihr wünschte.

Victoria tippte ihren Bruder mit dem Zeigefinger auf die Nase. »Was du so alles meinst! Aber gut, für dieses Mal sollst du recht behalten. Ich habe tatsächlich ... ein Faible für Chris, ja.«

»Oh, mein Gott!«, sagte Patrick mit gespielter Verzweiflung. »Dann bekommen wir tatsächlich so einen Pferdeflüsterer in die Familie! Sag, ist es so?«

Ich habe mich nicht getäuscht, dachte der Alte. Sieh an, Vicky ist doch immer für eine Überraschung gut.

Sie zuckte mit den Schultern. »Sieht wohl so aus, ja. Ich weiß, Dad, er hat nicht viel, jedenfalls nach unseren Maßstäben. Aber wir brauchen es auch nicht. Miss Kirby ist sozusagen der Ausgleich.«

»Und auch wenn nicht«, sagte ihr Vater ernst. »Ich möchte, dass du glücklich wirst, Vicky. Du und Patrick, ihr seid das Liebste und Beste in meinem Leben, das, was mich an eure Mutter erinnert. Ich könnte es nicht ertragen, wenn du unglücklich wärst! Nimm also den Mann, den du nehmen möchtest. Ich werde ihn herzlich aufnehmen.«

Victoria ging zu ihrem Vater, dem bei der Erinnerung an seine verstorbene Frau die Tränen in die Augen getreten waren. Sie kniete sich vor ihn hin und schlang beide Arme um seine breiten Schultern. Der große hagere Mann stand auf und umarmte sie.

»Na, dann«, sagte Patrick gut gelaunt, »ist ja alles gut. Übrigens: So einen Mann, der hervorragend mit den Vollblütern umgehen kann, brauchen wir hier dringend. Ich kann mich neben der Farm und der Distillery nicht auch noch um das Gestüt kümmern.«

»Darauf trinken wir!«, rief der Squire.

Während die Männer einander zuprosteten, stand Victoria nachdenklich daneben und sah in das prasselnde Feuer. Die erste Hürde war genommen, ein glatter Sprung. Die zweite war in Angriff genommen: herauszufinden, was es mit diesem Mädchen auf sich hatte, das Chris nach Hause gebracht hatte. Dann würde sie auch die dritte und letzte nehmen: O'Connell davon zu überzeugen, dass er sie heiraten musste.

Kapitel 18

Luis saß zum ersten Mal in diesem Jahr draußen auf der vorderen Terrasse. Es war ein milder Apriltag, die warme Frühlingssonne tat seinen alten Gliedern gut. Er streckte die Beine und atmete tief ein und aus. Wer weiß, ob sich das Wetter hält, dachte er, ich bin 71 und nehme mit, was mitzunehmen ist. Kathy, die das mit Sorge sah, reichte ihm einen Schal und eine Decke. Sie selbst zog in dieser Jahreszeit eindeutig das Kaminfeuer vor. Es war schon eine volle Stunde vergangen, als von der Einfahrt her Huf- und Wagengeräusche zu hören waren. Luis fuhr aus seinem Halbschlaf auf und öffnete die Augen. In einem langsamen Trott näherte sich ein brauner Warmblüter mit einem altersschwachen Buggy, den Luis sofort erkannte.

»Reverend!«, rief er erfreut. »Mein lieber John! Was verschafft mir die Ehre deines Besuchs?«

Reverend Barnickle winkte seinem alten Freund zu, hielt den Wagen an und stieg etwas umständlich hinunter. Gabriel war herbeigeeilt und führte den Braunen an den Holm unter der alten Eiche. »Danke«, sagte der Reverend. »Wie geht es dir, Gab?«

»Oh, sehr gut, Reverend. Und selbst?«

»Nun ja, die alten Knochen, sie wollen nicht mehr so wie früher. Was, Luis, oder geht es dir anders damit?«

»Mir darf es so gehen«, sagte Luis amüsiert. »Aber dir? Beinahe zehn Jahre jünger – und beklagt sich!«

Gabriel wollte sich zurückziehen, aber der Reverend

nahm seinen Arm und sagte bestimmt: »Komm, alter Freund und Kampfgefährte, setz dich zu uns.«

Luis nickte und machte eine einladende Handbewegung. Kathy, die den Besucher gehört hatte, brachte den Tee und zwei Tassen, ging aber, als sie sah, dass Gab mit in der Runde saß, erneut in die Küche, um kurz darauf mit einer dritten zurückzukommen. Gabriel hatte sich etwas verlegen umgesehen, bevor er sich setzte.

»Tja«, sagte der Reverend, »ich werde nun bald deine Tochter trauen, Luis. Dabei sehe ich sie noch als kleines Mädchen vor mir. Ich habe sie getauft, hier, in derselben Kirche, in der ich sie trauen werde. Es ist nicht zu glauben, wie schnell die Zeit vergeht.«

Luis nickte zustimmend. »Die jungen Leute verstehen das nicht. Aber mir geht es genauso wie dir. Nimm nur die Kriegszeit, die so weit zurückliegt ... Manchmal ist es mir, als wäre es gestern gewesen, dass wir im Graben lagen oder auf Patrouille ritten. Was meinst du, Gab?«

Gabriel wiegte den Kopf hin und her. »Ja, ich erinnere mich an alles, als wäre es gestern gewesen. Aber ich weiß doch, dass es 30 Jahre her ist.« Luis legte seine faltige Hand auf die seines Freundes. »Wenn du nicht gewesen wärst, würde ich vielleicht gar nicht mehr hier sitzen.«

»Du hast es mir vergolten, Amy und mir.«

Sie saßen eine Weile stumm zusammen und tranken den starken Tee. Jeder schien seinen Erinnerungen nachzuhängen. Dann sagte der Reverend unvermittelt: »Ist deine Tochter da? Ich würde gern mit ihr noch einiges wegen der Zeremonie besprechen.«

Aber Virginia war mit Amy unterwegs. Möglich, dass er

sie noch antreffen werde, meinte Luis, andernfalls könne er sie zum Pfarrhaus schicken.

»Ja«, bestätigte der Reverend. »Aber ich glaube, da ist sie schon.« Er deutete auf eine weibliche Gestalt, die die Einfahrt entlanggeritten kam und ihnen lebhaft zuwinkte.

»Carol!«, rief Luis ehrlich überrascht. »Dass ist schön, dass du uns besuchen kommst!«

Gab wollte ihr Silver Star abnehmen, aber sie winkte ab und band das Pferd selbst an den Holm.

»Bleib sitzen, Gab. Ihr habt euch bestimmt wunderbar unterhalten, und jetzt komme ich und störe euch. Aber ich möchte zu Ginny.«

Erneut sah Gab sich nervös um, dann setzte er sich wieder.

Der Reverend begrüßte die junge Frau herzlich, die er seit dem Scheunenfest einige Male in seiner Kirche gesehen hatte. Sie hatte ihm bei diesen Gelegenheiten gesagt, wie schön seine Gottesdienste seien, so fröhlich und ungezwungen, alles Steife und Förmliche, wie sie es von zu Hause kenne, fehle. Selbst die Lieder zur Ehre Gottes klangen heiter und jubelnd, fand sie. Das seien Spirituals, hatte er ihr erklärt, die Lieder der Sklaven. Wenn sie erklangen, erhob sich die Gemeinde von ihren Plätzen und klatschte und sang mit.

Jetzt drückte John Barnickle Caroline die Hand. »Willkommen! Ich freue mich!«

Kathy, nachdem sie die Besucherin herzlich begrüßt hatte, komplimentierte alle hinein, schürte das Kaminfeuer und schenkte Tee nach. Sie wolle auf Virginia warten, wenn sie dürfe, schlug Caroline vor, die Herren sollten sich nicht stören lassen, sie höre ihnen gern zu.

»Na«, zweifelte Luis, »die alten Zeiten – ich weiß nicht, ob du das hören willst.«

Caroline nickte heftig. »Ich weiß doch nichts darüber, Onkel Luis! Gerade das ist interessant für mich. Und wenn ich die amerikanische Sprache besser verstehe, will ich darüber lesen.«

»Ich glaube, ich sollte lieber gehen«, sagte Gab. Seine Stimme klang unruhig.

»Gab.« Der Reverend sah ihn ernst an. »Du hast jedes Recht hier zu sein. Wir sind seit mehr als 30 Jahren deine Freunde. Wir haben für den Erhalt der Union zusammen gekämpft – und für das Ende dieser elenden Sklaverei. Du weißt genau, dass ich auch von der Rassentrennung nichts halte, genau wie Luis hier. Und wenn es sich manchmal nicht vermeiden lässt, in bestimmten Situationen, so heißt das nicht, dass ich es billige.«

Caroline sah ihn gespannt an. Über dieses Thema hatte sie sich schon lange Gedanken gemacht und über so manches gewundert.

»In bestimmten Situationen ...«, wiederholte Gab langsam und traurig.

»Einige meiner Schäfchen sind noch nicht so weit«, erwiderte der Reverend. »Und wenn ich zu schnell voran stürme, verliere ich sie. Wir müssen langsam vorangehen, langsam. Aber stetig.«

Gab wiegte traurig den Kopf hin und her. »Lassen wir das doch einfach. Wir alle wissen, dass wir es nicht mehr erleben werden, dass wir gemeinsam Gottesdienst feiern oder gemeinsam wohnen.«

Luis sah ihn nachdenklich an. Dieser Mann hatte mit

ihm gekämpft – und sein Leben riskiert, um ihn von der Front weg auf seinen Schultern in das Lazarett zu tragen. Aber zu seinen Scheunenfesten hatte er ihn nicht einladen können, damit er und seine Frau mit den anderen Gästen feiern und tanzen konnten. Es war völlig unlogisch, absurd und dumm.

Reverend Barnickle schien seine Gedanken zu erraten. »Wir graben den Brunnen, meine Freunde, dort, wo wir stehen. Das ist schon sehr viel, denn wenn alle es täten, sähe die Welt anders aus.« Er legte Gab die Hand auf den Arm.

Caroline war der Unterhaltung aufmerksam gefolgt, wagte aber nicht, die Frage zu stellen, die ihr seit dem Fest im Kopf herumging: Warum es die Rassentrennung auch 30 Jahre nach dem Ende der Sklaverei noch gab.

»Das klingt wie eine Predigt, John«, sagte Luis betroffen.

»Es ist eine«, erwiderte der Reverend trocken. »Und sie birgt die Erfahrung von mehr als 30 Jahren in der Gemeinde.«

In diesem Augenblick klopfte es an der Tür. Es klang wie eine Bestätigung. Was dann folgte, war allerdings genau das Gegenteil: Joseph steckte auf Luis' Aufforderung hin den Kopf durch die Tür, machte einen Schritt nach vorn und blieb wie angewurzelt stehen. Sein Mund klappte zu, sein aufgesetztes Lächeln erstarb, seine Miene wurde eisig. »Das glaube ich jetzt nicht!« Seine Stimme klang wütend, mühsam beherrscht.

Gabriel hatte sich bei Joes Eintritt sofort erhoben. Mit hängenden Armen und gesenktem Kopf stand er da, ein Schatten seiner selbst, ein Schwarzer, der sich angemaßt hatte, neben seinem Herrn am Kamin zu sitzen.

»Joseph!«, versuchte der Reverend die Situation zu entschärfen. »Das ist schön, dass ich dich hier treffe. Wie geht es Amanda Sue und den Jungen?«

Joseph Maier sah über den Kopf des Reverends hinweg zu seinem Vater hinüber. »Das kann nicht dein Ernst sein! Sind wir jetzt etwa schon so weit?«

Luis war blass geworden. Mühsam erhob er sich von seinem Stuhl. »Komm her, Joseph«, forderte er seinen ältesten Sohn auf, »setz dich zu uns.«

Gabriel hatte sich aus seiner Starre gelöst und ging in einem weiten Bogen um Joe herum auf die offene Tür zu. Kathy folgte ihm. Als sie ihn auf der Veranda eingeholt hatte, legte sie ihm die Hand auf die Schulter. Gab drehte sich kurz zu ihr um. »Schon gut. Ich wollte keinen Ärger machen.«

»Gab, es tut mir leid. Ich ... Du weißt, wie wir, Luis und ich, dazu stehen ...«

Gab nickte traurig, drehte sich um und ging langsam auf sein Haus zu. Caroline war ihm und Kathy bis zur Veranda gefolgt. Sie sah, wie Gab sich im Gehen die Augen wischte. Einen Moment war sie versucht, ihm zu folgen, ließ ihn dann aber in Ruhe. Er war aufgewühlt. Und wer war sie, dass sie sich hier einmischen durfte?

»Ich sollte jetzt gehen«, sagte sie.

»Nein, das musst du nicht. Ginny wird gleich zurück sein. Jetzt hast du so lange gewartet ...« Kathys Stimme erstarb. Sie schloss die Tür. Die lauten Männerstimmen waren trotzdem zu hören. Joe schien seinem Vater schwere Vorwürfe zu machen. Es gehöre sich einfach nicht, einen Nigger mit an seinen Tisch zu setzen. Reverend Barnickle versuchte offensichtlich zu vermitteln.

»Bitte, Reverend, halten Sie sich da raus«, hörten sie Joes harte, metallische Stimme sagen. »Außerdem sollten Sie sich schämen, so etwas zu dulden.«

»Tante Kathy, es tut mir so leid. Gab ist ... Ich mag ihn sehr.«

Katherine nickte. »Er und Luis, weißt du, sie waren Kriegskameraden. Aber das hast du ja alles gehört. Nur, Joseph, er ... Das ist eine andere Generation.«

»Unter diesen Umständen werde ich lieber gehen.« Die Stimme des Reverends klang aufgewühlt. »Und schämen solltest du dich, Joseph. In Gottes Augen sind wir Menschen alle gleich. Auf Wiedersehen, Luis, und schick mir Virginia.«

Unter diesen Worten war John Barnickle bis auf die Veranda herausgekommen. Als er Kathy sah, legte er seinen Arm um sie. Sie konnte nur stumm nicken und sah ihn bittend an. Caroline brachte den Reverend zu seinem Wagen. Von drinnen hörte man immer noch Josephs aufgeregte, herrische Stimme.

Als sie zurückkam, war Kathy hineingegangen. Caroline zögerte nur kurz; schließlich hatte Kathy sie aufgefordert zu bleiben. Joe sah sie mit einem bösen Blick an, als sie eintrat. Schnell nahm sie ihren Platz neben Kathy im hinteren Teil des Raumes ein.

»Du scheinst nicht zur Kenntnis genommen zu haben, Joseph«, sagte Luis, »dass wir in unsere Verfassung drei Zusätze aufgenommen haben, die eindeutig, ich sage: eindeutig, die Bürgerrechtsfrage klären. Amerika schützt alle seine Bürger, nicht nur die weißen.«

»Mag sein«, antwortete sein Sohn. »Aber diese Zusätze, sosehr ich sie bedauere, sagen nicht, dass wir uns nicht von den

Niggern getrennt halten sollten. Wozu gibt es die Jim-Crow-Gesetze? Damit wir uns die Nigger vom Hals halten.« Er schüttelte den Kopf. »Ich verstehe dich nicht, Vater. Du bist ein angesehener Mann. Wie kannst du so etwas tun? Willst du uns alle unmöglich machen, alles zerstören, was wir gemeinsam aufbauen? Hier sieht dich keiner mehr an, von den alten Familien, auf die es ankommt, meine ich.«

»Bist du da so sicher? Ich kenne eine Menge Leute, die eine sehr liberale, tolerante Einstellung dazu haben. Tom zum Beispiel. Sein Großvater hatte noch Sklaven; und er geht mit seinen schwarzen Arbeitern genauso freundlich um wie mit den weißen.«

»Das weiß ich nicht. Aber was ich weiß, ist, dass er sich mit den Niggern nicht an einen Tisch setzt.«

Luis seufzte.

»Vater, ich bin gekommen, um dir zu sagen, dass dein Enkel Joseph an der Universität aufgenommen worden ist. Und ich bin gekommen, um dir zu sagen, dass meine Schwiegereltern sich zu meinem 40. Geburtstag im Juni angesagt haben. Ich wollte dir freudige Nachrichten bringen! Ihr solltet euch mit mir freuen! Und dann komme ich zu meinen Eltern, und dieser Nigger sitzt da und guckt mich an – als wäre es das Selbstverständlichste von der Welt.«

»Ich weiß nicht, wie oft ich dir schon erzählt habe, dass Gab mir das Leben gerettet hat. Geht das nicht in deinen Schädel, Joe?«

»Ich weiß das, Vater«, erwiderte Joe ungeduldig. »Und, offen gestanden, ich kann es nicht mehr hören. Du hast es ihm tausendmal vergolten. Er wohnt in deinem Haus, du bezahlst ihm mehr als üblich, er braucht sich keine Sorgen mehr zu machen. Wenn du meinst, dass das richtig ist: okay. Aber das heute geht entschieden zu weit. Wenn Gott gewollt hätte, dass die Nigger so sind wie wir, dann hätte er ihnen eine helle Haut gegeben.«

Caroline zuckte zusammen. Sie hatte fast die gesamte Unterhaltung verstanden, und dieser letzte Satz, kühl und vollkommen gefühllos gesprochen, schockierte sie. Auch Luis schien überrascht. Er schüttelte den Kopf, hob hilflos die Arme und ließ sie wieder sinken.

»Mutter«, wandte sich Joseph an Kathy, »es wundert mich, dass du so etwas duldest. Und ich bitte dich, es in Zukunft nicht mehr zu tun. Wenn Vater schon nicht einsieht, dass er unsere Familie damit in Verruf bringt – dann wenigstens du.«

Kathy hatte versucht, ruhig zu bleiben. Jetzt ging sie zu ihrem Mann hinüber und legte ihm die Hand auf die Schulter. »Du solltest deinem Vater Respekt entgegenbringen, Joseph. Er ist der ehrenwerteste Mann, den ich kenne.« Sie sah ihren Sohn streng an.

»Dann sollte er diesen Respekt, den ich ihm übrigens durchaus zolle, nicht verspielen.«

»Du gehst jetzt besser, Joseph«, wies ihn seine Mutter an. Ihre Stimme duldete keinen Widerspruch.

Joe schien einen kurzen Moment zu zögern; dann drehte er sich auf dem Absatz herum. Sein Blick fiel auf Caroline, seine Augen waren kalt und voller Abneigung. Sie kannte solche Augen, solche Blicke ... von ihrem eigenen Bruder, genauso gefühllos, genauso berechnend.

»Auf Wiedersehen, Joseph«, sagte Kathy und schob ihn hinaus. »Aber nicht so bald, bitte.« Dann nahm sie ein Glas aus dem Schrank, goss ein wenig Whiskey hinein und reichte es ihrem Mann.

Es wurde nur noch wenig gesprochen. Luis schien müde und um Jahre gealtert. Er legte die Füße hoch und ließ sich von seiner Frau eine Decke geben, obwohl er am Kamin saß. Caroline hatte erneut angeboten zu gehen, aber Kathy zog sie mit sich in die Küche, goss heißes Wasser in eine Schüssel und begann, die Tassen abzuwaschen. »Amy ist mit Ginny bei der Schneiderin«, erklärte sie.

»Ich helfe dir.« Caroline nahm ein Trockentuch.

Sie arbeiteten eine Weile stumm nebeneinander. Es war ruhig und friedlich. Aus dem Kaminzimmer hörten sie regelmäßige Schnarchgeräusche, Luis schien eingeschlafen zu sein.

»Diese Diskussionen erschöpfen ihn so.« Kathys Stimme klang besorgt. »Deshalb geht er ihnen normalerweise aus dem Weg. Aber das heute kam so überraschend.«

»Tante Kathy, ich wollte ... Ich meine, wenn es dir jetzt nicht zu viel wird, ich würde dich gern fragen, warum Joseph so ... anders über alles denkt als sein Vater.«

»Joe ist kein schlechter Mensch, Carol. Er kann sehr nett sein.« Das ist mir bisher verborgen geblieben, dachte die Angesprochene. »Aber in dieser Frage, in der Frage der Rassentrennung, ist er unerbittlich. Er will nicht, dass wir die Farbigen schlecht behandeln, nein, so ist er nicht. Aber ... « Sie hob hilflos die Arme. Offenbar wusste sie nicht, wie sie Caroline Joes Standpunkt erklären sollte.

»Der Bürgerkrieg«, sagte Caroline nachdenklich, »er ist schon so lange vorbei. Und die Sklaverei wurde danach abgeschafft, weil die Union den Krieg gewonnen hat. Dann wurden die Südstaaten alle nach und nach wieder in die Union aufgenommen. Die amerikanische Verfassung gilt für alle Staaten. Und das bedeutet, dass alle Bürger gleichermaßen ein Recht auf Leben und Glück haben ... So hat es mir Virginia erklärt«, setzte sie hinzu.

»Das stimmt«, Kathy nickte und ließ sich auf einen Stuhl sinken. Sie wirkte erschöpft. Caroline goss das Wasser aus und setzte sich zu ihr.

»Aber, weißt du«, fuhr Katherine fort, »so einfach ist das nicht ... Luis kann dir das besser erklären.« Sie überlegte kurz. »Also, die Verfassung gilt natürlich. Aber die einzelnen Staaten sind doch sehr unabhängig, und sie machen ja auch ihre eigenen Gesetze. Und in den Südstaaten wurden seit dem Krieg eine Menge Gesetze gemacht, die die Rassentrennung vorschreiben.«

»Ach so, jetzt verstehe ich es besser. Aber ist dies denn ein Staat des Südens? Virginia hat mit erklärt, dass Kentucky während des Krieges in der Union geblieben ist.«

»Offiziell schon. Und die meisten Bürger standen auch tatsächlich hinter Lincoln und haben für den Norden gekämpft, so wie Luis. Einige kämpften aber auch für den Süden. Wir waren während des Krieges besetzt, zeitweise zumindest, von den Truppen der CSA. Viele Schlachten haben hier stattgefunden. Kentucky war ein Grenzstaat, wo Nord und Süd aufeinandertrafen.«

Caroline nickte nachdenklich. Sie stellte sich die Situation vor: ein Bundesstaat der Union, trotzdem ein Sklavenstaat. »Da hat es sicher in vielen Familien Konflikte gegeben.«

»Genau, du hast es erfasst. Man nennt das hier ›Feuds‹, also Familienfehden. Manche dauern bis heute an.«

»Aber Joseph und Luis ...«

»Hallo!«, erklang Virginias Stimme von der Tür her. »Hier seid ihr! Wie schön, dich zu sehen, Carol!« Sie umarmte ihre Mutter und die Freundin. »Das Kleid wird sehr schön!« Sie strahlte. »Ich bin so glücklich!«

Virginias Freude war ansteckend. Caroline bemerkte mit Erleichterung, dass Kathys Gesicht wieder einen heiteren Ausdruck annahm. Sie drückte ihrer Tochter dankbar die Hand und lächelte.

»Ich werde Gab Bescheid sagen, dass er sich um Golden kümmert, damit ich gleich Zeit für dich habe, Carol«, kündigte Virginia an und machte Anstalten, zum alten Farmhaus hinüberzugehen.

»Nein, warte!«, rief Caroline hinter ihr her. »Wir machen es gemeinsam. Ich komme mit dir in den Stall.«

»Ist etwas vorgefallen?«, fragte Virginia, als sie Golden Rose absattelten und trocken rieben. »Deine Stimme hat irgendwie so geklungen.«

»Du hast doch den siebten Sinn, Ginny! Weißt du, wir sollten Gabriel jetzt nicht stören.« Und sie erzählte, so gut sie es auf Amerikanisch vermochte, von dem Vorgefallenen.

»Oh, mein Gott!«, rief Virginia. »Joe muss verrückt sein, Vater so zu belasten!«

»Er hat mir so leid getan. Und der Reverend auch. Joe tat so, als hätten sie etwas Fürchterliches verbrochen. Und deine Mutter hat sich aufgeregt.«

Virginia schüttelte den Kopf. »Er wird es noch schaffen, Vater mit seinen ewigen Diskussionen ins Grab zu bringen. Er kann sich einfach nicht damit abfinden, dass der Süden

den Krieg verloren hat, dass die Zeit der Sklaverei vorbei ist, dass sich die Welt weitergedreht hat und weiterdrehen wird.«

»Aber Joe war doch bei Kriegsende noch ein Kind.«

»Er hat Vater immer Vorwürfe gemacht, dass er damals auf Seiten der USA gekämpft hat und nicht für die Ideale des Südens. Joe wollte immer ein Südstaaten-Gentleman sein. Ich kann mich nicht erinnern, ihn jemals anders erlebt zu haben ... Er war fünfzehn, als ich geboren wurde, und dieser ewige Streit mit Vater ist eine meiner Kindheitserinnerungen.«

Caroline hatte gespannt zugehört. Nachdenklich strich sie mit dem Striegel über die Kruppe der goldbraunen Stute. »Deine Mutter sagte eben, dass es diese Feuds hier gibt ...«

»Ja«, bestätigte Virginia bitter, »das trifft wohl auch auf meine Familie zu. Da stehen sich zwei Welten gegenüber, in Gestalt von Vater und Sohn.«

»Ich verstehe das nicht«, bekannte Caroline ehrlich. »Onkel Luis ist ein so guter Mensch!«

»Oh, Joe hat auch seine guten Seiten, Carol. Vater kann mit ihm alles Geschäftliche ausgezeichnet regeln. Er hat die Farm vergrößert, sehr gut gewirtschaftet und uns alle wohlhabender gemacht. Aber dieses Weltbild, das er da hat, ist so eingeprägt, so unerschütterlich. Für ihn ist es undenkbar, die Rassensegregation aufzugeben. Und seine Frau, Amanda Sue, denkt natürlich ebenso. Sie kommt aus einer alten Pflanzerfamilie in Virginia, dort, wo die Hauptstadt der CSA war. Sie ist eine echte Southern Belle, eine schöne vornehme Dame aus dem Solid South. Für Joe war es das Ziel seiner Wünsche, eine wie sie zu heiraten. Und die beiden Söhne erziehen sie ganz in diesem Stil.«

»Ich verstehe. Danke, dass du es mir erklärt hast, Ginny.«

»Dabei haben wir noch Glück gehabt! Kentucky hat sich zunächst für neutral erklärt, verblieb aber immer in der Union«, fügte Virginia noch hinzu. »In den anderen Südstaaten wurden nach dem Krieg Militärregierungen eingesetzt, hier nicht. Die ganze Reconstruction ist an uns vorbeigegangen. Und das, obwohl einige Leute hier so verrückt waren, während des Krieges eine Art Gegenregierung zu bilden und sich auf die Seite der Konföderierten zu schlagen.«

»Reconstruction?«

»So nennt man die Zeit nach dem Bürgerkrieg, bis alle Südstaaten wieder in die Union aufgenommen wurden. Das war für viele eine sehr harte Zeit mit Reparationsleistungen und dem Entzug des Wahlrechts. Der Süden war verwüstet, und, was das Schlimmste für die Südstaatler war, sie verloren ihre Unabhängigkeit. Sie mussten in die Union zurück, ob sie wollten oder nicht.«

»Deine Mutter hat gesagt, dass Kentucky von den Konföderierten besetzt war.«

»Ja, aber nicht sehr lange. Außerdem führte dieser Bruch der Neutralität dazu, dass man Partei für den Norden ergriff. Kentucky ist einer der sogenannten Border States, die genau zwischen dem Norden und dem Süden liegen. Sowohl Präsident Lincoln als auch der Präsident der Konföderierten, Jefferson Davis, stammten aus Kentucky. Das erscheint mir immer wie eine Metapher. Ein zerrissenes Land zwischen den Fronten, bis in die Familien hinein – obwohl die Unionstreuen stets in der Mehrheit waren.«

»Du bist sehr klug, Virginia. Du weißt alles und ...«

»Unsinn!« Virginia lachte.

»Doch, es ist so. Und ich, ich weiß nicht einmal, was ein College ist.«

»Wie kommst du jetzt darauf?«

»Du hast doch gesagt, dass du Victoria von euren College-Tagen her kennst.«

»Ach so. Ja, das stimmt. Wir haben beide am Kentucky State College in Lexington studiert.«

»Studiert ... Ginny, ich beneide dich! Weißt du, dass in Deutschland die Frauen nicht studieren dürfen?«

»Nein. Aber auch dort wird es sicher bald so weit sein.« Virginia führte Golden Rose in ihre Box, streute Heu in den Trog und stellte Wasser hin.

»Vielleicht, ja, vielleicht hast du recht. Aber ich, weißt du, ich ... bin so ungebildet, ich ...« Caroline schüttelte den Kopf. »Ich habe gutes Benehmen gelernt, stell dir so etwas vor, Ginny, und Handarbeiten und wie man sich vornehm ausdrückt. Das ist alles so lächerlich! Ich meine, jetzt kommt es mir lächerlich vor. Meine Eltern dachten, das ist alles, was man braucht als Frau. Und dann heiratet man einen Studierten.«

Virginia nahm sie beim Arm. »Komm, wir gehen zurück.«

»Was hast du eigentlich nach dem College gemacht?«

»Ich habe vor vier Jahren abgeschlossen. Danach war ich mehr als zwei Jahre lang Lehrerin in Lexington ...«

»Was?«, unterbrach Caroline sie. »Das hast du mir nie erzählt!«

Virginia lächelte, schwieg aber dazu.

»Wir setzen uns auf die Veranda«, schlug Caroline vor. »Eine halbe Stunde habe ich noch.« Sie zog die Freundin neben sich auf die Schaukel. »Warum bist du nicht Lehrerin geblieben?«

»Mutter und Vater brauchten mich hier. Ich habe mich in Tom verliebt. Und ich ... Ach, nein, das erzähle ich dir später.«

»Okay.« Caroline nickte. »Und jetzt? Freust du dich darauf, zu ihm zu ziehen, für immer mit ihm zusammen zu sein?«

»Ja«, sagte Virginia einfach. »Ich habe es mir reiflich überlegt. Er ist es.«

Sie saß ganz ruhig, ihr Gesicht war entspannt. Sie sah aus wie ein Mensch, der mit sich selbst im Reinen ist.

»Ich beneide dich auch darum, Ginny.«

»Um Tom?«

»Nein, um deine Ruhe, um deine Sicherheit, mit der du sagst: ›Er ist es.‹ Und danach handelst.«

Virginia lehnte sich zurück und schaukelte langsam vor und zurück. Versonnen sah sie auf das grüner werdende Land. Die tief stehende Sonne tauchte ihr Gesicht in ein warmes goldenes Licht.

»Du hast mir mal gesagt, eine Frau müsse ihren Verstand entwickeln, bevor sie einen Mann wählt. Meine Mutter hat mir immer vorgeworfen, dass ich zu ...« Caroline suchte nach Worten. »Virginia, ich muss das ausnahmsweise mal auf Deutsch sagen. Alles kann ich eben doch noch nicht. Eigentlich viel zu wenig – weißt du, dass ich *Uncle Tom's Cabin* wieder aus der Hand gelegt habe? Es ist doch etwas anderes als deine Kinderbücher und die Schulbücher aus der Elementary School.«

»Du bist gerade einmal ein gutes halbes Jahr hier! Ich sage dir: Wenn wir zwei im nächsten Jahr hier sitzen, kannst du es lesen.«

»Du bist sehr lieb zu mir – und sehr nachsichtig.«
»Also, was war mit deiner Mutter?«
»Sie meinte, ich sei zu leidenschaftlich. Ich sollte August, diesen Juristen, heiraten, das sei vernünftig. Aber Georg habe ich sofort geliebt, Ginny, buchstäblich sofort. Ich konnte mich nicht wehren.«
»Ich glaube, du hast da etwas missverstanden. Es geht doch nicht darum, die Gefühle auszuschalten. Es geht darum, Verstand und Gefühl in Einklang zu bringen. Wenn du für diesen August keine Gefühle hattest, war es richtig, ihn nicht zu nehmen.«
Caroline drückte Virginias Hand. »Sehen wir uns bald?«
»So bald du kannst«, ermunterte Virginia sie. »Wir könnten ausreiten.«
»Gut, dann am Sonntagvormittag.«
»Ich komme dir entgegen, auf halber Strecke.«

Kapitel 19

Der Mai rückte näher und damit Virginias Hochzeitstermin. Das große Herrenhaus der Mellinors, das Toms Großvater erbaut hatte, verfügte über einen kleinen Saal, wo gemeinsam gegessen werden sollte, um dann anschließend in einer der Scheunen und im Freien zu tanzen und zu feiern. Caroline freute sich aufrichtig auf alles, zumal Virginia ihr am Sonntag überraschend vorgeschlagen hatte, *Mellinor's Tobacco Plantation* vorab zu besichtigen.

Tom begrüßte sie auf der großzügigen Veranda, führte sie im Haus und im Park herum und zeigte ihr schließlich einige der Tabakfelder. Virginia ging dabei an seinem Arm, und so, wie sich die beiden von Zeit zu Zeit ansahen, wusste Caroline, wie richtig die Wahl ihrer Freundin war. Toms Besitz war riesig, so jedenfalls erschien es Caroline, auch noch, als er ihr sagte, mit Leuten wie den Kirbys oder den Hillyards könne er gewiss nicht mithalten.

Tom war genauso nett und zuvorkommend, wie sie ihn schon bei dem Scheunenfest erlebt hatte, sodass sie jetzt die flüchtige Ähnlichkeit seiner äußeren Erscheinung mit der Felix Ofterdingens endgültig aus ihrer Erinnerung verbannte. Er war gut, aber nicht übertrieben elegant gekleidet, und seine hervorstechendsten Eigenschaften schienen seine Herzlichkeit und seine optimistische Ausstrahlung zu sein. Caroline gefiel dass alles ungemein. Insgeheim wünschte sie sich, häufig Gast in Mr und Mrs Mellinors Haus zu sein. Ganz im Gegensatz zu Joseph Maiers Herrenhaus strahlte dieses hier Gemütlichkeit aus und wirkte anheimelnd, Joes dagegen war von kühler Eleganz.

Beim Abschied schaute Caroline auf zwei Menschen, die sich umarmten, zärtlich küssten und einander so vertrauensvoll in die Augen blickten, dass ihr nur ein Wort dazu einfiel: Harmonie.

Auf dem Heimweg schilderte sie der Freundin ihre Eindrücke. Virginia sah zu ihr hinüber, lächelte glücklich und erwiderte: »Das ist schön, dass du das sagst! Es ist auch so. Und dass du es so deutlich gespürt hast, zeigt mir, dass ich mich nicht in dir getäuscht habe.« Sie schien einen Moment zu überlegen, dann sagte sie: »Victoria hat mich auf dich angesprochen.«

Mit einem Schlag war Caroline aus ihrer Stimmung gerissen. So sachlich, wie es ihr möglich war, fragte sie: »Was hat sie denn gesagt?«

»Sie hat mich, nun, sagen wir, ein bisschen auszufragen versucht. Wer du bist, warum du ausgewandert bist. Und dann behauptete sie, Chris O'Connell habe dich nach Hause gebracht.« Sie sah Caroline mit einem merkwürdigen Blick an.

»Sie ist O'Connells Freundin, nicht wahr, die beiden sind ein Paar?« Bevor Virginia antworten konnte, setzte sie hinzu: »Für mich sah es so aus.«

»Nein, ein Paar sind sie nicht. Oder soll ich sagen: noch nicht? Bei Vic weiß man nie. Sie hat sich in den Kopf gesetzt, dass er der richtige Mann für sie ist. Aber es wird schwierig, sehr schwierig, selbst für sie.«

»Warum?«

Virginia schien nachzudenken. War es so schwer zu erklären, warum O'Connell für die reiche Miss Hillyard nicht leicht zu erobern war?

»Aber auf dem Scheunenfest, da war sie es doch, die ihn dazu gebracht hat, Gitarre zu spielen«, wandte Caroline ein.

»Da irrst du dich. Vater wollte, dass er spielt. Vic wollte, dass er mit ihr tanzt. Da hat er wohl die Gitarre vorgezogen.« Virginia lächelte unwillkürlich. »Das verträgt sie nicht gut, meine liebe Victoria. Aber Chris ist eben die schwierigste Hürde, die man sich hier im County aussuchen kann.«

Sie ritten im Schritt nebeneinander her. Virginia sah Caroline an.

»Ich glaube, Vic ist besorgt, weil er dich nach Hause gebracht hat. Vielleicht fürchtet sie Konkurrenz.«

»Bei Mr. O'Connell?«, fragte Caroline. »Ich glaube, er mag mich gar nicht. Jedenfalls war er unfreundlich.«

»Und dann bringt er dich nach Hause?«

»Es war damals, als der Schneesturm war. Mein Pferd hatte sich verletzt; ich habe Silver Star bei ihm untergestellt.«

Merkwürdig, dachte Virginia, im Schneesturm bringt er sie zur Farm zurück ...

»Ich konnte ja schlecht bei ihm um Nachtquartier bitten«, resümierte Caroline, als habe sie Virginias Gedanken erraten. Als ihre Freundin dazu schwieg, fragte sie: »Warum möchte Victoria ihn unbedingt?«

»Er ist ein Pferdemann. Er ist attraktiv – wenn man auf solche Naturburschen steht. Sie meint, sie könne ihn lenken, er sei weich und empathisch. Er hat nicht viel Geld, sie umso mehr.«

»Deshalb möchte sie ihn heiraten?«

Virginia schürzte die Lippen und nickte. Weich und empathisch, dachte Caroline, zu mir war er das nicht. Aber dann sah sie das Bild vor sich, wie O'Connell vor White Magic gestanden und wortlos mit der Stute gesprochen hatte. Und sie erinnerte sich daran, wie sicher sie selbst sich mit einem Mal gefühlt hatte, als er seinen Arm um sie gelegt hatte, mitten im Schneesturm ...

Sie schluckte. »Komm, wir reiten den Rest des Weges im Galopp!«, rief sie und spornte Silver Star an, als gelte es, ein Rennen zu gewinnen.

Anna erholte sich nur langsam, schien aber jedes Mal aufzuleben, wenn sie Besuch von Victoria bekam. Franz sah das mit ungeheurer Erleichterung. Nach wie vor schien es Victoria Hillyard unangenehm zu sein, wenn Caroline bei den Besuchen zugegen war, auch wenn sie nur den Tee servierte und sich anschließend zurückzog. Zudem war stets Martha Kerner, das deutschsprachige Dienstmädchen der Hillyards, anwesend. Manchmal erschien es Caroline, als werde ihr Name genannt, und einmal war es ihr sogar, als habe sie Anna »Georg« sagen hören. Aber sie verbannte diesen Eindruck in den Bereich des Unmöglichen. Ginny hatte ihr gesagt, warum Victoria sich für sie interessiert hatte: ausschließlich wegen Christopher O'Connell, und inzwischen wusste die reiche Lady sicher, dass zwischen ihr und diesem Mann keinerlei Verbindung bestand.

In diesen Tagen waren die Männer von morgens bis abends auf den Feldern, um zu pflügen, zu eggen und zu säen. Das Vieh weidete schon auf den nun sattgrünen Wiesen. Die beiden Clydesdales hatten ein volles Tagespensum, so dass Franz eines Tages sagte, er müsse wohl entweder noch zwei Pferde anschaffen oder größere Maschinen mieten, vor die man zehn oder mehr dieser Arbeitspferde spannen und damit ein viel größeres Pensum schaffen könne.

Caroline versorgte Haus und Garten, kümmerte sich um die Hühner und fuhr oder ritt in die kleine Stadt, um die Einkäufe zu erledigen. Anna, noch zu schwach, um den ganzen Tag über aufzubleiben, konnte sich wenigstens hin und wieder mit ihrem Sohn beschäftigen, so dass Caroline immerhin diesbezüglich entlastet war. Wenn die Männer abends müde von der Feld- und Stallarbeit kamen, musste für ein kräftiges Essen gesorgt sein. In ihrer ersten Zeit in Kentucky hatte es sie immer wieder erstaunt, wie oft man hier in Amerika Fleisch aß. Aber jetzt, nach beinahe neun Monaten Aufenthalt, wusste sie, dass die Männer diese Kost brauchten, um die anstrengende Arbeit leisten zu können. Auch sie selbst hatte sich daran gewöhnt, fast täglich Fleisch zu essen, dazu viel Gemüse und Brot. Die häufige Arbeit im Freien und das viele Reiten hatte sie abgehärtet. Ihre Haut war gebräunt, ihr Körper vitaler und viel muskulöser als vor ihrer Ankunft. Jetzt konnte sie sich ein Leben, wie sie es in Berlin geführt hatte, kaum noch vorstellen. Den ganzen Tag Handarbeiten im Sitzen, und ab und zu ein Gang ins Geschäft, um fertige Sachen abzugeben, unfertige abzuholen ... Das kleine Zimmer in Lehmanns Drei-Zimmer-Wohnung, die große Stadt, die grauen Straßen, die Sehnsucht nach dem Wald, nach dem Geruch der Natur – wie weit war das alles weg! Oft hielt sie ganz unvermittelt inne in ihrer Arbeit im Garten, richtete sich auf und stand, das Gartengerät noch in der Hand, ganz still und blickte um sich. Dann fühlte sie wieder genauso wie beim ersten Besuch auf dieser Farm: Dieses Land war wunderbar, es gehörte zu ihr, es war das, was sie gesucht hatte!

Zwei Tage vor Virginias Hochheit stand sie wieder so und schaute auf die stille Schönheit der grünen Ebenen, der sanften Erhebungen, des silbern schimmernden kleinen Bachs in der Ferne, der Wälder und Hügel am Horizont. Auch jetzt ließ sie sich von der Faszination dieses Bildes einfangen, gleichzeitig aber dachte sie über die Menschen nach, mit denen sie hier zusammen lebte. Franz gewann zunehmend seine Heiterkeit und seine Sicherheit zurück – und das vor allem, weil es Anna nach der Krankheit besser ging. Es schien, als sei das Ganze glücklich überstanden. Am Vormittag war Victorias Kutscher mit dem hübschen Buggy eingetroffen und hatte Anna abgeholt.

»Vicky hat mich eingeladen!«, hatte sie am Morgen mit einem strahlenden Lächeln im Gesicht mitgeteilt und Caroline gebeten, auf Fränzchen aufzupassen. Und auf Carolines erstaunten Gesichtsausdruck hin hatte sie hinzugefügt: »Du hast ja auch eine neue Freundin hier: Virginia. Und ich habe jetzt auch eine.«

»Das freut mich, Anna, dass ihr euch so gut versteht«, hatte Caroline ehrlich bekannt. Es schien ihr weitaus besser, wenn Anna sich mit Victoria Hillyard traf und dadurch ihre gute Laune und ihren Lebensmut zurückgewann, als wenn sie sich weiter allein auf der Farm grämte und nicht eingewöhnte.

Die langen Abende mit Jake waren seltener geworden, weil er durch die viele Arbeit abends müde war und früh zu Bett ging. Aber immer noch versuchte Caroline, ihn mit gutem

Essen zu verwöhnen, sie nähte und strickte für ihn, und er revanchierte sich geduldig mit englischer Konversation und half ihr weiter durch die Schulbücher. In diesen Tagen konnten sie schon draußen auf der Bank sitzen, den Sonnenuntergang beobachten oder die Clydesdales, die nach einem langen Arbeitstag genüsslich weideten. Sie mochten sich, das sah man deutlich, und Franz, der sie auf seinem abendlichen Rundgang beobachtete, zog daraus seine Schlüsse.

Manchmal fasste Jake ihre Hand und drückte sie. Sie nahm das dankbar an, legte ihre freie Hand auf seine und lächelte ihn an.

Oft erinnerte sie sich an den Abend, als sie ihm von sich erzählt und er sie in die Arme genommen hatte – der erste Mann seit Georg, bei dem es ihr nicht unangenehm gewesen war. Abgesehen von Onkel Luis, dachte sie – und gerade in diesem Moment sah sie, wie der Maiersche Buggy mit der davor gespannten Keira in die Einfahrt einbog und den flachen Hügel hinaufkam.

»Onkel Luis!« Die Harke flog auf den Gartenweg, Caroline eilte dem Wagen entgegen, führte Keira zum Holm und band sie fest. Die Stute ließ sich bereitwillig streicheln und berührte Carolines Kopf mit ihrem weichen Maul.

»Das ist so schön, dass du kommst!«, rief sie und half ihm beim Aussteigen. »Du musst nur leider mit mir vorliebnehmen. Die Männer sind auf dem Feld, und Anna ist bei Victoria.«

»Nichts lieber als das«, antwortete Luis gut gelaunt. »Du hörst einem alten Mann wenigstens zu.«

»Komm!«, sagte sie freudig. »Ich koche Tee, und du machst es dir auf der Veranda gemütlich.«

Sie brachte ihm eine Decke und kam einige Minuten später mit der Kanne und zwei Tassen zurück.

»Ja, Onkel Luis, du musst mir noch ganz viel erzählen. Ich weiß doch nichts, und ich möchte alles lernen.«

Der Alte schaute sie dankbar an, lächelte und probierte den Tee. Caroline hatte von dem Gebäck gebracht, das sie am Vortag gebacken hatte. Es roch nach Nüssen und würzigem Teig.

Sie atmete tief ein und aus, so sehr freute sie sich über den unerwarteten Besuch. Dann nahm sie ihr Kopftuch ab und richtete das dunkle, zu einem lockeren Knoten gebundene Haar. Luis sah ihr dabei zu. Als sie es merkte, wurde sie verlegen und senkte den Kopf ein wenig. Er aber sagte ohne Umschweife: »Wenn du wüsstest, wie viele Männer es hier gibt, die sich so eine wie dich wünschen.«

»Onkel Luis, was führt dich her?«, fragte sie schnell, um das Thema zu wechseln.

»Hochzeitsvorbereitungen«, sagte er seufzend, »und ein alter Mann im Weg. Da komme ich doch lieber zu dir.«

»Erzählst du mir etwas?«

»Was willst du denn hören?«

»Wie war das, als du hierherkamst?«

»Oh!« Luis Maier lachte. »Da war ich ein junger Mann von 24 Jahren, voller Saft und Kraft.«

»Erzähl doch, Onkel Luis!«

»Ich kam noch mit dem Segelschiff an, mehr als einen Monat war ich unterwegs. 1850 war das.« Er blickte versonnen vor sich hin, so als erlebte er das alles noch einmal. »Es war keine gute Zeit in Deutschland. Wir hatten die Revolution gehabt ...«

Sie schaute ihn fragend an.

»Revolution – sagt dir das nichts? Haben sie euch in der Schule nichts darüber beigebracht? Na ja, das ist lange her. 1848.«

Caroline überlegte. Dann erinnerte sie sich und sagte auf Deutsch: »Doch, die Revolution. Unser Lehrer im Dorf hat gesagt, dass es gescheitert ist, die gottgewollte Ordnung zu beseitigen.«

Luis lachte. Es klang bitter. »Ja, so haben sie es euch erzählt«, sagte er auf Amerikanisch. »Wir wollten einen demokratischen Staat errichten. Wir wollten die Privilegien des Adels beseitigen, wir wollten Gleichheit und Freiheit. Viele von uns mussten fliehen, einige schafften es, andere nicht. Ich hatte Glück, ich kam aufs Schiff – anstatt ins Gefängnis oder an den Galgen.«

Caroline sah ihn erschrocken an. Das hatte sie nicht gewusst. Nie hatte Lehrer Kunert in dieser Weise über die Zeit damals gesprochen. Gleichheit und Freiheit ... Wer keine Obrigkeit anerkenne und keinen König, der leugne auch Gott, hatte es geheißen ...

»Wir waren die Forty-Eighter, als wir hier ankamen. Viele von uns sind geblieben, und einige errangen sogar hohe Ämter unter Lincoln. Carl Schurz zum Beispiel. Und wir waren Abolitionisten, Gegner dieser verfluchten Sklaverei. Wir verstanden nicht, wie ein Land, in dem Freiheit und Gleichheit herrschten, so wie wir es uns für unser Land erträumt hatten, die Sklaverei billigen konnte.« Er wiegte den Kopf. »Ja, wir waren Unionisten, da mussten wir gar nicht überlegen. Wir kämpften in diesem verdammten Krieg für die Union.«

»Und da hast du Gabriel kennengelernt.«

»Das war schon vorher. Als ich in Amerika ankam, habe ich im Kanalbau gearbeitet und im Eisenbahnbau, zwei Jahre lang. Ich hatte etwas Geld mitgebracht, weil ich mein Erbteil verkauft hatte, dazu eisernes Sparen – ich hatte also ein bisschen was. Damit kam ich 1852 in Kentucky an. Das Land hier ... Als ich es sah, wusste ich, dass ich bleiben würde. In Parwinch lernte ich eine junge Lady kennen, die Tochter des Tierarztes.«

»Tante Kathy?«

»Genau. Und diese junge Lady wollte nicht einen der hier ansässigen Männer heiraten, die um sie warben, sondern ausgerechnet mich, den Neuankömmling, den Habenichts.« Er lachte verschmitzt. »Tja, das war mein Glück. Ihr Vater bat bei dem reichen Mr Hillyard um ein Stück Land, 40 Acres, von seinem riesigen Besitz. Und er gab es mir zu einem anständigen Preis. Ich zahlte an, mein Schwiegervater bürgte für mich bei der Bank, so nahm alles seinen Lauf. Ein Jahr später heiratete ich, arbeitete hart, dann kamen die beiden Jungs. Die Farm warf gutes Geld ab, ich vergrößerte sie, als mein Nachbar verkaufte.«

Caroline hatte gespannt zugehört. Was für eine Geschichte!

»Viele von den 48ern, die Studierte waren, kamen hier nicht klar, fuhren zurück. Ich war einer der wenigen, die was von der Landwirtschaft verstanden und vom Vieh. Das war mein Vorteil, und ich nutzte ihn.«

»Mr Hillyard – war das Victorias Großvater?«

»Ja. Ein wirklicher Gentleman, einer von der alten Schule. Ein Sklavenhalter ...«, Luis schüttelte den Kopf, »Trotzdem ein Ehrenmann, irgendwie ... Merkwürdig, wir waren Gegensätze, er und ich ... Aber es gibt eben nicht nur schwarz und weiß – da sind viele Grautöne dazwischen.« Er sah versonnen vor sich hin.

Was mochte er wohl denken? Wie viele *Grautöne* hatte er gesehen ...? Ja, genau darin lag die Schwierigkeit, in diesen *Grautönen*. Mutter hatte sie verstoßen, ihr das Kind genommen, sie für tot erklärt – und diese Mutter sorgte nun für ihre Tochter.

»Später verstand ich mich auch gut mit Victorias Vater«, hörte sie Luis sagen. »Er ist ja erheblich jünger als ich.«

»Ich habe es gesehen. Auf dem Scheunenfest ...«

»Als ihm die Frau starb, kurz nach Victorias Geburt, da konnte er einen Freund brauchen.«

Caroline schwieg bestürzt. Victoria Hillyard war ohne ihre Mutter aufgewachsen – vielleicht hatte sie ihr unrecht getan und nur Vorurteile gegen sie genährt ...

»Aber du hast nach Gab gefragt. Er kam aus dem Süden über die Underground Railroad. Eigentlich wollte er nach Kanada. Kurz danach begann der Krieg. Ich gab ihn als meinen Arbeiter aus, er ging mit mir in die Armee.«

»Was ist die Underground Railroad?«

»Das ist ein geheimes Netzwerk gewesen. Ein Netzwerk von Leuten, die entflohene Sklaven durch Kentucky nach Norden schleusten, ihnen Unterkunft und Verpflegung gaben. Wir hatten unsere Häuser, wo wir sie unterbrachten, Wege, die wir ihnen zeigten. Hinter dem Ohio-River begann die Freiheit. Als ich Gab zum ersten Mal sah, zeigte er mir die Spuren der Peitsche auf seinem Rücken.«

Carolines Hand fuhr an den Mund. »Oh, nein!«

»Er blieb dann, obwohl es gefährlich war. Damals standen in allen Zeitungen Suchanzeigen für entlaufene Sklaven. Wir haben noch vielen seiner Leidensgenossen geholfen zu entkommen. Dann folgte der Krieg. Später kämpften viele Schwarze in der Unionsarmee, mehr als 150.000 Mann, glaube ich. Ab ...«, er überlegte, »... Sommer 1863 wurden sie als Soldaten aufgenommen.«

»Und davor?«

»Als Burschen für die Offiziere. Es war immer ein hohes Risiko für sie. Wenn sie den Südstaatlern in die Hände fielen, wurden sie meistens getötet, auch wenn sie sich ergaben. Die Weißen gingen in die Gefangenenlager ... Aber dort ... Es war auch die Hölle. Viele von meinen Kameraden sind in Gefangenschaft gestorben, an Hunger, an Krankheiten.« Luis schaute sie an. »Es ist vorbei.«

Sie ließ ihre Hand wieder sinken und nickte. Nach und nach wich der erschrockene Blick aus ihrem Gesicht. Luis nahm ihre Hand. »Vielleicht hätte ich es nicht erzählen sollen.«

»Doch, Onkel Luis, doch. Es war ja so, damals.«

»Ja«, bestätigte der Alte, »damals. Aber heute ist heute, und ich muss noch bei eurem Nachbarn vorbei wegen der Musik.«

Er stand auf.

»Wegen der Musik bei Ginnys Hochzeit?«

»Genau. Ich bin ein alter Mann und zudem der Brautvater. Ich kann nicht die ganze Zeit spielen.«

Caroline nahm seinen Arm und begleitete ihn zu seinem Wagen.

»Chris wird mir wohl den Gefallen tun. Er spielt ausgezeichnet. Wäre schade, wenn ich einen schlechteren Gitarristen nehmen müsste ... Was ist? Warum sagst du nichts?«, setzte er fragend hinzu, als Caroline weiter schwieg.

Sie sah in etwas ratlos an.

»Chris ist ein harter Brocken«, sagte Luis unvermittelt. »Seine Frau hat ihn verlassen, mit einem Kuckuckskind. Er dachte, es wäre seins. Er war schon immer einer von den Stillen, den Zurückgezogenen, aber seitdem ist er so etwas wie ein Einsiedler geworden. Ein Wunder, dass er zu meinem Fest damals gekommen ist ...« Sein Blick streifte die junge Frau.

Mein Gott!, überlegte sie. Was er wohl denkt? Aber ich habe doch nichts zu verbergen? Ich mag O'Connell nicht, er mag mich nicht. Und er hat von Frauen die Nase voll. Jetzt weiß ich wenigstens, warum.

»Victoria möchte Mr O'Connell heiraten.«

»Na, dann viel Glück!« Luis lachte unwillkürlich. »Wie ich schon sagte: ein harter Brocken.«

»Onkel Luis?«

»Na?«

»Darf ich ... dich ab und zu besuchen? Und du erzählst mir was und erklärst mir alles?«

»Nur zu!«, sagte der Alte freundlich und zog sich auf den Buggy hinauf. »Wann immer du willst.«

Kapitel 20

Anna kam spät aus *Blue Waveland* zurück. Wieder fuhr der Kutscher mit dem Buggy vor und brachte eine ausgesprochen hingerissene Frau nach Hause.

»Stellt euch vor«, erzählte sie mit lebhafter Stimme, »ein Haus, so groß, so prächtig, wie ihr noch keines gesehen habt. Sechs Säulen, eine riesige Veranda, der Kamin mannshoch. Zwanzig Zimmer oder mehr. Und die Farm, der Tabakanbau, die Rinderzucht! 6000 Acres! Dazu das berühmte Gestüt – und die Brennerei! *Hillyard's White Horse* ist die älteste im County. Vickys Urgroßvater hat sie aufgebaut. Und ihr Ur-Ur-Großvater kämpfte im Unabhängigkeitskrieg und bekam zur Belohnung für seine Dienste das Land geschenkt. Ihr Vater und ihr Bruder sind so nett! Elegante Herren mit tadellosen Manieren. Vicky ist wunderbar! Sie ist so stark, so selbstständig. Sie hat studiert, stellt euch vor! Ach, *Blue Waveland* ist einfach traumhaft schön!«

Das war sicher der längste Monolog, den Anna seit ihrer Ankunft in Kentucky gehalten hatte. Sie steigerte sich immer mehr in Begeisterung hinein und schwärmte von dem Herrensitz in einer Weise, die selbst Franz, so froh er auch über die Freude seiner Frau war, Angst machte. Nie würde er ihr auch nur etwas annähernd Ähnliches bieten können.

Caroline wechselte einen Blick mit Jake, der nur den Namen *Blue Waveland* verstanden hatte. Sie zuckte mit den Schultern und lächelte. Es lag etwas Schmerzliches darin.

Am nächsten Tag bereiteten sie sich auf die Hochzeitsfeier vor. Das Baden, das Waschen und Trocknen der Haare nahm Zeit in Anspruch. Anna probierte ihr neues Kleid an, Caroline den neuen Hut. Sie drehten sich vor dem Spiegel. Anna lachte ihre Freundin ausgelassen an. Es war das erste Mal seit langer Zeit.

Am Samstag standen alle früh auf. Die beiden Frauen frisierten sich gegenseitig und ersetzten die einfachen Haarknoten durch kunstvoll aufgesteckte Frisuren. Caroline drehte Annas Stirnhaar in kleine Löckchen.

»Wunderschön«, urteilte Franz in ehrlicher Bewunderung. »Wie schön du bist, meine Anna!« Es klang heiter und aufgeräumt.

So wie damals in Zehlendorf, dachte Caroline. So haben sie sich damals angesehen, so habe ich sie kennen- und lieben gelernt. Sie nickte Franz freudig zu. Anna lächelte, ging auf ihren Mann zu und gab ihm einen herzlichen Kuss.

Reverend Barnickles Kirche war bis auf den letzten Platz besetzt. Seine schlichte Predigt war kurz und auf den Spruch zugeschnitten, den Tom und Virginia sich für ihre Trauung ausgesucht hatten:

Was bleibt, sind Glaube, Hoffnung, Liebe. Aber die Liebe ist die größte unter ihnen.

Der Chor der Gemeinde sang die vom Brautpaar ausgewählten Lieder. Auch zwei Spirituals waren dabei, etwas, das Joe veranlasste, demonstrativ sein Gebetbuch aufzuschlagen und darin zu lesen. Seine Frau Amanda Sue tat es ihm gleich, bis sich die Gemeinde zum Schlussgebet erhob. Beide hatten unmissverständlich klargemacht, dass sie dem Gottesdienst und der Hochzeit fern bleiben würden, sollte es auch nur in Erwägung gezogen werden, Amy und Gabriel einzuladen. Virginia hatte schweren Herzens mit ihrer alten Kinderfrau gesprochen und sie für den Tag nach der Hochzeit zu sich auf die Plantage gebeten. Die Tränen in Amys Augen hingen ihr nach. Sie hatte ihre Freundin umarmt und geküsst, und Gab hatte gesagt: »Wir wissen schon, Miss Ginny, du bist nicht so. Wir kommen gern am Sonntag auf die Plantation.«

Caroline konnte den Blick nicht von der schlanken, kerzengerade vor dem Altar stehenden Braut wenden. Das herrliche braune Haar war zu einer voluminösen Krone aufgesteckt worden, der Schleier reichte bis zum Boden, das weiße Kleid hob die schmale Taille hervor. Tom steckte ihr den Ring an den Finger. In seinem eleganten Anzug sah er großartig aus, wie ein spanischer Grande mit stolzen, indianisch anmutenden Gesichtszügen, feurigen Augen und goldbrauner Haut.

Caroline war hingerissen von dem Bild. Als sie sich davon löste, sah sie in Jakes Augen, die sie beobachtet hatten. Er lächelte ihr zu. Sie erwiderte seinen langen Blick, noch ganz in der Trauungsszene gefangen. Vor der Kirche nahm er ihren Arm und führte sie zum Buggy. Während der Fahrt zur Plantage saß sie neben ihm und sagte kein Wort. Um sie herum blühte das Gras, bläulich leuchtete es in der Sonne und machte seinem Namen alle Ehre. Der Duft berauschte sie und mischte sich mit dem des blühenden Klees.

»Im Frühling blüht das Gras blau«, hatte Luis ihr versprochen. »Du wirst es sehen.«

Blue Grass, so weit das Auge reichte – und sie fuhr zur Hochzeit ihrer besten Freundin mitten hindurch. Sie fühlte sich leicht, wie in einem schönen Traum. Und sie war entschlossen, sich dieses Gefühl, zumindest an diesem Tag, nicht mehr nehmen zu lassen.

Im engen Familien- und Freundeskreis ging man zu Tisch. Nick war mit Frau und Kindern gekommen, die Hillyards mit Miss Jean Kirby, Josephs Familie, die Gosslers, Reverend Barnickle, Jake und Caroline – die letzten drei auf ausdrücklichen Wunsch der Braut und gegen das Votum ihres ältesten Bruders. Von Toms Seite war nur sein 78 Jahre alter Großvater dabei. Er hielt die Tischrede, die seinem Alter gemäß kurz ausfiel, an Toms verstorbene Eltern erinnerte und mit der Botschaft abschloss, dass nun neues Leben in das alte Haus einziehen werde. James Mellinor war ein ruhiger, entspannter alter Herr mit weißem Haar und blauen Augen. Mit seinem verschmitzten Lächeln und den Grübchen in den Wangen erinnerte er Caroline an Luis, der an diesem besonderen Tag noch fröhlicher und aufgeschlossener wirkte, als es gemeinhin der Fall war. An seiner Seite saß Kathy. Ihr Stolz auf ihre schöne Tochter, die sie im Alter von 36 Jahren und 15 Jahre nach ihrem Ältesten geboren hatte, stand ihr in das breite, freundliche Gesicht geschrieben. Als sich der alte Mellinor erhob, um die Tafel aufzuheben, bat Hillyard senior um Gehör, bedankte sich für die Einladung und gab die bevorstehende Verbindung seines Sohnes Patrick mit Miss Jean Kirby bekannt. Alles klatschte, Victoria stand auf und umarmte Jean und ihren Bruder. Anna sah ihre neue Freundin stolz und glücklich an.

Ein Fotograf war bestellt worden, der nun, nach dem ausgiebigen Mittagessen, das Brautpaar mit Brauteltern und ohne Brauteltern und mit Großvater James in unterschiedlichen Posen aufnahm. Das geschah in der weitläufigen Gartenanlage hinter dem Herrenhaus. Die übrigen Tischgäste erhoben sich und sahen zu oder zogen sich, wie Joseph und Nick, in das Herrenzimmer zurück, um es sich bei einem guten Whiskey und einer Zigarre gut gehen zu lassen. Caroline hätte gern einen Rundgang durch den Garten gemacht, wurde aber von Anna daran gehindert, die, kaum dass sie sich von der Tafel erhoben hatte, plötzlich erblasste und sich an ihrer Freundin festhielt. Sie schwankte und würgte und übergab sich schließlich, gestützt auf Caroline, im Badezimmer. Die bettete die zarte, kleine Frau auf das Sofa im Wintergarten und brachte ihr ein Glas Wasser. Langsam kehrte die Farbe in Annas Gesicht zurück. Als sie Caroline anlächelte, fiel der Schreck von ihr ab.

»Anna, Liebes! Was war denn los? Hast du das Essen nicht vertragen?«

Anna nahm einen Schluck Wasser. »Ich weiß nicht – aber ich glaube, ich bin in Hoffnung.«

Das war allerdings eine Überraschung! Caroline atmete erleichtert tief aus. Das war es also! Nun, das war kein Grund zur Sorge, im Gegenteil: »Ich freue mich für euch, Anna! Das ist schön, noch ein Kind auf der *Gossler Farm*!« Während sie das sagte, dachte sie an den Abend, als Franz ihr klarzumachen versucht hatte, dass Anna nicht mehr mit ihm schlafen wolle. Er hatte gelitten wie ein Hund, deutlich war das zu spüren gewesen. Und nun war sie schwanger, und dank Victorias Hilfe auch wieder froh.

Anna lächelte wieder. »Ja, ich glaube, ich freue mich auch ... Unser Franz ist ja schon bald drei Jahre alt. Da wird es wohl gehen.« Sie sah Caroline bittend an. »Wirst du mir helfen, durch die Zeit, meine ich? Bei Franz war es schon nicht so einfach. Tante Valerie musste zwei Mal kommen.«

Das hatte Caroline nicht gewusst. »Du weißt doch, ich bin da. Und außerdem muss ich sicher noch mindestens ein Jahr lang meine Schulden bei euch abarbeiten«, setzte sie lachend hinzu.

Anna nickte. Sie sah wieder ganz zufrieden aus und erholte sich zusehends.

»Soll ich Franz holen?«, erbot sich Caroline.

»Ja, ich glaube, ich sollte es ihm sagen.«

»Unbedingt. Er macht sich doch immer gleich Sorgen, wenn es dir nicht gut geht. Er muss wissen, warum du dich jetzt vielleicht manchmal nicht so wohlfühlst. Dann ist er beruhigt.«

Sie machte sich auf den Weg nach draußen und schickte den die Fotografieszene beobachtenden Franz zu seiner Frau in den Wintergarten. Sofort war sein Blick unruhig geworden, aber Caroline sagte leise: »Es ist etwas Wunderschönes, was sie dir sagen will.«

Seine Gesichtszüge entspannten sich. Caroline legte den Finger auf den Mund, ging um die Hausecke herum und begann ihre Runde durch den Park. Die Fenster des Herrenzimmers waren weit geöffnet, sie roch den Rauch teurer Zigarren, hörte Josephs Lachen und Nicks Stimme: »Was hättest du denn gemacht?«

Unwillkürlich blieb sie stehen.

»Na, hör mal!«, hörte sie Joes blecherne Stimme antworten. »Es ist ja schon dämlich genug, sich ein Kuckuckskind unterjubeln zu lassen. Aber wenn man schon so dämlich war, dann sollte man was draus machen. Ich sage dir auch, was. Ich wäre zu dem Vater des Kindes gegangen und hätte Geld von ihm gefordert, ein hübsches rundes Sümmchen.

Er war nämlich verheiratet, hatte selbst Kinder und wollte seine Ehe mit Sicherheit nicht auf's Spiel setzen.«

Kuckuckskind – das hatte sie schon mal gehört. Richtig: Onkel Luis hatte erzählt, dass Chris O'Connell ...

»O'Connell scheint sie sehr geliebt zu haben«, sagte Nick nachdenklich. »Er hat sie nicht einmal weggeschickt, sie ist gegangen.«

»Selbst schuld. Und jetzt tut er so, als wäre das ganze weibliche Geschlecht so niederträchtig wie seine Frau. Na, er muss damit leben. Aber wenn es stimmt, was Vater sagt, dann hat Vic eine harte Nuss zu knacken.«

Caroline hörte, wie eine Flasche geöffnet und Whiskey nachgegossen wurde.

»Sie hat viel Geld – und er hat wenig«, hörte sie Nick sagen. »Sie hat viele Pferde und ein Gestüt, das seinesgleichen sucht. Er ist ein Pferdemann. Hat ja alles abgeschafft, was an Vieh da war, bestellt keine Felder mehr, hat alles in die Gäule investiert. Und offenbar versteht er's wirklich. Er hat schon Steeplechase- und Cross Country-Sieger gemacht.«

»Danke, für mich nichts mehr«, sagte Joseph. »Meine Frau ... Aber was Vic betrifft: Wenn sie den Pferdeflüsterer bekommt, dann werde ich mich gut mit ihm stellen. Die Hillyards sind viel zu wichtig, als dass ich es mir mit ihnen verderben möchte. Und jetzt verschwägern sie sich auch noch mit den Kirbys ... Sag mal, Nick, das bringt mich auf ein anderes Thema. Was hältst du von *Berry Hill Farm*, von dem Namen, meine ich?«

Von der anderen Hausseite her war Lachen zu hören, lautes Klatschen und Juchzen, offenbar war die Fotografiererei zu Ende. Die ganze Gesellschaft schien jetzt wieder ins Haus zurückzukehren.

»Nick?«

Josephs Bruder schien irritiert zu sein. »Wieso? Warum willst du das wissen?«

»Ich möchte die Farm umbenennen. Unser Großvater mütterlicherseits hieß Berry, wie du weißt, Doc Berry. Ein echter Amerikaner. In diese Tradition möchte ich mich stellen.«

Caroline stockte der Atem. Wenn Luis das erfuhr – die Farm war sein Lebenswerk, und wie stolz war er darauf, dass sie seinen Namen trug!

Ich sollte nicht horchen, sagte sie sich. Das hat man mir eingeprägt, zu Hause ...

Nick schwieg noch immer.

Aber was hat man mir zu Hause nichts alles eingeprägt: sinnloses Zeug, zu nichts im Leben zu gebrauchen ... Der Gedanke fuhr durch ihren Kopf wie ein Blitz.

In diesem Augenblick trat Nicholas Maier ans Fenster. Blitzschnell machte Caroline zwei Schritte nach links, vom Fenster weg. Wenn er sich jetzt nur nicht umsah ...

»Die Idee gefällt mir nicht, Joe.« Nick stand am geöffneten Fenster und sah geradeaus in den Garten. Er zog an seiner Zigarre und blies den Rauch in die laue Luft. »Es ist Vaters Farm, er hat sie aufgebaut. Es ist nur recht und billig, dass sie seinen Namen trägt.«

»Dieser deutsche Name, Nick. Wir sind Amerikaner.«

»Ja, das sind wir. Aber es ist nun einmal so, dass Vater aus Deutschland eingewandert ist, vor 45 Jahren. Er kann nichts dazu, dass er so heißt. Und wie viele Deutschstämmige gibt es hier in Kentucky! Es ist die zweitgrößte eingewanderte Gruppe nach den Iren, glaube ich. Und was ist daran falsch? Vater ist Amerikaner geworden, mit Leib und Seele. Er wollte hierher, es ist sein Land. Nie wollte er zurück nach Deutschland.«

»Nicky«, Joe war an seinen Bruder herangetreten und legte ihm die Hand auf die Schulter, »ich will offen mit dir sprechen. Ich möchte für die Wahlen in zwei Jahren kandidieren ...«

Überrascht trat Nick einen Schritt zurück und wandte seinem Bruder das Gesicht zu. »Das ist allerdings eine Überraschung. Was willst du in der Politik? Du bist ein wohlhabender Mann geworden, gehörst schon zu den Gentleman Farmern, hast eine reiche Frau geheiratet. Was soll das, Joe?«

Vom Flur her waren jetzt Stimmen zu hören, die Tür öffnete sich, offenbar war jemand in das Herrenzimmer eingetreten. »Ah!«, sagte eine männliche Stimme. »Hier seid ihr! Whiskey und Zigarren – komm, Luis, das sollten wir uns jetzt auch genehmigen.«

Caroline verließ ihren Platz neben dem Fenster und ging, nach ein paar Schritten dicht an der Hauswand entlang, geradeaus in den Park in Richtung des Blumengartens. Alles blühte, alles war grün, alles duftete. Sie streckte ihre Arme nach den Seiten hin aus und atmete tief. Der intensive Duft des Flieders betörte sie; in den hellgrün belaubten Ästen der Bäume sangen die Vögel, die Rhododendronbüsche wiegten sich im Wind.

Joseph wollte den Namen seines Vaters tilgen – sie konnte nur hoffen, dass der gutmütige Nick ihm seine Unterstützung versagte. Schließlich trug seine Whiskeymarke ebenfalls diesen Namen, *Maier's Old Oaktree*. Und Joe wollte kandidieren, wie er gesagt hatte. Wofür? Für welches Amt? Hier in Amerika waren so gut wie alle Ämter Wahlämter, hatte sie gelernt ...

»Carol!«, hörte sie eine weibliche Stimme ihren Namen rufen. »Komm, es gibt eine Neuigkeit!«

Kathy stand mit dem kleinen Franz auf dem Arm in der Verandatür und winkte. Die Neuigkeit, Annas Schwangerschaft, hatte schon die Runde gemacht. Franz saß neben seiner Frau und hielt ihre Hand. Er strahlte Caroline an. Anna hatte sich offensichtlich erholt und ging mit hinüber zur Scheune, wo bereits die ersten Hochzeitsgäste eingetroffen waren. Hier sollte das eigentliche Fest stattfinden.

»Tom mag Vaters Scheunenfest«, hatte Virginia diese Entscheidung kommentiert, »er will unsere Hochzeit in diese Tradition stellen. Und ich bin damit mehr als einverstanden.«

Tom hatte seinen Freund Timothy, den er vom College her kannte, nicht nur wegen ihrer Freundschaft eingeladen, sondern auch weil er ausgezeichnet musizierte. »Er wird mich mehr als ersetzen«, hatte Tom Luis versprochen, »und ich hoffe, O'Connell kommt. Dann musst du nicht die ganze Zeit spielen.«

Matthew Maier, Reverend Barnickle, Timothy und Robert Barton, der dünne junge Mann mit der Fiddle, standen bereits auf der Bühne und spielten sich ein. Luis, dessen Rede noch ausstand, sah sich nach O'Connell um.

»Sieh doch mal nach, Carol, ob er in Sicht ist«, bat der alte Mann sie. »Wenn nicht, spiele ich eben zuerst und rede später. Es wäre mir aber lieber, ich könnte noch mal in den Text schauen.«

Virginia und Tom hatten genug damit zu tun, ihre Gäste in der mit Girlanden und Blumengestecken festlich geschmückten Scheune zu empfangen und die Geschenke entgegenzunehmen. Victoria war nirgendwo zu sehen.

Caroline hatte ein merkwürdiges Gefühl, als sie Luis' Wunsch entsprach. Sie hatte O'Connell nicht gesehen, seit sie zusammen mit Jake Silver Star bei ihm abgeholt hatte. Das war mehr als zwei Monate her. Vielleicht kam er gar nicht, sie traf ihn nicht, alles wäre gut. Und wenn doch ... Ich bedanke mich bei ihm, ganz höflich, ganz kühl, dass Silver so rasch genesen ist. Und das war es dann. Es ist absolut kindisch, sich schon wieder Gedanken darum zu machen.

So präpariert schritt sie auf den Ausgang der großen Scheune zu. Sie wusste, dass sie elegant aussah in ihrem weiß und blau gemusterten Kleid mit den bauschigen Ärmeln, dem glockenförmigen Rock und den Spitzenbesätzen. Sie trug den blauen Geburtstagshut mit den weißen Bändern. Darunter türmte sich ihr zu einer kunstvollen Frisur hochgestecktes schwarzes Haar. Sie hatte es Virginias Haarkrone nachempfunden und gefiel sich damit. Und sie gestand sich selbst ein, dass es ihr guttat, von vielen Männern bewundernd angesehen und gegrüßt zu werden. Aber es war nur Jake, dem sie sich nahe fühlte, als er ihr zuwinkte. Die Kette mit dem Posthorn trug sie auch heute, wie immer verborgen, unter dem Spitzenkragen ihres Kleides.

Die vor dem Haus ankommenden Buggys wurden von Angestellten entgegengenommen und auf der Freifläche hinter der Scheune abgestellt, die Pferde versorgt. Von O'Connell war nichts zu sehen. Caroline ging rasch um die Scheune herum, der Platz war voll mit Wagen und Pferden, aber auch hier war keine Spur von ihm. Sie atmete erleichtert auf. Ihn von weitem zu sehen, als Musiker auf der Bühne, darauf hatte sie sich eingestellt, nicht aber auf eine persönliche Begegnung.

Onkel Luis würde enttäuscht sein. Seine Rede, gewiss launig und humorvoll, musste warten. Sie hatte den Blick schon in Richtung des offenen Scheunentores gelenkt, als sie plötzlich stehen blieb. Etwas Weiß-Graues, Wolfsähnliches kam in schnellem Tempo auf sie zu gerannt. Ihr Herz schlug schneller, sie legte ihre Hand darauf. Es war ein Hund, der rasch näher kam – ein prächtiges langfelliges Tier, das jetzt in Schritt fiel. Seine Zunge hing aus dem offenen Maul, er hechelte und trabte langsam auf sie zu. Caroline hatte einen solchen Hund noch nie gesehen. Pfoten, Beine und Bauch waren weiß, die Brust hellbraun, das Rückenfell, länger und dichter noch als das übrige, glänzend schwarz. All das mischte sich in leuchtenden Tönen miteinander ohne scharfe Übergänge. Er schien ihr wie eine Mischung aus einem Schäferhund, einem Schlittenhund und dem schottischen Schäferhund, den Jake *Collie* genannt und ihr einmal auf einer Abbildung aus seiner Heimat gezeigt hatte.

Unwillkürlich stand Flic vor ihrem inneren Auge, der Schäferhund-Mischling, den Vater ihr zum Geburtstag geschenkt hatte und dem dieses Tier in Größe und Statur ähnelte. Flic, den sie so liebte und in der Heimat zurücklassen musste. Sie hockte sich auf den Boden und lockte das Tier, das vor dem Scheunentor stehen geblieben war. Der Hund kam tatsächlich heran, setzte sich vor sie hin und schaute sie mit seinen braunen Augen aufmerksam an. Vorsichtig machte sie einen Schritt nach vorn. Jetzt konnte sie das weiche Fell berühren. Eine raue Zunge leckte ihre Hand.

»Wie schön du bist!«, flüsterte sie leise, erfüllt von einem spontanen Gefühl der Verbundenheit und der Vertrautheit.

Einige der Ankommenden beobachteten sie, so dass sie sich erhob, sie begrüßte und auf sie zuging. Die meisten Gäste kannte sie von Besuchen in der kleinen Stadt her, vom Scheunenfest oder von Begegnungen bei Ausritten. Der Hund wich nicht von ihrer Seite. Sie streichelte ihn im Stehen, während sie mit den anderen Gästen sprach, und gerade, als jemand fragte: »Ist das dein Hund?«, bog ein Buggy in die Einfahrt ein. Ein Pfiff ertönte, der Hund verschwand in Richtung des Wagens. O'Connell, sie hatte ihn gleich erkannt. Er trug keinen Hut, und als er ausstieg, sah sie, dass er anstatt seiner Indianerkleidung einen Anzug anhatte. Er übergab den Buggy mit den zwei Vollblütern und kam auf die Gruppe zu; in seinem Arm trug er eine kleine Kiste.

»Wow«, hörte sie einen der Umstehenden sagen, »ist das einer der Welpen von Tenya, Chris?«

O'Connell hob grüßend die freie Hand und nickte. »Der letzte. Ich habe ihn für genau diese Gelegenheit aufgehoben.«

Viele Köpfe beugten sich über die Kiste, in der der Welpe auf seiner Decke lag und neugierig die Schnauze vorstreckte. Tenya war ihrem Herrn gefolgt und sprang ihn an. O'Connell streichelte ihren Kopf. »Unruhig wegen der vielen Leute? Die tun deinem Baby nichts.«

»Wunderschön!«, rief eine der Frauen, und man wusste nicht, ob sie den Welpen oder die Mutter meinte.

Caroline folgte O'Connell in die Scheune. Er ging direkt

auf das Brautpaar zu und übergab den kleinen Hund. Virginia fiel ihm um den Hals. »Chris! Das ist das schönste Geschenk, das du uns machen konntest! Ein Welpe von Tenya!«

»Danke dir, Chris«, stimmte Tom ihr zu. »Sie ist die schönste *Native American Indian*, die ich je gesehen habe, und der Welpe ein kleines Vermögen wert. Das können wir eigentlich gar nicht annehmen!«

O'Connell löste sich sanft, aber bestimmt aus Virginias begeisterter Umarmung und klopfte Thomas Mellinor auf die Schulter.

»Danke!«, wiederholte der. »Er wird es bei uns gut haben.«

Virginia hatte den Welpen aus der Kiste genommen und hielt ihn, in seine Decke gewickelt, vor ihrer Brust. Sie gab ihm einen Kuss auf die Stirn. »Bringst du ihn ins Haus, Carol? Er braucht seine Ruhe und vielleicht auch etwas zu fressen. Und die Decke muss er behalten. Der Geruch ist ihm vertraut.«

»Ich weiß.« Behutsam nahm Caroline ihr das kleine Tier ab. Sie drückte es sanft an sich und schmiegte ihr Gesicht an das weiche Fell. Dann kam ihr ein Gedanke. »Darf Tenya mitkommen, Mr O'Connell?«

O'Connell sah sie zum ersten Mal an. Er nickte.

»Onkel Luis möchte gern seine Rede halten, Mr O'Connell. Es wäre sehr nett, wenn Sie zuerst die Gitarre spielen würden.«

Im Haus bettete sie den Welpen im Salon auf den Fußboden. Tenya war ihr auf ihren Ruf hin gefolgt, als wäre es das Selbstverständlichste von der Welt. Aus der Scheune hörte sie einen Song erklingen, Blue-Grass-Musik, dann einen

Tusch und Klatschen. Danach war es still. Luis hielt wohl seine Rede.

Sie holte ein Näpfchen mit Wasser aus der Küche und etwas weich gekochtes Fleisch, legte sich neben den Welpen auf den Teppich und streichelte ihn. Er fraß auch etwas und trank, dann wurde er schläfrig. Tenya beobachtete Caroline. Sie hatte den Kopf auf die Pfoten gelegt. Erst als die Hündin aufstand und auf die Tür zuging, merkte sie, dass noch jemand im Raum war.

»Müssen Sie nicht auf Ihr Festtagskleid aufpassen?«, hörte sie O'Connell sagen. Es klang ironisch.

Sie drehte sich zu ihm um und sah in sein halb amüsiertes, halb abweisendes Gesicht.

»Müssen Sie nicht spielen?«, gab sie zurück. »Onkel Luis verlässt sich auf Sie. Seine Rede wird nicht sehr lange dauern. Und er hat jede Verlässlichkeit dieser Welt verdient. Auch Ihre.« Mit diesen Worten stand sie auf, strich ihr Kleid glatt und ging hinaus, ohne ihn eines weiteren Blickes zu würdigen.

Kapitel 21

Erst zwei Wochen darauf setzte sich Caroline hin und schrieb an Emma. Einerseits war es das schlechte Gewissen, das sie trieb, andererseits das Erlebte. Sie hatte der Freundin auf deren März-Brief noch nicht geantwortet aus Gründen, die sie sich verschwiegen hatte. Jetzt gestand sie sich ein, dass sie der Erinnerung auswich, auch wenn sie selbst schrieb und nicht nur dann, wenn sie einen Brief von Emma empfing. Die Erkenntnis war schlimm. Sie kam so plötzlich wie die Nachricht von Annas Schwangerschaft. Und sie war verbunden mit heftigen Schuldgefühlen. Am Ende waren es genau diese Gefühle, die bewirkten, dass sie schrieb. Aber sie nahm sich vor, ausschließlich von Amerika zu schreiben, von dem, was sie täglich erlebte und neu lernen musste. Vielleicht war das ein Ausweg, der Scham, der Schuld und vor allem der Hoffnungslosigkeit zu entkommen. Wenn sie sich nicht löste, würde sie niemals froh werden können. Sie war weggegangen in das ferne grüne Land – aber sie hatte alles mitgenommen, was auf ihr lastete.

Sie zwang sich, von der Farm zu schreiben, von der Arbeit auf den Feldern, von ihren täglichen Pflichten in Haus und Garten, von den Pferden, von Luis' Lebensgeschichte, von Joes Ansichten über die Rassentrennung. Ein besonderes Thema war Virginias Hochzeit. Sie und Tom hatten für eine Woche auf einem Dampfschiff auf dem Ohio-River Ferien gemacht; danach duldete die Arbeit auf den Tabakfeldern keine Abwesenheit des Besitzers mehr. Wenn jetzt nicht gepflanzt wurde, konnte man im August/September nicht ernten. Virginia machte es nichts aus. Sie lebte gern auf *Mellinor's Tobacco Plantation*, schaltete und waltete in Haus und Park, wie sie es wollte, so wie es Tom auf der Plantage tat. Golden Rose war mit ihr übersiedelt, und Tom hatte sie mit einem funkelnagelneuen Buggy überrascht. Orenda, die kleine *Native-American-Indian*-Hündin, wurde ihre ständige Begleiterin, und auch Caroline verwöhnte das Tier und konnte sich nicht sattsehen an seinen tollpatschigen Bewegungen. Chris, das merkte Caroline deutlich, hatte mit diesem Geschenk bei Virginia gepunktet. Sie verstand offenbar, dass er so war, wie er nun einmal war – nach einer solch tief greifenden Enttäuschung.

Caroline ließ die Feder sinken und dachte über all das nach. Darüber schreiben wollte sie nicht. Schließlich hatte sie nichts weiter mit O'Connell zu tun. Immerhin war sie nach der letzten Begegnung mit ihm zufriedener mit sich als nach den Begegnungen zuvor. Sie hatte ihm endlich Paroli geboten, die passende Antwort gegeben, anstatt zu weinen oder sich dummen Gefühlen hinzugeben.

Caroline schilderte die Hochzeit der Mellinors in allen Einzelheiten, von der Trauung bis zum letzten Tanz. Dass O'Connell sie und Jake mitgenommen und auf der *Gossler Farm* abgesetzt hatte, schrieb sie nicht. Anna war es plötzlich wieder übel und schwindlig geworden, so dass der besorgte Franz mit Frau und Kind vorausgefahren war.

Tenya hatte neben ihr hinten in O'Connells Wagen gesessen, und sie hatte ihr Gesicht in das weiche, dichte Fell gedrückt. Kurz nachdem sie im Schneesturm auf *Ken-tah-ten* Zuflucht gesucht hatte, mussten die Welpen geboren sein.

Sie schrieb auch nicht, dass es eine Missstimmung zwischen O'Connell und Victoria gegeben hatte. Diese wollte ihn, als Luis die Gitarre übernommen hatte, offenbar wieder zu einem Tanz überreden. Aber er verabschiedete sich von seinen Gastgebern und ging, gefolgt von Jake, der ihn bat, ihn und Caroline mitzunehmen. Victoria stellte O'Connell am Buggy. Es sei schade, sagte sie, dass O'Connell sie nicht zum Kentucky Derby am Montag begleiten wolle. Sobald sie zurück sei, werde sie ihrerseits zu ihm kommen. Er habe einen Steeplechaser von ihr im Training, ein Cross-Country-Pferd, eine Jungstute zum Einreiten und einen Zweijährigen für das Derby im nächsten Jahr. Sie wolle sich von deren Fortschritten überzeugen. Das klang mühsam beherrscht. Ihr Gesicht im Schein der Fackeln sah aus wie eine starre Maske. Dann kam sie auf White Magic zu sprechen und verlangte, O'Connell solle nach *Blue Waveland* kommen, um sie noch einmal zu besichtigen. Vater und Patrick seien durchaus nicht zufrieden mit dem Pferd, das ihre Whiskeymarke repräsentieren solle.

Falls O'Connell ihr eine Abfuhr erteilt hatte, so gab sie ihm jetzt das entsprechende Contra. Caroline erinnerte sich an Virginias Worte darüber, dass ihre Freundin eine solche Behandlung gar nicht mochte und vor allem nicht gewohnt war. »Ein harter Brocken!«, so hatte Onkel Luis von O'Connell gesprochen.

Caroline beendete den Brief und schrieb die Adresse darauf. Sie musste ohnehin für Anna zur Apotheke und konnte ihn mitnehmen. Auf dem Weg ertappte sie sich dabei, dass sie über Christopher O'Connell nachdachte. Wie alt er wohl war? Sicher viel älter als sie selbst, schließlich hatte er schon ein paar graue Haare; und bei ihrem zweiten Besuch, als er mit Victoria am Kamin gesessen hatte, waren ihr die kleinen Falten um die Augen herum und auf seiner Stirn aufgefallen. Aber vielleicht war er auch nur schnell gealtert nach der Geschichte mit seiner Frau, die ihn verlassen hatte – mit einem Kind, das sie ihm, sozusagen, untergejubelt hatte. Es war kaum zu glauben. Und Joseph Maier machte sich darüber lustig ...

Aber was kümmerte sie das überhaupt? *Ich habe viel getanzt auf Virginias Hochzeit.* hatte sie an Emma geschrieben, *und am meisten mit meinem Freund Jake MacKay. Er ist aus Schottland gekommen und sieht auch ganz so aus. Er ist unglaublich nett und bringt mir mit einer Engelsgeduld das Englische bei. Ich mag ihn sehr, sehr gern.*

In der vorletzten Maiwoche besuchte Caroline die Mellinors und traf Virginia auch tatsächlich an. Thomas war auf der Plantage in Anspruch genommen. Die beiden Frauen saßen auf der hinteren Veranda mit Blick auf den in voller Blüte stehenden Park und sprachen über das Mellinorsche Anwesen. Virginia erklärte, wie aufwendig die Arbeit auf den Tabakfeldern sei und wie viele Arbeitsschritte notwendig seien, um den *Dark-fired Kentucky Burberry* in höchster Qualität zu erzeugen. Toms Großvater habe dafür noch Sklaven beschäftigt, die niemals verkauft worden seien, denn die Arbeit auf den Tabakfeldern verlangte spezielle Kenntnisse und Erfahrungen. Es seien regelrechte Spezialisten gewesen, zumindest einige von ihnen. Nach dem Bürgerkrieg seien die meisten geblieben, nun bezahlt und als freie Menschen. Die ehemaligen Sklavenquartiere hatte Tom ausbauen und modernisieren lassen, und noch immer wohnten dort, wie zu seines Großvaters Zeiten, ganze Familien.

»Und Toms Eltern?«

»Sie sind früh gestorben. Sein Vater fiel im Bürgerkrieg, und seine Mutter starb ein paar Jahre später, vor Kummer, wie Tom immer sagt.«

»Er ist also bei seinem Großvater aufgewachsen?«

»Das kann man so sagen. Und in die Plantation hineingewachsen. Auf dem College belegte er Agrarwirtschaft.«

»Warum hat sein Großvater seine Sklaven nicht vorher freigelassen?«

»Du meinst vor dem offiziellen Ende der Sklaverei? Ich weiß es nicht. Ich nehme an, er hat einfach getan, was getan werden musste – vor dem Krieg und nach dem Krieg. Die Mellinors sind gute Leute, Carol, anständig und verlässlich. Aber Pioniere, Kämpfer, Vorreiter sind sie nicht.«

»Wie treffend du das wieder ausgedrückt hast! Du kennst Tom genau, nicht wahr?«

»Ja, und er mich. Er weiß, auf wen er sich da eingelassen hat!«

Caroline sah sie fragend an. Worauf wollte Virginia hinaus?

»Carol, als wir vor einiger Zeit über meine College-Zeit geredet haben, da habe ich dir Gründe genannt, warum ich aus Lexington weggegangen bin.«

Caroline nickte. »Ja. Und über eine bestimmte Sache wolltest du später reden.«

»Genau, nämlich jetzt.« Virginia räusperte sich. Sie schien zu überlegen, wie sie beginnen sollte. »Du weißt ja, dass ich als Lehrerin gearbeitet habe. Das hat mir Freude gemacht. Als ich dann aufhörte, fiel es mir einerseits schwer. Andererseits wusste ich, dass an der Schule für höhere Töchter mit Sicherheit sofort Ersatz für mich gefunden werden würde. Aber was ist mit den Kindern, die nicht solch eine teure Schule besuchen können? Mit den Kindern, die mit zwölf Jahren in der Landwirtschaft und in den Kohleminen arbeiten, anstatt weiter zur Schule zu gehen? Damals reifte in mir ein Plan heran ...«

Caroline schaute die Freundin aufmerksam an. Sie war gespannt auf das, was nun folgen würde.

»... der Plan, eine eigene kleine Schule aufzubauen, die ich selbst leiten würde. Eine Schule für Kinder, deren Eltern nicht die üblichen teuren Privatschulen bezahlen können. Eine Art ... Reformschule.« Virginia machte eine Pause, atmete durch und sah Caroline an. »Was sagst du?«

»Dass ...« Caroline breitete die Arme aus und saß einen Moment lang still. Dann legte sie ihre Hände zurück in den Schoß, atmete aus und sagte, einigermaßen überrascht: »Dass ich das nicht erwartet habe ... Aber dass ... es eine ... typische Virginia-Idee ist!«

Mrs Mellinor lachte. »›Eine typische Virginia-Idee‹ – das ist hübsch! Das hast du schön gesagt!«

»Ginny, ich finde das wunderbar! Aber ist das denn so einfach zu machen? Du brauchst Geld für die Einrichtung, für Bücher, ein Gebäude ...«

»Ich weiß. Nein, einfach ist das nicht. Aber wäre es dann ›eine typische‹ Virginia-Idee? Tom würde jetzt sagen: ›Nein!‹« Sie lachte wieder und streckte wohlig ihre Beine aus. »Weißt du, was für ein Mann Tom ist, Carol? Absolut vertrauenswürdig, zuverlässig – und er riecht gut, er ist gepflegt, und er ist ... ein wunderbarer Liebhaber.«

Caroline drohte ihr amüsiert lächelnd mit dem Finger. »Du bist auf den Geschmack gekommen! ... Ja, das ist etwas Wunderbares, ein Geschenk.« Nach dem ersten Satz war sie ernst geworden. In ihren blauen Augen stand ein Leuchten, so als erinnere sie sich an etwas weit Entferntes, aber einst intensiv Erlebtes. Es kam ganz von innen. Virginia sah sie mit ihren klugen Augen an. »Du weißt, wovon ich spreche ...«

Caroline senkte den Kopf. Sie schwieg, unfähig, ihren Gefühlen Ausdruck zu geben. Es entstand eine Gesprächspause, die erst durch das Eintreffen der aus ihrem Schlaf aufgewachten kleinen Hündin unterbrochen wurde. Das Hausmädchen hatte die Tür zur Veranda geöffnet, Orenda stürmte heraus, auf die beiden Frauen zu. Virginia nahm sie hoch und schmuste mit ihr, dann setzte sie den Welpen ab und sah zu, wie er im Park hin und her sauste.

»Es ist so falsch, wie es nur sein kann, seine Tochter mit einem Mann zu verheiraten, den sie nicht liebt, mit dem sie nie erfahren kann, was du mit Tom erfährst. Es ist beinahe schon ein Verbrechen.«

Diese Sätze, nach der langen Pause unvermittelt aus tiefstem Herzen und in hartem Ton ausgesprochen, verfehlten ihre Wirkung nicht. Virginia stand auf, zog Caroline von ihrem Sitz hoch, legte den Arm um sie und ging mit ihr in den Park. Orenda folgte ihnen und sprang übermütig um sie herum.

»Du solltest das machen mit der Schule«, sagte Caroline nach einer Weile. »Du bist die Richtige dafür, du schaffst das.«

»Ich brauche Helfer. Reverend Barnickle ist der Erste, dem ich davon erzählt habe. Er wird in der Gemeinde Geld sammeln, es soll eine Art Spendenaktion werden. Ich werde eine Anzeige aufgeben, wir brauchen eine zweite Lehrerin oder einen Lehrer.« Sie blieb stehen und drehte Caroline zu sich herum. »Und ich brauche dich.«

»Mich? Aber ich weiß nichts und kann nichts ...«

»Da irrst du dich, Carol. Du hast in einer solchen Rekordzeit unsere Sprache gelernt, so etwas habe ich noch nie erlebt ...«

»Ja, die einfachsten Wendungen ...«, fiel Caroline ihr ins Wort.

»Ja, sicher. Keiner kann in dieser Zeit akademisches Englisch lernen.« Virginia lachte. »Aber du kannst noch etwas. Deine Handarbeiten sind kleine Kunstwerke. Ich möchte, dass die Mädchen in der Schule das von dir lernen.«

Caroline war sprachlos.

»Ich dachte, so ein bis zwei Mal pro Woche, am Nachmittag.«

»Aber das ... Ich muss bei Franz noch meine Schulden abarbeiten. Das dauert noch ein Jahr, bestimmt.«

»Das sollst du auch. Du verdienst doch Geld in der Schule. Ich werde mit Franz reden, dass er dir ab dem September für zwei Nachmittage frei gibt. Er verliert nichts dabei.«

»Du hast dir alles genau überlegt.«

»Ja. Das, was ich vorhabe, ist eine Sache, die geplant werden muss. Ich habe alles durchdacht. Und jetzt möchte ich es umsetzen, damit wir im September mit dem Unterricht beginnen können.« Virginia sah Caroline bittend an. »Wirst du mir helfen?«

»Ja. Ja, Ginny, wenn du meinst, dass ich das kann ... Ich möchte dir sehr gern helfen!«

»Gut! In der nächsten Woche wollen wir uns treffen: Reverend Barnickle, die ersten Sponsoren, du und ich. Dann wird es konkret.«

Als Virginia *Sponsoren* sagte, kam Caroline ein Gedanke. »Du könntest doch Victoria fragen, ob sie dir hilft. Sie ist sehr gebildet und ...«

»Das habe ich getan, Carol. Aber Vic hat genug mit ihrer Pferdezucht zu tun. Das ist ihr Ding. Und wenn ich es mir genau überlege: Vic und Kinder, Vic und unterrichten – das passt nicht zusammen.«

Wenn sie ehrlich war, teilte Caroline diese Meinung vollkommen. »Außerdem wird sie ja wohl bald heiraten«, sagte sie nachdenklich.

»Na und? Ich bin auch verheiratet. Das ist wieder so eine altmodische Ansicht, aus Deutschland vermutlich. Hier haben wir jetzt durchgesetzt, dass verheiratete Frauen Besitz, auch geschäftlichen Besitz, erwerben dürfen, führen dürfen, behalten dürfen. KERA, unsere Frauenorganisation, die *Kentucky Equal Rights Association*, hat einen erheblichen Anteil daran. Im letzten Jahr, als du hier angekommen bist, hat unser Gouverneur das Gesetz unterzeichnet.«

»Entschuldige, Ginny. Aber du hast mich missverstanden. Ich wollte ...« Ja, was wollte sie eigentlich ... Sie hatte an Christopher O'Connell gedacht, als sie das sagte, und an seinen Streit mit Victoria am Abend der Hochzeit ...

»Es war dumm von mir. Du hast natürlich recht«, sagte sie ein wenig hilflos.

»Chris«, forschte Virginia. »Nicht wahr, du hast an ihn gedacht?«

Diese Frau konnte hellsehen, kein Zweifel. Sie musste

aufpassen auf das, was sie sagte, und es durfte auf keinen Fall unbedacht sein.

»Der Vater von Orenda«, versuchte sie abzulenken, »wer ist das eigentlich? Es muss ein wunderschöner Rüde sein.«

Virginia lächelte, ließ sich aber nichts anmerken. »Achak«, antwortete sie verbindlich, »er gehört einem Indianer.«

»Einem Indianer? Ich habe hier nie einen gesehen.«

»Er lebt zurückgezogen in einer Hütte. Diese Rasse, *Native American Indian*, wurde ursprünglich von den Indianern gezüchtet und gehalten.«

»Achak«, wiederholte Caroline, »ein indianischer Name ...«

Virginia nickte. »Wie so vieles hier. Ich glaube, er bedeutet so viel wie *Geist*. Orenda bedeutet *Magische Macht, Magische Kraft.*«

»Und Tenya?«

»Ich weiß es nicht.«

Beim Abschied drückte Caroline ihre Freundin an sich. »Ich danke dir für dein Vertrauen, Ginny. Und grüß Tom von mir.«

»Er ist unser erster und bester Sponsor.«

Caroline lachte. »Das habe ich nicht anders erwartet.« Nach einem sehnsüchtigen Blick auf das schöne Haus und die herrliche Umgebung saß sie auf. Silver Star trabte an.

Eine eigene Schule gründen! Was für eine Idee!

Virginia winkte ihr nach, bis sie um die Biegung zur Landstraße verschwunden war.

Nick hatte Virginias Hochzeit zum Anlass genommen, die Gosslers zu einer Besichtigung seiner Distillery einzuladen. Caroline und Jake sollten selbstverständlich dabei sein. Am letzten Sonntag im Mai brachen sie zeitig auf. Es war eine Strecke von mehreren Stunden zurückzulegen. Nach einem zweiten Frühstück und der Besichtigung, so erläuterte Nick das Programm, wolle man gemeinsam den Lunch nehmen und es sich gemütlich machen, bevor die Gäste am späten Nachmittag wieder in Richtung *Gossler Farm* aufbrechen sollten.

Die Maiersche Brennerei lag in Bourbon, dem Nachbarcounty. Benannt nach den französischen Bourbonen, zum Dank für ihre Hilfe im Unabhängigkeitskrieg gegen die englische Kolonialmacht, hatte man dem hier erzeugten Whiskey, ebenso wie dem County selbst, ihren Namen gegeben. Der sei inzwischen, wie Nick stolz erklärte, ein in der Welt bekanntes Markenzeichen für höchste Qualität. Persönlich führte er seine Gäste durch das Gelände und war ganz in seinem Element. In der Brennerei, in der Whiskey-Herstellung war er zu Hause, das merkte man sehr deutlich. Fachkundig erläuterte er jeden einzelnen Schritt des aufwendigen und sorgfältigen Prozesses.

»Er hat sich sein Erbteil von Joe auszahlen lassen«, hatte Virginia erklärt, »um die Brennerei aufzubauen. Er hat noch Schulden, aber das macht ihm nichts aus.« Auf diese Weise erfuhr Caroline, dass es in Amerika durchaus nicht üblich war, dem ältesten Sohn das gesamte väterliche Anwesen zu vermachen, sondern dass potenziell alle Kinder Anspruch hatten und individuelle Regelungen wie die der Maiers an der Tagesordnung waren. Wenn das bei uns so gewesen wäre!, hatte sie gedacht. Wie anders hätte alles verlaufen können, wenn Georg und ich ... statt meines Bruders ...

Virginia hatte ihr auch erzählt, dass Luis und Joe die Farm

gemeinsam bewirtschaftet hätten, ihr Vater sich aber nach seinem 70. Geburtstag ganz zurückgezogen und nur sein Wohnrecht und einen Gewinnanteil behalten habe. Das erklärte, warum Joseph schalten und walten konnte, wie er wollte – bis hin zu seinen Plänen, den Namen der Farm zu ändern.

Nicks Whiskey war ein echter *Kentucky Straight Bourbon*, also ein reines, nicht verschnittenes Produkt. Die Kentucky Whiskeys bestanden zu mindestens 51 % aus Mais, dazu kamen Weizen- und Roggenanteile, erfuhren sie, und das wiederum erklärte Josephs Mais- und Getreideanbau in großem Stil. Geschäftlich standen die beiden Maier-Brüder auf gutem Fuße miteinander.

Die Lagerhallen mit den alten Fässern auf mehrstufigen Holzgestellen waren besonders beeindruckend für die Gäste. Mindestens zwei Jahre müsse der Bourbon hier reifen, und zwar speziell in diesen angekohlten, mindestens 70 Jahre alten Holzfässern. Das Rezept – Nick fuhr mit der Zunge über seine vollen Lippen – sei selbstverständlich ebenso genial wie geheim. Deshalb sei der Maiersche Whiskey einzigartig, habe seinen ganz originären Geschmack, der je nach Reifungsstufe variiere. Zum Abschluss zeigte er die runden bauchigen Flaschen mit dem alten Eichenbaum und der Aufschrift *Maier's Old Oaktree Kentucky Straight Bourbon* auf dem Etikett. Oben auf dem Verschluss war eine Eiche aus Metall aufgebracht. Als Caroline die Aufschrift laut vorlas, leuchteten Nicks Augen, er lachte breit und wischte sich eine Träne aus dem Augenwinkel.

Nach der Besichtigung ging man zu Tisch. Das Essen war so ausgezeichnet wie der Wein und wurde mit Muße eingenommen. Nicks Frau Jane hatte, trotz des überaus reichhaltigen Frühstücks, einen üppigen Lunch zubereiten lassen, der aus gebratenem Hühnerfleisch, mehreren Gemüsesorten – darunter auch ein ausgezeichneter Spargel mit brauner Butter – heißen Brötchen und Maisbrot bestand. Zum Dessert gab es einen Erdbeerkuchen. Überhaupt schien in Maier's Distillery alles auf ausgezeichnete Qualität und in Nicks Haus auf Wohlbefinden, Gemütlichkeit und ein ruhiges Leben ausgelegt zu sein. Einzig die beiden kleinen Töchter, mit ihrer penetranten und teilweise bereits koketten Art, störten mitunter diese Ruhe. Matthew, der 16-jährige Sohn und Bassist der Blue-Grass-Band seines Großvaters Luis, bildete mit seiner zurückhaltenden, stillen Art den Widerpart der beiden. Nick hatte die beiden Mädchen vom Besuch der Brennerei ausgeschlossen, so dass seinen Gästen hier der ungeteilte Genuss zuteil wurde, später übrigens auch der des Probierens von mehr als zehn Jahre altem Whiskey, auf den nur Anna wegen ihres Zustandes verzichten musste. Caroline trank den ersten starken Alkohol ihres Lebens und gab sich mit einem Nippen zufrieden. Dennoch durchfuhr sie ein Schauer, und sie hatte das Gefühl, das Blut in ihren Adern bis in die Fingerspitzen zu spüren. Nick sah es mit Vergnügen, lachte und schlug sich auf die voluminösen Schenkel. Caroline hätte ihn gern gefragt, wie er zu den Plänen seines Bruders stand, den Namen der *Maier Farm* zu ändern, aber das war natürlich gänzlich unmöglich.

Der Abschied war herzlich; man ging nicht, ohne eine Gegeneinladung ausgesprochen zu haben, und machte sich in guter Laune auf den Heimweg. Am Abend fühlte Caroline deutlich, wie gut ihr der Tag unter Freunden getan hatte.

Nicks einzige wirkliche Passion mochte sein Whiskey sein – Caroline hatte nicht alle Details seiner umfangreichen, fachkundigen Erklärungen behalten –, verbunden mit dem Ziel, mit dieser Passion beständig reicher zu werden. Aber er war gutmütig, fröhlich und verträglich. Und sie ihrerseits hatte es sich längst abgewöhnt, zu viel von anderen Menschen zu erwarten. Es war einfach ein guter Tag gewesen, und das war ihr genug.

Kapitel 22

Zur der Zeit, als die Gosslers zur Distillery aufbrachen, ritt Christopher O'Connell zu Hillyards Estate hinüber. Mit seinem Hengst brauchte er nicht mehr als eine Stunde, aber er ritt langsam, so als wolle er die Ankunft verzögern. Die Begegnung mit Victoria nach ihrer Rückkehr vom Derby war unangenehm gewesen. Ganz im Gegensatz zu früheren Besuchen mäkelte sie an dem Zustand und den Fortschritten ihrer Pferde herum und wurde erst zurückhaltender, als er sie rundweg aufforderte, ihre Tiere woanders trainieren zu lassen, wenn sie mit seiner Arbeit nicht zufrieden sei. Er merkte wohl, dass ihr kritischer Blick und ihre Unzufriedenheit nicht mit den Pferden zusammenhingen. Irgendetwas wollte sie von ihm, und weil er ahnte, was es war, verlangsamte er seinen Ritt noch mehr. Er erinnerte sich an die Situation bei Maiers Scheunenfest, als sie ihn aufgefordert hatte, mit ihm zu tanzen. Ihm schien es, als habe sie den ganzen Abend über auf ihn gewartet, um ihn dann – er empfand es so – als den von Miss Hillyard ausgewählten Tänzer vorzuführen. Schon damals hatte es eine Missstimmung gegeben. Die Hochzeit der Mellinors, den zweiten offiziellen Anlass, bei dem sie sich trafen, hatte sie genutzt, um ihm erneut aufzulauern. Zwischenzeitliche Begegnungen waren leidlich verlaufen, obwohl Victoria noch immer wütend über White Magic gewesen war oder vielmehr über die Tatsache, dem herrlichen Tier ihren Willen nicht aufzwingen zu können.

Dabei mochte er Vic nicht einmal ungern. Ihre zupackende Art, ihr Mut und ihre Stärke, die so gut zu ihrem großen, kräftigen, beinah hageren Körperbau passten, gefielen ihm. Sie wirkte hart und männlich, auch in Damenkleidern, und vielleicht war es das, was ihn im Umgang mit ihr unbefangen machte. Seit ihn seine Frau vor etwas mehr als einem Jahr verlassen hatte, war außer seiner Hündin Tenya kein weibliches Wesen so weit wie Vic zu ihm vorgedrungen. Sie erschien ihm wie ein Kumpel, ein Kumpel mit sehr viel Pferdeverstand. Das hatte sie verbunden.

Jetzt aber fühlte er sich unsicher. Konnte es wirklich sein, dass Victoria Hillyard mehr von ihm wollte als nur das Trainieren ihrer Pferde und ein freundschaftliches Verhältnis? Einerseits war er sich sicher: Es konnte nicht sein. Die Hillyards waren neben den Kirbys und den Belcounts die reichste Familie des County und weit darüber hinaus. Die Tochter aus einem solchen Hause konnte nicht einen, gemessen an ihrem Wohlstand, mittellosen Pferdetrainer heiraten wollen. Andererseits fühlte er sich in letzter Zeit von ihr bedrängt, genötigt, vor aller Augen eine Verbindung kundzutun, die es so nicht gab. Die dritte Möglichkeit, dass Miss Hillyard lediglich einen Liebhaber brauchte, schloss er nicht völlig aus. Aber er kannte Victoria gut genug, so dass er es nicht ernsthaft in Betracht zog. Sie war viel zu geradlinig, um sich in solchen Abwegen zu verstricken.

Victoria erwartete ihn im Salon. Sie war allein. O'Connell stand in der Tür, nahm seinen Hut ab und grüßte zu ihr hinüber. Eine verwandelte Miss Hillyard kam auf ihn zu, ein strahlendes Lächeln im Gesicht: »Einen Whiskey?«

»Danke, nein, nicht so früh.«

Sie hielt ihm die Flasche entgegen. »Hier, siehst du, das Etikett: Ist es nicht Magics Ebenbild? Makellos weiß. Wild und schön.« Sie legte den Kopf schief. »Ist das ein Mädchen nach deinem Geschmack?«

O'Connell wandte sich zum Gehen. »Wir sollten sie uns ansehen.«

»Gern, Mr O'Connell! Ich führe Sie zu ihr, Mr O'Connell!« Victoria eilte auf ihren Gast zu, riss im Vorbeigehen das kostbare Tischtuch mit ihrem weiten, bauschigen Rock mit und hängte sich an seinen Arm. Klirrend fiel ein Glas zu Boden. Sie lachte und schmiegte sich im Gehen an ihn.

Steif hielt er sie auf Abstand. Sie versuchte, sich an ihn zu drängen, aber es gelang ihr nicht.

»Bist du betrunken, Victoria?«

»Ja. Ich bin betrunken, wie du das nennst. Oder nein: Ich bin glücklich, einfach glücklich, dass du da bist, dass ich dich bei mir habe, dass wir hier zusammen gehen – als seien wir ein Paar.«

Mein Gott! Wenn diese Frau meinte, was sie da sagte, hatte er sich nicht getäuscht … Er zögerte eine Sekunde zu lange und fühlte ihre Wange an seinem Bart.

»Wir sind ein Paar!«, rief sie, das Gesicht nahe an seinem Ohr. Sie war wirklich sehr groß, er überragte sie nur um wenige Zentimeter.

O'Connell blieb stehen und hielt sie mit gestreckten Armen von sich ab. Vergeblich versuchte sie, diese Arme zu beugen und sich ihm wieder zu nähern. Forschend und nachdenklich sah er sie an. Sie schwankte ein wenig.

»Vic, das ist doch alles Unsinn! Okay, du bist betrunken oder doch beschwipst. Vergessen wir das Ganze. Wir verschieben den Besuch bei deiner Schimmelstute, bis du wieder nüchtern bist.«

»Oh, nein, Chris! Ich habe dich für heute eingeladen, und du gehst jetzt mit mir dorthin.«

Er schloss für einen Moment die Augen und seufzte. Konnten ihn die Weiber nicht in Ruhe lassen? Er wollte nichts als seine Ruhe, seinen Frieden, und jetzt kam ausgerechnet Victoria, die ihm immer noch am erträglichsten von allen Weibern erschienen war, und machte ihm unsinnige Avancen.

Als er die Augen wieder öffnete, sah er, dass sie ernst geworden war und den Kopf gesenkt hielt.

»Also gut, dann komm.« Er führte sie auf den Vorplatz hinaus und wollte um das Haus herum durch den Garten zu den nahe gelegenen Weiden gehen, aber sie sagte kurz: »Wir müssen reiten.«

Noch immer hielt sie den Kopf gesenkt, so als schäme sie sich für ihr Benehmen, und das stimmte ihn versöhnlicher.

Sie ritten weit hinaus, vorbei an den weitläufigen Stallungen, den Scheunen, der Reithalle, die alle in den Hillyardschen Farben, Weiß und Blau, gehalten waren, vorbei an dem großen Teich mit der Fontäne in der Mitte, vorbei auch an der Trainingsbahn mit den aufgestellten Hindernissen. Längst hatten sie die Weiden mit den Ein- und den Zweijährigen hinter sich gelassen, die sich in übermütigem Galopp miteinander maßen oder unter den alten Bäumen Schatten suchten. Die Stuten mit ihren Fohlen grasten friedlich in der Vormittagssonne. Die Farmarbeiter, die den Sonntagsdienst bei den Pferden versahen, grüßten höflich und sahen dem Paar nach.

Chris sah zu Victoria hinüber. Wo führte sie ihn hin, und wo war White Magic? Ihr Gesicht war jetzt unbewegt, die Erregung von vorhin verschwunden. Sie sah geradeaus und schien in Gedanken zu sein.

Endlich ließ sie ihren Hengst an einer der entfernt liegenden Weiden halten. Sie stieg ab und wand den Zügel um den obersten Holm des schneeweiß gestrichenen Weidezaunes. Am hinteren Ende der großen Wiese stand Magic, allein. Chris stützte sich auf den Zaun und sah zu ihr hinüber. Die Stute beobachtete das Geschehen, rührte sich aber nicht. Victoria trat an O'Connell heran, ihr Arm berührte ihn nur leicht. Trotzdem rückte er ein Stück von ihr ab.

»Keine Nähe, nicht wahr? Das verträgst du nicht, Chris?«

»Was soll das, Vic? Es geht um White Magic. Oder nicht?«

»Ja. Es geht um Magic. Auch. Aber ich habe dich hierher gebracht, damit du siehst, was dir gehören könnte, Chris, und gehören soll, wenn es nach mir geht.«

Er sah sie überrascht an. »Du hast Magic auf diese entfernte Weide bringen lassen, damit ich ...«

»Du bist ein Pferdemann, Chris. Du bist *der* Pferdemann. Du gehörst auf diese Farm, zu diesem Gestüt. Und zu mir. Merkst du das denn nicht?«

O'Connell wurde es heiß und kalt. Alles hatte er erwartet, aber das nicht. Ein Antrag von Victoria Hillyard, Tochter des Patrick Franklin Hillyard IV. ...

Sie hatte sich zu ihm herumgedreht und sah ihn direkt an. Ihr Blick war nicht mehr fordernd und frech. Sie wirkte scheu und ergeben. »Chris, ich mag dich so sehr ...«

»Vic, ich ...«, setzte er an. »Ich kann das nicht. Selma hat mich verlassen. Ich habe lange gebraucht, um darüber hinweg zu kommen. Ich will meine Ruhe, Vic, verstehst du das nicht. Ruhe und Frieden sind alles, was ich noch will.«

Das war sachlich und höflich, aber sehr bestimmt gesprochen. Victoria merkte, dass es ihm absolut ernst war. »Du hast ... keine Frau mehr ...«, gehabt, hatte sie sagen wollen. Aber es schien ihr zu gewagt, und so fuhr sie fort: »... an dich herangelassen, seitdem.«

Er schüttelte den Kopf. »Nein. Und ich werde es auch nicht mehr.« Sie schwieg.

»Ich mag dich, Vic. Du bist der Mensch mit dem besten Pferdeverstand hier im County. Ich trainiere gern deine Tiere. Wir arbeiten ausgezeichnet zusammen. Aber ich will keine Frau mehr. Ich komme gut allein zurecht.«

Sie sah ihn an, ihr Gesicht war ernst, aber nicht unfreundlich. »Dann hat es nichts auf sich mit dieser Frau, die bei den Gosslers wohnt?«

O'Connell musste kurz überlegen, wen sie meinte. »Wieso?«, fragte er verdutzt. »Wie kommst du denn darauf?«

»Sie sagte, dass du sie nach Hause gebracht hast. An dem Tag, als Magic auf mich losging, hat sie sich bei dir dafür bedankt.«

Jetzt verstand er, was sie meinte. »Sie hatte sich im Schneesturm verirrt, ihr Pferd war verletzt. Sie stellte es bei mir unter. Ich brachte sie nach Hause. Das war alles.«

»Warum hast du sie nicht einfach nach Hause geschickt?«

»Du erinnerst dich sicher an den Blizzard. Das bringe nicht einmal ich übers Herz, bei so einem Wetter einen Menschen, ob Mann oder Frau, allein herumirren zu lassen. Oder meinst du, ich hätte ihr ein Nachtquartier anbieten sollen?«

Es sollte scherzhaft klingen. Aber Victoria blieb ernst. »Bist du sicher, dass diese Frau ...«

»Vic, hör auf, bitte. Weder diese noch eine andere Frau möchte ich jemals wieder in meine Nähe lassen. Versteh mich doch! Es ist gut so, wie es ist. Ich möchte nichts an meinem Leben ändern.«

Sie seufzte tief und legte ihre Hand auf seinen Arm. »Chris, du bist so ganz anders als alle Männer, die ich kenne. Du bist stark und mutig, du lebst, wie du willst. Du bist unabhängig, aber auch wieder so einfühlsam ...«

Er wandte den Kopf ab. »Lass uns über Magic reden.«

»Chris, wenn du noch Zeit brauchst: meinetwegen. Ich habe lange auf den Richtigen gewartet und auf ein bisschen mehr Zeit kommt es jetzt auch nicht mehr an. Vater hatte schon Sorge, dass ich eine alte Jungfer werden könnte. Bis ich ihm sagte, dass ich dich liebe.«

»Du hast was? Du hast es deinem Vater erzählt?«

Sie nickte. »Und Patrick. Sie sind nicht nur einverstanden. Sie freuen sich. Beide.«

O'Connell atmete hörbar aus. »Wie konntest du mich so überrumpeln, so vor vollendete Tatsachen stellen? Mit mir zu reden, als Erstes, das ist dir wohl nicht in den Sinn gekommen?«

»Es hat sich eben so ergeben. Mein Gott, du solltest dich freuen! Hillyards Gestüt wird dein sein, Chris. Du wirst es führen. Patrick ist sogar erleichtert darüber.«

O'Connell schüttelte den Kopf. Dicht und wellig umrahmte das dunkle, nur leicht rötlich schimmernde Haar sein Gesicht.

»Chris! Ich liebe dich. Alles andere kommt danach – aber

ich bin nun einmal nicht ohne das Gestüt und das viele Geld zu haben«, setzte sie, um einen heiteren Ton bemüht, hinzu.

Er schüttelte wieder den Kopf, als könne er das alles nicht fassen. Und so war es auch.

»Ich lasse dir Zeit. Ich lasse dir die Zeit, die du brauchst. Ich werde weiter auf dich warten.« Sie nahm wieder seinen Arm. »Du bist es, Chris.«

O'Connell war zu überrascht. Sie hatte ihn kalt erwischt mit ihrem Antrag, mit ihrem Ansinnen, ihn zum Herrn des Gestüts zu machen. Ihr Vater und ihr Bruder waren eingeweiht und freuten sich ...

Victoria nutzte den Moment. Sie umarmte ihn und gab ihm einen Kuss auf die Wange. Hätte er sich nicht abgewendet, wäre er direkt auf seinem Mund gelandet. Er zuckte zurück, wand sich aus ihrer Umarmung heraus und ging zu seinem Pferd. Victorias Winken veranlasste ihn, sich umzusehen. Zwei Reiter näherten sich in raschem Galopp. Der alte Hillyard und sein Sohn. Sie winkten schon von weitem und begrüßten ihn ausgesprochen herzlich. Patrick tauschte einen Blick mit seiner Schwester. Sie deutete ein Kopfschütteln an.

Der Squire nahm Chris beiseite und ging mit ihm am Weidezaun entlang. »Nun, was sagen Sie zu White Magic?«

»Sie gefällt mir nicht recht, Sir. Sie ist viel zu scheu und immer noch aggressiv, wenn Menschen sich ihr nähern. Ich schlage vor, dass ich sie mitnehme, noch ein letztes Mal, und noch einmal mein Glück versuche. Sie muss zur Ruhe kommen. Wie haben Sie es geschafft, sie hier auf diese Weide zu bringen?«

»Drei Männer mit drei Lassos ...«, erwiderte Hillyard. Den Rest seiner Antwort hörten Victoria und ihr Bruder nicht mehr. Die Männer hatten sich zu weit entfernt.

»Was ist?«, nutzte Patrick die Gelegenheit.

»Er braucht noch Zeit, Pat. Die alte Geschichte mit seiner Selma. Unglaublich, dass ihn das immer noch so umtreibt.«

»Bist du sicher, dass es nur das ist?«

»Ja. Es gibt keine anderen Frauen. Er will überhaupt keine Frau mehr.«

Patrick zuckte die Schultern und lachte. »Nun, damit können wir leben, oder? Das Gestüt wird ihn überzeugen, du wirst sehen. Er lebt für seine Pferde.«

»Sehr schmeichelhaft.«

»Ach, komm, Vicky! Du weißt, wie ich das meine. Er braucht einen Anreiz, sich einer Frau wieder nähern zu können. Oder hattest du den Eindruck, dass er dich nicht mag?«

»Nein. Im Gegenteil, er hat mir gesagt, dass er mich schätzt.«

»Na, also«, erwiderte ihr Bruder befriedigt, »das muss für den Moment genügen. Und dann wird er erkennen, dass er ein hirnloser Idiot wäre, wenn er die Frau mit dem besten Pferdeverstand und dem größten und berühmtesten Gestüt ablehnen würde.«

»Ich hoffe, du hast recht«, sagte sie und nahm seinen Arm, als suche sie Trost und Bestätigung.

»Ich habe recht, kleine Schwester. Im nächsten Jahr, spätestens, wirst du Mrs Christopher O'Connell sein.« Er tätschelte ihren Arm. »Was du allerdings an diesem Kerl findest: Ich weiß es nicht«, setzte er scherzhaft hinzu.

Sie drohte ihm mit dem Finger und lächelte.

»Komm«, sagte er, »sitz auf, wir reiten zurück. Jean kommt zum Lunch. Und deinen Pferdeflüsterer in Indianerkleidung laden wir gleich mit ein.«

Christopher O'Connell war nicht zum Essen geblieben. Stattdessen hatte er sich der weißen Stute geduldig und langsam genähert, bis er ihr sanft sein Lasso umlegen und sie von der Weide nehmen konnte. Als er endlich nach Hause ritt und sie sich ruhig hinter seinem Hengst herführen ließ, waren die Hillyards längst mit Miss Kirby beim Lunch. Er wusste nicht, was ihn mehr ärgerte: Victorias Überfall oder die Behandlung der Stute. Mit drei Lassos hatte man sie eingefangen und auf die entlegene Weide gezerrt. Das warf ihn um mehrere Wochen zurück in seinem Bemühen, ihr das Vertrauen in die Menschen zurückzugeben. Zu früh von der Mutter getrennt worden war das Fohlen ohnehin. Weiße Thoroughbreds waren so rar wie wertvolle Edelsteine; Hillyard hatte das Tier zu einem horrenden Preis erworben, um es sich nicht von anderen potenziellen Käufern wegschnappen zu lassen. Sicher war es auf *Blue Waveland* gehegt und gepflegt worden, davon konnte er wohl ausgehen – aber die Jungstute sollte eben auch so rasch wie möglich funktionieren: als Markentier für den *Hillyard's White Horse*. Er konnte sich vorstellen, wie verängstigt das Pferd angesichts der vielen und oft aufdringlichen Besucher der Distillery geworden war. Victoria verstand mehr von Pferden als ihr Bruder und ihr Vater – aber sie war auch ungeduldig und unbeherrscht, eine Mischung, die für White Magic zusätzlichen Stress bedeutete. Wenn Victoria so weitermachte, würde sie dieses Pferd niemals reiten können, und auch die Vorführungen vor den Gästen der Brennerei hätten sich ein für alle Mal erledigt. Vielleicht wünschte er sich das sogar. Dieses prächtige Exemplar seiner Art für sinnlose Präsentationen einer Whiskeymarke zu missbrauchen erschien ihm wie ein Frevel. Dieses Pferd war mutig und klug, und es würde ein guter Gefährte sein für einen Reiter, der es verstand, mit ihm umzugehen. Auf irgendeine Weise hatte White Magic ihre neue Besitzerin herausgefordert, sie zu beherrschen. Und genau das war unmöglich mit Tieren wie diesem, sie gingen lieber zugrunde, als sich zu unterwerfen.

Chris war froh, die Stute mitgenommen zu haben. Wir haben beide das gleiche Bedürfnis, dachte er, Ruhe und Frieden. Warum kann man uns das nicht zugestehen?

»Wenn ich das Geld hätte, ich würde dich kaufen«, sagte er leise, als er White Magic in ihre Box brachte. »Weiß Gott, auf der Stelle.«

Kapitel 23

Der Sommer verging und brachte den Männern viel Arbeit auf den Feldern. Franz war bester Laune. Die Farm entwickelte sich prächtig, sie würde auch in diesem Jahr einen guten Gewinn abwerfen. Sie hatten genug zu essen; Anschaffungen konnten gemacht, die Kleidung ausgebessert und für die Ernte eine der großen von zehn Pferden gezogenen Maschinen gemietet werden. Das erleichterte und beschleunigte die Arbeitsgänge auf den Getreide- und Maisfeldern. Der Garten brachte üppige Erträge an Obst und Gemüse, die Caroline erntete und verarbeitete. Und Anna fühlte sich nach den anfänglichen Schwächephasen zunehmend besser. Victorias Besuche waren seltener geworden und noch seltener ließ sie Anna zu sich holen, aber diese wenigen Male genügten, um sie in der gehobenen Stimmung zu halten, in der sie sich seit dem Besuch auf Hillyard's Estate befand. Selbst in der Nacht verweigerte sie sich ihm, trotz ihres Zustandes, nicht. Ja, in diesem Sommer war er glücklich und voller Hoffnung auf die Zukunft.

Virginia Mellinor hatte ihn während eines Sonntagsbesuchs mit ihrem Mann beiseitegenommen, um ihm von den Plänen für ihre Schule zu erzählen. Es hatte bereits mehrere Treffen der Sponsoren und der Gemeinde-Offiziellen gegeben, und dank Reverend Barnickles unermüdlichen Einsatzes war eine große Summe für die Einrichtung und die Lehrmittel zusammengekommen. Das Gebäude sollte am Rande von Mellinors Plantage erbaut und von Tom Mellinor finanziert werden. Das war sein Beitrag zum Projekt seiner Frau. Man sah ihm den Stolz und die Freude über ihre Initiative deutlich an, etwas, das Franz zugleich nachdenklich machte und irritierte. Er wünschte sich zwar, dass seine Frau selbstständiger und eigenverantwortlicher werden würde und bewunderte seine Cousine eben wegen dieser Eigenschaften – aber stand es Virginia nicht eher an, ihren Part im Haus ihres Mannes zu leisten, als eine eigene Unternehmung zu gründen? Und nun wollte sie Caroline hinzuziehen, die er als Arbeitskraft und als Freundin seiner Frau nötig brauchte. Es ging ihm nicht einmal so sehr um das Geld, das sie ihm schuldete und das er, wie Virginia ihm versicherte, weiterhin in voller Höhe erhalten werde. Er wollte Anna schonen, und das ging nur, wenn Caroline alle anfallenden Arbeiten in Haus und Garten erledigte.

»Ich schicke dir Linda zum Waschen«, hatte Virginia ihm auf sein Zögern hin versprochen. »Das geht schon in Ordnung.«

Diese Aussage und die Überlegung, seinen eigenen Sohn später gern in Virginias Händen zu sehen, veranlassten Franz schließlich, Caroline ab September für zwei Nachmittage in der Woche freizugeben.

Als sich der Schulbeginn näherte, war sie aufgeregt. Sie fühlte sich ungebildet und unwissend, und nun sollte sie den Mädchen etwas beibringen. Es ist nichts als meine Handarbeiten, sagte sie sich in solchen Momenten, und davon verstehe ich doch etwas. Trotzdem blieb sie unsicher. Weder konnte sie ausreichend Englisch, noch wusste sie genug über dieses Land, in das sie vor gerade einmal einem Jahr gekommen war. Aber sie hatte zugesagt, und sie war entschlossen, ihr Versprechen zu halten.

Sie wollten zunächst mit höchstens 10 bis 20 Schülern beginnen, erklärte Virginia, für mehr reiche das Geld nicht. Zwar sollten die Eltern der Kinder, je nach ihren finanziellen Möglichkeiten, eine kleine monatlich zu zahlende Summe selbst aufbringen, aber den Hauptanteil trugen die Sponsoren, unter ihnen Patrick Hillyard senior, William Kirby und James Mellinor. Auch Joseph Maier hatte seinen Teil beigesteuert.

Anna war nicht erfreut über Carolines Pläne. »Was denkst du dir dabei?«, fragte sie eines Abends. »Eine Frau wie deine Virginia mag so etwas können – aber du? Und was soll dann hier auf der Farm werden? Ich bin noch leidlich bei Wege, besser als ich es bei Franz war, aber zum Winter hin ...« Sie schwieg und machte eine hilflose Geste.

Sie spricht wie die Werdersdorf!, ging es Caroline durch den Kopf. Die Werdersdorf, die sie so hasste. Sie spielt die Schutzbedürftige. Oder war sie wirklich so sehr abhängig von ihr ...

»Warum siehst du mich so an?«

»Mir fiel nur gerade die Geheimrätin ein.«

Anna schaute Caroline an, als habe die den Verstand verloren.

»Anna, weißt du noch, als wir um den Schlachtensee gingen und ich dir von Georg erzählt habe? Du hast mich in den Arm genommen, und von da an hatte ich dich lieb.«

»Sag mal, Caroline, geht es dir gut? Erst redest du von der Werdersdorf, aus heiterem Himmel, und dann von dem Spaziergang am See – mein Gott, das ist doch alles so lange her!«

»Aber deshalb ist es nicht weniger wahr. Du und ich, wir waren uns so nah, auch noch, als ihr in Mecklenburg wart.«

Und jetzt hast du dich so verändert, hätte sie gern hinzugefügt; heiterer bist du wieder geworden, ja. Aber unsere Nähe zueinander, die fehlt mir sehr.

»Ja. Und jetzt hast du dich völlig verändert. Du willst unbedingt alles rasend schnell lernen, dich überall beliebt machen. Als ob du deiner Freundin Virginia nacheifern wolltest. Und nun wirst du auch noch Lehrerin an ihrer Schule!« Anna schüttelte den Kopf. »Du hast doch versprochen, mir zu helfen!«

Sie klingt schon beinahe hysterisch, dachte Caroline. Der Geheimrat hatte immer mit solchen Frauen zu tun, in der Nervenheilanstalt, und erzählte davon. Und zu Hause konnte er seine Studien fortsetzen ...

»Hilfslehrerin, Anna. Und ich halte mein Versprechen. Es sind zwei Nachmittage in der Woche. Linda wird kommen und die Wäsche machen. Für dich wird sich nichts ändern.« Sie sah Anna fest in die Augen. »Außerdem hast du doch Victoria, auf die du dich verlassen kannst.«

»Das passt dir nicht, nicht wahr? Ich merke es schon lange. Du kannst sie nicht leiden.«

»Unsinn«, sagte Caroline.

»Doch, es ist so. Aber ich sage dir, Vicky ist lieb und sehr stark. Sie ist, wie Tante Valerie war.« In Annas Augen stiegen Tränen, sie wischte sie mit der Hand weg und presste die Lippen aufeinander.

»War? Du tust so, als gäbe es sie nicht mehr.«

»Ich werde sie nie mehr wiedersehen, Caroline! Ich verdanke ihr alles, und ich habe sie allein gelassen ...« Anna schluchzte jetzt ungehemmt und hielt beide Hände vor ihr Gesicht.

Caroline schwieg. Sie sah in das kleiner werdende Kaminfeuer und wartete, dass es vorbeigehen würde. Eigentlich waren Annas Schuldgefühle und ihr Heimweh weniger geworden, so viel weniger, dass sie und Franz sich die Illusion gemacht hatten, es könne so werden wie früher.

»Warum schreibst du deiner Tante nicht, dass sie hierherkommen soll? Sie hat doch niemanden in Deutschland. Wäre es nicht das Beste, sie würde hier bei euch leben?« Dieser Gedanke war Caroline schon oft durch den Kopf gegangen. Ausgesprochen hatte sie ihn nie. Wenn sie sich vorstellte, dass Annas Tante mit ihnen auf der Farm wohnen würde, wurde ihr nicht besser. Sie konnte gut auf Valerie verzichten.

Anna nahm die Hände vom Gesicht und schaute traurig zu ihr herüber. »Das hab ich doch. Oft. Sie will nicht kommen. Sie will, dass wir zurückgehen.«

»Das hast du mir nie gesagt.«

»Hast du mir immer alles gesagt? Du lebst doch nur noch in deiner Virginia-Welt!«

»Anna, was soll das? Wirfst du mir meine Freundschaft mit Virginia vor?«

Anna winkte ab. »Lass. Es hat keinen Sinn. Ich bin müde, Caroline.« Sie sah zum Fenster hinüber und stand auf, um nach ihrem Sohn zu sehen. Das Kind saß draußen auf dem Holzfußboden der Veranda und spielte mit dem Kätzchen. Sie lächelte. »Ich werde mich bis zum Abendessen noch ein wenig hinlegen.« Sanft strich sie sich über den schon leicht gewölbten Leib. »Ich freu mich ja«, sagte sie wie zu sich selbst. »Aber es ist so schwer. Wenn es nur gut geht.«

Mit diesen Worten stieg sie, ohne Caroline weiter zu beachten, die Treppe hinauf.

Bis zum Unterrichtsbeginn waren es noch knapp drei Wochen. In der kommenden Woche würden die Mitglieder des Schulbeirates zusammenkommen, um die drei Bewerberinnen für die Lehrerinnenstelle anzuhören. Caroline fertigte eine Liste mit den Handarbeiten an, die sie den Mädchen beibringen wollte, beginnend mit den leichtesten Techniken, und fuhr in die Stadt, um die Materialien, die dafür notwendig waren, zu bestellen und später abzuholen.

Nach dem Gespräch mit Anna war sie unruhig gewesen. Irgendetwas war zwischen sie und die Freundin getreten, das merkte sie schon lange. Aber das Schlimmste war, dass sie es offenbar nicht vermochte, das zu ändern. An den Abenden hielt sie sich an Jake, dem die Müdigkeit und die Hitze nach den langen Arbeitstagen zusetzten . »Sorry!«, hörte sie jetzt oft von ihm, wenn er sich früh zurückzog, um am folgenden Morgen ausgeschlafen zu sein. Franz musste noch jemanden einstellen, spätestens im nächsten Frühjahr! Als sie ihm das vorschlug, wiegte er den Kopf und sagte: »Ich habe auch schon daran gedacht. Wir bewirtschaften jetzt alle Felder, und ich will noch mehr dazu pachten oder noch besser kaufen, Ställe anbauen, mehr Vieh halten. Wir brauchen Unterkünfte für mehr Arbeiter.«

Sieh an!, dachte Caroline. Franz Gossler – diese Seite kannte ich noch nicht an dir.

»Ich muss unbedingt mit Joseph sprechen«, hörte sie Franz sagen. »Ich will die Farm endlich kaufen!«

Als sie am darauf folgenden Sonntag mit Jake einen Spaziergang über die Farm und das grüne Land machte, erzählte sie ihm davon. »Wirklich?«, fragte er. »Will er das? Nun, vielleicht würde ich das an seiner Stelle auch tun.« Er schwieg auf eine Weise, die Caroline nervös machte. Nebeneinander gingen sie in Richtung des kleinen Waldes und des Baches, der die *Gossler Farm* von *Ken-tah-ten* abgrenzte.

»Jake.« Sie nahm seine Hand und blieb stehen. »Jake, was ist?«

Er lächelte. Auf sie wirkte es schmerzlich. Er kam ihr sehr groß und sehr hager vor. Seine hellbraunen Augen schauten ernst und ruhig auf sie herab.

»Jake, du bist so – anders.«

»Anders?« Sein Lächeln wurde breiter, seine Blicke tasteten ihren Körper ab, langsam und sanft. Dann streckte er die Hand aus und berührte ihre Wange. Sie schmiegte sich sofort daran.

»Kleine Miss! Wie lange kenne ich dich jetzt schon?«

»Ein Jahr, Jake, ein ganzes Jahr.«

»Und ich habe dich niemals berührt, nicht wahr.«

»Doch«, sagte sie. »So wie jetzt, schon oft. Und im Winter, bei dir oben – als du mich in die Arme genommen hast.«

Sofort schloss er seine Arme um sie, so wie damals in seiner Kammer. Ihr Kopf ruhte an seinem Hals, der nach Seife roch und gebräunt war von der Arbeit draußen auf dem Feld.

»Was hätte ich hier gemacht, ohne dich?«, fragte sie. Sie hörte seinen Atem an ihrem Ohr, er hatte den Kopf gesenkt und liebkoste ihr Haar.

»Ich könnte die Sprache nicht. Ich ... hätte keinen Freund.«

Er zog sie noch einmal an sich und hielt sie, dann löste er sich von ihr und ging weiter.

»Jake, was hast du?«

Sie hatten den Bach erreicht, die Grenze zu O'Connells Farm. Jake setzte sich auf das weiche sattgrüne Ufergras und zog sie neben sich. »Ich werde vielleicht nicht bleiben«, sagte er ruhig.

»Nein! Jake, nein, das ... Du musst bleiben ... Ich ...«

»Was?«, fragte er. »Was ist mit dir, wenn ich gehe? Wirst du traurig sein? Ja. Wirst du vor Kummer vergehen? Nein. Du kommst zurecht, kleine Miss. Mit oder ohne Jake.« Diese Worte, sachlich und mit großer Ruhe gesprochen, wirkten tiefer auf sie als Annas hysterisches Gerede, wenn sie nicht einer Meinung waren.

»Ich weiß nicht«, erwiderte sie, sich zu der gleichen Ruhe zwingend. »Ich kann mir ein Leben ohne dich nicht vorstellen.«

Jake sah vor sich hin. Nachdenklich, die langen Beine angezogen, die Arme auf die Knie gestützt, saß er da und schaute auf die plätschernden Wellen des kleinen Baches.

Auch sie schwieg. Er hat jedes Recht zu gehen, sagte sie sich. Er ist weder mir noch irgendjemandem sonst etwas schuldig. Aber ich will nicht, dass er geht. Er ist mir vertrauter als Anna und Franz.

Jake legte sich ins Gras und blinzelte durch die Kronen der hohen Bäume in den Himmel. Sie drehte sich auf die Seite, stützte ihren Kopf in die Hand und betrachtete ihn. Sein rotbraunes Haar glänzte in diesem Licht in einem dunklen Goldton. Er ist so lieb!, dachte sie. Ein großer Junge.

Sie nahm einen Grashalm und ließ ihn über sein Gesicht gleiten. Jake schloss die Augen. Ab und zu, wenn es zu sehr kitzelte, verzog er sein Gesicht, und sie musste lachen.

Schließlich legte sie den Halm aus der Hand und umrundete die Konturen seines Gesichts mit ihrem Zeigefinger.

Sie nahm die herannahenden Hufe erst wahr, als der Reiter schon am anderen Ufer war. »Ah, du bist es«, sagte O'Connell und sah Jake an.

»Hi!« Jake richtete sich auf. »Freut mich, dich zu sehen, Chris.«

»Müsste mal regnen. Wird schon zu trocken.«

Jake nickte. »Ja, die Hitze macht uns zu schaffen.«

Chris tippte an seinen Hut und wendete sein Pferd. »Bis bald mal. Würde mich freuen.«

Er ritt davon. Caroline hatte er nicht ein einziges Mal angesehen.

»Ich versteh das nicht«, sagte Anna zu ihrem Mann. »Der Brief liegt seit drei Tagen ungeöffnet auf ihrem Nachttisch.« Sie hatte ihr Kind zu Bett gebracht und kam nun hinüber zu ihm in ihr Schlafzimmer. »Und sie ist immer noch nicht zurück.«

»Sie wird schon ihre Gründe haben, Liebes. Für beides. Du darfst dich nicht über alles so aufregen.« Franz strich seiner Frau beruhigend über die Wange.

»Ich kann es kaum erwarten, einen Brief von Tante Valerie zu bekommen oder ihr zu schreiben. Sie soll doch wissen, dass ich sie nie, nie vergesse – wo ich ihr so viel verdanke.«

Mein Gott!, dachte Franz. Wann hört das auf?

»Aber vielleicht interessiert es sie gar nicht mehr, was ihre Freundin Emma schreibt. Sie lebt ja nur noch hier. Sie hat alles vergessen, was war. Ich hätte nie gedacht, dass sie so abgebrüht ist.«

»Aber, Liebes, das weißt du doch gar nicht. Vielleicht redet sie nur nicht so viel darüber ...« – wie du, hatte er hinzufügen wollen, ließ es dann aber. Sosehr er sich über die Schwangerschaft freute, so genau merkte er auch, dass Anna damit überfordert war. Das, was ihm wie ein Signal des Aufbruchs in eine sorgenfreiere Zukunft erschienen war, zeigte ihm auch, dass er seine Frau nicht mehr in einen solchen Zustand bringen durfte. Wie er das bewerkstelligen sollte, darüber hatte er sich noch keine Gedanken gemacht. Er war viel zu beschäftigt mit der Farm und mit seinen Plänen, sie zu kaufen.

Anna drehte sich auf dem Absatz herum. »Immer nimmst du sie in Schutz!«

Er umfasste sie von hinten, zog sie an sich und legte beide Hände über ihren gewölbten Bauch. »Das ist jetzt wichtig, Anna. Wir beide und unsere Kinder. Caroline hat im nächsten Jahr ihre Schulden abgearbeitet. Dann kann sie gehen oder bleiben, es ist ihre Entscheidung. Darauf müssen wir uns einstellen.«

Seine Frau legte ihren Kopf nach hinten. Er senkte seine Lippen auf ihr Haar.

»Wenn sie geht, werden wir dann jemanden haben, der mir im Haus hilft?«

»Das werden wir sehen. Wenn es dir zu viel wird, natürlich, ja. Aber eigentlich hoffe ich, dass sie noch eine Weile bleibt. Wenn Jake sie heiratet, könnten sie beide hier arbeiten. Ich möchte sowieso Unterkünfte bauen im Frühjahr. Wir brauchen mehr Arbeiter.«

Sie drehte sich zu ihm herum und sah ihn erstaunt an. »Wirklich? Geht das so gut mit der Farm?«

»Ja«, sagte er, »ich habe Mais und Getreide gut verkaufen können, an Nick vor allem. Dazu kommen die Einnahmen aus dem Viehverkauf und dem Milchverkauf. Ich habe viel zurücklegen können, und ich werde spätestens im Frühjahr versuchen, ein Darlehen bei der Bank zu bekommen. Und dann muss ich Joe überzeugen zu verkaufen.«

Ihr Gesicht hellte sich für einen Moment auf, dann senkte sie den Kopf. »Ich weiß nicht, Franz. Ist das nun gut oder schlecht?«

»Na, hör mal!« Er lachte. »Es ist das, was wir uns immer gewünscht haben: eine eigene Existenz zu gründen, von der wir leben können. In Mecklenburg drüben hat es nicht geklappt, aber hier wird es gehen. Es scheint, als könnte ich ganz gut wirtschaften – in ein paar Jahren können wir zu Wohlstand kommen, Anna.« Er schob seine Hand sanft unter ihr Kinn und hob es. »Und denk an Victoria, Liebes! Du hast sie hier gefunden!«

Sie lächelte. Für ihn sah es ein wenig zu verklärt, zu selig aus, so als halte sie Victoria Hillyard für ein höheres Wesen. »Ich werde eine wohlhabende Frau sein ... Nicht so wie Vicky, aber doch ... Ich habe Vicky von Tante Valerie erzählt. Ich glaube, Vicky mag sie sehr«, setzte sie unvermittelt hinzu.

Er zögerte nur kurz, dann zog er sie an sich, anstatt ihr zu antworten, und küsste sie. Es war der richtige Moment. Sie schmiegte sich in seine Arme, er zog sie aufs Bett und begann, ihre Bluse aufzuknöpfen.

Caroline war viel länger auf der Plantage aufgehalten worden, als sie es geplant hatte. Bei der Sitzung des Schulbeirates hatte es einen Eklat gegeben. Sie saßen in Mellinors Esszimmer; Virginia erzählte ihr in allen Einzelheiten von dem Konflikt. »Bis jetzt ist alles so reibungslos gelaufen«, meinte sie. »Ich war erstaunt darüber und habe mich gefragt, wann das erste wirkliche Problem auftreten würde.«

»Ja«, bestätigte Caroline, »wenn ich mir vorstelle, dass jemand in Deutschland eine Schule gründen oder überhaupt irgendetwas aus sich heraus tun will, wie schwierig das dort ist. Für alles sind Ämter zuständig, und die, die dort sitzen, reglementieren alles und jedes bis ins kleinste Detail. Du hast keine Chance, schon gar nicht als Frau ...« Dabei, noch während sie diesen Satz spontan und in ganz anderen Zusammenhängen aussprach, kam ihr die Vormundschaftsbehörde in den Sinn, ihr Kampf um das eigene Kind, die Ablehnungen. Sie spürte die Ohnmacht, das Ausgeliefertsein von damals, eine plötzliche Schwäche befiel sie. Rasch trank sie ein paar große Schlucke von dem Tee, den Virginia serviert hatte, und schenkte sich nach. Dann lehnte sie sich erschöpft in ihrem Stuhl zurück.

Virginia sah sie besorgt an. Sie wird ihre Erfahrungen gemacht haben, sagte sie sich. Und Vater hat ja auch immer so geredet. Sie erinnerte sich an ein Bild, eine Karikatur, die er ihr einmal gezeigt hatte: arme Amerika-Auswanderer im Gespräch mit einem deutschen Beamten; der Beamte fragte nach den Gründen der Auswanderung, zudem sei es in Deutschland so schön, er verstehe es nicht. Die Antwort der Auswanderer lautete: »Wir würden ja bleiben – wenn Sie gehen!«

»Ja«, antwortete sie ihrer Freundin, »dieses Problem haben wir hier nicht. Unser größtes Problem ist die nicht aufgearbeitete Geschichte der Sklaverei mit all ihren Auswirkungen. Du hast es in meines Vaters Haus erlebt.«

Caroline nickte. Die Szene würde sie nie vergessen. Das wutverzerrte Gesicht Joseph Maiers, die Hilflosigkeit seines alten Vaters, die Schlichtungsversuche und der Rückzug des Reverends – vor allem aber die Verwandlung, die mit Gab vorgegangen war, nachdem Joseph ihn gemaßregelt hatte.

»Und gestern hatten wir die Fortsetzung, hier bei der Sitzung des Schulbeirates. Die drei Bewerberinnen waren da, wir haben sie angehört. Alle drei haben einen College-Abschluss, ich wollte die Qualifizierteste, die Motivierteste nehmen – aber leider ist sie schwarz.«

»Schwarz? Aber dürfen denn Schwarze hier ein College besuchen?« Caroline fand das, nach allem, was sie in Bezug auf den Umgang mit diesen Menschen gehört und erlebt hatte, zumindest ungewöhnlich.

»Ja«, erwiderte Virginia nachdenklich, »ich kann mir denken, dass dir das merkwürdig vorkommt. Kentucky ist ein ehemaliger Sklavenstaat, wir praktizieren die Rassentrennung, einige von uns sogar die Rassendiskriminierung – und dann hörst du von einem College für Schwarze. Aber es ist so.«

Caroline schüttelte ungläubig den Kopf. Ihr erschien das alles paradox.

»Hast du schon mal von Cassius Clay gehört?«

Caroline dachte nach; dunkel erinnerte sie sich an den Namen. Onkel Luis hatte immer so viel zu erzählen, wenn sie ihn und seine Frau besuchte – alte Geschichten aus dem Bürgerkrieg, noch ältere aus seiner 48er-Zeit in Deutschland, neuere aus der Nachkriegszeit. Und er beantwortete ihre zahllosen Fragen nach allem, was sich politisch in der Gegenwart abspielte. Aus all diesen Einzelteilen legte sie sich nach und nach ein Puzzle zusammen. Nach jedem Besuch bei Luis wurde das Puzzle vollständiger.

»Cassius Clay«, wiederholte sie langsam. »Dein Vater hat, glaube ich, von ihm erzählt. War das nicht ein Abolitionist?«

»Er lebt noch. Seine Tochter Laura ist übrigens unsere Präsidentin. Von KERA«, setzte sie auf Carolines fragenden Blick hin hinzu. »Er hat das Berea College gegründet. Erst war es nur eine Schule, jetzt ist es ein College für Schwarze und Weiße. Ein College ohne Rassentrennung, Carol. Sally Lomire, die beste der Kandidatinnen, kommt von dort.«

»Das ist phänomenal«, sagte Caroline spontan und in echter Bewunderung. »Dass er den Mut hatte, so etwas zu tun. Und dass es junge Leute gibt, die dort hingehen und sich gegenseitig nur als Menschen sehen ...«

»Wie schön du das gesagt hast. Du bist viel klüger, als du denkst, Carol.«

»Ich weiß, dass ich ungebildet bin, Ginny. Eben das, das kam so in mir hoch – als Gefühl.«

Virginia ging zu ihrer Freundin auf die gegenüberliegende Seite des Tisches und setzte sich neben sie. »Du bist vielleicht ein bisschen naiv«, sagte sie warm, »du sagst, was du fühlst. Aber dieses Gefühl, Carol, es ist echt und unverfälscht. Du bist nicht von diesen Vorurteilen, diesen Normen geprägt, mit denen man hier aufwächst.« Sie nahm Carolines Hand. »Ich bin froh, dass es so ist. Denn, weißt du, ich werde kämpfen müssen. Die Abstimmung im Schulbeirat ging drei zu vier aus – gegen Sally. Einen Moment lang dachte ich: Dann ist es eben so. Ich nehme die Zweitbeste. Aber es war nur ein Moment.«

»Du hast für Sally gestimmt. Wer noch?«

»Der Reverend und Toms Großvater. Bei ihm glaube ich, dass es ihm schwerfiel. Er ist ein guter Mensch, aber er schwimmt nicht gern gegen den Strom. Es war mir geschuldet, denke ich.«

»Der Bürgermeister war dagegen, Mr Kirby, Mr Samison, Miss Newton – warum denn?«

»Oh, sie hatten schon ihre sachlichen Argumente. Sie haben natürlich nicht gesagt: weil sie schwarz ist. Ein Grund war, dass Sally die Kinder nicht kenne, die sie unterrichten soll. Es sind ja nur Weiße. Sie müsste umziehen, ihr Weg sei zu weit. Eine der anderen Kandidatinnen sei qualifizierter. Was man so sagt, wenn man verhindern will, dass jemand Erfolg hat.«

»Ja«, sagte Caroline bitter, »ja, das weiß ich. Meine Eltern haben gesagt, Georg solle ›unter seinesgleichen‹ bleiben, als wir uns ineinander verliebten. Dabei war er hoch über uns – von seiner Bildung, vom Stand her. Und vor allem in seiner Menschlichkeit.« Sie fühlte, wie Virginia ihre Hand fester drückte.

»Was mache ich jetzt?«

»Wenn du Miss Newton auf deine Seite ziehen könntest ... Weißt du, damals, als ich mit Georg gegen den Willen meiner Eltern zusammen war, das haben wir eine Verbündete gehabt. Großmutter hat uns geholfen. Oh, Ginny, sie war die beste, die liebste, die gütigste Frau der Welt ...« Unfähig, weiterzusprechen, erwiderte sie Virginias Händedruck. Großmutters Stimme, ihre gütigen Augen, ihre alten abgearbeiteten Hände – Hände, die ihr Kind gehalten und an sich gedrückt hatten ...

Virginia war still geworden. Ich habe nichts erlebt, dachte sie. Ich bin behütet und doch in Freiheit aufgewachsen. Ich durfte zur Schule gehen, ein College besuchen, in eine Organisation eintreten, die für die Rechte der Frauen kämpft, den Mann heiraten, den ich liebe. Sie fühlte sich klein und hilflos neben dieser Frau, die jünger war als sie selbst und doch schon so viel Leid erfahren hatte.

»Rede mit Miss Newton. Möglich, dass sie nur aus Gewohnheit abgelehnt hat. Du hast mir doch mal gesagt, es gehe nicht, dass Amy mit dir zusammen isst oder feiert. Dabei hast du sie doch lieb. Bei Miss Newton ist es vielleicht ebenso. Sie ist eine kluge und liebenswürdige Frau. Ich habe es wohl gemerkt, wenn ich mir Bücher bei ihr in der Bibliothek geliehen habe.«

Virginia, noch befangen in ihren Gedanken, nickte dazu. Sie sah vor sich hin und sagte nach einer Pause: »Ja, du hast recht. Als ich in der Versammlung fragte, wer die Organisation der Lehrmittel übernehmen wolle, ohne zu viel Geld zu verlangen, hat sie sich sofort freiwillig gemeldet. Sie verdiene genug und mache das umsonst. ›Give it back to the community!‹, sagte sie.«

Caroline versuchte zu lächeln, und es gelang ihr auch.

»Der Bürgermeister wurde am Ende der Sitzung doch noch deutlich«, erzählte Virginia weiter. »Er meinte, er habe nichts gegen Schwarze, aber sie sollten unter sich bleiben. Er wundere sich darüber, dass die Schwester des ehrenwerten Joseph Maier und Ehefrau eines Mellinor eine solche Lösung überhaupt in Betracht ziehen könne.«

»Überleg es dir.« Caroline wischte sich die letzten Tränen aus dem Gesicht. »Du stellst dich damit gegen alle Regeln hier.«

»Du hast doch auch Regeln gebrochen.«

»Ich habe dafür bezahlt. Der Preis ist hoch, Virginia, so hoch, dass es über die eigenen Kräfte hinausgehen kann. Ich ... Ach, lassen wir das.«

»Ich rede mit Miss Newton, gleich morgen. Wenn sie ihre Entscheidung ändert, ist es eine legitime demokratische Abstimmung, mit der Sally eingesetzt wird; kein Regelbruch.«

Caroline sah sie skeptisch an. Wenn ihre Freundin sich da nur nicht irrte ...

Es gab zwölf Anmeldungen für Virginias Schule, acht von Jungen und vier von Mädchen. Alle hatten die öffentliche Schule besucht, und ihre Eltern wollten ihnen durch den Besuch von Mrs Mellinors weiterführender Schule die Möglichkeit geben, sich für einen späteren College-Besuch oder zumindest für einen aussichtsreicheren beruflichen Werdegang zu qualifizieren. Noch lief das Genehmigungsverfahren, aber Virginia war durch die Unterstützung ihrer potenten und namhaften Sponsoren guten Mutes, dass es noch im selben Jahr eine positive Entscheidung geben würde.

Caroline hatte sich dem Schulbeirat vorgestellt und war ohne Weiteres akzeptiert worden. Sie selbst erstaunte das am meisten – was in Amerika alles möglich war: Sie hatte keine entsprechende Ausbildung, jedenfalls kein Zertifikat, und schon gar keinen College-Abschluss, aber niemand hatte ein Problem damit. Angesichts der geringen Zahl von weiblichen Schülern wurde vereinbart, dass sie zunächst nur einen Nachmittag in der Woche für zwei Stunden ihre Lektionen in kunstvollen Handarbeiten erteilen sollte. Virginia war enttäuscht. Sie hatte mehr Anmeldungen erwartet. Caroline jedoch war es aufgrund ihrer nach wie vor nicht ganz abgelegten Unsicherheit recht, und besonders Anna begrüßte diese Wendung der Ereignisse. Im sechsten Schwangerschaftsmonat waren zwar die anfänglichen Unpässlichkeiten überwunden, aber sie fühlte sich oft müde und schwach, auch zunehmend unbeweglich.

Virginia hatte Wort gehalten. Einmal in der Woche fuhr der Mellinorsche Wagen früh am Morgen auf der *Gossler Farm* vor und brachte Linda zum Waschen und Plätten. Es war der Tag, an dem Caroline ihren Unterricht gab, so dass sie die schwarze Waschfrau auf ihrem Weg zur Plantage am Nachmittag wieder mit dorthin nehmen konnte. Virginia hatte Linda kurzerhand mit ihren drei Kindern in einem der ehemaligen Sklavenhäuser einquartiert und eingestellt. Dieser Umstand führte dazu, dass die arme Frau zum ersten Mal in ihrem Leben aus Evestown, der Schwarzensiedlung nahe Parwinch, herauskam. Linda war die Witwe eines Landarbeiters; von ihm stammten ihre beiden ältesten Kinder, die 14-jährige Ethel und der zwölfjährige Clayton. Das jüngste Kind, die sechsjährige Leila, hatte ihr ein, nach ihren eigenen Worten, »übler Kerl, auf den ich reingefallen bin«, gezeugt. Er habe »nichts Besseres im Kopf gehabt, als sich von mir aushalten zu lassen und sich ständig zu betrinken«. Deshalb hatte sie ihn ein halbes Jahr nach Leilas Geburt rausgeschmissen und das Kind allein aufgezogen. Sie schlug sich mit Gelegenheitsarbeiten durch, vor allem als Waschfrau. Allerdings war sie wegen ihrer ungeschminkten Ausdrucksweise und ihrer direkten Art nicht überall beliebt. Amanda Sue Sheridan Maier beispielsweise hatte sich über die *ordinäre Person* beschwert und ihr den Zugang zu ihrem Haus ein für alle Mal verboten. Kathy beschäftigte sie weiter, denn sie wusste, wie nötig Linda das Geld brauchte, das sie sich auf diese Weise verdienen musste.

Nun lebte Linda Barkley auf Mellinors Plantation und erledigte dort nicht nur die Wäsche, sondern sämtliche Arbeiten, die anfielen. Sie war fleißig und zuverlässig und Virginia gegenüber von einer für sie untypischen Höflichkeit. Man wusste nicht, ob aus Dankbarkeit oder aus Hochachtung, vielleicht war es beides. Ihre Tochter Ethel, ein scheues und zurückhaltendes Mädchen, half in der Küche und erwies sich dabei nach kurzer Zeit als so geschickt, dass die weiße Köchin sie auch zu anspruchsvolleren Arbeiten als nur zum Geschirrspülen einteilte.

Das Problem, das bei der Einstellung der zweiten Lehrerin aufgetreten war, wurde vertagt. Zwar war Miss Allison Newton Virginias Argumenten nicht abgeneigt, kurzerhand für die schwarze Bewerberin entscheiden wollte sie sich aber auch nicht. Sie schloss die Bibliothek für eine Woche und reiste zu ihrer Schwester nach Louisville, um dort in Ruhe nachzudenken. Bei dieser Gelegenheit stellte sie fest, dass sie seit mehr als zehn Jahren keinen Urlaub gehabt hatte, den letzten zur Taufe ihres Neffen. Immerhin konnte Virginia erwirken, dass der Schulbeirat das Thema erneut behandeln würde, wenn es aufgrund einer höheren Schülerzahl notwendig werden sollte.

Mr William Kirby, Großgrundbesitzer und Mitglied ebendieses Beirates, erzählte das anlässlich eines Dinners bei seinem Freund Joseph Maier. Dieser und seine charmante Gattin hatten geladen, um die Umbenennung der Maierschen Farm festlich zu begehen. Die alten hölzernen Pfeiler mit dem Querbalken und der Aufschrift *Maier Farm* waren entfernt worden. Stattdessen prangte nun zwischen den beiden steinernen Säulen ein hohes, kunstvoll geschmiedetes Tor. An der linken Säule waren auf einem großen Metallschild die Worte *Sunrise Creek Farm* zu lesen.

»Tja, mein Freund«, kommentierte Kirby, noch in der Eingangshalle stehend, die Schulfrage, »die Sache ließ sich ganz gut an, und ich bin der Letzte, der deine Schwester nicht unterstützt. Arme begabte Kinder zu fördern: Wer kann das ablehnen. Ich mag Virginia sehr und auch die Mellinors. Aber als sie uns mit der schwarzen Lehrerin kam, die sie doch tatsächlich den beiden weißen Bewerberinnen vorziehen wollte – ich muss dir ehrlich sagen, da war für mich die Grenze überschritten. Die Emanzipation der Frauen ist eine Sache, ich habe selbst zwei Töchter; die Rassenmischung eine andere. Nun, wir haben es vertagt. Aber Virginia hat versucht, Miss Newton umzustimmen. Ich kann nicht behaupten, dass mir das alles gefällt.«

»Ganz deiner Meinung, William«, entgegnete sein Gastgeber verbindlich. »Ich werde mit meiner Schwester reden. Ich bin sicher, sie wird ein Einsehen haben. Weiß der Teufel, was sie da reitet oder wer da im Hintergrund wirkt.«

Amanda Sue mit ihrem feinen Gespür für Unannehmlichkeiten und Irritationen näherte sich dem Gast und ließ sich mit einem strahlenden Lächeln die Hand küssen. Sie sah blendend aus; Kleidung, Frisur und Auftreten waren perfekt, und sie hatte auch an diesem Tag wieder dafür gesorgt, dass es ihren illustren Gästen an nichts fehlte.

»Mein liebe Amanda!« Kirby sah erst sie, dann ihren Mann anerkennend an. »So müssen Frauen sein! So war es zu meiner Zeit. Ja, Joe, bringen sie Virginia zur Vernunft. Sie gefährdet ihr gesamtes Projekt mit diesem Unsinn.«

»William, mein Lieber!« Amanda Sue bot ihm ihren Arm, Kirby nahm ihn mit Grandezza und führte sie in den Salon. »Lass dir doch die Laune nicht verderben. Dich erwartet ein, ich darf es wohl sagen, exzellentes Dinner, dazu erlesene Gäste und sicher niveauvolle Gespräche. Mein Vater ist extra aus *Sheridan Hall*, unserer Plantage in Old Virginny, gekommen, um mit uns diesen historischen Tag zu begehen.«

Kirbys Gesicht, das sich bereits bei ihrem Eintritt aufgehellt hatte, entspannte sich jetzt vollends. Amandas Vater begrüßte ihn wie einen alten Freund. Joe ging zu seiner Frau hinüber und raunte ihr etwas ins Ohr. Als er sich von ihr entfernte, berührte er ihren kostbaren Ohrring mit dem Zeigefinger. Sie lachte und warf den Kopf zurück. Offenbar hatte er ihr ein Kompliment gemacht.

Wahrscheinlich zu Recht, dachte Nick, der in der Nähe gestanden und alles mit angesehen und gehört hatte. Wenn Amanda Sue etwas beherrscht, dann ist es die Kunst des Bewirtens, des belanglosen Smalltalks und der Vergrößerung der Reputation ihres Mannes. Dabei blickte er zu seiner Frau Jane hinüber, die mit den beiden Kirby-Töchtern auf einem der Sofas Platz genommen hatte. Ein bisschen was davon würde ihr nicht schaden, fand er. So freundlich und gutmütig sie war, es fehlte doch entschieden das Damenhafte, ganz abgesehen davon, dass sie auch äußerlich mit ihrer Schwägerin nicht konkurrieren konnte.

Ein zweiter Beobachter war, was Amanda Sue betraf, ganz seiner Meinung. Auch Mr Samuel Samison, Witwer und Besitzer mehrerer Mühlenbetriebe, war mit der gleichen vollendeten Höflichkeit und dem Charme des Alten Südens begrüßt worden wie William Kirby.

»Hübscher Name für die Farm«, sagte er jetzt zu Nick. »Wurde wohl Zeit. Ja, sie ist nicht mehr das, was sie zu Luis' Zeit war. Jetzt ist sie beinahe schon ein Estate. Jedenfalls wird sie es noch werden, da bin ich sicher.« Dabei sah er so begehrlich wie respektvoll zu Amanda Sue hinüber, die in ihrem hellen, ihr Dekolleté voll zur Geltung bringenden Kleid im Plauderton mit Kirby und ihrem Vater sprach.

»Joes Idee«, antwortete Nick, »da liegen Sie schon ganz richtig. Er wollte eigentlich den Namen unseres Großvaters benutzen. Aber ich schlug ihm vor, einen auf die Umgebung abgestimmten zu wählen. So kam er darauf, sie nach dem *Sunrise Creek*, der mitten durch die Farm verläuft, zu benennen.« In Wahrheit hatte Nick seinen Bruder auf den Kummer hingewiesen, den das Ersetzen seines Familiennamens durch einen anderen dem alten Luis bereiten würde. Ein Name, der sozusagen aus der Farm geboren war und eine markante Stelle, ein Charakteristikum, bezeichnete, wäre dagegen neutral und weniger schmerzlich für ihn.

Erst als alle Gäste eingetroffen waren, öffnete sich die schwere Tür des Herrenhauses für Kathy und Luis. Er sah nicht gut aus. So sehr er sich auch bemühte zu verbergen, wie schwer ihm die Teilnahme an dieser Veranstaltung fiel, so wenig gelang es ihm. Kathy ihrerseits sorgte dafür, eine überstandene Erkältung und daraus resultierende Schwäche als Gründe für ihre späte Ankunft und Luis' Zustand ins Gespräch zu bringen. Ihre Kinder konnte sie damit nicht täuschen. Virginia sah ihren Vater besorgt an und wich den

Abend über nicht von seiner Seite. Ihr Mann Thomas wurde von Joseph und Kirby nach dem Dinner beiseite genommen. Joe hatte einen Toast ausgebracht, in dem er der *Sunrise Creek Farm* eine glorreiche Zukunft wünschte und auch prophezeite. Sein Vater wurde noch blasser, als er es ohnehin schon war. Nick führte ihn zu einem der Sofas im Salon und setzte sich neben den Alten. Dessen Hand zitterte, als er das Whiskeyglas aus den Händen seines jüngeren Sohnes entgegennahm. Virginia ließ sich auf dem anderen Platz neben ihm nieder. Luis trank einen Schluck und noch einen. Langsam kehrte ein wenig Farbe in sein Gesicht zurück.

»Unser Name wird bleiben, Vater«, bekräftigte Nick. »Die Umbenennung der Farm habe ich nicht verhindern können, aber als Joe *Maier* in *Mayor* umwandeln wollte, da habe ich abgelehnt. Was zu weit geht, geht zu weit.«

Luis antwortete nicht, er saß einfach nur da. Virginia nahm seine Hand. In langsamen Schlucken leerte der Alte sein Glas.

»Vielleicht ist es gut so«, sagte er leise. »Die Farm ist jetzt so groß, und sie wird immer größer, und Joe wird immer reicher. Und die reichen Leute haben alle Namen für ihre Besitzungen.« Er sah seine Tochter an und lächelte.

Virginia nickte. Ihr Ärger über die für sie völlig überraschende Aktion ihres Bruders war so heftig gewesen, dass sie die Einladung zu diesem Fest beinah rundweg abgelehnt hätte. Tom hatte sie schließlich mit dem Argument, ihr Vater brauche Hilfe an diesem Abend, überzeugt, doch hinzugehen. Warum ihr Vater nicht seinerseits die Teilnahme verweigert hatte, war ihr allerdings nicht einsichtig gewesen.

»Was sollte er denn tun?«, hatte Nick sie bei ihrer Ankunft gefragt. »Einen Eklat riskieren? Er lebt hier, und er wird hier auch sterben.

Es ist sein Lebenswerk, Ginny. Er wird weiter mit seinen Nachbarn Einladungen austauschen, sein Scheunenfest feiern. Soll die Feud zwischen ihm und Joe eskalieren, die Harmonie zerstören, die er braucht? Da lenkt er lieber ein.«

»Du hast recht, Nick. Zum Glück hast du verhindert, dass Joe ihm auch noch seinen Namen nimmt. Dabei haben wir so viele Deutschstämmige hier, so viele deutsche Namen.«

»Die Wenigsten haben sie geändert, auch nicht, wenn sie in die Politik gegangen sind.«

»In die Politik? Ist das dein Ernst? Unser Bruder Joseph will Politik machen?«

»Wohl eher: durch die Politik noch ein wenig mehr Gewicht bekommen hier im County. Es ist nur ein Mittel zum Zweck.«

Das kurze Gespräch war sehr aufschlussreich gewesen und hatte Virginia mit ihrem Erscheinen versöhnt. Als sie sah, wie Kirby und Joseph auf Tom einredeten, verschlechterte sich ihre Laune wieder. Einen Augenblick drängte es sie aufzustehen und diese Männerrunde zu stören, aber sie blieb an Luis' Seite. Tom würde ihr spätestens zu Hause erzählen, was die beiden Herren von ihm gewollt hatten.

Kapitel 24

Caroline war nicht zu Joseph Maiers Fest geladen worden. Widerstrebend nur hatte er seinen Cousin Franz und dessen Frau als Gäste akzeptiert. Sie waren spät gekommen und gleich nach dem Dinner wieder gegangen, und er hatte aufgeatmet. Es war peinlich gewesen. Arme Verwandte aus Deutschland – Gott sei Dank hatten sie sich an Luis' Seite gehalten, und Amanda Sue, eine Expertin in solchen Dingen, hatte sie, auch wegen ihrer mangelhaften Konversationsfähigkeit, am unteren Rand des Tisches platziert. Gleichzeitig mit der Namensänderung war die Aufnahme seines Sohnes Joseph Luis an der Universität gefeiert worden. Er würde nicht nur ein tüchtiger Anwalt, sondern auch ein würdiger Nachfolger und Erbe werden. Der politischen Laufbahn, die er selbst anstrebte, war er an diesem Abend mit Sicherheit ein Stück näher gekommen. Und Joseph II. würde ihm alle Ehre machen. Er war ganz der Sohn seiner Eltern. Joe beglückwünschte sich an diesem erfolgreichen Abend wieder einmal zu seiner klugen Wahl und der gänzlich im Einverständnis mit seinem Schwiegervater erfolgten Heirat. Vollkommen in der Tradition des Südens stehend, hatte dieser einen größeren Wert auf Gesinnung als auf viel Geld gelegt, ganz zu schweigen natürlich von dem Wunsch, seine einzige Tochter möge ihrem Herzen folgen, und sei es auch nach Kentucky, der abtrünnigen Provinz. Die Mitgift seiner Frau hatte Joe in die Lage versetzt, seinen Bruder auszuzahlen, die Farm erheblich zu vergrößern und ihren Gewinn enorm zu steigern. Er war mit sich selbst zufrieden, und wenn eines Tages sein Vater das Zeitliche segnete, würde die Tradition des einfachen Farmers getilgt und das Zeitalter des Estate vollends angebrochen sein. Luis hielt sich seit einigen Jahren aus allen Fragen der Bewirtschaftung heraus. Die von ihm begonnene Devon-Zucht wurde von Joe gefördert und unterstützt, denn sie war einträglich. Mit all dem konnte er leben, fand er. Was jedoch die Nigger-Verbrüderung betraf, so machte er sich ernsthafte Sorgen, die er allerdings seiner verwöhnten Frau verschwiegen hatte. Wenn Vater in seinem hohen Alter noch merkwürdiger wurde, als er auf ihn ohnehin immer gewirkt hatte ... Nun, er würde zunächst abwarten und die Sache beobachten. Mit seinem Sohn Joseph war er sich einig, dass unbedingt gehandelt werden müsse, falls der Alte – und nun offensichtlich auch noch Virginia – nicht zur Vernunft kämen. Keinesfalls würde er für sich und die Seinen die Wertschätzung der alteingesessenen Familien aufs Spiel setzen. Tom hatten sie am Abend des Dinners heftig ins Gewissen geredet; er würde seine Frau hoffentlich zur Vernunft bringen. Mit diesen Gedanken schlief Joseph ein und verabschiedete am nächsten Morgen seinen ältesten Sohn nach Lexington. Das waren die ersten Schritte in eine Zukunft, die die Familie endgültig vom Geruch des Bäuerlichen lösen würden. Jefferson, der jüngere Sohn, sollte später das Landwirtschaftliche College besuchen und der Fachmann für die Leitung der Farm werden, während Joseph junior signalisiert hatte, politisch in die Fußstapfen seines Vaters treten zu wollen. Nun galt es, dass er selbst als

Kandidat der Demokratischen Partei aufgestellt werden würde, und dazu brauchte er die Unterstützung der Kirbys, der Hillyards, der Belcounts und der übrigen reichen alteingesessenen Familien des County.

An dem Abend, als Franz und Anna als Gäste bei Joe geladen waren, las Caroline den längst eingetroffenen Brief von Emma. Sie hatte ihn liegen lassen, zunächst ungeöffnet, schließlich doch erbrochen und aufgerissen, nur um ihn ungelesen wieder in die Schublade ihres Nachttisches zu legen. Die Scheu, die Angst, Neuigkeiten aus Deutschland zu erfahren, waren geblieben. Als das Kind eingeschlafen war, als Jake sich verabschiedete und allein wegging – um nachzudenken, wie er sagte –, nahm sie Emmas dicht beschriebene Bögen. Es durchzuckte sie immer dann, wenn sie den Namen Sophie las oder den ihrer Mutter. Andererseits war sie der Freundin dankbar, dass sie ihre Pflichten als Patin ernst nahm und sie, die tot geglaubte Mutter, regelmäßig über den weiten Ozean hinweg informierte. Und dass es Sophie bei ihrer strengen Großmutter gut hatte, dass sie gesund war – diese Nachrichten bewirkten doch jedes Mal ein Aufatmen. Caroline wusste nicht, ob der Schmerz der ständig wieder aufgerissenen Wunde überwog oder die Beruhigung über Emmas Fürsorge und ihre Anteilnahme an Sophies Wohlergehen.

Hin und wieder legte sie das Schreiben aus der Hand und sah auf das grüne Land hinaus. Schwermut legte sich über sie wie ein Tuch, durch dessen dichtes Gewebe sie Mühe hatte zu atmen. Erst als sie mit den entsprechenden Passagen durch war, ging es besser. Der Name ihres Bruders, der August Griegers, des Pfarrers – nichts davon rief mehr eine

Reaktion in ihr hervor. Ihr Bruder werde wohl kinderlos bleiben, schrieb Emma, obwohl seine Frau nun schon das vierte Mal in Schwalbach gewesen sei. Frau Justizrat August Grieger dagegen sei wieder einmal in Hoffnung, und wie man höre, sei ihr Gatte darüber wenig erfreut. Zwei Kinder seien ihm gerade genug. Die junge Frau sei so unglücklich, dass sie bei ihren Eltern und nachher sogar bei ihr selbst einen Besuch gemacht habe, um sich auszusprechen, eigentlich sei es aber ein Ausweinen gewesen. August mache ihr Vorwürfe, dass sie erneut schwanger geworden sei. Nun, sie, Emma, wisse, wovon Helene gesprochen habe, obwohl ihr eigener Fall doch ganz anders liege. Schließlich sei sie dazu verdammt, das illegitime Balg ihres Mannes mit der unverschämten Veronika, Frau Verwalter Hasbrock, beinahe an jedem Tag, den Gott werden lasse, zu sehen. Und sie komme nicht von diesem elenden Trinker weg ... So ging es noch eine Weile weiter, alles wie gehabt. Dann folgte eine Beichte über Emmas Verhältnis mit dem jungen Kandidaten. Nicht einmal ihr Vater wisse davon. *Mein liebes Linchen*, schrieb die Freundin dazu, *du bist die Erste und Einzige, die davon erfahren soll. Ich muss mir alles von der Seele schreiben, sonst werde ich verrückt. Ludwig ist so zärtlich, so verständnisvoll, und er passt auf, dass nichts passiert. Aber das Geheimhalten – du weißt, wovon ich spreche – ist eine Grausamkeit. Wir sehen uns viel zu selten. Vielleicht könnte ich noch zurück, um der Kinder willen. Sie sind noch so klein, Marie ist im zweiten Jahr in der Schule, Jakob im ersten. Er kommt in Temperament und Charakter ganz auf Leger heraus. Manches Mal sieht er mich so merkwürdig an, und dann grusel es mich, denn er hat die Augen seines Vaters und auch sein Gesicht. Ludwig kommt ab und zu vorbei, um nach unserem Johann zu sehen. Ein Mann wie er wäre wohl in einer wohltätigen Einrichtung gut aufgehoben, denn er hat ganz die Selbstlosigkeit und die Kraft, die dazu notwendig ist. Und nun hat er, ich wage es kaum niederzuschreiben, den Vorschlag gemacht, in die afrikanischen Kolonien zu gehen. Er wird im Frühjahr examiniert und möchte dann als Pfarrer nach Deutsch-Südwest, um bei der Gründung einer evangelischen Gemeinde in Windhuk mitzuhelfen. Ich soll mich entscheiden, ihn zu begleiten – oder ihn gehen zu lassen, damit er mich vergessen kann. Beides ist aber ganz unmöglich, auch hier weißt du, warum. Hättest du Georg vergessen können? Du wärst doch mit ihm gegangen, da bin ich mir ganz sicher. Aber ihr beide hättet euer Kind mitgenommen – und ich muss nun entscheiden, was ich immer vermeiden wollte. Jetzt gilt es, Linchen, oder doch im Frühjahr. Ludwig ist der Mann meines Lebens, das Leben an seiner Seite mein größter Wunsch, ob in Afrika oder anderswo. Ich kann natürlich meine Kinder nicht im Stich lassen, und Ludwig, was für ihn spricht, will es auch nicht. Eine Aussprache mit Leger wird unvermeidlich sein, fürchte ich. Und beinahe bin ich erleichtert darüber nach den vielen Jahren der Lügen und der Verstellung ...*

Caroline schluckte, sie hielt den Brief in der Hand und las die letzten Abschiedszeilen. Ihre eigene Situation in Berlin stand vor ihrem inneren Auge und hielt sie für einen Moment gefangen. Entscheidungen, die endgültig waren, es sein mussten, und die doch immer, je nach dem wie man sie betrachtete, falsch waren – das waren die schlimmsten. Sie beneidete die Menschen, die nie vor solchen Entscheidungen gestanden hatten. Und nun traf es Emma. *Ich muss ihr antworten,* sagte sie sich, *und ich darf keine Angst mehr ha-*

ben vor Emmas Briefen. Ich habe meine Entscheidung getroffen und muss damit leben – und weiß doch, dass mein Herz oft ganz anders fühlt. Vielleicht sollte sie Emma das schreiben: dass eine einmal getroffene Entscheidung nicht von Schuld, von Verantwortung, von Zweifeln befreite. Emma würde das alles mit nach Afrika nehmen, so wie sie es mit nach Amerika genommen hatte …

Ein Geräusch ließ sie zusammenfahren, ein herannahender Wagen. Anna und Franz waren von dem vornehmen Dinner zurück. Der arme Onkel Luis – auch das hatte er über sich ergehen lassen, um des Friedens mit seinem Sohn willen und um die Feud nicht eskalieren oder offenkundig werden zu lassen. Nein, anderen ging es auch nicht besser als ihr selbst. Caroline ging hinaus, um Franz beim Ausspannen des Pferdes zu helfen, aber er bat sie, sich um Anna zu kümmern. Die Freundin blieb wortkarg; Victoria Hillyard hatte sie lange nicht besucht, und Annas Hoffnung, sie beim Dinner zu sehen, war enttäuscht worden. Nur ihr Bruder Patrick war erschienen und hatte berichtet, man habe Besuch von Verwandten aus Illinois. Er und Miss Kirby vertraten an diesem Abend die Familie Hillyard, und Anna hatte sich der Bewunderung und des Neids auf das reiche selbstsichere Fräulein nicht erwehren können. Am unteren Ende der langen Tafel platziert, war nur wenig von der Konversation bei ihr angekommen, zumal sie ausschließlich in amerikanischer Sprache geführt worden war, bis sich Onkel Luis ihrer angenommen hatte. Aber mehr als ein kurzer gequälter Dialog in ihrer Sprache war nicht dabei herausgekommen, so dass sie sich bald und mit Annas Schwangerschaft entschuldigend, verabschiedet hatten. Danach ging es ihr tatsächlich schlecht, und der Abend erschien ihr wie ein böses Omen auf das, was kommen sollte. Franz schob es auf ihren Zustand.

Aber als der Herbst ins Land ging und Victoria noch immer nicht erschienen war, wurde Anna wieder schwermütig. Ihr Leib war dick, auf Caroline wirkte er aufgedunsen, so dass sie sich unwillkürlich fragte, ob hier Zwillinge unterwegs waren. Das wäre freilich eine Schreckensnachricht für das zarte Geschöpf. Caroline sagte nichts, aber sie merkte deutlich, dass Franz seine Frau ab und zu, wenn diese es nicht merkte, zweifelnd von der Seite ansah, so als mache er sich ähnliche Gedanken.

Für Virginias Schule hatte es nicht nur die erhoffte Legitimation gegeben, sondern, nachdem diese erfolgt war, auch neue Anmeldungen. Bis zum November, als Luis' Scheunenfest anstand, waren es achtzehn Schüler geworden, und in Carolines kleiner Handarbeitsgruppe saßen nun sechs anstatt vier Mädchen in dem hübschen Klassenraum um sie herum. Der Unterricht machte ihr großen Spaß. Das einfache Stricken und Häkeln war den meisten Schülerinnen schon von zu Hause her bekannt, aber die aufwendigeren Techniken, die kunstvollen Stickereien mit Seide und Perlen und das Nähen mit der von Toms Großvater gestifteten Nähmaschine waren etwas Neues. Immer wenn ein Teil fertig und besonders gelungen war, war das ein kleines Fest. Schon in die Planung der Muster, das Auswählen der Stoffe und Garne, der Farben und Materialien bezog Caroline die Mädchen zunehmend ein, und es war diese Selbstständigkeit, die ihnen gefiel und die Caroline, eingedenk der Worte

Virginias über die amerikanischen Frauen, nicht nur respektierte, sondern besonders förderte. Sie selbst genoss die Anerkennung, die sie von ihren Schülerinnen und deren Eltern erfuhr. Zum ersten Mal war sie für eine Sache ganz allein verantwortlich, niemand redete ihr hinein oder gab ihr Anweisungen. Und das tat ihr unendlich wohl. Sie fühlte sich geachtet und gebraucht, und sie verdiente sogar etwas Geld mit dieser Arbeit, die ihr nichts als Freude bereitete.

Zu Hause versah sie, wie eh und je, alle in Haus und Garten anfallenden Arbeiten mit Ausnahme der Wäsche, und das war eine große Erleichterung. Als sie es Linda sagte, lachte die robuste Frau breit über ihr dunkelbraunes Gesicht und erwiderte: »Ja, Miss, und dass Miss Ginny mich geholt hat und ich jetzt anständig wohne und nicht mehr so unsicher in allem bin – das vergess ich ihr nie, und so mach ich's wieder recht.«

Anna hatte es abgelehnt, mit zu Luis' Scheunenfest zu gehen, etwas was Caroline wunderte. Immerhin würde sie, zumindest sehr wahrscheinlich, Victoria dort treffen. Aber sie bat Franz nur darum, ihre verehrte Freundin zu ihr zu schicken, und als er ihr Ansinnen ablehnte, gab sie es an Caroline weiter.

»Ich lasse dich nicht allein«, hatte Franz beschlossen. »Wir bleiben gemeinsam hier und machen uns einen gemütlichen Abend.« Dabei sah er sorgenvoll auf den stark gewölbten Leib seiner kleinen blassen Frau.

Caroline versprach, den Auftrag zu erfüllen, aber es gelang ihr nicht mehr, als Victoria kurz Annas Wunsch mitzuteilen. Sie stand in einer der Tanz- und Musikpausen mit ihrem texanischen Gast zusammen in angeregter Unterhaltung. Ihr Vater stellte ihn als Mr Egmont Coraine vor und sprach seinen Namen französisch aus, worauf Mr Coraine lachte und ihm scherzhaft mit dem Finger drohte. Seine Vorfahren seien zwar aus Frankreich eingewandert, aber er lebe nun schon in der zweiten Generation als *vollständiger Amerikaner* und spreche ihn, Hillyard, ja auch nicht auf seine englischen Wurzeln oder vielmehr die seiner Vorfahren an. Sein Gastgeber quittierte diese Äußerung mit einem Schulterklopfen. Victoria, die Coraine um einiges überragte, beteiligte sich lebhaft an dem Gespräch, als sie sah, wer sich ihr da näherte. Die beiden Herren waren höflich genug, die Konversation zu unterbrechen, so dass Caroline ihr Anliegen vortragen konnte.

»Gern. Wenn es einmal passt«, versprach Victoria mit verkniffenem Lächeln und wandte sich wieder ihrem Gast zu. »Kommen Sie, Mr Coraine, ich möchte die Pause nutzen, um sie mit dem Mann bekannt zu machen, der hier im County und weit darüber hinaus den größten Pferdeverstand hat.« Ihre Gesichtszüge entspannten sich, sie zog den charmanten Coraine einfach mit sich fort in Richtung Bühne, und Caroline blieb mit Hillyard senior allein zurück. Sie tauschten ein paar höfliche Floskeln über das *gelungene Fest* und über das Wetter aus, dann verabschiedete auch er sich.

Wenn Caroline an dieses zweite Scheunenfest zurückdachte, fand sie nichts, was weniger einladend und gelungen gewesen wäre als beim ersten. Allem voran Musik und Tanz, die Dekoration, Essen und Trinken, die freundlichen Nachbarn, von denen sie jetzt schon so viele kannte und schätzte. Und dennoch war alles ganz anders gewesen.

Sie saß in Jakes Kammer und schaute aus dem Fenster. Ihr Blick schweifte in die Ferne über die grünen Hügel hinweg und zurück zur Farm, zu den alten Bäumen, zum Scheunen- und Stallgebäude, zum Garten. Sie stand auf, um alles genauer zu sehen, so als müsste sie sich vergewissern, dass es noch da war und dass sie sich richtig entschieden hatte. Als die Sonne sich senkte, glühte der Himmel orangerot auf, tauchte die Hügel und Weiden in goldenes Licht, das immer dunkler und ins Rötliche changierend schließlich von der Dämmerung abgelöst wurde.

So saß sie noch lange und schaute hinaus, und erst als es dämmrig im Raum war, zündete sie eine Kerze an und die Lampe, die auf dem Waschtisch platziert war. Dann räumte sie mit einer entschiedenen Bewegung Waschschüssel und Waschkrug beiseite, nahm ihr Schreibzeug und begann: *Mein liebes Emmachen, heute geht es mir nun so wie dir in deinem letzten Brief. Ich schreibe alles auf, was mich bedrückt und umtreibt, denn ich habe, genau wie du, das Gefühl, dass es mich sonst innerlich zerreißt.*

Sie hielt inne, legte die Feder ab und stützte den Kopf in beide Hände. Dann sah sie sich in der kleinen Kammer um. Nichts erinnerte mehr an Jake in diesem Raum, er hatte alles mitgenommen, was ihm gehörte. Viel war es nicht. Zurückgeblieben war nur das, was schon vor seiner Ankunft hier gewesen war. Ihr Blick suchte nach etwas Bekanntem, und schließlich nestelte sie die kleine Brosche von ihrem Revers ab und legte sie vor sich hin. Es war ein Pferdekopf in mattem, nur leicht poliertem Silber.

»Silver Star«, hatte Jake gesagt und ihr die Brosche angesteckt. »Mit ihr hat alles begonnen.«

In ihrer Trauer und Verzweiflung hatte sie nichts erwidert und auch nicht gefragt, was er mit dieser rätselhaften Äußerung meine. Als sie sich nach oben geflüchtet und ausgeweint hatte, war er längst weg gewesen.

Sie nahm das kleine Schmuckstück in die Hand und betrachtete es eine Weile stumm, ohne nachzudenken. Die Worte kamen zurück. Sie legte die Brosche vor sich auf den Tisch und schrieb: *Jake ist gegangen. Ich habe es nicht sicher gewusst, aber geahnt. Wahrhaben wollte ich es nicht. Jetzt erst wird mir klar, dass er sich mehr und mehr zurückzog, von mir weg bewegte, obwohl wir unsere Englischstunden fortsetzten, das gemeinsame Zeitunglesen, die Reitübungen. Aber schon an jenem Sommertag, als wir spazieren gingen und er sagte, ich würde es wohl verwinden, wenn er ginge – da war er in Gedanken bereits auf dem Weg nach Kalifornien. Von da an ging er oft allein, von da an schrieb und empfing er Briefe, und ich gestehe, dass ich versuchte, die Absender zu entziffern. Immer stand dort: California. Ich bekam Angst, und einmal fragte ich ihn: ›Wo liegt eigentlich California?‹ Er sah mich merkwürdig an mit seinen warmen braunen Augen, sein Haar leuchtete in der Morgensonne wie rötliches Gold. Er nickte und nahm meine Hände. Da wusste ich, dass ich mich entscheiden musste und dass es das war, wovor ich Angst hatte. Ich war gerade angekommen, vor einem guten Jahr. Ich hatte in der kurzen Zeit so viel Neues gelernt wie in meinem ganzen bisherigen Leben nicht. Ich fühle mich zu Hause: Da ist Virginia, die Schule; da sind Onkel Luis und Tante Kathy; Anna und Franz, die mich brauchen, hier, in diesem herrlichen grünen Land, das die Indianer Ken-tah-ten nennen, Land der Zukunft.*
Ich ging an diesem Abend mit Jake hinauf in seine Kammer. Er zog mich in seine Arme und bekannte es mir: Er wollte, dass

ich mit ihm gehe, dass wir zusammenbleiben. Einen Moment lang wurden meine Knie ganz weich, ich schmiegte mich an ihn, so wie ich es nie vorher getan hatte. Er zog mich enger an sich und küsste mich. Es war anders, als es mit Georg war, aber ich wehrte mich nicht. Ich mochte es. Aber dann, ganz plötzlich, wusste ich, was ich tun musste. Ich schaute ihn ganz ehrlich an, so wie mir zumute war, und er schüttelte traurig den Kopf und küsste mich noch einmal, auf die Stirn.

»*Es geht nicht*«, *sagte ich, und er erwiderte:* »*Ich weiß.*«

Der Zugvogel flog weiter und ließ ein leeres Nest zurück. Manchmal suche ich nach Spuren von ihm – diese Brosche, die er mir zum Abschied gab, nach der Rückkehr vom Scheunenfest. Einmal noch haben wir getanzt, gefeiert, einmal noch lebten wir ganz nach dem Satz, den ich so oft von ihm gehört habe: »*Was interessiert uns die Zukunft, kleine Miss, genießen wir die Gegenwart!*« *Wir genossen die Gegenwart und tanzten den ganzen Abend über. Ich war fröhlich, und es war wie beim ersten Mal, als ich hier in Kentucky zur Blue-Grass-Musik tanzte. Dieser wundervolle Schwebezustand! Die Leichtigkeit! Die eigene Lebendigkeit spüren!*

Das ist es, was von ihm geblieben ist. Und die unendliche Dankbarkeit, die ich spüre, wenn ich an ihn denke. Er war mein Lehrer, mein Bruder, mein Freund. Ich kam in die Neue Welt und traf kurze Zeit später diesen wunderbaren jungen Mann. Ich wäre so gern mit ihm gegangen, so wie ich mich gern, nur allzu gern, ihm hingegeben hätte an jenem Abend, als er mich küsste. Es ging nicht.

Aber er hat eine tiefe Leere hinterlassen, eine klaffende Lücke in mein Leben gerissen. Ich vermisse ihn so sehr, dass ich es nicht beschreiben kann.

Als sie hier geendet und das Geschriebene überlesen hatte, trat ein erstaunter Ausdruck in Carolines Gesicht. Diese Zeilen ähnelten in keiner Weise dem, was sie Emma bisher in ihren Briefen geschrieben hatte. Sie stand auf und ersetzte die heruntergebrannte Kerze durch eine neue. Im Haus war alles still. Das Land draußen lag im Dunkeln, nur einzelne Sterne waren zu sehen, helle Wolken zogen rasch vor dem grauen Himmel an ihr vorbei. In Kalifornien sei es immer warm, hatte Jake gesagt, es liege am Pazifischen Ozean, er wolle den Geruch des Meeres atmen, die Sonne genießen und eine Weile dort bleiben.

Sie war in seine Kammer, die nun leer stand, eingezogen, zumindest solange Franz keinen neuen Arbeiter eingestellt hatte. Endlich ein Zimmer für mich allein!, hatte sie gedacht und sich Jake wieder nahe gefühlt. Sein Geruch lag noch in der Luft, bildete sie sich ein. Und wenn sie die Augen schloss, sah sie ihn vor sich, wie er seinen ersten Ritt auf Silver Star gemacht hatte, und hörte sein ansteckendes fröhliches Lachen. *Er war für mich der amerikanische Traum*, schrieb sie, *zumindest ein Stück davon. Seine Sorglosigkeit, seine Unbekümmertheit, sein Mut, seine Neugier.* Sie nickte. Ja, das war es, was Jake ihr gezeigt hatte. Dann nahm sie die Feder und zog einen dicken Strich durch die ersten Zeilen. Dies war kein Brief an Emma. Dies war ein Eintrag, wie man ihn in ein Tagebuch machte. Worte, so unmittelbar aus dem Herzen niedergeschrieben, dass sie der Briefform nicht genügten und auch nicht genügen mussten: Das war nie ihre Sache gewesen. Nachdenklich betrachtete sie die silberne Brosche mit Silver Stars Konterfei vor sich auf dem Tisch, dann zog sie die Kette mit dem Posthorn aus ihrem

Ausschnitt hervor und drehte sie zwischen ihren Fingern. So saß sie lange, und erst als auch die zweite Kerze abgebrannt war, faltete sie die Bögen, legte sie in die Schublade des Nachttisches und löschte das Licht.

Im Dezember, als Schnee und Frost kamen, wurde Anna wieder krank. Es war wie verhext. Der kleinste Luftzug, die erste Kälte, und sie lag darnieder. Mit fiebrigen Augen schaute sie ängstlich um sich, etwas weniger als einen Monat hatte sie noch bis zur Geburt ihres zweiten Kindes zu überstehen. Oder waren es gar das zweite und das dritte? Doktor Meadows, der sie untersuchte, machte ein sorgenvolles Gesicht.

»Wärme und Ruhe«, verordnete er. »Und natürlich die Arznei. Hatte sie irgendeinen Kummer?«, fügte er, an Franz gewandt, hinzu.

»Nein ... nicht dass ich wüsste«, log er bedrückt und dachte an Victorias Ausbleiben und Valeries Briefe. Nun, Letztere würde er ihr von jetzt an vorenthalten.

Der Doc nickte dazu und versprach, eine Hebamme zu schicken.

»Strenge Bettruhe, keine Aufregungen – nur auf die Zwillingsgeburt müssen Sie sie vorbereiten.«

So saß Franz jeden Tag, wann immer es seine Zeit erlaubte, am Bett seiner Frau und versuchte, ihr Los zu erleichtern. Caroline reichte ihr Tee und kräftige Kost, aber Anna aß nur wenig, verlangte nach Victoria und nach der Hebamme. Virginia kam und brachte ihre Hündin mit, um Anna aufzuheitern, Luis und Kathy machten ihr Mut, und Franz hatte als besondere Überraschung für seine Frau ein zweites Pferd bestellt. Bei Mr O'Connell, wie er sagte, eine hübsche, kleine, sanfte Stute, die mit Silver Star vor dem Buggy gehen und sie überall hinbringen werde. Vielleicht habe sie sogar Lust, reiten zu lernen, wenn sie sich von der Geburt erholt habe.

Immer huschte ein Lächeln über Annas bleiches Gesicht, wenn jemand zu ihr kam, aber als die Hebamme beruhigend ihre Hände nahm und versprach, zur Stelle zu sein, wenn es so weit sei, traten Tränen in ihre Augen. Immerhin wich das Fieber langsam, so dass Caroline, nachdem sie eine Woche ausgesetzt hatte, ihren nachmittäglichen Unterricht wieder aufnahm und auch endlich dazu kam, den längst fälligen Brief an Emma zu schreiben. Sie entschuldigte sich bei der Freundin, dass sie sie so lange habe warten lassen. Nachdem sie Annas Krankheit, die im Januar bevorstehende Geburt, die Schule und den Bericht über ihren Alltag auf der Farm abgeschlossen hatte, las sie noch einmal Emmas Zeilen über ihr Verhältnis mit dem jungen Mann. Dann schrieb sie: *Das musst du nun ganz allein entscheiden, liebes Emmachen, und dich bis ganz tief in dein innerstes Herz befragen. Wenn du die Aussprache mit Leger suchst, gibt es vielleicht einen Ausweg, der schmerzt, aber dennoch eine Lösung finden lässt. Wenn dein Ludwig nur zu dir steht. Das ist das Wichtigste.* Sie beendete den Brief mit Weihnachts- und Neujahrsgrüßen, denn sie ahnte, dass sie so bald nicht mehr zum Schreiben kommen würde.

In diesen Tagen fuhr Franz zu seinem Nachbarn hinüber und bat ihn, die Stute schon zu Weihnachten zu bringen: »Am 24., das wäre schön. Ihr hier feiert ja erst einen Tag später, aber für uns ist es der Heilige Abend.« Vielleicht könne seine Frau aufstehen und ihr neues Pferd vom Fenster aus sehen. Das werde sie gewiss aufmuntern, sie werde sich vorstellen, mit ihrer Freundin in die Stadt zu fahren, Besuche zu machen oder gar selbst reiten zu lernen.

»Ist sie denn noch da?«, fragte O'Connell.

Franz sah ihn fragend an.

»Dieser junge Mann, der bei dir gearbeitet hat, ist doch nach Kalifornien gegangen. Und da dachte ich, dass sie ... mit ihm gegangen ist.«

»Ja.« Franz nickte. »Das ist ein trauriges Thema. Meine Frau und ich hatten gedacht, die beiden würden heiraten und hier bleiben. So wie sie zueinander standen. Ich hätte Jake gut gebrauchen können, und es ließ sich leben mit ihm. Nun, sie ist uns geblieben, frag mich nicht, warum. Ich weiß nicht, was wir machen würden, wenn sie auch noch gegangen wäre ... Meine Frau wird Zwillinge bekommen, und sie ist schwach und krank. Sie braucht Caroline.«

Diese Worte wurden in O'Connells Stall gewechselt, wo Franz die Stute begutachtete und Chris bat, sie noch ein bisschen sanfter als sanft zu machen. Seine Frau sei sehr ängstlich, und, er müsse es bekennen, sie verstehe nichts von Pferden.

»Keine Sorge«, versprach Chris, »und außerdem kann dieses Mädchen, ihre Freundin, ja wohl reiten und auch fahren.«

In diesem Moment spürte Franz, wie eine Hand von hinten auf seine Schulter gelegt wurde. Er drehte sich um und sah in Victorias Gesicht.

»Mein Gott!«, rief er unwillkürlich. »Dich schickt der Himmel!«

»Ich wusste nicht, dass es Anna so schlecht geht«, bekannte Victoria mit einem Anflug von Verlegenheit. »Ich hatte so viel zu tun, oft auch Gäste ... Nun, ich werde kommen. Sobald es geht.«

»Danke!« Franz drückte ihre Hände. »Anna hat so gewartet, Victoria. Sie mag dich sehr.«

»Ich weiß.« Sie wandte sich O'Connell zu, der dem kurzen Gespräch mit einer Mischung aus Erstaunen und Skepsis zugehört hatte. Sollten sich hier ganz neue Seiten der distanzierten und gemeinhin eher kühlen Miss Hillyard zeigen?

Immerhin war sie in den vergangenen Monaten, seit er White Magic mit zu sich genommen hatte, ein braves Mädchen gewesen. Wöchentlich mindestens einmal hatte sie ihre Stute besucht und seine Anweisungen, wie sie sich ihr gegenüber zu verhalten habe, genau befolgt. Er fragte sich, ob das ihrem Anerbieten, das sie ihm seinerzeit gemacht hatte, geschuldet war. Aber letztlich war es ihm egal, solange sie bereitwillig lernte, mit Magic umzugehen. Vor dem Scheunenfest waren sie zum ersten Mal nebeneinander geritten: Victoria auf ihrem Hengst, er mit Magic neben ihr. Er hatte Wochen gebraucht, um sich dem Tier wieder nähern zu können, weitere Wochen, bis es willens gewesen war, ihn als Reiter zu akzeptieren, und schließlich konnte sich auch Victoria an das Gitter der Boxentür lehnen und leise mit der Stute sprechen. Magic ließ sie nicht nahe an sich heran, scheute aber auch nicht mehr. Nach diesem Erlebnis sah Victoria ihn glücklich an, umarmte ihn, und er ließ es zu, weil er merkte, wie bewegt sie von dieser Verwandlung des Tieres war.

Zu Hause in *Blue Waveland* hatte Patrick über das Fernbleiben seines Markentieres gemeckert. Aber Victoria hielt dagegen und sagte, leidenschaftlicher als sie es gewollt hatte: »Verstehst du denn nicht? Wenn ich Magic besuche, kann ich Chris sehen, mit ihm zusammen sein! Wir sind schon viel weiter mit ihr, bald werden wir zusammen ausreiten. Du wirst sehen, Magic wird ein braves Pferd sein, wenn sie zurückkommt – und ich will, dass Chris mit ihr kommt! Verstehst du, Patrick?«

Da hatte ihr Bruder genickt und sie wie zum Trost in die Arme genommen. Wenn er ehrlich zu sich selbst war, hatte er schon nicht mehr an diese Verbindung geglaubt. Aber dann war seine Schwester gemeinsam mit O'Connell zu seiner Hochzeit mit Jean Kirby erschienen, so dass er seine Zweifel ausgeräumt fand.

Allerdings hatte es weder eine Verlobung, noch deren Ankündigung gegeben.

»Lass uns reiten«, sagte Victoria jetzt zu Chris O'Connell. »Es ist so wunderbar zu sehen, wie White Magic unter dir geht. Eines Tages ...«, sie griff nach seinem Arm, »eines Tages werde ich sie selbst reiten, Chris!«

»Ich bringe die Stute, Franz«, versprach O'Connell. »Gleich am Morgen?«

Franz nickte. »Ja, das wäre gut.« Er schaute Victoria Hillyard an, die noch immer O'Connells Arm hielt.

»Bald. Ich komme bald. Sag das Anna. Und sie soll keine Angst haben. So eine Geburt wird sie doch nicht umhauen.«

Ein frommer Wunsch!, dachte er. Was weißt du schon davon! Laut sagte er: »Ja, gern. Ich richte es aus. Sie wird sich freuen.«

Den ganzen Ausritt über blieb Chris einsilbig. Er ließ Victoria reden, die offensichtlich bester Laune war, so sehr, dass sie seine Gedankenverlorenheit nicht einmal bemerkte. Sie plauderte unbekümmert vor sich hin, von der Hochzeit ihres Bruders, von dem Besucher aus Texas und natürlich von den Pferden, die sie demnächst nach *Ken-tah-ten* bringen werde, um sie ihm anzuvertrauen.

Wenn er an die Hochzeit zurückdachte, wurde ihm nicht besser. Nur sehr ungern hatte er sie dorthin begleitet, zu dieser vornehmen Veranstaltung mit ausgewählten Gästen. Neben Virginia und Tom Mellinor war nur der alte Luis mit seiner Frau eine gute Gesellschaft gewesen. Auf Wunsch seines Freundes Squire Hillyard hin war er gekommen und hatte Chris über die langweilige und, wie er fand, affektierte Runde hinweggetröstet. Der einzige wirkliche Mensch hier, hatte er gedacht und sich an den Alten gehalten. Victoria, das merkte er sehr schnell, stellte sich und ihn als Paar vor. Sie machte das ganz geschickt, immer so, dass sie Begriffe wie Verlobter oder zukünftiger Ehemann vermied, aber doch in einer Weise, die verriet, dass er das Gestüt leiten und mit ihr dort leben werde. All dem versuchte er zu entkommen, die ganze Zeit über, und auf dem Nachhauseweg schämte er sich und war wütend auf sich selbst. Abhängig war er und schwach und käuflich! Der Lockvogel war der Texaner gewesen, dem sie Pferde verkaufen wollte. Das gelang ihr nicht nur, sondern sie überzeugte den reichen Rancher auch noch davon, diese Pferde erst bei O'Connell schulen zu lassen. Im Frühjahr könne er sie dann besichtigen, sich von der Richtigkeit seiner Entscheidung überzeugen, wieder ein gern gesehener Gast der Familie Hillyard sein und seine Pferde mit nach Texas nehmen. Sie hatte einen enorm guten Preis für seine Dienste ausgehandelt, und er hatte nur einen Moment gezögert. Er wollte durchaus nicht mit Victoria Hillyard zu dieser Hochzeit gehen, aber er wollte seine Zucht vergrößern, endlich unabhängiger werden von den reichen Leuten, die ihre Pferde bei ihm erziehen ließen. Vorwiegend eigene Pferde wollte er trainieren und anschließend in Rennen schicken oder verkaufen, an Leute, die zu ihnen passten. Und dafür brauchte er Geld – Geld, das er nicht hatte. Er machte das Geschäft mit dem Texaner an diesem Tag, aber er fühlte sich miserabel dabei und noch lange danach. Eigentlich hatte es sich bis heute nicht geändert.

Aber es war sein Fehler gewesen, seine Schwäche, seine falsche Entscheidung. Wenn Victoria das ausnutzte, konnte er ihr das nicht übel nehmen. Sie hatte sich Christopher O'Connell als Ehemann in den Kopf gesetzt und versuchte mit allen Mitteln, ihn zu kriegen. Wenn er dem nicht gewachsen war – seine Schuld.

Zurück auf der Ranch, bedankte sie sich artig bei ihm für den Ausritt. Sie schien tatsächlich glücklich über Magics Fortschritte zu sein. Als sie sich der Stute nähern wollte, um über ihre Stirn zu streichen, warf Magic den Kopf hoch und trat einen Schritt zurück. Beim zweiten Versuch wieherte sie drohend. Victoria gab auf.

»Ein hoffnungsloser Fall«, sagte sie. »Ich meine: Werde ich sie je reiten können?«

»Eines Tages«, erwiderte er. »Du wirst noch viel Geduld brauchen. Mach nur so weiter wie in den letzten Wochen. Dann wird es gehen.«

Sie machte einen Schritt auf ihn zu und versuchte, seinen Arm zu nehmen. Unwillkürlich zog er ihn zurück.

»Du und die Stute«, sagte sie nachdenklich, »ihr seid euch ähnlich.«

»Bis nächste Woche, Vic. Wenn das Wetter nicht zu schlecht ist, reiten wir wieder.«

»Schon gut«, beruhigte sie ihn. »Schon gut.« Wenn es einen Weg zu ihm gibt, dachte sie, dann über diese Stute. Ich werde sie noch eine Weile bei ihm lassen – und immer wieder kommen, so oft wie möglich.

»Denkst du an Mrs Gossler? Sie wird sicher warten.«

Was machte er sich Gedanken um diese Frau? Er kannte sie doch kaum. Ihre eigene Vorfreude auf diesen Besuch hielt sich in engen Grenzen. Sie hatte mit Marthas Hilfe alles erfahren, was sie wissen wollte, und sie würde diese Informationen nutzen, wenn es erforderlich sein sollte. Wozu also zu dieser ewig kranken deutschen Frau hingehen, die nicht einmal den Versuch machte, Englisch zu lernen, die noch dazu eine Art Heilige oder Verheißung, zumindest aber eine Ersatztante in ihr sah? Aber sie hatte es versprochen, vor O'Connells Augen.

»Ich besuche sie, morgen oder übermorgen. Mach dir keine Sorgen.« Victoria stieg auf und wendete ihren Hengst. Chris hob grüßend den Arm und lächelte ihr zu. Er lächelt, dachte sie im Davonreiten – weil ich bald wiederkomme oder weil ich versprochen habe, die Krankenschwester zu spielen ...?

Kapitel 25

Die letzte Schulwoche vor dem Weihnachtsfest war angebrochen. Als Caroline sich auf den Weg machte, hatte sie nicht nur Linda, sondern auch den kleinen Franz an ihrer Seite. Bei seiner kranken Mutter konnte sie ihn nicht lassen; sein Vater hatte in der Stadt Erledigungen zu machen, bei denen er, wie er sagte, kein Kind gebrauchen könne. Also, schloss Caroline aus diesen Worten, geht er zur Bank. Vielleicht nimmt sein Plan, die Farm zu kaufen, Gestalt an.

Es war ein Glück, dass der Kleine so still und zufrieden war. Er konnte mit seinen Holzpferdchen in einer Ecke des Raumes spielen, und zwischendurch würde sie nach ihm sehen.

»Ethel kann sich um ihn kümmern«, schlug Linda unterwegs vor. »Wenn Mrs Garrett sie nicht in der Küche braucht. Sie mag kleine Kinder gern.«

Caroline war einverstanden. Und so kam es, dass Ethel Barclay zum ersten Mal bei dem Unterricht in kunstvoller Stickerei zugegen war. Die übrigen Mädchen, alle weiß, störten sich nicht daran; im Gegenteil, sie schäkerten mit dem Kleinen und sahen Ethel als eine Art Kinderfrau an. Wenn Caroline die beiden aus den Augenwinkeln beobachtete, sah sie nicht nur, dass die ruhige Art des Mädchens, ihre sanfte, leise Stimme, dem Kind wohltat, sondern auch, dass Ethel ab und zu beinahe sehnsüchtig auf die Arbeiten der Mädchen schaute, auf die seidenen Garne, die schimmernden Perlen und die hübschen Muster, die Caroline selbst entwarf. Einige der Schülerinnen erwiesen sich als sehr geschickt; insbesondere Edna Bickler, die Tochter der Hebamme, verstand es, selbst kreativ zu werden und über das Handwerkliche hinaus mit eigenen Entwürfen aufzuwarten. Entschlossen, dieses Talent zu fördern, nahm Caroline sich vor, mit Edna zu reden und ihr diese Kunst als künftigen Beruf ans Herz zu legen.

Nach Unterrichtsschluss, als sie sich bei Ethel bedankte, gab sie dem Mädchen ein Arbeitsmuster, ein Stück Stoff und etwas übrig gebliebenes Garn mit. Ein freudiges Leuchten glitt über das hübsche kaffeebraune Gesicht.

»Oh, Miss Caspari, danke!« Ethel war überglücklich, das hatte sie nicht erwartet.

»Versuche dich daran!«, ermunterte Caroline sie. »Und nach dem Fest, wenn wir uns hier wieder treffen, zeigst du mir, was du gemacht hast.«

Zu Hause hörte sie schon in der unteren Etage Annas Husten. Halsschmerz und Schnupfen waren besser geworden, das Fieber nicht zurückgekehrt, aber die Hustenanfälle waren furchterregend. Nichts schien den zähen Schleim, der in den Tiefen ihrer Brust saß, lösen zu können. Nach jedem Anfall sank die Kranke matt und bleich in ihre Kissen. Die Brust schmerze heftig, sagte sie, wenn sie überhaupt einmal sprach. Caroline kochte eine Kanne Tee aus Fenchelsamen, Salbei und Kamille und brachte sie ans Bett. Anna sah sie vorwurfsvoll an. Ich bin hier mutterseelenallein, sagte ihr Blick. Du gehst seelenruhig in diese Schule. Und mein Mann ist wer weiß wo, nur nicht bei mir.

Caroline sagte nichts dazu; so musste Anna wenigstens nicht antworten. Alles strengte sie an. Am nächsten Vormittag erschien Victoria Hillyard, wie immer in Begleitung ihres Mädchens, und wie immer ließ Caroline die drei allein. Sie wunderte sich, dass Victoria sich der Ansteckungsgefahr aussetzte. Irgendeinen Grund für ihr Kommen musste es geben, und Caroline war sicher, dass es nicht die Zuneigung zu Anna war, die sie ans Krankenbett führte. Sie hörte Weinen von oben, Annas ungewohnt laute, heisere und dabei schrille Stimme, meinte, ihren Namen herauszuhören, »allein, immer allein«, »einschmeicheln, ja, einschmeicheln« und schließlich »so schnell vergessen«. Dann lautes Schluchzen, gefolgt von einem furchterregenden Hustenanfall. Victoria eilte die Treppe herunter.

»Caroline, komm! Deiner Freundin geht es schlecht!«

Die Angesprochene stieg, die dampfende Teekanne schon in der Hand, die Stufen empor und schlängelte sich an Martha vorbei. Als diese Caroline ansah, wurde sie blutrot.

»Ich habe keine Zeit mehr. Bis bald«, verabschiedete sich Miss Hillyard.

Anna hustete zum Gotterbarmen. Es war, als keuchte sie sich die Seele aus dem Leib. Ihr dicker Bauch wölbte sich unter der Bettdecke. Caroline half ihr, sich aufzusetzen, die Beine aus dem Bett zu hängen. Rasch zog sie dicke Strümpfe über die nackten Füße der Kranken und gab ihr schluckweise zu trinken. Der heiße Kräutertee wirkte; nach und nach beruhigte sie sich und legte sich wieder hin.

Mittags kam Franz aus dem Stall, um nach ihr zu sehen, nahm sein Essen gemeinschaftlich mit ihr an ihrem Bett ein und erzählte ihr von dem Kind, das mit Caroline in der Schule gewesen sei und sich dort ganz zu Hause gefühlt habe. Aber entgegen seiner Erwartung hellte das ihre Stimmung nicht auf. Sie kniff die Augen zusammen, und als sie sie wieder öffnete, waren sie voller Tränen. Noch ehe er dazu kommen konnte, sie zu trösten – warum auch immer sie nun schon wieder traurig war –, waren Schritte auf der Treppe und ein Klopfen an der Tür zu hören. Caroline steckte den Kopf herein.

»Der Reverend ist hier, um Anna zu besuchen!«, sagte sie freudig. »Darf er herein kommen?«

Franz richtete seiner Frau das Bett, sie selbst in den Kissen auf und rief Reverend Barnickle herein. Er zumindest freute sich ganz offensichtlich über den Besuch.

»Ich gehe hinunter, Reverend. Caroline kann übersetzen.« Dabei wies er einladend auf den Stuhl, der neben dem Bett stand.

Anna schüttelte heftig den Kopf. »Nein! Bleib du hier!«

Franz zuckte zusammen, Barnickle schaute sich verlegen nach Caroline um. Die schloss einfach die Tür und ging. In der Küche bereitete sie Kaffee zu, denn sie wusste, dass der Reverend ein Kaffeetrinker war. Was Anna betraf, so hatte sie fürs Erste resigniert. Sie fand einfach keine Gnade vor den Augen der Kranken.

Warum? Ich weiß es nicht, dachte sie betrübt. Das, was ich gehört habe heute, war schlimm – wenn es denn um mich ging. Aber Anna geht es schlecht, die Geburt steht ihr bevor ... Wer weiß, wie ich mich in ihrer Lage fühlen und verhalten würde ...

Und doch blieb, ganz tief in ihrem Herzen, die Gewissheit, dass diese Freundschaft nie wieder so werden würde, wie sie es einmal gewesen war. Sie nahm den Jungen mit zum Kamin, legte Holz nach und sah ihm zu, wie er auf dem ausgebreiteten Kuhfell mit der Katze spielte. Ab und zu sah er auf und lächelte sie an.

361

Nach einer Viertelstunde kam der Reverend. Er machte ein ernstes Gesicht, das sich erst ein wenig aufhellte, als sie ihm den starken, süßen Kaffee servierte.

»Das ist recht!«, sagte er und setzte sich zu ihr. »Deiner Freundin geht es nicht gut. Aber das weißt du ja. Wenn sie nur fröhlicher wäre, weißt du, optimistischer. Aber sie sieht alles, wirklich alles, in schwärzestem Schwarz.«

Caroline schwieg und sah ins Feuer. Franz junior lächelte den Reverend an.

»Er ist wohl anders. Gott sei Dank.« Barnickle gab dem Kind das Lächeln zurück. »Man kommt nicht an sie ran, an Mrs Gossler, meine ich.«

»Danke, Reverend, dass Sie gekommen sind. Es ist so schön, Sie hier zu haben.«

Die freundlichen Worte taten dem alten Geistlichen gut. »Nett, dass du das sagst, Carol.« Er sah sie lächelnd an. »Du bist so ganz anders als deine Freundin ...«

»Ach, Reverend, Sie sind auch so ganz anders als der Pfarrer, den ich aus meiner Heimat kenne ... Und selbst hier; die Gegensätze, meine ich: Sie und Onkel Luis auf der einen Seite, Joseph und seine Frau auf der anderen ...«

»Tja«, er lachte, »da hast du wohl recht, Kind. Alles ist irgendwie gegensätzlich, bis in die Familien hinein. Und in der Kirche ist es nicht anders.«

»Was meinen Sie? Dass es so viele unterschiedliche christliche Richtungen hier gibt? Baptisten, Methodisten, Presbyterianer ... Mir schien es bisher so, als lebten sie alle gleichberechtigt und friedlich nebeneinander. Jeder geht hier in seine eigene Kirche.«

»Das stimmt. Aber was ich meine, ist die Frage der Sklaverei. Darüber haben wir Baptisten uns zerstritten. Wir Emanzipationisten mit unserer Ablehnung der Sklaverei in Kentucky haben, was das angeht, völlig andere Ansichten als unsere baptistischen Glaubensbrüder, die die Sklaverei befürworteten. Und selbst wenn es keine Befürwortung war ...«

»Aber wie kann ein Christ so etwas auch nur dulden?«

»Die Argumentation war so einfach wie genial: Kirche und Staat seien getrennt, die Frage der Sklaverei also eine staatliche Angelegenheit.«

»Mein Gott«, sagte Caroline betroffen, »sie machen es sich leicht. Entziehen sich einfach dem ganzen Problem ...«

»Und so denkt die Mehrheit«, bekannte der Reverend. »Ich muss noch heute in meiner Gemeinde sehr vorsichtig sein. Gehe ich zu schnell voran, verliere ich alles, was ich so mühsam aufzubauen versuche.«

Caroline sah ihn an. Der Reverend saß mit gesenktem Kopf, er hielt die schwere Kaffeetasse in beiden Händen. Tiefe Furchen zogen sich über die schmale Stirn, die Habichtnase ragte über den Tassenrand, sein graues Haar glänzte im Widerschein des Feuers.

Ich mag ihn!, dachte sie. Ich hab ihn gern, weil er so menschlich ist. Und weil er so unbeugsam ist und nicht aufgibt.

Barnickle stand auf. »Danke für den Kaffee! Er war sehr gut!«

Sie nahm seinen Arm und begleitete ihn hinaus. »Danke, dass Sie gekommen sind. Ich hab mich so gefreut!«

Er stieg auf seinen Buggy und schnalzte mit der Zunge. Das klapprige Gefährt fuhr ab. Caroline schaute ihm nach, bis es um die Wegbiegung verschwunden war. Dann ging sie hinauf, um nach Anna zu sehen. Sie schlief; neben ihr lag Franz, auch er schlief fest. Caroline betrachtete sie nachdenklich. Wenn nur erst die Geburt vorbei wäre ... Auf Mrs Bickler war Verlass; regelmäßig hatte sie nach der hochschwangeren Frau gesehen. Und sie selbst würde tun, was nötig war ... so wie bei der Geburt von Johann, Emmas drittem Kind, als sie selbst schwanger und Georg schon tot war. Der Gedanke tat weh, sehr weh – und doch war es ein anderer Schmerz als in den Jahren zuvor, dumpfer, tauber. Sie schluckte und schloss leise die Schlafzimmertür.

Unten spielte der Junge mit den Bauklötzen, die er zu seinem dritten Geburtstag bekommen hatte. Als er sie sah, lief er auf sie zu und hob seine Arme. Sie nahm das Kind hoch und drückte es an sich. In der Küche bereitete sie das Abendbrot vor, und er holte seine Klötzchen herbei und baute einen Turm auf dem Küchentisch. Er machte das sehr geschickt; geduldig und konzentriert legte er Schicht auf Schicht. Bis das fragile Bauwerk plötzlich mit lautem Krach zusammenbrach. Caroline fuhr herum. Die Klötzchen lagen bunt durcheinandergewürfelt über den Tisch verstreut. Dem Schreck folgte ein merkwürdiges Gefühl der Starre, eine düstere Ahnung befiel sie, gemischt mit den Erinnerungen von vorhin. Emma hatte ein behindertes Kind geboren, was, wenn Anna ... Sie schüttelte energisch den Kopf. Sie durfte sich nicht verrückt machen. Es würde alles gut gehen. Es musste einfach.

Kapitel 26

In den Folgetagen ging es Anna schlechter. Das Fieber kehrte zurück und mit ihm der keuchende Atem, die Luftnot. Einzig der Husten schien besser zu werden – aber es war eine trügerische Besserung. Der zähe Schleim saß fester denn je, so dass die Kranke gar nicht mehr abhusten konnte. Der Doktor wurde gerufen, verschrieb eine neue Arznei und kam von da an jeden zweiten Tag, um nach der schwerkranken Frau zu sehen.

Caroline schonte sich nicht. Sie ließ alles stehen und liegen, um Anna zur Seite zu stehen. Oft saß sie am Bett und hielt die heiße kleine Hand oder legte einen kühlen Lappen auf die glühende Stirn, flößte ihr Tee ein, wechselte die verschwitzte Bettwäsche und die Nachthemden. Linda kam mit dem Waschen kaum nach.

Am Tag vor dem Heiligen Abend setzten die Wehen ein. Franz, der sich bis dahin leidlich gehalten hatte, wurde panisch. In der Nacht weckte er Caroline, hilflos vor Angst. Als sie Anna gesehen hatte, fasste sie ihn um beide Schultern und sagte, eindringlich und energisch: »Zieh dich an, reite zu Mrs Bickler, sie muss kommen! Dann benachrichtigst du den Doktor. Ich bin hier, hab keine Angst.«

Rasch zog sie Unterwäsche, Rock und Bluse an und setzte sich, so wie sie war, neben Anna in das breite Ehebett. Noch kamen die Wehen in großem Abstand, aber offensichtlich waren sie so schmerzhaft, dass Anna jetzt schon schrie, dazwischen keuchte sie, hustete und rang nach Luft. Caroline kühlte ihre Stirn.

»Ich hole dir Wasser, oder willst du lieber Tee?«

Aber Anna umklammerte ihre Hände, als wollte sie ihre alte Freundin und Weggefährtin nie mehr loslassen. Dabei sahen die fieberheißen Augen sie an, flehentlich, geweitet von Angst und Schmerz. So blieb Caroline neben Anna sitzen. Eine Stunde verging und noch eine. Die Wehen kamen häufiger, Annas Schreie wurden lauter, schriller. Ihr Körper krampfte sich zusammen. »Atme, Anna, tiefer, und wenn die Wehe kommt, schneller!«

Aber der Appell war vollkommen wirkungslos, und wie hätte es auch anders sein können. Caroline wusste es selbst. Anna hatte ohnehin kaum ruhig atmen können, und jetzt, unter der beginnenden Geburt, dem Wehenschmerz und dem Fieber ausgeliefert, war es gänzlich unmöglich. Das Keuchen, das Ringen nach Atem machte Caroline Angst. Sie gab Anna schluckweise Wasser zu trinken, zog ihren Körper höher, so dass sie fast aufrecht saß, und ließ sie den Kopf an ihre Schulter lehnen. Wenn doch die Hebamme endlich käme! Aber kein Wagengeräusch war zu hören, obwohl es bereits dämmerte.

»Caro...line«, hörte sie Annas stimmloses Flüstern, »es tut mir so leid. Alles ...«

»Du sollst nicht sprechen, Anna! Wir bringen das jetzt hinter uns, und dann wirst du gesund. Gleich kommt die Hebamme. Du musst bei Kräften bleiben!«

Aber Anna schüttelte heftig den Kopf. »Ich hab ihr das gesagt ... über dich ... Es ... tut mir alles so leid ... Aber Vic ...« Der Rest war nicht mehr zu hören.

»Wir besprechen das alles später, Annalein. Wenn du wieder gesund bist und deine Zwillinge im Arm hältst. Das ist doch jetzt nicht wichtig. Soll ich dir nicht doch Tee kochen?«

Statt einer Antwort fühlte sie den Klammergriff der kleinen verschwitzten Hände noch fester. Die nächste Wehe kam, Anna keuchte, offenbar wollte sie schreien, aber die Kraft fehlte ihr, der Atem wurde schwächer. Instinktiv griff Caroline neben sich, fand ein kleines Handtuch, rollte es zusammen und steckte es Anna zwischen die Zähne. Die biss zu, um ihres Schmerzes Herr zu werden, aber als auch diese Wehe vorüber war, sank ihr Kopf nach hinten, ihre Augen waren geschlossen, ihr Atem ging flach. Caroline wischte ihr mit dem Handtuch die Stirn. Anna war am Ende ihrer Kraft, das war deutlich zu spüren. Entweder kam die Hebamme in den nächsten Minuten, oder sie selbst musste etwas tun, um Annas Kindern auf die Welt zu helfen.

Franz war noch immer kein guter Reiter, aber in seiner Angst ließ er Silver Star galoppieren und trieb sie zu höchster Eile an. Nach einer guten halben Stunde erreichte er das am Stadtrand von Parwinch gelegene Haus des Hufschmieds, sprang ab und hämmerte an die Tür. Es war vier Uhr morgens. Jonathan Bickler selbst öffnete ihm. Schlaftrunken, mit der Lampe in der Hand, sagte er: »Mr Gossler …« Dann dämmerte es ihm. »Sie wollen zu meiner Frau. Sie ist drüben bei den Harlingtons, am anderen Ende der Hauptstraße. Ist etwas passiert?«

»Es geht wohl los.« Franz' Stimme klang blechern und brüchig. Seine Angst war deutlich herauszuhören.

»Na«, sagte Bickler beruhigend, »reiten Sie nur hin und holen Sie sie. Mrs Harlington kriegt ja schon ihr viertes.

Kann gut sein, dass alles schon vorbei ist.« Er nickte, als wolle er Gossler trösten.

Franz saß schon wieder auf seinem Pferd. Er winkte nur kurz und ritt im Galopp bis zum Ende der Straße. Bickler hatte recht gehabt: Mrs Harlington war eben entbunden worden, das Neugeborene schrie laut und kräftig. Mrs Bickler versorgte es und konnte, nach kurzer Nachuntersuchung, Mutter und Kind getrost der Familie Harlington überlassen. Die Hebamme sagte nur: »So früh – na ja, es sind Zwillinge ...« Sie nickte energisch. »Dann wollen wir mal! Ich fahre vor, holen Sie den Doktor!«

Franz nickte gehorsam. Das Wichtigste war, dass die Hebamme jetzt zu seiner Frau unterwegs war. Dr Meadows war zu einer Kranken auf einer entlegenen Farm gerufen worden, aber seine Frau versprach, ihn sofort nach seiner Rückkehr weiter zu Gosslers zu schicken. Einer Eingebung folgend, er hätte selbst nicht sagen können, warum, nahm er einen Umweg, klopfte auf *Blue Waveland* an und bat den schlaftrunkenen Samuel, als dieser endlich geöffnet hatte, Miss Victoria zu seiner Frau zu schicken, sobald sie es einrichten könne. Der alte Diener nickte, als wisse er, worum es ging, und sagte nur: »Ich richte es aus. Machen Sie sich keine Sorgen, Sir.« Und dann, nach einer Pause: »Ihre Frau – ich wünsche ihr, dass alles gut geht.«

O'Connell ritt seinen Hengst und führte die Stute für Mrs Gossler mit. Wenn es jemals ein sanftes, gutmütiges Pferd gegeben hatte, dann dieses. Er konnte es ohne weiteres einer ungeübten Reiterin überlassen. Als er in den Weg zum Farmhaus einbog, sah er zwei Pferde vor dem Eingang stehen, eines gesattelt, das andere vor einen Buggy gespannt. Es sah aus, als sei jemand in großer Hast ausgestiegen und habe sich nicht einmal die Mühe gemacht, den Wallach festzubinden. Neben ihm kaute Silver Star an ihrer Gebissstange, ihre Zügel hingen lose herab. Mrs Bickler, dachte er, es ist der Buggy der Hebamme, und eine schmerzliche Erinnerung kam zugleich mit dieser Erkenntnis. Die Geburt des Kindes, von dem er geglaubt hatte, es wäre seines ... Mrs Bickler hatte es geholt, und später hatten sie alle zusammen Kaffee getrunken und den Jungen und seine Mutter hochleben lassen. Die Erinnerung tat weh.

Sicher würde Mrs Gossler jetzt nicht, wie ihr Mann es sich gewünscht hatte, ans Fenster treten und ihr neues Pferd bewundern, sagte er sich. Sie hatte zurzeit andere Sorgen. Offenbar hatte die Geburt viel früher eingesetzt, als erwartet. Froh, niemanden sehen zu müssen, band er den Wallach der Hebamme neben seinem Hengst fest. Dann führte er Silver Star und die Stute für Mrs Gossler in den Stall, rieb sie ab und legte ihnen Decken über. Gossler war nicht im Stall, auch nicht in der Scheune. Also musste er notgedrungen ins Haus gehen, irgendjemand würde schon da sein. Und wenn nicht, umso besser, dann konnte er die Papiere ablegen und wieder verschwinden. Gossler würde sich sicher bald melden, um ihm die freudige Nachricht von der Geburt seiner Kinder zu bringen und die Stute zu bezahlen. Mit diesen Gedanken ging er langsam zum Haus zurück. Als auf sein Klopfen hin niemand antwortete, öffnete er die Tür.

Sie rannte die Treppe hinunter, blind vor Tränen, ohne irgendetwas um sich herum wahrzunehmen. Da war nur der

Schmerz, so gewaltig, so stark, dass sie schreien musste, laut schreien, um nicht daran zu ersticken. Die geschlossene Tür hinderte sie daran, weiterzulaufen, zu fliehen, zu atmen. Sie riss sie auf und stieß an etwas Großes, Schweres, Starkes. Einen Körper, einen Menschen Doc Meadows vielleicht – in diesem Moment war es egal, sie spürte nur den Widerstand des kräftigen Mannes, der sie aufhielt, und mit einem verzweifelten Aufschrei warf sie sich dagegen und barg das tränennasse Gesicht an einer breiten Brust. Sie schrie weiter, in den Körper hinein, in die fellgefütterte Jacke, sie schrie und merkte nicht, wie der Körper sich zum Kamin hin bewegte, zuvor die Tür schloss, sie mit sich nahm, so als wäre sie an ihm festgewachsen. Nach und nach wurden die Schreie leiser, unterdrückt auch durch die dicke Jacke, aber noch immer löste sich der Schmerz nicht, beinahe heiser klang das Weinen jetzt.

Sie bemerkten nicht, dass sich die Tür erneut öffnete, eine Frauengestalt, gefolgt von einer zweiten, hindurchschlüpfte und gebannt auf die Szene sah, die sich ihr bot. Victoria Hillyard blieb wie angewurzelt an dem dem Kamin gegenüber platzierten Sideboard stehen. Martha schloss leise die Tür, scheu hielt sie sich im Hintergrund, während Victoria, immer noch auf die Szene starrend, sich an dem Möbelstück festhielt. Ihre Knie wankten, ihr Mund stand offen, ihre behandschuhte Hand lag auf ihrem Herzen.

Und dann geschah etwas, das ihr den Verstand raubte; etwas, das sie niemals für möglich gehalten hätte, genau vor ihren Augen, ein paar Schritte entfernt: Christopher O'Connells herabhängende Arme bewegten sich nach oben, langsam und schwer, so als müssten sie einen Widerstand überwinden.

Kurz nur war dieses Zögern zu beobachten, dann fanden sie zusammen und schlossen sich fest um die an ihn gelehnte, wimmernde Frauengestalt.

Victoria schnappte nach Luft, ihr Herz raste. Nie hatte O'Connell sie so umfasst, nie hatte sie dergleichen bei ihm gesehen. Und wie um dem Ganzen die Krone aufzusetzen, neigte er seinen Kopf nach unten, schloss die Augen und legte sein Gesicht sanft auf das dunkle Haar der Frau, das ihr in dichten Wellen über ihre zitternden Schultern fiel.

Das war zu viel. Victoria stieß einen gellenden Schrei aus und stolperte davon, die Treppe hinauf. Oben angekommen, kreischte sie: »Was ist hier los, verdammt?«

»Nehmen Sie sich zusammen!« Mrs Bickler wies mit der Hand in Richtung des Bettes.

Victorias Blick fiel auf Anna, die bleich und starr dort lag. Sie keuchte, krümmte sich, richtete sich wieder auf, zeigte in irrsinnigem Schmerz auf die Tote und begann zu lachen, hysterisch und laut. Das Lachen mischte sich mit Weinen, bis das Weinen überwog und sie sich auf dem neben dem Bett stehenden Stuhl niederließ, um sich hemmungslos ihrem Schmerz zu überlassen. Chris und diese Frau – hatte sie es nicht geahnt, ja, gewusst!

Franz hielt sein Kind umklammert und starrte Victoria an. Mrs Bickler warf ihm besorgte Blicke zu.

»Kommen Sie, Miss Hillyard, ich mache uns Kaffee. Kommen Sie, unten in der Küche.«

Doch als die Hebamme die schluchzende Frau umfasste, um sie hochzuziehen und von dem Mann wegzubringen, der da stand wie ein lebender Toter, sprang sie plötzlich auf und lief weg, die Treppe hinunter, vorbei an dem Paar, das noch immer so verharrte, wie sie die beiden verlassen hatte. Victoria riss die Haustür auf, rannte zu ihrem Pferd, schwang sich mit einem Satz hinauf und trieb den Hengst an, als wäre der Teufel hinter ihr her.

»Warten Sie doch, Miss Victoria!«, rief Martha. Aber sie rief es leise, so als wolle sie nicht gehört werden. Dann schloss sie die Tür und ging langsam nach oben. Hier war etwas Schreckliches passiert, das war ihr nun klar, und sie wollte wissen, was es war. Miss Hillyard erschreckte sich nie, und nie verlor sie in dieser Weise die Beherrschung. Martha hatte sie schon schreien hören, die Dienstboten, die Stallburschen, die Cowboys anschreien, wütend, überheblich, ärgerlich. Aber nie hatte sie geweint, und dieses mit einem so schrecklichen Lachen gemischte Weinen hatte sich nicht wie etwas Menschliches angehört. Es war unheimlich gewesen, als wäre ihre Dienstherrin vom Teufel besessen. Ängstlich stieg das Mädchen die Stufen empor, sich am Treppengeländer haltend, Schritt für Schritt. Die Tür des Schlafzimmers stand offen. Auf dem breiten Bett lag die junge Frau Gossler, deren Konversation mit Miss Hillyard sie so oft hatte übersetzen müssen, und rührte sich nicht. Auf ihrem Gesicht lag der Tod, starr und bleich. Ihr dicker Bauch wölbte sich unter der Bettdecke.

Martha machte einen Schritt zurück und hielt sich an der Tür fest. Alles um sie herum begann sich zu drehen, dann wurde es schwarz, und sie sackte, gefühllos und schwer wie ein Stein, in sich zusammen.

Aus Carolines Körper wich die zitternde Starre nur langsam. Sie hatte aufgehört zu wimmern, ihr Gesicht lag noch immer an der weichen ledernen Jacke, deren Geruch sie kannte. Irgendwann hatte sie ihn schon einmal in sich aufgenommen, wann und warum, wusste sie nicht. Es war nur die Erinnerung des Herzens und der Sinne, die darin dieses grenzenlose Vertrauen wiedererkannten. Auch das nahm sie nicht bewusst wahr. Es lag zu tief in ihr und unter ihrem Schmerz verborgen.

O'Connell hatte seinen Kopf gehoben, die Augen geöffnet, aber seine Arme blieben um die schmale Gestalt geschlossen. Sie schien zu wanken. Der Schmerz, herausgeschrien und so unbändig in seiner Trauer, dass er sich ihm nicht entziehen konnte, forderte nun seinen Tribut in Form von Erschöpfung und Kraftlosigkeit. Er machte die paar Schritte zu dem Sessel hin, der dem Kamin am nächsten stand, und drückte sie sanft nach unten. Dann legte er ihre Beine auf die steinerne Kaminmauer, deckte sie mit seiner Jacke zu, legte Holz nach und zündete das Feuer an. Niemand hatte an diesem Morgen daran gedacht, Feuer zu machen. Er ging hinüber in die Küche, um es auch dort anzufachen. Dann sah er sich nach dem Kaffee um, begann die notwendigen Utensilien zusammenzusuchen und stellte den Kessel auf.

»Mr O'Connell«, hörte er eine weibliche Stimme sagen, »das ist gut. Kaffee kann ich jetzt auch brauchen. Machen Sie viel. Das Mädchen ist in Ohnmacht gefallen. Und der Mann steht da wie tot.«

»Welches Mädchen?«

»Das Dienstmädchen von Miss Hillyard.« Die Hebamme öffnete mehrere Schränke, offenbar suchte sie nach etwas Essbarem, fand Brot, Speck und Eier und fuhr fort: »Tut mir leid, aber ich muss etwas essen. Ich bin seit gestern Mittag auf den Beinen. Erst die Harlington und jetzt das hier ... Möchten Sie auch etwas?« Ohne eine Antwort abzuwarten, setzte sie eine große Pfanne auf das Herdfeuer neben den Wasserkessel und warf den in Scheiben geschnittenen Speck hinein. Chris stocherte das Feuer an und legte Holz nach. Das Dienstmädchen von Miss Hillyard – keine Ahnung, wer das war. Und was machte sie hier?

»Danke«, hörte er Mrs Bickler sagen. »Sie sind ja ein praktischer Mann.« Erschöpft ließ sie sich auf einen Küchenstuhl fallen, und jetzt erst sah Chris, wie blass und kraftlos sie aussah.

»Bleiben Sie sitzen, Mrs Bickler. Ich mache das schon.«

Sie nickte dankbar. Müde stützte sie ihren Kopf in die Hände, bis Chris den Kaffee aufgegossen und eine Tasse vor sie hin gestellt hatte.

»Das duftet!«, sagte sie und nahm einen Schluck und noch einen und noch einen. Dann sagte sie leise: »Gott, die junge Frau! Und der Mann ... Was soll er nun anfangen ... Und mit dem kleinen Kind!« Sie sah O'Connell an. »Ich hab's versucht, bei Gott, ich hab's versucht. Aber es hat nichts genutzt. Nichts.« Sie faltete ihre leeren Hände auseinander und starrte darauf, als wollte sie sich vergewissern.

»Mrs Gossler ist ...? Und das Kind, die Kinder?«

Die Hebamme schüttelte müde den Kopf. »Sie hatte die Kraft nicht mehr. Die Zwillinge sind mit ihr gestorben.« Sie seufzte tief, nahm einen Schluck Kaffee. »Ich weiß nicht – wenn so was passiert ... Ich denk immer, ich kann das nicht weitermachen.«

O'Connell wusste nicht, was er erwidern sollte. Es war zu viel auf einmal. Mrs Gossler war tot und beide Kinder ...

Um irgendetwas zu tun, goss er eine Tasse Kaffee für die junge Frau am Kamin ein, gab Zucker dazu und ging hinüber ins Wohnzimmer. Caroline saß zurückgelehnt im Sessel, ihre Augen waren geschlossen. Als er sie sanft am Ärmel berührte, öffnete sie sie und sah ihn an. Es schien ihm, als erkenne sie ihn gar nicht, und wenn doch, so war sie weit weg oder es war ihr egal, wer da vor ihr stand.

»Trinken Sie einen Schluck Kaffee«, bot er ihr an und reichte die Tasse hinüber.

Gehorsam nahm sie einen Schluck. Das süße, heiße Getränk tat ihr wohl. Sie spürte, wie die Wärme durch ihren steifen, kalten Körper floss. Sie hielt die dicke Tasse umklammert und senkte ihr Gesicht in den heißen Dampf.

In der Küche war Mrs Bickler dabei, Speck und Eier zu braten und das Brot in Scheiben zu schneiden. Sie reichte ihm eine Tasse Kaffee. Chris nickte ihr zu: »Die Leute hier brauchen Sie!«

»Ich weiß. Ich weiß. Es ist nur ... So was wie heute ...«

»Kommen Sie, essen Sie etwas«, sagte er.

»Jetzt geht's mir besser«, konstatierte die Hebamme, als sie sich gestärkt hatte. »Jetzt kann ich auch wieder anderen helfen.« Und wie zum Beweis dieser Aussage goss sie zwei Tassen Kaffee ein, ihre Hände zitterten, aber sie brachte alles nach oben zu Gossler und zu Martha, die sie mit ihrer letzten Kraft auf das Bett in Carolines Kammer gezerrt hatte. O'Connell war ihr gefolgt, nicht ohne einen Blick auf die noch immer kraftlos in dem Sessel liegende Caroline zu werfen.

Franz hatte das Kind abgesetzt und saß auf der Kante seines Ehebettes, den starren Blick auf die Tote gerichtet. Der Kaffee stand unberührt auf dem Nachttisch.

Kapitel 27

In Carolines Kopf liefen die Bilder automatisch ab:

Anna öffnet die Tür zur Mägdekammer in der Zehlendorfer Villa der Werdersdorfs: »Kommen Sie doch zum Essen. Hat Franz Ihnen denn nichts gesagt? ... Weinen Sie doch nicht!«, und sie blickt zum ersten Mal in das hübsche Mädchengesicht mit den goldbraunen Augen. Anna geht neben ihr beim gemeinsamen Spaziergang am Schlachtensee und lächelt sie an: »Als ich Sie kennenlernte, da waren Sie mir gleich sympathisch.« Anna nimmt ihr die Arbeit ab, das Waschen und Plätten. Anna nimmt sie in den Arm und tröstet sie nach Vaters Tod, nach Großmutters Tod. Anna hat die Idee, dass sie sich von ihren Handarbeiten ernähren könnte und stellt sie Valerie vor, hilft ihr, von der grässlichen Geheimrätin wegzukommen. Anna zeigt ihr die Luisenstadt, wo sie aufgewachsen ist und die sie so liebt. Annas Gesicht, wie es sich aufhellt, wie es strahlt, wenn sie Franz ansieht. Die Hochzeit in der Zehlendorfer Kirche, Anna als junge zarte Braut. Der Abschied, als sie Franz nach Mecklenburg folgt. Annas Briefe voller Sorge, weil der Hof sie nicht ernährt. Annas Angst vor der Auswanderung. *Aber wenn Franz nach Amerika geht, muss ich ihm auch dorthin folgen.* Die kranke Anna auf dem Schiff, krank auf Ellis Island und krank auch die meiste Zeit, die sie in ihrer neuen Heimat verbracht hat. Das Heimweh, die Sehnsucht zurückzugehen, die Schuldgefühle Valerie gegenüber, die sich in dem hübschen jungen Gesicht spiegeln, es zunehmend hoffnungsloser aussehen lassen. Und dann die trügerische Besserung, als Anna sich vormacht, Victoria wäre Valerie oder wäre wie Valerie. Ihre Begeisterung über *Blue Waveland*. Ihr Trotz Caroline gegenüber, die sich in den Augen der Freundin sucht und nicht mehr findet. Und schließlich die letzte Szene, die haften bleibt: Annas todgeweihtes Gesicht, neben ihr im Bett, bar aller Hoffnung, und ihre Abbitte – wofür? Was hatte sie gemeint, als sie flüsterte: »Ich hab ihr das gesagt über dich. Es tut mir so leid.«

Sie dachte nicht darüber nach. Sie konnte gar nicht denken. Die Bilder kamen und prägten sich ein, ob sie es wollte oder nicht. Und doch raffte sie sich auf, musste handeln, die tägliche Arbeit erledigen, das Kind versorgen, das Vieh füttern, die Kühe melken. Franz war zu nichts zu gebrauchen. Er saß nur da und starrte vor sich hin.

Virginia kam, alarmiert von Linda, und schickte einen von Toms Arbeitern, der nun täglich für einige Stunden von der Plantation herüberkam, um wenigstens die notwendigsten Arbeiten zu erledigen.

Sie beerdigten Anna auf dem Friedhof in Parwinch. Reverend Barnickle; Caroline und Franz, seinen Jungen auf dem Arm; Virginia und Tom; Luis und Kathy; Mrs Bickler; Dr. Meadows, der nach seinem Eintreffen am Weihnachtsmorgen nur noch den Tod feststellen konnte; Amy und Gab. Joseph war nicht gekommen – »wegen der Nigger« – und auch Victoria war der Beisetzung fern geblieben, während Nick mit seiner Frau den weiten Weg von der *Old Oaktree Distillery* im Nachbar-County auf sich genommen hatte. Spät, Barnickle hatte seine kurze Rede gehalten, die kleine

Gemeinde schon gebetet, erschien Christopher O'Connell. Mit gesenktem Kopf stand er an Annas Grab. Am nächsten Tag holte er die Stute wieder ab. Caroline, deren Erinnerung an die Todesstunde verschwommen und langsam zurückkehrte, ging auf ihn zu, streckte ihm ihre Hand hin und sagte, sehr müde, mit schmerzendem Hals und schwerem Kopf: »Danke, Mr O'Connell. Ich bin Ihnen sehr dankbar.«

Er nahm ihre Hand auch an und erwiderte leise: »Ist schon okay.« Dann saß er auf und nahm die Stute mit. Zum ersten Mal war sein Blick aus den grün-braunen Augen, mit dem er sie aufmerksam ansah, entspannt und freundlich gewesen. Und das tat ihr unendlich wohl, ohne dass sie sich diese Wirkung bewusst gemacht hätte.

Georgs sinnloser Tod – und sie hatte das ferne grüne Land gesucht, in dem alles anders werden sollte. Annas sinnloser Tod – der Tod folgt uns überall hin; es gibt ihn nicht, den Garten Eden. Und wenn wir uns auch noch so sehr bemühen und Amerikanisch lernen und Reiten und Fahren und eine Schule gründen ...

An diesem Tag, nach der Beerdigung, war ihre Kraft aufgezehrt: Sie hatte der Krankheit nichts mehr entgegenzusetzen. Ohne Rücksicht auf ihre eigene Gesundheit zu nehmen, hatte sie sich um Anna gesorgt und gekümmert, zuletzt stundenlang neben ihr im Bett gesessen. Und nach dem Tod seiner Mutter wich das Kind nun nicht mehr von ihrer Seite und weinte viel, so dass sie immer wieder die Arbeit unterbrechen und den Kleinen zu sich nehmen und trösten musste.

Noch immer rasten die Anna-Bilder in schneller Abfolge durch ihren fieberheißen Kopf. Linda kochte Tee für sie und informierte Virginia. Die brachte Dr. Meadows mit und war beruhigt, als er gegangen war.

»Sie ist jung und gesund«, hatte der alte Arzt gesagt. »Sie übersteht das. Aber es wird sicher mindestens zwei, drei Wochen dauern.«

Linda blieb und wohnte in der Kammer; Caroline zog in ihr altes Zimmer um, und Franz nahm den Jungen zu sich in sein Schlafzimmer.

Am Ende der ersten Woche war das Fieber überstanden, der Schnupfen wurde besser; es ging in die letzte Phase: Bronchitis und Husten. Caroline trank Tee und aß fast nichts. Nach drei Tagen schmerzte das Abhusten weniger, die nächtlichen Attacken ließen nach. Mit der Krankheit wichen die Bilder, kamen seltener, und endlich, endlich konnte sie schlafen, tief und fest, beinahe zwei Tage und zwei Nächte.

Linda war geblieben. Ihre Fürsorge und die Hilfe, die sie ihr so selbstverständlich hatte angedeihen lassen, wurden ihr erst jetzt wirklich bewusst. Die Erinnerung an die Berliner Zeit kam zurück, als sie vier Wochen lang einsam und hilflos in ihrer kleinen Wohnung gelegen hatte. Sie nahm Lindas große raue Hände in ihre und bedankte sich. Verlegen stand die kräftige Frau vor ihr und wusste offenbar nicht, wie sie auf diese Behandlung reagieren sollte.

»Ach, Miss«, sagte sie ungewohnt leise, »ist doch nichts weiter dabei.« Dann zog sie ihre Hände zurück und betrachtete sie, als sähe sie sie zum ersten Mal. Nie hatte ein Weißer diese Hände berührt.

Die Woche darauf kam Virginia, um nach ihr zu sehen. Caroline saß am Kamin, wie sie es jetzt oft tat, das Kind zu ihren Füßen, und dachte über ihre Zeit auf der *Gossler Farm* nach, über Anna und Franz, über Anna und sich selbst ...

»Carol, komm doch wieder zum Unterricht, bitte!« Virginias freundliche Stimme riss sie aus ihren Gedanken. »Die Mädchen fragen nach dir! Sie vermissen dich!«

Die Mädchen fragen nach dir – und ich frage mich, ob ich etwas falsch gemacht habe, ob ich Anna hätte helfen können, freundlicher zu ihr sein, mich mehr bemühen können. Sie sah Virginia an.

»Carol, glaub mir, du hättest es nicht ändern können. Sie ist schwanger geworden und krank, und es waren Zwillinge. Wenn so viel zusammenkommt ...«

Caroline schwieg.

»Linda bleibt dir zum Waschen, und Jesse wird weiter kommen, bis es Franz besser geht.« Und dann, beinahe trotzig, fuhr sie fort: »Ich will nicht, dass du auch noch traurig und lethargisch wirst! Du bist so lebendig, so stark, Carol! Du darfst dich nicht hängen lassen!«

Caroline nickte müde. Virginia meinte es gut. Sie lächelte. »Ich muss mich um Franz kümmern. Er ist vollkommen fertig. Und um seinen Sohn.«

»Tu das. Aber einen Nachmittag in der Woche ... Es wird dir helfen.« Sie erhob sich und umarmte die Freundin. »Versprich's mir, Carol.«

Nach ihrem Auftritt im Farmhaus der Gosslers brauchte Victoria erst einmal eine Weile, um sich so weit zu beruhigen, dass sie mit O'Connell reden konnte, ohne auf der Stelle bei seinem Anblick loszuschreien. Auf *Blue Waveland* angekommen, überließ sie ihren Hengst dem schnell herbeieilenden Stallburschen und rannte, noch völlig außer Atem und in ungebremster Wut, in den Salon, knallte Reithut und Handschuhe in die Ecke, schenkte sich einen Whiskey ein und trank ihn in einem Zug aus. Dann stützte sie den Kopf in die Hände und starrte auf die Platte des kostbaren polierten Tisches. Von oben war Hämmern und Sägen zu hören und das Lachen der Handwerker, die die erste Etage des Herrenhauses für den jungen Hillyard und seine Frau renovierten und modernisierten. Heute störten sie diese Geräusche, sie ärgerte sich über ihre Schwägerin, der nichts gut genug, teuer genug und ausgefallen genug sein konnte. Sie schenkte sich Whiskey nach und trank nun schluckweise, langsam und bedächtig.

Oh, ja, sie würde Chris zur Rede stellen, diesen verdammten Kerl, der so getan hatte, als sei er ein für alle Mal von allen Weibern dieser Welt geheilt! Nur zu ihr hatte er diese Freundschaft gepflegt, immer höflich – aber ebenso zurückhaltend. Und nun diese Umarmung, dieses Senken des Kopfes in das Haar der Frau, die sie so hasste! Schnell kippte sie den Rest des starken Getränks herunter. Das würde er ihr erklären müssen! Sie biss sich auf die Lippen, Tränen rannen ihr die Wangen hinab.

So fand sie der alte Hillyard vor. Sofort ging er auf sie zu, umarmte sie, und seine Tochter, nun gehorsam und demütig, setzte sich zu ihm auf das Sofa, ließ sich streicheln wie ein kleines Kind und erzählte, immer wieder vom Schluchzen unterbrochen, die ganze Geschichte.

»Wenn ich dich recht verstanden habe, Vicky, ist Mrs Gossler tot.«, sagte der Alte, als sie geendet hatte. »Und diese Frau, die ihre Freundin war und auch dort wohnt, hat das miterlebt. Vielleicht kam Chris gerade in diesem Moment – wir wissen es nicht. Aber möglich ist es.«

Victoria schnäuzte sich die Nase. Dann sagte sie, aus tiefstem Herzen gesprochen: »Ich hasse ihn! Und diese Frau!«

»Vicky! Willst du nicht erst einmal mit ihm reden und ihn fragen? Warum schwingst du das Schwert des Damokles über seinem Kopf, ohne dass er Gelegenheit hatte, sich zu erklären? Stell dir vor, es war so, wie ich sagte. Würde das nicht einiges ändern?«

Am Mittag erst war Martha zurückgekommen, immer im Schritt reitend. Sie war sichtlich mitgenommen, entschuldigte sich bei ihrer Herrschaft und bat, sich für diesen Tag in das Dienstmädchenzimmer zurückziehen zu dürfen, was man ihr auch gewährte. Offensichtlich war die Situation im Hause Gossler tatsächlich dramatisch gewesen.

Victoria ging an diesem Tag, nachdem sie sich ausgesprochen und beruhigt hatte, früh zu Bett und dachte über die Worte ihres Vaters nach. Wenn er tatsächlich recht hatte ...

Am nächsten Morgen nahm sie das Frühstück mit ihm ein. Seinen besorgten Blick erwidernd, sagte sie ruhig: »Du hast recht, Daddy. Ich reite nach *Ken-tah-ten* hinaus und frage ihn.« Sie senkte den Kopf. Dann stützte sie beide Hände auf die Tischplatte, sah ihn an und fuhr fort: »Ich will ihn, Dad. Verstehst du das?«

Es war der 25. Dezember. Das Austauschen und Auspacken der Geschenke begann. Jetzt erst bemerkte Victoria, dass der Salon von den Dienstboten festlich geschmückt worden war. Sie bemühte sich um Freundlichkeit Bruder und Schwägerin gegenüber. Sie und ihr Vater schwiegen über die O'Connell-Geschichte und erzählten nur kurz, dass Mrs Gossler bei der Geburt ihrer Zwillinge gestorben sei. Das war Victorias Ausrede, um aufzubrechen und sich bis zum gemeinsamen Mittagessen zu verabschieden. Auf dem Weg zu Chris schwor sie sich, ruhig zu bleiben. Er sollte wissen, dass sie ihn haben wollte, um jeden Preis.

O'Connell war im Stall, als Victoria eintraf. Er lehnte an Magics Boxentür und sprach leise mit dem Tier. Als er ihre Schritte hörte, drehte er sich um.

»Frohe Weihnachten, Vic! Nett, dass du vorbeikommst.« Er schien keinerlei Schuldgefühle zu haben.

»Sie sieht gut aus!«, sagte sie mit Blick auf die weiße Stute. »Ich möchte sie reiten. Jetzt.« Es klang angriffslustig und provokativ.

»Du solltest noch warten«, riet er ihr. »Ihr habt tolle Fortschritte gemacht, weil du Geduld hattest und weil wir zusammen daran gearbeitet haben.«

»Ja«, sagte sie bitter. »Weil wir, du und ich, zusammen gearbeitet haben, Chris!«

Er sah sie verständnislos an. Da packte sie wieder die Wut, Röte überzog ihr Gesicht, ihre Hände hoben sich, als wolle sie ihn schlagen. Magic wurde unruhig und wieherte drohend.

»Vic!«

»Lass uns ins Haus gehen.« Sie ging voraus, tief ein- und ausatmend, und ließ sich drinnen auf einen der Bärenfellsessel fallen. Erst als er sich ebenfalls gesetzt hatte, hob sie den Blick und sah ihn an.

»Diese Frau – du hast sie umarmt.«

O'Connell schluckte, antwortete aber nicht.

»Dieses Weib, diese Hure – ihr gewährst du, was du mir verweigerst! Und allen anderen Frauen auch.«

Er fragte sich, woher sie das wusste, überlegte kurz und sagte dann: »Dein Dienstmädchen war gestern dort, gerade als Mrs Gossler starb ...«

»Mein Dienstmädchen!«, stieß sie verächtlich hervor. »Ich war dort! Ich!«

»Du selbst? Aber ... wann denn? Hat man dich gerufen?«

»Das ist doch jetzt vollkommen egal! Ich habe euch gesehen – in inniger Umarmung. Du hast deine Arme um sie gelegt und sie ... an deiner Brust ...« Sie konnte nicht weitersprechen, und sie konnte nicht verhindern, dass sie anfing zu weinen. Das steigerte ihren Zorn. Sie schüttelte hilflos den Kopf. Wusste er denn nicht, wie sehr sie sich nach seiner Umarmung, nach solch einer Umarmung sehnte! »Warum, Chris? Warum?«

O'Connell brauchte einen Moment, um zu begreifen. Victoria hatte alles gesehen, und er hatte sie nicht einmal bemerkt.

»Du antwortest nicht«, hörte er sie sagen. »Du weißt genau, wovon ich spreche, nicht wahr? Und jetzt hast du keine Ahnung, wie du es mir sagen sollst.«

Ja, dachte er, ich weiß, wovon du sprichst. Dass die Verzweiflung dieser Frau in mich einging, sich auf mich übertrug. Dass ich sie einfach hielt, ohne zu überlegen, und dass die Nähe zu ihr so unglaublich wohltat. Dass ich diesen Schmerz mit ihr teilen wollte. Es war keine Überlegung dabei. Und du hast auch darin recht: Das kann ich dir nicht erklären.

»Mrs Gossler war gerade gestorben«, sagte er stattdessen. »Ihre Freundin rannte die Treppe herunter, sie schrie, sie hatte alles miterlebt. Als ich die Tür öffnete, rannte sie mich fast um.«

»Und da musstest du sie trösten, natürlich! Du hast ... Du hast den Kopf gesenkt und dein Gesicht auf ihr Haar gelegt ... Du hattest die Augen ... geschlossen ...« Die Erinnerung an diese Szene brachte sie fast um den Verstand. Sie ballte die Hände zu Fäusten und presste die Lippen aufeinander. Unaufhaltsam rannen die Tränen.

Victoria Hillyard hatte sich nicht mehr im Griff. Sie war ihren Gefühlen schutzlos ausgeliefert.

»Hatte ich das?«, fragte er.

»Du verdammter Heuchler!«

»Victoria, was soll das jetzt? Ich habe getan, was nötig war. Ein Mensch war gerade gestorben, unter dramatischen Umständen. Ein Mensch, der Caroline Caspari sehr nahestand – und, wenn ich richtig unterrichtet bin – auch dir.«

»Ich werd's verkraften«, erwiderte sie sarkastisch. »Ich bin nicht so eine Memme wie diese Caroline.«

»Mein Gott, Vic! Was redest du da?«

Sie seufzte, atmete hörbar aus. »Und? Was soll nun werden?«

»Was meinst du?«

»Na, mit euch. Mit uns.«

O'Connell sah sie mit einem merkwürdigen Blick an. »Was willst du, Victoria?«

»Immer noch dasselbe, Chris. Ich will immer noch dasselbe: dich.«

Er sah vor sich hin. Im Grunde war er selbst schuld an ihrer beharrlichen Werbung um ihn. Immer wieder hatte er nachgegeben, ihr Feld bestellt, und sie hatte Boden gutgemacht, so wie es sich ihr bot. Die Hochzeit ihres Bruders, das Trainieren der Pferde, ihrer Pferde und der des reichen Texaners, und neben dieser Verlockung des Geldes die des größten und berühmtesten Gestüts weit und breit.

»Du weißt, wie ich dazu stehe: Ich will nicht mehr heiraten.«

»Ach, und was ist mit der schönen Caroline? Aber natürlich, klar! So eine Hure musst du nicht heiraten, bevor sie dir ihre Gunst gewährt.«

O'Connell sprang auf und ging, um seiner Wut Herr zu werden, im Zimmer auf und ab. Tenya, die bis dahin ruhig vor dem Kamin gelegen hatte, setzte sich hin und schaute ihren Herrn aufmerksam an.

»Es reicht, Victoria! Du bist blind vor Eifersucht. Ob du es mir glaubst oder nicht: Ich habe nichts mit dieser Frau. Und ich werde weder sie, noch dich, noch eine andere heiraten.«

Victoria hatte begonnen, nervös mit ihren Fingern auf die Sessellehne zu klopfen. Jetzt stand sie ebenfalls auf, trat ihm in den Weg und stellte sich vor ihn hin. Tenya erhob sich.

»Jetzt will ich dir mal was sagen, O'Connell!« Victorias Stimme klang schrill. Tenya knurrte leise.

»Platz«, beruhigte er das Tier. »Leg dich wieder hin.«

»Wenn du auch nur einen Gedanken an diese Frau verschwendet haben solltest, so lass es schleunigst sein. Sie ist wirklich so eine. Ich weiß es von Anna Gossler. Martha Kerner, unser Dienstmädchen, ist meine Zeugin. Sie hat alles, was die Gossler mir erzählte, übersetzt. Ich habe sie zum Stillschweigen verdonnert – zunächst. Ich will dich, O'Connell, verstehst du? Und ich werde dich bekommen! Also lass die Finger von der Hure mit dem unehelichen Kind!«

Es war offensichtlich, wie sehr Victoria die Wirkung dieser Mitteilung genoss. »Ja, nicht wahr, das ist eine Überraschung! Das kennst du irgendwoher – jedenfalls so ähnlich. Deine Selma war ja auch so was in der Richtung ...«

O'Connell ballte seine großen kräftigen Hände zu Fäusten. Die Hündin hatte ihm gehorcht und sich auf ihren Platz vor dem Kamin begeben. Jetzt sah sie ihn gespannt an.

»Was redest du da?«, fragte er mühsam beherrscht. »Warum fängst du davon an?«

»Das verletzt dich, Chris, ich weiß. Aber du hast mich auch verletzt, sehr sogar. Ich glaube, du ahnst nicht einmal, wie sehr. Wenn ich noch einmal Kenntnis davon bekomme, dass du und diese Caroline ... Ich warne dich! Ich nehme meine Pferde hier weg, ich sorge dafür, dass keiner sie mehr bei dir einstellt. Ich ...«

»Geh jetzt«, sagte er. Es klang matt.

Er hob abwehrend die Hände, als sie einen Schritt auf ihn zu machte, aber sie schlug sie einfach herunter und umarmte ihn. »Nein«, sagte sie dazu. »Ich lasse mich nicht mehr wegdrängen. Und wenn du jetzt dein Gesicht auf mein Haar senken würdest – du müsstest dich nicht halb so tief beugen wie bei dieser Frau.«

Kapitel 28

Virginia behielt recht. Tatsächlich tat es Caroline gut, wieder unter Menschen zu kommen, die ihr Zuneigung entgegenbrachten, vor allem aber, nicht ständig mit dem hoffnungslosen, trauernden Franz zusammen zu sein. Das Kind war anhänglicher denn je, so als habe der Junge Angst, dass auch seine zweite Mutter ihn verlassen würde.

Die Fahrt durch die klare Luft, die schon den Frühling ahnen ließ, stimmte sie froher, und Silver Star genoss nach langer Pause den Trab durch das noch unter dem Schnee verborgen liegende Land. Caroline hatte, einem spontanen Gefühl folgend, das Kind mitgenommen, und als sie merkte, dass es ihm wohltat, ließ sie es öfter mitkommen. In der Schule wurde Franz junior wieder von Ethel betreut, die, mit einer Mischung aus Stolz und Verlegenheit, eines Tages die Stickarbeit präsentierte, die Caroline ihr vor Weihnachten mit auf den Weg gegeben und dann völlig vergessen hatte.

»Ausgezeichnet!«, lobte sie Ethel. »Das hast du ganz allein gemacht?«

»Ja.«

»Es ist wunderschön.«

Ethel schaute sie freudig, aber auch ein wenig zweifelnd an. »Meinen Sie wirklich, Miss Caspari?«

»Ich gebe dir mehr mit. Und du zeigst es mir, wenn du fertig bist.«

Nach dem Unterricht sprach Caroline mit Virginia über Ethel.

»Komisch«, sagte die nachdenklich, »ich wollte auch mit dir über das Mädchen sprechen. Ich habe ihr ein paar der Bücher geliehen, die ich für meinen Unterricht benutze. In kurzer Zeit hatte sie sie alle gelesen. Und als ich sie examinierte, natürlich so, dass sie es nicht merkte, da konnte sie alle Fragen beantworten. Ehrlich gesagt, überlege ich, ob ich sie nicht in die Schule aufnehmen soll. Zwei Plätze können wir noch finanzieren. Der Schulbeirat hat grünes Licht dafür gegeben.«

Es war das erste Mal seit Annas Tod vor nun zehn Wochen, dass Caroline einen freieren Kopf hatte. Sie nickte zu Virginias Vorschlag. »Aber es wird schwer werden. Es wird Ethel nichts nützen, dass sie so eine wunderschöne sahnekaffeebraune Haut hat.«

»Ich weiß. Deshalb brauche ich deine Unterstützung. Die nächste Sitzung des Beirats ist in zwei Wochen. Ich werde Ethel und ihre Mutter fragen. Und wenn sie zustimmen, dann musst du zu der Sitzung kommen.«

Was Miss Allison Newton letztlich dazu bewegte, die Aufnahme Ethel Barclays in die Schule zu befürworten – es blieb Virginia verborgen. Sie selbst hatte zuvor mit James Mellinor gesprochen und sehr deutlich gemerkt, wie unangenehm dem alten Herrn die Aussicht war, sich in der Sitzung des Beirats für die Aufnahme einer schwarzen Schülerin auszusprechen. James wusste allerdings, dass sein Enkel nach dem Dinner bei Joseph Maier die erste ernste Auseinandersetzung mit seiner Frau in ihrer jungen Ehe gehabt und letztlich nachgegeben hatte. Das mochte auch dem Umstand geschuldet gewesen sein, dass die Einstellung der zweiten Lehrerin ohnehin vertagt worden war – dennoch bemerkte er bei Tom eine nachdenklichere Haltung gegenüber der so bewährten Mellinorschen Lebensweise, zwar offen und liberal, aber niemals Vorreiter oder gar Pionier zu sein.

Der Alte sprang über seinen Schatten, ebenso wie Miss Newton. Reverend Barnickle wuchs über sich hinaus, verwies auf den 13., 14. und 15. Verfassungszusatz und darauf, dass vor Gott alle Menschen gleich seien. Virginia sprach über Ethels Begabung, über die Tatsache, dass sie und ihr Mann das anteilige Schulgeld für das Mädchen übernehmen würden, und übergab schließlich Caroline das Wort, die als Gast an der Sitzung teilnahm, um Ethels Handarbeiten zu präsentieren. Kirby senior schüttelte über all das den Kopf, war selbstverständlich vehement dagegen, ließ sich jedoch überreden, eine Art Probezeit für Ethel festzusetzen, nach deren Ablauf sich der Beirat wieder treffen und endgültig entscheiden sollte. Bürgermeister Madison und Mr Samison waren außer sich. Samison verließ die Sitzung vorzeitig, nicht ohne zuvor seine finanzielle Unterstützung aufzukündigen; Madison blieb, bis alle anstehenden Tagesordnungspunkte abgearbeitet worden waren, erhob sich dann und schmetterte in die Runde: »So lange ich Bürgermeister bin, wird kein Nigger mit unseren Kindern in dieselbe Schule gehen! Die haben ihre eigenen Schulen. Wir müssen unser Niveau nicht denen zuliebe senken. Das, was hier abläuft, ist ein Skandal. Halten Sie das im Protokoll fest, Miss Newton. Wir werden mit Sicherheit auf dieses Thema zurückkommen.« Mit hochrotem Gesicht und ohne die übrigen Anwesenden eines weiteren Blickes zu würdigen, verließ er den Raum. Das war ohne Zweifel eine Kampfansage.

Caroline sah zu Virginia hinüber. Deren Augen ruhten mit dem Ausdruck höchster Verachtung auf Madison. Als er und Kirby gegangen waren, sagte sie nur: »Die Abstimmung war eindeutig. Und Samison kann laut unserer Statuten seine Unterstützung erst im nächsten Schuljahr zurückziehen, also in einem halben Jahr.«

Bewundernswert, dachte Caroline, wie sie auf den Eklat reagiert. Ihr selbst war beklommen zumute, im Hals saß ein Kloß. Sie hatte sich für Ethels Aufnahme starkgemacht und stand auch dazu, aber bei diesen mächtigen Gegnern konnte man davon ausgehen, dass sie einige schlagkräftige Waffen in ihrem Arsenal hatten. Und bei all dem hatte sie es zu Hause mit einem Franz zu tun, der dem, den sie bisher gekannt hatte, nicht mehr sehr ähnlich war. Auch der Reverend wirkte mitgenommen. Er schien die Drohung des Bürgermeisters ernst zu nehmen. Wenn die Gemeinde ihn entließ ...

»Ich bin müde«, sagte er zum Abschied, »das geht nun schon so lange ... Und kein Ende ist in Sicht.«

Auf der Farm lag Franz, wie in letzter Zeit oft, lang ausgestreckt auf seinem Bett. Lethargisch starrte er an die Decke. Selten nur kam er zum Abendbrot herunter, aß auch sonst sehr wenig und schien, wann immer Caroline ihn auch ansprach, sehr weit weg zu sein. Alle ihre Versuche, mit ihm über seine Frau zu reden, um ihm dadurch sein Los zu erleichtern, waren gescheitert. Aber sie wusste nur zu gut, wie man sich fühlte, wenn einem der liebste Mensch genommen wurde ... Sie selbst hatte nach Georgs Tod erst aus der lethargischen Starre herausgefunden, als ihr Hund Flic an ihr Bett gekommen war. Und noch viel später, als Emma sie in ihrer

Todesangst zur Geburt ihres dritten Kindes rufen ließ, war sie wirklich ins Leben zurückgekehrt.

Franz brauchte Zeit; wie jedoch die nun beginnende Arbeit auf den Feldern bewältigt werden sollte, auf diese Frage hatte sie keine Antwort. Wenn Franz tatsächlich in diesem Jahr für das Vorbereiten der Felder, das Säen und vielleicht gar für das Ernten ausfiel – wer sollte diese Arbeiten übernehmen? Er würde mindestens zwei Arbeiter brauchen, irgendjemand musste das Ganze organisieren ... Es war zum Verrücktwerden: Ihr fehlte Anna so sehr, und doch musste sie dem Kind Lebensmut geben, durfte sie vor seinem Vater ihre eigene Trauer nicht offen zeigen. Wie sollte sie ihn nur aus dieser Lethargie reißen?

»Franz«, sprach sie ihn an, »wir müssen reden. Du weißt das. Wenn das Kind eingeschlafen ist, bitte komm herunter!«

Caroline merkte mit Erleichterung, dass der Junge zunehmend fröhlicher wurde, wieder lachte und gern mit ihr in die Schule fuhr. Aber jeden Abend klammerte er sich ängstlich an seinen Vater, der ihn ins Bett brachte und sich zu ihm legte, bis er eingeschlafen war.

Franz antwortete nicht. Sie bereitete das Abendbrot zu, aß zusammen mit dem Kind und stellte eine Portion für Franz warm. Oben las sie dem Jungen eine Geschichte aus Virginias Kinderbuch vor und ließ ihn mit mit seinem Vater allein. Dann setzte sie sich vor den Kamin, legte Holz nach und wartete.

An diesem Märzabend öffnete sich Franz zum ersten Mal seit Annas Tod. Caroline servierte ihm das warm gestellte Abendessen am Kamin, schaute ihm zu, wie er darin herumstocherte, und bemerkte, wie er sie ab und zu ansah. Es war eine Mischung aus Hilflosigkeit, Hoffnungslosigkeit und einer merkwürdigen Entschlossenheit in seinem Blick. Nach ein paar Bissen legte er die Gabel aus der Hand, stellte den Teller beiseite und nahm einen Schluck Kaffee.

»Es ist gut, dass du gekommen bist«, begann sie. »Wir müssen so dringend besprechen, wie es weitergehen soll, Franz. Mit dir, mit dem Jungen, mit der Farm ...«

Franz schloss für ein paar Sekunden die Augen, schnaubte verächtlich und sagte dann: »Weitergehen! Weitergehen soll es also! Aber es geht nicht mehr weiter. Anna war mein Leben ...« Er stockte. Zum ersten Mal sah sie ihn weinen. Er konnte nichts dagegen tun, und sie ließ es geschehen. Es würde ihn erschöpfen, aber auch erleichtern. Es könnte ein Anfang sein, dachte sie, der erste Schritt. Sie schwieg.

Franz weinte lange. Caroline räumte das Geschirr ab, spülte es, trocknete es, räumte die Küche auf. Schließlich lehnte er sich in seinem Sessel zurück, leergeweint und erschöpft. Sie reichte ihm frischen Kaffee, er nahm ihn auch und trank schluckweise davon.

»Es geht nicht mehr«, hörte sie ihn sagen. Seine Stimme klang belegt. Es erschreckte sie. »Ich habe mir alles überlegt. Es gibt keine Zukunft mehr für mich.«

»Was soll das heißen?«

»Ich hätte Anna niemals hierher bringen dürfen. Sie wollte nicht weg aus Deutschland.«

»Der Hof in Mecklenburg hat euch nicht ernährt. Ihr hattet kaum eine andere Wahl.«

»Ich hätte wieder als Gärtner arbeiten können. Alles wäre besser gewesen als das, was jetzt ist. Nein, ich bin schuld, schuld an allem.»

»Nein, Franz. Du konntest doch nicht voraussehen, dass alles so ... dass alles so geballt auf einmal kommen würde ...«

»Ich will Anna folgen«, schnitt er ihr das Wort ab. »Sie und ich – du verstehst das nicht. Keiner versteht das.«

Sie fühlte, wie die Wut in ihr aufstieg. Wenn jemand Franz' Situation verstand, dann sie. Und er wusste das sehr genau! Sie atmete schneller, ihr Blick sagte ihm, was sie empfand, er aber nahm es nicht wahr oder wollte es nicht wahrnehmen.

»Verdammt noch mal, Franz! Du hast den Jungen! Er ist Annas und dein Sohn! Willst du dich aus dieser Verantwortung davon stehlen?«

Franz zuckte zurück, so als hätte sie ihm eine Ohrfeige gegeben. Dann schluckte er, faltete beide Hände über der Brust. Es sah wie eine Abwehr aus. Sie sah ihn durchdringend an.

»Aber du bist doch da«, sagte er nach einer Pause.

»Du machst es dir sehr einfach. Du folgst deiner Frau, um den Schmerz nicht ertragen zu müssen, um nicht allein weitergehen zu müssen, um die Verantwortung für euren Sohn nicht allein übernehmen zu müssen.«

Er sah sie erschrocken an. Sie hatte ausgesprochen, was er sich nicht hatte eingestehen wollen. Der Todeswunsch schien ihm wie eine Sühne für das, was er seiner Frau angetan hatte ... Und nun stellte sie es so dar, als mache er es sich leicht ...

Caroline stand auf, um Holz nachzulegen. Das Feuer loderte auf, goldgelb, orange und bläulich züngelten die Flammen. Sie zündete die auf dem Sideboard stehende Lampe an und setzte sich wieder hin, ihm gegenüber. Er wich ihrem Blick aus.

»Ich habe Anna geliebt«, sagte er langsam und betont, so als erzählte er ihr etwas absolut Neues. »Es gab nur sie, und es wird immer nur sie geben.«

»So soll es sein, Franz. Ja, was siehst du mich so erstaunt an? Das ist doch selbstverständlich: So soll es sein. Aber du ziehst die falschen Schlüsse daraus. Denk an euer Kind! Wenn du dem Jungen jetzt auch noch den Vater nimmst ... Mein Gott, Franz, denk doch nach! Du musst es ertragen, du musst dich dem stellen. Für deinen Sohn. Er ist doch das sichtbare Zeichen eurer Liebe! Und du willst ihm das antun? Er leidet doch wahrhaftig schon genug!«

Nach diesem heftigen Appell schien es ihm, als wolle sie in sich zusammensinken und halte sich in ihrem Sessel nur mühsam aufrecht. Und so war es auch. Ihre eigene Last, die sie mitgenommen und zu tragen gelernt hatte, drückte nun wieder schwer auf ihr Herz; so schwer, dass sie fühlte, wie ihre Kraft wich. Sophies Bild, das sie so lange tief in sich verborgen hatte, erschien wieder vor ihren Augen, die sie nun schloss, um nicht dem verstörten Blick ihres Gegenübers ausgeliefert zu sein.

Er sah ihr zu, wie sie nach hinten an ihren Hals griff, die silberne Kette aus dem Kragen ihrer Bluse hervorzog und das Posthorn mit ihrer kleinen Hand umklammerte. In diesem Augenblick fiel es ihm wie Schuppen von den Augen. Einen winzigen Moment lang verspürte er den Drang, sie zu trösten.

»Es ... tut mir leid. Caroline, es tut mir leid.«

Was tut dir leid?, dachte sie. Aber im Grunde war es ihr egal. Annas Tod, dieser fürchterliche, sinnlose, viel zu frühe Tod; zwei Kinder, die nicht geboren werden konnten –

würde das nie aufhören? Dieses Sterben, dieses Leiden, dieses Beladen werden über die eigene Kraft hinaus ... So als trüge sie nicht schon genug auf ihren Schultern.

»Caroline«, hörte sie ihn leise sagen, »bitte ...«

Ihre Lider waren bleischwer, als sie die Augen öffnete. Franz schaute sie noch immer an, unsicher und ängstlich. »Hilf mir!«

»Wirst du arbeiten können?«, fragte sie müde. »Sonst müsstest du zwei Arbeiter einstellen ...«

»Ich ... Ja, es wird sicher gut sein, viel zu arbeiten. Es wird helfen. Und ich tue es für den Jungen ...«

»So ist es, Franz. Anna hätte es so gewollt, glaub mir. Euer Kind ist jetzt das Wichtigste.«

»Wirst du mir helfen? Wirst du bei uns bleiben, Caroline? Mein Junge braucht dich. Er hat dich doch lieb!« Franz kniff die Augen zusammen.

Wenn er noch mehr Tränen hat, ist es gut, dachte sie. Es kommt endlich heraus aus ihm, und er sieht wieder die Welt um sich herum und das Kind.

»Das weißt du doch, Franz. Ich werde Annas Kind nicht im Stich lassen.«

Da stand er auf, ging auf sie zu, zog sie aus ihrem Sessel hoch und umarmte sie. Er lehnte sich an sie, als müsse sie ihn stützen. Sie waren fast gleich groß, und das war ungewohnt für ihn, der seine kleine zarte Frau um mehr als einen halben Kopf überragt hatte. »Ich hab Angst!«, flüsterte er.

Sie ließ die Umarmung zu, bis es ihr zu schwer wurde, ihn zu halten. Sie straffte sich und schob ihn von sich weg. »Gleich morgen suchen wir einen Arbeiter. Allein schaffst du es nicht.«

Er schwankte ein bisschen und tastete sich zu seinem Sessel. »Ja. Ich reite zu Onkel Luis. Vielleicht kann er mir jemanden vermitteln.«

»Gut«, erwiderte sie. »Mach es gleich morgen früh. Jesse wird auf der Plantation gebraucht. Ich behalte Linda zum Waschen, wenn es dir recht ist. Ich gehe weiter zur Schule. Und unser neuer Helfer kann in die Kammer ziehen.«

Franz nickte zu allem, was sie sagte. Es sah ergeben aus, beinahe demütig.

»Du bist so müde«, sagte sie. »Geh hinauf zu deinem Jungen.«

Sie nahm seine Hand, drückte sie und spürte, wie er den leichten Druck erwiderte. Als er die Treppe hinaufstieg, hatte sie das Gefühl, als hätte sich ein Knoten in ihrer Brust gelöst.

Am nächsten Tag kam Virginia vorbei, um Caroline zu ihrem 25. Geburtstag zu gratulieren und ihr ein in ein blaues Schultertuch gewickeltes Geschenk zu übergeben. »Das Tuch haben die Mädchen für dich gemacht«, sagte sie dazu. »Sie wollten Miss Caspari unbedingt etwas schenken und dir zeigen, was sie gelernt haben!«

Es war das erste Mal seit Annas Tod, dass Caroline strahlte. »Das ist so lieb von ihnen und von dir! Ach, Ginny, ich freu mich so!« Stürmisch umarmte sie die Freundin.

»Jetzt schau aber auch mein Geschenk an!«

Es war ein in rotes Leder gebundenes Tagebuch mit einer Lederschließe und einem kleinen goldenen Schloss.

»Du bist doch eine Hellseherin, Ginny! Immer weißt du, was ich mir wünsche!«

»Ich habe mir gedacht, du solltest es in deiner Muttersprache führen«, entgegnete Virginia auf Deutsch. »Du hast sehr schnell unsere Sprache gelernt und lernst jeden Tag fleißig dazu. Und schon bald wirst du in deiner neuen Sprache denken und träumen. Aber das Deutsche solltest du nicht vergessen. Ja, lach nicht, du glaubst gar nicht, wie schnell das geht. Und deine Kinder, die werden es gar nicht mehr sprechen – es sei denn, du selbst sprichst es mit ihnen hin und wieder.«

Caroline war bei den letzten Sätzen ernst geworden. Kinder – würde sie jemals noch welche haben? Und Virginia wusste immer noch nichts von Sophie und von den Umständen, die sie dazu gebracht hatten, ihr eigenes Kind zurückzulassen ...

»Carol, was ist denn?«

»Ich werde es so machen. Es ist nur – ich hatte nie das Bedürfnis, ein Tagebuch zu führen. Und als Jake dann gegangen und ich so traurig war, wollte ich meiner Freundin Emma davon schreiben. Aber es wurde nichts mit dem Brief. Ich schrieb ganz viel, nur taugte es nicht für einen Brief. Es waren so ganz ... ungewohnte Worte, so direkt aus dem Herzen. Ich behielt die Bögen hier. Jetzt kann ich sie in das Buch legen als meinen ersten Eintrag.« Sie hatte Virginias Hand genommen und umschloss sie mit ihren beiden Händen.

»Das ist gut, Carol. Irgendwie hatte ich das Gefühl, es könnte passen.«

»Danke, Liebes, vielen, vielen Dank! Und jetzt komm, es gibt Schokoladenkuchen und Kaffee. Irgendwie hatte ich nämlich das Gefühl, dass jemand kommt, mit dem ich das genießen kann ...«

Victoria war nach ihrem weihnachtlichen Auftritt bei Chris wieder jede Woche gekommen, um sich von den Fortschritten ihrer Tiere zu überzeugen und sich White Magic weiter zu nähern. Dabei gab sie sich höflich und verbindlich. Insgeheim argwöhnte sie immer noch, er könnte ein Verhältnis mit Caroline Caspari haben, aber nie ergab sich auch nur der leiseste Hinweis darauf; es sei denn, sie hätte seine Zurückhaltung als Zeichen genommen. Victorias Vater, der immer ein offenes Ohr für die Belange seiner einzigen Tochter hatte, bemühte sich nicht, ihr Christopher O'Connell auszureden; er tat alles, um seinen Liebling zu schonen. Patrick sah das ganz anders. Wer so lange und hartnäckig zögere, wandte er ein, der sei nicht der Richtige für seine Schwester, die an jedem Finger einen Verehrer haben könne, wenn sie nur wolle. Er verstehe nicht, warum sie an diesem Kerl festhalte, und wenn er, Squire Hillyard, ehrlich zu sich selbst sei, so sehe er das sicher genau so. Da war etwas dran, der Alte konnte es nicht leugnen, weigerte sich aber, Victoria in diesem Sinne zu beeinflussen.

Die junge Miss Hillyard, inzwischen 26 und sich wohl bewusst, dass dringend etwas geschehen musste, ritt zu ihrer Freundin Virginia, um sich von ihr einen Rat zu holen. Virginia war eine vernünftige Person, eine langjährige Freundin, ihre Ehe mit Tom Mellinor dauerte nun fast ein Jahr und schien eine von den glücklichen zu sein.

Victoria war angemeldet, Virginia erwartete sie auf der Terrasse und ließ Kaffee und Kuchen servieren. Nachdem Thomas den Gast seiner Frau höflich begrüßt und sich kurz darauf zurückgezogen hatte, wurde Orenda, die junge Hündin, ausgiebig bewundert, und über das schöne Tier brachte

Victoria das Gespräch schließlich auf O'Connell, dessen Hochzeitsgeschenk Orenda gewesen war. Virginia hatte wohl gemerkt, dass ihre Freundin ein Anliegen hatte. Sie kannte Victoria sehr genau, und die Art, wie sie nervös und gleichzeitig um Freundlichkeit bemüht um sich schaute, als gelte es, einen unliebsamen Zuhörer ausfindig zu machen, zeigte ihr, dass ein drängendes Problem anstand.

»Was ist los, Vicky? Ich kenne dich doch. Willst du mir nicht einfach sagen, was dich bedrückt?«, fragte sie schließlich ohne Umschweife.

»Ja, Ginny, da ist etwas. Ich brauche deinen Rat.«

Virginia sah sie lächelnd und dabei auffordernd an. »Nur zu! Du weißt, wenn ich dir helfen kann …«

»Chris. Es geht um ihn. Er … Ich komme nicht recht weiter in dieser Angelegenheit.«

»In dieser ›Angelegenheit‹? Aber Vic, Chris ist ein Mann, und wenn du ihn liebst …«

»Ich werbe seit mehr als einem Jahr um ihn! Ich sehe ihn jede Woche, ich habe ihm gesagt, dass ich ihn haben will. Ich habe ihm die Leitung des Gestüts angeboten. Und er hat mich noch nicht einmal geküsst, Ginny.« Sie schüttelte verzweifelt den wohl frisierten Kopf. »Ich weiß nicht mehr, was ich ihm noch anbieten soll.«

»Anbieten? Vicky, ich bin immer ehrlich zu dir gewesen, und ich will es auch jetzt sein. Du hast dir die Ehe mit Chris in den Kopf gesetzt, ausgerechnet mit ihm, einem Mann, der um alle Frauen einen großen Bogen macht. Du weißt, warum, Vicky. Ich will dir nicht wehtun, aber wenn er deine Gefühle nicht erwidert, dann solltest du ihn loslassen.«

»Er war mir sehr nah. Er ist mir sehr nah. Ich bin die einzige Frau, mit der er überhaupt eine Freundschaft pflegt. Ich habe auf Geduld gesetzt und auf Zeit, aus ebendiesem Grund, den wir alle kennen: die schlimme Erfahrung mit seiner Frau Selma.«

»Vielleicht brauchst du noch sehr viel mehr Geduld.«

»Das habe ich auch gedacht – bis vor einiger Zeit. Da habe ich ... Ich habe gesehen, wie er Caroline Caspari umarmt hat. Ich habe es dir nicht gesagt, weil du mit dieser Frau auf gutem Fuße stehst.« Sie sah ihre Freundin ernst an. »Aus welchem Grund auch immer. Vielleicht weil du die Wahrheit über sie nicht kennst.«

Virginia legte den Kopf zur Seite und schürzte die Lippen, wie sie es immer tat, wenn sie skeptisch war. »Was meinst du damit: Er hat sie umarmt.«

»Ich habe es selbst gesehen«, beharrte Victoria. »Er hat sogar sein Gesicht auf ihr Haar gelegt, und seine Arme ...« Immer noch fiel es ihr schwer auszusprechen, was ihr so wehtat.

»Wann soll das gewesen sein?«

»Du weißt es also nicht. Das dachte ich mir. Als Anna Gossler gestorben war. Angeblich wollte er ein Pferd zur Farm bringen, und diese Caspari hat sich in seine Arme geworfen, weil sie so schrecklich mitgenommen war vom Tod ihrer Freundin.« Aus Victorias Mund kland das ironisch, etwas, was Virginia gar nicht gefiel.

»Ja«, antwortete sie mit fester Stimme. »Anna Gosslers Tod hat Caroline sehr mitgenommen. Anna hat Caroline zur Seite gestanden, als sie es sehr schwer hatte, drüben in Deutschland. Sie sind zusammen ausgewandert. Sie hat Anna gepflegt, als sie krank war, und sie war fast immer krank oder doch leidend. Du weißt das. Und jetzt muss sie stark sein, für den Jungen sorgen. Und sie macht sich große Sorgen um Franz Gossler. Sie hat ihn dazu bringen müssen, sich wieder um die Farm zu kümmern, aber er ist eben nicht mehr derselbe. Sie hat gedacht, im Sommer, wenn ihre Schulden bei ihm abgearbeitet sind, könne sie gehen oder bleiben, jedenfalls tun und lassen, was sie will. Und nun muss sie bleiben und übernimmt die Verantwortung für den Jungen. Und irgendwie auch für Franz, der sich vollkommen auf sie verlässt.«

Victoria hatte mit zunehmender Aufmerksamkeit zugehört. Der ironische, hochmütige Ausdruck war aus ihrem Gesicht gewichen. Stattdessen wirkte sie nachdenklich. »Du meinst also, Chris hat sie wirklich nur getröstet ...?«

»Möglich. Ich war ja nicht dabei. Aber dass Caroline unter Annas Tod sehr leidet, ist sicher. Und wenn Chris dazukam, als sie gerade gestorben war ...«

»Du magst diese Frau, nicht wahr?«

»Das weißt du doch. Ich mag dich, Vicky. Und ich mag Caroline. Ist das ein Problem?«

Victoria rang innerlich mit sich. Sollte sie der Freundin von den Details aus Carolines Vergangenheit, die sie von Anna erfahren hatte, erzählen? Es war möglich, dass Virginia als ihre Vertraute bereits alles wusste und ihr ihre Offenbarungen übel nehmen würde.

»Meinst du, dass sie Chris ... dass sie hinter ihm her ist?«

»Hinter ihm her? Das wohl nicht. Ich hatte manchmal das Gefühl, dass sie mehr für ihn empfindet, als sie sich selbst eingesteht. Aber das ist schon eine Weile her. Er seinerseits war, ihren Worten zufolge, jedenfalls immer sehr unfreundlich zu ihr. Ich glaube, mehr ist da nicht. Insofern, wenn ich es recht überlege, ist es wohl so, wie du vermutest: Es war Zufall, dass Chris gerade da war, als es passierte. Wahrscheinlich hätte sie sich an jeden anderen genauso geklammert in ihrem Schmerz.«

Victoria nickte. Vor ihrem Auge stand noch immer das Bild, wie O'Connell seinen Kopf geneigt und sein Gesicht auf das Haar der Frau gelegt hatte. »Ich hätte nie gedacht, dass Chris sich zu so etwas hinreißen lässt«, sagte sie.

»Na«, wandte Virginia ein, »wenn er so ein Pferdeflüsterer ist, wie allgemein behauptet wird, muss er ja wohl ein bisschen Einfühlungsvermögen haben. Oder?«

Als Victoria schwieg und es in ihren Augen verräterisch glänzte, fügte sie versöhnlich hinzu: »Er hatte ein sehr prägendes Erlebnis mit Selma. Vergiss das nicht.«

»Ach, Ginny, das, was du sagst, beruhigt mich ja. Aber was soll ich denn tun?«

»Das kannst nur du allein wissen, Vic. In deinem Herzen, tief drinnen, weißt du es schon. Aber eins steht fest: Zwingen kannst du ihn nicht, auch nicht mit dem Gestüt und mit Geld unter Druck setzen. Wenn er dich nicht liebt, solltest du ihn lassen. Liebe und Zwang – das schließt sich aus.«

»Ich werde ihn fragen. Ein letztes Mal.« Victoria erhob sich entschlossen. »Es muss eine Entscheidung her.« In jeder Beziehung, dachte sie im Stillen. Denn wenn er nicht will, und diese Frau hat doch etwas damit zu tun, dann gnade ihr Gott!

Virginia umarmte sie herzlich zum Abschied. »Es wird einer kommen, der dich liebt und du ihn auch. Da bin ich sicher. Ob es Chris ist – wir werden sehen.«

Kapitel 29

Christopher O'Connell war seit Victorias Offenbarung über Caroline Caspari seiner täglichen Arbeit nachgegangen, als wäre nichts Bedeutendes geschehen. Aber tief in seinem Innern wusste er, dass sich in seinem Leben etwas verändert hatte. Es war alles so einfach und klar gewesen nach der Scheidung: Er war fertig mit den Frauen. Er würde nie mehr eine an sich heranlassen, schon gar nicht mehr heiraten. Er war zufrieden gewesen mit seinem Leben mit den Tieren. Er hatte sein Auskommen, die Farm gehörte ihm. Er und seine Hündin waren ein gutes Gespann. Victoria Hillyard war eine Kundin, vielleicht auch so etwas wie ein Kumpel. Eigentlich hatte alles mit den Avancen begonnen, die sie ihm gemacht hatte. Gut, er hatte diese Avancen zurückgewiesen, aber sie hatte einfach nicht lockergelassen, und er hatte sich hinter der Fassade der Normalität versteckt. Und als ob das alles noch nicht genügt hätte, war das alte Gefühl wieder da gewesen, als er diese Frau an seinem Körper gespürt hatte. Wenn er sie tatsächlich umarmt und liebkost hatte, wie Victoria behauptete – dann hatten ihm seine Gefühle einen Streich gespielt, seine ganze heile Welt durcheinandergewirbelt. Und genau deshalb nahm er sich vor, dass so etwas nie wieder vorkommen dürfe. Nie mehr!

Aber abends, wenn er müde in seinem Bett lag und darauf wartete, dass ihn nach einem langen Arbeitstag der Schlaf übermannte, dann fühlte er ihren weichen Körper, der sich an ihn geklammert hatte, dann roch er ihr dunkles, glänzendes Haar und die Erinnerung kam zurück. Die Erinnerung daran, wie eine Frau roch, wie sie sich anfühlte, wie groß die Sehnsucht nach ihr sein konnte. Sie war außer sich vor Schmerz gewesen; sie hatte nicht ihn gesucht. Das war ihm wohl bewusst, und er sagte es sich immer wieder. Er war austauschbar gewesen für sie. Und doch blieb etwas in ihm zurück von diesem Augenblick und paarte sich mit der Erinnerung an ihren an ihn geschmiegten Körper, als er sie im Schneesturm vor sich auf sein Pferd genommen, sie an sich gepresst und nach Hause gebracht hatte. Nur allzu gern hatte er diese Erinnerung vergessen, und es war ihm zunächst auch gelungen. Schon als sie sich getrennt hatten, vor dem Farmhaus, hatte er sich mit Abwehr gegen sie gerüstet und auf seine alte Waffe gesetzt: die Unfreundlichkeit, die Harschheit, die Mauer, die er um sich errichtet hatte. All das war selbstverständlich geworden, wie eine ihm auf den Leib geschneiderte Rolle, seit Selma ...

Und jetzt war er so hilflos, seinen Gefühlen ausgeliefert, die er sich nicht klargemacht hatte, bis Victoria ihm »die Wahrheit über diese Hure« erzählt hatte, bis die ganze alte Geschichte wieder hochgekommen war: die Geschichte von Selma und Chris.

Wie so oft an den noch kühlen Abenden des nahenden Frühlings saß er auf seiner Terrasse auf einem der breiten geflochtenen Stühle. Neben ihm lag Tenya, zufrieden eingerollt, mit geschlossenen Augen. Die Gitarre lehnte an dem zweiten Stuhl, und oft nahm er sie auch zur Hand in dieser Zeit und spielte sich seine verwirrenden, widerstreitenden Gefühle von der Seele. Am Horizont stand die rotgoldene Abendsonne, die Luft war frisch, langsam grünte das Land,

Eis und Schnee waren verschwunden. Es wurde Zeit, in den Stall zu gehen, nach den Tieren zu sehen. O'Connell besaß beinah ausschließlich Pferde, Vollblüter, und hielt nur eine Kuh und ein paar Hühner, um sich mit Milch und Eiern zu versorgen. Er nahm beides mit ins Haus, als er mit seiner Arbeit im Stall fertig war, fachte das Herdfeuer an und warf Speckstücke in eine Pfanne. Darüber schlug er die Eier auf und schnitt dicke Scheiben vom Brot ab. Tenya war draußen geblieben, er hörte sie bellen und ging hinaus um nachzusehen, warum. Im Eingang wich er beinahe erschrocken zurück, der Besucher kam in der Tat überraschend.

»Franz!«, begrüßte er seinen Nachbarn. »Das ist eine Überraschung. Komm rein, mein Freund.«

Gossler wickelte Silver Stars Zügel um den Holm und folgte ihm ein wenig verlegen. Offenbar überlegte er, wie er sein unverhofftes Erscheinen erklären sollte. Nie zuvor hatte er O'Connell einfach so besucht, ohne einen geschäftlichen Grund oder ein bestimmtes Anliegen.

»Ich mache gerade Abendbrot. Ich wette, du hast noch nichts im Magen. Würde mich freuen, wenn wir zusammen essen.«

Franz nickte dankbar. Er war tatsächlich gleich nach der Arbeit aufgebrochen.

»Setz dich!«, forderte O'Connell ihn auf. Er servierte das köstlich duftende Essen. Beide Männer langten kräftig zu, zum ersten Mal seit langem hatte Franz das Gefühl, wirklich Hunger zu haben. Er sah elend aus, müde und blass.

Chris entging das nicht, so dass er statt des üblichen Kaffees seinem Nachbarn nach dem Essen einen Whiskey einschenkte, sich selbst nicht minder üppig bedachte und ihm zuprostete. Franz trank sein Glas schnell leer, so schnell, dass Chris aufstand, die Flasche heranholte, auf einen der Sessel am Kamin wies und beide Gläser mit einer ordentlichen Portion auffüllte.

»Ja, Freund«, sagte er schließlich. »Was führt dich her?«

Franz ging es nach dem Whiskey-Schub sichtlich besser. Er lehnte sich im Sessel zurück. »Es tut mir leid, dass ich einfach so bei dir einfalle.«

Chris machte eine abwehrende Handbewegung.

»Ich hatte einfach das Gefühl ... ich muss mit einem Mann reden. Mit einem Mann, dem ich vertraue. Ich habe an Luis gedacht, natürlich, aber es ist zu weit, und ich möchte ihn nicht belasten. Und da bist du mir eingefallen. Ich ... entschuldige, Chris, ich kann auch nicht erklären, warum ich gekommen bin.« Franz kam sich unglaublich dumm vor.

»Tja«, entgegnete sein Gegenüber, »macht auch nichts. Leeren wir die Flasche zusammen. Reden wir ein bisschen, vielleicht. Wir werden sehen.« Er nahm einen ordentlichen Schluck, Franz tat es ihm nach, O'Connell schenkte ein.

»Das muss man den Hillyards lassen«, bekannte er, »Whiskey brennen können sie. Und Geld machen«, setzte er ein wenig missmutig hinzu. Und als Gossler schwieg: »Verdammte Weiber!«

Franz zuckte zusammen, er trank und hielt O'Connell sein Glas hin. Dann rückte er in seinem Sessel ein Stück nach vorn, streckte die Beine aus und lehnte den Kopf an die Rückenlehne. Chris legte Holz nach, Tenya jaulte leise draußen vor der Tür, er ließ sie ein und sah zu, wie sie sich vor dem Kamin ausstreckte.

»Mir fehlt Anna so«, hörte er Gossler sagen. »Ich weiß nicht, wie das gehen soll. Ich weiß es einfach nicht!«

Vier Monate seit dem Tod seiner Frau, dachte O'Connell, oder doch fast. Wie lange habe ich gebraucht, um über Selma hinwegzukommen? Er wird noch lange brauchen, sehr lange ...

»Ich arbeite wieder, jeden Tag von morgens bis abends. Ich habe einen Mann eingestellt. Ich wache jeden Morgen auf, ich esse und trinke, ich gehe jeden Abend zu Bett. Und doch ist alles anders ... So verdammt anders!«, setzte er heftig hinzu. »Und wenn Caroline tausend Mal sagt, ich muss leben – für den Jungen. Es ist alles sinnlos.«

Als er ihren Namen hörte, lachte Chris leise auf. Er schenkte erneut nach und merkte, wie der Whiskey zu wirken begann. Es war ein angenehmes Gefühl. Zum ersten Mal seit langer Zeit war er dabei, sich zu betrinken. Gossler ging es nicht anders, nur dass bei ihm die Wirkung schneller einsetzte als bei seinem kräftigen, bärenstarken Gegenüber.

»Sagt sie das? Was Weiber alles so sagen. Nichts davon kannst du glauben«, konstatierte O'Connell.

»Meine war anders«, beharrte Franz. »Anna war anders. Sie hat mich geliebt, Chris. Verstehst du das? Geliebt. Und ich hab sie hierher gebracht, wo sie nicht hin wollte und bin schuld an allem ...« Tränen flossen seine Wangen hinab. Er tat nichts, um sie zu trocknen. Als er von seinem Whiskey trank, flossen sie in das Glas. Er lachte mitten in seinem Weinen und trank es leer. O'Connell schenkte nach, randvoll.

»Du hattest Glück, Freund, großes Glück. Vergiss das nie.«

Franz weinte stumm vor sich hin.

»Meine Selma«, fuhr O'Connell fort, »ein scharfes Weib war das! Sie hat mich verhext! Blondes Haar, naturblond, mein Freund. Grüne Augen, eine Haut wie Seide, hell, und sie hat sie gepflegt und gecremt und ...« Er leerte sein Glas in einem Zug, schenkte nach. »Ein Busen wie gemalt, voll und üppig, ein Hintern wie eine Göttin ...«

»Scheiße«, sagte Gossler.

»Und ich war noch froh, dass sie mich nimmt, ich verdammter Idiot! Ich hab ihr das Kind gemacht – dachte ich. Und dieser Frau ein Kind machen, das war es, was ich wollte.« Er starrte ins Feuer, als sähe er dort seine Frau. »Verdammtes Miststück!«

»Du kriegst sie nicht aus dem Kopf«, konstatierte Gossler mit der Scharfsinnigkeit eines Betrunkenen.

O'Connell schüttelte langsam den Kopf. Dann sah er Gossler an. »Doch. Ich krieg sie aus dem Kopf. Ich hab sie aus dem Kopf ... Alles war gut. Ich kann ohne die Weiber leben. Ich kann gut ohne sie leben! Ich will keine mehr. Und wenn sie noch so'n schönen Hintern hat. Komm, Kumpel, stoß mit mir drauf an!«

Die Gläser prallten mit Wucht zusammen. Aus O'Connells Glas sprang ein Stück heraus, er lachte und warf es ins Feuer. Die Flamme loderte auf. »Weg!«, rief er, »weg mit Selma. Weg mit den Weibern!«

»Chris«, sagte Franz, plötzlich sehr leise, »mag sein, dass es bei dir so ist. Aber ich, Freund, ich weiß nicht, was ich ohne Anna machen soll. Hilf mir! Sag mir, wie das geht?«

Wie was geht?, überlegte O'Connell. Ohne Weiber, meint er ...? »Ohne Weiber, das geht. Ich hab so lange hinter Selma hergetrauert, konnte sie einfach nicht vergessen. Und eines

Tages, eines Tages war es vorbei. Frag mich nicht, wie.« Er schenkte Franz noch einmal nach, dann nahm er selbst einen großen Schluck direkt aus der Flasche. »Leer!«, stellte er fest und holte eine neue aus dem Schrank.

»Der Junge, er braucht eine Mutter. Er hat Caroline. Aber die kann gehen, wenn sie ihre Schulden abgearbeitet hat, im Sommer. Sie bleibt, hat sie gesagt. Sie bleibt.« Er wandte Chris ratlos sein Gesicht zu, als wolle er sagen: Meinst du, dass es so gehen wird? Dass es reicht, wenn der Junge auf die Art eine Ersatzmutter hat?

O'Connell antwortete nicht. Er hatte gesagt, was er zu sagen hatte. Und nun nannte Gossler wieder diesen Namen, der ihm Victorias Zorn beschert hatte, der ihm die Erinnerung daran zurückbrachte, wie eine Frau sich anfühlt ... Er umschloss sein Glas mit seiner großen Hand und schien es zusammendrücken zu wollen.

Gossler war mit seinen eigenen Gedanken beschäftigt. Er trank immer noch viel und schnell und fühlte, wie sein Kopf schwer und sein Herz leichter wurde, wie die Gleichgültigkeit von ihm Besitz ergriff in diesem merkwürdigen Schwebezustand, den er herbeigesehnt und doch auch gefürchtet hatte. Aber konnte ein Mann immer vernünftig sein?

»Ich weiß nicht«, sagte er langsam, »vielleicht hast du recht.«

»Vielleicht ist es das Beste, wenn ich Victoria heirate«, erwiderte O'Connell schwerfällig. Der Alkohol tat jetzt auch bei ihm nachhaltig seine Wirkung. »Sie will mich. Sie lässt mich nicht in Ruhe. Außerdem ist sie keine Frau.«

Franz war betrunken; aber als er das hörte, trat doch noch ein Erstaunen in sein Gesicht. »Was?«

»Eine Frau, ja, natürlich, schon. Aber für mich eben nicht, verstehst du. So groß, so knochig, so hart. Aber das ist ja das Gute. Sie kann ein guter Kumpel sein. Heirate deinen Kumpel ... Ist auch eine Lösung. Oder?«

Franz schluckte. Dann lachte er plötzlich. »Scheiße!«, sagte er wieder.

»Ja, Kumpel, sag Scheiße!«, bekräftigte O'Connell. »Hast recht, Kumpel. Aber die Hillyard hat Geld, hat Pferde, viele Pferde ... Ich will die Pferde. Ich will keine Weiber. Ich hab Ruhe vor ihr, wenn ich sie heirate. Wenn ich ihr endlich nachgebe, hab ich Ruhe.«

Stetig sackte Franz tiefer in seinen Sessel hinein. Müdigkeit legte sich über ihn wie eine warme, weiche Decke.

»Deine Caroline ...«, O'Connells Stimme drang wie aus weiter Ferne an seine Ohren, »die ist auch so eine! Auch so eine! Aber macht nichts, Freund! Was macht das? Sorgt für den Jungen – Hure oder nicht, egal!«

Franz war zu müde, um zu antworten. Er hatte O'Connells letzte Sätze nicht einmal richtig mitbekommen. Mühsam öffnete er die Augen und sah, wie sich sein Gastgeber die Reste aus der zweiten Flasche Whiskey in den Hals kippte. Dann schlief er ein.

Zu Virginias Erstaunen geschah in den Wochen nach dem Eklat in der Sitzung des Schulbeirats zunächst nichts, außer dass Mr Samison seine Zahlungen aussetzte. Kurz entschlossen hatte sie ihn auf seinem Estate besucht und an die Statuten der Schule erinnert, woraufhin Samison erwidert hatte, in diesen Statuten stehe etwas von der Förderung armer begabter Kinder, aber nichts von der Förderung von Niggern.

Es war nichts zu machen. Während Virginia, wütend über so viel Uneinsichtigkeit und Unzuverlässigkeit, den Klageweg beschreiten wollte, führte Tom ihr vor Augen, dass sich im Beirat mit Sicherheit keine Mehrheit für ihr Vorhaben finden werde.

»Ja«, bekannte sie schließlich, »du hast recht. Ich wollte, es wäre anders, aber du hast verdammt recht.«

Ethel wollte unbedingt ihre Probezeit bestehen; sie war die Fleißigste von allen, sicher auch, weil sie viel nachzuholen hatte. Von der Arbeit in der Küche hatte Virginia sie freigestellt. So saß sie von morgens bis in die Nacht über dem Lernstoff. Sie wollte beweisen, dass sie den Weißen in nichts nachstand, was in erster Linie ihrer Dankbarkeit Mrs Mellinor gegenüber geschuldet war. Zudem wusste sie sehr genau, welche Chance sich ihr bot: einen Abschluss zu bekommen, der ihr den Besuch eines Colleges ermöglichte, ihr, der Tochter einer armen farbigen Witwe mit drei Kindern und zweifelhaftem Ruf.

Als sich die dreimonatige Probezeit dem Ende näherte, stand eines Morgens mit roter Farbe quer über die Schultür geschrieben: *Niggerschule!* Virginia entfernte eigenhändig das Geschmiere, während ihre Schüler mit nachdenklichen, betretenen, hämischen oder gleichgültigen Gesichtern um sie herumstanden. Ethel schien unter ihrer dunklen Haut blass zu werden. Sie schwankte und hielt sich an einem Baumstamm fest. Einige der Jungen grinsten ihr frech ins Gesicht.

Eine Woche vor der Sitzung des Beirats war ein neuer Schriftzug an der Tür: *Nur für Weiße!* Mrs Mellinor tobte; Arbeiter mussten die Tür neu streichen. Der Unterricht lief ab wie gewohnt, aber Ethel saß die ganze Zeit über mit gesenktem Kopf da und sagte kein Wort. In der Pause blieb sie im Klassenzimmer sitzen, den dunklen Kopf über ein Buch gebeugt, um ihre Tränen zu verbergen.

Am Morgen der Sitzung lag eine verkohlte Strohpuppe auf dem Platz vor der Schule, auf ihrem Kopf eine weiße, spitze Kapuze mit ausgeschnittener Augenpartie. Ethel blieb, als sie sich der Szene näherte, wie angewurzelt stehen. Dann drehte sie sich auf dem Absatz herum und stürzte davon, zurück nach Hause. Alle sahen ihr stumm nach, nur einer der Jungen sagte: »In die Sklavenquartiere, genau, da gehörst du hin!«

Virginia beherrschte sich so mühsam, dass sie ihre Hand umklammern musste, um nicht zuzuschlagen. Eine Reformschule hatte sie aufbauen wollen – und nun musste sie sich davon abbringen, einem ihrer Schüler eine Ohrfeige zu geben. Eines der Mädchen nahm ihren Arm und führte sie in den Klassenraum. Der Unterricht fand statt, aber es lag eine düstere Stimmung über allem, dazu herrschte bei einigen Schülern ein aggressiver Unterton, der Virginia schließlich derart irritierte, dass sie alle eine Stunde früher als vorgesehen nach Hause schickte.

Sie selbst blieb wütend und nervös, auch noch in der Sitzung. Dort sprach sie sich nachdrücklich für Ethel Barclays Verbleib in der Schule aus. Eine blasse und leise Miss Newton unterstützte sie mehr als zaghaft, Barnickle hingegen vehement. Der alte Mellinor hielt sich zurück. Er sah aus, als wäre er dieser Sitzung gern ferngeblieben. Mr William Kirbys grundsätzliche Haltung hatte sich in keiner Weise geändert, ebenso wenig wie die des Bürgermeisters. Madison wirkte sachlich und ruhig, als er den Antrag stellte, Ethel Barclay ab sofort vom Besuch der Schule auszuschließen. Virginia fühlte, wie ihre Wut zunahm, aber irgendetwas veranlasste sie, sich zurückzuhalten. Wenn Madison ruhig und sachlich war, hatte er noch eine Karte im Ärmel. Eine Karte, die stach.

Der einzige Punkt, in dem sie irrte, war, dass Madison nicht eine, sondern zwei Karten im Ärmel hatte. Mit der Überheblichkeit eines Mannes, der sich seines Erfolges sicher ist, spielte er die erste aus: Drei Elternpaare drohten, ihre Kinder aus der Schule zu nehmen, falls Ethel Barclay bleiben sollte. Es waren nicht die Eltern, die nur sehr wenig oder gar kein Schulgeld zahlen konnten. Virginia, die so etwas geahnt hatte, konnte sich vorstellen, um wen es sich handelte. Das unverhohlene Grinsen der Jungen und die gehässige Äußerung hatten ihren Grund gehabt.

»Dann bleibt mehr Geld für die anderen 16«, entgegnete sie äußerlich ruhig und merkte, wie Madison sich zwingen musste, gelassen zu bleiben.

»Keineswegs«, befand er. »Mr Samison ist nicht der Einzige, der seine finanzielle Unterstützung für die Schule zurückzieht.« Er schaute triumphierend in die Runde. »Die Gemeinde wird ihre Mittel nicht mehr zur Verfügung stellen. Und Mr Kirby selbstverständlich auch nicht.«

Kirby nickte zustimmend. Alle hier wussten genau, dass die Schule ohne dieses Geld nicht zu halten sein würde.

»Mr Kirby, Sir«, versuchte Virginia ihn umzustimmen, »Sie selbst haben doch zugestimmt, Ethel eine Probezeit zuzubilligen! Und sie hat diese Probezeit bestanden! Es gibt keinen Grund, sie von der Schule zu verweisen.«

Madison wollte antworten, aber Kirby zwang ihn mit einer Handbewegung zur Ruhe und sagte nachdrücklich: »Ich kann meine Sache schon selbst vertreten, Robert. Ja, ich habe dieser Probezeit zugestimmt, schweren Herzens, und es war falsch. Oder auch nicht, wie man es nimmt. Denn nun wissen wir alle ganz genau, dass es nicht geht.«

Virginia wollte ihm etwas entgegnen, er aber hob gebieterisch seinen Arm und ließ ihn wie ein drohendes Schwert in der Luft stehen. »Wenn du glaubst, Virginia, dass es nur um die Leistungen geht, die das Mädchen hier bringt, dann irrst du dich gewaltig.« Er wartete die Wirkung seiner Worte ab, nahm seinen Arm herunter und fuhr fort: »Nein, es geht um den inneren Frieden in unserer Gemeinde. Eltern wollen ihre Kinder aus der Schule nehmen, der Gemeinderat zieht sich aus der Förderung dieses Projektes zurück. Und ich selbst werde es auch tun. Wir hier haben unsere eigene Lebensweise. Es gibt in diesem Staat Schulen, ja, sogar Colleges für Schwarze. Wir sind da sehr fortschrittlich. Das Mädchen kann auf eine Schule für Negroes gehen, wenn sie so begabt ist. Niemand wird sie daran hindern.«

Alle Versuche Virginias und Reverend Barnickles, Kirbys Meinung zu ändern, blieben wirkungslos. In der anschließenden Abstimmung sprachen sich nur diese beiden für Ethels Verbleib aus, Miss Newton und James Mellinor enthielten sich, Madison und Kirby stimmten dagegen. Die entstandene Pattsituation veranlasste Madison, noch einmal nachdrücklich auf seinen Standpunkt hinzuweisen. Virginia, zornig, enttäuscht und niedergeschlagen, beharrte auf Ethels Verbleib. Sie stand auf und ging, ohne irgendjemanden eines weiteren Blickes zu würdigen, hinaus. Der alte Mellinor starrte ihr vollkommen entgeistert nach.

»Rede mit ihr, James«, riet Kirby. »Und in der nächsten Sitzung wird es ein eindeutiges Votum geben – wenn die Niggerin dann noch da ist. Wir verstehen uns?«

Kapitel 30

O'Connell war, nachdem er sich mit Gossler betrunken hatte, immerhin noch geistesgegenwärtig genug, Silver Star in seinen Stall zu führen und abzusatteln. Danach fiel er schwer wie ein Stein ins Bett. Am anderen Morgen kam nicht nur der Kater, sondern auch die Scham. Er hoffte nur, Gossler gegenüber nicht allzu viel von sich preisgegeben zu haben, er selbst zumindest erinnerte sich nicht mehr, warum sein Nachbar eigentlich gekommen war. Auch gut, dachte er, vergessen wir's, so schnell wie möglich. Musste wohl was runter von der Seele.

Franz sah es genauso. Erst gegen Mittag traf er zu Hause ein, wo ihn Caroline mehr ärgerlich als besorgt in Empfang nahm. Von Jeremiah, dem neuen Arbeiter, hatte sie von seinem Ausflug erfahren, allerdings erst auf beharrliches Nachfragen hin. Jeremiah, ein wetterharter, wortkarger Mann in den 50ern, war nicht sehr mitteilsam, aber das war in diesem Fall auch gar nicht nötig. Caroline hatte nämlich, als sie den Jungen zu Bett brachte und bei ihm blieb, bis er eingeschlafen war, ein Kuvert auf Gosslers Nachttisch entdeckt. Valeries Schriftzüge verrieten ihr, woher der Brief stammte. Was sie allerdings erstaunte, war die Tatsache, dass der Brief, obwohl neueren Datums, an Anna adressiert war. Sollte Fräulein Schulze tatsächlich noch nicht vom Tod ihrer Nichte wissen? Das war schwer zu glauben, und Caroline kämpfte einen Moment lang mit sich, ob sie den Brief aus dem geöffneten Kuvert nehmen und sich vergewissern sollte, beließ es aber schließlich dabei, sich ihren eigenen Reim auf die Sache zu machen. Mehrere Male hatte sie Franz daran erinnert, Valerie zu informieren, und jedes Mal hatte er »Ja, mache ich« gesagt, bis sie es vergessen hatte. Natürlich war sie davon ausgegangen, er habe sein Versprechen gehalten.

Nach seiner Rückkehr fragte sie ihn ohne Umschweife nach der Todesnachricht an Valerie, und er bekannte, nicht gewusst zu haben, wie er es ihr mitteilen solle. Er habe es einfach nicht gekonnt.

»Mach es jetzt, Franz. Gleich. Es muss doch wohl sein. Zur Arbeit taugst du heute sowieso nicht mehr.«

»Es tut mir leid«, sagte er traurig. »Ich weiß gar nicht mehr, wann ich das letzte Mal so betrunken war. Zehn Jahre ist das bestimmt her. Chris ging es ähnlich. Nicht mal als seine Frau ihn verlassen hat, hat er sich besoffen.«

»Und gestern schon?«

»Und wie. Genauso wie ich.«

»Mein Gott«, fragte Caroline, »warum denn nur?«

»Ach, lass!« Franz winkte müde ab. »Es war eben so. Zwei Männer haben ihre Verzweiflung ertränkt. Na und?«

Caroline zog es vor, dazu zu schweigen. Mochte es sein, wie es wollte, aber Valerie musste benachrichtigt werden. Sie holte Tinte, Feder und Papier, kochte einen starken Kaffee für Franz und sah von ihrem Sessel aus zu, wie er einige kurze Sätze zu Papier brachte und adressierte. Dann seufzte er tief, stand auf und ging hinaus.

Währenddessen hatte O'Connell nach seinen Tieren gesehen und alle wohlauf vorgefunden. Er arbeitete mit den von Victoria eingestellten Jungpferden und später mit den

Thoroughbreds, die der reiche Texaner gekauft hatte. Er würde mit dem Resultat zufrieden sein, und er, O'Connell, gut daran verdienen. Und tatsächlich, als Egmont Coraine eine Woche später eintraf und sich seine Pferde vorführen ließ, war er mehr als erfreut und zahlte ihm das Geld bar in die Hand. Victoria strahlte, rief: »Das müssen wir feiern!« und bat ihn für den nächsten Abend zu einem »intimen Dinner« nach *Blue Waveland*.

Coraine war bester Laune, alle Hillyards sehr freundlich, und als es auf Mitternacht zuging, hatte der Alkoholkonsum seinen Höhepunkt erreicht. Nur O'Connell hatte sich, eingedenk seiner jüngsten Erfahrungen, zurückgehalten, sich den Abend über auf zwei Gläser Wein beschränkt und den Whiskey weggelassen. Er war vollkommen nüchtern.

Victoria zog ihn mit sich hinaus auf die Terrasse. Auch sie war nicht betrunken, nur ein bisschen beschwipst und außerordentlich gut gelaunt. Sie wusste, dass sie ausgezeichnet aussah in ihrem grünen Kleid mit dem tiefen Dekolleté, dem kunstvoll aufgesteckten Haar und dem Smaragdschmuck ihrer Mutter, den sie nur zu seltenen Gelegenheiten anlegte. Als Chris sie so gesehen hatte, war ihm, schon bei der Begrüßung, beklommen zu Mute gewesen. Er kam sich vor, als sei er in eine Falle gelaufen, und spürte, dass eine Entscheidung anstand, eine Entscheidung, die weitreichende Folgen haben würde.

»Darling«, flüsterte sie ganz nah an seinem Ohr, »ich liebe dich.« Sie schmiegte sich eng an ihn. »Dies alles hier wird dir gehören, mein Liebster. Ich weiß, du willst mich auch.« Sie legte beide Arme um seinen Hals und sah direkt in seine Augen. »Komm! Wir gehen hinein und sagen es ihnen!«

Sie nahm seine Hand und zog ihn mit sich. Coraine saß am Kamin und unterhielt sich lautstark und lachend mit dem Squire. Patrick küsste seiner jungen Frau die Hand. Jean lächelte ihn geschmeichelt an und sah dann in Richtung Terrasse, wo eben Christopher O'Connell und Victoria in dem breiten Rahmen der offen stehenden Tür erschienen. Aber anstatt sich von seiner selbst ernannten Braut in den Salon ziehen und sie ihre Ankündigung machen zu lassen, blieb Chris mit dem Blick auf diese Szene plötzlich stehen, zog seinerseits Victoria wieder hinaus, sah in ihr maskenhaft geschminktes Gesicht und sagte klar und deutlich: »Es tut mir leid, Vic. Ich liebe dich nicht. Ich kann dich nicht heiraten.«

Jean, die nur die Geste gesehen, nicht aber die Worte verstanden hatte, raunte ihrem Mann etwas zu. »Endlich!«, erwiderte er. »Hat er sich endlich erklärt!«

Im selben Augenblick ging O'Connell an den beiden vorbei, grüßte stumm in den Raum hinein und verließ *Blue Waveland*. Victorias verdutztes Gesicht, Jeans offen stehenden Mund, Patricks fragenden Blick, des alten Hillyards erschrockene Augen – all das nahm er nur undeutlich und in Sekundenbruchteilen wahr. Nur Coraine hatte offensichtlich nichts gemerkt und plauderte unbekümmert weiter, bis ihm auffiel, dass sein Gegenüber ihm gar nicht mehr zuhörte. Der Alte war aufgestanden, zu seiner Tochter geeilt und hielt sie in den Armen, als wäre sie ein kleines Kind. Dabei streichelte er ihr Haar und wiegte sie hin und her – bis ein lauter, schriller Schrei sie von dem Schock erlöste; ein entsetzlicher, verzweifelter Laut kam aus Victorias Kehle. Alle erstarrten für einen endlos scheinenden Augenblick.

Jean ging als Erste auf ihre Schwägerin zu und versuchte, sie zu beruhigen. Victoria stieß sie von sich weg, schrie noch einmal gellend auf und rannte hinauf in ihr Zimmer.

Am nächsten Tag ließ sie alle ihre Pferde aus *Ken-tah-ten* abholen, auch White Magic. Chris musste zusehen, wie drei Lassos sich um ihren muskulösen Hals wanden, zugezerrt wurden und das edle Tier hinter sich herzogen. Coraines Tiere wurden zur Bahnstation gebracht, Victorias zurück in das Gestüt. Sie selbst blieb der Aktion fern. Einen Tag später kamen Kirbys Leute, zahlten O'Connell aus und führten die wertvollen Tiere des reichen Grundbesitzers in ihre heimatlichen Ställe zurück. Und als Chris sich gerade darüber wunderte, dass James Belcount seine rebellische Jungstute und den Hengst, den er für die Steeplechases trainieren sollte, auf seiner Farm belassen hatte, ritten zwei seiner Cowboys heran und holten sie ab.

So ging es weiter. Am Ende hatte er gerade noch drei Pferde im Stall, die ihm zur Schulung anvertraut waren. O'Connell zählte das von den ehemaligen Kunden bezahlte Geld. Auf mehr konnte er vorerst nicht hoffen. Es würde für lange Zeit die letzte Einnahme sein. Es sei denn, er würde verkaufen – seine Pferde oder *Ken-tah-ten*.

Caroline hatte an der Sitzung des Schulbeirats nicht teilgenommen. Das Kind war krank, hustete und fieberte, so dass sie das Haus nicht verlassen konnte. Franz ging seiner täglichen Arbeit nach, genau wie im Jahr zuvor, nur dass jetzt nicht der junge, fröhliche Jake an seiner Seite war, sondern der erfahrene, in sich gekehrte Jeremiah. Und dass er eine

Last auf seinen Schultern trug, die er nicht mehr loswerden konnte. Nur manchmal schien es, als gebe es heitere Momente: Wenn sie abends zusammen am Kamin saßen und das Gespräch auf Anna kam, auf die Liebesgeschichte der beiden Gosslers, auf Erlebnisse mit ihr. Dann lächelte Franz, ab und zu lachte er sogar, und auch Caroline erzählte gern und lebhaft von den Zeiten, in denen sie und Anna noch echte Freundinnen gewesen waren. Am Morgen danach war dann immer alles wie gehabt, Franz' Gesicht war nicht mehr dasselbe. In solchen Momenten dachte Caroline an Sisyphos, von dem sie in Georgs Buch *Sagen des klassischen Altertums* gelesen hatte. Auch Franz trug seine Bürde wie einen ewigen Fluch, auch wenn es manchmal schien, er wäre am Gipfel des Berges angekommen, als hätte er es geschafft, den Stein ganz hinaufzutragen und könne ihn nun endlich abwerfen.

Ein Trost war ihr der Junge, mit dem sie Amerikanisch sprach. Er konnte wieder lachen und sah ganz offensichtlich in Caroline einen Mutterersatz. Nach und nach nahm das Anklammern ab, er wurde wieder sicherer und selbstständiger.

Lichtblicke gab es auch, wenn Luis sie besuchte; und sogar der Reverend ließ sich ab und zu sehen. Als eines Tages der von Keira gezogene Buggy wieder einmal die Einfahrt entlangkam, saßen die beiden alten Freunde gemeinsam darin. Caroline lief ihnen entgegen und rief: »Schaut! Blue Grass, Onkel Luis! Es blüht so blau, so grün, es ist so wunderschön!«

Der Alte lachte für einen Moment, wurde aber, ganz entgegen seines Naturells, sofort wieder ernst. Auch Barnickle wirkte betrübt. Es war zwei Tage nach der Sitzung des Schulbeirats. Die beiden waren gekommen, um Caroline über den Ausgang zu informieren, und vielleicht auch, um ihrem Ärger darüber Luft zu machen.

»Es tut gut, dich zu sehen, Mädchen«, sagte Luis. »Ich weiß, du konntest vorgestern nicht kommen. Wie geht es denn dem Jungen?«

»Besser. Der Doktor war gestern da. Das Fieber ist schon gesunken.«

Caroline sah zu Barnickle hinüber, der stumm vor seinem Kaffee saß. Den Kuchen hatte er, entgegen seiner sonstigen Gewohnheit, nicht angerührt. Luis erstattete Bericht. Virginia war am Tag nach der Sitzung zu ihm gekommen, und er hatte nicht gewusst, was er ihr raten sollte. Bis Barnickle sich, getrieben von dem Wunsch, sich bei seinem Freund auszusprechen, dazugesellt und Virginia unterstützt hatte. Luis war ebenso wütend wie die beiden anderen, aber er befürchtete, dass dies nicht die letzte und bei weitem nicht die harmloseste Attacke des Ku-Klux-Klans sein würde, wenn Ethel in der Schule verblieb.

»Du redest genau wie Tom!«, hatte seine Tochter gerufen. »Sollen wir uns denn immer klein machen vor diesen primitiven Kerlen, vor diesen ewig Gestrigen?«

Sie war nicht von ihrer Position abzubringen gewesen, und als sie gegangen war, hatte Luis gesagt: »Ich verstehe dich nicht, John. Ihr bringt euch alle in Gefahr. Ist es das wert? Ich meine, dieses Mädchen könnte doch auf eine schwarze Schule gehen. Ich würde gern meinen Teil dazu beitragen, falls das Geld dafür fehlt.«

»Ich bin müde, Luis«, hatte sein Freund geantwortet,

»vielleicht zu alt für Kompromisse. Vielleicht will ich sehen, wie weit sie gehen.«

John Barnickle war immer ein vernünftiger Mann gewesen. Was zum Teufel ritt ihn auf einmal? Wollte er sich in Gefahr bringen für eine Sache, die offensichtlich noch nicht reif für ihre Verwirklichung war?

»John, du selbst hast doch immer gesagt: Schritt für Schritt, nicht zu schnell, aber stetig ...«

Aber Barnickle hatte nur erschöpft den Kopf geschüttelt und abgewinkt. Er wirkte resigniert, etwas, was Luis noch nie bei ihm erlebt hatte.

Caroline war bestürzt über den Ausgang der Sache, überrascht war sie nicht. Bürgermeister Madison war bereits bei Ethels Aufnahme entschlossen gewesen, sich in dieser Angelegenheit durchzusetzen. Und er hatte ganz offensichtlich starke und gewaltbereite Verbündete.

Trotzdem unterrichtete Caroline Ethel mit den anderen Mädchen gemeinsam weiter, so als wäre es ganz selbstverständlich, und außer einer nie ganz abgelegten Verlegenheit ihrer Mitschülerinnen ging es auch ganz gut. Ethel, so von Caroline und Virginia bestärkt, hatte wieder mehr Selbstvertrauen gefasst, besonders nachdem die drei Jungen, wie von ihren Eltern angekündigt, die Schule verlassen hatten. Die Schmiereien blieben und wurden ebenso stetig entfernt wie erneuert. Einige der Eltern wandten sich an Virginia und legten ihr nahe, ihre Position noch einmal zu überdenken, aber sie blieb hart. Daraufhin erfolgte eine weitere Abmeldung. Kirby hatte seine Drohung wahr gemacht und sich finanziell zurückgezogen, ebenso die Gemeinde. Es blieben letztlich, Ethel Barclay eingerechnet, 15 Schüler übrig. Aber so sehr Virginia auch hin und her rechnete: Es war zu wenig Geld da. Ein Versuch ihrerseits, bei ihrem Bruder Nicholas etwas lockerzumachen, scheiterte. *Ich werde in diesem Falle nicht von meiner Maxime abweichen*, schrieb Nick, *mich aus solch prekären Angelegenheiten herauszuhalten.* Dann folgten begeisterte Zeilen über eine neue Whiskey-Kreation, die Pläne seines Sohnes Matthew, Musik zu studieren – was er selbstverständlich nicht billigen werde, abschließend mit herzlichen Grüßen.

Virginia war nicht einmal überrascht. Nick war eben so, wie er war: nett und unverbindlich. Joseph hingegen attackierte sie von sich aus und persönlich. Sein Besuch endete damit, dass sie ihn hinauswarf. Tom verhielt sich ruhig, aber sie kannte ihn viel zu gut, um nicht zu merken, dass er sich große Sorgen machte; sicher zuallererst um seine Frau, aber auch um seinen Großvater und um ihrer aller Ansehen. Der alte James war seit William Kirbys Aufforderung an ihn, mit Virginia zu reden, zusehends abgefallen. Er schien um Jahre gealtert, seine sonst so lebhaften blauen Augen blickten trüb und sorgenvoll umher. Es war nur eine Frage der Zeit, sagte sie sich, bis sie sich die Frage stellen musste, was ihr wichtiger war; und das bedeutete: bis ihr Versuch, ein begabtes Mädchen unabhängig von seiner Hautfarbe in ihrer Schule zu fördern, gescheitert sein würde. Vielleicht schaffte sie es bis zum Ende des Schuljahres. Dann kamen die langen Ferien, Zeit genug, um eine Schule für Negroes für Ethel zu suchen.

Es war Frühsommer geworden. Franz hatte Chris schon nach ihrem gemeinsamen Trinkgelage zu einem Gegenbesuch eingeladen, aber sein neuer Freund kam nicht. Hätte er gewusst, warum, wäre er sicher erstaunt gewesen. O'Connell mied die Frauen, so viel hatte er behalten, er wusste auch, weshalb und verstand ihn sogar in diesem Punkt. Aber dass er Caroline nicht begegnen wollte, darauf kam Franz nicht. Für ihn war sie eine Begleiterin, eine Freundin; ja, er würde sogar so weit gehen, sie jetzt so zu nennen. Sie war für den Jungen da, sie hielt den Haushalt in Ordnung, und sie blieb der einzige Mensch, mit dem er über seine geliebte Frau reden konnte, wenn ihm danach war. Über O'Connells von Caroline ausgelöste Gefühlsverwirrungen wusste er nichts. Wohl aber Victoria, zumindest ahnte sie etwas, oder sie brauchte einfach ein Ventil für die Schmach, die sie durch Christopher O'Connell erfahren hatte. Zwar hatte die besagte peinliche Szene niemand mitbekommen – Coraine als einziger nichtfamiliärer Zeuge war längst wieder in Texas –, aber seit dem besagten Abend sann sie auf Rache, an ihm und an der verhassten Frau, die er umarmt und gekost hatte. Sie wartete auf die Gelegenheit, ihm alles zurückzuzahlen, was er ihr angetan hatte. Das Abholen ihrer und der Pferde ihrer Freunde war der Anfang gewesen. Und gegen die Frau brauchte sie nur ihre Waffe zu zücken, die sie schon in der Tasche hatte ...

Kapitel 31

Als der Brief von Valerie eintraf, schlug Franz das Herz bis zum Hals. Er legte ihn einen Tag lang beiseite, versteckte ihn vor Caroline und las ihn abends, bei Kerzenlicht in seinem Zimmer, als sein Kind eingeschlafen war. Eine lange Zeit saß er reglos da. Die Kerze in seinen Händen zitterte, als er sie über das Gesicht des Jungen hielt. Ruhig und langsam atmete das Kind, das kleine schmale Gesicht war entspannt und sauber gewaschen. Tränen liefen über das Gesicht des Vaters. Er stellte die Kerze auf den Nachttisch, bedeckte sein Gesicht mit beiden Händen und weinte sich in den Schlaf.

Am Sonntag darauf kam unerwarteter Besuch. Es war heiß und trocken. Franz war froh, einen Tag Ruhe zu haben. Jeremiah dachte offenbar genauso. Er zog sich nach dem Mittagessen in seine Kammer zurück, schlief ein und wachte erst am späten Nachmittag aus dem Erschöpfungsschlaf auf. Caroline hatte sich mit dem Jungen auf den Weg in das kleine Waldstück gemacht, das die *Gossler Farm* von *Ken-tah-ten* trennte. Sie wollten im Schatten sitzen und ihre Füße in den Bach halten.

Gossler machte es sich auf der Terrasse bequem, wo es um diese Zeit schon schattiger war als am Morgen. Er streckte sich in seinem Schaukelstuhl aus und schloss die Augen. Noch immer hatte er Valeries Brief nicht beantwortet; er fühlte sich schuldig, zugleich verspürte er eine Art Trotz gegen Annas Tante. Als ob er seine Frau nicht vermisste – als ob ihm nicht das Liebste auf Erden genommen worden wäre! Als ob er nicht jeden Tag auf's Neue daran erinnert würde. Und als ob er nicht jeden Tag auf's Neue überlegte, ob sein Leben überhaupt noch einen Sinn hatte. Er wusste, dass es nur die Arbeit war, die ihn davon abhielt, noch mehr zu grübeln; und sein Kind, das abends, wenn er von den Feldern kam, auf ihn zulief, ihn umarmte und rief: »Ich hab ja so auf dich gewartet, Vater!«

In diesen Gedanken befangen und schon im Halbschlaf, hörte er Hufgetrappel. Ein Herr mit breitrandigem Stetson und trotz der Hitze in untadeliger Reitkleidung kam auf ihn zu. Joseph Maier sprang ab, wand die Zügel seines Wallachs um den Holm und grüßte zu Franz hinüber.

Das war allerdings eine Überraschung, ein unangekündigter Besuch seines Vetters Joseph. Mit einem Schlag war Franz wach, wenn auch ein wenig benommen, bot den Platz neben sich und ein Glas Wasser an, die ganze Zeit mit dem Gefühl, dass etwas Unangenehmes auf ihn zukomme. Höflich fragte Joseph nach seiner Arbeit, dem Stand des Getreides, nach seiner Befindlichkeit. Franz, der sehr genau merkte, dass das alles nur Einleitungen zum eigentlichen Zweck des Besuchs waren, wurde zusehends nervöser.

»Was kann ich für dich tun?«, fragte er schließlich direkt.

»Ich muss dich allein sprechen.«

»Wir sind allein. Es ist niemand im Haus, außer Jeremiah, der oben schläft.«

Joseph nickte. Offenbar hatte er sich vorbereitet, denn er sagte ohne jede weitere Umschweife: »Franz, es ist mir zu Ohren gekommen, dass du immer noch mit dieser Caroline Caspari unter einem Dach lebst.«

Zu Ohren gekommen!, dachte Franz. Was für ein Heuchler. Jeder hier weiß, dass Caroline für mich und den Jungen sorgt. Es war nie anders, ob vor oder nach Annas Tod. Er fühlte Zorn in sich aufsteigen. Was sollte das alles?

Ohne eine Antwort abzuwarten, fuhr Joseph fort: »Es ist mir auch zu Ohren gekommen, dass diese Frau nicht das ist, wofür sie sich ausgibt.«

»Wie bitte?«

»Ich setze einmal voraus, dass du von ihrer Vergangenheit weißt. Ich meine, von ihrem unehelichen Kind, das sehr wahrscheinlich von einem verheirateten Mann stammt; davon, dass sie dieses Kind in Deutschland zurückgelassen hat?«

Gossler war sprachlos. Er selbst hatte nie von Carolines Vergangenheit gesprochen, außer mit Anna, die die Geschichte besser kannte als er selbst. Er versuchte, trotz der überfallartigen Art, in der Joseph ihn mit der Angelegenheit konfrontiert hatte, einen klaren Gedanken zu fassen.

»Moment mal! Von einem verheirateten Mann soll Caroline das Kind haben? Woher hast du denn diesen Unsinn?«

»Von deiner Frau«, sagte Joseph ruhig. Er war sich der Wirkung dieser Worte wohl bewusst und genoss sie. Es war ihm gelungen, Gossler vollständig zu verwirren.

»Was redest du da, Joseph?«

»Nun«, konstatierte Maier, »nicht direkt, natürlich. Aber aus durchaus glaubhafter Quelle, über jeden Zweifel erhaben. Und die hat es direkt aus dem Mund deiner verstorbenen Frau erfahren.«

Als Joseph *verstorbenen Frau* sagte, klang es, als habe er sich diese Wendung vorab überlegt. Er wusste, wie sehr sie

Franz treffen würde, und er lag damit genau richtig. Gossler wurde blass, noch ein Stück kleiner und noch mehr in sich zusammengesunken, als er es ohnehin schon war. Starr blickte er geradeaus, auf das in voller Sonne liegende grüne Land hinaus, auf die weißen Weidezäune, auf die beiden Clydesdales, die genüsslich weideten – aber er sah nichts von den Dingen, auf die er seine Augen gerichtet hatte. Valeries Worte, mit schwarzer Tinte auf beigefarbenes Briefpapier geschrieben, kamen ihm wieder in den Sinn: *Deine Frau hast du zu dieser unsinnigen Auswanderung überredet, die sie mit ihrem Leben bezahlt hat! Musst du dich jetzt auch noch an deinem Sohn versündigen …?*

Ihm war schlecht, mühsam griff er nach seinem Glas und trank das kalte Wasser in großen Schlucken.

»Du weißt es also«, kommentierte Joseph sein Verhalten. »Gut, ich dachte es mir. Aber was ich nicht verstehe – und da bin ich nicht der Einzige – ist, warum du diese Frau unter deinem Dach duldest.«

Franz sah ihn verständnislos an. Was hatte der Mann gesagt?

»Du lebst hier mit einer Frau von äußerst zweifelhaftem Ruf, mit einer Frau, die uns alle getäuscht hat. Ich kann es dir nicht ersparen, Franz: Es ist mir zu Ohren gekommen, dass du mit ihr ... nun sagen wir, in eheähnlichem Zustand lebst.«

»Das reicht, Joseph!« Trotz seiner Schwäche war Franz aufgesprungen. Ihm wurde schwarz vor Augen, rasch setzte er sich wieder hin. »Wasser«, bat er.

Joe goss ihm aus der Karaffe nach, sah zu, wie er in langsamen Zügen trank und sich den Rest des Wassers über das

Gesicht goss. Dann legte er sich in seinem Stuhl zurück. Maier schwieg.

»Von wem?«, hörte er Gossler mit leiser Stimme sagen. »Wer sagt das alles über uns?«

»Victoria Hillyard war eine der besten Freundinnen deiner ... verstorbenen Frau ...«

Franz schloss die Augen. Er merkte, dass er anfing zu weinen, und legte beide Hände vor sein Gesicht.

»Deine Frau hatte volles Vertrauen zu Victoria. Ihr hat sie sich anvertraut. Sie wusste offenbar nicht mehr, was sie machen sollte: unter einem Dach mit dieser ... Person, die sich ihr gegenüber wohl auch aufspielte. Deine Frau war oft krank, wie jeder hier weiß. Wer weiß, wie lange das schon geht ... mit euch.«

Franz schüttelte den Kopf. Er schluchzte, als wolle er sagen: Hör endlich auf damit! Aber Joseph hatte erreicht, was er wollte, und nutzte die Situation.

»Deshalb muss ich dir als Eigentümer dieser Farm dringend empfehlen, sie wegzuschicken.«

»Aber das ... Sie sorgt für meinen Jungen! Er hat sonst niemanden!« Die Worte waren kaum zu verstehen.

Joseph reichte Franz ein weiteres Glas Wasser. »Hier, trink, mein Junge. Und denk darüber nach. Wenn du sie nicht wegschicken willst, aus welchem Grund auch immer, solltest du die Sache wenigstens legalisieren, will sagen: heirate sie.«

»Aber, Joseph, Carolines Kind ... Das war alles ganz anders! Es war nicht von einem verheirateten Mann ... Der Vater des Kindes starb ganz plötzlich, bevor er sie heiraten konnte. Sie wurde von ihren Eltern verstoßen ...«

»Hat sie dir das erzählt?«, unterbrach ihn Joseph. »Nun, ich halte mich an Victorias Version, denn die ist von deiner verstorbenen Frau und damit verbürgt. Für mich jedenfalls. Oder zweifelst du an Annas Worten?« Gespannt beobachtete er sein Gegenüber. Hatte Gossler genug, oder musste er noch eins draufsetzen?

»An Annas Worten zweifeln? Sie war der ehrlichste, der aufrichtigste Mensch, den ich kannte!« Franz wandte Joseph sein tränennasses Gesicht zu.

»Na also.«

Franz antwortete nicht. Vor seinem Auge stand Annas Bild. Sie schaute ihn aus ihren goldbraunen Augen an. Er wischte sich die Tränen aus dem Gesicht und sagte: »Anna war das Liebste, das ich hatte, und so wird es immer bleiben. Aber ob Victoria die Wahrheit sagt ...«

Weiter kam er nicht. »Das ist die Höhe!«, rief Joseph aufgebracht. »Victoria Hillyards Worte in Zweifel zu ziehen! Weißt du, wer die Hillyards sind! Schon in Kolonialzeiten waren sie hier ansässig, haben im Unabhängigkeitskrieg gekämpft, die Farm, die Brennerei, das Gestüt aufgebaut! Eine untadelige Familie – und da kommst du daher und behauptest ... Nicht mal zwei Jahre bist du hier, lebst mit dieser Person in ... ach, erspar mir diesen Dreck!«

Franz zuckte zusammen.

»Also, um das abzuschließen ...« Er stand auf, stellte sich vor Franz hin und sah ihm in die Augen: »Entweder du schickst die Frau weg. Oder du heiratest sie. Wenn du es nicht tust, kündige ich den Pachtvertrag, sofort.« Er setzte seinen Hut auf und wandte sich zum Gehen. »Überleg nicht zu lange.«

Zwei Wochen waren seitdem vergangen, ohne dass Franz eine Entscheidung getroffen hatte. Caroline wegzuschicken lag ihm fern, nicht nur weil er sie gern hatte, sondern auch aus Eigennutz. Für seinen Haushalt hätte er vielleicht noch jemanden gefunden, der genauso ordentlich, sauber und sorgfältig war, nicht aber für sein Kind. Seit der Überfahrt war Caroline seine ständige Bezugsperson gewesen, oft mehr als er oder Anna.

Je mehr er darüber nachdachte, desto vernünftiger schien ihm die Ehelösung zu sein. Ohne Josephs Intervention wäre er mit Sicherheit nicht darauf gekommen. Warum Victoria allerdings die besagten Gerüchte kolportierte und mit welchem Zweck, das blieb ihm ein Rätsel. Es passte überhaupt nicht zu seiner Anna, Victoria Unwahrheiten anzuvertrauen. Sicher hatte sie in den letzten Monaten, eigentlich seit ihrer Ankunft in Kentucky, vieles an Caroline auszusetzen gehabt. Er selbst hatte das oft von ihr zu hören bekommen. Aber diese Geschichte von dem verheirateten Mann, der der Vater ihres Kindes sein sollte, oder auch die Legende von der Rabenmutter, die einfach einmal so ihr Kind im Stich ließ, all das passte nicht zu Anna. Dennoch hütete er sich, Victoria zu kompromittieren oder sie gar mit den Vorwürfen zu konfrontieren. Dazu hatte er längst nicht mehr die Kraft. Sich mit einer der mächtigsten Familie des County anzulegen – Joe hatte ihm einen Vorgeschmack von dem gegeben, was ihm in diesem Fall bevorstand. Zu genau erinnerte er sich an den Zustand, in dem sein Cousin ihn zurückgelassen hatte. Und die Drohung von der Kündigung des Pachtvertrages schwebte wie ein Damoklesschwert über ihm.

So entschied er sich dafür, mit Caroline zu reden. Es war das Einfachste. Was sprach dagegen, sie zu heiraten? Wenn er ehrlich war, gar nichts. Nie würde er eine neue Liebe finden, und auch Caroline war allein; warum also nicht eine Vernunftehe eingehen, die man nicht einmal vollziehen musste?

Am zweiten Sonntag nach Josephs Besuch ergab sich eine günstige Gelegenheit für ihn, mit Caroline zu sprechen. Sie saßen abends auf der Terrasse zusammen. Er hatte den Jungen zu Bett gebracht, sie das Abendessen abgeräumt und das Geschirr gespült. Als er zurückkam, saß sie entspannt auf dem geflochtenen Sessel, ein Kissen im Rücken, streckte die Beine aus und reckte sich.

»Was für ein schöner Abend!«, sagte sie. Es war ihr nicht entgangen, dass er in den letzten Tagen in sich gekehrt und abwesend, zugleich aber unruhig gewesen war. Es lag ihr daran, ihn aufzuheitern, zumal sich Himmel und Erde heute wieder einmal von ihrer schönsten Seite zeigten. Die Blumen in ihrem Garten leuchteten in bunten Farben um die Wette, die Vögel sangen, die Pferde standen in der Abendkühle auf der Weide und grasten friedlich. Die Luft war mild, ein leichter Wind ging, und die schon tief stehende Sonne tauchte die Wolken langsam in einen rosafarbenen Schimmer. Gegen seine Gewohnheit bot er ihr ein Glas Wein an. Sie lehnte ab und blieb bei dem kühlen Wasser.

»Ja«, antwortete er. »Du hast ganz recht. Es ist wunderschön hier.«

Sie blickte erstaunt zu ihm hinüber. So etwas hatte sie lange nicht mehr gehört.

»Ein wundervolles Land«, bekräftigte er und ließ seinen Blick schweifen. »Weißt du, Caroline, es gibt da etwas, das mir schon lange im Kopf herumgeht.« Er nahm einen Schluck Wein und überlegte, wie er fortfahren könne, ohne sofort Verdacht zu erregen. »Wir, ich meine, du und ich und Franz, wir leben jetzt schon so lange hier zusammen; und es könnte nicht besser sein.«

Worauf will er hinaus?, fragte sie sich. Hat er sich gefangen und will mir nun danken?

»Ich habe mir überlegt, eigentlich schon eine ganze Weile, ob es nicht besser für uns alle wäre, wenn wir ... beide, du und ich, meine ich ... wenn wir heiraten würden.« Nun war es heraus, der Anfang gemacht. Ihm war leichter ums Herz.

Caroline fuhr regelrecht aus ihrem Stuhl hoch und wandte ihm ihr Gesicht zu. Sie hatte ihr Haar aus dem Knoten gelöst, ihre Haut war gebräunt, ihre blauen Augen blickten ihn ungläubig an.

»Nun, was sagst du? Es ist doch das Vernünftigste.«

»Aber, Franz, was soll das? Wir leben hier friedlich zusammen, alles ist gut so, wie es ist. Warum sollten wir heiraten? Das ist doch ... abwegig.«

»So abwegig ist das gar nicht. Es könnte Gerede geben.«

»Gerede? Worüber denn?«

»Liegt das nicht auf der Hand? Meine Frau ist ... tot.« Er machte eine Pause und krampfte seine Finger, so dass die Knochen hervortraten. »Die Leute könnten denken, dass wir jetzt ... dass wir jetzt wie in einer Ehe leben. Und das möchte ich nicht, schon wegen des Jungen.«

Sie schüttelte ungläubig den Kopf. »Wie kommst du darauf? Ich glaube, du machst dir da unnötige Sorgen.«

Was sollte er darauf antworten? Er hatte es vermeiden wollen, ihr die Wahrheit zu sagen ...

»Franz, wie kommst du darauf? Und warum ausgerechnet jetzt? Ist etwas vorgefallen? Gibt es dieses Gerede?«

»Es ist doch vernünftig, allem hier eine ordentliche Form zu geben. Ich bin allein, du bist allein.«

»Franz! Gibt es solche Gerüchte? Du fragst doch nicht einfach einmal so!«

Er senkte den Kopf, dann nahm er einen Schluck Wein und fügte sich in sein Schicksal. »Joe war hier. Er sagte so was.«

Sie seufzte tief und nickte. »Joseph also. Er wünscht, dass du heiratest. Und wenn nicht?«

»Ich ... Er drohte damit, den Pachtvertrag zu kündigen.«

Das war es also. Heirat oder Vertreibung von der Farm. Dann schon lieber Heirat. Sie sah ihn an, sagte aber nichts. Vernunftehe! Feige war er, sonst nichts.

Franz hatte ihren Blick bemerkt. »Gut«, kommentierte er ihn. »Dann also Klartext. Victoria Hillyard streut das Gerücht, dass du ein uneheliches Kind von einem verheirateten Mann hast, dieses Kind sozusagen aus Bequemlichkeit zurückgelassen und mit mir ein Verhältnis hast. Wie einflussreich die Hillyards sind, muss ich dir nicht sagen. Joe hat mich vor die Wahl gestellt: dich wegschicken, dich heiraten, die Farm verlassen.« Die knappen, straff formulierten Sätze standen ganz im Gegensatz zu Gosslers verbindlicher, vorsichtiger, oft auch langatmiger Art. Und sie verfehlten ihre Wirkung nicht.

Caroline hatte sich zurückgelehnt, die Augen geschlossen. Es sah aus, als schliefe sie, aber sie war hellwach. Irgendwann hatte es so kommen müssen. Sie selbst hatte viel zu lange geschwiegen. Aber dass die Dinge auf diese Weise ans Licht kamen und dann auch noch so entstellt, so eindeutig falsch ... Das war es also, was Anna mit ihrer Herzensfreundin besprochen und in der Stunde ihres Todes so bitter bereut hatte. Ob Anna tatsächlich diese Version erzählt hatte – wenn sie ehrlich war, glaubte sie das nicht. Victoria hasste sie, das war nun sicher. Sie hatte sich nicht getäuscht. Und Franz wollte auf seiner Farm bleiben ... und sie nicht wegschicken. Eigentlich musste sie ihm dankbar sein. Sie lachte leise auf, als sie das dachte.

Wieder sollte sie einen Mann heiraten, den sie nicht liebte. Und wieder wurde sie weggeschickt, verstoßen, falsch beleumundet, wenn sie nicht folgte ... Sich behaupten, für sich selbst sorgen, nicht aufgeben, eine Ozean überqueren – genügte das alles nicht, um sich loszumachen von diesem scheinbar ewig wiederkehrenden Schicksal?

Sie wunderte sich, dass sie nicht aufschrie an diesem Abend, der so friedlich begonnen hatte. Sie nickte Franz einfach zu, stand auf und ging. Aber er gab nicht so schnell auf. Er wollte die Sache hinter sich bringen, wollte eine Entscheidung.

»Da ist noch etwas!«, rief er hinter ihr her.

Sie kam die paar Schritte zu ihm zurück und lehnte sich an den Türpfosten.

»Valerie hat geantwortet. Sie macht mir bittere Vorwürfe, ganz schlimm. Ich erspare dir die Einzelheiten. Sie will, dass ich mit dem Kind zurück nach Deutschland gehe. Sie will für Franz sorgen, so wie sie Anna aufgezogen hat.«

Sie nickte nur stumm. Beinahe demütig stand sie da, den Kopf gesenkt. Das dunkle Haar fiel ihr über die Schultern.

»Caroline, bitte, lass uns heiraten! Wir können alle hier bleiben. Ich werde Valerie nicht mehr schreiben.«

Er stand spontan auf und legte die Arme um sie. Als er sie spürte, war es zu spät. Wie lange hatte er schon keine Frau mehr gehabt ... Am Ende war es keine schlechte Idee, wenn sie ... Er zog sie näher an sich heran. Etwas wie Erregung stieg in ihm auf, die Erinnerung an etwas lange Entbehrtes. Angeregt durch den Wein, ihre ergebene Haltung, durch den Anblick ihres offenen Haares, ihrer goldbraunen Haut ... Sie war nicht Anna, aber sie war eine Frau, eine schöne junge Frau – und wenn er sie heiratete ...

Sie stieß ihn von sich weg, energisch und grob. »Bist du verrückt geworden? Du und ich, wir haben uns nie geliebt, so wie Mann und Frau sich lieben! Ich erkenne dich nicht mehr, Franz!«, sagte sie heftig.

Sofort war er betroffen, gedemütigt auch, beschämt. Er spürte, dass sie stärker war als er. Er ließ sie gehen.

Am nächsten Morgen teilte sie ihm mit, dass sie ihn nicht heiraten werde. »Wir stehen das gemeinsam durch«, setzte sie nachdrücklich hinzu.

Aber er wandte nur stumm den Blick ab und ging hinaus.

Kapitel 32

Seit Victoria ihre Pferde aus O'Connells Stall genommen hatte, kämpfte sie mit der weißen Stute. Patrick schüttelte den Kopf darüber, der alte Hillyard sah seine einzige Tochter sorgenvoll an, wenn sie, abgehetzt, wütend und oft auch lädiert, von einer dieser Schlachten zurückkehrte. Weder sie noch die weiße Stute schienen diesen Kampf gewinnen zu können. Immer waren drei Männer nötig, um White Magic in die Pressbox zu befördern, um sie zu satteln und ihrer Besitzerin die Gelegenheit zum Aufsteigen zu geben. Wurde die Box geöffnet, ging der Kampf los. Es war, als wolle das herrliche Tier Victoria ihre Grenzen zeigen. Und genau das stachelte die Hillyard-Erbin an. Nie hatte sie verloren – bis auf das eine Mal, als ein Pferdefarmer sie abblitzen ließ, nach mehr als einem Jahr der Werbung um ihn. Diese Erniedrigung saß tief. Der Squire wusste instinktiv, dass seine Tochter die Stute für Christopher O'Connell leiden ließ. Der Sieg über das Markentier des *Hillyard White Horse* sollte die Zurückweisung wettmachen. Und so gab sie nicht auf und ritt die stolze Stute mit Peitsche und Sporen. Es war ihr jetzt vollkommen gleichgültig, ob sie sich dem Tier in seiner Box nähern konnte. Jegliche Fortschritte, die sie unter O'Connells Anleitung gemacht hatte, waren dahin. Alles verschwand hinter dem Gefühl der Demütigung, wie sie einer Hillyard nicht zuzumuten war. Sie würde nicht eher ruhen, bis dieses Gefühl verschwunden war.

Patricks Vorschlag, einen neuen Schimmel für die Funktion als Markentier des *Hillyard's White Horse* zu kaufen, lehnte sie entschieden ab, auch noch, als sie von einem dieser Koppelritte mit einem tiefen Riss im Gesicht zurückkam. Im Gegenteil nahm sie sich vor, das Gatter öffnen zu lassen, um in freiem Gelände zu reiten. Dort würde die Stute weniger bocken und schon gar nicht abrupt vor dem Koppelzaun Halt machen und sie abwerfen können. Zunächst jedoch musste der Riss im Gesicht heilen. Sich so in der Öffentlichkeit zu zeigen verbot sich von selbst, aber vor ihrer Freundin Virginia, die sie seit Kindertagen kannte, hatte Victoria keine Scham. Die Botschaft, die sie mitbrachte, war inzwischen bereits hinlänglich gestreut worden. Trotzdem würde sie sich das Vergnügen nicht nehmen lassen, sie auch noch einmal persönlich zu übermitteln.

Es war herrliches Wetter. Die beiden Damen saßen auf der Terrasse, Orenda zu ihren Füßen. Kühle Getränke standen bereit, die Veranda war schattig und der Blick über den Park schöner denn je. Die Hausherrin hatte noch mehr Blumen und Sträucher setzen lassen, die sich nun in voller Pracht darboten. Außerdem war ein kleiner Zierbrunnen aus Feldsteinen aufgebaut worden, und jetzt, im September, war es ein Genuss, sich das Wasser über die Hände laufen zu lassen oder einfach nur seinem Plätschern zu lauschen.

Victoria genoss das alles in vollen Zügen. Es tat gut, mit der alten Freundin zusammenzusitzen und dabei zu wissen, dass deren Sympathie für die verhasste Caspari alsbald in sich zusammenbrechen würde. Zwar hatte William Kirby im Hause Hillyard über den Eklat im Schulbeirat berichtet und für seine entschiedene Haltung allgemeinen Beifall geerntet, aber ihr, Victoria, war diese leidige Angelegenheit und Virginias Rolle dabei im Grunde gleichgültig. Was sie umtrieb, war die Abfuhr durch O'Connell, und sie nahm Rache an White Magic und an der Frau, die er vor ihren Augen umarmt hatte.

Als sie Carolines Geschichte, so wie sie sie zu interpretieren wünschte, zu Ende erzählt hatte, legte sich ein Schatten über Virginias schönes stolzes Gesicht. Aber sah man ihr auch an, dass sie, ungeachtet der jahrelangen Freundschaft, an Victorias Worten zweifelte. Sie fragte nach; Victoria bezog sich auf Anna Gossler, die schließlich Carolines beste Freundin und ihre Gönnerin gewesen sei. Selbst auf die Frage, warum sie mit Anna über diese Dinge gesprochen habe, hatte sie ein Antwort: »Weil Anna Gossler es wollte. Sie wollte mich unbedingt sehen. Sie fing immer wieder von diesem Thema an. Die Enttäuschung war wohl zu groß.«

»Welche Enttäuschung?«

»Sie hat dieser Frau vertraut, trotz ihrer Vergangenheit. Und dann hat sie sich lieb Kind gemacht, hier überall, so wie bei dir. Anna fühlte sich im Stich gelassen. Und ich werde den Verdacht nicht los, dass diese Person schon vor Annas Tod ein Verhältnis mit Franz Gossler hatte.«

»Hat Anna das gesagt?«

»Sie wurde immer sehr traurig, wenn die Rede auf ihren Mann kam. Auch von ihm fühlte sie sich allein gelassen. Und sie war oft krank, sehr oft. Und diese Caroline war immer an Ort und Stelle.«

»Ich kann das nicht glauben.«

»Ich schon. An O'Connell hat sie sich ja auch herangemacht auf die raffinierteste Art und Weise. Aber zumindest seit Annas Tod lebt sie in wilder Ehe mit Gossler.«

»Woher willst du das wissen, Vic?«

»Diese Frau hat in Deutschland ein Kind geboren von einem verheirateten Mann. Und dann hat sie es im Stich gelassen, ist einfach abgehauen mit den Gosslers. Die hat die Gelegenheit genutzt. Und sich Gossler zu angeln war doch klug aus ihrer Sicht.«

»Franz ist nicht der Mann, der so etwas tut, Victoria. Ich weiß, dass er seine Frau sehr geliebt hat. Er leidet so sehr – immer noch ...« »Ach! Die Caspari ist raffiniert.«

»Sie hängt sehr an dem Kind. Für den Jungen ist sie wie eine zweite Mutter.«

»Mag sein. Aber Gossler hat wohl noch rechtzeitig gemerkt, mit wem er sich da eingelassen hat. Er soll ja bei O'Connell gewesen sein. Sie haben sich beide sinnlos betrunken, im Frühjahr schon. Jetzt weiß ich endlich den Grund!«

Virginia schwieg. Victoria hatte auf alle Einwände und Fragen eine passende Antwort. Dennoch zweifelte sie an den Worten ihrer alten Freundin. Caroline hatte recht gehabt, als sie vermutete, dass Miss Hillyard sie nicht leiden könne. Andererseits konnte sie sich nicht vorstellen, dass die naive, unbedarfte Anna Gossler gelogen hatte.

»Du weißt sehr viel über diese Leute. Dass die Männer sich betrunken haben ...«

»Oh, das war Zufall. Einer unserer Pferdeburschen ging am Tag nach dem Besäufnis nach *Ken-tah-ten*, um ein neues Jungpferd zur Schulung zu bringen. Die beiden hatten einen schrecklichen Kater.«

Virginia nickte und lehnte sich in ihrem Stuhl zurück. Orenda kam heran und legte den Kopf auf ihren Schoß. Gedankenverloren streichelte sie das samtweiche Fell. Victoria, die sich durch die junge Hündin immer, wenn sie sie sah, an Chris erinnert fühlte, sagte rasch: »Ich denke, der Schulbeirat sollte es erfahren. Diese Frau ist als Hilfslehrerin untragbar. Die jungen Mädchen ... Nun, William weiß es natürlich bereits.«

»William«, wiederholte Virginia. »Du könntest ihn und deinen Vater davon überzeugen, unsere Schule weiterhin zu unterstützen. Uns fehlt das Geld ...«

»Sobald du die Idee, Nigger zu unterrichten, aufgibst. Nimm's mir nicht übel, Ginny, mein Liebes, aber da hast du dich verstiegen. Mir ist es im Grunde gleich, geht mich auch nichts an. Aber Vater, William Kirby, die Gemeinde, dein Bruder und erst recht Samison werden erst wieder daran denken, dich finanziell zu fördern, wenn die Schule wieder das ist, was sie sein sollte: eine Institution für arme, begabte weiße Kinder.«

Virginia war nach den vorausgegangenen Eröffnungen ihrer Freundin viel zu müde, um das Thema grundsätzlich zu diskutieren. So sagte sie nur: »Ich weiß. Toms Großvater ist ein guter Mann, herzlich und hilfsbereit. Und jetzt leidet er noch mehr als sein Enkel. Ich werde diesen beiden zuliebe Ethel aus der Schule nehmen.«

»Gut«, bekräftigte Victoria. »Das wäre also geklärt. Bleibt nur noch deine Hilfslehrerin. William und Madison werden die Geschichte im Schulbeirat zur Sprache bringen. Sei doch vernünftig, Ginny! KERA hat in diesem Jahr erreicht, dass in unserem Staat Reformschulen offiziell erlaubt sind. Und du warst eine der Vorreiterinnen! Glaub mir, William ist sehr aufgeschlossen der Sache der Frauen gegenüber. Er unterstützt sie, solange wir nicht zu weit gehen. Jean ist auf unserer Seite. Sie hat Patrick schon so weit, dass er, den Verzicht auf Nigger und Huren vorausgesetzt, die Schule ebenfalls unterstützen will. Dann könntest du noch viel mehr aus deinem Projekt machen!«

»Nigger und Huren«, das sollte scherzhaft klingen, aber Virginia lachte nicht. Sie schaute ernst in den Park hinein, traurig, so als sehe sie die sie umgebende Pracht gar nicht. Wenn die Geschichte richtig war, die Vic über Carol erzählt hatte ... Und selbst wenn es nicht die ganze Wahrheit war oder nur Teile davon stimmten: Warum hatte Carol ihr nicht vertraut? Warum hatte sie nie mit ihr offen gesprochen? Das war es, was wehtat!

»Ich möchte Ethel privat weiter unterrichten«, erklärte sie, nur um etwas zu sagen und um ihre aufsteigenden Tränen zurückzudrängen.

»Bist du verrückt!«, entfuhr es Victoria. »Das solltest du lieber lassen. Wenn das herauskommt, ist die Schule am Ende.«

»Wie sollte es herauskommen? Nur Ethel und ihre Mutter wissen davon. Und du und ich.«

Es war das erste Mal seit langer Zeit, dass O'Connell den Weg in die Stadt nahm. Mit gleich drei Pferden suchte er den Hufschmied auf.

»Freut mich, Christopher!«, begrüßte Bickler ihn freundlich. »Kommst gleich dran. Binde sie draußen an.«

O'Connell tippte an seinen Hut, saß ab und führte die drei Thoroughbreds auf den Hof.

»Danke, Jonathan, dass du dir so viel Zeit nimmst. Immerhin gleich drei auf einen Streich.«

»Hast dich ja angekündigt. Ist schon in Ordnung. Wie geht's dir, alter Freund?«

»Könnte besser sein«, antwortete O'Connell ehrlich. »Ich habe nur noch wenige Pferde oben in *Ken-tah-ten*, außer meinen eigenen, meine ich. Könnte noch welche brauchen.«

Bickler nickte. »Victoria Hillyard. Versteh schon. Läuft rum und macht dich schlecht. Aber die Leute wissen doch, wie gut du bist. Der Beste«, fügte er hinzu. Er führte O'Connells Hengst herein und begann, das alte Eisen abzulösen.

»Die Leute, vielleicht«, gab Chris zu. »Aber die, auf die es ankommt, die mit den vielen Pferden und dem vielen Geld, die hören auf Miss Hillyard.«

»Tut mir leid, Christopher. Hast du's mal mit einer Anzeige versucht? ... Zeitungsanzeige«, setzte Bickler auf O'Connells fragenden Blick hin hinzu. »Möglich, dass sich jemand meldet, aus den Nachbar-Countys vielleicht oder aus den Derby-Städten. Du hast doch schon Sieger gebracht und Platzierte. Schreib das rein.«

»Da hab ich auch schon dran gedacht. Und jetzt mach ich's am besten gleich. Ich wollte sowieso einiges erledigen.«

Nachdem O'Connell die Anzeige formuliert und an Ort und Stelle aufgegeben hatte, ging er zur Post, zum Store und zur Bank. Sein Konto hatte einen bemitleidenswert niedrigen Stand. Wenn sich nicht bald etwas tat, war er ruiniert. Das Fohlen der grauen Thoroughbred-Stute, dessen Vater Pilot King, sein schwarzer Hengst, war, konnte er verkaufen, wenn es hart auf hart kam. Aber eigentlich hatte er es trainieren und für Cross-Country-Wettbewerbe oder für Steeplechases ausbilden wollen. In zwei Jahren würde es so weit sein. Es war sein Traum seit langer Zeit, ein eigenes Pferd bei einem der stetig berühmter werdenden Kentucky-Rennen laufen zu lassen.

Nach einem Whiskey im Saloon ging er mit seinen Einkäufen langsam zurück zur Schmiede. Bickler war noch bei der Arbeit. Er schlug einen leichten Ton an, und das Gespräch drehte sich eine gute Weile ausschließlich um Pferde. Dann sagte er: »Letzte Woche war ich zwei Tage auf dem Gestüt der Hillyards. Die haben ja da ihre eigene Schmiede, die ich benutzen kann.« Er arbeitete emsig weiter. »Victoria hat mal reingeschaut ... Offen gesagt, Junge, sie hat dich ziemlich schlechtgemacht. Nicht nur als Pferdemann, meine ich.« Er schaute Chris an, als habe er etwas auf dem Herzen. »Ist nicht gut, so eine Frau abzulehnen«, merkte er verlegen an. Offenbar wusste er nicht weiter.

»Nein«, antwortete Chris, »es ist nicht gut. Aber ich liebe sie nicht, Jonathan.«

»Und das Gestüt – das liebst du auch nicht?«, versuchte Bickler zu scherzen.

O'Connell schwieg.

»Sieht so aus, als ob Miss Hillyard denkt, du liebst eine andere. Diese junge Frau von der *Gossler Farm*. Du sollst sie ... na ja, geht mich nichts an. Aber pass auf! Wer hierzulande eine Frau schlecht behandelt, hat keine guten Karten. Früher konnte man dafür ins Gefängnis kommen. Und Victoria Hillyard ablehnen ... ich sag's nur, weil ich noch nie eine Frau so wütend gesehen habe.« Vor seinem inneren Auge stand Victoria, die gehässig und sehr arrogant über Christopher O'Connells Verhalten ihr gegenüber und seine »Vorliebe für die falschen Frauen« hergezogen hatte.

»Die junge Frau von der *Gossler Farm*?«, wiederholte

Chris langsam und nachdenklich. Er lehnte an der Wand und sah Bickler bei der Arbeit zu. Der war gerade dabei, der Fuchsstute die Hufe auszuschälen. O'Connell holte zwei Gläser vom Tisch, schenkte Wasser aus dem bereitstehenden Krug ein und reichte dem Hufschmied eines davon. Sie tranken. Als Bickler wieder an seine Arbeit ging, schaute Chris ihm zu, ohne wirklich zu sehen, was der Schmied machte. Die junge Frau mit dem schwarzen Haar, dessen Duft er noch riechen konnte, wenn er die Augen schloss. Sooft er sich auch sagte, dass es nicht um ihn gegangen war, an jenem Tag, nach dem Tod ihrer Freundin Anna: Immer wieder ertappte er sich dabei, wie er in seiner Arbeit innehielt und sie in seinen Armen spürte; sein kurzes Zögern, sie zu umfassen, und dann dieses Gefühl, das all seinen Überlegungen und Vorsätzen zuwiderlief ...

»Miss Hillyard hat kein gutes Haar an ihr gelassen«, hörte er Bicklers Stimme aus weiter Ferne. »Du weißt ...?«

O'Connell sah auf ihn hinunter, ernst und nachdenklich. »Sie sagte, Caroline Caspari habe ein uneheliches Kind.«

»Das auch«, bestätigte Bickler. »Es soll von einem verheirateten Mann sein. Sie hat es drüben in Deutschland zurückgelassen. Kann man so etwas glauben?« Er dachte an seine beiden Töchter und schüttelte den Kopf.

»Zurückgelassen? Ihr Kind? Das ... wusste ich nicht. Und es ist von einem ... verheirateten Mann?«

»Scheint so. Miss Hillyard sagte, sie habe es direkt von Anna Gossler erfahren.«

Als O'Connell schwieg, hob Bickler den Kopf. »Christopher! Komm, setz dich mal! Hier!« Er zog ihn zu einem der um den schweren Arbeitstisch herumstehenden Stühle und reichte dem großen, starken Mann ein Glas Wasser. »Was ist denn, um Gottes willen?«

»Geht schon. Danke, Jon.«

»Ich bin gleich fertig.« Er sah Chris aufmerksam an. »Meine Frau ist übrigens davon überzeugt, dass das alles nicht stimmt. Zumindest nicht so, wie Miss Hillyard es darstellt. Mary war ja damals da, bei der Geburt, meine ich … als Mrs Gossler starb. Das Mädchen war am Boden zerstört, sagt Mary, das war nicht gespielt.«

So habe ich es auch empfunden, dachte O'Connell und war einen Moment lang dankbar.

»Meine Mary hat viel gesehen, weißt du, so als Hebamme. Sie meint, die ist nicht so eine.«

Auf dem Heimweg sah O'Connell sie vor sich, wie sie zu ihm aufschaute, nachdem er sie im Schneesturm nach Hause gebracht und vom Pferd gehoben hatte. Es war so lange her, und er hatte sich mit einer Mauer der Abwehr dagegen gewappnet. Und doch war dieser Gesichtsausdruck, der absolutes Vertrauen spiegelte, in ihn eingegangen und ließ ihn nicht mehr los. Konnte er sich derart täuschen? Ja, allerdings, sagte er sich, denk an Selma! Und denk an deine Mutter. Schon bei Bicklers Worten – die junge Frau habe ihr Kind in Deutschland zurückgelassen – war es wieder da gewesen: das Gefühl der Verlassenheit und der Verlorenheit, als sein alter Stiefvater ihm eröffnet hatte, seine Mutter sei nicht mehr da und sie werde auch nie mehr kommen. Sieben Jahre war er alt gewesen, und doch fühlte er es noch genauso brennend und schmerzhaft wie damals …

Tod – auch dieses Wort hatte er früh lernen müssen. Die Großeltern hatten es ihn gelehrt: Dein Vater ist tot, im Krieg gefallen. Ihre Tochter hatte für ihren Lebensunterhalt aufkommen müssen und ihr dreijähriges Kind mit auf die Farm genommen, wo sie als Magd einem dreißig Jahre älteren Mann diente. Er war Witwer, sie Kriegswitwe mit Kind. Und dann hatte der alte Mann sie geheiratet, zwei Jahre später, und ihn, den Sohn, adoptiert. Und wieder zwei Jahre später war sie verschwunden, mit einem jungen Mann, hieß es.

»Lass nur, Junge«, hatte sein alter Adoptivvater ihn getröstet, »wir schaffen es auch ohne sie.« Und er hatte recht behalten. Immer seltener dachte Chris an seine Mutter, besonders seitdem er sich mit dem Trainieren von Pferden beschäftigte. Der alte Mann liebte ihn wie einen eigenen Sohn, und als er mit 75 Jahren starb, vermachte er ihm *Ken-tah-ten*. Sofort stellte Chris von Vieh- und Landwirtschaft ganz auf Pferdezucht um, die seine Passion und sein Lebensinhalt waren. Ein Jahr nach dem Tod des Alten hatte er Selma kennengelernt und sie, als sie schwanger geworden war, geheiratet ... Schwanger von einem verheirateten Mann – und er war außer sich vor Freude gewesen, als sie ihm sagte: »Wir bekommen ein Baby, wir beide!« Es war ihm nicht einmal komisch vorgekommen, dass er bis dahin nur ein einziges Mal mit ihr geschlafen hatte und auch nicht, dass das Kind nach acht Monaten geboren wurde. So was kommt doch vor, hatte sie gesagt ...

All das ging ihm nun wieder durch den Kopf. Er hatte Glück, dass Pilot King den Weg nach Hause kannte und auch nahm. Mechanisch hielt sein Reiter die Zügel der beiden anderen Pferde in der Hand, die ihm bereitwillig folgten. Erst als der Hengst vor seinem Stall stehen blieb, wachte

O'Connell aus seinen Gedanken auf. Nein, er durfte nicht noch einmal auf eine Frau hereinfallen! Und eine Mutter, die ihr Kind verließ – das hatte er am eigenen Leib erlebt und wünschte es keinem, nicht einmal seinem ärgsten Feind.

Nach den Sommerferien hatte es in Virginias Schule eine weitere Anmeldung gegeben, so dass nach Ethels Abgang und den erfolgten Abmeldungen wieder 15 Schülerinnen und Schüler unterrichtet werden mussten. Mary Bickler hatte dafür gesorgt, dass man in der Umgebung davon erfuhr, wie ausgezeichnet die Schule sei und welche Chance sie für die Kinder bedeute, deren Eltern die üblichen teuren Privatschulen nicht bezahlen konnten. Virginias Sorge galt jedoch vor allem der weiteren Finanzierung. Sie wollte ihren Schülern nicht nur einen hervorragenden Unterricht, sondern auch die besten Lernmittel bieten. Mit den Schmierereien war es, wie es schien, vorbei. Langsam normalisierte sich die Situation. Victoria besuchte ihre Freundin und versprach, sich bei Kirby für die Wiederaufnahme seiner finanziellen Unterstützung einzusetzen. Ethel sei ja nun weg und damit auch der Grund für den Rückzug. Sie sei froh, bekannte Virginia, dem begabten Mädchen doch wenigstens ein paar Stunden Unterricht wöchentlich geben und ihr auch Lernmittel zur Verfügung stellen zu können. Linda, die in großer Sorge um ihre Tochter gewesen sei, habe ihr mit Tränen in den Augen gedankt, und Ethel selbst lerne fleißiger denn je.

»Also doch«, hatte Victorias Kommentar gelautet, woraufhin Virginia entgegnete: »Sie ist aus der Schule raus. Wir sind wieder rein weiß. Das ist es doch, was ihr wolltet. Alles andere ist meine Privatsache.«

Drei Wochen nach diesem Gespräch war an einen der Bäume, die das Schulgebäude umstanden, ein Schild genagelt worden: *Achtung! Niggerfreunde!* stand darauf. Virginia riss es herunter, sprachlos vor Wut und Entsetzen. Ein neues Schild prangte eine Woche später am selben Baum, auch die Aufschrift war die Gleiche. Virginia berief eine außerordentliche Sitzung des Schulbeirates ein, aber Kirby und Madison blieben ihr fern. Miss Newton schüttelte besorgt ihren ergrauenden Kopf, der alte James schaute unglücklich drein, Reverend Barnickle wirkte zornig und hilflos zugleich. Virginia hatte Kirby und den Bürgermeister fragen wollen, wie es mit der Wiederaufnahme der Zahlungen stehe. Tom hatte noch einmal Geld zugeschossen, aber es widerstrebte Virginia, ihren Mann ständig mit den Problemen der Schule zu behelligen. Er hatte wahrhaftig genug mit der Plantation zu tun. Außerdem regte sich ihr schlechtes Gewissen. Sie wusste genau, dass das Ausbleiben von Einladungen bei den reichen Grundbesitzern ihr Verschulden war. Insgeheim hatte sie gehofft, die ganze Angelegenheit sei mit dem Abgang Ethels vom Tisch. Aber offenbar ließen seine ehemaligen Freunde Thomas Mellinor immer noch für die aufrührerischen Ideen seine Frau leiden. Es war ihr nicht entgangen, wie bedrückt er war, und manchmal verwünschte sie die ganze Schule und überlegte, sie zu schließen und nur noch ihrem Mann zu leben. Tom stand zu ihr und verteidigte sie auch vor seinem Großvater, eine Tatsache, die ihre Gewissensbisse nur noch verstärkte. Sie brauchte ihn mehr denn je, und wenn sie nachts, nachdem sie sich voneinander gelöst hatten, neben ihm lag, den Kopf an seinem Arm, und auf seinen regelmäßigen Atem hörte, spürte sie die Liebe zu ihm schmerzhaft in ihrem Herzen. Wenn doch nur die Attacken aufhören und das Geld wieder fließen würde – vielleicht gab es doch noch eine Lösung ... Mit solch widerstreitenden Gedanken schlief sie stets ein, nur um sich am nächsten Tag wieder in dem gleichen Kreis zu drehen.

Ende Oktober traf sich der Schulbeirat vollzählig. Sogar Kirby und Madison waren gekommen. Virginia wollte auf die nach wie vor fehlenden finanziellen Mittel hinweisen und diesen wichtigen Punkt diskutieren lassen, aber Kirby unterbrach sie: »Bevor wir zu diesem Punkt der Tagesordnung kommen, möchte ich eine wichtige Mitteilung machen. Wie einige von Ihnen vielleicht bereits wissen, hat der Oberste Gerichtshof der Vereinigten Staaten im letzten Monat den Fall *Plessy versus Ferguson* entschieden.« Er blickte ernst in die Runde. »In diesem Fall ging es darum, ob die Rassentrennung, hier im Speziellen getrennte Abteile in den Zügen für Weiße und Schwarze, rechtmäßig ist oder nicht.«

Virginia senkte den Kopf, Reverend Barnickle schluckte. Die übrigen Teilnehmer der Sitzung sahen interessiert zu Kirby hinüber.

»Der Oberste Gerichtshof hat das Gesetz des Staates Louisiana für rechtmäßig erklärt. Der Grundsatz *Separate but Equal* wird damit endgültig legalisiert. Getrennt, aber gleich – eine Idee, die ich immer vertreten habe. Eine wahrhaft weise Entscheidung unseres Obersten Gerichtshofes.«

Der Bürgermeister nickte ihm anerkennend zu. Reverend Barnickle schien eben etwas zu dieser Mitteilung sagen zu wollen, als vor den Fenstern des Gebäudes Rauch aufstieg. Es roch verbrannt. Schnell liefen alle hinaus, um nachzusehen, was es war. Eine lebensgroße, schwarz angemalte Puppe aus Stroh und Pappe lag brennend auf dem kleinen Platz vor dem Eingang. Virginia starrte darauf, als sähe sie eine Erscheinung, Miss Newton schrie auf und schlug die Hände vor ihr kleines faltiges Gesicht, Barnickle presste die Lippen zusammen und schüttelte den Kopf, der alte James war sofort wieder hineingegangen und hatte sich schwer auf einen der Stühle fallen lassen. Kirby blickte gleichgültig in Richtung der langsam verkohlenden Puppe; Madisons Gesicht drückte Befriedigung aus.

»Gehen wir hinein«, sagte Kirby ruhig. »Wer auch immer das getan hat – ich habe übrigens niemanden gesehen –, welchen Grund sollte er haben, so etwas zu tun? Die Niggerin ist doch wohl weg, oder?« Er sah Virginia an.

Madison grinste.

»Nun«, fuhr Kirby fort, als alle wieder im Klassenraum versammelt waren, »solange solche ... Vorfälle passieren, können wir natürlich nicht investieren. Wer weiß, was noch kommt. Warten wir also ab.«

Der Bürgermeister stimmte ihm zu, eine zu Tode erschrockene Miss Newton ebenfalls, und auch James Mellinor nickte. Er wirkte, genau wie Barnickle, müde und resigniert.

»Eines noch: der Ruf unserer Hilfslehrerin.« Kirby machte eine bedeutsame Pause. Dann erzählte er in sorgfältig gesetzten Worten die von Victoria kolportierte, von »der verstorbenen Mrs Gossler verbürgte« Version der Geschichte. »Es ist wohl selbstverständlich«, schloss er seinen Bericht ab, »dass wir sie entlassen. Es wäre unverantwortlich, sie weiterhin die jungen Mädchen unterrichten zu lassen.« Er blickte sich selbstgefällig in der Runde um und sah in müde, angestrengte oder betroffene Gesichter. »Du kümmerst dich bitte darum, Virginia.«

Der Zeitpunkt dieser Ankündigung war geschickt gewählt. Keiner hatte mehr die Kraft, etwas dagegenzusetzen. Der Vorfall mit der Strohpuppe wirkte nachhaltig.

Als der alte James zusammen mit Virginia zum Haus zurückging, nahm er ihren Arm. Er brauchte tatsächlich eine Stütze, seine Knie wankten.

»Ich werde mich aus dem Beirat zurückziehen«, kündigte er an. »Es ist zu viel für mich. Nein, nein, sorge dich nicht«, setzte er auf Virginias erschrockenen Blick hin hinzu. »Das Geld werde ich dir weiterhin geben.«

Sie nickte bedrückt, bot dem alten Mann einen Sessel an, steckte ihm ein Kissen in den Rücken und rief nach dem Hausmädchen. Nach einer Tasse starken Kaffees und einem Whiskey ging es Toms Großvater wieder besser. Virginia aber schien die Auswirkungen des bösen Zwischenfalls erst jetzt wirklich zu spüren. Sie legte sich in ihrem Sessel zurück und schloss die Augen, aber auch das half nicht. Um sie herum wurde es schwarz, dann kippte sie seitlich von ihrem Stuhl.

Als sie aufwachte, lag sie in ihrem Bett. Tom saß auf der Kante und kühlte ihre Stirn mit einem nassen Handtuch. Sie suchte seine Hand, er nahm sie und drückte sie sanft.

»Mein Liebling!«, sagte er leise und zärtlich. »Es ist zu viel für dich. Ich ...«

»Tommy!«, flüsterte sie. »Du kennst mich doch. Ich bin hart im Nehmen.« Sie lächelte tapfer. Er beugte sich zu ihr hinunter und küsste ihre Stirn.

»Könnte ich ... ein Glas Wasser?«

Er reichte es ihr und half ihr, das schwere Glas zu halten. Sie trank, legte dann ihren Kopf zurück auf das weiße Kissen. Spontan beugte er sich zu ihr hinab und nahm sie in die Arme. »Ich mache mir Sorgen, Ginia. Die Schule ist dir wichtig, ich weiß das wohl. Aber du darfst dich nicht übernehmen!«

»Ich glaube, es war nicht nur der Schreck«, sagte sie leise.

»Deine Gesundheit ...«

»Tommy, ich glaube ... Ich muss dir was sagen.«

Er sah sie so verdutzt an, dass sie trotz ihrer Schwäche lächeln musste.

»Ich glaube, ich war noch nie so gesund wie jetzt«, sagte sie, »ich bekomme ein Kind von dem Mann, den ich liebe.«

Kapitel 33

Gossler Farm, 3. November 1896

Lange schon habe ich nicht mehr in mein Tagebuch geschrieben. Es ist so viel passiert! Ich bin allein auf der *Gossler Farm*. Franz ist fortgegangen und mit ihm der Junge. Virginia verachtet mich, und aus der Schule bin ich ausgeschlossen worden. Doch der Reihe nach. Ich muss meine Gedanken ordnen!

Der Schulbeirat mit Mr Kirby an der Spitze hat entschieden, dass ich als Hilfslehrerin, und wenn auch nur für die Handarbeiten, den Mädchen nicht zuzumuten sei. Für mich kam es überraschend. Als ich gestern in die Schule kam, war niemand da, der Klassenraum war leer. Auf dem Weg zu Virginia traf ich Edna, die auf mich gewartet hatte. Sie war die Einzige, und sie erzählte mir von den bösen Gerüchten, die Victoria über mich in die Welt setzt.

Virginia war betroffen und sehr traurig, als sie mir die Entscheidung des Beirates mitteilte. Sie sah mich nicht an. Und erst als ich sie fragte, warum sie es mir nicht früher gesagt habe, ich hätte doch die Handarbeiten für Ethel gebracht und den Oktober über unterrichtet, da wandte sie sich mir zu. Ich habe die ganze Zeit gehofft, dass du damit zu mir kommst!, war ihre Antwort. Es klang sehr enttäuscht und heftig. Stattdessen habe Victoria ihr diese scheußlichen Sachen berichtet – und die habe alles direkt von Anna erfahren. »Von deiner Freundin Anna!«, sagte sie.

»Glaubst du ihr denn wirklich, Ginny?«, fragte ich sie. »Wir kennen uns doch jetzt schon so gut ...«

Aber sie unterbrach mich und rief: »Eben deshalb hättest du zu mir kommen und mir die Wahrheit sagen müssen! Was immer auch die Wahrheit ist.«

»Die Abreise von Franz«, antwortete ich. »Es war alles so hektisch, alles ging so schnell, und der Junge – er wollte sich nicht von mir trennen ...«

»Es geht gar nicht darum, was Vic sagt«, bekannte sie mir. »Es geht darum, dass du seit zwei Jahren hier bist, vorgibst, meine Freundin zu sein. Seit zwei Jahren schweigst du, belügst du mich und meine Eltern.« Dem hatte ich nichts entgegenzusetzen als meine Angst, die Sorge, dass sie mich fallen lassen würden, so wie die Menschen damals in Deutschland. Deshalb hätte ich geschwiegen.

»Du hast kein Vertrauen zu uns«, sagte Ginny daraufhin. »Vater hat für dich gebürgt, Carol! Ganz selbstverständlich, so wie er für Anna und Franz gebürgt hat!«

Das tat weh, so sehr weh – denn sie hat in allem recht.

»Vater hat mich gebeten, dir zu sagen, dass er dich nicht mehr sehen möchte«, sagte sie noch. Dann ging sie, das Hausmädchen kam und begleitete mich hinaus. Wie eine Fremde.

Ginny, die ich so sehr mag, schon als ich sie auf der Bahnstation zum ersten Mal sah! Ich nehme jetzt oft ihr Hochzeitsfoto in die Hand, das sie mir geschenkt hat. Wie schön sie ist, wie klug, wie selbstsicher!

Es tut so gut, alles ehrlich aufschreiben zu können. Auch das habe ich Ginny zu verdanken.

Gossler Farm, 4. November 1896

Victoria verbreitet die Gerüchte über mich offenbar rasch. Jetzt verstehe ich, warum mich viele Leute gar nicht mehr grüßen; bislang konnte ich es nur ahnen. Sie schauen weg oder tun so, als bemerkten sie mich nicht. Manche sehen mir direkt ins Gesicht, so als wollten sie sagen: Was willst du noch hier, du Lügnerin, du Ehebrecherin! Im Stoffgeschäft waren die Sachen, die ich brauchte, nicht bestellt worden. Im Grocery Store, im Post Office, auf der Bank, egal, wo ich auch hinging, überall spürte ich den Argwohn oder gar die Ablehnung. Es ist schlimm, auch weil es mich an Mahlsheim erinnert, als ich dort eine Ausgestoßene war.

Gossler Farm, 5. November 1896

Es ging alles so schnell, dass ich den Ereignissen kaum folgen konnte. Wenn ich dachte, Franz würde standhalten, so wurde ich eines Besseren belehrt. Er selbst kündigte den Pachtvertrag zum Ende des Jahres und schrieb an Valerie, dass er zurückkommen werde mit seinem Kind. Er stellte viele Leute ein für die Wochen der Ernte, lieh sich mehr Maschinen denn je. Es ging alles sehr rasch von der Hand. Dann verkaufte er den Mais und das Getreide, das meiste an Nick. Und dann ging es weiter: Er verkaufte die Möbel, die er doch mit so viel Stolz und Liebe für Anna und für sich ausgesucht hatte. Er verkaufte die Clydesdales und den großen Wagen. Er war wie getrieben. Es geschah alles ohne wirkliche Überlegung, so schien es mir. Eines Abends sagte er mir, dass er schon bald auf ein Schiff nach Hamburg gehen werde. Er habe viel Geld zurücklegen können in den zwei Jahren. Das will er nun in eine Gärtnerei stecken, möglichst in der Nähe von Berlin.

Von all dem hat er mir nichts gesagt, kein Sterbenswort. Die Briefe von Valerie Schulze hat er mir nicht gezeigt, auch nicht darüber gesprochen. Er hat alles geplant und es, so lange es nur ging, verheimlicht!

»Aber der Junge«, sagte ich ihm, »dein Kind! Er kann die amerikanische Sprache besser als seine Muttersprache. Er fühlt sich hier wohl! Und es geht doch gut mit der Farm. Du hast gezeigt, dass du wirtschaften kannst!« Ich redete und redete. Heute weiß ich natürlich, dass Franz mir genau deshalb so lange nichts gesagt hat.

»Es ist das Beste so«, sagte er. »In Berlin hatten wir, Anna und ich, unsere schönste Zeit. Und nun gehe ich dorthin zurück. Anna hätte es so gewollt.«

Ich fuhr ihn und den Jungen nach Lex Grove Station. Zwei Koffer, das war alles. Die Bettwäsche und den Hausrat, den er und Anna mitgebracht hatten, ließ er zurück. Zuvor hatte er sich von Onkel Luis und Tante Kathy, von den Mellinors und von Joseph verabschiedet. An Nick schrieb er, an Victoria schrieb er nicht. Drei Tage vor der Abreise fuhr er zu unserem Nachbarn hinüber, um Lebewohl zu sagen.

»Du siehst ja, was hier alles passieren kann!«, sagte Franz zum Abschied. »Schneestürme; Tornados. Und in diesem Juli erst die Flutkatastrophe in Frankfort und dem Franklin County! Neun Tote, auch Kinder! Das Getreide vernichtet, viele Leute sind obdachlos geworden. Brücken wurden weggespült, der gesamte Bahnverkehr war unterbrochen.«

Das stimmt, so stand es in der Zeitung. Auch ich habe mich erschrocken. Aber Katastrophen gibt es doch auch jenseits des Ozeans! Und Franz hat sicher noch von der Flut profitiert und sein Getreide so gut verkauft wie nie zuvor.

Vielleicht musste er sich selbst noch einen Grund liefern, weshalb er gegangen ist. Oder besser: geflüchtet.

Über den Abschied von Fränzchen will ich nicht schreiben. Der Kleine weinte so sehr. Es tut zu sehr weh.

Gossler Farm, 6. November 1896

Bis zum Ende des Jahres kann ich noch auf der Farm bleiben. Bis dahin gilt der Pachtvertrag. Franz hat mir Silver Star gelassen, auch den alten Buggy, eine Kuh, die er Joe abgekauft hat, ein paar Hühner. Als ich mich bei ihm bedankte, sagte er, dass ich es als Dank von ihm annehmen solle für alles, was ich auf der Farm, für Anna, für ihn und für seinen Sohn getan habe. Er war sehr nett. Aber er hatte mir nichts von seinen Plänen gesagt. Vielleicht war es besser so. Vielleicht hätte ich dann noch viel mehr gelitten und auch das Kind. So hatten wir wenigstens noch eine kurze unbeschwerte Zeit miteinander. Und nun wird ihn Valerie aufziehen.

Ein bisschen habe ich sparen können. Im Sommer hatte ich Franz meine Schulden zurückgezahlt. Dann konnte ich Geld zurücklegen von meinem Lohn. Ich war es ja gewohnt, mit wenig auszukommen. Aber der kleine Verdienst, den ich in der Schule hatte, ist nun weggefallen.

Edna ist die Einzige, die mich einmal besucht hat. Sie möchte die Handarbeiten zu ihrem Beruf machen. Im nächsten Jahr wird sie die Schule abschließen und will vielleicht ein Geschäft eröffnen. Aber dazu müsste sie ja erst einmal heiraten. Ihr Vater, der Hufschmied, ist einer der wenigen, die noch freundlich zu mir sind, abgesehen von denen, die mich nicht kennen. Hier ist ja fast jeder erst einmal zu jedem freundlich. Mr Bickler hat Silver Star beschlagen; wieder eine Geldausgabe.

Ich muss mir überlegen, wie es weitergehen soll. Das Gesparte wird nicht allzu lange reichen. Ich muss die Farm verlassen, Joseph besteht darauf. Und die Pacht könnte ich sowieso nicht bezahlen. Es ist ein Wunder, dass er mir die wenigen Möbel gelassen hat, die noch von Shaddocks' Zeit her hier stehen. Das Vieh ist schon abgeholt worden, und im Frühjahr will er die meisten Gebäude abreißen lassen, um mehr Felder anzulegen.

Gossler Farm, 8. November 1896

Es geht schnell auf den Winter zu, die langen Tage sind vorbei. Ich melke die Kuh und versorge sie und die Hühner. Jeden Tag habe ich Eier, dank des fleißigen Einweckens gibt es genug Gemüse, einmal pro Woche backe ich Brot.

Wenn immer es geht, reite ich aus. Ich verbringe überhaupt sehr viel Zeit bei Silver Star im Stall. Ich spreche mit ihr und striegele sie. Ich schmiege mein Gesicht an ihren Hals und fühle mich geborgen. Manchmal ist es mir, als würde ich erst jetzt, in dieser Einsamkeit und Stille hier auf der Farm, Silver Stars Sprache verstehen. Sie ist so ausgeglichen, so ganz in sich selbst ruhend. Ich möchte von ihr lernen, dass ich das auch kann.

Aus den restlichen Stoffen und Garnen mache ich Decken, Kissen und Taschen, aus der Wolle stricke ich Pullover und Tücher, um alles später verkaufen zu können. Und ich habe *Uncle Tom's Cabin* wieder hervorgeholt. Es ist ganz, wie Virginia es vorausgesagt hat. Ich kann es jetzt ohne größere Mühe und mit Hilfe des Wörterbuches, das Franz mir gelassen hat, lesen. Harriet Beecher Stowe, die Frau, die es geschrieben hat, ist im Juli gestorben. In der Zeitung stand, dass sie Präsident Lincoln gekannt hat. Es war die Rede von einer Feier in der Boston Music Hall, wo sie dabei war und geweint haben soll, als Lincoln am 1. Januar 1863 das Ende der Sklaverei proklamiert hat. Irgendwie hat mir das Mut gemacht.

Gossler Farm, 10. November 1896

Ich muss jetzt oft an Paula denken, an Mennoltes und die übrigen Mitreisenden. Von keinem haben wir je wieder etwas gehört. Wie es ihnen wohl ergangen ist? Auch von Jake habe ich keinen Brief bekommen, seit er vor einem Jahr wegging. Ist das so, dass wir uns begegnen, ein Stück unseres Lebensweges gemeinsam zurücklegen und einfach wieder auseinandergehen? Jake hatte doch versprochen zu schreiben.

Ich warte auch auf Post von Emma. Ihr letzter Brief kam im Sommer, ein halbes Jahr nach meinem Weihnachtsgruß! Darin hat sie mich daran erinnert, dass ich ihr seinerzeit, kurz bevor ich aus Deutschland weggegangen sei, vorgeworfen habe, sie sei immer so unentschlossen. Das sei nun vorbei. Sie habe die Aussprache mit Leger gesucht, der außer sich gewesen sei. Er habe sie beschimpft und getobt und dabei ständig getrunken. Als ihr Freund dazukam, habe er geschrien, sie könne hingehen, wo der Pfeffer wächst, am besten gleich zur Hölle. Und auf Johann zeigend, habe er gebrüllt, den da könne sie gleich mitnehmen. Marie hat sich an ihre Mutter geklammert und geweint, einzig Jakob hat sich für seinen Vater entschieden. Sie schreibt auch, wenn es Ludwig nicht gäbe, wäre sie verrückt geworden. Er ist inzwischen examiniert, und sie hat sich tatsächlich entschlossen, ihm nach Windhuk in Deutsch-Südwest zu folgen, wo es seit dem Januar eine evangelische Gemeinde gibt. Die Scheidung von Leger sollte noch im Sommer ausgesprochen werden. Er hat sich einverstanden erklärt, dass sie die zwei Kinder mitnimmt. Sie wohnt in Fuchshagen in einer Pension, um sich und ihrem Vater das Gerede nicht zuzumuten. Aber Pastor Kessler wird sich wohl nicht halten können in Mahlsheim. Eine Tochter, die schuldig geschieden wurde und mit seinem ehemaligen Hilfsprediger durchbrennt; das wird schwierig für ihn. Es ist doch merkwürdig, wie sich manchmal alles wendet.

Ludwig halte sich zur Vorbereitung in Berlin auf, schrieb Emma. Er bezahle die Pension, unterstütze sie mit Geld und wolle sie so bald wie möglich heiraten. Für Ende September sei die Abreise geplant. Amalie sei entschlossen, mit nach Afrika zu kommen, was Emma wohl sehr beruhigt. Gleich nach der Ankunft werde sie mir ihre Adresse schicken und mir alles berichten. Seitdem warte ich natürlich und mache mir Sorgen. Ich möchte ihr so gern schreiben, aber ich weiß nicht, wohin. Und wenn sie mir schreibt, bin ich vielleicht nicht mehr hier!

An die Pensionsadresse schrieb ich Emma zurück, dass ich ihr alles Glück der Welt wünsche. Von meiner Situation berichtete ich nichts. Franz hatte mir, auf mein Drängen und meine Fragen hin, gerade gebeichtet. Ich war so konfus und verwirrt, obwohl ich es geahnt hatte. So wurde es nur ein kurzer Brief an Emma.

Das Schlimmste ist, dass ich jetzt von meiner Sophie nichts mehr erfahren werde. Emma gönne ich ihr neues

Glück, wenn es denn eines ist. Sie ist durch so viel Leid gegangen. Niemand versteht das besser als ich. Aber wenn ich mir vorstelle, dass jetzt auch die letzte Verbindung abgerissen ist, habe ich das Gefühl, dass ich in ein tiefes schwarzes Loch falle, das keinen Boden hat!

Gossler Farm, 13. November 1896
Ich lese viel. Die Zeitung ist bis Ende des Jahres bezahlt, und mit *Uncle Tom's Cabin* geht es gut voran. Aber es macht mich auch traurig. Die Handarbeiten liegen fertig auf dem Tisch. Wenn mir die Vorräte ausgehen, werde ich in die Stadt fahren und sie Mrs Sinclair anbieten.

Virginia fehlt mir so und Onkel Luis! Gestern Abend, als ich im Bett lag und an unsere erste Begegnung dachte, wusste ich plötzlich, an wen Virginia mich erinnert: an die österreichische Kaiserin, als sie noch jung war. Da musste ich mit einem Mal lachen, weil es so abwegig ist hier in Amerika. Aber sie sieht ganz so aus. Das wundervolle braune Haar, so lang und so dicht, das schmale Gesicht, die Augenfarbe und -form, die schlanke Figur, die tadellos sitzende Kleidung. Das ist wirklich merkwürdig, denn ich habe doch durch sie gelernt, wie anders hier alles mit den Frauen ist. Ich wollte so sein wie sie.

Ich fühle auch, dass ich Victoria hasse. Sie hat mir das angetan, sie allein. Und durch ihre vornehme Familie und das viele Geld und den Besitz glaubt man ihr und nicht mir.

Warum sie mich so demütigt, ich weiß es nicht. Sie muss die ganze Zeit über Anna über mich ausgefragt haben. Warum? Und warum erzählt sie solche Lügen? Ich glaube einfach nicht, dass Anna so über mich geredet hat.

Gossler Farm, 15. November 1896

Nick ist mir eingefallen. Er war immer nett zu mir und zu den Gosslers. Nie vergesse ich den Sonntag, den wir bei ihm verbrachten. Wie stolz er uns die Distillery zeigte und alles erklärte! Er ist doch viel menschlicher als sein Bruder Joseph. Ich werde ihm schreiben. Vielleicht kann er mich und Silver Star aufnehmen, und ich arbeite in seinem Haus oder in der Distillery.

Gossler Farm, 17. November 1896

Franz ist sicher schon wieder in Berlin. Ich warte jeden Tag auf Nachricht. Ich würde ihm gern berichten, dass ich Annas Grab in Ordnung halte, so wie ich es ihm versprochen habe. Es ist so schön und so friedlich auf dem Kirchhof. Beim letzten Besuch dort traf ich den Reverend. Er sah angegriffen aus, blass, unter seinen Augen lagen tiefe graue Ringe. Er vermisse mich in der Kirche, sagte er. Er war nett zu mir, eigentlich so wie immer. Nur beim Abschied sah er mich merkwürdig an, als wolle er sagen: Bist du die, für die ich dich gehalten habe – oder ist doch etwas dran an den Gerüchten?

Gossler Farm, 20. November 1896

Ich war schon einmal so allein. Damals in Berlin, als ich die letzte Hoffnung aufgeben musste, meine Sophie zu mir zu nehmen. Die kleine, heruntergekommene Mansardenwohnung. Valerie hatte sie mir vermittelt. Ob sie jetzt immer noch Handarbeiten macht für das Geschäft am Werderschen Markt? Wahrscheinlich ist es so. Sie hat ja auch nicht aufgehört damit, als sie Anna großzog. Und jetzt kümmert sie sich um Annas Sohn. Dass alles so gekommen ist – ich versteh das nicht. Es hat uns überrollt wie eine von den schweren Maschinen, die man hier auf den Feldern einsetzt. Wir wollten doch ein neues Leben beginnen! Anna ist tot. Franz ist wieder in Deutschland. Er hat noch immer nicht geschrieben, aber es wird wohl so sein. Er wird eine Gärtnerei kaufen oder pachten. Sicher wird Valerie bei ihm und dem Kind wohnen. Ich weiß nicht, was ich mir vorstellen soll.

Oft besuche ich Anna auf dem Kirchhof. Ihr Grab ist etwas, das ich sehen kann und fühlen. Ich habe es abgedeckt mit Zweigen. Ist das alles, was geblieben ist von unseren Plänen?

Gossler Farm, 22. November 1896

Als ich hier ankam, habe ich gelernt, gelernt, gelernt. Es war so aufregend, so neu! Ich habe alles gemocht oder doch beinahe alles. Eigentlich waren Annas Zustand, ihre ständigen Krankheiten und ihr Heimweh das Einzige, was mich bedrückte. Aber wenn ich ehrlich bin, habe ich daran gedacht, von der *Gossler Farm* weg zu gehen, sobald meine Schulden bezahlt sein würden. Ich hatte ja Ginny und all die anderen Freunde. Und ich hatte die Schule, wo mich alle mochten und wo ich ganz selbstständig etwas schaffen konnte! Ich hatte doch wieder angefangen zu leben!

Gossler Farm, 23. November 1896

Franz hat mich nie gefragt, ob ich mit ihm kommen will. Hätte ich überlegen müssen? Ich hätte sicher abgelehnt.

Und jetzt? Ich habe nur noch wenig Geld. Ich weiß immer noch nicht, wo ich hin soll.

Nick hat nicht geantwortet. Vielleicht trifft bald ein Brief von ihm ein.

Gossler Farm, 24. November 1896

Franz hat geschrieben, dass er angekommen und wieder in Berlin ist. Es war nur eine Postkarte, ganz kurz gehalten. Aber ich bin froh über das Lebenszeichen!

Gossler Farm, 26. November 1896

In dieser Nacht hatte ich einen merkwürdigen Traum. Ich ging die breite Allee hinauf, die nach Parwinch führt. Die Bäume standen in voller Blüte, es war ein dichtes rosafarbenes Meer aus Blüten. Dann verschwanden die Blüten, die Bäume standen im leuchtend hellen Grün des Frühlings, darauf im satten, dunklen Grün des Sommers. Das Himmelsblau verschwand, es zogen Wolken auf, erst einzelne, dann immer mehr. Der Himmel wurde weiß, es fing an zu schneien, die Äste der kahlen Bäume bogen sich unter der Last des Schnees. All das vollzog sich in kurzer Zeit. Eben noch hatte ich mich an den Blüten, an dem Grün, am Blau des Himmels gefreut. Ich tanzte beinahe durch die Allee. Doch nun sah ich kaum die Hand vor Augen, so dicht fielen die Flocken, so scharf wehte der Wind, der vorher nur eine sanfte Brise gewesen war. Ich zog meinen Mantel enger um mich und fing an zu laufen. Ich wollte nach Hause, aber ich konnte den Weg nicht finden. Der Schnee türmte sich hoch auf. In der Ferne sah ich eine Gestalt, die sich groß und breit vor dem weißen Hintergrund abhob. Ich winkte, ich rief, ich versuchte, auf den Mann zuzulaufen, aber ich erreichte ihn nicht. Ich erkannte nicht einmal sein Gesicht aus der weiten Entfernung.

Dann sah ich die Schimmelstute aus der Ferne auf mich zukommen. Sie hatte keine klaren Formen. Der weiße Himmel, der Schnee, das Pferd, alles war ineinander verwoben, so als wäre es aus demselben Stoff geformt.

Dann wachte ich auf. Der Traum ist ganz klar in meinem Gedächtnis. Ich kann ihn aufschreiben, so als hätte ich all das tatsächlich erlebt.

Gossler Farm, 28. November 1896

Immer noch habe ich keine Nachricht von Emma. Sie müsste längst angekommen sein. Aber wer weiß, sie hat sicher viel zu tun und dann all das Ungewohnte. Wie ich Emma kenne, wird es ihr schwerfallen, sich in alles hineinzufinden. Es wird seine Zeit brauchen. Bald muss ich mir Vorräte und Holz holen. Ich habe nicht mehr genug bis zum Jahresende. Ich merke: Ich schiebe es auf, in die Stadt zu fahren.

Gossler Farm, 7. Dezember 1896

Endlich ist ein Brief von Franz angekommen! Er war kurz. Offenbar ist er keiner, der gern schreibt. Er hat eine Gärtnerei am Stadtrand ausgemacht, die zu kaufen ist. Er will mit Valerie und dem Jungen in das Haus einziehen, das auf dem Gelände steht. Vorläufig wohnt er noch in einer Pension. Tante Valerie hat den Jungen zu sich genommen, bis alles fertig ist.

Ich weiß nicht, irgendwie kommt mir der Brief komisch vor. Ich habe zwar noch nie einen Brief von Franz bekommen, aber es ist mir, als ob er nicht glücklich sei. Dabei schreibt er, dass es die richtige Entscheidung war, zurück nach Deutschland zu gehen. Irgendwas stimmt da nicht.

Ich stelle mir vor, dass es Franz schwergefallen ist, seinen Sohn bei Valerie zu lassen, die er nicht wirklich gut kennt. Er hat ja nicht viel Zeit, wenn er sich um alles kümmern muss.

Zum Schluss kam die Überraschung. Er schrieb, dass er gut Hilfe brauchen könnte in der Gärtnerei. Ich soll mir überlegen, ob ich zu ihm kommen will. Du warst doch Annas beste Freundin, schrieb er. Er will mir wieder das Reisegeld auslegen. Wir könnten neu anfangen, zusammen etwas aufbauen. Das ist merkwürdig, dass er das jetzt schreibt.

Gossler Farm, 8. Dezember 1896

Soll ich das Angebot von Franz annehmen? Ständig geht es mir im Kopf herum. Es ist so verrückt, aber manchmal erscheint es mir jetzt einfacher zurückzugehen, als zu bleiben. Ich brauchte nichts zu tun als meine Tasche zu packen, einen Fahrschein für die Eisenbahn zu lösen und mich an einem der Atlantikhäfen einzuschiffen. Franz würde mir das Geld leihen. Nichts gehört mir hier, am Monatsende muss ich die Farm verlassen. Von Nicholas Maier habe ich keine Antwort bekommen, nicht einmal eine ablehnende.

Gossler Farm, 10. Dezember 1896

Wenn ich Silver Star aus dem Stall hole und ausreite, macht mein Herz einen Sprung, und ich möchte alles umarmen! Ich sehe es vor mir, während wir dahingaloppieren: Wie die Bäume in voller Blüte stehen oder in vollem Grün oder im Herbst in den buntesten Farben leuchten oder wie jetzt ganz in Weiß getaucht sind! Wenn die Blumen duften und so üppig blühen! Wenn im Garten alles wächst, das Getreide auf den Feldern reift!

Wenn nach der Septemberhitze ein Regen kommt und alles wie frisch, wie neu und so intensiv grün wird, als wäre es noch einmal Frühling geworden!

Wie die Vögel singen, das Wasser in unserem Bach plätschert, die sanften Hügel sich am Horizont erheben! Der Sonnenaufgang am Morgen, Kentucky Sunrise!

Die Silhouetten der Pferde in der Abenddämmerung vor dem Grün der Wiesen, den weißen oder schwarzen Holzzäunen! Dies ist Pferdeland – ich hätte nie gedacht, dass ich sie einmal so lieben würde! Dass ich versuchen wollte, ihre Sprache zu verstehen!

Es gibt keinen Ort auf dieser Welt, wo ich lieber sein möchte.

Gossler Farm, 12. Dezember 1896

Ich habe das Gefühl, dass mein Geist klarer wird. Ich bin allein hier mit den Tieren, aber ich fühle mich nicht einsam. Ich habe auch das Gefühl, stärker geworden zu sein.

Jetzt erst begreife ich, wie sehr mich die Menschen hier, ihre Geisteshaltung, ihre Herzlichkeit und Offenheit verändert haben.

Gossler Farm, 14. Dezember 1896

Ich möchte Virginias lächelndes Gesicht sehen, Onkel Luis' vergnügtes Lachen, Tante Kathys gütige Augen. Wie selbstverständlich sie mich aufgenommen haben! Wie wunderbar geborgen ich mich fühlte, als Onkel Luis mich hier, beim ersten Besuch auf der *Gossler Farm*, in seine Arme nahm! Wie Ginny schon an meinem zweiten Abend hier den neuen Namen für mich erfand und wir gleich Freundinnen wurden! Wie sie mich von Beginn an an ihrem Schulprojekt beteiligt hat! Wie ich diese Menschen liebe – und das freie Land, in dem sie leben!

Es war der 15. Dezember, als Caroline einen Reiter über den verschneiten Zufahrtsweg zum Farmhaus herankommen sah. Beinahe glaubte sie, einer Sinnestäuschung zu erliegen: Wer sollte sie hier, in ihren letzten Tagen auf der *Gossler Farm*, besuchen? Aber sie brauchte nicht lange zu raten. Der Reiter war Joseph Maier. Caroline stand am Fenster neben dem Eingang zum Farmhaus und beobachtete, wie er sein Pferd zügelte, absprang und sich selbstgefällig umsah. Sie warf ihr gestricktes Schultertuch um und trat zu ihrem Besucher hinaus auf die vordere Veranda. Joe lehnte an einem der hölzernen Pfeiler, die das überstehende Dach stützten. Er trug eine dicke Jacke aus dunkler Wolle, schwarze Lederhandschuhe, Reitstiefel und eine Fellmütze. Seine schmale Nase war rot von der Kälte.

»Ach, noch da?«, tat er überrascht. Er setzte ein hämisches Grinsen auf und schaute Caroline herausfordernd an.

»Sicher. Die Pacht ist bis zum Jahresende bezahlt.«

Maier wiegte den Kopf hin und her. »Hat unser Franz dir das denn erlaubt?«, fragte er ironisch.

Wie widerlich er war, in seiner selbstgefälligen, gehässigen Art! Wie dumm, wie arrogant. Plötzlich fiel ihr die Szene in Luis' Haus wieder ein, als er Gab gedemütigt hatte.

»Das weißt du genau. Ich werde bis zum Ende bleiben.«
»Hm«, machte er. »Wirklich? Ich an deiner Stelle würde mir das noch mal überlegen.«
»Was willst du, Joseph?«
»Nach dem Rechten sehen – auf meiner Farm. Ob sie verlassen ist. Oder wenn eine wie du hier ... wirtschaftet. Man weiß ja nie ...«
Sie spürte, wie die Wut in ihr aufstieg, wie der Wunsch, in das gepflegte Gesicht mit dem abschätzigen Ausdruck zu schlagen, übermächtig wurde. Sie atmete mühsam beherrscht, zwang sich, sehr gerade zu stehen und ihm direkt in die kalten, mitleidlosen Augen zu sehen.
»Du hast die Intrige gesponnen, mit Victoria Hillyard. Du hast die Lügen über mich in die Welt gesetzt. Macht dir das Spaß, Menschen zu quälen? Ihnen alles zu nehmen, was sie haben? Fühlst du dich wohl, wenn du andere demütigen kannst? ... Nein!«, fuhr sie fort, als er seine Hand mit der Reitgerte wie zu einem Schlag erhob und den schmallippigen Mund zu einer Entgegnung öffnete, »nein. Mich demütigst du nicht, Joseph Maier. So wie eure Geschichte über mich gelogen ist, so wahr ist es, dass ich mich nicht mehr vertreiben lasse. Nicht von dir und nicht von irgendjemand anderem. Wenn du darauf setzt, dass ich fliehe so wie Franz, dann irrst du dich. Ich werde bleiben.«
Angesichts ihres Monologes hatte Joseph, als er seinen ersten Schreck überwunden hatte, ein einfältiges, aus seiner Sicht jedoch überlegenes Lächeln aufgesetzt: »Fertig? Dann nur noch so viel: am 1. Januar will ich dich nicht mehr hier vorfinden. Ich schmeiß dich raus, verlass dich drauf!«
Er ging zu seinem Wallach, saß auf, lenkte ihn zur Ve-

randa zurück und schaute von oben auf sie herab. Sie hielt seinem Blick stand.

»Und falls du nicht weißt, wohin: In Lexington gibt es ein Haus für solche wie dich.«

»Für solche wie mich sicher nicht. Denn ich bin es gewohnt, mich von meiner Hände Arbeit zu ernähren – nicht in der Horizontalen. Aber ich glaube dir aufs Wort, dass du dieses Haus genau kennst.« Sie sah ihn noch immer an, unverwandt, und sprach mit einer Stimme, die nichts zurückzunehmen hatte, ruhig und fest.

»Verdammte Hexe!«, stieß Joe hervor. Mit hochrotem Kopf wendete er sein Pferd. »Das wird dir noch leid tun!« Seinen Falben zum Galopp treibend, ritt er davon. Sein Gesicht zeigte unverhohlene Wut.

Das habe ich schon mal gehört, fiel ihr ein, oder doch so ähnlich – von meinem Bruder; er hat mich beschimpft, als ich meine Sophie holen und er mir nicht sagen wollte, wo sie war. Als er mir die Briefe zeigte, die mich verleumdeten. Damals bin ich geflohen, musste ich fliehen, denn ich hatte keine andere Wahl: Flucht oder Tod ...

In diesem Augenblick durchströmte sie wieder das Gefühl der Nähe zu den Menschen, die sie liebte: Virginia, Onkel Luis, Tante Kathy. Und zu denen, die sie mochte: Amy und Gab, Tom, Reverend Barnickle ... Und dieses Gefühl der Nähe, der Vertrautheit – es machte es wert zu kämpfen, zu bleiben, standzuhalten; was immer auch passierte. So wie sie es Joe so unmittelbar, so ehrlich aus ihrem Herzen heraus an den Kopf geworfen hatte!

Der Reiter war längst aus ihrem Blickfeld verschwunden. Sie ging hinein und schloss die Tür. Oben in ihrer Kammer setzte sie sich an den kleinen Waschtisch, der ihr jetzt als Schreibtisch diente. Sie stützte die Ellenbogen auf, legte ihr Kinn auf die Fingerrücken und sah hinaus auf das weite weiße Land. Sie hatte so viel falsch gemacht seit ihrer Ankunft – zögerlich und nur weil Virginia sie gefragt hatte, hatte sie die halbe Wahrheit gesagt.

Und jetzt?, fragte sie sich. Ich stehe doch zu dem, was ich getan habe – Georgs Liebe zu mir, meine zu ihm und Sophie, die ein Kind dieser Liebe ist! Es ist alles ganz klar. Ich muss, ich will und ich werde nicht davonlaufen. Flucht war die Lösung. Aber sie ist es nicht mehr. Längst nicht mehr.

Spontan stand sie auf und ging mehrmals in dem kleinen Zimmer auf und ab, so als müsse sie diese Erkenntnis in Bewegung ausdrücken. Es war ein gutes Gefühl. Es war das, was sie gesucht hatte. Dann setzte sie sich erneut, mit der einen Hand das Schreibpapier, mit der anderen nach der Feder greifend. Nach einer Viertelstunde überlas sie den Brief an Franz Gossler. Die Schlusszeilen lauteten: *Ich danke dir für dein großzügiges Angebot, aber ich bleibe hier. Ich habe mich für dieses Land entschieden, ich liebe dieses Land. Ich gehöre hierher, und ich werde annehmen, was es mir bringt.*

Wieder sah sie hinaus in die Ferne. Am Horizont verschmolzen Himmel und Hügel in Weißschattierungen. Sie war jetzt ganz ruhig. Langsam verschloss sie den Brief. Am frühen Nachmittag, gleich nach dem Lunch, sattelte sie ihr Pferd und ritt in das verschneite Land hinaus.

Kapitel 34

Auf der Plantation traf sie Thomas an. Er machte ein erstauntes Gesicht, als er ihr die Tür öffnete, und blickte ungläubig in die klaren blauen Augen der jungen Frau.

»Es tut mir so leid, Tom«, entschuldigte sie sich bei ihrem Freund. »Und ich würde das Virginia gern sagen – und ihr alles erklären.«

Tom, wohl merkend, worum es ging und dass alles ehrlich gemeint und von Herzen gesprochen war, bat sie herein, ließ sie in der Halle warten und kam nach ein paar Minuten zurück. Traurig schüttelte er den Kopf. »Sie ist noch nicht so weit, Carol. Sie ist ... Sie lässt dir ausrichten, dass sie noch Zeit braucht.« Und, vielleicht weil die hübsche, schmale Frau so ruhig dastand, mit einem Gesichtsausdruck, der Verständnis ausdrückte, Akzeptanz und Respekt, legte Tom seinen Arm auf ihren und drückte ihn leicht.

»Grüße sie, Tom, und sage ihr, dass ich sie sehr, sehr lieb habe.«

Er nickte, begleitete sie zu ihrem Pferd und hielt es, während sie aufsaß. Als er zum Haus zurückging, sah er seine Frau an einem der Fenster des Obergeschosses stehen. Ihre Hand lag auf dem Mund. Stumm schaute sie der Reiterin nach, die allmählich am Horizont verschwand. Dann wischte sie eine Träne aus ihrem Augenwinkel und wandte sich ab.

Noch am selben Tag besorgte Caroline den Brief nach Deutschland. Je eher Franz von ihrer Entscheidung erfuhr, desto besser. Im Postamt war es leer; Mr Ferguson, der Postmeister, war mit dem Versenden eines Telegrammes beschäftigt. Er nickte Caroline nur kurz zu, als sie den frankierten Brief hochhielt, auf die Briefmarke zeigte und ihn auf den Tresen legte. Dann hob er den freien Arm zum flüchtigen Gruß und wandte sich wieder seiner Arbeit zu. Aber diese kleine Geste erschien ihr wie ein Zeichen; ein Zeichen für die Richtigkeit ihrer Entscheidung.

Es war zu spät, um noch zur *Maier Farm* hinauszureiten. Doch schon am nächsten Morgen ging Caroline in den Stall zu ihrem Pferd. Es war gerade hell geworden, die Umrisse der Bäume leuchteten weiß vor der aufgehenden Sonne, rosafarbenes Morgenrot bahnte sich unablässig seinen Weg vom Horizont her aufwärts. Das Licht vertrieb die Dunkelheit und mit ihr langsam auch die nächtliche Kälte. Die Stute wieherte der jungen Frau freudig entgegen. Caroline öffnete auch den unteren Teil der Boxentür und legte beide Arme um den seidenweichen Hals ihres Pferdes. Silver Star drehte den Kopf und schnaufte sanft in ihr Haar. Es kitzelte, sie musste unwillkürlich lachen und merkte, wie wohl ihr das tat. Die stumme Konversation mit ihrem Pferd, die sie nun täglich für lange Zeit im Stall hielt, hatte auf ihre Entscheidung zu bleiben gewiss einen erheblichen Einfluss gehabt. Jetzt erst spürte sie es wirklich. Genauso war es gewesen.

Sie schmiegte ihr Gesicht an die Stirn des treuen Tieres, und so verblieb sie lange Zeit. Als sie Hafer und Mais in den Futtertrog streute, einen Eimer Wasser vom Brunnen holte und ihn in die Box stellte, fing Silver Star gemächlich an zu fressen. Die Ruhe, die von diesem friedlichen Bild ausging, übertrug sich auf Caroline. Sie melkte die Kuh, fütterte die Tiere, nahm die Eier aus dem Stroh und trug sie ins Haus. Eine Stunde später saß sie auf dem Rücken ihres Pferdes und ritt auf die Hauptstraße zu. Die Sonne war aufgegangen und senkte ihre wärmenden Strahlen auf ihr von der Kälte gerötetes Gesicht. Das weiße Land lag im Sonnenlicht vor ihr, und ihr schien es, als wäre dieses Bild extra für sie gemalt worden. Der Atem der silbergrauen Stute dampfte, sie hob den Kopf und fiel in den Trab, ohne dass Caroline sie angetrieben hatte. Wie wunderbar war es, an diesem herrlichen Morgen zu reiten! Wenn auch das Ziel dieses Ritts, die Aussprache mit Onkel Luis, ihr auf der Seele lag; aber da musste es herunter, partout. Sie würde sich offenbaren, ganz und gar, ihm sagen, was wirklich geschehen war in Deutschland und was sie für ihn empfand, ebenso wie für Kathy. Und dann würde sie annehmen, was immer die beiden auch entschieden.

Sie war kaum eine halbe Stunde geritten, als die Geräusche eines herannahenden Wagens sie aus diesen Gedanken rissen. Als das Gefährt näher kam, war unübersehbar, wer ihr da begegnete: Reverend Barnickles alter brauner Wallach trottete langsam auf sie zu; Barnickle saß, in Mantel und Schal gehüllt, auf dem rissigen Ledersitz und überließ es seinem Pferd, das Tempo zu bestimmen.

Kaum hatte Caroline den altersschwachen Buggy des Reverends erkannt, ritt sie auf ihn zu und winkte.

»Na!«, rief der Reverend. »Wenn das kein Zufall ist. Zu dir wollte ich gerade.«

»Zu mir? Wie schön! Allerdings ... Ich bin auf dem Weg zu Onkel Luis und Tante Kathy.«

Er nickte, so als überrasche ihn diese Mitteilung nicht.

»Ich hatte viel Zeit zum Nachdenken. Es ist mir so vieles klar geworden. Ich werde ihnen alles erklären. Und ich muss mich entschuldigen.«

»Entschuldigen?«

»Ich habe nicht genug Vertrauen gehabt in die Menschen, die mir hier eine Heimat gegeben haben. Ich war nicht ehrlich zu ihnen«, antwortete sie nachdrücklich.

Barnickle schwieg.

»Wenn Sie möchten, Reverend, kommen Sie mit mir. Es wäre gut, wenn sie mir auch zuhören würden. Es würde mir helfen.«

Er nickte wieder und wendete seinen Wagen. »Ja.«, sagte er. »Gern. Ich komme gern mit.«

Caroline ritt im Schritt neben dem Buggy. War Barnickle auf dem Weg zu ihr gewesen, um die Wahrheit über sie zu erfahren? Allein seine Gegenwart tat gut, und ihr wurde etwas leichter ums Herz. Bis zu ihrer Ankunft wurde nicht mehr gesprochen. In der Einfahrt ritt sie voraus und sprang rasch ab, um ihrem alten Freund vom Wagen zu helfen. Der betagte Wallach schnaufte von der Anstrengung des Weges. Caroline klopfte ihm beruhigend den Hals, nahm eine Decke aus dem Wagen und legte sie ihm über. Barnickle beobachtete sie dabei. Angesichts ihrer spontanen Begrüßung und der selbstverständlichen Versorgung seines Pferdes fiel es ihm schwer, das Bild von der jungen Frau nachzuvollziehen, das Victoria Hillyard gezeichnet hatte.

Luis hatte sie gehört und steckte den Kopf aus der Tür. »John, gut dich zu sehen!«, rief er freudig. Dann entdeckte er Caroline. Unwillkürlich trat er einen Schritt zurück.

Barnickle war herangekommen und legte seinem Freund beide Hände auf die Schultern. Dann ließ er ihn los und ging ohne ein weiteres Wort
durch die offen stehende Tür ins Haus.

»Onkel Luis.« Caroline trat an den alten Mann, der noch immer unbeweglich in der Tür stand, heran. »Bitte entschuldige, dass ich so unangemeldet zu euch komme. Ich würde dir ... euch gern etwas sagen.«

Luis Maier schwieg. Eine leichte Röte hatte sein Gesicht überzogen; aber es war keine Wut, die ihn umtrieb, es war Verlegenheit. Er schien nicht recht zu wissen, was er aus dieser unverhofften Begegnung machen sollte.

»Onkel Luis, bitte lass mich herein. Ich möchte euch meine Geschichte erzählen. So wie sie wirklich war.«

In Luis' Augen glänzte es verräterisch. Rasch wandte er sich ab und ging ins Haus. Er ließ die Tür offen; Caroline nahm es als Zeichen, dass sie eintreten dürfe.

Kathy saß am Kamin und hatte eben den Reverend begrüßt, als die junge Frau eintrat. Ihr Lächeln erstarb. Anders als ihr Mann, der die Bewegung seines Herzens besser verborgen hatte, zuckte sie zusammen.

»Tante Kathy, ich möcht euch erzählen, wie es wirklich war, damals in Deutschland. Warum ich hierhergekommen bin. Ich möchte euch bitten, mich anzuhören.«

Katherine, die sich während Carolines Erklärung leidlich wieder gefasst hatte, schüttelte den Kopf. »Jetzt. Nach so langer Zeit ...«

Luis hatte sich in dem zweiten Sessel niedergelassen. Er sah angegriffen aus.

»Ich weiß nicht, ob ich Luis das zumuten kann«, fuhr

seine Frau fort. Sie sah Caroline direkt ins Gesicht und schien, ganz ohne Worte, hinzuzufügen: Mehr als zwei Jahre hast du gelogen – und das, nachdem wir dich wie eine Tochter ins Herz geschlossen hatten.

Der Blick tat Caroline weh. »Wenn ich euch jetzt bitte, mich anzuhören, dann weil ich unbedingt will, dass ihr wisst, wer ich wirklich bin. Und dann sollt ihr urteilen, und ich werde dieses Urteil annehmen. Aber so kann ich nicht von euch weggehen – mit dieser Lüge, die in die Welt gesetzt wurde.«

Sie sah zu Luis hinüber, der jedes ihrer Worte aufmerksam verfolgt hatte. Er und seine Frau wechselten einen Blick; dann nickte sie und wies Caroline den Sofaplatz an. Barnickle, der die ganze Zeit über geschwiegen hatte, setzte sich neben sie. Jetzt erst schienen sich die Maiers ihrer Rolle als Gastgeber zu erinnern und boten Kaffee und Gebäck an.

»Lass nur, meine Liebe«, erbot sich Barnickle und erhob sich wieder. »Bleib sitzen. Ich gehe und hole uns alles aus der Küche. Ich weiß ja, dass der Kaffee auf dem Herd steht.«

Katherine nickte ihm dankbar zu. Luis war noch immer ein wenig rot im Gesicht, seine Augen hatten einen trüben Glanz.

Caroline nutzte die Gelegenheit, um den beiden alten Leuten zu danken. »Ich hatte sehr viel Zeit zum Nachdenken, so allein auf der *Gossler Farm*«, erklärte sie. »Ich schäme mich dafür, dass es so lange gedauert hat, bis ich zu euch gekommen bin. Ich danke euch von Herzen, dass ihr mich trotzdem anhören wollt.«

Barnickle brachte den Kaffee und den Teller mit Gebäck, schenkte ein und gab drei Stück Zucker in seine Tasse. Nach ein paar großen Schlucken von dem heißen, süßen Getränk sagte er merklich gestärkt: »Ich habe Carol unterwegs getroffen. Sie bat mich, mit hierherzukommen. Ich hoffe, es stört euch nicht.«

Luis schüttelte den Kopf.

»Ich weiß nicht, ob mein Amerikanisch ausreicht, um das auszudrücken, was ich euch sagen muss«, erklärte Caroline.

Luis wandte den Kopf ab, legte sich in seinem Sessel zurück und starrte ins Feuer. Kathy sah Caroline an. Ihre Betroffenheit war nicht zu übersehen. Dieses Mädchen hatte sie enttäuscht, schwer enttäuscht. Und nun war sie plötzlich aufgetaucht und wollte, dass man ihr zuhörte ...

Caroline begann ein wenig stockend zu sprechen; man merkte, dass es ihr in der Muttersprache leichter gefallen wäre. Dann schien sie sich innerlich zu straffen und schilderte in einfachen Sätzen, in schlichten und klaren Worten die Geschichte von Caroline und Georg, der keineswegs verheiratet, nicht einmal verlobt oder liiert gewesen sei. Auch die Vorgeschichte, ihre Erziehung auf die Ehe mit einem höhergestellten Mann hin und die geplante Verlobung mit dem jungen Juristen, sparte sie nicht aus. Dann hätten die Eltern sie weggeschickt in das Haus ihrer Tante nach Cassel, um sie zur Vernunft zu bringen und von Georg, der in den Augen der Eltern *unter ihrem Stand* gewesen sei, zu trennen. Tante Thea und ihr adliger Begleiter wurde genauso erwähnt wie der junge Bankier, die Flucht aus Theas Wohnung, das Warten auf Georgs Heimkehr aus dem Manöver.

An dieser Stelle angekommen, stockte sie wieder. Bis dahin hatte sie flüssig gesprochen, wenn auch nicht fehlerfrei. Während ihres Berichts hatte sie in das flackernde Feuer gegenüber geblickt, so als könnte sie in den tanzenden Flammen die Einzelheiten ihrer Geschichte erkennen.

Luis sah sie auch jetzt nicht an. Kathys Blick hing noch immer an dem jungen Gesicht, das einen anderen Ausdruck angenommen hatte. Sie erschrak ein wenig davor; aber Caroline fasste sich wieder und fuhr fort. Offensichtlich hatte sie sich vorgenommen, das hier zu Ende zu bringen, so schwer es ihr auch fallen würde.

Sie erzählte von der unsäglichen Angst, die sie umgetrieben hatte, als Georg nicht zurückgekommen war, und von dem Schock, als sie erfuhr, dass er im Manöver, von der verirrten Kugel eines Kameraden getroffen, ums Leben gekommen war. Da sei sie bereits schwanger und die Heirat geplant gewesen. Die Eltern hätten sie nicht mehr in ihr Haus gelassen. Sie sei dann sehr krank geworden. Ihre Großmutter habe sie aufgenommen, in ernster Sorge um ihr Leben und das des ungeborenen Kindes. Aber sie sei wieder hochgekommen und habe ihr Kind zur Welt gebracht. Die Eltern hätten sie weit weg geschickt, in ein Dorf bei Berlin. Sie habe den Unterhalt für sich und das Kind verdienen müssen. Die Großmutter habe ihr kleines Mädchen versorgt, trotz ihrer 72 Jahre.

An dieser Stelle schien es, als wolle Kathy ihr eine Frage stellen. Sie hatte den Mund schon geöffnet, sagte jedoch nichts. Die Skepsis in ihrem Blick schmerzte Caroline. Sosehr sie in ihrer Schilderung gefangen war, so aufmerksam nahm sie die Reaktion ihrer Umgebung wahr.

»Warum konntest du nicht selbst für dein Kind sorgen?«, fragte an Kathys Stelle der Reverend und hatte damit offenbar Kathys Anliegen getroffen.

»Das ist vielleicht schwer für euch zu verstehen. Aber in meiner alten Heimat hatte ich keine andere Wahl. Ich hatte meinen Eltern und der Familie Schande gemacht. Ich musste weit weg, damit Gras über die Sache wuchs. Nur so konnte diese Schande getilgt werden. Und ich hatte noch Glück, denn meine Eltern wollten meine Sophie in ein Waisenhaus geben. Wenn ich Großmutter nicht gehabt hätte ...« Nun musste sie sich doch unterbrechen; sie schluckte und wischte sich die Tränen aus den Augen. Dann nahm sie einen Schluck des kalt gewordenen Kaffees. »So kam ich als Dienstmagd in ein kleines Dorf bei Berlin. Dort lernte ich Anna und Franz Gossler kennen, die ebenfalls dort arbeiteten. Anna und ich wurden Freundinnen. Noch im selben Jahr starben kurz hintereinander mein Vater und meine Großmutter.«

Luis rührte sich nicht; er saß noch immer mit abgewandtem Kopf, und auch seine Frau richtete jetzt den Blick auf das Feuer. Barnickle beobachtete die beiden, während er aufstand und Holz nachlegte. Das gab der jungen Frau die Gelegenheit, ihre Fassung wiederzugewinnen. Als er sich wieder neben sie setzte, sah sie ihn einen Moment lang dankbar an.

»Meine Mutter«, fuhr sie fort, »nahm mein Kind auf. Sie hatte es immer abgelehnt. Aber es war der letzte Wille meines Vaters. Als ich 21 war, versuchte ich, ganz offiziell über die zuständige Behörde, mein Kind zu mir zu nehmen. Anna und Franz waren nach Mecklenburg gegangen auf den Hof von Luis' Bruder. Ich selbst zog nach Berlin, wo ich äußerst sparsam lebte und wohnte. Ich ernährte mich von meinen Handarbeiten, die ich zu Hause anfertigte und in einem großen Geschäft verkaufte. Als die Behörde meinen Anspruch ablehnte, versuchte ich es ein zweites Mal. Wieder wurde abgelehnt, mit der Begründung, ich sei eine unmoralische Person. Es wurden falsche Beweise vorgelegt. Mein eigener Bruder beteiligte sich an der Intrige, wahrscheinlich um meiner Mutter zu helfen. Sie wollte mein Kind nun unbedingt behalten.«

Sie schwieg für einen Moment, sagte dann: »Entschuldigt. Ich erzähle gleich weiter«, und ging ein paar Schritte im Zimmer auf und ab. Weder Kathy noch Luis sagten ein Wort. Barnickle trank bedächtig ein paar Schlucke von seinem Kaffee. Dann griff er nach dem Gebäck, das Kathy vor ihn hingestellt hatte, und stärkte sich. Luis tat es ihm nach. Die beiden Männer schwiegen und kauten.

»Wieso als unmoralische Person?«, fragte der Reverend schließlich. »Das verstehe ich nicht. Und was für fingierte Beweise?«

Er schenkte Kaffee nach, Caroline setzte sich. Nach ihrer Erklärung sah er bedrückt vor sich hin. »Wenn es wirklich so war«, stellte er fest, »dann ist es, als hätte sich alles gegen dich verschworen, wie ... in einer griechischen Tragödie.«

»Das ist ... eine unglaubliche Geschichte.« Zum ersten Mal seit Caroline mit ihrem Bekenntnis begonnen hatte, ergriff Kathy das Wort. In ihrer Stimme schwang noch immer die Skepsis mit, die auch in ihrem Blick gelegen hatte.

»Und dann bist du einfach gegangen, nachdem deiner Mutter das Kind zugesprochen worden war?«, fragte der Reverend, ohne auf den Einwand seiner Gastgeberin zu achten.

»Nein. Ich war noch einmal in meinem Heimatdorf. Ich wollte die Entscheidung der Behörde nicht akzeptieren.

Dort traf ich, ganz zufällig, meine Tochter auf dem Kirchhof. Meine Mutter wollte sich rasch entfernen. Aber ich sprach Sophie an ... Ich ... «

Sie brach ab, beugte sich auf ihrem Platz vornüber und bedeckte ihre Augen mit den Händen. Barnickle legte ihr stumm seine Hand auf den Rücken.

»Ich sagte meiner Sophie, ich sei ihre Mutter. Und mein Mädchen antwortete mir.«

Hier entstand erneut eine Pause, in der Caroline heftig aus- und einatmete und schließlich laut und deutlich aussprach: »Sophie sagte, ihre Mutter wäre im Himmel, bei den Engeln.«

Zum ersten Mal wandte Luis jetzt seinen Kopf und sah die vor ihm kauernde junge Frau an. Barnickle schwieg und schluckte. Kathy aber schrie erstickt auf.

Der leise unterdrückte Schrei holte Caroline zurück in die Wirklichkeit. Sie richtete sich auf. Betroffen schauten alle in das junge Gesicht voller Trauer und Schmerz. »Danach wollte ich in den Wald gehen, in die Natur hinaus, und meinem Leben ein Ende setzen.«

»Und dann?«, fragte Barnickle bedrückt.

»Dann kam Annas Brief, in dem sie von dir erzählte.« Sie sah zu Luis hinüber. »Dass Franz vielleicht aus Deutschland weggehen wolle. Da erinnerte ich mich an Georgs Traum ... Er wollte mit mir nach Amerika auswandern ... Merkwürdig, ich habe immer Angst davor gehabt – aber nun hatte ich nichts mehr zu verlieren. Und als ich dann an dich geschrieben hatte und du mir geantwortet hast, da ... dachte ich, ich könnte doch noch einmal eine Chance auf ein Leben haben.«

In der nun folgenden Stille hörte man nur das Knistern des Feuers. Schließlich stand Caroline auf.

»Ich danke euch, dass ihr mich angehört habt«, sagte sie leise. »Und ich möchte euch um Verzeihung bitten, dass ich nicht genug Vertrauen hatte – und wenn es auch aus Angst so war.«

Sie griff in ihre aus Baumwollstoff selbst genähte und mit bunten Perlen bestickte Schultertasche, zog mehrere Bündel Briefe hervor und legte sie in die Mitte des Kamintisches. »Das sind die Briefe meiner Mutter, meiner Großmutter und Georgs Briefe. Ich möchte sie euch zum Lesen überlassen. Damit ihr seht, dass ich die Wahrheit gesagt habe.«

Niemand antwortete. Erst als Caroline ihren Mantel überzog und ihren Schal um Kopf und Hals wickelte, erhob sich auch der Reverend. »Ich begleite dich hinaus.«

»Tante Kathy, Onkel Luis, ich weiß nicht, ob ihr mir verzeihen könnt. Deshalb möchte ich euch jetzt sagen, dass ich euch sehr lieb habe, euch und dieses Land hier. Ich verdanke euch alles.«

Mit diesen Worten ging sie hinaus. Barnickle sah wohl, dass es ihr trotz ihres Kummers leichter ums Herz war. Es hat ihr geholfen, alles auszusprechen, dachte er, trotz der schwierigen Situation, in die sie sich gebracht hat.

»Du wirst eine Antwort bekommen. Wie sie ausfällt, weiß ich nicht. Aber ich bringe dir in jedem Fall deine Briefe zurück.«

»Dank auch an Sie, Reverend. Es war gut, dass Sie da waren.«

Seine Hand auf ihrer Schulter, sein freundliches Nicken taten ihr wohl. Sie hatte getan, was getan werden musste. Es war ein Gefühl der Erleichterung; aber sie spürte jetzt auch die Erschöpfung.

»Bis bald«, sagte der Reverend. »Pass auf dich auf.«

Luis und seine Frau saßen noch immer stumm am Kamin. Aus der Küche waren Geräusche zu hören. Offenbar war Amy durch die Hintertür ins Haus gekommen und bereitete das Mittagessen vor.

Das Klappern der Töpfe brachte Kathy in die Wirklichkeit zurück. »Bleib zum Essen, John«, bat sie. »Das hier war ein bisschen viel für uns. Ich würde gern wissen, wie du die Sache siehst.«

Besorgt schaute sie in das Gesicht ihres Mannes, in dem sich die Anstrengung und das Mitleid mit dem Mädchen spiegelten; aber sie kannte ihn genau genug, um auch die Zweifel darin wahrzunehmen.

»Ja«, sagte Luis müde. »Ich weiß nicht, was ich davon halten soll.«

Kathy stand etwas mühsam auf, öffnete die Küchentür und rief in den Raum hinein: »Wir essen heute zu dritt, Amy.«

»Was meinst du, John?«, fragte Luis seinen alten Freund.

»Was meinst du, Luis? Du hast doch bestimmt ein Gefühl für die Sache.« Und für das Mädchen, dachte er. Dein Herz wird dir sagen, wie es um dich steht.

»Es ist eine unglaubliche Geschichte«, wiederholte Luis die Worte seiner Frau.

»Wie sie sie erzählt hat. Für mich klang es echt und wahrhaftig.« Der Reverend fixierte die Briefe, die noch immer unberührt auf dem Tisch lagen.

Katherine sah ihn nachdenklich an, als wolle sie wortlos fragen: Kann man ihr glauben? Kann man so eine Geschichte erfinden?

»Sie hat sich selbst nicht geschont. Zum Beispiel als sie von dem arrangierten nächtlichen Erlebnis mit dem Bankierssohn erzählte, da sagte sie, zwar sei sie aus der Wohnung ihrer Tante geflohen. Aber sie habe den jungen Mann zuvor, wenn auch nicht ermutigt, so doch mit ihm geflirtet. ›Aus Angst, weil ich so allein war ohne Georg, und aus Dummheit‹, meinte sie.«

»Ja. Ja, das hat sie gesagt.«

»Sie hat so geweint.« Luis schüttelte betrübt den Kopf. »Als sie von dem Erlebnis auf dem Kirchhof sprach …«

»Luis, lass doch, mein Lieber, es ist zu viel für dich. Wir sprechen morgen darüber.« Kathy war deutlich anzusehen, dass sie sich Sorgen um die Gesundheit ihres Mannes machte.

»Was hältst du davon, alter Freund, wenn wir ein paar Runden drehen?«, fragte der Reverend. »Ein bisschen frische Luft und dann essen wir. Und wenn du das dann noch kannst, lesen wir die Briefe.«

»Meinst du, wir sollen sie wirklich lesen, John?«

»Ja«, antwortete Barnickle nachdrücklich. »Wir sollten sie lesen, weil sie es wollte. Es lag ihr so viel daran.«

Er reichte seinem Freund die Hand und zog ihn aus dem Sessel hoch. »Komm, ein bisschen Bewegung wird uns guttun.«

Luis bestand darauf, die Briefe noch am selben Tag zur Kenntnis zu nehmen. »Morgen noch einmal anfangen – nein, das ist mir zu viel«, hatte er argumentiert. »Einmal reicht.«

Dann hatte er, gestärkt durch Amys kräftigen Lunch und ein Glas Whiskey, gelesen und übersetzt.

»Erschütternd, wenn man das Ende der Geschichte kennt«, kommentierte Barnickle das, was er gehört hatte.

Luis war jetzt sichtlich mitgenommen, so dass Kathy nun endgültig darauf bestand, er müsse sich hinlegen und erholen. Für eine Entscheidung sei es zu früh, alles müsse wirken. Es sei zu plötzlich gekommen.

»Es ist ja nicht so, dass ich Vic geglaubt hätte«, konstatierte sie, »jedenfalls nicht alles. Aber Carol hat uns nichts gesagt, nicht ein Wort – in zwei Jahren!«

Barnickle nickte. »Deine Frau hat recht, Luis. Leg dich hin. Alles andere wird sich ergeben.«

Luis nickte ergeben. »Ja. Einen Moment noch.« Er stand auf, ging zu seinem Schreibtisch hinüber, zog ein kleines Päckchen Briefe aus der Schublade hervor und reichte sie seinem Freund.

Der Reverend ließ die mit dem Stempel *Deutsch-Amerikanische Seepost* versehenen Kuverts durch seine Finger gleiten. »Ihre Briefe an dich.«

»Ich habe sie aufgehoben. Die ganze Zeit. Sie hat sich so gefreut auf das grüne Land, wie sie es nannte.« Er stand auf, Kathy reichte ihm ihren Arm und führte ihn langsam die Treppe hinauf.

Als sie zurückkam, saß John Barnickle noch immer so da, wie sie ihn zurückgelassen hatte: in seinem Sessel vorgebeugt, die Ellenbogen auf den Knien, das Gesicht mit der langen Habichtnase in die Hände gestützt, und sah gedankenverloren ins Feuer.

»Luis sagte, dass das so war ... so ist, in Deutschland.«

Barnickle bemerkte sie nicht, so sehr war er in seine Gedanken vertieft.

»Dass ein Mädchen verstoßen wird, meine ich.«

Jetzt erst sah der Reverend zu ihr auf. »Ich muss gehen. Danke für das gute Essen.«

»Erinnerst du doch noch an Lizzy, John?«

»Merkwürdig – ich habe auch gerade an sie gedacht.«

Katherine schüttelte den Kopf. »Wenn das alles so war, wie Carol es erzählt hat ... Wenn sie hier gelebt hätte, statt dort ...«

»Bis bald, meine Liebe.«

»Hier«, bat sie ihn und reichte ihm das Bündel Briefe, das Caroline mitgebracht hatte, »nimm sie mit. Sie sollte sie zurückbekommen.«

Schon am nächsten Tag fuhr der Reverend zur *Gossler Farm* hinaus und brachte Caroline die Briefe. Sie servierte ihm ihren buchstäblich letzten Kaffee.

»Wie geht es Onkel Luis?«, fragte sie besorgt. »Es hat ihn sehr mitgenommen.«

»Mach dir keine Sorgen. Er wird sich erholen. Was wirst du jetzt tun?«

»Ich werde bald in die Stadt fahren und Vorräte und Holz holen. Und ich werde in die Kirche kommen am Weihnachtstag.«

»Gut«, sagte er warm. »Du bist ein tapferes Mädchen.«

Als er ging, ließ er nichts zurück – keine Nachricht, keine Antwort, nicht einmal eine Andeutung.

Kapitel 35

Die junge Frau stand in der Box und striegelte ihr Pferd. Jetzt, nach dem Ausritt am Morgen, war die Stute müde und genoss die sanfte Behandlung sichtlich. Die stetige konzentrierte Arbeit tat Caroline gut, beinahe wie in Trance führte sie die weiche Bürste über das silbergraue Fell. Die Gedanken kamen und gingen, sie ließ es einfach geschehen.

Es war der Morgen nach dem Besuch des Reverends. In der Zeitung hatte sie Anzeigen entdeckt, zwei Farmer im County suchten eine Hilfe bei der Haus- und Gartenarbeit. Gleich morgen würde sie dorthinreiten, um sich vorzustellen und vorher in der Stadt ihre Vorräte auffüllen. Sie war entschlossen, Silver Star mitzunehmen, in jedem Fall; und auf einer Farm würde es am leichtesten sein, eine Box zu mieten, Futter zu bekommen und hin und wieder zu reiten. Sich von dem treuen Tier zu trennen – das war unmöglich geworden; und das Leben und Arbeiten auf einer Farm hatte sie nun wirklich gelernt in den vergangenen zwei Jahren. Dann würde sie weitersehen, weitergehen; Schritt für Schritt – das hatte Großmutter immer gesagt ...

Sie bemerkte erst, dass jemand gekommen sein musste, als die Stalltür mit einem lauten Knall zufiel. Wind war aufgekommen; richtig, erinnerte sie sich, am Nachmittag soll es schneien, die Wolken ziehen heran ... Sie trat auf den sauber gefegten Stallgang hinaus.

»Onkel Luis!« Ihr Herz schlug wie rasend mit einem Mal.

Unfähig, etwas zu sagen oder zu tun, sah sie ihn an. Sie ließ die Arme hängen, hob sie ein wenig, ließ sie wieder hängen.

Der alte Mann sah noch immer blass aus; aber seine Augen waren wieder klar, sein Gesicht entspannt. Und dann, während sie noch so überrascht und doch voll jäher Freude, ihn zu sehen, vor ihm stand, lächelte er sein verschmitztes Lächeln, das sie so gut kannte. Über zwei Jahre hatte es sie begleitet, so wie der würzige Duft seines *Kentucky Burberry*-Tabaks – wie sehr hatte sie es vermisst!

»Carol«, sagte er einfach und streckte ihr beide Arme entgegen.

Sie nahm seine Hände, er zog sie näher zu sich heran und schloss seine Arme um sie.

»Ihr glaubt mir!«

Er antwortete nicht, bis sie ihn losließ und ansah: »Ich habe euch so viel Kummer gemacht.«

»Ja«, sagte er ehrlich. »Das hast du. Du hättest uns gleich am Anfang alles sagen müssen, so wie du es vorgestern getan hast. Aber ich habe nachgedacht, gestern den ganzen Tag. Alles fiel mir wieder ein, wie die Regeln sind, drüben in Deutschland. Ich dachte, es hätte sich geändert, in der langen Zeit ... Und plötzlich war mir klar, dass deine Angst, deine Sorge größer war als das Vertrauen in mich. Das hat mich verletzt, sehr verletzt. Aber ich weiß auch, dass du in kurzer Zeit mehr durchgemacht hast als andere in einem langen Leben.« Er machte eine Pause und sah in ihre großen blauen Augen, die seinen Blick voller Zuneigung und Vertrauen erwiderten. »Und da ist noch etwas. Weißt du noch, wie es war, als du vor mehr als zwei Jahren hierher nach Kentucky gekommen bist? Wir haben diese Farm hier, die damals noch *Shaddock Farm* hieß, besichtigt, und du hast spontan gerufen: ›Dies ist das schönste Land, das ich je gesehen habe!‹ Und weißt du, mein Mädchen, genau so habe ich es auch empfunden, als ich damals hierherkam. Und dann hast du so schnell unsere Sprache gelernt und dich so aktiv und so rasch in alles hineingefunden. Da wusste ich: Das ist eine Amerikanerin!«

Sie standen dicht beieinander im Gang des Stalles. Sie schloss die Augen und schüttelte den Kopf. »Mein Gott, das mir das noch einmal passieren würde. Du und Tante Kathy …«

»Lass«, sagte er ruhig. »Meine Kathy und ich möchten, dass du zu uns kommst. Wir fahren morgen für ein paar Tage zu Nick, der uns schon so lange eingeladen hat. Aber nach Weihnachten sind wir zurück, und ich hole dich ab. Jim wird mit dem Conestoga kommen und den Hausrat transportieren. Silver Star kann in Gabriels Stall einziehen.«

Tränen des Glücks liefen ihr die Wangen hinunter. »Ich habe euch beide so lieb.« Und sie nahm seine faltigen, rauen Hände, führte sie an ihren Mund und drückte einen Kuss darauf.

»Eine Tasse Tee würde mir gut tun.«

»Wie in alten Tagen. Wenn du zu mir kamst oder ich zu dir und du mir erzählt hast … Ach, Onkel Luis, alles, was ich weiß über dieses Land, weiß ich von dir.«

»Möchtest du zu Weihnachten auf die *Maier Farm* kommen?«, fragte er, als sie am Kamin zusammensaßen. »Es ist allerdings niemand mehr da. Amy und Gab siedeln schon am Montag auf die Plantation über.«

»Zu Virginia und Tom?«

»Virginia bekommt ein Kind. Da will sie Amy um sich haben.«

»Ein Kind! Das ist wunderbar!«

»Kathy ist schon ganz verrückt darauf. Aber es dauert noch bis zum Sommer.«

Sie schwieg. Vor ihrem inneren Auge sah sie ihre kluge, schöne Freundin. Und jetzt bekam sie ein Kind und leitete die Schule ...

»Sie will die Schule weiterführen«, erklärte Luis, so als habe er Carolines Gedanken erraten. »Meine Kathy ist natürlich entsetzt darüber. Na, warten wir's ab. Jedenfalls steht das alte Farmhaus bald leer. Du kannst dort einziehen.«

»Das ist so großzügig von dir und Tante Kathy! Weißt du, ich freue mich so, Onkel Luis, dass mir die Worte fehlen ...«

»Auch gut. Bist du endlich mal still.« Er sah sie aufmerksam und freundlich an.

»Ich werde die restlichen Tage, die mir auf der *Gossler Farm* bleiben, auch hier verbringen«, antwortete sie lächelnd. »In Ruhe und Stille, mit meinem Pferd. Ich will hier alles sauber hinterlassen, und ich werde zusammenpacken. Die Tiere müssen auch mit. Wenn ihr kommt, um mich abzuholen, braucht Jim nur noch aufzuladen.«

»Gut. In zehn Tagen.«

Zum Abschied zog er sie noch einmal in die Arme. Das gleiche Gefühl der Geborgenheit durchströmte sie wie damals vor zwei Jahren, der gleiche Respekt und ein bisher so nicht gekanntes Verantwortungsbewusstsein.

Lange winkte sie dem Buggy nach und sagte leise vor sich hin: »Ja, Onkel Luis und Tante Kathy, ich will für euch da sein und für euch sorgen.«

Als sie an diesem Abend in den Stall ging, um ihr Pferd zu füttern, war ihr Herz noch immer durchdrungen von der Liebe, die man ihr entgegenbrachte. Einen Tag, einen einzigen Tag nur, hatten Luis und Kathy gebraucht, um ihr zu verzeihen! Sie streckte beide Hände aus und berührte Silver Stars samtweiche Nüstern, streichelte sacht über die Stirn. Dunkle Augen schauten sie ruhig und vertrauensvoll an.

Als sie die Tür öffnete und aus dem Stall hinaustrat, waren die Schneewolken herangezogen. Dicht fielen die weißen Flocken, weich und kühl berührten sie ihr Gesicht. Sie zuckte zurück, überrascht; denn intuitiv und ganz unverhofft war ein Bild vor ihre Augen getreten – das Traumbild von damals: *Die Allee nach Parwinch, dichter Schneefall, stürmischer Wind, sie will nach Hause, sie findet den Weg nicht. Die große stattliche Gestalt vor dem weißen Hintergrund – ein Mann, dem sie zuwinkt, etwas zuruft. Sie möchte auf ihn zu laufen, sie erreicht ihn nicht. Und sie erkennt sein Gesicht nicht. Die Schimmelstute, die aus der Ferne auftaucht, verwoben mit Himmel und Landschaft, alles weiß, blendend weiß...*

Und dieses Mal bekam die Gestalt des Mannes aus dem Traum Konturen: *Der dichte Vollbart, schmale grün-braune Augen, wallendes dunkles Haar, das aus dem Lederhut hervorquillt. Die helle, fellgefütterte Wildlederjacke...*

Unwillkürlich schloss sie die Augen. Wollte sie das durch den unaufhörlichen leisen Schneefall hervorgerufene Bild vertreiben? Oder wollte sie ihn deutlicher sehen, noch deutlicher?

Rasch ging sie zurück in den Stall, schloss die Tür, lehnte sich an den Kopf ihres Pferdes. Ein Gefühl der Wärme durchflutete sie vom Kopf bis zu den Zehen. Als sie die Augen öffnete und in die Realität dieses Abends zurückfand, erschrak sie – vor sich selbst, vor der ungeheuren Intensität ihrer Vorstellung. Sie erschrak auch vor ihm, der so abweisend sein konnte, so kalt, so unnahbar – und all das passte nicht zu den Bildern, die sie gesehen, nicht zu der Sehnsucht, die sie so deutlich gefühlt hatte.

Langsam ging sie zum Haus zurück. Unterwegs breitete sie die Arme aus, ließ den Schnee darauf fallen und hob ihm ihr Gesicht entgegen. Das Feuer war heruntergebrannt; sie legte die letzten Scheite Holz auf und fachte es an. Der Mann, der mit den Pferden sprach – warum ging er ihr nicht mehr aus dem Sinn? Und warum jetzt, so plötzlich und unerwartet? Die Szenen, die sie nicht loswerden konnte, der Widerstreit zwischen Verstand und Gefühl: auferlegte Zurückhaltung, Scheu – und doch eine körperlich spürbare Sehnsucht nach Chris ...

Das Kaminfeuer loderte noch einmal auf; wohlige Wärme verbreitete sich. Sie ließ sich in den Sessel sinken, streckte sich aus, die Augen fielen ihr zu.

Und dann, im Traum, sah sie ihn wieder: den bärigen, muskulösen Mann, sah ihn auf White Magic heranreiten, zum Fest von Onkel Luis; hörte seine tiefe ruhige Bassstimme; roch das Leder seiner Jacke; spürte den starken Arm an ihrem Körper ... ihr Körper an seinen gelehnt, während des Ritts durch den Blizzard, die Sicherheit seiner Bewegungen, die Kraft, die von ihm ausgeht ...

In diesem Traum wurde sein eisiger Blick weich und liebevoll. Sanft und doch keinen Widerspruch duldend, zog er sie an sich und küsste sie, nahm sie mit der harten Zärtlichkeit des liebenden Mannes. Ihre Körper verschmolzen ineinander. In diesem Traum war sie erlöst.